우리가 고아였을 때

WHEN WE WERE ORPHANS ← - - - - -

우리가 고아였을 때

가즈오 이시구로 장편소설
김남주 옮김

로나와 나오미에게

차 례

× 1 ×

1930년 7월 24일
런던

1

1923년 여름이었다. 케임브리지 대학교를 갓 졸업한 나는 슈롭셔로 돌아오기를 바라는 이모의 바람에도 불구하고 내 미래를 런던에 걸기로 작정하고, 켄싱턴 베드퍼드 가든스 14b 번지의 작은 아파트에 정착했다. 지금 나는 그해 여름을 가장 멋진 시절로 기억한다. 고등학교와 케임브리지 대학교를 다니는 몇 년 동안 동급생들에 둘러싸여 있었던 탓에 혼자 지낼 수 있어서 몹시 기뻤다. 나는 런던의 공원과 고요한 대영 박물관 열람실을 누렸다. 오후에는 켄싱턴 거리를 거닐며 장래 계획을 세웠는데, 그러다 이따금 걸음을 멈추고는 어떻게 이런 영국 대도시 한복판까지 담쟁이덩굴 같은 덩굴식물이 저택의 전면을 뒤덮을 수 있는지 찬탄하곤 했다.

내가 옛 동창 제임스 오스본과 우연히 마주친 것은 그렇게 느긋하게 산책하던 도중이었다. 그가 근처에 산다는 이야기를 들은 나는 다음번 지나는 길에 집에 한번 들르는 게 어떠냐고 말했다. 그즈음 내 집에는 아직 아무도 들인 적이 없었지만, 나는 신중하게 그 집을 선택했던 터라 자신 있게 그를 초대할 수 있었다. 집세는 비쌌지만 집주인은 그곳을 여유 있는 빅토리아 시대를 떠올리게 하는 고상한 취향으로 꾸며 놓았다. 오전 내내 볕이 잘 드는 응접실에는 고풍스러운 소파 하나와 폭신한 팔걸이의자 두 개, 골동품 식기장, 그리고 책장이 바스러져 가는 백과사전이 빼곡히 꽂힌 오크 재질 책꽂이가 놓여 있었다. 그 어떤 방문객이라도 이 모든 것을 마음에 들어 하리라고 나는 확신했다. 게다가 그 집을 구하자마자 나는 나이츠브리지로 가서 앤 여왕 시대풍의 티 세트 하나와 좋은 차 몇 팩, 그리고 커다란 양철통에 든 비스킷을 사다 놓았던 것이다. 그래서 며칠 후 어느 날 아침 오스본이 들렀을 때 나는 당황하지 않고 다과를 내놓을 수 있었다. 자신이 실은 나의 첫 손님이라는 사실을 그가 알아차릴 여지를 결코 주지 않고.

처음 십오 분가량 오스본은 응접실 안을 끊임없이 서성거렸다. 집을 잘 구했다고 칭찬하고 이런저런 것을 살펴보고, 간간이 창밖 거리에서 벌어지는 일을 지켜보며 감탄하다가 이윽고 그는 소파에 털썩 주저앉았다. 그제야 우리는 비로소 서로의 소식과 함께 예전 학교 친구들의 소식을 주고받을 수 있었다. 노동조합 활동에 대해 잠시 의견을 나누고 나서 독일 철학에 대해 꽤 오래 유쾌하게 논쟁했던 것이 기억난다. 우리는 각자 서로의 대학에서 연마한 지적 기량을 서로에게 과시했다. 그런 다음 오스본은 자리에서 일어나 다시 방 안을 서성이면서 자신의 여러 장래 계획에 대해 말하기 시작했다.

"알다시피 난 출판에 관심이 있어. 신문이나 잡지 같은 것 말이야. 실제로 정치 사회적인 문제에 대해서 직접 칼럼을 써 볼까 해.

그러니까 내 말은, 정치에 투신하지 않으면 그러겠다는 거지. 그런데 뱅크스, 자네는 정말로 뭘 하고 싶은지 모르겠나? 보게, 저기 저 모든 것이 우리를 위한 건데." 그러면서 그는 창문을 가리켰다. "자네도 분명 무슨 계획인가 있을 거야."

"그럴지도 모르지. 한두 가지 염두에 둔 게 있기는 해. 적당한 때가 되면 말해 줄게." 내가 웃으며 대답했다.

"대체 무슨 꿍꿍이속이야? 자, 어서 말해 봐! 그게 뭔지 듣고 말겠어!"

나는 그에게 내 계획에 대해서는 아무 말도 하지 않고, 잠시 후 화제를 다시 철학이나 시 같은 것으로 돌렸다. 정오 무렵 오스본은 피커딜리에서 점심 약속이 있다는 게 갑자기 생각났다며 소지품을 챙기기 시작했다. 그가 이렇게 말한 것은 내 집을 떠나기 직전 문간에 서서였다.

"참, 친구, 자네한테 할 말이 있었어. 오늘 저녁 난 파티에 갈 거야. 레너드 에버숏을 기리는 자리지. 자네도 알잖나, 내 삼촌 말이야. 그 거물이 파티를 열었거든. 좀 촉박하게 말하는 거지만, 혹시 거기 올 생각 없나? 꽤 진지하게 묻는 거야. 아까부터 얘기하고 싶었는데 화제가 그쪽으로 닿질 않더군. 파티는 채링워스에서 열릴 거고."

내가 대답하지 않자 그가 내 쪽으로 한 발짝 다가서며 말했다.

"내가 자네를 염두에 둔 것은 기억하는 게 있기 때문이야. 자네는 늘 내가 왜 그렇게 '연줄이 많은지' 집요하게 물어 댔지. 오, 왜 이러나! 다 잊어버린 척하지 말게! 자네는 나를 가차 없이 닦아세우곤 했어. '연줄이 많다고? 그게, 그러니까 연줄이 많다는 게 무슨 뜻이지.' 하면서 말이야. 음, 그래서 난 생각했지. 좋아, 이번이 저 친구

뱅크스가 '연줄'이란 게 뭔지 직접 보여 줄 기회가 되겠군, 하고."
그런 다음 그는 어떤 일이 기억난다는 듯 고개를 저으며 말했다.
"맙소사, 학교 다닐 때 자넨 정말 괴짜였어."

이 시점에서 나는 그날 저녁에 오라는 그의 제안에 결국 동의했던 것 같다. 앞으로 설명하겠지만, 그날 저녁 파티는 내가 상상했던 것보다 훨씬 더 중요한 것으로 판명되었다. 어쨌든 당시 나는 그의 마지막 말로 인한 분노를 전혀 내색하지 않은 채 그를 배웅했다.

돌아와 다시 자리에 앉고 나자, 짜증스러운 감정이 커져 갔다. 실제로 나는 오스본이 무슨 일을 언급하는지 바로 알아챘다. 사실, 학교생활 내내 나는 오스본이 '연줄이 좋다'는 말을 거듭해서 들었다. 그 표현은 오스본에 대한 이야기가 나올 때마다 빠짐없이 등장했으므로, 나 역시 그럴 만한 경우마다 그에 대해 '연줄이 좋다'는 표현을 쓴 것 같다. 우리와 외모나 행동이 비슷한 그가 어떤 신비로운 방식으로 상류층과 다양한 연줄을 갖고 있을까 하는 생각은 물론 흥미로운 것이기는 했다. 하지만 그의 주장처럼 내가 그를 '가차 없이 닦아세웠다'는 것은 상상도 할 수 없는 일이다. 열네다섯 살 무렵 내가 그 문제에 대해 많이 생각했던 것은 사실이지만, 오스본과 나는 학창 시절 특별히 가까운 사이가 아니었다. 내가 기억하는 한 내가 개인적으로 그에게 그런 이야기를 한 것은 한 번뿐이었다.

안개 자욱한 가을날 아침이었다. 우리 둘은 시골 여인숙 밖 나지막한 담장에 앉아 있었다. 내가 짐작하기로 우리는 그때 5학년[1]쯤이었을 것이다. 크로스컨트리 경주에서 위치 표시를 하는 역할을 맡은

---

1) 영국 학제는 유아 교육 2년, 초등 교육 6년, 중등 교육 5년, 대입 준비 2년으로 이루어진다. 여기서 5학년은 중등 교육 중 마지막 학년으로 학생의 연령은 만 15세이다.

우리는 들판의 안개 속에서 경주자들이 나타나기를 기다렸다. 그들에게 진흙길로 내려가는 정확한 방향을 알려 주기 위해서였다. 경주자들이 도착하기까지는 아직 시간이 있었으므로 우리는 느긋하게 잡담을 나누었다. 확신하건대, 그 기회를 틈타 나는 오스본에게 그의 '풍부한 연줄'에 대해 물어보았던 것 같다. 패기에 넘치면서도 겸손한 성격이었던 오스본은 화제를 바꾸려 했다. 하지만 내가 고집을 피우자 결국 그는 이렇게 말했다.

"아, 그런 말에 신경 쓰지 마, 뱅크스. 모두 헛소리야. 분석하고 말고 할 것도 없다고. 그냥 아는 사람들이 좀 있는 거야. 누구나 부모님과 삼촌, 또 가족의 친구들이 있잖아. 거기에 무슨 그렇게 이상해 할 게 있다는 건지 모르겠어." 그러고는 곧 방금 자신이 한 말의 내용을 깨달은 듯 몸을 돌려 내 팔을 잡았다. "정말 미안해, 친구. 부모님이 없는 네게 이런 말을 하다니 이렇게 생각이 없을 수가."

이런 실수로 인해 오스본은 그 말로 내가 거북해 한 것 이상으로 신경을 썼던 것 같다. 실제로 그때 일이 그 모든 세월 동안 그의 의식 속에 남아 있다가 그날 저녁 채링워스 클럽에 함께 가자고 함으로써 어떤 식으로든 그 일을 벌충하려고 했다는 가정도 할 수 있다. 여하튼 그 안개 낀 날 아침 충분히 경솔하다고 할 만한 그의 언급에 나는 전혀 불쾌하지 않았다. 사실 상대의 온갖 불행에 대해 놀려 먹을 태세가 된 동급생들이 내게 부모님이 안 계신다는 말을 들으면 갑자기 무척 엄숙한 태도를 보이는 통에 짜증이 날 정도였다. 실제로, 좀 이상하게 들리겠지만, 내게 부모님이 안 계시다는 사실 ─ 슈롭셔에 계시는 이모를 제외하고는 영국에 가까운 친척조차 없다는 사실 ─ 이 나에게 그다지 불편하지 않게 된 것은 이미 오래전이었다. 내가 종종 동급생들에게 지적했듯이 우리 학교 같은 기숙학교에서는 우리 모두가 부모님 없이 지내는 법을 터득했으므로, 그 점에서 볼 때 내 처지가 그렇게까지 특이한 것이 아니었다. 그럼에도 지금 그 일을 돌이켜 보면, 적어도 오스본의 '풍부한 연줄'에 내가 매료된 이유 중 얼마간은 세인트던스턴 기숙학교 너머의 세상과 관련이 전혀 없었던 내 처지에 대한 나의 의식과 연관이 있었을 가능성은 있다. 나는 때가 되면 내 힘으로 그런 인맥을 만들어 내 길을 개척하게 되리라고 확신했다. 그러나 내가 오스본으로부터 뭔가 핵심적인 것, 그런 일에 효과적인 어떤 것을 배울 수 있을 거라고 여겼을 수는 있다.

앞에서 오스본이 집을 나서면서 한 말에 심기가 불편했다고 한 것은, 옛날에 내가 그를 '닦아세웠다'는 것을 문제 삼아서가 아니었다. 그보다는 내가 '학교의 괴짜'였다고 그가 아무렇지도 않게 단정한 것이 나를 발끈하게 했다.

실제로 그날 아침 오스본이 나를 두고 한 말에 나는 줄곧 혼란스러웠다. 내 기억에 나는 영국의 학교생활에 완벽하게 적응했기 때문이다. 세인트던스턴에 입학한 첫 몇 주 동안에도 특별히 당혹스러운 일을 일으킨 것 같지 않다. 이를테면 서서 이야기할 때 오른손을 조끼 주머니에 찔러 넣고 상대의 말에 추임새를 넣기 위해 왼쪽 어깨를 위아래로 으쓱여 보이는, 아이들 특유의 버릇을 입학 첫날부터 내가 따라 했던 기억이 떠오른다. 내 기억에 나는 입학 첫날 아주 능숙하게 이런 버릇을 흉내 냈다. 동급생 가운데 어느 누구도 이상하다고 느끼거나 놀려 먹을 생각을 하지 않을 정도로 말이다.

또한 이런 과감한 정신으로 나는 이 환경에 널리 퍼진 보다 뿌리 깊은 관행과 불문율을 포착한 것은 물론, 동급생들에게 인기 있는 몸짓이나 독특한 말투, 감탄사 따위도 빠르게 흡수했다. 나는 범죄와 그 해결에 대한 내 생각을 공개적으로 드러내는 것 —상하이에서는 그런 일이 일상이었다— 이 좋지 않다는 사실을 깨달았던 것이 분명했다. 따라서 심지어 3학년 때 절도 사건이 연이어 일어나 학교 전체가 탐정 놀이에 골몰할 때도 나는 그저 조심스럽게 참여하는 데 그쳤을 뿐 일반적인 선을 넘지 않도록 자제했다. 그리고 오스본이 나를 방문한 그날 아침 나의 '계획'에 대해 그에게 거의 말하지 않은 것 역시 그때와 같은 맥락의 신중함이라고 할 수 있다.

하지만 그런 신중함에도 불구하고 학창 시절에 내가 적어도 이따금은 내 방어 자세를 풀고 내 야망을 드러내는 몇 가지 아이디어를 제시하곤 했다는 사실을 알려 주는 두 가지 사례가 떠오른다. 그 당시에조차 나는 어떻게 그런 일들이 일어나게 되었는지 설명할 수 없었으며, 그 점은 지금도 다르지 않다.

이 두 가지 사건 중 먼저 것은 내 열네 번째 생일에 일어났다. 그 당시 친한 친구였던 로버트 손턴브라운과 러셀 스탠턴이 나를 시내에 있는 찻집에 데려갔다. 우리는 그곳에서 스콘과 크림 케이크를 먹었다. 비 오는 토요일 오후였고 테이블은 모두 차 있었다. 그것은 몇 분에 한 번씩 비에 젖은 마을 사람들이 들어와 찻집 안을 둘러보며, 즉각 자리를 비워 주지 않는 우리에게 못마땅하다는 눈길을 던진다는 뜻이었다. 하지만 찻집 주인인 조던 부인은 언제나 우리를 환대해 주었다. 내 생일인 그날 오후 우리는 마을 광장이 내다보이는 퇴창 옆의 좋은 테이블을 차지할 권리가 충분하다고 느꼈다. 그날 우리가 어떤 이야기를 나누었는지는 이제 거의 기억나지 않지만,

일단 배불리 먹고 나자 두 친구는 서로 눈빛을 교환했다. 이윽고 손 턴브라운이 책가방으로 손을 뻗어 내게 포장된 선물 꾸러미를 꺼내 주었다.

포장을 뜯기 시작한 나는 곧 그 선물이 여러 겹으로 포장되었다 는 사실을 알아차렸다. 한 겹을 벗겨 내면 또 다른 포장지가 나왔고 그런 나를 보고 두 친구는 큰 소리로 웃음을 터뜨렸다. 그런 것들로 미루어 나는 포장을 다 풀고 나면 뭔가 웃기는 물건이 나올 것임을 짐작할 수 있었다. 결국 맨 마지막 포장을 풀고 나니 낡은 가죽 케 이스가 나왔다. 작은 고리를 풀고 뚜껑을 들어 올리자 확대경 하나 가 나왔다.

나는 지금 그 확대경을 보고 있다. 오랜 세월이 지나는 동안 겉모 양은 조금 달라졌는데, 그것을 받은 그날 오후에도 이미 상당히 낡은 물건이었다. 그것이 무척 성능 좋고 놀라울 정도로 무겁다는 것 외에 상아로 된 손잡이 한쪽이 세로로 깨져 있었던 것이 기억난다. 나중에 서야—그 새겨진 글자를 읽으려면 다른 확대경이 필요했다—나 는 그 확대경이 1887년 취리히에서 만들어진 것임을 알았다.

나는 이 선물을 받고 처음에는 몹시 흥분했다. 나는 확대경을 낚 아채듯 집어 들고 테이블 위에 쌓인 포장지 더미를 한옆으로 밀쳐 낸 다음—흥분한 내 손길에 포장지 몇 장이 바닥으로 펄럭이며 떨 어졌을 것이다—테이블보에 묻은 버터 얼룩에 대고 곧바로 그 성 능을 시험해 보기 시작했다. 그 일에 너무 열중한 나머지, 친구들이 누군가를 놀릴 때처럼 과장되게 웃고 있다는 사실을 어렴풋이 느꼈 을 뿐이다. 이윽고 내가 어색해져서 고개를 들었을 때쯤에는 둘 다 어정쩡한 얼굴로 입을 다물었다. 그때 손턴브라운이 마지못해 킥킥대며 이렇게 말했다.

"넌 탐정이 될 테니까 이런 게 필요할 거라고 생각했어."

이 시점에서 나는 재빨리 정신을 차리고는 방금 있었던 모든 일이 사실은 익살맞은 장난인 척했다. 그러나 그즈음 이미 두 친구들은 자신들의 원래 의도에 당혹감을 느낀 듯했다. 그래서 그 찻집에서 보낸 나머지 시간 동안 우리는 이전의 편안한 분위기를 회복하지 못했다.

아까 말한 것처럼 나는 지금 그 확대경을 앞에 놓고 있다. 매너링 사건을 조사할 때 그 확대경을 사용했으며, 아주 최근에는 트레버 리처드슨 사건에서도 사용했다. 확대경은 널리 알려진 것만큼 탐정에게 결정적인 장비는 아닐지 모르지만, 그래도 모종의 증거를 수집하는 데는 유용한 도구이다. 따라서 앞으로도 한동안은 로버트 손턴브라운과 러셀 스탠턴에게서 생일 선물로 받은 그것을 줄곧 갖고 있을 것 같다. 지금 그것을 보고 있자니 이런 생각이 떠오른다. 설혹 내 친구들의 의도가 나를 정말 놀리려는 것이었다 해도, 지금 돌이켜 보니 그 장난은 꽤 적절해 보인다. 그러나 안타깝게도 그들이 정말 무슨 생각을 했었는지 이제는 확인할 방도도 없고, 실제로 내가 그렇게 조심했는데도 그들이 어떻게 내 은밀한 포부를 알아냈는지 알아볼 수도 없다. 스탠턴은 나이를 속이고 1차 대전 중 자원입대해 3차 이프레 전투[2]에서 전사했다. 손턴브라운은 이 년 전 결핵으로 죽었다는 소식을 들었다. 어쨌든 두 친구 모두 5학년 때 세인트던스턴을 떠났으며, 오랫동안 연락이 끊겼다가 죽었다는 소식을 들었다.

---

2) 1차 대전 발발 첫해에 벨기에 북서부 이프레에서 독일군과 연합군 사이에서 벌어진 전투.

하지만 손턴브라운이 학교를 떠날 때 내가 얼마나 낙심했는지 지금도 기억난다. 그는 내가 영국에 온 이래 만난 유일한 진짜 친구였으므로, 세인트던스턴을 졸업할 때까지 나는 내내 그를 그리워하며 지냈다.

내 머릿속에 떠오르는 두 가지 경우 가운데 두 번째 일은 그로부터 한두 해 후인 6학년 첫 해 때 일어났는데, 그 일에 대한 기억은 이전 일만큼 상세하지 못하다. 실제로 그 일이 일어났던 순간을 제외한 앞뒤 정황은 전혀 기억이 나지 않는다. 내가 기억하는 것은 교실(구 수도원 15호실)로 걸어 들어가던 장면이다. 회랑의 좁은 창을 통해 햇살이 쏟아져 들어와 공중에 떠 있는 먼지가 보였다. 선생님은 아직 오지 않았으나 나는 조금 늦었던 모양이다. 동급생들이 이미 책상 위나 긴 의자, 창턱 따위에 무리 지어 앉아 있던 게 기억나는 것을 보면 말이다. 내가 대여섯 명이 모인 무리 속에 끼어들려는 순간, 아이들의 얼굴이 일제히 내게로 향했다. 나는 그들이 나에 관한 이야기를 하고 있었음을 깨달았다. 이윽고 내가 미처 무슨 말을 하기도 전에 무리 가운데 하나인 로저 브렌서스트가 나를 가리키며 이렇게 말했다.

"하지만 셜록 홈스가 되기에는 키가 너무 작잖아."

그 말에 몇몇이 웃음을 터뜨렸으나 특별히 악의가 있는 것 같지는 않았다. 내가 기억하는 한 그것이 전부였다. '셜록 홈스'가 되려는 나의 갈망에 대한 이야기는 더 이상 나오지 않았다. 하지만 그 후 얼마 동안 나는 내 비밀이 들통 나서 아이들이 내 등 뒤에서 이런저런 이야기를 하고 있는 것이 아닐까 하는 걱정에 시달렸다.

말이 나온 김에 말하자면, 나의 포부에 관한 이 모든 화제에서 조심성을 발휘할 필요를 느낀 것은 세인트던스턴에 들어오기 전부터였다. 영국에 온 후 처음 몇 주 동안 나는 슈롭셔에 있는 이모의 시골집 근처에 있는 공원을 돌아다니면서, 습한 양치류 더미 한가운데에서 아키라와 내가 상하이에서 함께 꾸며 냈던 여러 가지 탐정 이야기를 마무리하면서 시간을 보냈다. 물론 이제는 혼자여서 아키라의 역할까지 도맡아 해야 했다. 게다가 이모 댁에서 내 모습이 보인다는 것을 의식한 탓에 이런 드라마를 연습할 때면 분별력을 발휘해서 아키라와 내게 익숙했던 요란하고 큰 동작을 삼가고 목소리도 나직이 중얼거렸다.

하지만 이런 조심성 역시 충분치 않았음이 드러났다. 어느 날 아침 내가 쓰는 작은 다락방에서 아래층 거실에서 이모가 친구들과 이야기하는 소리를 들었다. 처음에 호기심을 느낀 것은 그들의 대화 소리가 갑자기 낮아졌기 때문이었다. 잠시 후 나는 나도 모르는 사이에 층계참으로 기어 나와 난간 너머로 몸을 기울였다.

이모의 말소리가 들려왔다. "저 애는 몇 시간씩 나가 있곤 해. 저 나이의 남자애가 그렇게 자기만의 세계에 빠져 있는 건 그리 바람직하지 않아. 미래에 집중해야 한다고."

"하지만 충분히 이해할 수 있는 일이잖아. 그 애에게 일어난 일을 감안하면 말이야." 누군가가 말했다.

"그 일을 곱씹어서 그 애가 얻을 건 아무것도 없어. 그 애는 유복하게 자랐어. 그 점에서 보자면 운이 좋았지. 이제 미래를 직시할 때야. 내 말은 그런 내성적인 습관에 종지부를 찍어야 한다고." 이모가 말했다.

그날부터 나는 공원에 가는 일을 그만두었다. 그리고 되도록 '내

성적인 습관'을 드러내지 않기로 했다. 하지만 당시 나는 아직 무척 어렸으므로, 밤이면 그 다락방에 누워 이모가 시계태엽을 감거나 고양이들을 돌보느라 돌아다니면서 내는 마룻바닥이 삐꺽대는 소리를 들으며 종종 머릿속에서 아키라와 내가 언제나 했던 바로 그런 방식으로 우리의 옛 탐정 연극들을 다시 재현하곤 했다.

이제 오스본이 켄싱턴 아파트로 나를 방문했던 그 여름날로 되돌아가기로 하자. 나는 나를 '괴짜'라고 한 그의 언급에 내가 오랫동안 신경 썼다고 여기고 싶지는 않다. 실제로 나는 오스본이 떠난 지 얼마 지나지 않아 유쾌한 기분을 회복해 꽃밭 주위를 왔다 갔다 하면서 그날 저녁 파티에 대한 기대감이 차오르는 것을 느꼈다.

그날 오후에 대해 다시 생각해 보면, 내가 조금 신경이 곤두설 만한 충분한 이유가 있었다는 느낌이 든다. 런던 생활 초기에 내가 잘 헤쳐 나갈 수 있었던 것은 좀 바보스러운 오만한 태도를 줄곧 지니고 있었기 때문이었다. 물론 나는 그 특별한 저녁이 내가 일찍이 대학 시절 참석했던 그 어떤 파티와도 수준이 다르리라는 것을 의식하고 있었다. 게다가 아직 내게 익숙하지 않은 관습에 직면할지도 몰랐다. 하지만 나는 평소처럼 조심성을 발휘해 그런 어려움을 잘 헤쳐 나갈 수 있으리라고, 훌륭하게 처신할 수 있으리라고 확신했다. 공원을 산책하면서 내가 걱정했던 것은 전혀 다른 범주의 것이었다. 오스본이 '연줄 좋은' 초대객들에 대해 말할 때 나는 그들 중에 당시 잘나가는 탐정들이 적어도 두어 명 포함되어 있으리라고 추측했다. 그래서 그날 오후 나는 매틀록 스티븐슨이나 심지어 샤를빌 교수를 소개받으면 무슨 말을 해야 할지 생각하며 시간을 보냈던 것 같다. 나는 나의 포부의 윤곽을 어떻게 보여 줄 것인가 ─ 겸

손하지만 품위 있게 ─ 를 여러 차례 거듭해서 연습했다. 그런 다음 두 사람 중 한 사람이 마치 내 아버지라도 된 듯 흥미를 보이면서 온갖 종류의 충고를 하고 미래의 길잡이가 되어 줄 테니 자신을 찾아오라고 권하는 장면을 상상했다.

물론 그날 저녁은 주로 실망스러운 것으로 판명 났다. 곧 알게 될 테지만, 전혀 다른 이유로 의미심장하긴 했지만 말이다. 그 시점에서 내가 몰랐던 것은 영국이란 나라의 탐정들은 사교 모임에 참석하지 않는다는 사실이었다. 이는 그들이 초대받지 못해서가 아니었다. 나 자신의 최근 경험으로 미루어 보건대 사교 서클에서는 언제나 당대의 유명한 탐정을 초대하려 애썼다. 다만 탐정들이 자신들의 일에 헌신하느라 서로 어울리는 데 거의 관심이 없고 일반적으로 '사회'와 거리를 두었던 것이다.

앞서 말한 것처럼 그날 저녁 채링워스 클럽에 도착해 오스본이 하듯이 멋진 유니폼을 입은 도어맨에게 유쾌한 어조로 인사를 건넸을 때, 나는 이런 사실을 충분히 인식하지 못했다. 하지만 1층의 붐비는 방으로 들어선 지 불과 몇 분 만에 환상에서 깨어났다. 그런 깨달음이 정확히 어떻게 일어났는지 모르지만 ─ 그곳에 참석한 사람들 중 그 누구의 신원도 파악할 만한 시간이 없었던 것이다 ─ 일종의 계시적인 깨달음이 등줄기를 타고 내려와 나에게 그전에 가졌던 흥분이 얼마나 어리석은 것이었는지 알게 해 주었다. 매틀록 스티븐슨이나 샤를빌 교수가 내가 아는 장관이나 자본가 들과 어울릴 것이라고 생각했다는 사실 자체가 믿을 수 없었다. 정말이지 나는 실제 행사와 그날 오후 내내 내가 생각하던 상상 속의 행사 사이의 간극에 어쩌나 충격을 받았던지 잠시 동안 내 모든 침착을 송두리째 잃어버렸다. 약 반 시간 동안 짜증스럽게도 나는 오스본의 곁을 떠날 수가 없었다.

이렇게 어지럽힌 마음 때문에 이제 그날 저녁을 돌이켜 볼 때 많은 것이 다소 과장되고 부자연스럽게 느껴지는 게 분명하다. 예를 들어 지금 그 행사장을 떠올려 보면, 그 방은 유난히 어두웠던 것 같다. 벽의 전등과 탁자 위의 촛불, 천장의 샹들리에에도 불구하고. 그것들 중 어느 것도 어둠을 확실하게 밝혀 주지 못하는 듯했다. 카펫은 지나치게 푹신해서 방 안을 돌아다니려면 발을 끌듯이 걸어야 했는데, 검은 재킷 차림의 머리가 센 남자들이 실제로 그렇게 걷고 있었다. 심지어 몇몇 사람은 마치 강풍을 헤치고 나아가듯이 어깨를 구부정하게 앞으로 기울이고 걸었다. 은쟁반을 든 웨이터들 역시 대화하는 이들에게 괴상한 각도로 몸을 기울였다. 숙녀들은 거의 참석하지 않은 듯했고, 눈에 띈다 해도 이상할 정도로 개성이 없어서, 곧바로 검은색 이브닝 정장을 입은 남자들에게 묻혀 버렸다.

앞서 말했듯이 정확한 것이 아님이 분명하지만 이것이 내 마음속에 남은 그날 저녁에 대한 인상이다. 오스본이 초대객들과 차례로 유쾌하게 대화를 나누는 동안 나는 거의 얼어붙은 듯 어색하게 서서 줄곧 잔에 담긴 것을 홀짝이기만 했다. 초대객은 대부분 우리보다 족히 삼십 년은 연상이었다. 나는 한두 번 대화에 참여해 보려고 했지만, 내 목소리가 유난히 어린아이처럼 들렸고, 어쨌든 간에 화제는 대부분 내가 전혀 모르는 주제나 사람에 관한 것이었다.

그렇게 있다 보니 나는 점점 화가 났다. 나 자신에 대해, 오스본에 대해, 그 행사의 진행 전체에 대해. 주위 사람들을 경멸할 충분한 이유가 있다는 느낌이 들었다. 그들은 대부분 탐욕스럽고 자기 본위이고 공공의 의무감이나 이상주의는 찾아볼 수 없었다. 이런 분노에 힘입어 나는 마침내 오스본의 곁에서 벗어나 어둠을 가로질러 방의 다른 쪽으로 갔다.

나는 작은 벽 전등이 비추는 흐릿한 빛으로 웅덩이처럼 밝혀진 공간에 이르렀다. 그곳에는 사람들이 덜 붐볐으므로 나는 일흔 살쯤 된 은발의 신사가 벽을 향해 서서 담배를 피우는 것을 눈여겨보았다. 다음 순간 나는 그가 거울을 응시하고 있다는 것을 깨달았다. 그즈음 그는 내가 자신을 바라보고 있음을 의식한 모양이었다. 내가 서둘러 걸음을 옮기려 할 때 그가 고개를 돌리지 않은 채 물었다.

"파티가 재미있소?"

"아, 예. 고맙습니다. 예, 멋진 파티군요." 내가 가볍게 웃으며 대답했다.

"하지만 좀 어찌해야 할 줄 모르겠지 않소?"

나는 망설이다가 다시 웃음을 터뜨렸다. "조금 그런 것도 같습니다. 그렇습니다, 선생님."

은발의 신사는 내게 몸을 돌리고는 주의 깊게 나를 살펴보았다. 이윽고 그가 말했다. "원한다면 당신에게 이 사람들 가운데 몇몇에 대해 말해 주겠소. 그리고 그들 중 당신이 특별히 대화하고 싶은 사람이 있다면 그리로 데려가 소개해 주겠소. 어떻게 생각하시오?"

"그렇게 해 주신다니 친절하시네요, 그래 주신다면 정말 감사하겠습니다."

"잘됐군."

그는 한 걸음 다가오더니 우리 눈에 보이는 방 안의 모습을 살펴보았다. 그러더니 내 쪽으로 몸을 기울이고는 이 사람 저 사람을 손가락으로 가리키기 시작했다. 해당 인물이 저명인사일 경우에도 그는 나를 위해 '금융업자'니 '작곡가'니 하는 직업을 덧붙이는 것을 잊지 않았다. 그다지 잘 알려지지 않은 사람의 경우엔 그의 경력을 간략하게 요약하고 왜 그 사람이 중요한지를 말해 주었다. 그런 식으로 그는 우리 옆에 서 있는 어떤 목사에 대해 한참 이야기하다가 문득 말허리를 자르고 내게 말했다.

"이런, 관심이 딴 데로 가 버렸군."

"정말 죄송합니다……."

"괜찮소. 어쨌거나 극히 자연스러운 일이지. 당신처럼 젊은 친구에게는 말이오."

"정말이지 선생님……."

"사과 같은 건 할 필요 없소." 그는 소리 내 웃으며 내 팔을 쿡 찔렀다. "꽤 예쁜 여자 아니오?"

나는 무어라 대답해야 좋을지 알 수가 없었다. 내가 우리 왼쪽으로 몇 미터 떨어진 곳에서 중년 신사 둘과 대화를 나누고 있는 젊은 여자에게 관심을 빼앗겼다는 사실을 부정하기 어려웠다. 처음 그 여자를 보았을 때 사실 나는 전혀 그녀를 예쁘다고 생각하지 않았다. 그 이후 내가 그토록 의미심장하게 여긴 그녀의 다른 자질을 그때 그곳에서 처음 그 여자를 보았을 때 어떤 식으로든 포착했을 수도 있다. 그때 내 눈에 보인 것은 어깨까지 오는 짙은 색 머리카락에 마치 요정처럼 자그마한 젊은 여자였다. 그 순간 그 여자는 분명 대화 중인 두 남자들에게 매혹적으로 보이고 싶어 하는 게 분명했음에도 나는 그녀의 미소 속에서 다음 순간 비웃음으로 바뀔 수 있는 그 무엇을 볼 수 있었다. 맹금류처럼 살짝 굽은 어깨는 그녀의 자세에 음모를 꾸미는 것 같은 느낌을 주었다. 무엇보다도 나는 그녀의 특별한 눈빛 — 일종의 엄격함, 편협한 까다로움 같은 그 무엇 — 에 주목했다. 그때를 돌이켜 보니 바로 그녀의 눈빛 때문에 내가 그날 저녁 그렇게 매혹당한 눈빛으로 그녀를 바라보았다는 것을 알겠다.

이윽고, 우리 두 사람이 여전히 그녀를 바라보고 있을 때, 그녀가 우리 쪽으로 눈길을 던졌다. 내 옆의 신사를 알아본 그녀는 그에게 짧고 차가운 미소를 보냈다. 은발의 신사는 거수경례와 함께 머리를 정중히 숙여 보였다.

"젊고 매력적인 숙녀라오." 그가 나를 이끌고 걷기 시작하며 나직이 말했다. "하지만 당신 같은 친구가 저 여자를 쫓아다니며 시간을 낭비하는 건 분별없는 짓이오. 당신의 기분을 상하게 하려는 게 아니오. 당신은 멋지고 품위 있는 청년 같으니. 하지만 알다시피 저 여잔 미스 헤밍스라오. 미스 세라 헤밍스 말이오."

그 이름은 나에게 아무것도 떠올려 주지 않았다. 그러나 그 남자는, 아까 전에는 자신이 손으로 가리킨 사람들의 배경을 성실히 말해 주었으면서 이번에 그 여자의 이름을 말하면서는 내가 당연히 알 거라고 여기는 듯했다. 그래서 나 역시 고개를 끄덕이며 이렇게 맞장구쳤다.

"오, 그렇습니까. 그러니까 저 여자가 미스 헤밍스로군요."

신사는 다시 걸음을 멈추더니 우리가 새로 자리 잡은 유리한 위치에서 방 안을 살펴보았다.

"자, 봅시다. 내가 보기에 당신은 당신을 이끌어 줄 누군가를 찾고 있소. 맞소? 걱정 마시오. 젊었을 때 나도 그런 게임을 많이 했다오. 자, 봅시다. 여기 그럴 만한 사람이 누가 있을까?" 그러더니 그는 갑자기 내게 몸을 돌리고는 물었다. "당신이 평생의 업으로 뭘 하고 싶다고 했는지 다시 말해 주겠소?"

물론 조금 전 나는 그에게 그런 얘기는 전혀 하지 않았다. 하지만 이제 잠시 주저하다가 간단하게 대답했다.

"탐정이 되고 싶습니다, 선생님."

"탐정이라고? 흐음." 그는 방 안을 둘러보는 눈길을 멈추지 않았다. "그러니까……. 경찰 말이오?"

"그보다는 사설탐정 말입니다."

그가 고개를 끄덕였다. "당연하지. 당연해." 그는 생각에 잠긴 채 시가를 깊이 빨아들였다. 이윽고 그가 말했다. "혹시 박물관 같은 곳에는 관심 없소? 저기 있는 저 친구는 몇 해 전부터 유명해진 인물이오. 박물관, 해골, 유적 같은 것들로 말이오. 흥미 없소? 그런 것 같군." 그는 이따금 누군가를 보기 위해 목을 길게 빼면서 줄곧 방 안의 사람들을 살펴보았다. 이윽고 그가 다시 말했다. "물론 많은 젊은이들이 탐정이 되고 싶어 하지. 감히 말하건대 이런저런 상상을 하던 시절엔 나도 그랬다오. 당신 나이에는 그렇게 이상주의적인 생각을 한다오. 당대의 위대한 탐정이 되기를 꿈꾸는 거지. 이 세상의 모든 악을 혼자서 뿌리 뽑겠다고 말이오. 칭찬할 만하오. 하지만 실제로 말이오, 젊은 친구, 말하자면 제2, 제3의 대비책을 세워 두는 게 좋을 거요. 왜냐하면 이제부터 한두 해 후에는 ─ 난 당신 기분을 상하게 하고 싶지는 않고 ─ 그러니까 얼마 지나지 않아 당신은 사태를 상당히 다르게 느끼게 될 거요. 혹시 가구에 관심 있소? 그걸 묻는 이유는 저기 해미시 로버트슨이 서 있기 때문이오."

"존경을 담아 드리는 말씀인데요, 선생님. 제가 조금 전 선생님께 털어놓은 제 포부는 한순간의 변덕과는 거리가 멉니다. 그건 제 인생을 바칠 소명입니다."

"인생이라고? 당신 몇 살이오? 스물하나? 스물둘? 음, 당신의 용기를 꺾어 놓아선 안 될 것 같소. 결국 우리 젊은이들이 이런 종류의 이상주의적인 개념을 품지 않는다면, 누가 그럴 수 있겠소? 그러니 젊은 친구, 당신은 오늘날 세상이 삼십 년 전 세상보다 훨씬 더 사악하다고 믿겠지? 인류 문명이 위기에 처해 있다고 말이오."

"사실, 선생님, 저는 그렇다고 믿습니다." 내가 간결하게 잘라 대답했다.

"나 역시 그렇게 생각했을 때가 떠오르는군." 갑자기 그의 비꼬는 듯한 어투가 한결 친절한 어조로 바뀌었다. 심지어 그의 눈에 눈물이 차오른 것 같았다. "왜 그렇다고 보시오, 젊은 친구? 이 세상이 정말로 더 사악해져 가고 있는 거요? 호모 사피엔스라는 종이 타락하고 있는 거요?"

"그 점에 대해서는 잘 모르겠습니다, 선생님." 나는 이번에는 한결 부드러운 어조로 대답했다. "제가 말할 수 있는 건 다만 객관적인 관찰자 입장에서 볼 때 현대의 범죄자들이 점점 더 지능적이 되었다는 겁니다. 그들은 좀 더 야심차고 좀 더 대담해졌습니다. 과학 발전 덕택에 새롭고 정교한 도구를 자유롭게 사용할 수 있게 된 거죠."

"알겠소. 그러니까 우리 입장에서는 당신 같은 재능 있는 친구들이 없다면, 미래가 암울하다는 거 아니오?" 그는 서글프게 고개를 내저었다. "당신 말이 맞을지도 모르겠군. 늙은이가 조롱하는 건 너무 쉽지. 아마 당신 말이 맞을 거요, 젊은 친구. 아마도 우리는 사태가 돌이킬 수 없는 지경이 되어 가는 걸 너무 오랫동안 방치했는지도 모르겠소. 이런."

은발의 사내는 다시 한 번 고개를 숙여 보였다. 세라 헤밍스가 우리를 지나쳐 사람들 사이로 들어갔다. 그녀는 오만하고도 우아하게 사람들 사이를 헤치며 움직이고 있었다. 그녀의 눈길은 자신과 함께 있을 자격이 있는 누군가를 찾아 — 내게는 그렇게 보였다 — 왼쪽에서 오른쪽으로 움직이고 있었다. 내 일행을 발견한 그녀는 그에게 조금 전과 마찬가지로 짤막한 미소를 보냈을 뿐 걸음을 늦추지 않았다. 한순간 그녀의 시선이 내게 머물렀지만, 거의 동시에 — 내가 미소로 응답하기도 전에 — 나를 마음에서 떨쳐 내고는 자신이 점찍은 방 반대편의 누군가를 향해 걸어갔다.

그날 밤 나중에 오스본과 함께 빠르게 달리는 택시에 앉아 켄싱턴으로 돌아가면서 나는 세라 헤밍스에 대해 뭔가를 더 알아내기 위해 애썼다. 오스본은 그날 저녁을 따분했다고 여기는 척했지만, 자기 자신에게 몹시 만족한 듯했고, 자신이 영향력 있는 인물들과 나눈 많은 대화를 나에게 자세하게 말해 주고 싶어 안달이 나 있었다. 그런 그의 관심을, 내가 미스 헤밍스에게 과도한 호기심을 가진 것처럼 보이지 않은 채 그 여자에게로 돌리는 것은 쉬운 일이 아니었다.

"미스 헤밍스? 아, 그래, 그 여자. 헤리엇 루이스와 약혼했었지. 자네도 알겠지만 그 지휘자 말일세. 지난가을 앨버트 홀[3]에서 슈베르트 콘서트를 열었던. 그 대실패를 기억하나?"

---

3) 영국 런던에 있는 공연 및 연주회장.

내가 그것에 대해 모른다고 털어놓자, 오스본은 말을 계속했다.

"사람들은 의자를 내던지지는 않았지만, 감히 말하건대 그것들이 바닥에 고정되어 있지 않았다면 그렇게 했을걸. 《타임스》에서 나온 친구는 그 공연을 '완벽한 모조품'이라고 묘사했지. 아니 '유린'이라고 했던가? 어쨌든 그는 그 공연을 거침없이 비판했어."

"그래서 미스 헤밍스가……."

"뜨거운 감자라도 되는 것처럼 그를 떨궈 냈지. 공개적으로 그에게 약혼반지를 돌려줬거든. 그 이후로 그 여자는 그 친구와 멀찍이 떨어져서 지내고 있지."

"순전히 그 연주회 때문에?"

"음, 사람들 말에 따르면 꽤 무시무시했다더군. 상당한 충격을 불러일으켰지. 내 말은 그녀의 약혼 파기 말일세. 하지만 오늘 밤 사람들이 얼마나 따분하던가, 뱅크스. 그 나이가 되면 우리도 그럴까?"

캠브리지에 머무는 첫 해에 나는 주로 오스본과의 우정을 통해 어느 샌가 다른 고급 사교 행사에 꽤 자주 참여하기에 이르렀다. 이제 내 삶의 그 시기를 돌아보면, 몹시 경박한 한때였다는 생각이 든다. 만찬 파티, 점심 파티, 칵테일파티가 대개 블룸즈버리와 홀본 근처의 아파트에서 열렸다. 나는 그날 저녁 채링워스에서 보인 서툰 태도를 벗어던지기로 결심했다. 그 후 이런 행사에서 나의 매너는 점차 꾸준히 안정되어 갔다. 잠시 동안이지만 확실히 런던 사교계의 '그룹들' 중 하나에 한자리를 차지하게 되었다고 말하는 것이 타당할 것이다.

미스 헤밍스는 특별히 내 그룹에 속한다고 할 수는 없었지만, 내가 친구들에게 그녀에 대해 언급할 때마다 모두들 그녀를 알고 있었다. 게다가 이따금 행사 같은 데나 대형 호텔의 찻집에서 그녀의 모습을 볼 수 있었다. 어쨌든 이런저런 방식으로 나는 런던 사교계에서의 그녀의 경력에 대해 상당한 정보를 모을 수 있게 되었다.

그런 막연한 간접적 인상이 내가 아는 그녀의 전부였던 시기를 돌이켜 보는 것은 얼마나 흥미로운지! 그녀를 높게 평가하지 않는 사람들이 많다는 사실을 아는 데에는 그리 많은 시간이 필요치 않았다. 앤터니 해리엇 루이스와의 파혼 사건 이전에도 그녀는 사람들이 '직설적인 태도'라고 부르는 그녀 특유의 태도로 적을 많이 만든 것 같았다. 그러므로 공정하게 말해서 그들의 객관성은 이 점에서는 거의 기대할 수 없다고 보아야 할 것이다. 그런 이들은 그녀가 문제의 지휘자를 대놓고 쫓아다녔다고 묘사했다. 또 다른 이들은 그녀가 해리엇 루이스와 가까워지기 위해 그의 친구들을 이용했다고 그녀를 비난했다. 그렇게 결정적인 노력을 기울여 놓고 뒤이어 그녀가 그 지휘자를 차 버리자, 몇몇 사람들은 어리둥절했고, 또 다른 사람들은 그것을 그저 그녀의 뻔뻔스러운 동기의 결정적인 증거로 간주했다. 한편 나는 미스 헤밍스에 대해 오히려 좋게 말하는 많은 이들도 만났다. 그들은 흔히 그녀를 '똑똑하고' '세련된' 여자로 묘사했다. 특히 여자들은 이유야 어찌 되었든 약혼을 깰 수 있는 권리가 그녀에게 있다며 옹호했다. 하지만 그녀의 옹호자들조차도 그녀가 '새로운 종류의 지독한 속물'이라는 견해에 동의했다. 그녀는 여자든 남자든 간에 유명하지 않은 사람은 존경할 만하다고 여기지 않는다는 것이다. 그리고 그해 멀리서 그녀를 관찰한 바에 따르면 나역시 그런 주장을 반박할 만한 근거를 거의 발견하지 못했다고 말해야 할 것 같다. 물론 나는 때때로 그녀가 저명한 인물이 아니면 어울릴 수 없다고 여기는 듯한 인상을 받았다. 한번은 그녀가 법정 변호사인 헨리 퀸과 어울렸는데, 그가 찰스 브라우닝 건에서 실패한 후에는 그와 거리를 두었다. 그런 다음 그녀가 제임스 비컨과 점점 더 자주 어울린다는 소문이 돌았다. 그는 당시 떠오르는 젊은 정부 각료였다. 어쨌든 그 시점까지 문제의 은발 신사가 '나 같은 친구'가 미스 헤밍스를 쫓아다니는 것은 좋을 게 없는 일이라고 단언한 것은 정말이지 일리 있는 말이었음이 내게는 지극히 명백해졌다. 물론 당시에 나는 그의 말을 제대로 이해하지 못했다. 이제 이해하고 보니 나는 그해 내가 특별한 관심을 갖고 미스 헤밍스의 행동을 뒤쫓고 있었다는 걸 깨달았다. 그랬음에도 나는 채링워스 클럽에서 그녀를 처음 본 지 거의 이 년이 지난 어느 날 오후가 되어서야 그녀와 처음으로 이야기를 하기에 이르렀다.

그날 나는 월도프 호텔에서 아는 사람과 차를 마시고 있었는데, 일이 생겨 상대가 급히 자리를 떴다. 나는 그곳 팜 코트 층에 혼자 앉아 스콘에 잼을 발라 먹고 있었다. 그때 미스 헤밍스가 발코니 탁자에 역시 혼자 앉아 있는 것이 보였다. 앞서 말한 대로 그런 장소에서 그녀를 목격한 것이 처음은 아니었지만, 그날 오후는 뭔가 다른 점이 있었다. 당시는 매너링 사건이 종결된 지 한 달이 채 안 된 때였으므로, 나는 여전히 구름 속에 있는 기분이었다. 처음으로 대중적 성공을 거둔 이후라 어떤 흥분에 휩싸여 있던 것은 분명했다. 내 앞에 새로운 문이 열렸던 것이다. 완전히 새로운 곳으로부터 초청장이 쇄도했다. 전에는 내게 친절한 정도였던 이들이 내가 방으로 들어가면 흥분에 휩싸여 탄성을 질렀다. 내가 어느 정도 나의 기본 태도를 잃어버린 것도 놀라운 일이 아니었다.

어쨌든 그날 오후 월도프에서 나는 나도 모르게 자리에서 일어나 발코니 쪽으로 갔다. 내가 무엇을 기대했는지는 잘 모르겠다. 미스 헤밍스가 나와의 친교를 정말로 즐거워 할지 어떨지 줄곧 가늠하고 있었던 것 역시 그즈음 나의 의기양양한 마음 상태를 반영한다고 할 수 있었다. 피아니스트를 지나 그녀가 앉아서 책을 읽는 탁자로 다가가면서 내 머릿속에 어쩌면 한 줄기 의혹이 스쳐 갔는지도 모르겠다. 하지만 이렇게 말하는 내 목소리가 세련되고 유머가 깃든 듯해서 기분이 좋았던 것이 기억난다.

"실례합니다만, 지금이 저를 당신에게 소개하기에 적당한 때라는 생각이 들어서요. 제 친구들이 당신을 잘 알더군요. 전 크리스토퍼 뱅크스라고 합니다."

나는 내 이름을 화려하게 발음하려 애썼지만, 이 시점에 이르자 내 확신은 약해지기 시작했다. 미스 헤밍스가 탐색하는 듯한 차가운 눈길로 나를 올려다봤기 때문이다. 침묵이 이어졌다. 그녀는 책이 불평하듯 끙 소리라도 내지른 것처럼 재빨리 책 쪽으로 다시 눈길을 돌렸다. 이윽고 그녀는 당황한 듯한 어조로 말했다.

"오, 그런가요? 안녕하세요?"

"매너링 사건에 대해 아마도 보도를 보셨을 겁니다." 난 어리석게도 그렇게 말했다.

"그래요. 당신이 그 사건을 조사하셨더군요."

나의 균형감을 잃게 한 것은 지극히 사무적인 이 언급이었다. 그녀가 이제야 알아들었다는 듯한 기색 없이 그렇게 말했기 때문이다.

그 덤덤한 언급은 그녀가 줄곧 내가 누구인지 알고 있었다는 것, 그럼에도 내가 왜 그녀의 탁자 옆에 서 있는지 이해하지 못했다는 것을 의미했다. 갑자기 나는 지난 몇 주간의 들뜬 흥분이 증발해 버리는 것을 느꼈다. 나는 신경질적인 웃음을 터뜨렸다. 이론의 여지없이 눈부신 나의 활약과 내 친구들의 찬사에도 불구하고, 매너링 사건이 더 넓은 세계에서는 내가 생각한 것만큼 그다지 중요하지 않다는 생각이 머릿속에 떠오른 것은 그때였다.

우리가 극히 정중한 인사의 말을 나눈 다음 내가 나의 탁자로 돌아간 것은 극히 당연했다. 오늘날 내게는 미스 헤밍스가 충분히 그런 반응을 보일 수 있었다고 여겨진다. 매너링 사건 같은 것이 그녀에게 깊은 인상을 주기에 충분할 거라고 상상하다니 얼마나 어리석은가! 하지만 일단 돌아와 자리에 앉자 분노와 낙담이 치밀어 오르던 것이 기억난다. 그날 나 스스로를 미스 헤밍스 앞에서 웃음거리로 만들었을 뿐 아니라 그전 달 내내 줄곧 그래 왔을지도 모른다는 생각이 들었다. 내 친구들이 그렇게 축하를 해 주기는 했지만 뒤에서는 나를 비웃고 있었을지도 모른다는 생각 말이다.

그다음 날이 되자 나는 내가 받았던 그 거친 대접이 극히 자연스러운 것이었다는 사실을 받아들이기에 이르렀다. 하지만 월도프에서의 이 일화가 아마도 내 안에서 미스 헤밍스에 대한 원한의 감정을 불러일으켰는지도 모르겠다. 나는 그런 감정을 결코 떨쳐 버릴 수 없었고, 그래서 어제저녁의 불행한 사건들을 야기한 것이 분명했다. 하지만 당시 나는 이 사건 전체를 천우신조로 여기려 애썼다. 요컨대 그 일로 인해 우리가 자신의 가장 소중한 목표로부터 얼마나 쉽게 주의가 분산될 수 있는가를 절실히 느낄 수 있었던 것이다. 내가 하고자 한 것은 악과 싸우는 것이었다. 특히 은밀하고 간교한 악과 싸우는 것이었는데, 그것은 사교 서클 내에서 인기를 누리는 것과는 거의 관계없는 일이었다.

그 이후 나는 사교 생활을 줄이고 내 일에 좀 더 깊숙이 빠져들게 되었다. 나는 과거에 있었던 유명한 사건을 연구하고, 언젠가 유용하게 쓰일 수 있는 지식의 새 영역으로 빠져들었다. 또한 이즈음 나는 다양한 탐정에게 명성을 가져다준 경력을 면밀하게 조사하기 시작했는데, 그 덕분에 견고한 성취에 기초한 그런 평판과, 기본적으로 어떤 영향력 있는 배경 안에 자리 잡은 덕에 얻어진 평판 사이의 차이를 구별해 낼 수 있었다. 탐정이 명성을 얻는 참된 길과 거짓 길이 있다는 것을 나는 알게 되었다. 간단히 말해서 매너링 사건 이후 내게 늘어난 우정의 제안에 흥분했던 것만큼 월도프에서의 만남 이후 나는 부모님이 보여 주신 모범을 다시 기억하고, 경박한 집착이 내 일을 방해하는 것을 허락하지 않기로 마음먹었다.

2

매너링 사건 이후의 내 삶의 시기를 회상하다 보니, 그 모든 세월 후에 채임벌린 대령을 뜻밖에도 만난 것을 여기서 언급하는 게 의미 있을 것 같다. 대령이 내 어린 시절의 그토록 중요한 시점에 한 역할을 생각하면 우리가 좀 더 긴밀하게 소식을 이어 오지 않았다는 게 뜻밖으로 여겨질지도 모른다. 하지만 이유야 어떻든 간에 우리는 중간에 연락이 끊겼고, 내가 그를 다시 — 월도프에서 미스 헤밍스를 만난 후 한두 달 후 — 만난 것은 순전히 우연이었다.

어느 비 오는 날 오후 나는 채링크로스 거리에 있는 한 서점 안에 서서 삽화가 들어간 『아이반호』를 살펴보고 있었다. 누군가 내 뒤쪽 가까이에서 서성거리는 것을 의식한 나는 그 사람이 내가 선 쪽 서가의 책을 보고 싶은 모양이라고 생각하고 한쪽으로 몸을 비켰다. 그런데도 그 사람이 줄곧 내 주위를 어슬렁거리기에 마침내 뒤를 돌아보았다.

나는 첫눈에 대령을 알아보았다. 그의 신체적 특징이 거의 변하지 않았던 것이다. 하지만 어른이 된 내 눈에 그는 소년 시절에 보았던 인물보다 훨씬 순하고 초라해 보였다. 그는 비옷 차림으로 거기 서서 수줍은 표정으로 나를 바라보고 있었다. 내가 "이런, 대령님!"이라고 외쳤을 때에야 그는 미소를 지으며 한 손을 내밀어 악수를 청했다.

"어떻게 지내나, 얘야? 네가 분명하다고 생각했다. 세상에! 잘 지내니, 얘야?"

그의 눈에 눈물이 차올랐음에도 불구하고 그의 태도는 여전히 어색한 채였다. 마치 내가 자신을 만나서 과거를 떠올리는 것을 짜증스러워 할까 봐 두렵다는 듯이. 나는 그를 다시 만난 기쁨을 전달하려 최선을 다했다. 밖에서 폭우가 쏟아지기 시작했으므로, 우리는 비좁은 서점 안에 서서 대화를 나누었다. 그는 여전히 우스터셔에 살고 있다고 했다. 장례식에 참석하려 런던에 왔고, 그 김에 하루 이틀 묵고 가기로 했다는 것이었다. 어느 호텔에 머물고 있느냐고 묻자 그는 정확한 대답을 피했다. 나는 그가 허름한 숙소에 머무는 것이 아닐까 하는 생각이 들었다. 헤어지기 전에 나는 다음 날 함께 저녁 식사를 하자고 그를 초대했고, 그는 그 제안을 무척 기뻐하며 받아들였다. 내가 도체스터 호텔 식당에서 만나자고 하자 흠칫 놀라는 듯했지만 내가 고집을 꺾지 않자 ─ "대령님이 지난날 베풀어 주신 친절에 대해 제가 할 수 있는 최소한의 보답입니다." ─ 그 제안을 받아들였다.

이제 과거를 돌아보면 내가 도체스터 호텔 식당을 선택한 것은 완전히 잘못된 배려였다는 생각이 든다. 요컨대 나는 대령이 풍족하지 않다는 것을 짐작할 수 있었다. 나는 또한 그가 적어도 음식 값의 반을 지불할 수 없다는 것이 그에게 얼마나 상처가 되었을지 예측했어야 했다. 하지만 그 당시 그런 생각은 내 머릿속에 떠오르지 않았다. 나는 그가 마지막으로 나를 본 이후 내가 얼마나 눈부시게 변모했는지 그 노인에게 감명을 주어야 한다는 생각에 지나치게 집착했던 것 같다.

그런 목적에서라면, 내 결정은 성공적이었던 듯하다. 마침 나는 그즈음 도체스터 식당에 두 번 간 적이 있었으므로, 그날 저녁 그곳에서 채임벌린 대령을 만났을 때 그곳의 포도주 담당자가 "다시 만나서 반갑습니다, 선생님." 하면서 내게 인사했던 것이다. 대령은 내가 그와 몇 마디 재담을 나누는 것을 지켜보다가 이윽고 수프를 먹기 시작했을 때 갑자기 웃음을 터뜨렸다.

"그 배에서 내 옆에 붙어서 칭얼거리던 그 꼬마가 이렇게 달라지다니!" 그가 말했다.

그는 조금 더 웃고 나서 자신이 그 주제를 암시하지 말았어야 했다는 생각이 들었는지 갑자기 입을 다물었다. 하지만 나는 차분하게 미소를 지으며 말했다.

"그 여행에서 전 당신에게 틀림없이 골칫거리였겠죠, 대령님."

노인의 얼굴이 한순간 어두워졌다. 이윽고 그는 엄숙하게 말했다. "상황을 고려할 때 자네는 극도로 용감했네, 크리스토퍼. 정말 용감했어."

그 단계에서 조금 어색한 침묵이 흘렀던 걸로 기억한다. 우리 둘 다 수프의 섬세한 맛에 대해 말하는 것으로 그 침묵을 깼다. 옆 탁자에서는 온몸에 보석을 휘감은 덩치 큰 숙녀가 유쾌하게 웃음을 터뜨리고 있었다. 대령은 그 여자 쪽으로 좀 드러내 놓고 눈길을 던졌다. 이윽고 그는 한 가지 결론에 이른 것처럼 보였다. 그가 말했다.

"알다시피 우스운 일이다. 오늘 밤 나오기 전에 그 일을 생각했단다. 자네와 내가 처음 만났던 때 말이다. 기억이 날지 모르겠구나, 크리스토퍼. 아마 기억하지 못할 거다. 요컨대 당시 자네 마음속이 무척 복잡했을 테니까."

"오히려 저는 그때를 생생하게 기억하고 있는걸요." 내가 말했다.

그 말은 거짓이 아니었다. 지금도 나는 두 눈을 감으면 상하이의 그 눈부신 아침과 모건브룩 앤드 바이어트 무역회사에서 우리 아버지의 상사였던 해럴드 앤더슨 씨의 사무실을 쉽사리 떠올릴 수 있다. 나는 윤낸 가죽과 오크 냄새가 나는 의자에 앉아 있었다. 인상적인 책상 앞에 흔히 놓여 있음 직한 의자였는데, 그때에는 방 한가운데로 끌어내어져 있었다. 나는 그것이 중요한 인물만이 앉을 수 있는 의자라는 것을 감지했는데, 그 경우 상황의 심각함 때문이었는지 아니면 일종의 위로 차원에서였는지 그 의자가 나에게 주어졌다. 내가 아무리 애써도 품위 있는 태도로 거기 앉을 수 없었던 것이 기억난다. 특히 나는 멋지게 조각된 의자의 팔걸이에 양쪽 팔꿈치를 올려놓는 자세를 취할 수가 없었다. 게다가 그날 아침 나는 어디서 났는지는 몰라도 거친 회색 천으로 된 새 재킷을 입고 있었다. 그래서 나는 볼썽사납게 단추를 거의 턱까지 올라오도록 채워 입고는 극도로 어색한 기분에 싸여 있었다.

그 방의 천장은 몹시 높았고 벽에는 커다란 지도가 붙어 있었으며 앤더슨 씨의 책상 뒤에 있는 커다란 창을 통해 햇빛이 쏟아져 들어오고 바람이 불어왔다. 내 머리 위의 천장에서 팬이 돌아가고 있었던 것 같은데, 사실 이 점은 잘 기억나지 않는다. 내가 기억하는 것은 내가 방 한가운데 놓인 의자에 앉아 있었고, 진지한 관심과 토론의 대상이 되고 있었다는 사실이다. 어른들이 대부분 서서 내 주위를 둘러싼 채 이야기를 하고 있었다. 이따금 한두 사람이 목소리를 낮추며 창가로 다가가기도 했다. 또한 키가 크고 머리카락이 세어 가는 데다가 커다란 콧수염을 한 앤더슨 씨가 나를 오랜 친구 대하듯이 하는 것에 크게 놀랐던 것이 기억난다. 그래서 잠시 동안 혹시 어렸을 때 그를 알고 지냈는데 내가 그 사실을 잊어버린 게 아닐까 하는 생각까지 했다. 그와 내가 그날 아침까지 만난 적이 있을 수가 없다는 생각을 하게 된 것은 훨씬 나중이 되어서였다. 어떤 경우에도 그는 내 삼촌의 역할을 자임하며 줄곧 내게 미소를 지어 보이면서 윙크를 하고 팔꿈치로 나를 찔러 댔다. 한번은 이렇게 말하며 내게 차 한 잔을 건네기도 했다. "자, 크리스토퍼, 이걸 마시면 기분이 좋아질 거다." 그런 다음 내가 잔을 받아 드는 동안 내 눈높이로 몸을 낮추고 나를 바라보았다. 그런 다음 다시 나직한 중얼거림과 의논이 이어졌다. 이윽고 앤더슨 씨가 내 앞으로 와서는 이렇게 말했다.

"자, 그러니까 크리스토퍼. 이제 모든 게 결정되었다. 이분은 채임벌린 대령님이시다. 이분이 친절하게도 널 영국까지 안전하게 데려가 주겠다고 하셨단다."

이 시점에서 방 안에 무거운 침묵이 흘렀던 것이 기억난다. 사실 내가 받은 인상은 그곳의 모든 어른이 뒷걸음치더니 관객처럼 벽에 등을 대고 줄 맞춰 서는 것 같았다. 앤더슨 씨 역시 마지막으로 격려하는 듯한 미소를 띠며 뒤로 물러났다. 그제야 비로소 나는 채임

벌린 대령에게 처음으로 눈길을 주었다. 그가 내게 천천히 다가오더니 무릎을 굽히고 몸을 낮추어 내 얼굴을 들여다본 다음 한 손을 내밀었다. 나는 악수를 하기 위해 일어나야 한다는 느낌이 들었지만, 그가 너무 빨리 손을 내민 데다가 내가 그 의자에 거의 고정되어 있는 듯한 느낌이 들어서 앉은 채로 그의 손을 잡았다. 이윽고 그가 이렇게 말하던 것이 기억난다.

"가엾은 녀석. 처음에는 아빠가, 이제는 엄마까지 그렇게 되시다니. 온 세상이 무너지는 것 같을 거다. 하지만 우리는 내일 영국으로 갈 거다. 우리 둘이서 말이다. 네 이모가 거기서 널 기다리고 계시단다. 넌 곧 다시 안정을 찾을 거다."

한순간 나는 목이 잠겨 말이 나오지 않았다. 마침내 목소리를 낼 수 있게 되었을 때 나는 이렇게 말했다. "고맙습니다, 선생님. 그런 제안을 해 주신 데 대해 정말이지 감사드립니다. 그리고 제가 지나치게 버릇없다고 여기지 않으셨으면 좋겠네요. 하지만 이런 말을 해도 괜찮다면 말인데요, 선생님, 전 꼭 지금 영국으로 가지 않아도 되는데요." 대령은 바로 대답하지 않았다. 나는 말을 계속했다.

"왜냐하면요, 선생님. 탐정들이 제 엄마 아빠를 찾기 위해 아주 열심히 일하고 있거든요. 상하이 최고의 탐정들이 말이에요. 제 생각에 그들이 곧 제 부모님을 찾아내실 것 같아요."

대령이 고개를 끄덕였다. "당국에서 할 수 있는 모든 걸 다하고 있다고 나는 확신한다."

"그러니까 말인데요, 선생님. 선생님의 친절에는 무척 감사하지만, 제가 영국에 가는 건 어쨌거나 불필요한 일 같습니다."

이 시점에서 방 안에 두런거리는 소리가 들려왔던 것이 기억난다. 대령은 사태를 신중하게 가늠하듯이 줄곧 고개를 끄덕였다.

"네 말이 아마 맞을 거다, 애야. 나는 진심으로 네 말이 맞기를 바란다. 하지만 만일을 생각해서 어쨌거나 나와 함께 가는 게 어떻겠니? 네 부모님이 돌아오시면, 그분들이 너를 데리러 사람을 보낼 거야. 아니면 누가 알겠니? 그분들 역시 영국으로 가기로 결정을 내릴지. 그러니 어떻게 생각하니? 내일 나와 함께 영국으로 가자. 그런 다음 일이 어떻게 되는지 지켜보자꾸나."

"선생님 죄송합니다. 하지만 아시다시피 탐정들이 제 부모님을 찾고 계시답니다. 최고의 탐정들이요."

이 말에 대령이 정확히 뭐라고 대답했는지 잘 모르겠다. 아마도 그는 줄곧 고개를 끄덕였던 것 같다. 어쨌든 다음 순간 그는 내게 더 몸을 기울이더니 내 어깨에 한손을 얹었다.

"내 말 좀 들어 보렴. 네 기분이 어떤지 안다. 주위의 모든 것이 무너지는 것 같을 거야. 그렇지만 마음을 굳게 먹어야 해. 게다가 네 이모님이 영국에 계셔. 그분이 널 기다리시는 거 알지? 이제 와서 이모님을 실망시키는 건 잘하는 일이 아닌 것 같다, 그렇지 않니?"

그날 저녁 수프 그릇을 앞에 놓고 마주 앉아 기억 속에 남아 있던 그의 이 말을 그에게 들려주면서 나는 그러니까 그가 웃음을 터뜨릴 거라고 기대했던 것 같다. 하지만 그는 엄숙하게 이렇게 말했다.

"그때 난 네 처지가 무척 안타까웠단다. 정말 어쩌나 딱하던지." 이윽고 자신이 내 기분을 우울하게 만들었음을 감지한 듯 그는 짧게 웃음을 터뜨리고는 한결 가벼워진 어조로 덧붙였다. "너와 함께 항구에서 기다리던 때가 생각나는구나. 나는 줄곧 이렇게 말했지. '내 말 좀 들어 보렴. 배에서 보내는 시간은 무척 재미있을 거야, 그렇게 생각하지 않니? 아주 즐거운 시간을 보내게 될 거라고.' 내 말에 너는 그저 이런 대답을 되풀이했지. '예, 선생님. 예, 선생님. 예, 선생님.'"

몇 분 동안 나는 그날 아침 앤더슨 씨 사무실에 와 있던 옛 지인들에 대한 여러 가지 추억을 그가 회상하도록 내버려 두었다. 그들의 이름은 하나같이 내게 아무것도 떠올려 주지 않았다. 이윽고 대령은 말을 멈추고는 얼굴을 찌푸리며 말했다.

"앤더슨에 대해서 말인데, 그 친구에게는 언제나 석연찮은 느낌이 있었어. 뭔가 수상쩍은 구석이 있었어. 내 의견을 말하자면, 그 빌어먹을 일에는 뭔가 수상한 점이 있었단다."

이 말을 입 밖에 낸 다음 순간 그는 소스라쳐 놀란 듯한 표정으로 나를 바라보았다. 그러고는 내가 무어라 대답하기도 전에 재빨리 화제를 바꾸었다. 화제는 다시 그가 보다 안전하다고 여긴 우리의 영국행 여행에 관한 것으로 옮겨갔다. 얼마 지나지 않아 그는 같은 배에 탄 승객과 선원에 대한 추억을 늘어놓으며 쿡쿡거리며 웃었다. 나로서는 오래전에 잊어버린, 아니 처음부터 기억조차 없었던 사소한 사건을 떠올리며 즐거워했다. 그가 그 시간을 즐겼으므로 나는 그를 기쁘게 해 주기 위해 뭔가가 기억나는 척하면서 맞장구를 쳤다. 하지만 이런 회상들이 계속 이어지자 나는 왠지 짜증이 나기 시작했다. 그 유쾌한 일화들 이면에서 내키지 않았던 그 여행 동안의 내 모습이 점차 떠올랐기 때문이었다. 내가 배 위에서 입을 다물고 침울하며 아주 사소한 사건에도 눈물을 쏟을 태세가 되어 있었음을 그는 줄곧 암시했다. 대령이 영웅적인 보호자의 역할을 감당했다는 사실에는 이론의 여지가 없었으므로, 오랜 시간이 흐른 그때 그의 말을 반박한다는 것은 심술궂을 뿐 아니라 득이 될 것도 없다는 것을 나는 알고 있었다. 하지만 말했다시피 나는 마음속의 짜증이 점점 커지는 것을 느꼈다. 상당히 선명한 내 기억에 의하면, 나는 달라진 내 상황의 실상에 꽤 노련하게 적응했던 것이다. 여행 중에 나는 딱한 모습을 보이기는커녕 배 위의 생활에 대해서뿐 아니라 나를 기다리는 미래에 대해서도 긍정적인 흥분을 느끼고 있었다. 물론 나는 때때로 부모님이 그리웠지만, 앞으로 내가 사랑하고 믿을 수 있는 다른 어른들이 있을 거라고 줄곧 다짐했던 것이 기억난다. 실제로 그 여행 중에 내게 일어난 일을 들은 상당수의 숙녀들이 가엾어하는 표정으로 내 주위를 맴돌기도 했다. 기억하건대 나는 그런 숙녀들에 대해 도체스터 호텔 식당에서 그날 저녁 대령에게 느낀 것과 똑같은 짜증을 느꼈다. 요컨대 실제로 나는 내 주위의 어른들이 예상하는 것처럼 그렇게 의기소침해 있지 않았던 것이다. 내 기억이 맞다면, 내가 '울며 보채는 어린애'라는 묘사에 해당하는 행동을 한 것은 그 긴 여행 중에 단 한 차례뿐이었고, 그 일이 일어난 것도 여행 첫날이었다.

그날 아침 하늘은 구름에 덮여 있었고, 배 주위의 바닷물은 온통 흙탕물이었다. 나는 그 증기선의 갑판에 서서 떠나온 항구 쪽을, 배와 트랩과 진흙집과 나무 방파제들이 어지럽게 모인 해안선을 응시하고 있었다. 그 뒤로 보이는 상하이 부둣가의 대형 건물들 모두가 뿌연 시야 속에서 멀어져 가고 있었다.

"얘야, 어떻게 생각하니? 언젠가 이곳으로 다시 돌아오게 될 것 같니?" 근처에서 대령의 목소리가 들려왔다.

"예, 선생님. 저는 이곳으로 돌아올 거예요."

"두고 보자꾸나. 일단 영국에 도착하면 네가 이 모든 걸 이내 잊어버릴 거라고 내 장담하지. 상하이는 고약한 곳은 아니다. 하지만 내가 보기에 팔 년 이상 이곳에서 보낼 필요는 없는 것 같다. 넌 필요한 만큼 이곳에서 지냈다. 더 오래 여기에 산다면, 넌 중국인이 될 거야."

"예, 선생님."

"내 말 좀 들어 보렴, 얘야. 기운을 내야 한다. 넌 영국으로 돌아가고 있잖니. 고향으로 가고 있는 거라고."

그 여행에서 처음이자 마지막으로 내가 감정에 휘둘린 것 — 나는 그것을 분명히 인식했다 — 은 바로 이 말, '고향으로 간다'는 개념 때문이었다. 하지만 그때조차 내 눈물에는 슬픔보다는 분노가 깃들어 있었다. 대령의 그 말이 몹시 서운했던 것이다. 내가 아는 모든 것을 품은 도시가 내 눈앞에서 점점 멀어져 가는 반면 아무것도 모르는 낯선 땅을 향해 가야 하는 게 내 상황이었다. 무엇보다도 내 부모님이 거기, 그 항구 넘어, 와이탄[4]의 압도적인 스카이라인 너머 어딘가에 아직 계셨다. 나는 눈물을 닦으며 마지막으로 그 해변을 응시했다. 그런 상황에서도 손을 내저으며 나에게 돌아오라고 소리치며 부두를 달려오는 어머니 — 심지어는 아버지 — 의 모습을 볼 수 있을까 하고. 하지만 그때에도 나는 그런 희망이 어린애다운 낙관에 지나지 않는다는 것을 의식했다. 그렇게 내 고향이었던 도시가 점점 희미해지는 것을 지켜보면서 나는 명랑한 표정으로 대령을 돌아보며 이렇게 말했던 것이 기억난다. "이제 곧 바다가 나오겠지요,

---

4) 중국 상하이의 관광 명소.

선생님?"

어쨌든 그날 밤 나는 대령에게 내 짜증스러운 마음을 드러내지 않을 수 있었던 듯하다. 우리가 작별 인사를 나누고, 그가 사우스오들리 거리에서 택시에 오를 즈음 그의 기분은 분명 몹시 좋아 보였다. 내가 그날 밤 도체스터 식당에서 그에게 조금 더 따뜻하게 대해 주지 못한 것에 대해 일말의 가책을 느낀 것은 그로부터 일 년 후 그가 죽었다는 소식을 듣고 나서였다. 어쨌든 그는 한때 내게 잘해 주었으며, 내가 그동안 알게 된 모든 사실로 미루어 볼 때 상당히 품위 있는 인물이었다. 그러나 내 인생에서 그가 맡은 역할, 다시 말해서 그가 당시 일어난 사건과 감정적으로 몹시 깊이 연루되어 있었다는 사실 때문에 그는 내 기억 속에서 영원히 이중적인 의미를 지닌 존재로 남게 될 것 같다.

월도프 사건이 있고 나서 적어도 삼사 년 동안 세라 헤밍스와 나는 서로 만날 일이 거의 없었다. 그 시기에 메이페어의 한 아파트에서 열린 칵테일파티에서 그녀를 한 번 본 기억이 난다. 파티는 사람들로 북적거렸으나 나는 그곳에 온 사람들을 잘 알지 못해서 일찍 자리를 뜨기로 마음먹었다. 문 쪽을 향해 가던 나는 바로 내가 가는 방향에서 누군가와 이야기를 하는 세라 헤밍스를 보았다. 본능적으로 든 처음 생각은 그대로 돌아서서 다른 길로 가자는 것이었다. 그러나 그때는 로저 파커 사건을 성공적으로 해결한 참이어서, 아무리 미스 헤밍스라도 몇 해 전 월도프에서처럼 그렇게까지 고압적인 태도를 취하지는 않을 거라는 생각이 들었다. 그래서 계속 손님들 사이를 비집고 나아가 바로 그녀 앞을 지났다. 걸어가면서 나는 그녀가 나를 뜯어보고 있음을 눈치챘다. 내가 누구인지 기억하려 애쓰듯 그녀의 얼굴에 곤혹스러운 표정이 스쳐 갔다. 다음 순간 나는 그녀의 얼굴에 나를 알아보는 표정이 떠오르는 것을 보았다. 그런데 그녀는 미소를 짓거나 고개를 끄덕여 보이지도 않은 채 시선을 대화상대방에게로 돌렸다.

그러나 나는 이런 일을 그다지 마음에 두지 않았다. 그즈음부터 다른 많은 사건에 의욕을 갖고 골몰하게 되었기 때문이다. 아직 오늘날과 같은 명성을 쌓기 한참 전이었지만 당시 나는 이미, 조금이라도 이름이 알려진 탐정이라면 가질 수밖에 없는 책임감의 무게를 느끼기 시작한 참이었다. 물론 나는, 악의 뿌리가 발각되지 않고 교활하기 짝이 없는 형태로 뻗어 나가려는 시점에 그것을 뽑아 버리는 것이 얼마나 중요하고 정엄한 일인지 언제나 알고 있었다. 그러나 이렇게 잠식해 들어오는 사악함을 정화하는 일이 사람들에게, 직접 관련 있는 사람들뿐 아니라 일반 대중들에게 얼마나 의미 있는 것인지를 절실하게 깨달은 것은 로저 파커 살인 사건 같은 사건을 경험하고서였다. 그 결과 나는 그 어느 때보다도 단호하게, 런던의 피상적인 일들에는 우선순위를 두지 않기로 했다. 그리고 어쩌면 내 부모님에게 그런 입장을 취하도록 만들었던 뭔가를 어느 정도 이해하기 시작했다. 어쨌든 그 무렵 세라 헤밍스 같은 부류는 내 생각에 별다른 영향을 주지 못했으므로, 그날 켄싱턴 가든에서 조지프 터너와 맞닥뜨리는 일이 없었다면 그녀의 존재를 아예 잊어버렸을 수도 있었다.

나는 그때 노퍽에서 일어난 사건을 수사 중이었는데, 그동안 내가 해 놓은 광범위한 메모를 살펴볼 생각으로 며칠 동안 런던에 돌아와 있었다. 어느 흐린 날 아침 희생자의 실종을 둘러싼 기묘한 정황에 대해 생각에 잠긴 채 켄싱턴 가든 언저리를 산책하는데 멀리서 누군가 나를 불렀다. 나는 그가 사교계를 통해 어렴풋이 알고 지내던 터너라는 인물임을 곧 알아보았다. 그는 빠른 걸음으로 다가오더니 내가 '요즘 근처에서 좀처럼 보이지' 않는 이유를 묻고는 그날 저녁 식당에서 그와 친구 한 사람이 여는 만찬에 나를 초대했다. 내가 현재 맡은 사건에 집중하느라 시간을 내기 어렵겠다고 정중하게 사양하자 그가 말했다.

"유감이군요. 세라 헤밍스가 오기로 했거든요. 그녀는 당신과 몹시 대화를 나누고 싶어 하던데요."

"미스 헤밍스라고요?"

"그녀가 누군지는 기억하죠? 그녀는 당신을 아는 듯하던데. 몇 해 전인가 서로 알게 된 사이라고 하더군요. 그녀는 늘 당신이 눈에 띄지 않는다고 한탄하죠."

나는 거기에 대해 토를 달고 싶은 마음을 억누른 채 그저 이렇게만 말했다. "그렇다면, 그녀에게 인사나 전해 주십시오."

나는 그 직후 터너와 헤어졌으나 사무실로 돌아가는 중에 나도 모르게, 미스 헤밍스가 나를 보고 싶어 한다는 말에 신경이 쓰이지 않을 수 없었다. 결국 나는 터너가 무슨 착각을 했거나 아니면 적어도 나를 만찬에 초대하려고 과장해서 말했을 가능성이 높다고 결론지었다. 하지만 이후 몇 달 동안 비슷한 얘기가 몇 차례 내 귀에 들려왔다. 세라 헤밍스가, 한때 우리가 친구 사이였음에도 나를 도무지 얼굴을 볼 수 없어서 아쉽다고 말했다는 얘기도 들렸다. 그녀가 나를 '수색'하겠다고 벼른다는 얘기도 몇 군데에서 들려왔다. 그러다 마침내 지난 주 내가 옥스퍼드셔의 섀크턴 마을에 머물며 스터들리 그레인지 사건을 수사하고 있는데 미스 헤밍스가 스스로 그곳에 나타났다. 나를 만나기 위해 온 것 같았다.

나는 그 집의 아래쪽 구역에서 담장이 둘러쳐진 정원을 찾아냈다. 그 안에 있는 연못에서 찰스 에머리의 시신이 발견된 바 있었다. 돌계단 네 개를 내려가자 화창한 날 아침임에도 주위의 모든 것이 그늘에 잠길 정도로 으슥한 직사각형 모양의 공간이 나왔다. 담장 자체는 담쟁이덩굴에 덮여 있었지만 왠지 지붕 없는 감방에라도 들어선 것 같은 느낌이 물씬 풍겼다.

연못이 그 닫힌 공간을 거의 다 차지하고 있었다. 그곳에 금붕어가 있다는 말을 듣기는 했으나 살아 있는 것의 흔적은 보이지 않았다. 사실 이렇게 어둠에 잠긴 물속에 뭔가가 살아 있다는 것은 상상하기 어려웠다. 그야말로 시체를 발견하기에 꼭 맞는 장소였다. 연못 주위의 진흙 속에는 이끼 긴 사각 석판이 박혀 있었다. 내가 그 일대를 살펴본 지 이십 분쯤 되었을 것이다. 바닥에 엎드린 자세로 확대경을 통해 수면으로 돌출된 석판 하나를 살펴보던 나는 누군가 나를 지켜보고 있다는 사실을 알아차렸다. 처음에는 그 집 식구 중 하나가 또다시 이런저런 질문으로 나를 성가시게 하려는 모양이라고 생각했다. 그곳에 오기 전에 좀 무례하게 보일지 몰라도 나를 방해하지 말라고 단단히 일러두었던 터여서 누군가 그곳에 있다는 사실을 모르는 체했다.

얼마 후 정원 입구 언저리에서 신발로 돌바닥을 문지르는 소리가 들려왔다. 그때쯤에는 그렇게 오랫동안 배를 깔고 있는 것이 꽤 불편해진 데다, 어쨌든 그런 자세를 통해 얻을 수 있는 수사를 끝마친 상태였다. 나는 내가 엎드린 곳이 살인이 자행된 바로 그 지점이며 살인자가 아직 체포되지 않은 채 돌아다니고 있다는 사실을 아주 잊고 있지는 않았다. 문득 섬뜩한 느낌이 든 나는 자리에서 일어나 옷을 털고는 침입자 쪽으로 몸을 돌렸다.

그곳에서 세라 헤밍스를 발견하고 나는 적잖이 놀랐지만 겉으로는 아무 내색도 하지 않았다고 자신한다. 내 얼굴에는 짜증기가 분명 자리 잡고 있었는데, 그녀가 본 것도 그런 표정이었던 모양이다. 그녀는 내게 이렇게 첫마디를 던졌던 것이다.

"오! 당신을 감시하려던 것은 아니었어요. 하지만 정말이지 좋은 기회 같기는 했어요. 위대한 인물이 작업 중인 모습을 지켜보는 일 말이에요."

나는 그녀의 얼굴을 유심히 살펴보았지만 빈정거리는 기색은 전혀 없었다. 그럼에도 나는 냉정한 어조로 이렇게 말했다. "미스 헤밍스. 이건 정말 뜻밖이로군요."

"당신이 여기 계시다는 소리를 들었어요. 전 펨리에서 친구와 며칠 지내는 중이거든요. 바로 저 위쪽 말이에요."

그녀는 내 대답을 기다리는 듯 말을 멈췄다. 내가 계속 아무 대답도 하지 않는데도 그녀는 조금도 동요하는 기색 없이 내 쪽으로 걸어왔다.

"저는 에머리 집안 사람들과 가까운 사이랍니다, 아셨어요?" 그녀가 말을 이었다. "무서운 일이에요. 이 살인 사건 말이에요."

"그래요, 무서운 일입니다."

"아. 그러면 당신도 이것이 살인 사건이라고 여기시는 모양이군요. 그런 식으로 귀결될 거라고는 생각했죠. 무슨 짐작 가는 점이라도 있나요, 뱅크스 씨?"

나는 어깨를 으쓱여 보였다. "몇 가지 추측은 하고 있습니다만."

"지난 4월 이 모든 일이 처음 일어났을 때 바로 당신에게 도움을 청하지 않다니 에머리 집안이 크게 실수한 거예요. 이런 사건에 셀윈 헨더슨 같은 이를 데려오다니 말이에요! 대체 뭘 기대한 걸까요? 벌써 오래전에 은퇴했어야 할 그런 사람에게서요. 여기 사는 사람들이 얼마나 세상 물정을 모르는지 알 수 있어요. 런던 사람이라면 누구라도 당신에 대해 그들에게 말해 주었을 텐데요."

이 자리에서 고백하지만 이 마지막 말은 내 흥미를 끌었다. 그래서 나는 잠시 주저한 끝에 나도 모르게 그녀에게 이렇게 물었다. "실례지만 그 사람들에게 정확히 무슨 말을 할 거라는 거죠?"

"그야 말할 것도 없이 당신이 영국에서 가장 뛰어난 탐정이라는 거죠. 지난봄에 그 사람들에게 말해 줄 수도 있었지만, 에머리 집안 사람들은 그 사실을 깨닫는 데 이렇게나 시간이 걸리니까요. 그래도 아주 하지 않는 것보다는 늦는 게 나을 테죠. 하지만 지금은 당신이 찾을 실마리도 남지 않았을 것 같네요."

"어떤 사건은 시간이 좀 지나서 오면 도움이 되기도 하지요."

"그런가요? 신기하군요. 전 언제나 신속하게 현장에 도착해서 단서를 잡는 게 중요한 줄 알았거든요."

"당신이 말하는 그 단서를 잡는 데는 너무 늦은 때라는 건 없다고 할 수 있죠."

"이 범죄 때문에 여기 있는 사람들의 마음이 잠식당한 걸 생각하면 참 우울해요. 단지 이 가족만의 일도 아니에요. 섀크턴 전체가 썩기 시작했어요. 이곳은 원래 쾌적하고 번화한 시장이 열리는 마을이었지요. 그런데 보세요, 사람들은 이제 서로 눈도 마주치려 들지 않아요. 이 모든 일이 사람들을 의심의 수렁 속으로 끌고 들어간 모양이에요. 뱅크스 씨, 당신이 이 사건을 해결하면 이곳 주민들은 당신을 영원히 기억할 거예요."

"정말 그렇게 생각하시나요? 그거 흥미로운걸요."

"틀림없어요. 사람들은 몹시 고마워할 거예요. 그래요, 이곳 주민들은 몇 세대에 걸쳐 당신 얘기를 하게 될 거예요."

나는 짤막하게 웃었다. "당신은 이 마을을 잘 알고 계시는 것 같군요, 미스 헤밍스. 전 당신이 내내 런던에서만 지내시는 줄 알았거든요."

"오, 저는 런던에서 참을 수 있을 만큼 있다가 떠나곤 하죠. 아시겠지만 제가 속속들이 도시 여자는 아니랍니다."

"그건 놀라운 말씀이로군요. 저는 언제나 당신이 도시 생활에 매혹된 분인 줄로만 알았거든요."

"그 말씀이 틀린 건 아니에요, 뱅크스 씨." 마치 내가 자신을 속여서 구석으로 몰아넣기라도 했다는 듯이 그녀의 음성에 분개한 기미가 섞여들었다. "도시의 어떤 면이 저를 사로잡고 있기는 해요. 도시가 제게 그 특유의…… 매력을 발휘한다는 거죠." 그녀는 처음으로 내게서 시선을 돌려 담장이 둘러진 정원을 둘러보았다. "도시는 제게 뭔가를 떠올려 주죠……. 아니, 솔직히 말하자면요, 도시가 제게 떠올려 주는 건 아무것도 없어요. 괜히 변죽이나 울릴 필요가 어디 있겠어요? 사실 전 당신과 이야기를 하면서도 조금 전까지 줄곧 다른 생각을 하고 있었어요. 당신한테 부탁할 게 있어서요."

"무슨 부탁이죠, 미스 헤밍스?"

"믿을 만한 출처에 의하면 당신이 올해 메레디스 재단 만찬회에 초대받았다고 하더군요. 그 말이 맞나요?"

나는 잠시 뜸을 들였다가 대답했다. "네, 맞습니다."

"대단한 일이에요. 당신 나이에 그런 곳에 초대받다니 말이에요. 올해 만찬은 세실 메더스트 경을 위한 거라고 하더군요."

"네, 저도 그렇게 알고 있습니다."

"찰스 울프도 참석한다는 말을 들었어요."

"바이올리니스트 말인가요?"

그 말에 그녀가 밝게 웃었다. "그것 말고 그 사람이 하는 일이 있나요? 그리고 아마 토머스 바이런도 올 테고요."

조금 전까지 그녀는 눈에 띄게 흥분한 기색이었는데, 이제는 다시 시선을 돌린 채 주위를 둘러보면서 몸을 살짝 떨었다.

"그런데." 이윽고 내가 물었다. "저한테 부탁할 게 있다고 하시지 않았던가요?"

"아, 그래요. 저는 당신이…… 저와 함께 가 주셨으면 해서요. 메레디스 재단 만찬회에 말이에요."

그녀는 이제 열띤 눈길로 나를 지켜보고 있었다. 내가 적당한 대답을 찾는 데 잠시 시간이 걸렸다. 이윽고 대답을 찾아낸 나는 아주 침착하게 대답했다.

"저도 기꺼이 그러고 싶습니다, 미스 헤밍스. 하지만 유감스럽게도 저는 며칠 전에 벌써 주최 측에 대답을 했답니다. 이제 와서 제가 손님을 데려가고 싶다고 하기에는 좀 늦은 것 같습니다만……."

"말도 안 돼요!" 그녀가 화난 어조로 내 말을 끊었다. "이제 당신 이름을 모르는 사람이 없어요. 당신이 동반자를 데려가고 싶다면 그 사람들은 기꺼이 그러라고 할 거라구요. 뱅크스 씨, 저를 실망시키실 건가요? 그건 당신답지 못한 일이에요. 어쨌든 우리는 이제껏 마음 맞는 친구로 지냈잖아요."

내가 우리 '우정'의 실상을 떠올린 것은 바로 이 마지막 말 때문이었다.

"미스 헤밍스." 내가 딱 잘라 말했다. "아무래도 그건 제가 들어드릴 수 없는 부탁 같군요."

그러나 이제 세라 헤밍스의 눈에는 결연한 빛이 어려 있었다.

"저는 세부 내용을 다 알아요, 뱅크스 씨. 클래리지 호텔. 다음 주 수요일 저녁. 저는 그곳에 있을 거예요. 저는 그날 저녁을 고대할 테고, 로비에서 당신을 기다릴 거예요."

"클래리지 호텔 로비는 존경받는 일반 대중을 위해 개방된 것으로 압니다. 당신이 다음 주 수요일 저녁 그곳에 계시기로 한다면 제가 당신을 막을 방도는 없을 겁니다, 미스 헤밍스."

그녀는 이제 내 의도가 뭔지 정말 모르겠다는 듯 주의 깊게 나를 바라보았다. 이윽고 그녀가 말했다. "그러면 당신은 다음 주 수요일 그곳에서 분명 저를 보게 될 거예요, 뱅크스 씨."

"조금 전에도 말씀드렸듯이 그건 당신 문제입니다, 미스 헤밍스. 자, 이제 저는 그만 실례하겠습니다."

3

찰스 에머리의 죽음과 관련된 수수께끼를 푸는 데는 며칠밖에 걸리지 않았다. 그 사건은 내가 맡았던 다른 수사들처럼 크게 세인의 이목을 끌지는 않았지만, 에머리 일가, 사실상 섀크턴 주민 전체가 내게 표한 감사의 마음은 그때까지 내가 맡았던 다른 어느 사건 못지않게 흡족한 느낌을 안겨 주었다. 행복한 기분에 잠겨 런던으로 돌아온 나는 수사 첫날 담장을 친 정원에서 세라 헤밍스와 만났던 일에 대해 깊이 생각하지 않았다. 그렇다고 해서 메레디스 재단 만찬회와 관련한 그녀의 의도 표명을 완전히 잊었다고는 할 수 없지만, 위에서도 말했듯이 의기양양한 기분에 잠겨 있었기에 굳이 그런 일에 마음을 두지 않았던 것이다. 어쩌면 마음속 깊은 곳에서 그녀의 '위협'을 그 순간의 발끈한 반응 정도로 여기고 있었는지도 모른다.

어쨌든 어제 저녁 클래리지 호텔 앞에서 택시에 내릴 때 내 생각은 다른 곳에 가 있었다. 우선 나는 내가 최근에 거둔 성과가 내가 초대받을 만한 인물임을 더욱 확실하게 했다는 것, 다른 손님들은 이런 자리에 내가 참석한 사실에 의문을 표하기는커녕 십중팔구 내가 맡은 사건과 관련한 내부 정보를 캐물으려고 들리라고 여겼다. 나는 또한 설혹 혼자 떨어져 있는 이상한 상황을 잠시 견디는 한이 있더라도 지나치게 일찍 자리를 뜨지 않기로 마음먹었다. 웅장한 로비로 들어서던 나는 미소를 짓고 기다리고 있는 세라 헤밍스를 맞을 대비 같은 건 전혀 되어 있지 않은 상태였다.

그녀는 검은 실크 드레스에 사려 있고도 우아한 장신구를 한 인상 깊은 차림새였다. 나를 향해 걸어오는 그녀의 태도는 전적으로 확신에 차 있어서, 심지어 우리를 지나치는 커플들에게 미소 지으며 인사하는 여유까지 보여 주었다.

"아, 미스 헤밍스." 나는 이렇게 말을 하면서도 머릿속으로는 그날 스터들리 그레인지에서 그녀와 주고받았던 모든 대화를 황급히 떠올려 보았다. 이 자리에서 고백해야겠는데, 그 순간 그녀가 나에게, 내가 자기에게 팔을 내밀어 안으로 데리고 들어갈 것을 기대하는 것이 너무도 당연한 정황으로 여겨졌다. 그녀는 그런 내 불확실한 마음 상태를 감지하고 한층 더 자신감을 가진 것이 분명했다.

"크리스토퍼. 당신 아주 멋있어 보이네요. 정말 반하겠어요! 아참, 축하드릴 기회가 없었군요. 정말이지 굉장했어요. 당신이 에머리 집안을 위해서 해 주신 일 말이에요. 아주 멋진 솜씨였어요."

"고맙습니다. 그렇게 복잡한 사건은 아니었지요."

그녀는 이제 내 팔을 잡고 있었다. 그 순간 그녀가 만찬회 하객을 안내하는 도어맨이 있는 층계 쪽으로 나를 잡아끌었다면, 나는 꼼짝없이 그녀의 부탁을 들어줄 수밖에 없었을 것이 분명하다. 하지만 지금 깨닫게 된 사실이지만 여기서 그녀는 한 가지 실수를 범했다. 아마도 그녀는 그 순간을 음미하고 싶었던 모양이었다. 혹은 한순간 대담함이 사그라들었을 수도 있다. 어쨌든 그녀는 층계를 올라가려 하지 않고 줄지어 로비로 들어서는 손님들 쪽을 보면서 내게 이렇게 말했다.

"세실 경이 아직 도착하지 않았네요. 그분과 이야기할 기회가 생기면 정말 좋겠어요. 그분이 올해 이런 영예의 수상자가 되다니 정말 어울리는 일이죠, 그렇게 생각하지 않으세요?"

"그렇습니다."

"그런데 크리스토퍼, 저는 '당신'이 영예를 받기까지 그렇게 오래 걸릴 것이라고 생각하지 않아요."

그 말에 나는 웃었다. "저는 전혀 그렇게 생각하지……."

"아니, 아녜요. 전 확신해요. 좋아요, 그보다 몇 년쯤 뒤일 거라고 해 두죠. 하지만 그때가 되면 당신도 알게 될걸요."

"친절한 말씀이네요, 미스 헤밍스."

우리가 그 자리에 서서 이야기하는 동안 그녀는 계속 내 팔을 잡고 있었다. 우리 곁을 지나치던 사람들이 우리에게 미소를 짓거나 인사말을 한 일도 몇 차례인가 있었다. 그리고 내가 세라 헤밍스와 팔짱을 끼고 있는 광경을 이 모든 사람이 — 그들 대부분은 유명 인사였다 — 본다는 생각을 어느 정도는 즐기고 있다는 것을 알았음을 이 자리에 밝혀야겠다. 나는 사람들의 눈빛에서, 심지어 그들이 우리에게 인사를 보내는 동안에도, '아, 저 여자가 이제 저 친구를 잡았군, 안 그래? 뭐, 자연스러운 일이긴 하지.' 하고 생각한다는 것을 느꼈다고 공상했다. 이런 생각 때문에 바보 같은 기분이 든다거나 어떤 식으로든 창피하기는커녕 오히려 자랑스러운 기분이 들었다. 하지만 다음 순간 갑자기, 왜 그런 감정이 생겼는지 지금도 모르겠지만, 아무 예고도 없이 그녀에 대해 엄청난 분노가 솟구치기 시작했다. 그 순간에도 내 태도는 눈에 띌 정도로 바뀌지는 않았으며, 우리는 계속해서 몇 분 동안 지나치는 하객들에게 고갯짓으로 인사를 보내면서 붙임성 있게 잡담을 주고받았다. 그러나 팔짱을 풀고 그녀 쪽으로 돌아선 내 행동은 단호한 결의에서 나온 것이었다.

"자, 미스 헤밍스, 이렇게 다시 만나서 반가웠습니다. 이제 저는 이만 만찬회장으로 올라가 봐야겠군요."

나는 그녀에게 가벼운 목례를 보내고 걸음을 옮기기 시작했다. 이런 행동이 그녀를 경악하게 만든 것이 분명했다. 내가 협조하지 않았을 경우 대비책을 마련해 두었는지는 모르지만, 마련해 두었다 해도 어쨌든 그녀는 그것을 즉각 행동으로 옮기지 못했다. 그녀가 갑자기 내게 달려온 것은, 내가 그녀에게서 몇 발짝 떨어져 나와 사실상 그때 내게 인사를 보낸 나이 든 부부와 보조를 맞추기 시작했을 때였다.

"크리스토퍼!" 그녀가 필사적인 어조로 속삭였다. "어떻게 감히 이럴 수 있죠! 나와 약속했잖아요!"

"제가 아무것도 약속한 적이 없다는 건 당신도 아실 겁니다."

"감히 그런 말을 하다니! 크리스토퍼, 그럴 수는 없어요!"

"그럼 즐거운 저녁 시간이 되길 바랍니다, 미스 헤밍스."

나는 그녀에게서, 또한 아무것도 듣지 못한 척 애쓰고 있는 나이 든 커플들에게서 몸을 돌려 빠른 걸음으로 널찍한 층계를 오르기 시작했다.

위층에 올라간 나는 조명이 밝게 켜진 대기실로 안내되었다. 거기서 나는 제복 차림의 남자가 차가운 표정으로 자리에 앉아 안으로 들어가려는 사람들의 이름과 명부를 대조하는 책상 앞에 늘어선 줄에 합류했다. 내 차례가 되었다. 그 쌀쌀맞은 남자가 내 이름을 확인하고 흥분한 것 같아 보여 마음이 흡족했다. 나는 방명록에 서명을 한 다음 큰 방으로 통하는 입구 쪽으로 걸음을 옮겼는데, 그곳에는 벌써 적지 않은 하객이 모여 있었다. 문턱을 넘어서자 나는 왁자지껄한 소음 속에 파묻히고 말았다. 숱 많고 검은 턱수염을 기른 키 큰 남자가 다가와 인사를 하고 악수를 했다. 나는 그가 그날의 만찬을 주최한 사람들 가운데 하나인 모양이라고 짐작했지만, 그가 내게 하는 말이 제대로 귀에 들어오지 않았다. 솔직히 말해서 그 순간 조금 전 아래층에서 일어난 일 말고는 아무것도 생각할 수 없었기 때문이다. 나는 기묘하게도 공허한 느낌에 사로잡혀 있었으며, 어쨌든 내가 미스 헤밍스를 곤경에 빠뜨린 것은 아니라고, 그녀가 굴욕적인 상황에 처했다면 그건 전적으로 자초한 일이라고 스스로에게 환기시키지 않을 수 없었다.

그러나 턱수염을 기른 그 남자와 헤어져 방 안쪽으로 좀 더 들어왔을 때도 여전히 나는 세라 헤밍스에 대한 생각에서 헤어나지 못했다. 식전주를 얹은 쟁반을 든 웨이터가 다가왔다거나, 많은 사람들이 고개를 돌려 나를 맞이한 일을 어렴풋이 의식하고 있었다. 그러다 나는 남자들 서넛으로 이루어진 어떤 무리와 대화를 나누게 되었는데, 그들은 알고 보니 모두 과학자들로 내가 누구인지 아는 듯했다. 내가 그 방에 들어온 지 십오 분쯤 되었을 때 분위기가 살짝 바뀌는 느낌이 들어 주위를 둘러보았다. 주변 사람들의 시선과 속삭임으로 나는 우리가 들어온 입구 근처에서 모종의 소란이 벌어지고 있음을 감지했다.

그 사실을 알아차린 것과 거의 동시에 예사롭지 않은 예감이 나를 사로잡았다. 내게 처음으로 치민 충동은 방 안 더 깊숙한 곳으로 피하는 것이었다. 그러나 마치 어떤 알 수 없는 힘이 나를 다시 그 입구 쪽으로 끌어당기기라도 한 것처럼, 잠시 후 나는 또다시 턱수염 기른 남자 곁에 서서 ─ 그때 그는 접수대 쪽으로 등을 돌린 채 서 있었다 ─ 대기실에서 벌어지는 드라마를 고통스러운 표정으로 지켜보았다.

남자 너머를 바라본 나는 실제로 미스 헤밍스가 사실상 소동의 중심부에 있다는 사실을 확인했다. 그녀는 책상 앞에서 서명하는 손님들의 줄을 멈춰 놓고 있었다. 그녀는 꼭 고함을 지르는 것은 아니었지만 사람들이 자기 말을 듣든 말든 아랑곳하지 않는 듯했다. 그녀는 자신을 제지하려는 나이 든 호텔 직원을 뿌리쳤다. 그런 다음 책상 너머로 몸을 기울여, 조금 전처럼 차가운 표정으로 그 자리에 앉아 있는 남자를 똑바로 바라보면서 거의 흐느낌에 가까운 목소리로 이렇게 말했다.

"당신은 아무것도 몰라요! 난 무슨 일이 있어도 안에 들어가야 해요, 알겠어요? 저 안에는 내 친구들이 아주 많아요. 난 저 안에 속한 사람이에요. 정말이라니까요! 오, 제발 정신 좀 차려요!"

"정말 죄송합니다, 미스……." 차가운 표정의 남자가 입을 열어 말을 시작했다. 그러나 세라 헤밍스는 이제 머리카락으로 얼굴 한쪽을 가린 채 상대가 말을 마치도록 내버려 두지 않았다.

"어쨌거나 이건 그저 어리석은 착오 때문이에요, 알겠어요? 그뿐이라고요, 바보 같은 착오 때문이란 말이에요! 바로 그 때문에 당신이 그처럼 거칠게 구는 거고요. 믿을 수 없군요! 정말이지 믿어지지 않아요…….”

이 장면을 보고 있던 우리 모두 한순간 당혹감에 사로잡혀 꼼짝도 할 수 없었다. 다음 순간 턱수염을 기른 남자가 정신을 차린 듯 권위 있는 태도로 대기실을 향해 성큼성큼 걸어갔다.

“무슨 일입니까?” 그가 상대방을 진정시키는 어조로 말했다. “아가씨, 무슨 착오라도 있나요? 그렇다면 우리가 틀림없이 바로잡을 겁니다. 제가 편의를 봐드리지요.” 다음 순간 그가 화들짝 놀라며 외쳤다. “이런, 미스 헤밍스 아니신가요?”

“그렇고말고요! 바로 저예요! 모르시겠어요? 여기 있는 이 사람이 제게 아주 고약하게…….”

“하지만 미스 헤밍스, 친애하는 아가씨, 그렇게 언짢아하실 건 없습니다. 자, 잠시 이쪽으로 가실까요.”

“아니, 안 돼요! 나를 쫓아낼 순 없어요! 내가 용납하지 않겠어요! 난 기필코 무슨 일이 있더라도 안에 들어가야 해요! 얼마나 오랫동안 꿈꿔 왔던 일인데…….”

“아가씨를 위해서 해 드릴 수 있는 일이 틀림없이 있을 겁니다.” 지켜보던 사람들 사이에서 한 남자의 음성이 들렸다. “쩨쩨하게 굴 것 없잖소? 저 아가씨가 여기까지 오는 수고를 마다하지 않았으니 들여보내는 게 어떻겠소?”

그 말에 대부분의 사람들이 동의한다는 듯 웅얼거렸지만 그중에 불만스러운 표정을 짓는 이들도 눈에 띄었다. 턱수염을 기른 남자는 잠시 망설이다가는, 이윽고 무엇보다도 소동을 마무리 짓기로 결심한 듯했다.

"이번 경우만큼은……." 그러면서 그는 차가운 표정을 짓고 책상에 앉아 있는 남자 쪽으로 몸을 돌리면서 말을 이었다. "미스 헤밍스를 입장시킬 방법이 있을 것도 같은데요. 당신 생각은 어떤가요, 에드워즈 씨?"

나는 그 자리에 서서 사태를 좀 더 지켜보고 싶었지만, 그즈음에는 미스 헤밍스가 언제라도 나를 발견하고 비난을 퍼부으며 나를 이 바람직하지 못한 소동 속으로 끌어들일지 모른다는 두려움에 사로잡혔다. 실제로 내가 막 뒷걸음질을 하려는데 한순간 그녀의 시선이 똑바로 나를 향했다. 하지만 그녀는 아무 짓도 하지 않았다. 다음 순간 분노에 찬 그녀의 시선은 턱수염을 기른 남자 쪽으로 돌아갔다. 나는 그 틈을 타 서둘러 자리를 떴다.

그다음 이십여 분 동안 나는 입구에서 가장 멀리 떨어진 무도회장 구석에 머물렀다. 참석자 상당수가 그 파티에 생각보다 위압감을 느낀 듯했다. 내가 직접 참여한 대화는 물론 내 주변에서 들리는 대화 대부분이 주로 대화 상대방에 대한 의례적인 인사였다. 일단 의례적인 인사가 끝나자 그날 만찬의 영예의 주인공에 대한 치하로 옮겨 갔다. 세실 메더스트 경의 업적을 열거하는 그런 대화가 끝나 갈 무렵 어떤 시점에서 방금 말을 마친 나이 든 남자에게 내가 물었다.

"그런데 세실 경은 아직 도착하지 않았는지요?"

상대방이 자신의 술잔으로 방향을 가리켰다. 방을 가로질러 조금 떨어진 곳에 키가 큰 그 유명한 정치가가 구부정하게 선 자세로 중년 부인 두 사람과 대화를 나누고 있었다. 다음 순간 내가 그쪽을 건너다보는 동안 세라 헤밍스가 군중 속에서 나와 곧장 그를 향해 다가가는 것이 보였다.

그녀에게서는 대기실에서 보였던 애처로운 모습은 흔적조차 찾을 수 없었다. 그녀는 충분히 눈부신 모습이었다. 나는 그녀가 망설이는 기색 하나 없이 세실 경에게 다가가 한 손을 그의 팔에 얹는 것을 보았다.

내 옆에 있던 나이 든 남자가 나를 누군가에게 소개하는 바람에 나는 어쩔 수 없이 잠시 고개를 돌려야 했다. 이윽고 내가 다시 그쪽을 보았을 때, 두 중년 부인은 어색한 미소를 지은 채 한옆에 서 있고 미스 헤밍스가 세실 경의 관심을 완전히 독차지한 광경이 눈에 들어왔다. 심지어 그녀가 무어라 말하는 동안 세실 경이 고개를 뒤로 젖히고 큰 소리로 웃음을 터뜨리는 것까지 볼 수 있었다.

시간이 되자 우리는 만찬회장 안으로 안내를 받아 휘황찬란한 샹들리에 아래에 놓인 거대하고 긴 탁자 주위에 앉았다. 나는 미스 헤밍스가 나와 상당히 떨어진 자리에 앉은 것을 보고 마음을 놓고 그 파티를 즐겼다. 나는 내 양옆에 앉은 숙녀들과 차례로 잡담을 나누었다. 두 사람 모두 각기 다른 방식으로 아주 매력적이었고, 음식도 기분 좋을 만큼 호사스러웠다. 그렇지만 식사를 하는 동안 나는 나도 모르게 이따금 몸을 기울여 식탁 저편에 앉은 미스 헤밍스 쪽을 바라보았고, 머릿속으로 조금 전 내가 그렇게 행동해야 했던 온갖 이유를 되새겨 보았다.

만찬 자체와 관련된 일이 별로 기억에 없는 것은 아마도 이렇게 정신이 다른 데 팔려 있었기 때문일 것이다. 만찬이 끝나 갈 무렵쯤 연설이 시작되었는데, 각계각층의 인물들이 자리에서 일어서서 세실 경이 세계사에 공헌한 업적, 그중에서도 국제 연맹의 설립에 기여한 역할에 대한 찬사를 늘어놓았다. 이윽고 마지막 순서로 세실 경이 자리에서 일어섰다.

이제 돌이켜 보니 그의 연설은 겸손하면서도 낙천적인 것이었다. 그의 관점에 의하면 인류는 실수에서 교훈을 얻었으며, 국제 연맹은 이제 지구상에서 세계 대전 수준의 재앙을 두 번 다시 맞지 않을 만큼 확고하게 자리를 잡았다는 것이다. 전쟁은 실제로 무시무시하지만, 기술적 진보가 조직적 역량을 앞질렀던 길지 않은 세월 동안 '인류의 진화 과정에 끼어든 어울리지 않는 창문'에 불과하다. 기술이 빠르게 발전한 결과 현대적인 무기로 전쟁을 치를 능력은 놀랄 정도지만 이제 우리는 그 격차를 메울 수 있게 되었다. 우리 모두를 집어삼킬 수 있는 공포를 환기하면서 문명의 힘이 설득력을 갖고 법제화되었다. 그의 연설은 이런 맥락으로 진행되었고, 우리 모두는 그에게 마음에서 우러나오는 박수를 보냈다.

만찬이 끝났지만 숙녀들은 자리를 뜨지 않았고, 우리 모두 무도장으로 가도록 요청받았다. 그곳에서는 현악 사중주단이 연주를 하고, 웨이터들이 술과 시가와 커피가 든 쟁반을 들고 사람들 사이를 누비고 있었다. 손님들은 이리저리 돌아다니기 시작했다. 분위기는 만찬 전에 비해 훨씬 느슨해졌다. 어느 순간 나는 방 저편에 있던 미스 헤밍스와 시선이 마주쳤는데, 놀랍게도 그녀는 내게 미소를 지어 보였다. 내 머릿속에 처음 떠오른 생각은 이것이 무시무시한 보복을 꾸미는 적의 미소라는 것이었다. 하지만 그날 저녁 그녀를 계속 관찰한 결과 내 생각이 틀렸다는 결론을 내렸다. 나는 세라 헤밍스가 정말이지 행복한 상태에 있다는 사실을 깨달았다. 몇 개월, 어쩌면 몇 년에 걸친 계획 끝에 그녀는 마침내 이 순간 이곳에 있는

데 성공했으며, 일단 목적을 달성하자 막 출산한 임산부처럼 그동안 감내해 온 고통을 깡그리 잊은 것이다. 나는 이런저런 무리를 옮겨 가면서 붙임성 있게 이야기를 나누는 그녀를 지켜보았다. 그녀의 좋은 기분이 유지되는 동안 다가가서 화해해야겠다는 생각이 떠올랐지만, 그녀가 돌변해서 다시 소동을 피울 수도 있다는 생각에 그녀와 줄곧 떨어져 있기로 했다.

내가 마침내 세실 메더스트 경에게 소개된 것은 그 파티의 후반부가 시작된 지 반 시간쯤 지나서였을 것이다. 그를 만나려고 특별히 애쓴 것은 아니었지만, 그 저명한 정치가와 말 한마디 나누지 않고 그곳을 떠나게 되었다면 조금 실망했을 것 같다. 그런데 바로 그가 내게로 안내되었다. 몇 달 전 어떤 사건 수사 중에 만난 애덤스 여사가 그를 내 쪽으로 데려왔다. 세실 경은 내 손을 다정하게 잡고 말했다. "아, 젊은 친구! 자네 여기 있었군그래!"

몇 분 동안 우리 두 사람은 그 방 한가운데에 단둘이 서 있었다. 그즈음에는 주위가 온통 왁자지껄한 소음으로 에워싸여서, 의례적인 인사말을 주고받으면서도 서로에게 몸을 기울여 목청을 높여야 했다. 무슨 말끝엔가 그가 팔꿈치로 나를 툭 치면서 이렇게 말했다.

"조금 전 만찬석상에서 내가 한 그 모든 얘기 말일세. 이 세상이 좀 더 안전하고 문명화된 곳이 되어 가고 있다는 얘기 말이야. 나는 그 말을 믿는다네. 적어도." 이 대목에서 그는 내 손을 잡더니 익살맞은 표정을 지어 보였다. "적어도 그렇게 믿고 싶네. 아, 그래, 정말 그렇게 믿고 싶어. 하지만 모르겠네, 젊은 친구. 우리가 끝까지 그 원칙을 지킬 수 있을지 말일세. 우리는 우리가 할 수 있는 바를 할 거야. 조직하고 토론할 걸세. 강대국에서 온 영향력 있는 인물들이 서로 머리를 맞대고 대화를 할 거야. 하지만 악은 언제나 한구석에 도사리고 있다네. 오, 그렇고말고! 이렇게 우리가 대화를 나누고 있는 지금 이 순간에도 그들은 문명에 불을 지를 음모를 꾸미느라 바쁠 거야. 게다가 그들은 똑똑하다네. 사악할 정도로 똑똑하지. 선한 이들은 자신들이 할 수 있는 일을 하면서 사악한 자들을 궁지에 몰아넣기 위해 헌신하지만, 내 생각으로는 그것만으로는 충분치 않네, 친구. 그것만으로는 부족할 것 같다는 걸세. 악은 평범하고 예의 바른 자네 같은 사람들에 비해 훨씬 교활하지. 그들은 선한 시민을 압도하고 타락시키고 동료들을 배신하게 만들 거야. 내 눈엔 그게 보인다네. 줄곧 보고 있지. 사태는 점점 더 악화될 거야. 바로 그 때문에 우리에게 자네 같은 이들이 더욱더 필요한 거야, 젊은 친구. 우리 편 가운데 어느 모로 보나 그자들 못지않게 똑똑한 소수의 사람들이지. 자네 같은 이들은 그들의 음모를 재빨리 알아채, 균이 자리 잡고 퍼지기 전에 장악할 걸세."

그가 좀 취했거나, 어쩌면 그 행사에 압도되었을 수도 있었다. 어느 경우든 그는 한동안 이런 기분으로 감정에 취한 나머지 내 팔을 움켜잡고 말을 계속했다. 아마도 그렇게 유명한 인물이 그렇게 속내를 털어놓았기 때문이었을 것이다. 아니면 그날 저녁 내내 내 머릿속에 이런 질문을 할 생각이 있었는지도 모른다. 마침내 그가 말을 멈추자 내가 이렇게 말했다.

"세실 경, 경께서는 최근에 상하이에 계셨다고 알고 있습니다만."

"상하이? 그렇다네, 친구. 왔다 갔다 했지. 중국에서 지금 벌어지는 일은 민감하고도 중요하니까. 자네도 알다시피 더는 유럽만 쳐다보고 있을 수 없다네. 유럽의 혼란을 저지하고 싶다면 더 멀리 내다

봐야 하거든."

"제가 그걸 여쭤 본 건 제가 상하이에서 태어났기 때문입니다."

"정말인가? 아, 그렇군."

"저는 다만 혹시 경께서 그곳에서 저의 옛 친구와 마주친 적이 없는지 궁금했습니다. 물론 경께서 그 친구를 꼭 만났을 만한 이유는 없지만 말이죠. 그 친구의 이름은 야마시타입니다. 아키라 야마시타."

"야마시타? 흠, 일본인이군. 물론 상하이에는 일본인이 많네. 그들은 이제 그곳에서 적지 않은 영향력을 행사하고 있지. 야마시타라고 했나?"

"네, 아키라 야마시타라고 합니다."

"그런 사람을 만난 것 같지는 않군. 외교관인가?"

"사실 그건 저도 모릅니다. 어렸을 적 친구여서요."

"오, 알겠네. 그렇다면 자네는 그 사람이 아직 상하이에 있는지 여부도 모르겠군. 어쩌면 자네 친구는 일본으로 갔을지도 모르지."

"그렇지는 않습니다. 그 친구가 아직 그곳에 있는 것은 확실해요. 아키라는 상하이를 아주 좋아했어요. 게다가 다시는 일본으로 돌아가지 않기로 결심했답니다. 그래요, 그 친구는 아직 분명 그곳에 있을 겁니다."

"어쨌든 그 사람과 만난 적은 없네. 사이토라는 이름을 가진 친구들은 많이 만났지. 군인들도 몇 명 만났네. 하지만 그런 이름을 가진 사람은 만난 적이 없네."

"그렇군요……." 나는 실망감을 감추기 위해 웃음을 터뜨렸다. "있을 법한 일은 아니었으니까요. 그저 궁금해서 여쭤본 것뿐입니다."

바로 그때였다. 왠지 불안한 느낌과 더불어 나는 세라 헤밍스가 바로 내 곁에 서 있다는 사실을 깨달았다.

"그러니까 마침내 위대한 탐정을 붙들어 놓으셨네요, 세실 경." 그녀가 명랑한 어조로 말했다.

"그렇다오, 아가씨." 노신사는 그녀에게 환한 미소를 지으며 대답했다. "이 친구에게, 우리 모두가 앞으로 그에게 의지하게 될 거라는 말을 하고 있었다오."

세라 헤밍스가 내게 미소를 지었다. "세실 경, 저는 뱅크스 씨가 완전히 신뢰할 만한 인물이라고는 생각하지 않지만, 아마 우리가 만날 수 있는 최고의 인물임에는 틀림없는 것 같아요."

나는 그 순간 되도록 빨리 그 자리를 벗어나야겠다고 마음먹고는 방 저편에서 누군가를 발견한 시늉을 하며 사과를 하고 그 자리를 떴다.

그 이후 한참 동안 나는 미스 헤밍스의 모습을 보지 못했다. 이윽고 손님 대부분이 떠날 채비를 하기 시작했고 무도회장도 한결 한가해졌다. 게다가 웨이터들이 발코니로 통하는 문들을 열어 놓아서 신선한 밤공기가 방 안으로 들어오고 있었다. 그럼에도 그날 저녁은 여전히 더웠으므로 바람을 좀 쐬려고 나는 발코니 중 하나로 나갔다. 막 발코니로 발을 내딛은 순간 나는 세라 헤밍스가 그곳에 서 있다는 사실을 알았다. 그녀는 방을 등진 채 담뱃대를 들고 밤하늘을 바라보고 있었다. 뒷걸음질하려 한 순간, 그녀가 몸을 움직이지는 않았지만 내 존재를 이미 의식하고 있을 거라는 느낌이 들었다. 그래서 나는 걸음을 계속해 그녀에게 다가가 말을 걸었다.

"미스 헤밍스, 오늘 저녁 원하는 바를 얻으신 것 같군요."

"더할 나위 없이 멋진 저녁이었어요." 그녀가 돌아보지도 않고 대답했다. 그녀는 만족스러운 한숨을 쉬고는 담배를 빨고 나서 어깨 너머로 나를 향해 재빨리 미소를 던진 다음 다시 밤하늘로 시선을 돌렸다. "상상하던 그대로였어요. 이 모든 대단한 인물들 말이에요. 어느 곳을 보나 거기에 유명인사가 있는 거예요. 그리고 세실 경은 정말이지 매력적이에요, 그렇게 생각하지 않으세요? 전 또한 에릭 미첼과 그분의 전시회에 대해 정말이지 멋진 얘기를 나누었지요. 그분이 다음 달에 열리는 특별 초대전에 저를 초대하시겠대요."

나는 그 말에 아무 대답도 하지 않았다. 우리는 잠시 동안 그렇게 발코니 난간에 몸을 기대고 나란히 서 있기만 했다. 아마 현악 사중주가 연주하는 부드러운 왈츠곡이 우리가 있는 곳까지 들려온 덕분이겠지만, 이상하게도 그 침묵이 생각했던 것만큼 거북하지 않았다. 이윽고 그녀가 말했다.

"저 때문에 좀 놀라셨을 거예요."

"놀랐다고요?"

"제가 너무 강하게 밀어붙인 것 말이에요. 오늘 밤 이곳에 들어오려고요."

"네, 좀 놀라긴 했습니다." 그러고 나서 나는 다시 말했다. "그런데 무슨 생각으로 그러신 건가요, 미스 헤밍스? 오늘 밤 이 사람들과 교제해야 할 만한 어떤 절박한 이유라도 있었던 건가요?"

"절박하다고요? 제가 이 일을 절박하게 여긴다고 생각하세요?"

"제게는 그렇게 보입니다만. 아까 입구에서 제가 목격한 장면도 제 관점을 뒷받침해 주는 듯하고 말이죠."

의외로 그녀는 이 말에 가볍게 웃고 나서 내게 미소를 지어 보였다. "어째서 그러면 안 된다는 거죠, 크리스토퍼? 어째서 제가 이런 사람들과 어울리면 안 된다는 거예요? 이건 그저…… 천국 같은 거 아닌가요?"

내가 잠자코 있자 그녀의 미소도 스러졌다.

"아무래도 당신은 제 행동을 못마땅하게 여기시는 것 같군요." 그녀가 완전히 달라진 음성으로 말했다.

"저는 그저……."

"괜찮아요. 당신은 충분히 그러실 수 있어요. 당신은 그 모든 일, 그러니까 조금 전에 있었던 일을 당혹스럽고 못마땅하게 여기는 거예요. 하지만 제가 달리 뭘 할 수 있겠어요? 저는 늙어서 삶을 돌아보면서 제 삶이 공허했다고 생각하고 싶지 않아요. 뭔가 자랑스럽게 여길 만한 삶이 되었으면 해요. 당신도 아시겠지만, 크리스토퍼, 제게는 야망이 있답니다."

"제가 당신 말을 제대로 이해했는지 잘 모르겠군요. 유명한 사람들과 교제한다면 더 가치 있는 삶을 살게 될 거라고 생각하시는 것 같은데요?"

"정말 당신은 저를 그렇게 보시나요?"

그녀는 진짜로 상처받은 듯 고개를 돌리고 다시 담배를 빨았다. 나는 인적 없는 거리와 그 맞은편 흰색 벽토를 바른 건물을 응시하는 그녀를 지켜보았다. 이윽고 그녀가 조용한 어조로 말했다.

"그런 식으로 보일 수도 있다는 건 알겠어요. 저를 냉소적인 시선으로 보는 사람에게는 적어도 그럴 테죠."

"저는 당신을 그런 식으로 보지 않습니다. 그러길 바라요. 제가 당신을 냉소적으로 보았다고 생각하신다면 좀 언짢을 것 같습니다."

"그럼 당신은 이해의 폭을 좀 더 넓히도록 하셔야겠네요."그러면서 그녀는 고개를 돌려 나를 빤히 쳐다보았다가 다시 시선을 돌렸다. "만약 제 부모님께서 지금도 살아 계시다면 그분들은 지금이 제가 결혼하기 적당한 때라고 하셨을 거예요. 아마 그 말이 맞을지도 몰라요. 하지만 저는 많은 여자들이 선택하는 그런 결혼은 하고 싶지 않아요. 런던에서 채권을 팔거나 골프 같은 것에 온통 마음을 쏟는 그런 쓸모없는 남자에게 내 모든 사랑과 정력을, 그리고 보잘것없는 것이라 해도 내 지성을 낭비하고 싶지 않아요. 내가 결혼할 상대는 정말로 이 세상에 공헌할 사람일 거예요. 인류라든가 보다 나은 세상을 위해서요. 이게 그렇게 엄청난 야망인가요? 내가 여기 온 것은 유명인사를 찾으려는 게 아니에요, 크리스토퍼. 탁월한 인물을 찾으러 온 거예요. 그러니 여기저기에서 맞닥뜨리는 하찮은 장애 따위에 왜 신경을 쓰겠어요?"그녀는 그러면서 방 쪽을 가리켜 보였다. "나는 유쾌하고 예의 바르지만 도덕적으로는 가치 없는 남자에게 내 삶을 낭비해야 하는 운명 따윈 받아들이지 않을 거예요."

"그런 식으로 표현하시니 그런 생각을 종교처럼 열렬히 신봉하시는 분 같군요."

"어떤 면에서는 그렇다고 할 수 있어요, 크리스토퍼. 아, 지금 저 사람들이 연주하는 게 무슨 곡이죠? 제가 아는 곡 같은데. 모차르트 인가요?"

"제 생각엔 하이든 같습니다만."

"아, 그래요. 그 말씀이 맞아요. 하이든이군요."그다음 몇 초 동안 그녀는 하늘로 시선을 둔 채 음악을 듣고 있는 듯했다.

“미스 헤밍스.” 이윽고 내가 입을 열었다. “아까 당신에게 한 제 행동은 별로 자랑스럽지 않습니다. 사실 이제는 그 일을 몹시 후회하고 있지요. 죄송합니다. 제 행동을 용서해 주셨으면 합니다.”

그녀는 담뱃대로 자신의 뺨을 가볍게 치면서 계속 밤하늘을 바라보았다. “아주 친절하신 말씀이에요, 크리스토퍼.” 그녀가 조용히 말했다. “하지만 정작 사과를 드려야 할 사람은 저인걸요. 어쨌든 저는 당신을 이용하려고 했으니까요. 그렇고말고요. 아까의 제 모습이 꽤 언짢게 보였을 테지만 그런 것은 아무래도 좋아요. 하지만 제가 당신에게 못되게 군 일은 마음에 걸리네요. 제 말을 믿지 않으실지 몰라도 사실이에요.”

내가 웃으며 말했다. “그러면 우리 둘 다 서로를 용서해 주기로 합시다.”

“그래요, 그렇게 해요.” 그러면서 그녀가 내게 몸을 돌렸는데, 한순간 거의 어린애처럼 몹시 기쁜 미소를 지어 보였다. 다음 순간 다시금 그 얼굴에 따분한 표정이 자리 잡았다. 그녀는 어둠이 내린 바깥을 향해 다시 몸을 돌렸다. “저는 종종 사람들한테 못되게 군답니다. 아마 야심 때문에 그러는 걸 거예요. 그리고 시간이 그리 많이 안 남아서이기도 하고요.”

“부모님을 여의신 지 오래됐습니까?” 내가 물었다.

“아득한 옛날처럼 여겨져요. 하지만 어떤 면에서 그분들은 늘 저와 함께 있기도 해요.”

“어쨌든 당신이 오늘 저녁을 즐겁게 보내셨다니 다행입니다. 저로서는 오늘 저녁 일에 대해 죄송하다는 말밖에 드릴 수가 없군요.”

“보세요, 모두들 떠나고 있어요. 참 안타까운 일이에요! 저는 당신과 여러 가지 것에 대해 얘기를 하고 싶었는데. 이를테면 당신 친구에 대한 얘기도 말이에요."

"제 친구요?"

"당신이 세실 경에게 물었던 그분 말이에요. 상하이에 있다는 분이요."

"아키라 말인가요? 그 친구는 어린 시절 친구일 뿐입니다."

"하지만 당신한테는 틀림없이 매우 중요한 사람이라는 걸 전 알아요."

나는 허리를 펴고 우리 뒤편을 돌아보았다. "당신 말이 맞아요. 모두들 떠나고 있군요."

"그러면 우리도 가야겠네요. 그러지 않으면 들어왔을 때만큼이나 떠나는 것 역시 사람들의 이목을 끌게 될 테니까요."

그러나 그녀는 자리를 뜰 기미를 보이지 않았다. 결국 내가 먼저 실례한다고 말하고 방으로 돌아왔다. 어느 순간 뒤를 돌아보며, 방 안에서는 사람들이 빠르게 빠져나가고 있는데 그녀 혼자 그곳 발코니에 외롭게 서서 밤하늘을 향해 담배 연기를 뿜고 있다는 생각이 들었다. 심지어 그녀에게 돌아가 만찬장을 나갈 때까지 에스코트해 주겠다고 제안할까 하는 생각까지 들었다. 그러나 그녀가 아키라의 이름을 입에 올린 일이 왠지 모르게 살짝 불안한 느낌이 들었다. 그래서 나는 나와 세라 헤밍스와의 관계를 개선시키기 위해 하룻밤 동안 할 일은 그것으로 충분하다고 결론지었다.

x2x

1931년 5월 15일
런던

4

상하이에 있는 우리 집 뜰 뒤편에는 꼭대기에 단풍나무 한 그루가 있는, 풀로 덮인 조그만 언덕이 있었다. 아키라와 나는 여섯 살쯤 되었을 무렵부터 그 언덕에서 곧잘 놀았는데, 지금 어린 시절의 그 친구를 생각할 때면 언제나 우리 둘이 언덕 경사면을 달려 올라갔다 내려오면서 가장 가파른 사면에서 훌쩍 뛰어내리곤 하던 일이 떠오르곤 한다.

놀다 지치면 우리는 언덕 꼭대기 단풍나무 줄기에 등을 기대고 앉아 숨을 골랐다. 앞이 트인 그 자리에서는 우리 집 뜰과 그 끝에 있는 크고 하얀 집이 잘 보였다. 지금도 눈만 감으면 그곳의 광경을, 잘 손질된 '영국식' 잔디밭과, 우리 집과 아키라네 집을 나누는 한 줄로 늘어선 느릅나무들이 만드는 오후의 그늘, 그리고 여러 채의 부속 건물과 격자 난간을 단 발코니가 있는 크고 하얀 저택을 생생하게 떠올릴 수 있다. 집에 대한 나의 이런 기억은 어린애의 눈으로 본 것이어서 실제로 그 집이 그렇게까지 크지는 않았을 것이다.

그 시절에도 나는 우리 집이 버블링웰 거리의 모퉁이를 돌면 나오는 저 웅장한 저택들과는 비할 바가 못 된다는 사실을 분명히 의식했다. 그래도 그 집은 부모님과 나, 메이 리와 하인들로 이루어진 우리 집 식구에게는 충분히 넓은 곳이었다.

그 집은 원래 모건브룩 앤드 바이어트 사(社) 소유였고, 그 때문에 집 안 장식품이라든가 그림에 손을 대면 안 되었다. 그것은 또한 이따금씩 상하이에 와서 아직 '자리를 잡지 못한' 그 회사 직원을 숙식을 제공하는 '손님'으로 받아들여야 한다는 뜻이기도 했다. 내 부모님이 이런 식의 합의에 이의를 제기했는지 어떤지는 모르겠다. 그렇다 해도 나는 개의치 않았는데, 그것은 대개의 경우 그 손님들이 『버드나무에 부는 바람』[5]에 나오는 영국식 시골길과 초원, 혹은 코넌 도일의 미스터리 소설에 나오는 안개 자욱한 거리의 분위기를 풍기는 젊은이들이었기 때문이다. 이 영국 젊은이들은 필시 좋은 인상을 주려는 열성에서 내 장황한 질문은 물론, 때때로 터무니없는 요청까지 받아 주곤 했다. 지금 떠오른 생각인데, 그들 대부분은 아마 지금의 나보다 어렸을 것이고, 분명 집에서 멀리 떨어져 어찌할 바를 몰랐을 것이다. 그러나 당시의 내게는 그들 모두가 꼼꼼히 살펴보고 열심히 흉내 낼 만한 대상이었다.

다시 아키라 얘기로 돌아가자. 길이를 한껏 늘인 우리만의 드라마를 연기하며 둘이서 언덕 위아래로 미친 듯이 뛰어다니던 오후가 지금 내 머릿속에 떠오른다. 우리가 한동안 단풍나무 줄기에 기대 앉아 숨을 고르고 있고, 나는 호흡이 진정되기를 기다리며 잔디밭

---

5) 영국 작가 케네스 그레이엄의 동화.

저편에 있는 집 쪽을 멍하니 바라보고 있을 때 등 뒤에서 아키라가 내게 말했다.

"조심해, 올드 칩. 네 발밑에 지네가 있어."

나는 그 애가 '올드 챕'을 '올드 칩'이라고 잘못 발음한 것을 알아차렸지만 그때는 별생각 없이 들어 넘겼다. 그러나 아키라는 한 번 그 단어를 써 보더니 그 단어가 마음에 드는 듯, 잠시 후 우리가 다시 놀이를 시작했을 때도 연거푸 나를 '올드 칩'이라고 불렀다. "이쪽이야, 올드 칩!", "더 빨리 달려, 올드 칩." 하면서 말이다.

"그런데 말이야, 친구를 올드 칩이라고 하는 건 틀린 거야." 우리가 그다음 놀이를 어떻게 이어 나갈 것인지를 놓고 의논하던 중에 내가 참지 못하고 말했다. "올드 챕이라고 해야 해."

내가 예상한 대로 아키라는 거세게 항의했다. "아냐. 아냐. 브라운 아줌마가 나한테 그렇게 말했어. 올드 칩, 올드 칩이라고 말이야. 발음도 맞고 다 맞아. 그 아줌마가 올드 칩이라고 했다고. 그 아줌마는 선생님이란 말이야!"

그 애를 납득시키려 애써도 소용없었다. 영어 수업을 시작한 뒤로 그 애는 자신의 가족 가운데에서 영어를 잘하는 편이라는 자신의 입지를 몹시 자랑스럽게 여겼던 것이다. 그래도 나는 양보할 생각이 없었다. 결국 말다툼이 커지면서 아키라가 벌컥 화를 내며 우리가 하던 놀이를 팽개치고 우리의 '비밀 문'—두 집의 정원 사이에 있는 울타리에 난 틈새—을 통해 성큼성큼 가 버리고 말았다.

그다음 몇 번을 함께 노는 동안에 그 애는 나를 '올드 칩'이라고 부르지 않았고 언덕 위에서 있었던 말다툼을 화제에 올리지도 않았다. 나는 그 일에 대해 거의 잊고 있었는데, 몇 주가 지난 어느 날 아침 우리가 웅장한 저택과 아름다운 잔디밭이 있는 버블링웰 거리를 나란히 걸어가고 있을 때 문득 그 일이 생각났다. 그때 내가 그 애한테 뭐라고 말했는지는 기억나지 않는데, 어쨌든 그 애는 이렇게 대답했다.

"정말 친절하구나, 올드 챕."

그때 그 애가 결국 내 생각에 동의했다는 사실을 지적하고 싶은 유혹을 참았던 기억이 난다. 왜냐하면 그즈음 나는 아키라에 대해 알 만큼 알아서, 그 애가 '올드 챕'이라고 함으로써 자신이 틀렸음을 미묘하게 인정하는 것이 아니라는 것을 알고 있었던 것이다. 그보다는, 우리 둘 다 잘 아는 어떤 이상한 방식으로 그 애는 '올드 챕'이 맞다고 주장한 쪽이 바로 자신이라고, 그런 자신의 생각을 이제 다시 반복한 것뿐이며, 내가 거기에 토를 달지 않는 것만 봐도 자신의 말을 최종적으로 확인해 주는 것이라는 암시를 담고 있었다. 실제로 그날 오후 내내 그 애는, 마치 '결국 넌 더 이상 바보같이 굴지 않기로 했군. 네가 사실을 조금 더 잘 알게 됐다니 기쁜 일이야.'라고 말하기라도 하듯 한층 더 점잔 빼는 어조로 계속해서 나를 '올드 챕'이라고 불렀다.

아키라가 이런 식으로 구는 것이 그렇게 예외적인 일은 아니었는데, 나는 그런 행동을 보면 언제나 화가 치밀었지만 어떤 이유에서인지 그것에 이의를 제기하지는 않았다. 실제로 ―그리고 지금으로서는 설명하기 어려운 일이지만― 나 자신이 아키라 편에 서서 그러한 공상을 지켜 주어야 할 필요까지 느꼈다. 만약 어떤 어른이 '올드 칩'과 관련한 다툼을 중재하려고 나섰다면 나는 십중팔구 아키라 편을 들었을 것이다.

이런 일화를 소개한다고 해서 아키라가 나를 좌지우지했으며 우리의 우정이 어느 쪽이든 균형이 잡히지 않은 관계였다고 여기지 않았으면 한다. 나는 놀이에서 대부분 주도권을 잡았고, 굳이 말하자면 중요한 결정을 내린 것도 나였다. 실제로 나는 지적인 면에서 내가 그 애보다 우월하다고 여겼고 아키라도 어느 정도는 그 점을 인정했던 것 같다. 그런 반면 여러 면에서 내 눈에 이 일본인 친구는 대가처럼 보였다. 이를테면 팔로 목조르기가 그랬다. 그 애는 내가 자신의 기분을 상하게 하는 말을 하거나, 연극을 하다가 자기가 열중하고 있는 특정 대목을 내가 받아들이지 않을 때면 곧잘 그 기술을 썼다. 그 애가 실제로 나보다 생일이 한 달 더 빠르기는 했지만 대개의 경우 그 애가 나보다 더 세상 물정에 밝다고 느꼈다. 그 애는 내가 알지 못하는 많은 일에 대해 잘 아는 듯했다. 특히 그 애는 자신이 외국인 거주지 너머로 몇 차례 갔다 온 적이 있노라고 했다.

지금 그때를 돌이켜 보면, 우리 같은 어린아이들이 어른의 감독 없이 마음대로 돌아다니도록 허락받았다는 사실은 좀 놀랍다. 하지만 물론 그 일은 상대적으로 안전한 외국인 거주지 안에서의 일이었다. 나만 해도 그 도시의 중국인 구역에 들어가는 일은 엄격히 금지되어 있었고, 내가 아는 한 아키라의 부모님 역시 그 문제에는 마찬가지로 엄격했다. 경계선 저편에는 온갖 종류의 무서운 질병과 오물과 사악한 인간이 들끓는다고들 했다. 외국인 거주지 밖으로 나가 본 일에 가장 근접한 나의 경험은 언젠가 어머니와 나를 태운 마차가 차페이 지구에 인접한 쑤저우 천(川)을 따라 우연히 길을 지나간 것이었다. 운하를 따라 복작거리며 몰린 야트막한 지붕이 보였다. 나는 혹시라도 병균이 공기를 타고 좁은 수로를 건너올까 두려운 나머지 최대한 숨을 참았다. 그러니 당시, 이런 지역으로 비밀리에 수도 없이 다녀왔다고 한 친구의 말에 내가 깊은 인상을 받은 것도 당연했다.

아키라에게 그 영웅적인 모험에 대해 몇 번이나 물었던 기억이 난다. 그는 내게, 중국인 구역의 실상은 소문보다 훨씬 더 나쁘다고 했다. 거기에는 제대로 된 건물 같은 것은 없고 판잣집이 다닥다닥 붙여서 지어져 있을 뿐이라고 했다. 분 거리에 있는 시장통과 비슷한데 다른 것은 시장의 '좌판' 하나하나에 온 가족이 산다는 것이라고 했다. 게다가 사방에 시신이 쌓여 있고 거기에 파리가 들끓는데도 거기서는 그런 일을 아무렇지도 않게 여긴다고 했다. 한번은 아키라가 사람들로 북적대는 골목길을 지나가다 권력이 막강한 군 지도자처럼 보이는 남자를 본 적이 있는데, 가마에 올라탄 그 남자를 칼을 가진 거인이 호위하고 있었다고 했다. 그 군사령관이 아무나 기분 내키는 대로 가리키면 거인이 그 사람의 머리를 잘라 버렸다는 것이다. 물론 사람들은 있는 힘을 다해 몸을 숨기려 했다. 하지만 아키라는 그 자리에 선 채 도전적인 눈으로 그 군사령관을 노려보았다고 했다. 그 남자는 잠시 아키라의 목을 벨까 궁리하는 듯했지만 내 친구의 용기에 감명을 받은 듯 웃음을 터뜨리며 그의 머리를 가볍게 쳤다는 것이다. 그런 다음 군사령관 일행은 다시 길을 갔는데, 그러는 도중에도 여러 사람의 머리를 잘랐다고 했다.

내가 아키라의 이런 주장을 반박한 적이 있는지는 기억나지 않는다. 한번은 내가 별생각 없이 어머니에게 공동 조계[6] 밖으로 나간

---

6) 여러 나라가 공동으로 관리하는 외국인 거주 지역.

내 친구의 모험담을 언급한 적이 있는데, 어머니는 미소를 지으며 못 믿겠다는 투로 대답을 했다. 나는 그런 어머니에게 화를 냈으며, 그 뒤로 어머니에게는 아키라에 관련된 비밀스러운 이야기를 되도록 하지 않으려고 했던 기억이 난다.

그런데 어머니는 아키라가 특별히 경외감을 품고 두려워하는 대상이었다. 예를 들어서, 그 애에게 목졸림을 당하면서도 내가 그 애의 말을 들어 주고 싶지 않을 경우, 나는 언제나 그러면 엄마한테 여쭤보자고 선언함으로써 사태를 모면했다. 물론 나도 그러는 게 그다지 내키지는 않았다. 아무리 어린 나이라도 그런 식으로 어머니의 권위에 호소하는 것은 자존심이 상하는 일이었던 것이다. 그러나 어쩔 수 없이 그렇게 말했을 때 나는 그 말 덕분에 사태가 어떻게 달라지는지를 보고 놀랐다. 바이스처럼 무자비하게 내 목을 조르던 상대가 삽시간에 겁먹은 아이로 돌변했던 것이다. 나는 어째서 어머니가 아키라에게 이런 영향을 미치는지 도무지 이유를 알 수 없었다. 그 애는 언제나 지나칠 정도로 예의 바르게 행동하기는 했어도 여간해서는 어른들 때문에 위축되는 법이 없었다. 게다가 어머니는 그 애에게 언제나 온화하고 상냥하게 말을 걸었다. 나는 당시 이 문제에 대해 곰곰이 생각해 보면서 여러 가지 가능성을 떠올렸던 기억이 난다.

나는 한동안 아키라가 그러는 것은 그 애가 어머니를 '아름답다'고 여기기 때문이라고 생각했다. 나는 어려서부터 어머니가 '아름답다'는 게 극히 당연한 기정사실이라고 여겼다. 그 말은 언제나 어머니를 따라다녔으며, 나는 이 '아름답다'라는 표현을 '키가 크다'거나 '체구가 작다'거나 '어리다'라는 표현처럼 그저 어머니에게 붙는

라벨 같은 것이라고 여겼다. 그러면서도 어머니의 '아름다움'이 다른 사람들에게 갖는 영향력을 전혀 모르지는 않았다. 물론 그 나이의 나는 여성의 매력이 갖는 함축적인 의미에 대해서는 전혀 알지 못했다. 그러나 여기저기 어머니를 따라다니던 나는, 이를테면 우리가 공원을 산책할 때 낯선 사람들이 보내는 찬탄 어린 눈길이라든가 토요일 아침마다 케이크를 사러 가던 난징 거리의 이탈리아 식카페의 웨이터들이 특혜에 가까운 대우를 하는 것을 당연하게 여겼다. 지금도 어머니의 사진을 볼 때면 ── 상하이에서 가져온 앨범 속에는 어머니 사진이 모두 일곱 장 있다 ── 언제나 당시에도 구식인 빅토리아 풍 전통에 걸맞은 어머니의 미모에 감명을 받는다. 오늘날의 기준으로 보면 어머니는 '잘생긴 얼굴'에 속할 것이다. 분명 '예쁜 얼굴'은 아니다. 예컨대 오늘날 젊은 여자들이 곧잘 하는 것처럼 요염하게 어깨를 살짝 들어 보인다거나 고개를 가볍게 젖히는 버릇 같은 게 어머니에게 있었다고는 상상도 할 수 없다. 사진 속의 어머니는 ── 모두 내가 태어나기 전에 찍은 것인데, 네 장은 상하이에서, 두 장은 홍콩에서, 한 장은 스위스에서 찍은 것이다 ── 우아하고 등이 곧은 것은 물론 도도해 보일 정도지만, 그 눈매에 온화한 빛이 어려 있었던 것이 아직도 생생하게 기억난다. 아무튼 지금 내가 말하고자 하는 것은, 적어도 처음 얼마 동안은 어머니에 대한 아키라의 이상한 태도가 다른 많은 것이 그런 것처럼 어머니의 아름다움에서 나온 것이 아닐까 하는 내 생각이 지극히 자연스러웠다는 것이다. 하지만 조금 더 신중하게 생각해 본 끝에 나는, 이를테면 아키라가 회사의 보건 조사원이 우리 집을 방문했던 그날 아침에 목격한 장면에 유난히 깊은 인상을 받았다고 보는 쪽이 좀 더 타당한 설명이라고 결론지었다.

모건브룩 앤드 바이어트 사의 직원이 이따금 찾아오는 것은 우리의 생활에서 당연한 일로 간주되었다. 이를테면 어떤 사람이 우리집을 찾아와 한 시간가량 집 안을 돌아다니며 이따금씩 불분명한어투로 질문을 던지면서 자신의 노트에 뭔가를 메모하는 식이다. 언젠가 어머니가 내게, 내가 아주 어렸을 때 바이어트 사의 보건 조사원 놀이를 좋아해서, 손에 연필을 쥐고 우리 집 변기를 조사하려 드는 나를 말려야 했다고 말했던 기억이 난다. 그랬던 것도 무리가 아니었다. 하지만 내가 기억하는 한 이런 방문은 대부분 지극히 평범해서 오랫동안 보건 조사원에 대해서는 전혀 생각지 않았다. 하지만지금은, 단지 위생 상태만을 조사하는 것만 아니라 식구 중에 병이나 기생충에 감염된 조짐은 없는지 조사하는 이런 검사 자체에 사람들이 몹시 당혹스러워 할 수 있어서, 회사에서는 틀림없이 세심한마음씨에 요령을 잘 아는 사람을 골라 이런 일을 시켰으리라는 사실을 알 수 있다. 유순하고 발을 끌며 느릿느릿 걸으면서 대개 영어를 쓰지만 가끔 프랑스어를 구사하는 이 사람들이 확실히 기억나는데, 이들은 언제나 어머니뿐 아니라 메이 리에게까지 경의를 표했으며, 이런 점은 언제나 내 호감을 샀다. 그러나 그날 아침 — 그때 나는 여덟 살이었을 것이다 — 나타난 조사원은 이전의 조사원들과는사뭇 달랐다.

그에 대해 특히 두 가지 사실이 기억난다. 하나는 그가 콧수염을길렀다는 것이고, 다른 하나는 그의 모자 뒤쪽에 커피 얼룩 같은 갈색 얼룩이 안쪽 띠 속으로 이어졌다는 것이다. 나는 집 앞 마차 진입로에 둥글게 에워싸인 잔디밭에서 혼자 놀고 있었다. 하늘이 흐렸던 기억이 난다. 그 사람이 정문에 나타나 집 쪽으로 걸어올 때 나는 놀이에 푹 빠져 있었다. 그는 내 곁을 지나가며 중얼거리는 것 같은 소리로, '안녕, 젊은 친구, 어머니는 집에 계시니?' 하는 말을 던지고는 내 대답을 기다리지 않고 계속 걸어갔다. 그의 모자에 난 얼룩이 내 눈에 들어온 것은 내가 그렇게 그의 뒷모습을 바라보고 있을 때였다.

그다음 기억나는 것은 그때로부터 한 시간쯤 지나서 일어난 일이다. 그때는 아키라도 와 있어서 우리는 함께 놀이방에서 노느라 바빴다. 밖에서 사람들의 목소리가 들려 우리는 놀이를 하다 말고 고개를 들고 층계참으로 살금살금 나가 보았다. 꼭 언성을 높인 것은 아니었지만 긴장감이 차오르고 있었다. 우리는 놀이방 방문 밖에 놓인 육중한 떡갈나무 장 옆에 웅크리고 앉았다.

우리 집에는 상당히 거대한 층계가 있었고, 우리가 앉아 있는 떡갈나무 장 옆에서는 층계의 나선을 따라 이어지는 반들거리는 난간에서부터 널찍한 현관홀까지 한눈에 들어왔다. 그곳에 어머니와 조사원이 마주 보고 서 있었는데, 두 사람 모두 한복판에 뻣뻣한 자세로 서 있어서 마치 체스 판에서 서로 대적하고 있는 두 개의 말 같았다. 조사원은 얼룩이 있는 모자를 가슴 앞에 움켜잡고 있었다. 어머니 쪽은 미국인 목사보의 아내인 루이스 부인이 피아노를 치러 온 날 밤에 노래를 부르기 직전에 늘 그러듯이 가슴 바로 아래에서 양손을 깍지 낀 자세였다.

그다음에 이어진 언쟁은 비록 그 의미가 분명했던 것은 아니었지만, 어쩌면 어머니에게는 도덕적 승리라는 중요한 순간에 상당하는 특별한 의미를 띤 것처럼 보였던 것 같다. 내가 자라는 동안 마치 내 마음속에 각인되기를 바라는 것처럼 어머니가 자주 그때 일을 얘기했던 것도 기억난다. 그리고 때로는 어머니가 손님들에게, 대개는 짤막한 웃음과, 그 조사원이 그 일 직후 면직되었다는 언급도 곁들여 그때 일을 자세히 설명하는 것을 듣기도 했다. 결국 나는 그날 아침에 대한 내 기억의 얼마만큼이 내가 실제로 층계참에서 목격한 일에서 나온 것인지, 그리고 시간이 지나는 동안 그때 일에 대한 어머니의 이야기와 얼마만큼이나 섞인 것인지 알 수 없다. 어쨌든 내 기억으로는, 아키라와 내가 떡갈나무 장 모서리에서 내다볼 때 조사원이 이런 말을 했던 것 같다.

"부인의 기분은 충분히 존중합니다, 뱅크스 부인. 그래도 이곳에서는 아무리 조심해도 지나치다고 할 수 없지요. 그리고 회사에서는 모든 직원의 복지에 책임이 있습니다. 부인과 뱅크스 씨처럼 경험이 많은 분들이라 해도 말입니다."

어머니가 응수했다. "죄송하지만, 라이트 씨. 제가 보기에 선생께서는 그들에게 분명 반감을 갖고 계신 것 같네요. 선생이 말하는 그 하인들은 여러 해 동안 아주 탁월하게 일해 온 사람들이에요. 그들의 위생 수준에 대해서는 전적으로 보증할 수 있답니다. 그리고 선생도 그들에게 전염병의 조짐이 없다는 사실을 인정하셨잖아요."

"그래도 부인, 그들은 산둥 출신입니다. 그리고 회사로서는 직원들에게 그 지방 토박이를 집 안에 들이지 말라고 권하지 않을 수 없습니다. 이런 제한은 필시 쓰라린 경험에서 나온 것으로 생각됩니다만."

"진담이신가요? 선생께서는 저더러 우리 친구들을 ─ 그래요, 우리는 오랫동안 그 사람들을 **친구**로 여겨왔다구요! ── 단지 산둥 출신이라는 이유만으로 내보내라는 거예요?"

이 말에 조사원의 태도는 좀 거만해졌다. 그는 계속해서 어머니에게, 산둥 출신 하인을 쓰는 데 대한 회사의 반대가 비단 그들의 위생과 건강 때문만이 아니라 정직성에 대한 의구심에 근거한 것이라고 설명했다. 그리고 집 안에 회사 소유의 값진 물건이 많기 때문에 ── 그러면서 조사원은 주위를 가리켜 보였다 ── 자신의 권고 사항을 거듭 강하게 말씀드리지 않을 수 없노라고 했다. 어머니가 다시 상대방의 말을 끊고 대체 무슨 근거로 그런 놀라운 일반화를 하게 되었느냐고 다그치자 조사원은 싫증 난다는 듯 한숨을 짓더니 이렇게 대답했다.

"간단히 말씀드리자면, 부인, 아편 때문이지요. 산둥 지방의 아편 중독은 현재 통탄할 만한 수준에 이르러서 아예 마을 전체가 아편 파이프의 노예가 된 경우도 많습니다. 그 때문에 부인, 위생 수준이 낮고 전염병 발생률도 높습니다. 그리고 불가피하게 상하이로 일하러 온 산둥 출신 사람들은 설혹 천성이 정직하다 해도 조만간 도둑질을 하지 않을 수 없습니다. 부모 형제, 사촌, 삼촌, 그 모든 사람들이 갈망하는 것을 들어 주어야 하니까 말입니다……. 맙소사, 부인! 제가 드리려는 말씀은 단지……."

이 순간 움찔한 것은 조사원만이 아니었다. 옆에 있던 아키라도 급하게 숨을 들이켰는데, 내가 바라보니 그 애는 입을 벌린 채 어머니를 내려다 보고 있었다. 훗날 내가 그날 아침부터 시작된, 저 경외감을 품은 눈으로 어머니를 보았으리라고 생각한 것은 그 순간의 이 모습 때문이었다.

그러나 설혹 조사원과 아키라 두 사람 모두 그때 어머니의 행동에서 이상한 느낌을 받았다 해도, 나 자신에게는 특별할 것 없는 광경이었다. 내가 보기에 어머니는 자신이 이제부터 하려는 주장에 대해 마음의 준비를 하는 것처럼 보였다. 하지만 아무래도 내가 어머니의 방식에 너무나 익숙해 있었던 모양이다. 그런 방식에 익숙하지 않은 사람들에게는 이런 상황에서 어머니가 습관적으로 취하는 표정과 태도가 경각심을 불러일으킬 수도 있었다.

그렇다고 해서 내가 그다음에 이어진 감정의 폭발에 완전히 대비가 되어 있지 않았다는 의미는 아니다. 실제로 조사원이 '아편'이라는 말을 내뱉은 순간부터 나는 그 불운한 남자가 파멸하게 되리라는 것을 알고 있었다.

그는 상대방이 자기 말을 끊으리라고 확신한 듯 갑자기 말을 멈췄다. 그러나 어머니는 그 조바심 나는 침묵이 그대로 이어지도록 내버려 둔 채 계속해서 그를 노려보다가 마침내 조용하면서도 금방이라도 분노가 끓어오를 것 같은 목소리로 이렇게 반문했다.

"선생은 지금 감히, 다름 아닌 바로 나에게 바로 이 회사를 대변해서, 다름 아닌 아편에 대한 얘기를 하신 건가요?"

이어 어머니는 분노를 억누른 어조로 조사원에게, 그때쯤에는 나도 이미 잘 알고 있고 또 그 이후 수없이 듣게 되는 사태의 개요를 한바탕 퍼부어 댔다. 요컨대 대체로 영국인들이, 그중에서도 모건브룩 앤드 바이어트 사가 막대한 양의 인도 아편을 중국으로 수입해서 한 나라 전체를 이루 말로 형언하기 어려운 비참과 타락으로 몰아넣었다는 말이었다. 말하는 동안 어머니의 어조가 종종 날카롭게 곤두서곤 했으나 말투가 흐트러진 적은 없었다. 이윽고 여전히 적수를 노려보는 시선을 떼지 않은 채 어머니가 물었다.

"선생은 부끄럽지도 않은가요? 기독교인으로서, 영국인으로서, 도덕관을 가진 한 사람으로서 말이에요. 그런 사람이 이런 회사에서 일한다는 사실이 부끄럽지 않아요? 이런 사악한 부에 빌붙어 생계를 유지하면서도 어떻게 양심의 안식을 얻을 수 있는지 말씀해 보시죠."

만약 그에게 그럴 만한 만용이라도 있었다면 조사원은 어머니가 이런 일로 자신을 훈계하는 것, 회사 소유의 주택에 거주하는 동료 직원의 아내에게서 이런 말을 듣는 것이 부적절함을 지적했을지 몰랐다. 하지만 이때쯤 그는 상대하기에 버거운 상대를 만났음을 깨닫고는 체면을 보전하기 위해 상투적인 몇 마디 말을 중얼거리면서 집에서 퇴각했다.

그 조사원은 모르고 있었지만, 당시 내게는 어머니가 벌이는 아편 반대 운동에 대해 모르는 어른이 있다는 것이 여전히 놀라웠다. 자라는 동안 내내 나는 어머니가 중국의 '아편 용(龍)[7]'의 주적으로 알려진 유명 인물이며 찬탄의 대상이라고 굳게 믿고 있었다. 아편 남용은 상하이에서 어른들이 아이들에게 굳이 감추지 않는 문제였다. 물론 아주 어렸을 때 나는 그 문제에 대해 아는 것이 거의 없었다. 나는 학교까지 가는 마차 안에서 매일같이 난징 거리를 따라 난 집 문간마다 중국인들이 아침 볕을 쬐며 널브러져 있는 광경을 보는 데 익숙했으며, 한동안 어머니의 활동에 대해 들을 때면 언제나 이런 무리를 돕는 어머니의 모습을 상상하곤 했다. 그러나 좀 더 나

7) 후에 등장하는 인물 '왕 쿠'를 지칭하는 말. 참고로 중국에서 '용을 좇는다'는 표현은 아편을 피우는 것을 말한다.

이가 들면서 이 문제를 에워싼 상황이 얼마나 복잡한지 파악할 만한 기회가 많아졌다. 어머니가 연 오찬회에 나도 참석하도록 요청받을 때가 그 좋은 예였다.

보통 이런 오찬회는 아버지가 출근한 주중에 우리 집에서 열리곤 했다. 대개는 네다섯 명의 부인이 도착해서 온실로 안내받는데, 그곳에는 덩굴식물과 종려나무들 한복판에 식탁이 준비되어 있었다. 나는 잔과 잔 받침, 접시를 건네주는 일을 도우면서, 내가 아는 그 순간이 오기를 기다렸다. 요컨대, 어머니가 '마음과 양심에 비추어' 회사의 정책을 어떻게 보느냐고 손님들에게, 묻는 시간 말이다. 이때쯤 되면 부인들은 유쾌한 잡담을 멈추고 말없이 어머니의 말을 경청하게 마련이었는데, 어머니는 계속해서 '반기독교적이고 반영국적인' 회사의 방침에 대한 불만을 피력했다. 내 기억에 이런 오찬회는 이 단계에 이르면 언제나 조용하고 거북한 분위기에 잠겼으며, 얼마 지나지 않아 부인들은 냉담한 작별 인사를 나누고 대기 중인 마차와 자동차가 있는 곳으로 흩어졌다. 그러나 나는 어머니가 내게 해 준 말을 통해 그녀가 이들 회사 직원의 부인들 상당수의 '마음을 얻는 데 성공했다'는 것, 그리고 이렇게 마음을 바꾼 이들이 다음에 어머니가 여는 회의에 초청되었다는 사실을 알게 되었다.

이 회의는 훨씬 진지한 것으로, 나는 그곳에 참석할 수 없었다. 회의는 주로 식당에서 문을 닫아 놓고 열렸으며, 마침 회의가 열리는 시간에 내가 집에 있을 때면 발끝을 든 채 소리 내지 않고 걸어다녀야 했다. 가끔 성직자나 외교관처럼 어머니가 특별히 존경해 마지않는 중요한 인물을 내게 소개하는 일도 있긴 했지만, 대개의 경우 메이 리는 손님들이 도착하기 전에 방해가 되지 않도록 나를 멀찌감치 떼어놓으라는 지시를 받았다. 물론 필립 삼촌은 고정적으로 회의에 참석했는데, 나는 삼촌과 시선을 마주치기 위해 참석자들이 떠나는 시간에 되도록 사람들의 눈에 띄려고 애썼다. 삼촌은 나를 보면 언제나 미소를 지으며 다가왔으며 그다음에는 함께 가벼운 잡담을 나누었다. 때때로 삼촌에게 중요한 용무가 없을 때는 삼촌에게 그 주에 내가 그린 그림을 보여 주거나 아니면 뒤쪽 테라스에 나가 얼마간 함께 앉아 있기도 했다.

모두가 떠나고 나면 집 안의 분위기는 완전히 달라졌다. 그럴 때면 어머니의 기분은 마치 그 회의가 걱정거리를 모두 쓸어가 버리기라도 한 것처럼 밝아져 있었다. 어머니가 집 안을 돌아다니며 물건들을 정리하면서 혼자 부르는 노랫소리가 들리곤 했다. 그럴 때면 나는 황급히 정원에 나가서 기다렸다. 왜냐하면 어머니가 일단 정리를 마치고 나면 나를 찾으러 나올 테고, 점심시간까지 시간이 얼마가 남았든 그 시간은 온전히 내 차지라는 사실을 알고 있었기 때문이다.

내가 나이가 좀 더 들고 나서는 회의가 끝난 후에 어머니와 함께 제스필드 공원으로 산책을 나갔다. 그러나 내가 예닐곱 살 무렵에는 집 안에서 보드게임을 하기도 하고 가끔은 내 장난감 병정을 갖고 놀기도 했다. 이 무렵 우리가 정해 둔 일과가 지금도 기억난다. 당시 테라스에서 그리 멀지 않은 잔디밭에 그네가 있었다. 어머니는 여전히 노래를 부르며 뜰로 나와 풀밭 위로 내려오더니 그네에 앉았다. 그러면 나는 정원 뒤편에 있는 언덕 위에서 기다리고 있다가 성이 난 시늉을 하며 어머니를 향해 달려갔다.

"그네에서 내려와요, 엄마! 그러다 그네가 망가지겠어요!" 나는 두 팔을 휘저으며 그네 앞에서 팔짝팔짝 뛰었다. "엄마는 그네를 타기에는 너무 커요! 그러다 그네가 망가진다니까요!"

어머니는 나를 보지도, 내 말을 듣지도 못한 것처럼 굴면서 더 높이 그네를 타고 올랐는데, 그러는 동안에도 내내 목청껏 이런 노래를 부르곤 했다. "데이지야, 데이지야, 내게 대답 좀 해 보렴." 내 항의가 먹혀들지 않을 것 같으면 나는 어머니 앞 잔디밭에서 물구나무서기를 — 어째서 하필이면 물구나무서기를 했는지 지금은 기억나지 않는다 — 해 보였다. 그러면 어머니는 웃음을 터뜨렸고, 그 바람에 어머니의 노랫소리는 짤막짤막하게 끊어졌다. 그러다 이윽고 어머니는 그네에서 내려와 내가 미리 마련해 둔 놀이를 하러 가곤 했다. 지금도 어머니가 열던 회의를 생각할 때면 그 뒤에 반드시 따라올 기대에 찬 시간이 떠오른다.

몇 해 전 나는 대영 박물관의 열람실에서 며칠을 보내면서 그 당시 중국의 아편 무역을 호되게 질책하는 논의에 대해 조사한 적이 있다. 당시의 많은 신문 기사와 편지, 서류 들을 훑어 나가는 동안 어렸을 때 내게는 수수께끼였던 일들이 점차 선명해졌다. 하지만 — 아마도 이 사실을 시인하는 편이 좋을 것 같은데 — 내가 이런 조사를 한 주된 동기는 혹시라도 어머니에 대한 보도가 있지나 않을까 하는 희망에서였다. 앞에서도 말했듯이 어쨌든 나는 어렸을 때, 어머니가 아편 반대 운동의 핵심 인물이라고 믿고 있었다. 그래서 자료에서 어머니의 이름을 한 번도 찾지 못하자 조금 실망했다. 다른 사람들의 이름은 반복해서 인용되고 찬사나 모욕의 대상이 되었지만, 내가 확인한 그 모든 자료에 단 한 차례도 어머니의 이름은 나와 있지 않았다. 그러나 필립 삼촌의 이름은 몇 차례 언급되었다.

《노스차이나 데일리 뉴스》에 보낸 한 서한에서 스웨덴의 어느 선교사가 수많은 유럽 회사를 힐난하는 도중에 필립 삼촌을 '청렴의 훌륭한 횃불'이라고 언급한 경우도 있었다. 어머니의 이름이 없는 것만으로도 충분히 실망스러웠지만, 이런 보도를 맞닥뜨린 것은 예기치 못한 가혹한 타격이었으므로, 나는 조사를 포기하고 말았다.

하지만 지금 당장은 필립 삼촌을 회상할 생각이 없다. 오늘 오후 함께 버스를 타고 있는 동안 나는 세라 헤밍스에게 그의 이름을 언급했고, 나아가 그에 관한 한두 가지 기본적인 사실을 얘기했다고 생각했다. 하지만 지금 그때의 일을 다시금 곱씹어 보니 필립 삼촌의 이름은 전혀 나오지 않았다고 보는 것이 맞는 것 같고, 그 사실이 다행이라고 말하지 않을 수 없다. 어리석은 생각일지 모르지만, 나는 언제나 필립 삼촌을 내 기억 속에 가두어 두고 입 밖에 내지 않는 한 그가 구체적인 실체가 결여된 채로 남아 있으리라고 느꼈던 것이다.

하지만 아키라에 대해서는 오늘 오후 세라에게 얼마간 이야기해 주었고, 이제 다시 생각해 봐도 그 얘기를 한 것이 조금도 후회되지 않는다. 어쨌든 대단한 얘기를 했던 것은 아닌데 그녀는 진심으로 흥미를 갖는 듯 보였다. 내가 어째서 갑자기 그녀에게 이런 얘기를 하게 된 것인지 알 수 없다. 처음 그녀와 함께 헤이마켓에서 버스에 올랐을 때만 해도 그럴 의도가 없었던 것은 분명했다.

그날 나는 어떻게 알게 됐는지 잘 기억나지 않는 데이비드 코빗이라는 사람에게서, 로어레전트 거리에 있는 한 식당에서 '몇몇 친구들'과 어울려 함께 점심 식사를 하자는 초대를 받은 참이었다. 그곳은 점심시간에 인기 있는 식당으로, 코빗은 식당 뒤편에 십여 명이 앉을 긴 식탁 자리를 예약해 놓았다. 사람들 틈에서 세라를 보고는 그녀가 코빗과 아는 사이였는지 몰랐던 터라 조금 놀라긴 했지만 반가웠다. 하지만 좀 늦게 도착한 까닭에 그녀와 대화를 나눌 만한 자리에 앉지는 못했다.

날이 흐려지자 웨이터가 우리 식탁에 촛대를 놓아 주었다. 우리 식탁의 일행 가운데 헤글리라는 사람이 딴에는 그럴싸한 장난이라고 여겼는지 촛불을 불어서 끄고는 웨이터를 불러 다시 불을 붙이도록 했다. 그는 떠들썩한 분위기가 가라앉는다고 생각될 때마다 그 일을 이십 분 간격으로 적어도 세 차례 반복했는데, 다른 사람들은 그 일을 아주 재미있어 하는 듯했다. 내가 보기에 세라도 그즈음에는 다른 사람들과 함께 웃으면서 즐거워했던 것 같다. 우리가 그곳에 온 지 한 시간 정도 지났을 때 두어 명이 사무실로 가 봐야겠다고 양해를 구하고 자리를 뜨자 사람들의 관심이 세라 쪽 식탁 끝에 앉아 있던, 조금 강한 인상을 풍기는 에마 캐머런이라는 젊은 여자에게 쏠렸다. 내가 그녀에 대해 아는 것이라고는 그녀가 얼마 전부터 가까이에 앉은 사람들에게 자신의 문제에 대해 이야기하고 있었다는 것뿐이었다. 하지만 식탁의 나머지 사람들의 대화가 소강상태에 접어들자 그녀는 갑자기 참석자들의 관심의 초점이 되었다. 뒤이어 반쯤은 진지하고 반쯤은 빈정거리는 투로 에마 캐머런과 그녀의 어머니와의 말썽 많은 관계에 대한 논란이 이어졌는데, 그 모녀의 관계는 최근 에마가 프랑스인과 약혼하는 바람에 새로운 위기를 맞게 된 모양이었다. 사람들은 그녀에게 온갖 종류의 조언을 쏟아냈다. 예를 들어 헤글리라는 남자는 모든 엄마들을 ──'그리고 물론 이모들도'──서펜타인 연못8) 옆에 대형 건물을 지어 그곳에 수용해야 한다는 안을 내놓았다. 다른 사람들은 자신들의 경험에 근거해 좀 더 도움이 되는 의견을 내놓았고, 자신에게 쏠린 사람들의 관심을 기쁘게 여긴 에마 캐머런은 정말 짜증 나는 자기 엄마의 성격을 여실히 보여 줄 만한 훨씬 더 극적인 일화를 동원해 그 화제에 불을 지폈다. 이런 식으로 토론이 십오 분쯤 진행되었을 때 세라가 일어나더니 초대자의 귀에 무슨 말인가를 속삭이고는 자리를 떴다. 여성용 화장실은 식당의 로비 쪽에 있었고, 그녀가 나가는 것을 알아차린 몇몇 사람들도 그녀가 화장실에 가는 것이려니 생각하는 듯했다. 하지만 나는 그곳을 나서는 그녀의 얼굴에서 어떤 기미를 포착하고는, 몇 분 후 자리에서 일어나 그녀의 뒤를 따랐다.

그녀는 식당 입구에 서서 창을 통해 로어레전트 거리를 내다보고 있었다. 그녀는 내가 팔을 건드리며 말을 걸기 전까지 내가 다가오는 기색을 알아차리지 못했다.

"별일 없는 겁니까?"

그녀는 깜짝 놀랐는데, 그 순간 나는 그녀의 얼굴에 눈물기가 있다는 것을 알아차렸다. 그녀는 그것을 가리기 위해 재빨리 미소를 지어 보였다.

"오, 그럼요. 전 괜찮아요. 좀 답답했을 뿐이에요. 이제는 괜찮아졌답니다." 그녀는 짤막하게 소리 내 웃고는 뭔가 찾는 듯한 시선으로 거리를 내다보았다. "죄송해요, 무례하게 보였을지도 모르겠군요. 이제 자리로 돌아가야겠네요."

---

8) 런던 하이드 파크에 있는 인공 연못.

"그러고 싶지 않은데 굳이 그러실 필요는 없어 보이는데요."

그녀가 내 얼굴을 유심히 살펴보면서 물었다. "사람들이 여전히 조금 전의 그 얘기를 하고 있나요?"

"제가 나올 때는 그랬습니다." 그런 다음 이렇게 덧붙였다. "골치 아픈 엄마들에 관한 토론이라면 우리 둘 모두 대단한 기여를 하기는 어려울 것 같군요."

그녀는 갑자기 웃으면서, 이제는 내 앞에서 더 이상 숨기려 들지 않고 눈물을 닦았다. "그래요, 우리는 그런 토론을 하기에 적임자들이 아니죠." 그런 다음 다시 미소를 지으며 이렇게 말했다. "제가 생각하기에도 어리석은 일이에요. 어쨌든 그저 맛있는 점심 식사를 즐기면 되는데 말이에요."

"차를 기다리시는 건가요?" 그녀가 여전히 차량들 쪽을 주시하는 것을 보고 내가 물었다.

"네? 아, 아녜요. 그저 내다보는 거예요." 그런 다음 다시 이렇게 말했다. "버스가 오나 보고 있었어요. 길 저편을 보세요. 버스 정류장이 있잖아요. 한때 어머니와 나는 함께 버스를 타고 꽤 시간을 보냈어요. 그저 버스 타는 일을 즐겼답니다. 제가 어렸을 때 말이에요. 위층 앞쪽에 자리가 없으면 내려서 다른 버스를 기다리곤 했지요. 그리고는 때로는 몇 시간씩 런던을 돌아다니며 창으로 보이는 것들을 구경하고 이야기하고 또 이런저런 것들을 가리켜 보이곤 했어요. 그 일이 즐거웠답니다. 당신은 버스 안 타세요, 크리스토퍼? 안 타 보셨다면 꼭 타 보셔야 해요. 버스 위층에서는 정말 많은 것을 볼 수 있거든요."

"저는 주로 걷거나 택시를 탄다는 사실을 인정해야겠군요. 런던 버스를 좀 두려워하는 편입니다. 버스에 타면 내가 원치 않는 곳으로 데려갈 것 같고, 그래서 길을 찾아 돌아오느라 하루의 나머지 시간을 보내야 할 것 같거든요."

"뭐 하나 말해도 될까요, 크리스토퍼?" 그녀의 목소리는 아주 차분해졌다. "정말 어리석게도 최근에 와서야 겨우 깨달은 사실이에요. 전에는 그런 생각이 들지 않았어요. 엄마는 그때 이미 상당히 고통스러우셨던 것이 분명해요. 엄마는 저와 함께 다른 일을 할 만큼 건강하지 못하셨거든요. 바로 그 때문에 우리는 버스를 타고 많은 시간을 보낸 거죠. 그것은 우리가 여전히 함께할 수 있는 일이었거든요."

"그럼 이제 버스를 타 볼까요?" 내가 물었다.

그녀는 다시 거리를 내다보았다. "바쁘지 않으세요?"

"저로서는 즐거운 일이 될 겁니다. 조금 전에도 말씀드렸듯이 저 혼자서 버스에 타기가 겁이 나니까요. 당신은 그 일에 경험이 많으실 테니 이번이 제게는 절호의 기회가 되겠군요."

"좋아요." 그러면서 그녀는 갑자기 활짝 웃었다. "제가 런던 버스를 타는 법을 보여 드리죠."

우리가 실제로 버스를 탄 곳은 로어레전트 거리가 아니라 — 우리는 점심 식사를 같이 한 일행이 나타나 버스를 기다리는 우리를 보게 되기를 원치 않았다 — 인근에 있는 헤이마켓이었다. 버스 위층에 올라갔을 때 그녀는 앞좌석이 빈 것을 보고는 어린애처럼 기뻐했다. 우리는 버스가 트라팔가 광장을 향해 둔중하게 나아가는 동안 자리에 앉아 함께 흔들렸다.

런던 하늘은 몹시 흐린 상태라 인도를 오가는 사람들은 비옷과 우산을 단단히 갖추고 있었다. 우리는 그 버스에 반 시간이나 그보다 조금 더 타고 있었던 것 같다. 버스는 스트랜드 거리와 챈서리레인, 클라큰웰을 차례로 지났다. 우리는 아무 말 없이 눈 아래 펼쳐지는 광경을 바라보기도 하고, 그러지 않을 때에는 대개 별 내용이 없는 얘기를 주고받았다. 그녀의 기분은 점심 식사 때 이후 눈에 띄게 밝아졌으며, 자신의 어머니에 대한 이야기는 다시 꺼내지 않았다. 우리가 어떻게 그 화제로 옮아가게 되었는지는 모르겠지만, 내가 아키라에 대한 이야기를 꺼낸 것은 하이 홀본에서 꽤 많은 승객이 내리고 버스가 그레이스인 거리로 향할 때였다. 처음에는 그저 지나가는 말로 그를 '어렸을 적 친구'로 묘사하며 언급했던 것 같다. 하지만 그녀가 캐물었던 것이 분명한데, 왜냐하면 얼마 지나지 않아서 내가 웃으면서 그녀에게 이렇게 말했던 기억이 나기 때문이다.

"우리가 함께 뭔가 훔쳤던 때가 줄곧 생각난답니다."

"이런!" 그녀가 외쳤다. "바로 그거예요! 위대한 탐정 분께서 아무도 모르는 범죄를 저지른 과거를 갖고 계시군요! 저도 그 일본 소년이 의미 있는 존재라는 걸 알겠어요. 두 사람의 도둑질 얘기를 들려주세요."

"그건 도둑질이라고는 하기 어렵군요. 우리는 그때 열 살이었죠."

"설마 그 일이 지금까지도 양심을 괴롭히고 있는 건가요?"

"전혀 그렇지 않습니다. 그건 별일 아니었어요. 하인의 방에 들어가 뭔가를 가지고 나온 거죠."

"정말 재미있네요. 상하이에서 있었던 일인가요?"

내가 그때 분명 그녀에게 과거에 대한 몇 가지 일을 더 말해 준 것 같다. 정말 중요하고 의미 있는 것은 아무것도 말하지 않았지만,

오늘 오후 그녀와 헤어지고 난 뒤 ── 우리는 결국 뉴옥스퍼드 거리에서 내렸다 ── 과거에 대해 조금이라도 그녀에게 얘기했다는 사실이 나는 놀랍고도 걱정스러웠다. 어쨌든 이 나라에 온 이후 지금까지 과거에 대해 아무에게도 이야기한 적이 없었으며, 앞에서도 말했듯이 오늘 그 얘기를 꺼낼 생각도 없었던 것이다.

그러나 어쩌면 얼마 전부터 이런 종류의 일을 의중에 품고 있었는지도 모르겠다. 사실 지난 일 년 동안 나는 점점 더 내 기억에 집착하게 되었는데, 이런 집착은 내 유년기나 부모님에 대한 기억이 최근 들어 흐릿해지기 시작했다는 사실을 깨닫고 촉발되었다. 요즘은 나도 모르게, 불과 이삼 년 전만 해도 영원히 내 마음속에 각인되리라 굳게 믿었던 일을 기억해 내려 애쓰는 경우가 많았다. 다시 말해 나는 해가 지날수록 상하이에서 보낸 내 삶이 점점 불분명해지고 있으며, 언젠가는 뒤죽박죽된 이미지 몇 개만이 남으리라는 사실을 인정하지 않을 수 없었다. 오늘 밤만 해도 이 자리에 앉아 아직 기억하는 이런 일을 정리해 보려고 하다가 그 기억이 훨씬 더 흐릿해졌다는 것을 알고 새삼 충격을 받지 않았던가. 위에서 설명했던 어머니와 보건 조사원에 관련된 일화를 예로 들어 보자. 나는 그 일화의 핵심 내용을 정확하게 기억한다고 확신했지만, 머릿속에서 그 일을 몇 번 굴려 보는 사이에 세부적인 사실 몇 가지에 대해서는 확신이 없어졌다. 이를테면 어머니가 그 조사원에게 실제로 했던 말이 정확히 '이런 사악한 부에 빌붙어 생계를 유지하면서도 어떻게 양심의 안식을 얻을 수 있는지 말씀해 보시죠.'였는지 확신할 수가 없다. 지금 내가 보기에, 아무리 무감각한 상태였더라도 어머니는 그것이 생경한 말이라는 것, 그런 말을 했다가는 놀림감이 될 수 있다는 사실을 의식했을 것 같다. 어머니가 그럴 정도로 상황에 대한 통제력을 잃었을 것 같지는 않다. 반면, 우리가 상하이에서 사는 동안 어머니가 언제나 마음속에 그런 의문을 담아 두고 있었으므로 실제로 그렇게 말했을 가능성도 충분히 있다. 우리가, 어머니가 천벌을 받아 마땅한 사악한 존재로 여겼던 바로 그런 회사에 '빌붙어서' 생계를 유지했다는 사실은 어머니가 뼈저리게 겪고 있던 괴로움의 근원이었을 것이 분명하다.

실제로, 심지어는 어머니가 그런 말을 하게 된 전후 상황을 내가 부정확하게 기억하는 것일 수도 있다. 어머니가 그 질문을 던진 상대가 보건 조사원이 아니라 아버지였으며, 전혀 다른 날 아침 식당에서 말다툼을 벌이는 도중에 일어난 일이었을지도 모른다.

5

그 식당의 말다툼이 벌어진 것이 보건 조사원이 방문하기 전인지 후인지 이제는 기억나지 않는다. 내 기억에 그날 오후 폭우가 쏟아져서 집 안 전체가 어두침침했으며, 나는 메이 리가 지켜보는 가운데 도서실에서 산수 책을 복습하고 있었다.

우리는 그곳을 '도서실'이라고 불렀지만, 사실상 어쩌다가 책을 쌓아 두게 된 곁방에 불과했다. 그곳은 방 한복판에 마호가니 탁자 하나를 놓으면 꽉 차는 크기였다. 나는 늘 그곳에서 식당으로 통하는 이중문을 등지고 앉아 숙제를 했다. 내 '아마'(보모)인 메이 리는 내 교육을 엄숙하리만큼 중요한 문제로 여기고, 내가 한 시간 동안 공부를 하고 있어도 내내 엄숙한 얼굴로 나를 지켜보며 서 있을 뿐, 뒤편 선반에 몸을 기댄다거나 내 맞은편에 있는 등받이가 곧은 의자에 앉을 생각 같은 건 하지 않았다. 하인들은 오래전부터 이렇게 공부하는 시간에는 근처에 얼쩡대지 말아야 한다는 사실을 알고 있었으며, 부모님조차 꼭 필요한 일이 아니면 우리를 방해해서는 안

된다는 사실을 받아들였다.

그래서 그날 오후 아버지가 도서실로 성큼성큼 걸어 들어온 것은 놀랄 일이었다. 아버지는 우리는 안중에 없이 식당으로 들어가더니 등 뒤로 문을 꼭 닫았다. 이 돌연한 입장에 뒤이어 몇 분 뒤에 이번에는 어머니가 들어왔는데, 역시 팔팔한 걸음으로 우리들 곁을 지나쳐 식당으로 들어가 버렸다. 뒤이은 몇 분 동안 나는, 이따금 부모님이 문을 잠그고 말다툼을 할 때 들리는 단어와 구절을 육중한 문 너머로 포착할 수 있었다. 그러나 짜증스럽게도, 내가 그 내용에 좀 더 귀를 기울이려 할 때마다, 내 연필이 산수 문제 위에 지나치게 오래 머물러 있을 때마다 메이 리의 꾸지람이 어김없이 떨어졌다.

어떻게 해서 메이 리가 불려 가게 된 것인지는 기억나지 않지만, 이윽고 어느 순간 갑자기 나 혼자 도서실 책상에 남게 되었다. 처음에 나는, 메이 리가 다시 돌아와 자리를 벗어난 나를 보았을 때 벌어질 일이 두려운 나머지 공부를 계속했다. 그러나 그녀가 없는 시간이 길어질수록 옆방에서 소리를 죽인 채 오가는 대화를 좀 더 분명히 듣고 싶은 조바심은 커져만 갔다. 마침내 나는 자리에서 일어나 문가로 갔지만, '아마'의 발소리가 들리는 것 같아 몇 초에 한 번씩 황급히 책상으로 되돌아왔다. 그러다가 결국, 메이 리가 갑자기 나타나더라도 방의 넓이를 재는 중이라고 우길 셈으로 한 손에 자를 쥔 채 문에 붙어 서 있게 되었다.

문에 붙어 서 있었는데도 내가 부모님의 대화를 제대로 들은 것은 두 분이 자제력을 잃고 언성을 높였을 때뿐이었다. 나는 어머니의 성난 목소리에서, 그녀가 그날 아침 보건 조사원에게 쓴 것과 똑같은 당당한 어조를 감지할 수 있었다. 어머니는 "수치스러운 일이에요!"라는 말을 여러 차례 되풀이했고, "천벌 받을 직업"이라는 말 역시 몇 번인가 반복했다. 한번은 어머니가 "당신은 우리 모두를 공범으로 만들고 있어요! 우리 모두를 말이에요! 수치스러운 일이라고요!" 아버지의 목소리 역시 성이 나 있기는 했지만 어딘가 방어적이고 자포자기한 느낌이었다. 아버지는 계속해서 이런 말을 했다. "그렇게 간단한 일이 아니오. 결코 그렇게 간단한 일이 아니란 말이오." 그러다 어떤 시점에서 아버지가 버럭 소리를 질렀다.

"이건 너무 심하군! 난 필립이 아니란 말이오. 난 그런 식으로 생겨 먹은 인간이 아니라고. 정말 너무하군. 너무 심해!"

이렇게 소리를 지르는 아버지의 음성에는 뭔가가, 무시무시한 체념 같은 것이 있었다. 나는 갑자기 나를 이런 상황에 내버려 두고 간 메이 리에게 화가 치밀었다. 그리고 어머니의 이런 말을 들은 것은 아마도 내가 손에 자를 든 채 식당 문 앞에 서서 계속 엿듣고 싶은 다급한 심정과 장난감 병정이 있는 안전한 놀이방으로 달아나고 싶은 욕망 사이에서 머뭇대고 있던 바로 그때였을 것이다.

"당신은 그런 회사에서 일한다는 것이 수치스럽지 않아요? 이런 사악한 부에 빌붙어 생계를 유지하면서 어떻게 마음의 안식을 얻을 수 있다는 거예요?"

그다음에 무슨 일이 일어났는지, 메이 리가 돌아왔는지, 부모님이 나왔을 때 내가 아직 도서실에 그대로 있었는지는 기억에 없다. 하지만 이 사건이 두 분 사이에 장기적인 냉전의 시작이었다는 것은 생각나는데, 그것은 그저 며칠 정도가 아니라 몇 주 동안 계속되는 침묵이었다. 이것은 물론 그동안 부모님이 서로 아예 말을 하지 않았다는 의미가 아니라 꼭 해야 할 말만 주고받았다는 의미다.

그런 냉전에 꽤 익숙했던 나는 그 일을 필요 이상으로 걱정하지 않았다. 어쨌든 부모님은 내 생활에 미칠 피해를 최소화하셨던 것이다. 이를테면 아버지가 기분 좋게 아침 식사를 하러 나타나 "모두 좋은 아침!" 하고 말하면서 손뼉을 쳤는데, 어머니가 보인 반응은 싸늘한 시선뿐이었다. 그러면 아버지는 자신의 무안함을 감추기 위해 내게로 고개를 돌리고 여전히 유쾌한 어조로 이렇게 물었다.

"너는 어떻게 지내냐, 퍼핀? 간밤에 무슨 재미있는 꿈이라도 꾸었니?"

그런 일이 생기면 나는 경험상 그저 애매한 소리로 대답하고는 식사를 계속해야 한다는 것을 알고 있었다. 그러지 않은 경우에는 앞에서도 말했듯이 평소와 크게 다름없이 내 일을 하며 돌아다니면 되었다. 그러나 적어도 이따금씩은 이런 문제에 대해 생각하지 않을 수 없었던 것 같다. 아키라와 함께 그 애의 집에서 놀 때 좀 특별한 대화를 나눈 기억이 나는 걸 보면 그렇다.

아키라의 집에 대한 내 기억은 건축적인 면에서 볼 때 우리 집과 아주 비슷하다는 것이다. 실제로 아버지가 내게, 양쪽 집이 이십 년 전쯤 같은 영국인 회사가 지은 것이라는 말을 해 주었던 기억이 난다. 그러나 일단 집 안으로 들어가면 양상이 전혀 달라져서 그 점이 나의 마음을 사로잡았다. 동양화와 동양 장식품이 많아서가 아니라—상하이에 살던 그 당시만 해도 나는 그런 것들을 그렇게까지 이색적이라고 여기지 않았던 것 같다—서구식 가구의 쓰임에 대해 그의 가족이 가진 기묘한 개념 때문이었다. 내 생각에 당연히 바닥에 깔려 있어야 할 양탄자가 벽에 걸려 있는가 하면 의자와 테이블의 높이가 서로 맞지 않았고, 등잔은 지나칠 만큼 큰 가리개가 달린 채 위태위태하게 매달려 있었다. 무엇보다 눈에 띈 것은 아키라의 부모님이 그 집 꼭대기에 '복제'해 놓은 두 칸짜리 일본식 방이었다. 그 방들은 작았지만 깔끔하게 정돈되어 있었고 바닥에 꼭 맞는 일본식 다다미가 깔려 있었으며 벽에는 장지문이 고정되어 있어서, 적어도 아키라의 말에 의하면 일단 그 안에 들어서면 목재와 종이로 만든 진짜 일본 가옥의 방과 구분할 수 없다고 했다. 특히 이 방들로 들어가는 문을 신기하게 여겼던 기억이 난다. 그 바깥쪽인 '서구식' 실내에 있는 문들은 광택이 나는 황동 손잡이가 달린 오크목인데 반해, 안쪽인 '일본식' 문은 옻칠을 한 무늬 있는 틀에 섬세한 종이를 바른 문이었던 것이다.

어쨌든 무더운 어느 날 아키라와 나는 그 일본식 방에서 놀고 있었다. 그 애는 내게 일본 글자가 적힌 카드로 하는 게임을 가르치는 중이었다. 겨우 게임 방식을 터득해서 몇 분인가 게임을 하다 내가 그 애에게 불쑥 물었다.

"너희 어머니도 아버지와 가끔 말 안 하기도 해?"

그 애는 멍한 시선으로 나를 바라보았는데, 아마 내 말을 이해하지 못했기 때문인 듯했다. 내가 그런 식으로 밑도 끝도 없는 말을 하면 그 애의 영어 실력으로는 파악하지 못할 때가 종종 있었다. 내가 같은 질문을 한 번 더 반복하고 나서야 그 애는 어깨를 으쓱하더니 이렇게 대답했다.

"아버지가 회사에 있을 때는 엄마가 아버지와 얘기하지 않아. 아버지가 화장실에 있을 때도 얘기하지 않고 말이야!"

그 말과 함께 그 애는 방바닥을 뒹굴며 허공으로 두 발을 차는 시늉을 하면서 과장된 소리로 폭소를 터뜨렸다. 그래서 나는 잠시 그 문제를 접어 둘 수밖에 없었다. 그러나 일단 그 문제를 입 밖에 낸 이상 그 애의 생각을 알아내기로 마음먹었기 때문에 몇 분이 지난 후 다시 한 번 그 문제에 대해 물었다.

이번에는 그 애도 내가 진지하다는 것을 알아차린 모양이었다. 그 애는 카드를 옆으로 치우더니 내가 정말 걱정하는 것이 무엇인지를 다 털어놓을 때까지 내게 꽤 많은 질문을 던졌다. 그런 다음 그 애는 다시 한 번 벌렁 누웠는데, 이번에는 생각에 잠긴 눈으로 우리 머리 위에서 돌고 있는 실링 팬을 물끄러미 응시했다. 잠시 후 그 애가 말했다.

"네 부모님이 대화를 그만둔 이유를 알겠어. 난 이유를 안다고." 그러고는 내가 있는 쪽으로 고개를 돌리고는 다시 말을 이었다. "크리스토퍼. 네가 진짜 영국인답지 않아서 그런 걸 거야."

내가 그 말이 무슨 뜻이냐고 묻자 그 애는 다시 한 번 천장으로 시선을 돌린 채 입을 다물었다. 나 역시 벌렁 누워 그 애와 똑같이 실링 팬을 바라보았다. 그 애는 방에서 나와 좀 떨어진 곳에 누워 있었는데, 그 애가 다시 입을 열었을 때 그 목소리는 왠지 현실과 동떨어진 것처럼 들렸던 기억이 난다.

"내 경우도 그렇거든. 엄마와 아빠, 두 분이 서로 대화를 하지 않아. 내가 진짜 일본인답지 않다고 여길 때 말이야."

앞에서 이미 언급한 것 같은데, 아키라가 인생의 여러 면에 통달했다고 여기던 나는 그날도 그 애가 하는 말을 귀담아들었다. 그 애는 말하기를, 내 부모님은 내 행동에 깊이 실망할 때마다 서로 대화를 중단한 것이라고 했다. 그리고 내 경우는, 내가 충분할 정도로 영국인처럼 행동하지 않았기 때문이라는 것이다. 그 점을 잘 생각해 보면 내 부모님의 침묵과 내가 제대로 행동하지 못한 사례를 서로 연결 지을 수 있을 거라고 했다. 그 애 자신은 자신이 일본인의 혈통을 저버렸다는 사실을 알고 있었기 때문에 자기 부모님이 서로 대화를 하지 않게 되었다는 사실을 알았을 때도 별로 놀라지 않았다고 했다. 내가 그 애에게, 그러면 어째서 부모님이 우리가 여느 때 잘못된 행동을 할 때 그랬던 것처럼 우리를 꾸짖지 않는 거냐고 물었더니 아키라는 내게, 그것은 그런 일들과는 다르다고, 그런 일은 우리가 벌을 받는 평범한 잘못과는 다른 거라고 했다. 그 애는 그런 때의 우리 부모님은 우리를 꾸짖지도 않을 만큼 마음속 깊이 실망한 것이라고 했다.

"엄마와 아빠는 너무나 실망해서 서로 대화도 나눌 수 없게 된 거야." 그 애가 나직한 어조로 말했다.

그런 다음 그 애는 일어나 앉더니 한쪽 창에 늘어진 가느다란 발을 가리켰다. 그러고는, 우리 아이들은 저 발의 가느다란 조각을 한데 묶어 놓은 실과 같다고 말했다. 언젠가 일본의 승려가 그 애한테 그렇게 말했다는 것이다. 우리는 종종 그 사실을 깨닫지 못하지만 우리 아이들은 단지 한 가족을 결합시킬 뿐 아니라 온 세상을 한데 묶는 존재라는 것이다. 그런 우리가 제 몫을 다하지 못하면 발은 바닥에 떨어져 흩어져 버리고 말 것이다.

그날 우리가 무슨 대화를 나눴는지 그 이상은 기억나지 않는다. 게다가, 앞서도 말한 것처럼 나는 이런 문제를 생각하는 데 오랜 시간을 할애하지는 않았다. 그럼에도 친구가 해 준 말에 대해 어머니에게 물어보고 싶은 충동을 느낀 적이 한두 번이 아니었다. 결국 그러지는 않았지만 한번은 필립 삼촌 앞에서 그 문제를 끄집어냈다.

필립 삼촌은 내 진짜 삼촌이 아니었다. 그는 내가 태어나기 얼마 전 상하이에 온 후 '집안의 손님' 자격으로 부모님과 함께 지냈다. 당시 그는 모건브룩 앤드 바이어트 사 직원이었다. 그러다가 내가 아직 아주 어렸을 때 회사를 그만두었다. 어머니는 그 이유를 언제나 '중국의 성장 과정에 대한 고용주와의 심각한 견해차' 때문이라고 표현했다. 내가 그의 존재를 의식할 만큼 자랐을 무렵, 그는 상하이 중국인 구역의 환경을 개선시키는 데 전념하는 '성수(聖樹)'라는 자선 단체를 이끌고 있었다. 그는 처음부터 내내 우리 가족의 친구였지만, 앞서도 말했듯이 어머니가 반아편 운동을 하던 시절에는 특별히 자주 찾아오는 손님이었다.

어머니와 함께 필립 삼촌의 사무실을 찾아가던 일이 지금도 기억난다. 그 사무실은 시내 중심가에 있는 교회 경내에 있었는데, 내 짐작으로는 쑤저우 거리에 있는 유니온 교회였던 것 같다. 우리가 탄 마차는 경내로 곧장 들어가 과일나무들이 그늘을 드리우는 널찍한 잔디밭 옆에 섰다. 도시 소음에 둘러싸여 있음에도 불구하고 이곳 분위기는 평온했으며, 마차에서 내릴 때면 어머니는 걸음을 멈춘 채 고개를 들고는 이렇게 말하곤 했다. "이 공기 좀 봐. 이곳 공기는 정말이지 깨끗하구나." 그런 때면 어머니의 기분이 눈에 띄게 가벼워졌는데, 간혹 좀 일찍 도착했을 때는 잔디밭에서 어머니와 내가 얼마간 놀기도 했다. 과일나무 주위를 돌면서 술래잡기 놀이를 할 때면 어머니는 나만큼이나 크게 흥분해서 웃음을 터뜨리며 소리를 지르기도 했다. 지금도 기억나는데, 한번은 이렇게 놀던 중에 교회에서 나오는 성직자를 본 어머니가 갑자기 놀이를 멈췄다. 그런 다음 잔디밭 가장자리에 조용히 서서 지나가는 성직자와 인사를 나누었다. 하지만 그 성직자가 시야에서 사라지자마자 어머니는 내게로 몸을 기울이고는 공모자처럼 킥킥댔다. 이런 일이 한 번에만 그치지는 않았던 것 같다. 어쨌든 나는 그때 어머니가 나처럼 '야단맞을' 짓을 했다는 생각에 매혹되었던 기억이 난다. 교회 마당에서 아이처럼 놀던 그때의 일들이 언제나 내게 좀 특별하게 기억되는 것도 바로 이런 점 때문일 것이다.

필립 삼촌의 사무실에 대한 기억은 그렇게까지 정확하지 않다. 온갖 크기의 상자와 서류 더미와 내용물이 든, 열린 서랍들이 사방에 위태롭게 포개져 있었다. 나는 어머니가 이런 어수선한 장면을 못마땅하게 여길 줄 알았으나 그저 필립 삼촌의 사무실이 '아늑하다'거나 '분주하다'는 식으로 말했을 뿐이었다.

삼촌은 이런 방문 때마다 나를 한껏 추켜세우곤 했는데, 나와 힘차게 악수를 나눈 다음 나를 자리에 앉혀 놓고 몇 분간이라도 꼭 대화를 나누었으며, 어머니는 그런 광경을 미소 띤 얼굴로 바라보았다. 이따금 그는 내게 마치 자신이 미리 준비해 놓고 기다렸다는 시늉을 하며 이런저런 선물을 주곤 했지만, 나는 이내 그것이 그 순간 마침 그의 눈에 띈 물건이라는 사실을 알았다. "내가 너를 위해 어떤 선물을 준비했는지 맞춰 보렴, 퍼핀!" 이런 식으로 엄청난 물건들을 손에 넣게 된 나는 그것을 내 놀이방 안의 낡은 궤짝 속에 보관했다. 재떨이라든가 상아로 된 펜 꽂이, 납으로 만든 문진 같은 것들이었다. 한번은 삼촌이 내게 줄 선물이 있다고 말해 놓고도 마땅한 물건을 찾지 못한 적이 있었다. 잠시 어색한 침묵이 흐른 뒤 삼촌이 벌떡 일어나더니 "내가 그걸 어디 뒀더라?" 하고 중얼거리며 사무실 안을 이리저리 돌아다니기 시작했다. 마침내 그는, 아마도 필사적인 심정에서 벽으로 다가가더니 양쯔 지방의 지도를 떼어 내 ─ 그 바람에 한쪽 귀퉁이가 찢어졌다 ─ 둘둘 말아서 내게 주었다.

그날 내가 필립 삼촌에게 속을 털어놓은 것은 볼일을 보러 간 어머니가 돌아오기를 기다리며 그의 사무실에 함께 앉아 있을 때였다. 삼촌은 굳이 나를 책상 뒤에 있는 자신의 의자에 앉히고 자신은 방안을 서성댔다. 여느 때처럼 이런저런 재미있는 이야기를 하고 있어서 보통 때라면 나도 금방 웃음을 터뜨렸을 테지만, 아키라와 대화를 나눈 지 불과 며칠 지나지 않은 그날은 그럴 기분이 아니었다. 이내 내 기분을 알아차린 필립 삼촌이 물었다.

"그런데 퍼핀, 우리 오늘 좀 침울한 것 같구나."

나는 그때가 기회라고 여기고 이렇게 말했다. "필립 삼촌, 궁금한 게 있어서 그런데요. 좀 더 영국인다워지려면 어떻게 해야 돼요?"

"좀 더 영국인다워지는 거?" 삼촌은 하던 일을 멈추고 나를 빤히 쳐다보았다. 그러더니 생각에 잠긴 표정으로 의자 하나를 책상 가까이로 끌어다 놓고 앉았다.

"어째서 조금 더 영국인다워지고 싶다는 거지, 퍼핀?"

"그냥 한번 생각해 봤어요. 그러면 어떨까 하고 말이에요."

"네가 영국인답지 않다고 하는 사람이라도 있니?"

"그런 사람은 없어요." 그런 다음 잠시 후 이렇게 덧붙여 말했다. "어쩌면 부모님이 그렇게 생각하고 계실지도 몰라요."

"그럼 네 생각은 어떤데, 퍼핀? 네가 더 영국인다워야 할 필요가 있는 것 같니?"

"사실 잘 모르겠어요."

"그래, 모르는 것도 당연하겠지. 사실 여기에서 너는 아주 다른 주위 환경 속에서 자라고 있으니까 말이야. 중국인, 프랑스인, 독일인, 미국인이 다 있잖니. 네가 혼혈아처럼 자라는 것도 당연할지 모르지." 그러면서 삼촌이 짤막하게 웃었다. 그다음 다시 말을 이었다. "그렇다고 해서 꼭 나쁜 것은 아니란다. 내 생각이 뭔지 알겠니, 퍼핀? 나는 너 같은 소년들이 모두 온갖 것을 이것저것 경험하며 성장하는 게 나쁘지만은 않다고 생각해. 그러면 사람들이 서로를 훨씬 더 잘 대할 수 있게 될 테니까 말이야. 무엇보다 이런 전쟁도 줄어들게 될 거다. 아, 그래. 아마 언젠가는 이런 모든 갈등이 끝나는 날이 올 거야. 위대한 정치나 교회나 이런 단체들로는 그 갈등을 끝낼 수 없단다. 사람이 바뀌어야 가능한 일이거든. 사람들이 너처럼 바뀔 거란다, 퍼핀. 이런저런 면이 좀 더 섞이게 되는 거지. 그러니 혼혈아가 되지 말아야 할 이유가 없단다. 그건 유익한 거니까."

"하지만 만약 제가 그러면 모든 것은 어쩌면……." 나는 말을 하다 말고 입을 다물었다.

"모든 것이 어떻다는 거냐, 퍼핀?"

"저기 있는 블라인드처럼 말이에요." 내가 손가락으로 가리키며 말했다. "실이 끊어지면 모든 것이 다 흩어져 버릴지도 모르잖아요."

필립 삼촌은 내가 가리킨 블라인드를 빤히 쳐다보았다. 그러더니 자리에서 일어나 창가로 다가가 블라인드를 살짝 건드렸다.

"모든 것이 다 흩어질지 모른다고? 네 말이 맞을지도 몰라. 그건 우리가 쉽게 피할 수 있는 일은 아닌 것 같구나. 사람들은 어딘가에 속한다고 느낄 필요가 있어. 국가나 민족 같은 것 말이야. 그러지 않으면 어떤 일이 생길지 모르니까. 우리의 문명은 결국 붕괴하고 말 거야. 그러면 네가 말한 대로 모든 것이 다 흩어질 테지." 그는 마치 내가 방금 논쟁에서 자신을 이겼다는 듯이 한숨을 내쉬었다. "그래서 넌 더 영국인다워지고 싶다는 거로구나. 그래, 좋아, 퍼핀. 그러면 우리가 어떻게 해야 할까?"

"어떨지 모르겠는데요, 삼촌만 괜찮으시다면 삼촌처럼 되면 어떨까 하는 생각을 해 봤어요."

"나처럼 된다고?"

"네. 그냥 가끔씩요. 그저 영국식이 뭔지 배울 수 있게요."

"그거 꽤나 듣기 좋은 말이구나, 친구. 하지만 네 아버지야말로 그런 특혜를 누릴 만한 분이라고 생각지 않니? 골수 영국인이니까 말이다."

나는 시선을 피했다. 필립 삼촌은 이내 자신이 잘못 말했다는 사실을 깨달은 모양이었다. 그는 다시 의자로 돌아와 내 앞에 앉았다.

"얘야." 그가 조용한 어조로 말했다. "우리가 어떻게 할지 얘기해 주마. 네가 어떤 일을 할 때 그 일을 어떻게 해야 할지 걱정된다면, 그게 뭐든 말이야, 그리고 어떻게 하면 그 일을 제대로 할지 걱정된다면 나를 찾아오렴. 우리 함께 의논해 보자. 네가 제대로 하는 법을 잘 알게 될 때까지 이야기를 나눠 보자꾸나. 자, 이제 기분이 좀 나아졌니?"

"그런 것 같아요." 나는 겨우 미소를 지어 보였다. "고맙습니다, 삼촌."

"이것 봐라, 퍼핀. 네가 좀 겁을 먹은 건 당연하다. 하지만 겁을

떨쳐 버리면 넌 아주 멋진 사람이 될 거야. 네 엄마 아빠는 너를 아
주 자랑스럽게 여길 거다."

"정말 그렇게 생각하세요?"

"그래, 정말이야. 자, 이제 좀 기분이 좋아졌니?"

그 말과 함께 삼촌은 벌떡 일어나 다시 사무실 안을 서성대기 시
작했다. 그러고는 좀 전의 가벼운 말투로 돌아가 옆 사무실에 있는
숙녀에 대한 말도 안 되는 이야기를 늘어놓기 시작했으며, 나는 곧
그 이야기에 배를 잡고 웃어 댔다.

내가 필립 삼촌을 얼마나 좋아했던가! 그리고 삼촌이 속으로는
나를 좋아하지 않는다고 여길 만한 이유가 어디 있을까? 그 무렵 그
가 내게 좋은 일만 일어나기를 바랐고, 앞날에 어떤 일이 일어날지
에 대해 나만큼이나 눈치채지 못했을 가능성은 크다.

6

내가 아키라의 어떤 행동 때문에 넌더리를 내기 시작한 것은 바로 그해 여름 무렵이었다. 특히 일본인의 업적에 대해 같은 말을 끝도 없이 반복하는 것이 그랬다. 그 애는 예전에도 줄곧 그런 성향을 보이기는 했지만 그해 여름에는 거의 강박 수준에 이르렀다. 내 친구는 놀이를 하다 말고 몇 번이고 중간에 멈추고는 최근 상업 지구에 세워지고 있는 일본식 건물이라든가 항구에 곧 들어올 또 다른 일본 대포함에 대해 한바탕 늘어놓았다. 그런 다음 극히 사소한 세부에 대해 억지로 내게 들려주면서, 몇 분에 한 번씩 일본이 '영국만큼 정말이지 위대한 국가'가 되었다고 단언했다. 그중에서 가장 짜증 나는 일은 일본인과 영국인 중에 어느 쪽이 더 울보인가에 대해 입씨름을 벌이려고 들 때였다. 그러다 내가 조금이라도 영국 편을 들기라도 하면 내 친구는 즉각 시험해 보자며 달려들었는데, 그것은 사실상 내가 항복하거나 울음을 터뜨릴 때까지 끔찍한 목조르기를 내게 가하겠다는 의미였다.

그 시절 나는 자기네 민족의 용맹함에 대한 아키라의 강박을 그해 가을 그 애가 일본에 있는 학교에 다녀야 한다는 사실 탓으로 돌렸다. 그의 부모님이 그 애를 나가사키에 있는 친척과 함께 지내도록 주선했는데, 비록 방학 때마다 상하이로 돌아오겠지만 그래도 전만큼 자주 보지 못하게 되리라는 사실에 처음에는 우리 둘 다 낙담했다. 그러나 여름이 다가오면서 아키라는 일본에서의 생활이 어느 모로 보나 더 나으리라는 사실을 납득한 듯이 보였으며, 점차 새 학교에 대한 기대에 들뜨기 시작했다. 나 역시 일본에 대한 그 애의 줄기찬 허세에 진저리가 난 나머지 늦여름 무렵에는 그 애가 없어지기만을 고대했다. 실제로 그날이 왔을 때도 나는 그 애의 집 밖에 선 채 그 애를 항구까지 태우고 가는 자동차를 향해 손을 흔들어 주었을 뿐 별다른 슬픔은 느끼지 못했던 것 같다.

그러나 얼마 지나지 않아 그 애가 그리워지기 시작했다. 내게 다른 친구들이 없어서가 아니었다. 이를테면 나는 근처에 사는 영국인 형제 두 명과 자주 놀았고, 아키라가 떠나고 난 뒤에는 전보다 더 자주 만났다. 나는 그들과 특히 다른 친구들이 없을 때 잘 지냈다. 그러나 때때로 우리가 노는데 그 애들의 학교 ― 그 애들은 상하이 공립학교에 다녔다 ― 친구들이 합세하기도 했는데 그럴 때면 그 애들은 나에 대한 태도를 달리해 나를 짓궂은 장난의 표적으로 삼기도 했다. 물론 나는 그런 장난에 개의치 않았다. 악의에서 나온 것이 아니라 그들 모두가 기본적으로 선하다는 것을 알았기 때문이다. 그 무렵에도 나는, 한 명을 제외하고 나머지가 모두 같은 학교를 다니는 대여섯 명의 소년들 무리에서는 그 한 명이 종종 악의 없이 놀림감이 될 수밖에 없음을 알았다. 요컨대 나는 내 영국 친구들을 별로 나쁘게 생각하지 않았다. 그렇다고 해도 이런 일 때문에 나는 그애들과 아키라처럼 친밀하게 지내기가 어려웠고, 시간이 지나면서 아키라와 함께 지냈던 시간이 점점 더 그리워지기 시작했다.

그러나 아키라가 없었던 그해 가을이 결코 유별나게 불행했다거나 한 것은 아니었다. 나는 그때를 별달리 하는 일 없이 빈둥거리며 지냈던 시절, 그 대부분이 이제 내 마음속에서 희미하게 지워져 버린 저 멍한 오후들로 점철되었던 시절로 기억하고 있다. 그렇기는 해도 그 시기에, 내가 나중에 특별히 의미심장하게 여기게 된 몇 가지 사소한 사건들이 있었다.

예를 들면 필립 삼촌과 함께 경마장에 간 일과 관련된 사건으로, 그 일은 어머니의 모임이 있던 어느 토요일 오후에 있었던 일이 분명하다. 앞에서도 말했던 것처럼 어머니는 내게 자신들이 처음 모이는 거실에서 동료 활동가들과 어울리도록 권했으면서도 정작 모임이 열리는 식당에는 나를 들여보내 주지 않았다. 한번은 내가 어머니에게 나도 회의에 참석해도 되느냐고 물었는데, 놀랍게도 어머니는 그 문제를 한참 동안이나 생각했다. 그러더니 결국 이렇게 말했다.

"미안하구나, 퍼핀. 앤드루스 여사나 캘로 부인은 아이가 함께 있는 걸 좋게 여기지 않아. 정말 애석하구나. 너도 몇 가지 중요한 걸 배울 수 있을지 모르는데 말이야."

아버지는 물론 회의 참석이 금지되지는 않았지만, 그 역시 참석을 삼간다는 양해가 된 듯한 분위기였다. 지금으로서는 이런 상황에 두 사람 중 어느 쪽에 책임이 있었는지 알기 어렵지만, 모임이 있는 토요일 아침 식사 때마다 언제나 기묘한 분위기가 감돌았던 것만은 확실하다. 어머니는 아버지에게 모임 자체에 대해 직접 거론하지는 않았으나 식사하는 동안 내내 아버지를 거의 혐오에 가까운 감정으로 대했다. 아버지의 경우는 억지로 명랑한 태도를 꾸며 내는 병에 걸리기라도 한 것처럼 행동했는데 그런 태도는 아침 내내 이어져 어머니의 손님들이 도착하기 시작할 때까지 점차 더해 갔다. 언제나 제일 먼저 도착하는 필립 삼촌이 아버지와 함께 거실에서 몇 분가량 잡담을 나누면서 웃음을 터뜨렸다. 얼마 후 더 많은 손님이 도착하면 어머니가 와서 필립 삼촌을 한구석으로 데려갔으며, 그곳에서 두 사람은 이제 있을 회의에 대해 진지한 얼굴로 의논했다. 아버지가 자리를 피해 서재로 올라가는 것은 언제나 이 무렵이었다.

내 기억에 남아 있는 그날도 나는 회의가 끝나 손님들이 떠나는 소리를 듣고는 정원으로 나가 어머니를 기다렸다. 내 짐작에 어머니는 여느 때처럼 이제 곧 그곳에 나타나 내 그네를 빼앗은 다음 놀랄 만큼 낭랑한 음조로 노래를 부를 터였다. 시간이 흘러도 어머니가 나타날 기색이 없자 어떻게 된 일인지 알아보기 위해 집 안으로 들어간 나는 도서실에 들어서다가 식당 문이 조금 열려 있는 것을 보았다. 회의는 이미 끝났지만 필립 삼촌과 어머니는 아직 그곳 테이블에 앉아 뭔가를 토론하고 있었고 두 사람 앞에는 서류가 어지럽게 흩어져 있었다. 다음 순간 오전 회의가 끝났다고 여긴 아버지도 내 뒤에 모습을 나타냈다. 식당에서 흘러나오는 목소리를 들은 아버지가 걸음을 멈추고 내게 말했다.

"이런, 아직 끝나지 않은 모양이구나."

"필립 삼촌만 남아 있어요."

아버지는 미소를 짓더니 천천히 내 곁을 지나 식당으로 들어갔다. 열린 문으로 필립 삼촌이 자리에서 일어서는 모습이 보이고 이어서 두 남자가 큰 소리로 웃는 소리가 들렸다. 잠시 후 어머니가 약간 짜증 난 얼굴로 서류를 가슴 가득 안고 나타났다.

그때는 이미 정오가 지났을 무렵이었다. 필립 삼촌은 점심 식사를 하기 위해 머물렀으며 유쾌한 웃음소리가 이어졌다. 식사를 마칠 때쯤 필립 삼촌이 오후에 모두 함께 경마장에 가는 게 어떻겠느냐고 제안했다. 어머니는 그 제안을 잠시 생각해 보더니 아주 좋은 생각이라고 말했다. 아버지 역시 좋은 생각이라고 했지만 자신은 서재에서 할 일이 있어 같이 가기 어렵겠노라고 말했다.

"하지만 당신은 필립과 함께 가도록 해요." 아버지가 어머니를 보고 말했다. "오후 날씨가 아주 좋을 것 같으니 말이오."

"그래요, 저도 그러는 게 좋을 거라고 생각해요." 어머니가 말했다. "약간의 자극이 우리 모두에게 좋을지 모르니까요. 크리스토퍼도 그렇고 말이에요."

그 말에 모두가 내 쪽을 쳐다보았다. 당시 아홉 살밖에 되지 않았지만 나는 그 상황을 어느 정도 정확하게 파악하고 있었던 것 같다. 나는 물론 내가 경마장에 갈 수도 있고 아버지와 함께 집에 남아 있을 수도 있다는 사실을 알고 있었다. 그러나 나는 그 일의 이면에 깊이 함축된 의미를 파악하고 있었던 것 같다. 만일 내가 집에 남기로 하면 어머니는 필립 삼촌과 단둘이 경마장에 가는 일을 사양할 터였다. 다시 말해서 그 외출은 내 동행 여부에 달려 있었다. 게다가 나는, 그 순간 아버지가 우리가 가지 않기를 간절히 원하고 있다는 것, 우리가 간다면 아버지는 엄청난 고통을 맛보게 되리라는 사실을 내심 확신했다. 아버지의 태도에 그런 기미가 조금이라도 있었던 것이 아니라, 그에 앞서 있었던 몇 주, 몇 개월에 걸쳐 본의 아니게 알게 된 어떤 것 때문이었다. 물론 그 당시에는 내가 전혀 이해할 수 없는 일이 많았지만, 그 정도는 분명하게 알고 있었다. 즉, 바로 그 순간 아버지는 이 상황을 구해 줄 사람으로 전적으로 내게 의지하고 있다는 것 말이다.

그러나 어쩌면 내가 상황을 제대로 이해하지 못했을지도 모르겠다. 어머니가 그때 이렇게 말했던 것이다. "자, 퍼핀. 어서 가서 구두를 신어야지." 나는 눈에 띄게 열의를 보이며 구두를 신었는데, 그것은 내가 짐짓 꾸며 낸 열의였다. 그리고 나는 오늘날까지도 현관에서, 오후의 외출을 위해 마차가 어머니와 필립 삼촌과 나를 싣고 떠날 때 웃고 손을 흔들며 배웅하던 아버지의 모습을 기억한다.

그해 가을의 일 가운데에서 선명하게 남아 있는 또 하나의 기억 역시 아버지와 관련된 것으로, 그 일은 아버지 특유의 '허세'를 잘 보여주는 기묘한 사례들 가운데 하나다. 아버지는 늘 겸손한 태도를 유지했으며 다른 사람들의 허풍 앞에서는 당혹스러워했다. 바로 그런 이유 때문에, 그 시절 서로 다른 여러 경우에 아버지가 말하는 방식에 나는 아주 이상하다는 느낌이 들었다. 모두 그저 조금 의외라는 느낌을 주는 사소한 사례들에 불과했지만, 그럼에도 오랜 세월 동안 기억 속에 남아 있다.

예를 들어 저녁 식사 자리에서 아버지가 난데없이 어머니에게 이렇게 말했다.

"내가 당신한테 말했던가? 그 친구가 나를 보러 왔다오. 부두 노동자 대표 말이오. 내가 자기네한테 해 준 일에 대해 감사의 뜻을 표하러 온 거지. 영어를 꽤 유창하게 하더군. 물론 중국인들은 언제나 아주 과장된 표현을 쓰지만 말이오. 그래서 그들이 하는 말은 반드시 에누리해서 들어야 한다니까. 하지만 그 사람이 내게 진심으로 그렇게 말한다는 인상을 확실히 받았다오. 날더러 '존경받을 만한 영웅'이라고 했다오. 당신은 그 표현이 마음에 드오? 존경받을 만한 영웅이라니!"

아버지는 껄껄 웃고 나서 눈치를 살피듯 어머니를 바라보았다. 한동안 식사를 계속하던 어머니가 이렇게 말했다.

"그래요, 여보. 벌써 했던 얘기예요."

아버지는 조금 위축된 표정을 짓더니 다음 순간 다시 쾌활한 미소와 함께 소리 내 웃으며 말했다. "내가 벌써 말했단 말이지!" 그러고는 내 쪽으로 고개를 돌리고 말했다. "하지만 퍼핀은 아직 듣지 못했잖소. 안 그러니, 퍼핀? 존경받을 만한 영웅 말이다. 사람들이 네 아빠를 그렇게 부른단다."

이것이 무엇에 관한 이야기였는지는 기억나지 않는데, 그 무렵 나는 그런 일에는 별로 신경을 쓰지 않았던 모양이다. 내가 그 에피소드를 기억하는 유일한 이유는, 앞에서도 말했던 것처럼 자신에 대해 이런 식으로 말하는 것이 아버지답지 않았기 때문이다.

부모님과 내가 취주 악단 연주를 들으러 공원에 갔던 어느 날 오후에도 이와 비슷한 일이 있었다. 해안 도로 위쪽 끝에 다다라 어머니와 내가 마차에서 내린 다음 널찍한 큰길 건너편에 있는 공원 입구 쪽을 바라보았을 때였다. 일요일 오후였다. 항구에서 불어오는 미풍을 맞으며 산책을 즐기는, 잘 차려입은 사람들로 양쪽 인도가 가득했던 기억이 난다. 해안 도로 자체도 마차와 자동차, 인력거로 붐볐는데, 어머니와 내가 막 길을 건널 채비를 하고 있을 때 마차 삯을 지불한 아버지가 우리 뒤로 오더니 갑자기 큰 소리로 이렇게 말했다.

"봐요, 여보, 이제는 회사에서도 알 거요. 내가 순순히 주저앉을 사람이 아니라는 걸 말이오. 이를테면 벤틀리도 알고 있소. 오, 그럼, 이제는 그자도 아주 잘 알 거요!"

식탁에서와 마찬가지로 어머니는 처음에는 그 말을 들은 표시를 하지 않았다. 어머니는 내 손을 잡고 차들 사이를 뚫고 공원 쪽으로 길을 건넜다. "그 사람이 정말 알까?" 우리가 맞은편에 도착했을 때 작은 소리로 그렇게 중얼거리듯 말한 것이 어머니가 보인 반응의 전부였다.

그러나 그 일은 그것으로 끝나지 않았다. 공원에 들어간 우리는 한동안 일요일 오후에 공원을 찾은 다른 가족들처럼 잔디밭과 화단 주위를 거닐면서 친구와 지인들과 인사를 주고받기도 하고 잠깐 걸음을 멈추고 짤막한 잡담을 나누기도 했다. 나는 학교 친구들이나 루이스 부인의 피아노 수업 때 알고 있는 아이들을 마주치곤 했으나 그 애들 역시 나와 마찬가지로 부모 곁에서 얌전하게 산책하고 있었기 때문에 기껏해야 소심한 눈짓을 주고받았을 뿐이다. 취주 악단은 5시 반 정시에 연주를 시작할 예정이었다. 모두 그 사실을 알고 있었음에도 사람들은 대부분 호른 연주자들이 공원을 가로질러 연주대 쪽으로 이동할 때까지 기다렸다.

우리는 늘 늦게 출발해서 도착할 무렵에는 자리가 모두 차 있었다. 나는 그런 것에 별로 개의치 않았다. 아이들은 별다른 통제를 받지 않고 취주 악단 근처에 있을 수 있었으므로, 나 역시 종종 그곳에서 다른 아이들과 어울려 놀았기 때문이다. 바로 그날 오후 — 취주 악단 뒤편으로 보이는 바다에 벌써 해가 낮게 걸린 것으로 봐서 가을이 꽤 깊었을 무렵이었다 — 어머니는 가까이에 있던 몇몇 친구들과 이야기하기 위해 몇 발짝 떨어져 있었다. 연주가 시작되고 몇 분쯤 지나 나는 청중의 바깥 언저리에서 노는 안면 있는 미국 아이들 쪽으로 가도 되느냐고 아버지에게 물었다. 아버지는 계속 취주 악단 쪽을 바라보기만 할 뿐 아무 대답도 하지 않았다. 내가 막 다시 물어보려는 찰나 아버지가 조용한 목소리로 말했다.

"여기 이 모든 사람들 말이다, 퍼핀. 이 모든 사람들에게 물어보면 모두 각자의 기준이 있다고 대답할 거다. 하지만 너도 나이가 들면 실제로 그중에서 정말 기준을 갖고 있는 사람은 극히 드물다는 사실을 알게 될 거야. 그렇지만 네 엄마는 다르단다. 네 엄마는 타협을 모르지. 그리고 그게 바로 네 엄마가 마침내 성공을 거두게 된 이유란다, 퍼핀. 네 엄마는 이 아버지를 더 나은 인간으로 만들어 주었어. 훨씬 더 나은 인간 말이야. 그래, 네 엄마가 좀 엄격할지는 몰라. 그 점에 대해 굳이 네게 말할 필요도 없을 테지, 하하하! 네 엄마는 네게만큼이나 나에게도 모든 면에서 엄격하단다. 그리고 그 결과 내가 더 나은 인간이 된 게 분명해. 시간이 좀 걸리기는 했지만 네 엄마는 결국 그렇게 하고 말았어. 네가 이 사실을 알아주었으면 한다, 퍼핀. 지금의 네 아버지는 네가 과거에 알던 그 사람이 아니라는 걸 말이다. 너와 네 엄마가 내게 뛰어 들어왔던 날의 그 내가 아니라는 거야. 물론 너는 그때 일을 기억하고 있을 테지. 내가 도서실에 있던 그날 말이다. 네게 내 그런 모습을 보여 줘서 미안하구나. 하지만 어쨌든 그건 과거지사다. 지금의 나는 네 엄마 덕분에 훨씬 더 강한 사람이 되었단다. 아마도 퍼핀, 언젠가 넌 그런 나를 자랑스럽게 여길지도 모르지."

나는 아버지가 하는 말을 거의 이해하지 못했다. 게다가 조금 떨어진 곳에 있는 어머니가 이런 말을 듣기라도 하면 화를 낼 것 같은 느낌이 들었다. 그래서 나는 아버지의 말에 분명히 대답하지 않았다. 그저 얼마 있다가 내가 미국인 친구들이 있는 곳에 가도 되는지 물었고, 그것으로 그 일은 일단락되었다.

그러나 그 이후 며칠에 걸쳐 나는 아버지에게서 들었던 그 기묘한 말에 대해, 특히 어머니와 내가 아버지의 서재로 달려 들어간 일을 언급한 데 대해 생각했다. 오랫동안 나는 아버지가 무엇을 두고 그런 말을 했던 것인지 명확히 알 수 없었으며, 그에 들어맞는 일을 떠올려 보려고 기억을 하나하나 맞춰 보았으나 소용이 없었다. 마침내 아주 어렸을 때의 한 가지 기억이 떠올랐는데 ── 그때 나는 기껏해야 네다섯 살밖에 되지 않았을 것이다 ── 아홉 살이었던 그때 그 기억은 이미 흐릿해져 있었다.

아버지의 서재는 뒷마당이 잘 내려다보이는 집의 맨 꼭대기 층에 있었다. 나는 평소에 그곳으로 들어갈 수 없었고, 그 근처에서는 아예 놀지도 말아야 했다. 서재의 문으로 가는 층계참까지 좁다란 복도가 나 있고, 거기에는 묵직한 금박 액자에 넣은 그림들이 걸려 있었다. 푸둥9) 기슭에서 상하이 항구를 바라본 풍경을 마치 제도사가

---

9) 중국 상하이의 동남부에 흐르는 황푸 강의 동쪽 지역.

그리기라도 한 것처럼 정확하게 묘사한 그림들이었다. 요컨대, 항구에 정박한 수많은 선박이 해안로의 큰 빌딩들을 배경으로 그려져 있었다. 제작 시기는 적어도 1880년대로 거슬러 올라갈 테지만, 내 짐작에 그 집 안에 있던 장식품과 그림 대부분이 그렇듯이 그것들 역시 회사 소유였을 것이다. 그때 일을 내가 실제로 기억하는 것은 아니다. 내가 아주 어렸을 때 어머니와 내가 그 그림들 앞에 서서 바다에 떠 있는 많은 배에 재미있는 이름을 붙여 주며 즐거운 시간을 보냈노라고 어머니가 종종 말해 주었던 것이다. 어머니의 말에 의하면, 나는 자지러지게 웃으면서 눈에 띄는 배 하나하나에 이름을 다 붙일 때까지 그 놀이를 그만두려 하지 않았다고 한다. 만약 그런 식이었다면, 다시 말해서 만약 우리가 정말 이런 놀이를 하면서 큰 소리로 웃어 댔다면 아버지가 서재에서 일하는 동안에는 마음껏 놀지 못했을 것이 분명하다. 하지만 그날 취주 악대 앞에서 아버지가 한 말을 곰곰이 생각하다 보니 어머니와 내가 함께 그 다락 층에 서 있었던 때가 기억났다. 내가 아는 것이라고는 놀이를 하는 도중 갑자기 어머니가 멈추더니 꼼짝도 하지 않았다는 것뿐이다.

처음 내 머릿속에 떠오른 생각은, 내가 뭔가 어머니 기분을 거스를 말을 해서 이제 야단을 맞으리라는 것이었다. 어머니가 한참 다정하게 놀다가 갑자기 기분이 바뀌어 그날 일찍 내가 저지른 비행을 생각해 내고는 나를 나무란 전례도 있었다. 이제 곧 떨어질 어머니의 분노를 맞을 태세로 입을 다물고 있던 나는 어머니가 무슨 소리인가 귀를 기울이고 있다는 것을 깨달았다. 다음 순간 어머니가 몸을 돌리더니 아버지의 서재로 통하는 문을 벌컥 열어젖혔다.

나는 어머니 너머로 방 안을 힐끗 보았다. 내 머릿속에 남아 있는 이미지는, 얼굴이 온통 땀에 젖고 좌절감으로 얼굴을 완전히 찡그린 채 사무용 책상 앞에 엎어져 있던 아버지의 모습이다. 아버지가 흐느껴 울고 있었고 그 소리에 어머니의 주의가 쏠렸을 가능성도 있다. 아버지의 바로 앞 책상 위는 온통 서류와 장부, 노트 따위로 덮여 있었다. 아마도 어머니의 시선을 좇던 나는, 마치 성질을 이기지 못해 아버지가 집어 던지기라도 한 것처럼 바닥에 더 많은 서류와 노트가 떨어져 있다는 것을 알아차렸다. 아버지는 화들짝 놀라 우리를 바라보았으며, 다음 순간 내게는 거의 충격적으로 느껴지는 목소리로 이렇게 말했다.

"우린 그걸 할 수 없어! 다시는 돌아가지 못할 거야! 우리는 할 수 없다고! 당신은 너무 많은 것을 요구하고 있어, 다이애나. 그건 무리야!"

어머니가 작은 소리로 아버지에게 무슨 말인가를 속삭였는데, 분명 정신을 차리라는 나무람이었을 것이다. 이때쯤 어느 정도 정신을 차린 아버지의 시선이 처음으로 어머니를 지나 내게로 향했다. 그러나 거의 다음 순간 아버지의 얼굴은 다시 절망으로 일그러졌다. 아버지는 어머니 쪽으로 고개를 돌리고는 힘없이 머리를 흔들며 다시 한 번 말했다.

"우린 그럴 수 없소, 다이애나. 그렇게 되면 우리 둘 다 파멸하고 말 거요. 내가 모든 것을 다 살펴보았소. 우리는 다시는 영국으로 돌아가지 못할 거요. 비용을 감당할 수가 없소. 회사가 없으면 우리는 오도 가도 못하게 된다고."

그런 다음 아버지는 다시 자제력을 잃은 듯이 보였다. 어머니가 뭔가 다른 말을 ─ 나지막하지만 성난 목소리로 ─ 하기 시작하자 아버지는 고함을 치기 시작했는데, 그것은 어머니를 향한 것이라기보다는 서재의 벽을 향한 것이었다.

"난 그 일을 하지 않겠소, 다이애나! 맙소사, 대체 당신은 나를 뭐라고 여기는 거요? 그건 내 힘을 넘어서는 일이오, 알겠소? 내 힘을 넘어서는 일이라고! 난 그 일을 할 수 없소!"

아마 이즈음에서 어머니는 문을 닫고 나를 그곳에서 데리고 나왔을 것이다. 그 장면에 대해서는 그 이상 기억나는 것이 없다. 그리고 그날 아버지가 한 말들은 물론 그의 감정이 정확히 이런 것인지도 확신할 수 없다. 하지만 이것이 뒤늦게나마 내가 기억에서 끌어낼 수 있었던 것이다.

그 당시 그 일은 내게는 어리둥절한 경험이었을 뿐이다. 비록 그 일로 아버지 역시 나와 마찬가지로 때로는 울기도 하고 고함도 지른다는 사실을 알고 흥미를 느꼈을 테지만, 그 모든 일이 무엇 때문이었는지에 대해서는 깊이 생각하지 않았다. 게다가 다음번에 내가 보았을 때 아버지는 다시 여느 때의 모습으로 돌아와 있었으며, 어머니 역시 그 일에 대해서는 내비친 적이 없었다. 만약 아버지가 오랜 세월이 지나서 취주 악단 연주대 옆에서 그런 이상한 말을 하지 않았더라면 나는 아마도 그때를 기억해 내지 못했을 것이다.

하지만 앞에서도 말한 것처럼, 이런 기묘하고 사소한 몇 가지 일들을 제외하면 그해 가을과, 그에 뒤이어 찾아온 지루한 겨울 동안 특별히 기억할 만한 일은 없었다. 그 시기의 나는 멍한 상태였으며, 어느 날 오후 메이 리가 전혀 아무 일도 아니라는 듯이 아키라가 일본에서 돌아왔으며, 바로 그 순간 옆집의 진입로에서 그의 짐을 자동차 밖으로 내리는 중이라는 소식을 전해 주었을 때는 몹시 기뻤다.

7

아키라가 단순히 일시적으로 방문한 게 아니라 조만간 여름 학기가 시작되면 원래 다니던 북(北) 쓰촨 거리의 학교에서 학업을 다시 시작하려는 계획을 가지고 상하이로 돌아왔다는 것을 알고 나자 나는 몹시 기뻤다. 그 애의 귀환을 축하하는 무슨 특별한 의식을 치른 기억은 없다. 다만 그 전해 가을에 사소한 말다툼 때문에 방치된 지점에서부터 우리의 우정을 다시 이어 나갔던 것 같다. 나는 아키라가 일본에서 어떤 일을 겪었는지 몹시 알고 싶었지만, 그 애가 그런 문제를 얘기한다는 것이 우리 둘의 품위에 어울리지 않는 유치한 일이라는 식으로 나를 설득하는 바람에 아무 일 없었다는 듯 예전에 하던 놀이를 계속했다. 나는 물론 그 애의 일본 생활이 그리 순조롭지 않았음을 짐작했으나, 그 따뜻한 봄날 그 애가 입은 기모노 소맷자락이 찢어지는 사건이 일어나기 전까지는 그에 대해 별다른 낌새를 채지 못했다.

바깥에서 놀 때 아키라는 보통 나와 비슷하게 셔츠에 반바지 차림이었고, 날이 더울 때면 밀짚모자를 썼다. 그러나 우리 집 뜰 뒤편 언덕에서 놀고 있던 바로 그날 아침 그 애는 기모노를 입고 있었는데, 그것은 특별한 일이 아니라 그 애가 이따금씩 집 안을 돌아다닐 때 하는 차림 가운데 하나였다. 우리가 역할 놀이를 하며 언덕을 뛰어 오르내리던 중 그 애는 갑자기 언덕 꼭대기쯤에서 걸음을 멈추더니 얼굴을 찡그린 채 주저앉았다. 처음에는 그 애가 다친 줄 알았지만 가까이 다가가 보니 기모노 소맷자락이 찢어진 부분을 살펴보고 있었다. 그 애가 너무나 걱정하는 얼굴로 찢어진 부분을 살펴보기에 그 애한테 이렇게 말했던 것 같다.

"뭐가 문제야? 너희 집 하녀가 금방 꿰매 줄 텐데."

그 애는 아무 대답도 하지 않았는데, 그 순간 내 존재를 아예 잊어버린 것처럼 보였다. 나는 바로 눈앞에서 완전히 침울해진 그 애의 모습을 보았다. 그 애는 얼마간 더 찢어진 자리를 계속 살펴보더니 팔을 늘어뜨리고는 마치 무슨 엄청난 비극이 벌어지기라도 한 것처럼 눈앞의 땅바닥을 멍하니 응시했다.

"이번이 세 번째야. 이번 주에만 세 번이나 잘못을 저지른 거야." 그 애가 나지막한 소리로 중얼거렸다.

내가 조금 당혹스러워하며 그 애를 잠자코 지켜보자 잠시 후 그 애가 다시 이렇게 말했다. "세번째로 잘못을 저질렀어. 이제 엄마 아빠가 나를 다시 일본에 돌려보내겠지."

나로서는 물론 어떻게 낡은 기모노가 조금 찢어진 것으로 그런 결론에 이를 수 있는 것인지 알 수 없었지만, 그 같은 예견에 놀란 나머지 그 애 곁에 쭈그리고 앉아 다급한 어조로 그게 무슨 말인지 설명해 보라고 했다. 그러나 그날 아침 내 친구로부터 더 이상의 말을 끌어낼 수 없었다. 그 애는 점점 더 침울해지더니 아예 입을 다물어 버리고 말았던 것이다. 그래서 그다지 좋지 않은 상태로 헤어졌던 것 같은 기억이 난다. 하지만 그 이후 몇 주 동안 차츰 그 애의 이상한 행동이 어디서 나온 것인지 알게 되었다.

아키라는 일본에 도착한 바로 첫날부터 더할 나위 없이 괴로운 나날을 보냈다. 비록 그 애가 그 사실을 한 번도 분명하게 시인한 적은 없지만 나는 그 애가 자신의 '이질적인 면' 때문에 따돌림을 심하게 당했으리라고 추측했다. 그 애의 행동 방식, 태도, 말투 같은 것들이 그 애를 별종으로 낙인찍었고, 그래서 동급생뿐 아니라 교사, 심지어는 ─그 애는 그 사실을 여러 번 암시했다.─ 함께 사는 친척들의 조롱감이 되었다. 결국 그 애가 너무나 불행하게 지내는 것을 본 그 애의 부모님은 학기 중간에 그 애를 다시 데려오지 않을 수 없었다.

다시 일본으로 돌아가야 할지도 모른다는 생각은 내 친구의 머릿속에서 악몽처럼 떠나지 않았다. 사실 그 애의 부모님은 일본을 몹시 그리워해서 종종 온 가족이 일본으로 돌아가는 얘기를 꺼내곤 했다. 그 애의 누나 에츠코도 일본에서 사는 것을 그다지 싫어하지 않았기에 아키라는 온 가족이 상하이에서 계속 살기를 바라는 것은 자기 혼자뿐이라는 것, 자기 부모님이 짐을 꾸려 나가사키로 떠나지 못하는 것은 다만 자신이 강력하게 반대하기 때문임을 알았다. 그리고 그 애는 자신의 바람이 누나와 부모님이 원하는 바를 얼마 동안이나 통제할 수 있을지 확신할 수 없었다. 힘의 균형이 극도로 팽팽한 상태여서 그 애가 조금이라도 불량한 행동을 할 경우 ─조금이라도 잘못을 저지른다거나 숙제를 빼먹기만 해도─ 저울은 그 애한테 불리한 쪽으로 기울어지고 말 터였다. 그런 이유에서 그 애는 기모노 소맷자락이 조금 찢어진 것으로도 얼마든지 최악의 결과가 초래될 수 있다고 생각한 것이다.

결국은 찢어진 기모노 때문에 그 애의 부모님이 격노하지도 않았고 그것이 중대한 결과를 야기하지도 않았다. 그러나 모든 면에서, 상하이로 돌아오고 나서 몇 개월 동안 사소한 잘못이 생길 때마다 내 친구는 근심과 낙담에 빠지곤 했다. 그런 일들 중에서 가장 중대한 사건은 링 텐과 우리의 '도둑질'과 관련한 일일 텐데, 오늘 오후 함께 버스를 타고 다니는 동안 세라의 흥미를 끌었던 '과거에 있었던 나의 범죄 행각'이 바로 그것이다.

링 텐은 아키라의 가족이 상하이에 있는 동안 내내 그들 가족과 함께 있었다. 옆집에 가서 놀던 기억 중에서 가장 오래된 것은 빗자루를 들고 집 안을 돌아다니던 그 늙은 하인에 대한 기억이다. 그는 언제나, 심지어 여름에도 묵직한 짙은 색 긴 옷을 입고 챙이 달린 모자를 쓰고 변발을 했다. 그 동네의 다른 중국인들과 달리 그는 아이들을 보고도 웃는 법이 거의 없었다. 그렇지만 아이들을 노려본다거나 소리를 지르지는 않았으므로, 그를 대하는 아키라의 태도가 아니었다면 내가 그를 두려움의 대상으로 여겼을 것 같지는 않다. 실제로 처음에 그가 우리 가까이로 다가올 때마다 아키라가 놀라는 것을 보고 몹시 어리둥절했던 것이 기억난다. 예를 들어 링 텐이 복도를 지나가기라도 하면 내 친구는 우리가 무엇을 하고 있든 그 일을 멈추고는, 그 노인의 눈에 띄지 않는 방의 일부라도 된 것처럼 꼼짝달싹 하지 않은 채 위험이 사라지기를 기다렸다. 우리가 만난 지 얼마 안 됐을 무렵 아직 아키라의 두려움에 영향을 받지 않던 나는 그 애와 링 텐 사이에 무슨 특별한 일이 있어서 그러는 모양이라고 짐작했다. 앞에서도 말했듯이 나는 몹시 어리둥절했다. 하지만 그런 행동을 하는 이유를 물어도 그 애는 번번이 내 말을 못 들은 체할 뿐이었다. 시간이 흐르면서 그 애가 링 텐에 대한 자신의 두려운 감정을 어찌하지 못해서 그렇게 당황한 것임을 알아차리게 된 나는 우리들이 하던 놀이가 그런 식으로 중단되어도 아무 말 하지 않게 되었다.

그러나 좀 더 나이가 들면서 아키라는 어째서 자신이 그렇게 두려워하는지 원인을 파악할 필요를 느끼기 시작한 것 같다. 우리가 일고여덟 살쯤 되었을 때쯤에는 내 친구도 링 텐의 모습을 보더라도 더는 얼어붙거나 하지는 않았는데, 그 대신 하던 일을 멈추고는 이상한 얼굴로 씩 웃으며 나를 바라보았다. 그러고는 이상하리만큼 단조로운 목소리로 — 이따금 분 거리의 시장에서 염불을 외는 승려들의 목소리와 비슷하게 — 내 귀에 자기 입을 갖다 대고는 그 늙은 하인에 관한 무시무시한 비밀을 폭로했다.

그렇게 해서 나는 링 텐이 무시무시하게도 사람 손을 즐겨 수집한다는 사실을 알게 되었다. 언젠가 아키라는 우연히 하인들이 거주하는 복도에서 방문이 조금 열려 있는 링 텐의 방을 보게 되었다고 했다. 그 방의 문이 열리는 일은 여간해서는 일어나지 않았다. 그 때 그 애는 방 마룻바닥에 남자와 여자와 아이와 원숭이의 잘린 손이 무더기로 쌓여 있는 장면을 보았다고 했다. 또 한번은 한밤중에 그 하인이 조그맣게 잘린 원숭이의 팔이 잔뜩 담긴 바구니를 집 안으로 나르는 광경도 본 적이 있다고 했다. 늘 조심해야 해, 하고 아키라가 내게 경고했다. 만약 우리가 그 노인에게 조금이라도 기회를 준다면 링 텐은 주저 없이 우리의 손을 자를 것이라면서.

이 같은 상황 설명을 수없이 듣고 난 나는 어째서 링 텐이 손에 그렇게 집착하는 거냐고 물었다. 아키라는 내 얼굴을 주의 깊게 바라보더니, 자기 집안의 가장 어두운 비밀을 내게 말해도 좋을 만큼 나를 믿어도 좋겠느냐고 물었다. 내가 그래도 좋다고 장담하자 그 애는 좀 더 생각해 보더니 마침내 이렇게 말했다.

"그럼 너한테 말해 줄게, 올드 챕! 거기에는 무시무시한 이유가 있어! 링이 손을 자르는 이유 말이야. 그게 실은 이런 거야!"

그러니까 링 텐은 잘라낸 손을 거미로 바꾸는 방법을 알아냈던 것이다. 그의 방에는 여러 가지 액체가 든 병이 아주 많았는데, 그는 거기에 자신이 수집한 손을 한 번에 몇 개월씩 담가 놓았다. 손가락들은 서서히 저절로 움직이기 시작한다. 처음에는 미세하게 움직이다가 나중에는 빙글빙글 돌아간다. 종국에는 검은 털이 자라나는데, 그러면 링 텐은 액체에 담갔던 손을 꺼내 그것이 무슨 거미나 되는 것처럼 온 동네에 풀어놓는다. 아키라는 그 늙은 하인이 그 짓을 하기 위해 한밤중에 집 안을 빠져나가는 소리를 들었다고 했다. 한번은 정원의 수풀 사이에서 돌연변이체가 움직이는 것을 본 적까지 있었다. 링 텐이 그것이 아직 완전히 거미가 되기 전에 너무 이르게 꺼내 놓았기 때문인데, 그래서 그것이 잘린 손이라는 것을 금방 알아볼 수 있었다는 것이다.

아직 어리긴 했지만 나는 그런 이야기를 완전히 믿지는 않았다. 하지만 한동안 링 텐이 눈에 띄기만 하면 내 마음속에 공포심이 솟아나곤 했을 정도로 무시무시한 이야기였다. 사실은 나이가 좀 더 들면서도 우리 둘 다 링 텐에 대한 공포심을 완전히 떨쳐 버리지는 못했다. 이 일은 언제나 아키라의 자존심을 건드리는 문제였으며, 우리가 여덟 살이 될 무렵에는 끊임없이 이 해묵은 두려움에 도전하고 싶은 욕구를 키우고 있었던 것이 분명했다. 링 텐이 길에서 빗질 같은 것을 하고 있으면 그 모습을 엿볼 만한 집 안의 장소로 그 애가 나를 데려가곤 했던 일이 생각난다. 나는 그런 일에는 그다지 개의치 않았지만, 아키라가 집요하게 나를 링 텐의 방 근처까지 데려가려고 하는 경우에는 정말로 두려움을 느꼈다.

그때까지 우리는, 특히 아키라가 늘 링 텐의 용액에서 나오는 증기 때문에 우리가 최면에 걸려 그 방문 안으로 끌려 들어갈 수도 있다고 주장한 까닭에 되도록이면 그 방에서 멀찍이 떨어져 지냈다. 하지만 이제는 그 방으로 들어가야 한다는 생각이 내 친구에게는 강박관념처럼 되고 말았다. 뭔가 전혀 다른 이야기를 주고받다가도 그 애는 갑자기 얼굴에 기묘한 미소를 지으며 이렇게 소곤댔다. "무서운 거지? 크리스토퍼, 무섭지?"

그러더니 그 애는 특이한 가구가 놓인 방들을 지나 하인들의 숙소가 있는 아치 모양의 묵직한 대들보 쪽으로 억지로 나를 데려갔다. 대들보의 아치 아래를 지나자 바닥에 카펫도 없이 광택을 낸 널빤지만 있는 어둑한 복도가 나오고, 그 맨 안쪽 끝 맞은편에 링 텐의 방이 있었다.

처음에는 그저 아치가 있는 곳에 서서 아키라가 그 무서운 방까지 한 발짝씩 기를 쓰고 복도를 절반쯤 걸어가는 모습을 지켜보았다. 그때 긴장으로 굳어진 내 친구의 땅딸막한 몸이, 나를 돌아볼 때마다 땀으로 번들거리는 그 애의 얼굴이, 그러다 억지로 몇 발짝 더 나아가다 말고 몸을 돌리고는 의기양양한 미소를 지으며 뛰어 돌아오는 모습이 아직도 눈앞에 선명하다. 얼마 후에는 그 애의 등쌀에 결국 나 역시 그 애의 모험에 동참하기에 이르렀다. 앞에서 말했듯이 링 텐의 방과 관련한 이런 용기 시험은 꽤 오랜 동안 아키라의 강박관념이 되다시피 해서 그 애의 집으로 놀러가는 즐거움이 한결 줄어들었다.

하지만 한동안 우리 둘 중 누구라도, 방 안으로 들어가기는커녕 그 문까지 걸어가는 일조차 할 수 없었다. 마침내 링 텐의 방에 들어가게 되었을 때는 우리 둘 다 열 살이 된 해로, 그해는 ― 물론 그 당시 나는 그 사실을 알지 못했지만 ― 내가 상하이에서 보낸 마지막 해이기도 했다. 그때 아키라와 나는 작은 도둑질을 감행했는데, 흥분 속에서 벌인 그 충동적인 행동이 이후 얼마나 큰 반향을 미치게 될지는 우리 둘 다 전혀 예상하지 못했다.

우리는 링 텐이 8월 초가 되면 언제나 엿새 동안 항저우 인근에 있는 자신의 고향에 다녀온다는 사실을 알고 있었으며, 그 절호의 기회에 그 방에 들어가자고 이야기를 나누었다. 아니나 다를까 링 텐이 떠난 첫째 날 오후에 내가 아키라의 집에 갔더니 내 친구는 그 계획에 완전히 열중해 있었다. 그즈음에는 나도 그 일 년 전보다 전반적으로 훨씬 더 자신감이 생겼고, 설혹 아직 얼마간 링 텐에 대한 해묵은 두려움을 떨치지 못했다 해도 그런 내색을 했을 리가 없다. 사실 나는 그 방에 들어간다는 문제에 대해 훨씬 담담했는데, 그 사실을 알아차린 내 친구가 그것을 새롭게 도전할 기회로 여겼을 것이 분명하다.

그런데 알고 보니 그날 오후 내내 아키라의 어머니는 원피스를 만드셨고, 그 일 때문에 끊임없이 이 방 저 방 들락거리셔야 했다. 아키라는 그 모험을 감행하기에는 너무 위험하다고 판단했다. 그렇다고 해서 내가 언짢았던 것은 아니었지만, 아키라의 경우 이런 구실이 생긴 사실을 내심 고마워했을 것이 분명했다.

그다음 날은 토요일이었는데, 오전 느지막이 아키라의 집에 가 보니 그 애의 부모님은 두 분 모두 외출하시고 없었다. 아키라는 나와 달리 '아마'가 없었다. 좀 더 어렸을 때는 그 점에 대해 우리 둘 중에 누가 더 운이 좋은지를 놓고 입씨름을 벌이곤 했다. 그 애는 언제나, 일본 아이들은 서양 아이들보다 더 '용감'해서 유모 같은 것은 필요하지 않다는 입장을 취했다. 이런 말다툼을 하는 도중에 한번은 내가 그 애에게, 그 애의 어머니가 외출하면 그 애에게 도움이 필요해질 때, 이를테면 찬 물을 마시고 싶다든지 혹은 다쳤다든지 할 때 그런 일을 누가 보살펴 주느냐고 물은 적이 있다. 그때 그 애는 나에게, 일본의 어머니들은 아이들이 그래도 좋다고 허락하지 않는 한 절대로 외출하는 법이 없다고 대답했던 기억이 난다. 그런 주장은 믿기 어려웠는데, 왜냐하면 일본의 부인들도 유럽의 부인들처럼 쓰촨 거리에 있는 애스터 하우스나 마르셀 찻집 같은 곳에서 모임을 갖는다는 걸 알고 있었던 것이다. 그러나 어머니가 없을 때 '아마'가 아닌 하녀가 그 애한테 필요한 걸 해 준다, 그러면서도 자신에겐 '아마'가 없으므로 아무 제약 없이 하고 싶은 일은 뭐든 할 수 있다고 아키라가 말했을 때 나는 부당한 대우를 받는 쪽이 나라는 생각이 들기 시작했다. 실제로는 그 애의 어머니가 외출한 날 그 애의 집에서 놀고 있을 때면 하인 하나가 언제나 우리의 동태를 주시하고 있었음에도 나는 왠지 그 애가 나보다 자유롭다는 생각을 계속 갖고 있었다. 사실 이것은 우리가 마음대로 놀고 있는 동안에도 누군가 미소조차 짓지 않은 채, 우리에게 조금이라도 좋지 않은 일이 생기면 닥쳐올 무서운 결과를 두려워하면서 언제든 우리를 저지하고 나설 수 있을 만한 거리에서 우리를 지켜보고 있었다는 뜻이었다. 우리가 아주 어렸을 때는 특히 더 그랬다.

하지만 물론 그해 여름 우리는 감독을 받지 않은 채 한결 자유롭게 행동할 수 있었다. 우리가 링 텐의 방에 들어갔던 그날 아침 우리는 3층에 있는, 다다미가 드문드문 깔린 아키라네 방들 중 하나에서 놀고 있었다. 그동안 집 안에 다른 사람이라고는 바로 아래층에 있는 방에서 바느질에 골몰한 나이 든 하녀 한 사람뿐이었다. 어느 순간 아키라가 하고 있던 놀이를 중단하고는 발끝으로 발코니로 걸어가더니, 떨어지지 않을까 걱정될 만큼 난간 너머로 쑥 몸을 기울였다. 그러고는 빠른 걸음으로 되돌아왔는데 그 애의 얼굴에는 예의 기묘한 미소가 떠올라 있었다. 그 애는, 예상대로 하녀가 잠들었다고 나직이 말했다.

"우린 지금 들어가야 해! 무서운 거야? 크리스토퍼, 무섭지?"

아키라가 그렇게 갑자기 몹시 긴장하는 것을 보자 링 텐과 관련한 내 오랜 두려움이 한순간 물밀듯이 몰려왔다. 그러나 이제 와서 물러선다는 것은 우리 둘 어느 쪽에게든 불가능한 일이었기에, 우리는 가능한 한 조용히 하인들의 숙소 쪽으로 내려간 다음 어둑한 복도 위, 아무것도 깔리지 않은 광택 나는 마루 위에 나란히 섰다.

지금 기억나는 것은 우리가 주저하지 않고 링 텐의 방문에서 거의 4, 5미터 정도 떨어진 곳까지 복도를 따라 성큼성큼 걸어간 일이다. 이윽고 뭔가가 우리를 멈추게 했으며, 한순간 우리 둘 다 더는 앞으로 나아갈 수 없을 것 같았다. 만약 그 순간 아키라가 몸을 돌려 달아났다면 나 역시 그렇게 했을 것이 분명하다. 하지만 다음 순간 내 친구는 다시금 결의를 다진 듯했다. 그 애는 내 쪽으로 팔을 뻗으며 이렇게 말했다. "자, 친구! 함께 가는 거야!"

우리는 팔짱을 끼고 보조를 맞춰 마지막 남은 몇 발짝을 옮겨 놓았다. 이윽고 아키라가 방문을 밀어 열었다. 우리 둘 다 방 안을 들여다보았다.

방은 작고 가구가 별로 없고 말끔하게 정돈되었으며 바닥의 마룻널이 깨끗이 비질되었다. 창에는 발이 내려졌으나 가장자리로 눈부신 빛이 스며들었다. 공기에서 희미한 향내가 나고 한쪽 구석에는 사당이 차려졌고 낮고 좁은 침대 하나와 놀랄 만큼 큰 장롱이 있었는데, 아름답게 옻칠된 그 장롱에는 각각 장식 손잡이가 달린 조그만 서랍들이 달려 있었다.

방 안으로 발을 들여놓은 우리는 잠깐 동안 거의 숨도 쉬지 않은 채 꼼짝도 하지 않았다. 이윽고 아키라가 한숨을 뱉어 내더니 벌쭉 웃는 얼굴로 나를 돌아보았는데, 마침내 해묵은 두려움을 정복했다는 사실을 기뻐하는 것이 분명했다. 그러나 다음 순간 그 승리감은 순식간에, 그 방에 불길해 보이는 점이 없다는 사실 때문에 자신의 꼴이 우스워질지도 모른다는 우려로 바뀌었다. 내가 미처 뭐라고 하기도 전에 그 애는 재빨리 장롱을 가리키며 다급한 목소리로 속삭였다.

"저기야! 저 안이라고! 조심해, 올드 챕! 거미들 말이야. 그놈들이 저 안에 들어 있다니까!"

그 애의 말은 설득력이 별로 없었는데, 그 애도 분명 그 점을 깨달은 듯했다. 그럼에도 불구하고 일이 초 사이에 내 머릿속에는 바로 우리 눈앞에서 그 조그만 서랍들이 열리면서 손에서 거미로 변하는 다양한 단계의 모습을 한 괴물들이 머뭇머뭇 팔다리를 뻗는 광경이 스쳐 갔다. 하지만 그 순간 아키라가 흥분해서 링 톈의 침대 곁 낮은 탁자에 놓인 조그만 병을 가리켰다.

"물약이야!" 그 애가 소곤거렸다. "그가 사용하는 마약이라고! 저게 그거야!"

나는 사실 이미 오래전에 퇴색하고 만 환상을 지키려는 이 필사적인 시도에 조롱을 퍼붓고 싶은 충동을 느꼈지만, 그 순간 또다시 서랍들이 벌컥 열리는 환상이 엄습하면서 해묵은 두려움의 찌꺼기가 밀려드는 바람에 아무 말도 할 수 없었다. 게다가 그 이상으로 일어날 수 있는 우발적인 사태, 즉 하녀나 다른 예상치 못한 어른들이 그 방에 있는 우리를 발견할지 모른다는 데 대한 불안감이 점점 더 커져 가기 시작했다. 그럴 경우 뒤따르게 될 창피함과 처벌, 그리고 내 부모님과 아키라의 부모님 사이에서 장황하게 오고 갈 의논에 대해서는 상상조차 하고 싶지 않았다. 심지어 우리의 행동을 어떤 식으로 변명할지에 대해서는 아예 생각도 할 수 없었다.

그 순간 아키라가 재빨리 앞으로 나서면서 병을 집어 품에 안았다.

"가자! 어서 가자고!" 그가 쉰 소리를 내며 말했다. 우리 둘은 갑자기 공포에 휩싸였다. 우리는 소리를 죽여 킥킥대면서 그 방에서 나와 복도를 내달렸다.

안전하게 위층에 있는 방으로 돌아오자 — 하녀는 여전히 아래층에서 잠들어 있었다 — 아키라는 그곳 장롱 서랍에 잘린 손이 가득

했다는 자신의 주장을 되풀이했다. 이제 나는 그 애가, 오랫동안 품어 왔던 우리의 환상을 내가 비웃을까 봐 심각하게 걱정하고 있다는 것을 알 수 있었다. 하지만 왠지 나 역시 그 환상을 지키고 싶은 느낌이 들었다. 그래서 나는 그 애의 주장을 훼손할 말은 전혀 하지 않았고, 링 톈의 방이 실망스러웠다거나 우리가 괜한 일에 쓸데없이 용기를 시험했다는 내색도 하지 않았다. 우리는 방바닥 한가운데 놓인 쟁반에 그 병을 내려놓고 자리에 앉아 살펴보기 시작했다.

아키라가 조심스럽게 병마개를 열었다. 그 안에 든 희뿌연 액체에서는 희미하게 아니스 열매 냄새가 났다. 오늘날까지도 나는 그 늙은 하인이 그 물약을 어떤 용도에 썼던 것인지 알지 못한다. 다만 어떤 만성 질환을 이기기 위해 산 약 같은 것이 아니었을까 짐작할 뿐이다. 어쨌든 그 약이 정체를 알 수 없다는 점만큼은 우리의 목적에 부합했다. 우리는 아주 조심스럽게 나뭇가지를 병 속에 담갔다가 종이 위에 그 액체를 떨어뜨려 보았다. 아키라는, 다음 날 우리 팔 끝에 거미가 달린 채 일어나지 않으려면 한 방울이라도 손에 묻어서는 안 된다고 주의를 주었다. 사실 우리 둘 다 그런 것은 믿지 않았지만 계속 그 사실을 믿는 체한다는 것이 아키라의 감정을 위해 아주 중요해 보였으므로, 우리는 최대한 조심하며 그 일을 수행했다.

이윽고 아키라는 다시 마개를 닫은 다음 그 병을 그 애가 특별한 물건을 보관하는 상자 속에 넣었다. 그러면서 그 액체로 몇 가지 실험을 좀 더 해 보고 나서 돌려줄 생각이라고 말했다. 대체로 그날 아침 작별할 때 우리는 둘 다 꽤 만족한 기분이었다.

그러나 다음 날 오후 아키라가 우리 집에 왔을 때 나는 즉각 문제가 생겼음을 알았다. 그 애는 완전히 정신이 딴 데 팔려 있어서 아무것에도 집중하지 못했다. 그 애의 부모님이 어떻게 해서인지 우리의 전날 행각을 알아차렸다는 말을 듣게 될까 봐 겁이 난 나는 한동안 그 애가 무엇 때문에 그러는지 묻기를 피했다. 하지만 결국 나는 더 참지 못하고 그 애에게 무슨 일이 생겼는지 독촉하여 물어보았다. 그러나 아키라는 자기 부모님은 아무것도 의심하지 않는다면서 다시금 예의 의기소침한 얼굴로 돌아갔다. 내가 좀 더 다그치고 나서야 그 애도 결국 굴복하고는 그 사이에 있었던 일을 털어놓았다.

아키라는 자신의 의기양양한 기분을 그대로 담아 두지 못하고 에츠코 누나에게 우리가 한 짓을 알려주었다는 것이다. 그런데 놀랍게도 에츠코 누나가 섬뜩한 반응을 보였다고 했다. 내가 놀랍다는 표현을 쓴 이유는 우리보다 네 살 많은 에츠코는 링 텐이 못된 짓을 하는 사람이라는 우리의 견해에 한 번도 동의한 적이 없었기 때문이다. 그런데 이제 아키라의 이야기를 듣자 그녀는 마치 그 애가 금방이라도 자기 눈앞에서 몸을 뒤틀며 죽기라도 할 것처럼 그 애를 빤히 쳐다보았다는 것이다. 그러더니 아키라에게, 우리가 그렇게 도망칠 수 있었다니 운이 아주 좋았다고, 그녀는 이전에 자기 집에 고용했던 하인들 중에 우리와 같은 짓을 했던 사람들을 잘 알고 있는데 그들은 그 결과 실종되었으며 몇 주 뒤에 그들의 유해가 조계 너머에 있는 어느 골목길에서 발견되었다고 말했다고 했다. 아키라는 자기 누나가 그런 말을 한 것은 자기를 겁주려는 것뿐이고, 자신은 누나의 말을 전혀 믿지 않는다고 말했다. 하지만 그 애는 분명 충격을 받은 상태였고, 나 역시 링 텐과 관련한 우리의 오랜 두려움을 이런 식으로 '확정하는 말'을, 그것도 에츠코처럼 권위 있는 사람에게서 듣게 되자 소름이 오싹 끼쳤다.

다음 순간 나는 아키라가 무엇 때문에 그토록 괴로워하는지를 알았다. 그 늙은 하인이 돌아오기 전까지 남은 사흘 안에 누군가 그 방에 병을 도로 갖다 놓아야 했다. 그런데 전날 우리가 지녔던 허세는 이제 거의 사라진 것이 분명했으며 이제 그 방에 또다시 들어간다는 것은 생각할 수도 없는 일이었던 것이다.

마음을 다잡고 여느 때 하던 놀이를 한다는 것이 불가능했기 때문에 우리는 운하 옆에 있는 우리만의 특별한 장소까지 산책을 가기로 했다. 그곳까지 가는 동안 내내 우리는 우리가 처한 문제를 여러 각도에서 검토해 보았다. 만일 우리가 그 병을 돌려 놓지 않을 경우 어떤 일이 일어날 것인가? 어쩌면 그 용액이 아주 값진 것이어서 경찰이 와서 수사할지도 몰랐다. 아니면 링 텐이 그것이 사라졌다는 사실을 아무에게도 말하지 않은 채 자신이 직접 우리에게 어떤 무시무시한 복수를 하기로 마음먹을 수도 있었다. 우리가, 링 텐에 대한 우리의 환상을 그대로 유지하고 싶어 하는 한편으로 심각한 문제에 말려들지 않기 위한 논리적인 방법을 짜내려 하면서 몹시 헷갈려 했던 기억이 난다. 이를테면 한번은 그 용액이 링 텐이 몇 달 동안 돈을 모은 끝에 사 둔 것이며 그것이 없으면 그가 큰 병을 앓을지도 모른다고 생각했다. 그러나 그런 다음 순간에는, 이 마지막 생각에서 여전히 벗어나지 않은 채 그동안 줄곧 이야기해 왔던 일이 실제로 벌어질지 모른다는 다른 가정들이 이어졌던 것이다.

집에서 십오 분쯤 떨어진, 운하 옆에 있는 우리의 장소는 자딘 매시선 사(社) 소유의 창고 뒤편에 있었다. 우리는 실제로 남의 땅에 침입한 것인지 아닌지 알 수 없었다. 그곳에 가기 위해서는 언제나 열린 정문을 지나 콘크리트 바닥으로 된 마당을 가로질러야 했다. 그곳에는 중국인 인부들이 몇 사람 있어서 미심쩍은 눈으로 우리를 쳐다보기는 했지만 우리 앞을 막아서지는 않았다. 우리는 엉성한 보트 창고 옆을 돌아 잔교를 따라가다가 운하 둑 오른쪽에 있는 검고 단단한 땅으로 내려섰다. 그곳은 우리 둘이 나란히 앉아서 바다를 바라볼 정도의 넓이밖에 되지 않았지만, 아주 무더운 날에도 등 뒤의 창고 때문에 그늘에 있을 수 있었으며, 보트나 정크[10]가 지나갈 때마다 바닷물이 달래 주기라도 하듯 두 발을 감싸곤 했다. 맞은편 둑에는 창고들이 더 있었지만, 내 기억에 우리가 있는 곳에서 거의 직선으로 마주한 곳은 건물과 건물 사이의 틈새여서 그 사이로 가로수가 늘어선 길이 보였다. 아키라와 나는 종종 그곳에 가곤 했지만, 우리가 물가에서 노는 것을 미덥지 않게 여긴 우리 부모님들이 놀지 못하게 할까 봐 말하지 않았다.

그날 오후 일단 그곳에 자리를 잡고 난 뒤 우리는 한동안 걱정거리를 잊으려 애썼다. 아키라가 내게, 우리가 그곳에 올 때면 종종 그러듯이 만약 위급한 사태가 생기면 바다 저편에 보이는 이런저런 배까지 수영을 하겠는지 묻기 시작했던 일이 기억난다. 하지만 그 애는 미처 말을 끝맺지 못했으며, 놀랍게도 갑자기 울기 시작했다.

나는 그때까지 내 친구가 우는 모습을 본 적이 거의 없었다. 실제로 지금 기억하건대 그 애가 우는 것을 본 것은 그때뿐이었다. 심지어 우리가 미국 재외공관 뒤편에서 놀고 있을 때 커다란 회반죽 덩어리가 그 애의 다리에 떨어졌을 때도 비록 얼굴이 백짓장처럼 하

---

10) 중국에서 사람이나 짐을 나르는 데 쓰던 배.

얘지기는 했어도 울지 않았다. 그러나 그날 오후 운하 옆에서 아키라는 정말 어찌해야 좋을지 몰랐던 모양이다.

그렇게 울면서 그 애는 자기 손에 들고 있던, 껍질이 벗겨진 축축한 나뭇조각을 조각조각 내서 물속에 집어던졌다. 나는 그 애를 위로해 주고 싶었지만 무슨 말을 해야 좋을지 알 수 없어서 그저 자리에서 일어서서, 그것이 무슨 응급 처방 약이라도 되듯 그 애가 부러뜨릴 만한 나뭇조각을 찾아 건네주었다. 얼마 후에는 더는 집어던질 나뭇조각이 없었고, 그제야 아키라도 겨우 울음을 그쳤다.

이윽고 그 애가 말했다. "부모님이 사실을 알면 몹시 화를 내실 거야. 그러면 더 이상 이곳에 나를 두지 않으실 테고. 우리 모두 일본으로 가게 될 거야."

나는 여전히 무슨 말을 해야 좋을지 알 수 없었다. 얼마 후 지나가던 보트를 물끄러미 바라보던 그 애가 이렇게 중얼거렸다. "난 정말이지 일본에서 살기 싫어."

그리고 그 애가 그런 말을 할 때면 나 역시 늘 하던 대로 그 애의 말을 되풀이했다. "나도 정말 영국으로 가고 싶지 않아."

그 말을 끝으로 우리 둘 다 한동안 침묵을 지켰다. 그렇지만 그렇게 계속 수면을 바라보는 사이에 그 모든 무서운 일이 일어나지 않도록 할 한 가지 분명한 방책이 서서히 내 마음속에 자리 잡았다. 나는 그 애한테, 우리가 해야 할 일은 그저 제때 그 병을 도로 갖다 놓는 것이고, 그러면 모든 일이 잘될 것이라고 말했다.

아키라가 내 말을 귀담아 듣는 것 같지 않아서 나는 한 번 더 요점을 설명했다. 그 애는 계속 내 말을 듣지 못한 체했는데, 그제야 비로소 나는 전날 우리가 모험을 벌이고 난 이후 링 톈에 대한 그 애의 공포심이 실로 생생한 감정으로 발전했음을 깨달았다. 사실 그 공포심은 우리가 좀 더 어렸을 때만큼 컸다. 다만 이제 다른 점은 아키라가 그 사실을 인정할 수 없다는 것이었다. 그 애의 곤혹스러움을 알아차린 나는 빠져나갈 방도를 열심히 궁리해 보았다. 이윽고 나는 나직한 목소리로 이렇게 말했다.

"아키라, 우리가 다시 그 일을 같이 하면 돼. 지난번처럼 말이야. 다시 팔짱을 끼고 방 안에 들어가 원래 있던 자리에 그 병을 갖다 놓는 거야. 그때처럼 그 일을 같이 하면 우리는 무사할 테고 나쁜 일은 아무것도 일어나지 않을 거야. 그러면 우리가 한 짓을 알 사람도 없고 말이야."

아키라는 내 말을 생각해 보았다. 그러더니 고개를 돌리고 나를 쳐다보았는데, 나는 그 애의 얼굴에서 진심으로 고마워하는 표정을 읽을 수 있었다.

"내일 오후 3시." 그 애가 말했다. "엄마는 공원에 가실 거야. 그때 하녀가 다시 잠들면 기회를 잡을 수 있어."

나는 하녀가 분명 다시 낮잠을 잘 거라고 그 애를 안심시켜 주고는, 우리가 그 방에 함께 들어가면 조금도 두려워할 일이 없다는 말을 다시 한 번 되풀이했다.

"우리 함께 하는 거야, 올드 챕!" 그 애가 갑자기 미소를 지으며 그렇게 말하더니 자리에서 일어났다.

돌아오는 길에 우리는 계획을 마무리 지었다. 나는 다음 날 그 애의 어머니가 외출하기 훨씬 전에 아키라의 집으로 가겠다고 약속했으며, 그 애의 어머니가 나가자마자 위층에 올라가 링 톈의 병을 가지고 함께 기다리기로 했다. 하녀가 잠들 때까지 말이다. 아키라의 기분은 눈에 띄게 밝아졌지만, 그날 오후 헤어질 때 그가 보여준 태연함에는 설득력이 없어 보였다. 그 애는 내게 다음 날 늦지 말라고 주의를 주었다.

다음 날도 덥고 습한 날씨였다. 나는 지난 몇 해 동안 여러 차례에 걸쳐 그날 일에 대해 기억할 수 있는 모든 것들을 곱씹어 보면서 여러 가지 세부 사항을 일관성 있게 정리하려 애썼다. 이른 오전에 있었던 일에 대해 기억나는 것은 그다지 많지 않다. 출근하는 아버지에게 작별 인사를 한 일은 그림처럼 선명하게 남아 있다. 나는 미리 바깥에 나와 마차 진입로 주변을 어슬렁거리며 아버지가 나타나기를 기다렸다. 이윽고 아버지가 흰 양복에 모자를 쓴 차림으로 서류가방과 지팡이를 들고 나타났다. 아버지는 눈을 가늘게 뜨고 우리 집 정문 쪽을 힐끔 바라보았다. 아버지가 내 쪽으로 조금 더 다가올 때까지 기다리고 있을 때 아버지 뒤편 현관 계단으로 어머니가 나오더니 아버지에게 무슨 말인가를 했다. 아버지는 어머니가 있는 쪽으로 몇 발짝 되짚어 다가가서는 미소 짓는 얼굴로 어머니와 몇 마디 말을 주고받으며 뺨에 가볍게 입을 맞춘 다음 내가 기다리는 쪽으로 성큼성큼 걸어왔다. 이상이 그날 아버지가 출근한 광경에서 기억나는 것 전부다. 그때 아버지와 내가 악수를 나누었는지, 아버지가 내 어깨를 토닥여 주었는지, 아버지가 정문에서 몸을 돌리고 마지막으로 한 차례 손을 흔들어 주었는지는 기억나지 않는다. 종합적으로 볼 때 그날 아버지가 작별하는 모습에서 다른 여느 날 출근할 때의 모습과 달랐다는 기억은 없다.

그날 오전의 나머지 시간에서 기억나는 것은, 내 방 양탄자 위에서 장난감 병정을 가지고 놀았는데 그러는 동안에도 그날 오후 우리를 기다리는 저 두려운 일에서 마음이 떠나지 않았다는 것뿐이다. 어느 시점에서인가 어머니가 외출했고 나는 메이 리와 함께 부엌에서 점심을 먹었던 기억이 난다. 점심을 먹은 다음에는 3시까지 남은 시간을 보내기 위해, 커다란 떡갈나무 두 그루가 있는 곳까지 길을 따라 짧은 거리를 산책했다. 그곳은 길에서 떨어져 있었음에도 가장 가까운 정원 담장 바로 앞이었다.

아마 그때 이미 내 안에 용기를 한껏 불어넣은 상태였기 때문일 텐데, 그날 나는 떡갈나무 위를, 처음 올라가 보는 높이까지 올라가는 데 성공했다. 의기양양한 기분으로 떡갈나무 가지에 걸터앉은 나는 그 자리에서는 이웃집들의 생울타리와 마당 너머까지 잘 보인다는 사실을 알았다. 그렇게 얼마 동안 얼굴에 바람을 맞으며, 이제 목전에 닥친 일에 대해 점점 커져 가는 불안을 안은 채 그곳에 앉아 있던 기억이 난다. 문득 나 역시 불안하기는 마찬가지이지만 링 텐의 방에 대한 아키라의 공포심은 한층 더 커서 이번에는 내가 '리더' 역할을 해야 하리라는 생각이 들었다. 나는 그 일에 따르는 책임감을 잘 알았으며, 내가 그 애의 집에 갈 때는 가능한 한 자신감에 넘치는 태도를 취하기로 결심했다. 그러나 그렇게 나뭇가지에 앉아 있을 동안에도 우리의 계획을 좌절시킬 수 있는 우발적인 사건이 수도 없이 머릿속에 떠올랐다. 하녀가 낮잠을 자지 않을 수도 있었고, 나아가 하필이면 오늘 링 텐의 방 바깥쪽 복도를 청소하려고 들 수도 있었으며, 아니면 아키라의 어머니가 마음을 바꿔 우리 생각대로 외출하지 않을 수도 있었다. 그리고 물론 그보다 더 오래된, 그렇게 이성적이지 않은 두려움도 있었다. 아무리 애를 써도 내 마음속에서 그것을 완전히 몰아내지는 못했던 것이다.

결국 나는 집에 가서 물을 한 잔 마시고 시간도 확인할 겸 떡갈
나무에서 내려왔다. 우리 집 정문을 들어서자 진입로에 서 있는 자
동차 두 대가 보였다. 나는 자동차들이 왜 거기 와 있는지 어렴풋이
호기심이 일었지만 그때는 다른 생각에 골몰한 나머지 그다지 주의
를 기울이지 않았다. 이윽고 현관을 가로지르는데, 거실의 열린 문
사이로 남자 셋이 서 있는 것이 보였다. 그들은 손에 모자를 들고
어머니와 이야기를 나누고 있었다. 거기에는 이상한 점이 없어 보였
다. 어머니가 추진 중인 캠페인을 의논하기 위해 온 사람들일 가능
성이 높았다. 그런데 그 분위기에서 풍기는 어떤 점 때문에 나는 현
관에서 걸음을 멈췄다. 내가 그렇게 걸음을 멈춘 순간 말소리가 그
쳤다. 사람들의 얼굴이 내 쪽을 향하고 있었다. 나는 그중 한 사람이
아버지가 다니는 바이어트 사의 동료인 심프슨 씨라는 것을 알았
다. 다른 둘은 처음 보는 사람들이었다. 다음 순간 어머니도 보였는
데, 역시 상체를 앞으로 기울인 자세로 나를 바라보고 있었다. 내 짐
작에, 나는 그제야 뭔가 일상적이지 않은 일이 일어났다는 것을 감
지했던 것 같다. 어쨌든 다음 순간 나는 부엌이 있는 쪽으로 서둘러
걸음을 옮겼다.

내가 막 부엌에 이른 순간 발소리가 나더니 어머니가 그곳으로
들어왔다. 나는 그 뒤로 종종 그때 내가 본 어머니의 얼굴을, 그때
어머니가 지었던 표정을 정확히 떠올려 보려고 했지만 잘되지 않았
다. 아마 어떤 본능이 나로 하여금 그 표정을 보지 말라고 말했는지
도 몰랐다. 내 기억 속에 있는 것은 마치 내가 다시 아주 어린애가
된 것처럼 내 눈앞에 선 어렴풋하고 커다란 어머니의 모습과, 어머

니가 입은 연한 색의 여름용 드레스의 천뿐이다. 어머니는 내게 나지막하면서도 더할 나위 없이 침착한 어조로 말했다.

"크리스토퍼, 심프슨 씨와 함께 온 신사 분들은 경찰서에서 온 분들이란다. 나는 그분들과 이야기를 끝내야 해. 그런 다음 바로 너와 이야기하고 싶구나. 도서실에서 좀 기다려 주겠니?"

나는 뭐라고 이의를 제기하려다가 나를 골똘히 응시하는 어머니의 시선을 보고 입을 다물고 말았다.

"그럼 도서실에 가 있으렴." 어머니가 그렇게 말하며 몸을 돌렸다. "신사 분들과 얘기가 끝나는 대로 내가 그쪽으로 가마."

"아버지한테 무슨 일이 생겼나요?" 내가 물었다.

어머니가 내 쪽으로 다시 몸을 돌렸다. "네 아버지가 오늘 아침 출근도 하시지 않았다는구나. 하지만 별일 아닐 거야. 도서실에서 내가 올 때까지 기다리렴. 오래 걸리지 않을 거야."

어머니를 따라 부엌을 나온 나는 곧장 도서실로 갔다. 그러고는 숙제하는 책상에 앉아 어머니를 기다렸다. 하지만 그때 내 머리에 떠오른 것은 아버지가 아니라, 아키라를 만나러 가기에 이미 늦었다는 사실이었다. 그 애에게 혼자서 병을 되돌려 놓을 용기가 있을지 의심스러웠다. 설혹 그렇다 해도 그 애는 내게 몹시 화를 낼 터였다. 아키라가 처한 상황이 몹시 다급하다고 여긴 나는 실제로, 어머니의 지시를 어기고 집에서 나갈까 하는 생각까지 했다. 그러는 동안에도 거실에서의 의논은 한없이 길어지는 듯했다. 도서실 벽에 시계가 있어서 나는 시계의 분침을 응시했다. 한번은, 어머니의 주의를 끌어 아는 척을 하시면 집을 나갈 허락을 구해 볼까 하는 마음으로 복도로 나가 보았지만 이번에는 거실 문이 굳게 닫혀 있었다. 내가 그렇게 복도에서 몰래 빠져나가는 문제에 대해 다시 한 번 고려할 때 메이 리가 나타나더니 엄숙한 표정으로 도서실 쪽을 가리켰다. 내가 도서실 안으로 들어가자 메이 리는 문을 닫았다. 문밖을 서성대는 그녀의 발소리가 들려왔다. 나는 다시 자리에 앉아 시계를 바라보았다. 시계의 분침이 3시 30분을 지났다. 나는 어머니와 메이 리 두 사람 모두에게 치미는 분노를 느끼며 우울해졌다.

이윽고 얼마 후 손님들을 배웅하는 소리가 났다. 그중 한 사람이 이렇게 말하는 소리가 들렸다.

"저희가 할 수 있는 한 최선을 다하겠습니다, 뱅크스 부인. 하느님을 믿고 최선을 다해 보는 수밖에요."

그 말에 어머니가 대답하는 소리는 들리지 않았다.

남자들이 떠나자마자 나는 밖으로 달려 나가 아키라의 집으로 가도 좋을지 허락을 구했다. 하지만 정말 화나게도 어머니는 내 청을 완전히 묵살한 채 이렇게 말했다. "도서실로 가자꾸나."

나는 좌절했지만 어머니가 시키는 대로 했다. 도서실로 들어가자 어머니는 나를 자리에 앉힌 다음 내 앞에 웅크리고 앉더니 아주 침착한 목소리로, 아침부터 아버지가 실종된 상태라고 말했다. 회사로부터 연락을 받은 경찰이 수색에 착수했으나 지금껏 아무런 소득이 없다는 것이다.

"하지만 네 아버지는 저녁 식사 때쯤에는 보란 듯이 나타날 거야." 어머니가 미소를 지으며 말했다.

"물론 그러시겠죠." 나는 이 엄청난 소동에 대한 짜증이 한껏 담긴 목소리로 대답했다. 그리고는 의자에서 일어나 다시 한 번 외출 허락을 구했다. 하지만 이번에는 별로 열의가 없었는데, 시계를 보고 이제 아키라의 집에 가 봤자 소용이 없다는 사실을 알았기 때문이다. 그 애의 어머니는 외출에서 돌아왔을 테고 오래지 않아 저녁 식사가 차려질 터였다. 나는 이미 한 시간 반 전에 내가 부엌에서 낌새를 알아차린 바로 그 일을 알려 주기 위해 어머니가 나를 붙잡아 두었다는 사실에 엄청난 분노를 느꼈다. 마침내 어머니가 외출을 허락했을 때 나는 그저 내 방으로 올라가 양탄자 위에 장난감 병정들을 늘어놓은 채 되도록 아키라라든가 나에 대한 아키라의 감정 같은 것은 생각하지 않으려 애썼다. 하지만 그러면서도 계속 운하 옆에서 주고받았던 말을, 그리고 그 애가 내게 지어 보인 고마워하는 표정을 떠올렸다. 아키라 본인만큼이나 나도 그가 일본으로 돌아가기를 바라지 않았던 것이다.

내 찌무룩한 기분은 밤중까지 이어졌는데, 물론 사람들은 이런 내 모습을 아버지와 관련한 상황 때문에 보이는 반응으로 여겼다. 저녁나절 내내 어머니는 내게 이런 식으로 말했다. "너무 우울해 하지 말자꾸나. 정말 별일 아닐 거야." 그리고 내 목욕을 거들어 주던 메이 리 역시 그녀답지 않게 내게 상냥하게 대해 주었다. 하지만 저녁 내내 어머니가 그 후 몇 주 동안 계속되는 저 '객관적인' 태도를 하고 있었던 것 ― 내가 나중에 알게 된 바이지만 ― 도 기억난다. 실제로 어머니가 멍한 시선으로 방 건너를 바라보며 이렇게 중얼거린 것은, 내가 다음에 아키라를 만나면 뭐라고 해야 좋을지를 생각하느라 골몰해 있던 바로 그날 밤이었다.

"무슨 일이 있든 간에 너는 아버지를 자랑스럽게 여겨도 돼, 퍼핀. 너는 언제나 아버지가 하신 일을 자랑스럽게 여겨도 돼."

8

　아버지가 실종된 이후 며칠 동안에 대해서는, 내가 아키라에 대해, 특히 다음에 그 애를 만나서 무슨 말을 해야 할지에 대해 무척 걱정스러워 했고, 아무 일도 손에 잡히지 않았다는 것 말고는 별로 기억나는 것이 없다. 그럼에도 나는 옆집인 그 애의 집에 가는 일을 줄곧 미뤘다. 심지어는 내가 어쩌면 그 애의 얼굴을 다시는 볼 수 없으므로 그런 걱정을 할 필요가 없다고, 우리의 비행에 몹시 화가 난 그 애의 부모님이 바로 그 순간 일본으로 돌아가기 위해 짐을 꾸리고 있을지도 모른다는 생각까지 했다. 그 시기 동안 밖에서 무슨 큰 소리라도 나면 나는 위층으로 달려 올라가 전면 유리창을 내다보았다. 그곳에서는 이웃집 안뜰에서 트렁크를 쌓아 올리는 장면 같은 것을 볼 수 있었다.

　그로부터 사나흘쯤 지난 어느 흐린 날 아침 내가 우리 집 앞 원형 잔디밭에 나가 혼자 놀고 있는데 아키라의 집 쪽 담장에서 무슨 소리가 들려왔다. 나는 곧바로 아키라가 자기 누나의 자전거를 타고 집 앞 차도를 돌아다니고 있다는 것을 눈치챘다. 그 애가 자기 몸집에는 너무 큰 그 자전거를 타려고 애쓰는 것을 여러 차례 보았으므로, 뭔가에 긁히는 듯한 그 요란한 소리가 그 애가 자전거 위에서 균형을 잡으려고 애쓸 때 바퀴에서 나는 소리라는 것을 알 수 있었다. 어느 순간 그 애가 자전거와 함께 쾅당 넘어지면서 외마디 비명을 내지르는 소리가 들려왔다. 아키라가 자기 집 2층 창문에서 내가 나와 노는 것을 보고 내 주의를 끌기 위해 일부러 자전거를 타러 나왔을지도 모른다는 생각이 머릿속을 스쳤다. 몇 분 동안 더 망설인 뒤 ─ 그동안에도 아키라는 쾅당 소리를 내며 몇 차례 더 옆으로 넘어졌다 ─ 나는 마침내 우리 집 대문을 나와 몸을 돌려 그의 집 앞 뜰을 들여다보았다.

과연 아키라는 그 애의 누나 에츠코의 자전거를 타고 있었다. 그 애는 서커스에서나 할 법한, 핸들에서 두 손을 다 뗀 채 자전거로 작은 원을 만들며 도는 동작을 연습하고 있었다. 그 애는 그 일에 너무 열중한 나머지 나를 의식하지 못한 듯했다. 심지어 가까이 다가갔을 때에도 나를 보았다는 티를 내지 않았다. 이윽고 내가 간단히 말했다.

"지난번에 못 와서 미안해."

아키라는 나에게 뚱한 눈길을 던지고는 하던 연습을 계속했다. 나는 내가 왜 그를 실망시켰는지 설명하려 했다. 그런데 어떤 이유에선지 아무 말도 할 수 없었다. 나는 거기 좀 더 서서 그를 지켜보았다. 그런 다음 그에게로 한 걸음 다가서며 목소리를 낮추어 속삭이듯 말했다.

"어떻게 됐어? 그거 도로 갖다 놨어?"

내 친구는 나를 힐끗 쳐다보았다. 그 눈길은 내 말투에 포함된 친숙함을 거부하는 듯했다. 그런 다음 그는 자전거를 빙글 돌렸다. 나는 눈물이 솟구치는 것을 느꼈지만, 영국인과 일본인 중에 어느 쪽이 더 울보인가에 대한 우리의 오랜 언쟁을 기억해 내고는 가까스로 눈물을 참았다. 나는 그 애에게 아버지가 실종되었다는 이야기를 할까 하고 생각해 보았다. 문득 그것이 내가 그를 실망시킨 이유는 물론 나 자신의 자기 연민에 대한 꼭 맞는 이유처럼 느껴졌다. 내가 그 얘기, 곧 "내가 그날 오지 못했던 건…… 우리 아버지가 납치되셨기 때문이야!"라고 말하는 순간 아키라의 얼굴에 떠오를 충격과 부끄러워할 표정을 눈앞에 떠올려 보았다. 하지만 왠지 나는 그 이야기를 할 수 없었다. 그 대신 그저 몸을 돌려 도망치듯 우리 집으로 돌아왔던 것 같다.

이후 며칠 동안 나는 아키라를 보지 못했다. 그러던 어느 날 오후 그 애가 우리 집 뒷문으로 와서는 언제나처럼 메이 리에게 나를 불러 달라고 했다. 나는 한창 뭔가를 하던 중이었지만, 하던 일을 놓고 친구를 만나러 나갔다. 그 애는 미소를 지으며 내게 인사를 했다. 그리고 나를 자기 집 뜰로 데려가면서 다정한 손길로 내 등을 토닥거렸다. 물론 나는 링 텐 문제가 어떻게 되었는지 알고 싶어서 조바심이 나긴 했지만, 상처를 덧들이지 말아야 한다는 데 더 신경을 쓰고 있었으므로 그 문제에 대해 묻고 싶은 마음을 억제했다.

우리가 '정글'이라고 부르던 그 애 집 뜰 뒤쪽의 울창한 관목 숲으로 간 우리는 이내 평소 하던 극적인 이야기 중 하나에 빠져들었다. 우리는 그때 당시 내가 읽고 있던 『아이반호』의 장면들이나 아

154

키라의 일본 사무라이 모험담에 나오는 장면 중 하나를 연기했던 것 같다. 어쨌든 한 시간 정도가 흐른 후 내 친구가 갑자기 말을 멈추더니 이상한 눈빛으로 나를 바라보고는 이렇게 말했다.

"네가 원한다면, 우리 새로운 놀이를 할 수도 있어."

"새로운 놀이?"

"새로운 놀이지. 크리스토퍼 아빠 놀이라고 해도 좋아. 네가 원한다면."

나는 어리둥절하지 않을 수 없었다. 그다음 내가 뭐라고 했는지 이제 기억나지 않는다. 그 애는 길게 자란 풀숲을 헤치며 몇 발짝 다가왔다. 그러더니 거의 다정하기까지 한 눈길로 나를 바라보았다.

"그래, 네가 원한다면 우리 탐정 놀이 하자. 아저씨를 찾는 거야. 우리가 네 아버지를 구하는 거라고."

그제야 나는 아키라가 다시 우리 집을 찾아온 것이 우리 아버지에 대한 소식을 들었기 때문임을 깨달았다. 그 소식이 이웃에 퍼지기 시작했음이 분명했다. 나는 또한 지금 그 애의 제안이 자신이 나를 걱정하고 돕고 싶다는 것을 보여 주고자 하는 그 애의 방식이라는 것을 이해했다. 그러자 그 애에 대한 애정이 솟구쳤다. 하지만 잠시 후 나는 상당히 차분하게 이렇게 대답했을 뿐이다.

"좋아. 네가 그런 놀이를 하고 싶다면 하자."

그리하여 이런 식으로 그 시기, 우리가 매일같이 주제를 줄곧 달리해 가며 우리 아버지 구출 작전을 주제로 여러 놀이를 생각해 내고 연기했던 그 시기가 시작되었다. 오늘날 내 기억 속에서는 그 시기가 무척 긴 것처럼 여겨진다. 하지만 실제로 그 시기는 두 달도 채 되지 않은 기간의 일이었을 뿐이다.

한편 현실에서는 아버지의 실종에 대한 조사가 진행되었다. 우리 집을 방문해 챙 모자를 손에 들고 어머니와 엄숙하게 이야기를 나누던 남자들을 보고, 어느 날 저녁 무렵 입을 꼭 다문 굳은 얼굴로 어머니가 집에 돌아와 메이 리와 나직하게 나누던 대화를 통해 나는 그 사실을 알고 있었다. 그리고 무엇보다 층계 발치에서 어머니와 내가 나눈 대화가 있었다.

그 대화를 나누기 직전 우리 두 사람이 각자 무엇을 하고 있었는 지는 이제 기억나지 않는다. 나는 놀이방에 있는 뭔가를 가지러 서둘러 층계를 올라가다가 위에서 내려오는 어머니와 마주쳤다. 어머니는 외출을 하려던 것이 분명했다. 특별할 때 입는 베이지색 원피스를 입고 계셨기 때문이다. 썩어 가는 낙엽 냄새 같은 독특한 냄새를 풍기는 옷이었다. 나는 어머니의 태도에서 뭔가를 감지했던 것 같다. 세 번째인가 네 번째 계단에 서서 어머니가 내려오기를 기다렸기 때문이다. 나를 향해 내려오면서 어머니는 미소를 지으며 한 손을 내밀었다. 어머니가 내 위 몇 계단 위에서 그러는 것을 보고 나는 한순간 어머니가 나머지 층계를 내려오는 것을 내가 도와주기를 바란다고 생각했다. 아버지가 층계 아래에서 어머니를 기다리고 있을 때 종종 그랬듯이 말이다. 하지만 어머니는 그저 내 어깨를 안아 주었다. 우리는 그 자세로 함께 나머지 계단들을 내려왔다. 그런 다음 어머니는 팔을 풀고는 홀 맞은편에 있는 모자 걸이로 다가갔다. 어머니가 입을 연 것은 그때였다.

"퍼핀, 최근 며칠 동안 네가 얼마나 힘든 시간을 보냈는지 알아. 세상이 온통 무너지는 것 같을 거야. 음, 엄마 역시 힘들단다. 하지만 너도 엄마처럼 해야 한다. 하느님께 줄곧 기도하고 희망을 잃지 말아야 해. 기도하는 걸 잊지는 않았지, 퍼핀?"

"예, 기억하고 있어요." 내가 좀 퉁명스럽게 대답했다.

어머니가 말을 이었다. "이런 도시에서 이따금 사람들이 납치된다는 건 슬픈 일이야. 사실 이런 일은 꽤 자주 일어나고, 많은 경우, 난 대부분의 경우라고 말하고 싶다만, 사람들은 무사히 돌아온단다. 그러니 우리 인내심을 갖자꾸나. 퍼핀, 엄마 말 듣고 있니?"

"물론 듣고 있어요." 그즈음 나는 어머니에게 등을 돌린 채 난간 기둥 너머로 두 팔을 늘어뜨리고 있었다.

"우리가 감사해야 할 것은 말이다." 하고 어머니가 잠시 말을 끊었다가 이었다. "이 도시에서 가장 훌륭한 형사들이 이 사건을 맡았다는 사실이란다. 난 그분들과 이야기를 나누었는데, 그분들은 곧 해결책을 찾아낼 수 있을 거라고 낙관하고 있단다."

"그런데 얼마나 걸리는 거예요?" 내가 불퉁한 어조로 물었다.

"우리는 희망을 포기해선 안 돼. 그 형사들을 믿어야 한단다. 시간이 좀 걸릴지 모르지만 우리는 인내심을 가져야 해. 그러면 결국 모든 일이 잘 풀려서 모든 게 전과 다름없어질 거야. 우리는 하느님께 기도를 계속하고 언제나 희망을 가져야 한단다. 퍼핀, 지금 뭐 하고 있니? 엄마 말 듣고 있니?"

나는 바로 대답하지 않았다. 왜냐하면 난간 기둥에 매달린 채 내가 한 번에 계단을 몇 칸 오를 수 있는지를 머릿속으로 생각하고 있었기 때문이다. 이윽고 내가 물었다.

"그런데 그 형사들이 너무 바쁘면 어떡해요? 그 아저씨들이 해결해야 할 다른 사건이 너무 많으면요? 살인 사건이나 강도 사건 같은 것들이요. 그들이 모든 걸 다 할 수는 없잖아요."

뒤쪽으로 어머니가 다가오는 소리가 들려왔다. 다시 입을 열었을 때, 어머니의 목소리에는 주의 깊고 신중한 어조가 깃들어 있었다.

"퍼핀, 그 형사들이 '너무 바쁘다'고 해도 전혀 걱정할 필요가 없어. 상하이의 모든 사람이, 이 지역 사회에서 가장 중요한 인사들이 네 아버지 사건에 큰 관심을 기울이고 있고, 이 문제를 해결하기 위해 몹시 애쓰고 있단다. 그러니까 포레스터 씨 같은 신사 분, 카마이클 씨 같은 분들 말이야. 총영사님도 그래. 네 아버지를 하루 빨리 무사히 돌아오게 하는 데 개인적으로 관심을 기울이고 계셔. 그러니까 퍼핀, 그 형사들은 이 일에 최선을 다할 거야. 지금 이 순간에도 그들은 최선을 다해 네 아빠를 찾고 있어. 퍼핀, 쿵 경감이 직접 이 사건을 맡았다는 거 아니? 그래, 그렇단다. 쿵 경감 말이야. 그러니 우리가 희망을 갖지 말아야 할 이유가 없어."

이 대화가 분명 어떤 효과를 발휘한 것이 분명했다. 왜냐하면 이 후 며칠 동안 나는 아버지에 대해 크게 걱정하지 않았던 것이다. 밤이 되어 불안감이 엄습할 때조차도 나는 상하이의 형사들이 도시를 이 잡듯이 돌아다니며 납치범들을 점점 더 궁지로 몰아넣는 장면을 상상하며 잠들곤 했다. 때로는 어둠 속에 누워 나도 모르게 꽤 정교한 드라마를 엮어 내기도 했는데, 그런 드라마들은 다음 날 아키라와 나의 놀이 소재가 되곤 했다.

그렇다고 해서 그 시기 동안 아키라와 내가 아버지와 무관한 놀이를 하지 않았다는 말은 아니다. 때때로 우리는 과거에 즐기던 보다 고전적인 판타지에 빠져 몇 시간을 보내기도 했다. 하지만 내가 다른 일에 정신이 팔린 듯하거나, 우리가 하던 놀이에서 마음이 뜬 것처럼 보이면 내 친구는 이렇게 말하곤 했다. "올드 챕, 우리 아빠

구출 놀이 하자."

　앞서 말했듯이 아버지 구출에 대한 우리의 설정은 줄곧 바뀌었지만, 얼마 지나지 않아 기본이 되는 반복적인 이야기의 뼈대가 갖추어졌다. 우리 아버지는 외국인 거주지 경계 너머에 있는 어느 주택에 갇혀 있다. 아버지를 잡고 있는 자들은 갱단으로, 막대한 몸값을 갈취해 내려고 부심하고 있다. 그보다 자세한 여러 사항들이 재빨리 덧붙여졌고, 그것 역시 고정적인 것이 되었다. 예를 들어 중국인 지역의 끔찍한 주거 환경에도 불구하고 우리 아버지가 붙잡혀 있는 그 집은 언제나 안락하고 깨끗하다. 실제로 나는 이런 특별한 규칙이 어떻게 자리 잡게 되었는지를 지금도 기억한다. 우리가 그 놀이를 두 번째인가 세 번째인가 했을 때였을 것이다. 아키라와 나는 문제의 전설적인 쿵 경감 역할을 번갈아 가며 맡았다. 신문에 실린 사진을 통해 그의 잘생긴 모습과 멋지게 낡은 챙 모자를 우리 둘 다 알고 있었다. 우리는 짜릿한 상상의 세계에 깊숙이 빠져 있었다. 우리가 만들어 낸 이야기 속에 아버지가 처음 등장하는 어떤 시점에서 아키라가 갑자기 내게 손짓으로 내가 아버지 역할을 해야 한다고 알려 주면서 말했다.

　"넌 의자에 묶여 있는 거야."

　우리는 한창 그 놀이에 빠져 있었지만, 나는 이렇게 말해서 그 흐름을 끊었다.

　"아냐. 우리 아버지는 묶여 있지 않아. 어떻게 내내 묶여 있을 수가 있어?"

　한창 이야기를 진행시켜 나갈 때에는 반박당하는 것을 좋아하지 않았던 아키라는 조바심을 내면서 되풀이했다. 내 아버지가 의자에 묶여 있을 것이므로, 그 역할을 하는 나 역시 지체 없이 나무 밑동에 앉아 묶여 있는 흉내를 내야 한다는 것이었다. 내가 소리쳐 반박했다. "아냐." 그런 다음 나는 성큼성큼 걸어서 그 자리를 떠났다. 하지만 아키라네 집 마당을 벗어나지는 않았다. 그 집 잔디가 시작되는 곳, 그러니까 '정글'이 끝나는 곳에 서서 느릅나무 둥치 위를 기어 올라가는 도마뱀을 물끄러미 바라보았던 것이 생각난다. 다음 순간 뒤에서 들려오는 아키라의 발소리에 나는 한판 단단히 붙을 생각으로 마음을 가다듬었다. 하지만 그에게 몸을 돌렸을 때, 놀랍게도 내 친구는 화해의 눈빛으로 나를 응시하고 있었다. 그 애는 가까이 다가오더니 부드럽게 말했다.

"네 말이 맞아. 네 아빠는 묶여 있지 않아. 아저씨는 아주 편안히 지내고 계셔. 납치범들의 집은 아주 안락해. 지내기 아주 편안하다고."

이 사건 이후 아키라는 언제나 우리의 모든 드라마에서 우리 아버지가 편안하고 품위 있게 지내도록 하는 데 몹시 신경을 썼다. 납치범들은 마치 하인이라도 되는 것처럼 아버지에게 언제나 공손히 이야기했고, 아버지가 청하는 즉시 신문과 음식과 마실 것을 대령했다. 그에 따라 납치범들의 성격도 온화하게 바뀌었다. 요컨대 그들은 악한이 아닌 것으로 판명되었다. 그저 굶주린 식구를 부양해야 하는 가장일 뿐이었다. 그들은 자신들이 그렇게 극단적인 방식을 취한 것이 정말이지 유감이라고 아버지에게 설명했다. 자식들이 굶어 죽는 걸 손 놓고 지켜볼 수는 없었다는 것이다. 그 일이 잘못이라는 건 그들도 알고 있었다. 하지만 달리 무슨 일을 할 수 있겠는가? 자신들이 뱅크스 씨를 선택한 것은, 순전히 그가 가난한 중국인들의 곤경을 자상하게 살펴 주고 있다고 알려진 만큼, 자신들이 폐를 끼쳐도 이해해 줄 사람이라고 판단했기 때문이었다. 이 말을 듣고 우리 아버지는 연민에 찬 태도로 한숨을 내쉬었지만, 아무리 사는 게 힘들어도 범죄는 용납될 수 없노라고 단호히 말했다. 이런 아버지 역을 하는 건 언제나 나였다. 게다가 쿵 경감이 조만간 부하들을 데리고 그들을 체포하러 올 것이고, 그러면 그들은 어쩔 수 없이 투옥되었다가 처형될 터였다. 그러면 그들의 가족이 어떻게 되겠는가? 납치범들은 일단 경찰이 그들의 은신처를 발견하면, 그들은 조용히 항복할 것이고, 그러면 뱅크스 씨도 가족 품으로 돌아갈 수 있을 것이라고 대답했다. 아키라가 그런 납치범 역할을 했다. 하지만 그때까지 그들은 자신들의 계획이 성공하도록 최선을 다할 수밖에 없다는 것이었다. 그런 다음 그들은 아버지에게 저녁으로 무엇을 원하는지를 물었고, 아버지 역할을 하던 나는 아버지가 평소에 좋아하시는 등심 스테이크, 버터에 볶은 파스닙[11]과 대구조림 같은 어마어마한 요리를 주문했다. 앞서 말한 대로 이런 호사를 고집한 것은 나보다도 아키라였다. 사소하지만 중요한 다른 세부 사항들을 여럿 추가한 것도 그 애였다. 이를테면 우리 아버지가 쓰는 방은 지붕들 너머로 강이 내려다보이는 전망 좋은 곳이었고, 침대는 납치범들이 그를 위해 팰리스 호텔에서 훔쳐 낸 고급 제품으로 아주 안락했다. 이윽고 아키라와 나는 형사 역할을 맡기에 이르렀다.(하지만 그러다가도 원래 맡았던 역할로 돌아오기도 했다.) 우리가 이야기를 아무리 다르게 만들고 정교하게 한다 해도, 우리의 서사는 언제나 마지막에는 중국인 구역의 미로 같은 골목길에서 추격과 주먹다짐과 총격전이

---

11) 당근과 비슷하게 생긴 미색의 뿌리 채소.

벌어진 다음, 제스필드 공원의 멋진 행사로 끝났다. 그 행사에서 우리, 그러니까 어머니, 아버지, 아키라, 쿵 경감 그리고 나는 특별히 마련된 단상으로 차례차례 올라가 환호하는 엄청난 군중에게 인사하는 것이다. 앞서 말한 대로 이것이 우리 이야기의 기본적인 줄거리였다. 그리고 말이 나온 김에 말하자면, 영국에 도착한 처음 얼마동안 내가 틈이 날 때마다 부슬부슬 내리는 비를 맞으며 이모네 오두막 근처의 양치류 밭을 돌아다니며 재연한 이야기와도 어느 정도일치한다. 아키라를 대신해 그 애가 맡은 구절들을 작은 소리로 읊조리면서 말이다.

　내가 마침내 링 텐의 방에서 가져왔던 병이 어떻게 되었는지를 아키라에게 물어볼 생각을 할 수 있게 된 것은 아버지가 실종된 후 한 달 정도 되었을 때였다. 우리는 놀이를 잠시 멈추고 자주 가던 언덕 꼭대기에 있는 단풍나무 그늘에 앉아 메이 리가 찻잔 두 개에 담아 내온 찬물을 마시고 있었다. 내 질문에 아키라가 더 이상 힘들어하는 모습을 보이지 않자 나는 마음이 놓였다.

　"에츠코 누나가 병을 도로 가져다 놨어." 그 애가 말했다.

　에츠코 누나는 처음에는 몹시 호의적이었지만, 이제는 아키라에게 일을 시키고 싶을 때마다 그 비밀을 부모님께 이르겠다고 위협한다고 했다. 하지만 아키라는 그런 책략에 크게 동요하는 것 같지 않았다.

　"누나도 그 방에 갔잖아. 그러니까 누나도 나만큼 나쁜 짓을 한 거야. 누나로선 어른들께 이를 수 없을걸."

　"그러면 아무 문제도 없는 셈이네." 내가 말했다.

"아무 문제도 없어, 올드 챕."

"그럼 너는 일본으로 돌아가지 않아도 되겠구나."

"일본에 돌아가는 일 같은 건 없어." 그 애가 내게로 몸을 돌리고 미소를 지었다. "난 계속 상하이에서 살 거야." 그런 다음 그 애는 엄숙한 눈길로 나를 바라보며 말했다. "만약 네 아빠를 찾을 수 없으면, 넌 영국으로 돌아가야 해?"

어떤 이유에선지는 모르지만, 펄쩍 뛸 만큼 놀라운 이런 생각을 나는 한 번도 해 본 적이 없었다. 나는 잠시 생각해 본 다음 이렇게 대답했다.

"아니. 아버지를 찾지 못한다 해도, 우리는 여기서 영원히 살 거야. 엄마는 결코 영국으로 돌아가려 하시지 않을 거야. 게다가 메이리도 그러고 싶어 하지 않을걸. 중국인이니까."

아키라는 자기 찻잔 위에 뜬 얼음 조각을 바라보며 잠시 생각에 잠겼다. 이윽고 고개를 들고는 활짝 웃어 보였다.

"올드 챕! 우린 여기서 함께 사는 거야, 영원히!" 그가 말했다.

"맞아. 우린 상하이에서 영원히 살 거야."

"그렇고말고, 올드 챕! 언제까지나!"

아버지가 실종된 후 몇 주 동안 사소한 사건이 하나 있었는데, 이제 생각해 보니 그 사건은 무척 큰 의미가 있었다. 내가 그 일을 줄곧 중요하게 여긴 것은 아니다. 사실 나는 최근 몇 년 전까지 그 일을 거의 잊고 있었다. 그러다가 몇 년 전 우연히 어떤 일이 일어나 나에게 그 일을 상기시켰고, 나아가 그날 내가 목격한 일에 함축된 보다 깊은 의미를 처음으로 생각해 보게 만들었다.

그 일은 앞서 말한 매너링 사건 직후에 일어났다. 그때 나는 내가 상하이에서 보낸 그 몇 년간의 상황에 대한 조사를 하고 있었다. 이 조사에 대해서는 전에 말한 적이 있는 것 같은데, 그 조사는 대부분 대영 박물관에서 이루어졌다. 내 생각에 그 조사는, 적어도 그 일부는 어린 나로서는 이해할 수 없었던 그 폭력의 실체를 어른으로서 파악해 보고자 하는 시도였던 것 같다. 또한 상하이 경찰의 계속된 노력에도 불구하고 오늘날까지 미결로 남은 내 부모님과 관련된 사건 전체에 대한 본격적인 조사를 시작할 그날을 위해 기초를 다져 두려는 의도이기도 했다. 부연하자면 나는 너무 멀지 않은 미래에 이 조사에 착수하려는 의도를 여전히 갖고 있다. 실제로 다른 할 일이 그렇게 많지만 않았더라면, 진작 그 일에 착수했을 거라고 확신한다.

어쨌든 앞서 말한 대로 나는 몇 년 전 대영 박물관에서 오랜 시간을 보내며 중국에서의 아편 무역 역사, 모건브룩 앤드 바이어트 사 사건, 당시 상하이의 복잡한 정치적 상황 등에 대해 자료를 수집했다. 또한 런던에 있는 나로서는 구할 수 없는 정보를 얻기 위해 중국 여기저기에 편지를 보내기도 했다. 그리하여 어느 날 내가 상하이를 떠난 지 삼 년여 후에 발행된 《노스차이나 데일리 뉴스》에서 누렇게 변색된 오래된 기사 스크랩을 받았다. 내 편지를 받은 사람은 내가 요청한 당시 조계지 항구들에서의 무역 관제 변화에 대한 기사를 나에게 보내 주었다. 하지만 그 신문 조각을 보자마자 내 관심을 끈 것은 그 뒷면에 실린 한 장의 사진이었다.

그 오래된 신문 사진을 나는 책상 서랍 속 시가 깡통 속에 넣어 두고 지금도 이따금 꺼내 들여다본다. 녹음이 우거진 가로수 길에서 고급 자동차 앞에 서 있는 세 남자의 사진이었다. 세 사람 모두 중국인이다. 양쪽 가장자리의 두 사람은 빳빳한 깃이 달린 서구식 양복을 입고 중산모를 쓰고 지팡이를 들고 있다. 중앙에 있는 살찐 사내는 중국 전통복 차림으로, 어두운 색의 긴 옷과 전통모를 쓰고 머리는 하나로 땋아 내렸다. 당시 신문 사진들 대부분이 그렇듯이 그 사진 속 인물들 역시 부자연스럽고 과장된 포즈를 취하고 있다. 그 사진을 보내 준 이는 아마도 왼쪽 4분의 1 전체를 잘라 낸 것 같았다. 그럼에도 내 눈길이 처음 머무른 순간부터 그 사진은, 정확히 말하자면 짙은 색 가운을 입고 가운데 선 사진 속 인물은 내게 줄곧 특별한 관심을 불러일으켰다.

서랍 속 나의 시가 상자 속에는 그 사진 외에도 그로부터 한 달여 후에 또 다른 질문에 대한 대답으로 같은 사람에게서 받은 편지가 들어 있다. 그 편지에서 그는 나에게 긴 옷을 입고 모자를 쓴 통통한 남자의 이름은 왕 쿠, 그 사진을 찍을 당시 출신이 잡다한 약 삼백 명의 군대를 이끌며 후난 성에서 막강한 권력을 휘두르는 군벌이었다고 알려 주었다. 그런 부류가 대부분 그렇듯이 그 역시 장제스 득세 이후 권력을 거의 잃었지만, 여전히 살아남아 난징 어디에선가 꽤 안락한 생활을 하고 있다는 소문이 돌았다. 내 구체적인 물음에 대해 답신자는, 왕 쿠가 모건브룩 앤드 바이어트 사와 관련이 있었는지 여부는 파악할 수 없었다고 했다. 하지만 그 자신의 견해로는 '왕 쿠가 어떤 시점에서 문제의 회사와 거래하지 않았다고 볼 이유는 없다.'고 했다. 내 응답자는, 그 시절 양쯔 강을 따라 후난 성을 통과하는 모든 아편이나 값나가는 상품 같은 선적물은 그 지역에서 발호 중인 강도와 해적의 공격에 취약했으리라는 점을 지적했다. 선적물이 통과하는 지역의 군사령관만이 효율적인 보호책을 마련해 줄 수 있었으며, 바이어트 사 같은 회사라면 어떤 식으로든 이런 인물들과의 친분을 확보해 놓았으리라는 것이었다. 내가 상하이에서 어린 시절을 보내던 무렵 왕 쿠가 휘두르던 권력을 감안할 때 그가 특별히 바람직한 협력자로 간주되었으리라는 것이다. 응답자의 편지는 조금 더 구체적인 세부 사항을 알려 주지 못한 데 대한 사과와 함께 끝났다.

앞서 말한 대로 내가 이런 정보를 요청한 것은 신문 속의 사진을 보고 나서 오륙 주 지나서였다. 그렇게 시간을 보낸 이유는 과거에 어디선가 그 살찐 남자를 본 적이 있다는 확신은 있었지만 그 사람을 본 맥락에 대해 아무리 생각해도 아무것도 기억해 내지 못했기 때문이었다. 그 남자를 보고 뭔가 당혹스럽거나 불쾌한 장면이 연상되기는 했으나 그 이상 아무것도 기억나지 않았다. 그러다가 어느 날 아침 택시를 잡으려고 켄싱턴 중심가를 어슬렁거리던 내 머릿속에 전혀 예기치 못하게 모든 기억이 삽시간에 떠올랐다.

그 살찐 남자가 처음 우리 집에 왔을 때 나는 그 남자에게 별다른 주의를 기울이지 않았다. 아버지가 실종되고 나서 이삼 주밖에 지나지 않았을 때여서 경찰과 영국 영사관 직원, 바이어트 사 직원 등 온갖 낯선 사람들이 우리 집을 들락거리던 때였다. 집 안에 들어와 어머니를 만나고 안타까운 나머지 울음을 터뜨리며 어머니를 껴안던 부인들도 있었다. 어머니는 그런 여자들을 보면 언제나 침착한 미소를 짓고 그들에게 다가가 의식적으로 포옹을 피하면서 그 대신 자신감에 넘치는 어조로 이렇게 말했다. "아그네스, 만나서 반가워요." 그런 다음 여전히 어색하게 허공에 머물고 있는 손님의 손을 잡아 거실로 안내했다.

앞에서도 말했듯이, 어쨌든 그날 우리 집에 온 그 살찐 중국인은 별로 내 흥미를 끌지 못했다. 놀이방 창으로 아래를 내려다보다가 승용차에서 내리는 그를 본 기억이 난다. 그날 그의 모습은 내가 신문 사진에서 본 것처럼 땋아 늘인 머리에 어두운 색의 긴 옷, 중국 전통모 차림이었던 것 같다. 그가 타고 온 차가 번쩍거리는 고급차이고 운전기사를 비롯해 다른 두 사람을 부관으로 대동했다는 사실이 눈에 띄기는 했지만 그것도 대단한 게 아니었다. 아버지가 실종된 후부터는 꽤 많은 고위급 방문객이 우리 집을 찾아왔던 것이다. 그렇지만 그로부터 한 시간쯤 전부터 우리 집에 와 있던 필립 삼촌이 성큼성큼 걸어 나가 그 살찐 남자를 영접하는 장면을 보고 어렴풋하게나마 특별한 인상을 받았던 것 같다. 두 사람은 마치 막역한 친구 사이라도 되는 것처럼 극적인 태도로 인사를 나누었다. 이어 필립 삼촌은 손님을 집 안으로 안내했다.

그다음 한동안 내가 무슨 일을 하고 있었던지는 기억에 없다. 나는 여전히 집 안에 있었지만, 앞에서 말한 대로 내 흥미를 끌지 못한 그 살찐 남자 때문에 밖에 못 나간 것은 아니었다. 사실 아래층의 소동을 처음 들었을 때 그 손님이 아직 가지 않았다는 사실에 놀랐던 기억이 난다. 놀이방 창가로 달려간 내 눈에 여전히 진입로에 있는 승용차와, 승용차 안에 있던 수행원 세 명이 보였는데, 그들 역시 소란에 놀란 얼굴로 황급히 차에서 내리고 있었다. 다음 순간 살찐 남자가 아주 침착한 걸음으로 차를 향해 걸어가면서 부하들에게 걱정할 것 없다는 손짓을 하는 것이 내려다보였다. 운전기사가 그 남자를 위해 차문을 열어 주었다. 그가 막 차에 오르는 순간 어머니가 시야에 나타났다. 실제로 처음 내가 창가로 달려간 것도 어머니의 목소리가 들렸기 때문이었다. 나는 어머니의 어조가 나나 우리 하인들에게 화가 났을 때의 어조와 다를 바 없다고 믿으려 애썼으나, 발밑에 어머니의 모습이 나타나자 그런 노력도 수포로 돌아갔다. 어머니가 하는 말 한마디 한마디가 선명하게 들려왔던 것이다. 어머니는 자제력을 잃은 것 같았다. 이전에는 한 번도 볼 수 없었던 모습이었다. 나는 그것 역시 아버지가 실종된 지금 내가 받아들여야 할 것임을 즉각 알아차렸다.

어머니는 살찐 남자를 향해 고함을 쳤는데, 필립 삼촌이 그런 어머니를 말려야 할 정도였다. 어머니는 살찐 남자에게 그가 자기 동포의 배신자이며 사악한 앞잡이이고, 그런 인간의 도움은 원치 않는다고, 다시 우리 집에 나타날 경우 "더러운 짐승에게 하듯 침을 뱉어 주겠다."면서 "그는 바로 그런 더러운 짐승과 다를 바 없다."라고 쏘아붙였다.

살찐 남자는 아주 침착하게 그 모든 비난을 듣고 있었다. 그는 부하들에게 차에 타라고 손짓한 다음 운전기사가 차를 돌리는 동안, 차창 밖으로 거의 흡족하기까지 한 미소를 어머니에게 지어 보였다. 마치 어머니가 품위에 넘치는 작별 인사를 하고 있기라도 한 것처럼. 그런 다음 차가 모습을 감추었다. 필립 삼촌이 어머니에게 집 안으로 들어가자고 설득했다.

홀에 들어설 때쯤 어머니는 굳게 입을 다문 채였다. 필립 삼촌이 말하는 소리가 들려왔다. "하지만 우리는 가능한 모든 수를 다 동원해야 하잖아요, 안 그래요?" 거실로 들어서는 어머니의 발소리에 이어 삼촌의 발소리가 나고 문이 닫히더니 더 이상 아무 소리도 들리지 않았다.

당연한 말이지만, 어머니의 이런 행동을 본 나는 더할 수 없이 불안했다. 그러나 어머니가 몇 주 동안 자신의 감정을 단단히 억제하고 있다가 손님에게 악을 씀으로써 배출구를 찾았다면, 그때 나 역시 비슷한 감정을 경험했다. 내가 우리에게 일어난 사건의 중요성을 파악할 수 있었던 것은, 사건이 일어난 지 이삼 주 후 그렇게 감정적으로 폭발하는 어머니를 보았기 때문이었다. 어머니의 감정적 분출을 목격하고 나자 오히려 커다란 안도감이 밀려왔다.

부연하자면 나는, 내가 그날 보았던 그 살찐 중국인이 신문에 나온 바로 그 남자, 왕 쿠 장군이라고 완전히 확신할 수 없다는 걸 인정해야 한다. 내가 말할 수 있는 것은 다만, 처음 그 사진을 본 순간 그 얼굴, 어느 중국 군벌이라도 당연히 그런 차림이었을 그 긴 옷과 전통모와 변발이 아니라 바로 그 얼굴 때문에 아버지가 실종된 직후 본 문제의 사내를 떠올렸다는 것뿐이다. 그리고 그 특정 사건을 마음속으로 곱씹으면 씹을수록 나는 사진 속의 남자가 그날 우리 집을 방문했던 그 사람임을 확신하게 되었다. 이 발견은 어쩌면 내 부모님의 현재 행방에 대한 실마리를 찾는 데 도움이 될지 모르며 앞에서도 말했듯이 내가 오래지 않아 착수하려고 마음먹은 그 조사의 핵심이 될지도 모르는 아주 의미심장한 것인 듯하다.

9

내가 방금 서술한 이 사건에는 또 다른 면이 있는데, 거기에 어떤 실질적인 의미가 있는지 어떤지 확신할 수 없기에 이 자리에서 언급하기가 망설여진다. 그것은 그날 집 앞에서 어머니를 만류하려던 필립 삼촌의 태도와 관련된 것이다. 그것 말고도 두 사람이 집 안에 들어왔을 때 다음과 같이 말하는 삼촌의 목소리에도 기묘한 점이 있었다. "하지만 우리는 가능한 모든 수를 다 동원해야 하잖아요, 안 그래요?" 꼭 짚어서 구체적으로 말할 수 있는 것은 전혀 없었지만, 아이들이란 잘 드러나지 않는 이런 일에 아주 예민한 법이다. 어쨌든 내 감으로 그날 필립 삼촌에게는 분명히 이상한 점이 있었다. 지금도 이유는 알지 못하지만 나는 그때 이 사건에서 필립 삼촌이 '우리 편'이 아니며, 삼촌과 그 살찐 중국인과의 친분이 삼촌과 우리와의 친분보다 더 긴밀하다는 것, 심지어 ― 이것은 십중팔구 그저 내가 공상했을 가능성이 높지만 ― 차가 떠나는 순간 삼촌과 살찐 남자가 모종의 표정을 교환했다는 확실한 인상을 받았다. 앞서 말한 것처럼 이런 인상을 뒷받침할 확실한 증거는 전혀 없다. 나중에 필립 삼촌과의 사이에서 벌어진 일에 비추어 내가 그 일에 모종의 판단을 투사하고 있을 가능성이 더 높다.

오늘날까지도 필립 삼촌과 나와의 관계가 어떻게 끝났는지를 떠올리면 고통스럽다. 이제까지 한 이야기로 분명해졌겠지만 삼촌은 오랫동안 내 숭배의 대상이어서, 아버지가 실종된 처음 며칠 동안 나는 필립 삼촌이 아버지의 뒤를 이어 그 자리를 채워 줄 테니까 그 점은 그리 염려할 필요가 없다고 생각한 기억이 난다. 분명히 그건 괴상하고 설득력 없는 아이디어에 불과했다. 하지만 내 요점은 필립 삼촌이 내게 특별한 사람이었다는 것, 따라서 그날 내가 경계심을 늦추고 그를 따라갔다고 해도 전혀 이상할 것이 없었다는 사실이다.

내가 여기서 '경계심을 늦췄다'라고 말한 것은 그 마지막 날이 오기 전 얼마 동안 나는 점점 커져만 가는 불안감을 품고 어머니를 지켜보았기 때문이다. 어머니가 혼자 있게 해 달라고 했을 때에도 나는 어머니가 들어간 방과, 납치범들이 들어올지 모를 문과 창들을 살펴보았다. 밤이면 자리에 누워서 어머니가 집 안을 돌아다니며 내는 소리에 귀를 기울였으며 언제나 손에 닿는 곳에 무기를 — 아키라가 내게 준, 끝을 날카롭게 다듬은 막대기를 — 두었다.

하지만 좀 더 생각해 보면 나는 그 단계에서 내가 두려워하는 일이 실제로 벌어질 거라고 진짜로 믿었던 것 같지는 않다. 끝이 뾰족한 막대기로 납치범들을 막아 낼 수 있을 거라고 여겼다는 것, 우리 집 층계를 올라오는 수십 명의 침입자와 싸워 그들을 내 막대기로 하나하나 쓰러뜨리는 장면을 떠올리며 잠들곤 했다는 것도 당시 내 두려움이 이상하리만큼 비현실적인 수준이었음을 증명한다.

그럼에도 내가 어머니의 안전 때문에 불안해 했으며 다른 어른들이 어머니를 보호하기 위해 아무런 조치를 취하지 않는다는 사실에 당혹스러워했다는 데에는 의심의 여지가 없다. 이 무렵 나는 어머니가 시야에서 사라지면 불안해 했으므로, 앞에서도 말했듯이 만약 그날 그런 제안을 한 것이 필립 삼촌이 아닌 다른 사람이었다면 내 경계를 늦췄을 리가 없다.

맑고 바람 부는 아침이었다. 놀이방 창문으로 자동차 진입로 너머 앞뜰에 날리는 낙엽을 보고 있었던 기억이 난다. 필립 삼촌은 아침 식사 직후부터 어머니와 함께 아래층에 있었는데, 나는 삼촌이 어머니와 함께 있는 동안에는 아무 일도 일어나지 않으리라고 여기고 한동안 마음을 놓을 수 있었다.

얼마 후 오전이 반쯤 지났을 무렵 삼촌이 나를 부르는 소리가 들려왔다. 내가 층계참으로 나가 발코니 난간 너머로 내려다보니 어머니와 삼촌이 홀에 서서 나를 올려다보고 있었다. 몇 주 만에 처음으로 나는 두 사람에게서 마치 그들이 방금 농담을 주고받기라도 한 것 같은 즐거운 분위기를 감지했다. 조금 열린 현관문으로 긴 햇살 한 줄기가 복도를 가로질러 들어왔다. 필립 삼촌이 말했다.

"이봐, 퍼핀. 넌 언제나 피아노 아코디언을 갖고 싶다고 했지. 내가 하나 사 줄게. 어제 한커우 거리에 있는 상점에 훌륭한 프랑스제 물건이 있는 걸 봐 두었단다. 상점 주인은 분명 그게 얼마나 값나가는 물건인지 모를 거야. 우리 둘이 가서 한번 보면 어떻겠니. 네 마음에 든다면 그건 네 거야. 괜찮은 생각 아니냐?"

그 말에 나는 전속력으로 층계를 달려 내려갔다. 마지막 계단 네

개를 단숨에 뛰어내린 나는 두 팔을 파닥거리며 맹금 흉내를 내면서 두 사람 주위를 빙글빙글 돌았다. 그러자 기쁘게도 어머니의 웃음소리가 들렸다. 한동안 들어보지 못했던 그런 웃음소리였다. 실제로 나로 하여금 '경계를 늦추도록' 만드는 데 중요한 역할을 한 것은 바로 이런 분위기, 모든 게 예전으로 돌아가기 시작한 것 같은 느낌이었을 가능성이 높다. 나는 필립 삼촌에게 언제 갈 수 있느냐고 물었다. 삼촌은 어깨를 으쓱해 보이면서 대답했다.

"지금 가는 게 어떠냐? 그냥 내버려두면 다른 사람이 발견할지 모르니까 말이다. 어쩌면 지금 우리가 말하는 동안에도 누군가 그걸 사고 있을지도 모르지!"

나는 현관으로 달려갔다. 그러자 어머니가 다시 웃음을 터뜨렸다. 그러더니 외출용 신발을 신고 재킷을 제대로 입고 가야 한다고 말했다. 재킷을 입어야 한다는 말에 이의를 제기하려다가, 그랬다가는 아코디언 문제뿐 아니라 그때 우리가 누리던 쾌활한 분위기까지 달라질까 봐 그러지 않기로 했던 것이 지금도 기억난다.

필립 삼촌과 함께 현관을 나와 앞뜰을 가로지르면서 나는 어머니에게 늘 하듯이 손을 흔들어 보였다. 그런 다음 대기 중인 마차 쪽으로 서둘러 몇 발짝 걸어갔을 때, 필립 삼촌이 내 어깨를 잡더니 이렇게 말했다. "잠깐만! 엄마한테 손을 흔들어 드려라!" 내가 이미 손을 흔드는 것을 보고서도 그는 그렇게 말했다. 그러나 당시 나는 그것에 특별한 주의를 기울이지 않고 삼촌이 하라는 대로 몸을 돌려, 문간에 우아한 자태로 꼿꼿하게 선 어머니를 향해 한 번 더 손을 흔들었다.

그날 마차가 간 길은, 보통 어머니와 내가 시내 중심가로 갈 때

늘 다니던 길과 대부분 일치했다. 목적지까지 가는 동안 필립 삼촌이 아무 말도 하지 않아서 조금 의외였지만, 그전에 삼촌과 단둘이 차에 탄 적이 없어서 그가 마차에 타면 으레 그런가 보다 하고 말았다. 내가 창밖으로 보이는 뭔가를 가리키면 삼촌은 유쾌한 어조로 대답해 주긴 했지만, 이내 아무 말 없이 창밖을 물끄러미 내다보았다. 잎이 무성한 가로수 길이 비좁고 북적대는 길로 바뀌자, 마부는 길을 막는 인력거와 보행자들에게 고함을 치기 시작했다. 마차가 난징 거리에 있는 작은 골동품점을 지나자, 광시 거리 모퉁이에 있는 장난감 상점 진열장을 보려고 목을 길게 뺐던 기억이 난다. 청과 시장이 가까워지면서 이제 곧 채소 썩는 냄새가 날 것이라고 생각하던 참에 필립 삼촌이 갑자기 지팡이를 두드리더니 마차를 세웠다.

"여기서부터는 걸어가자." 삼촌이 말했다. "지름길을 알아. 그 길로 가면 훨씬 빠르단다."

충분히 사리에 맞는 말이었다. 난징 거리 근처의 골목길에 사람이 어찌나 붐비는지 마차든 자동차든 오 분, 심지어 십 분씩 옴짝달싹하지 못하는 때가 많다는 것을 나는 경험으로 알고 있었다. 그래서 나는 별다른 토를 달지 않고 삼촌의 도움을 받아 마차에서 내렸다. 지금 돌이켜 보니, 내가 처음으로 뭔가 잘못되었다는 불길한 예감을 느낀 것은 바로 그때였다. 어쩌면 마차에서 내리는 나를 잡아 주던 필립 삼촌의 손길이나, 그의 태도에서 뭔가 다른 점을 느꼈기 때문일지도 몰랐다. 그러나 곧 삼촌은 미소를 지으며 무슨 말인가 했는데 주위의 소음 때문에 무슨 말인지 알아듣지 못했다. 삼촌은 가까운 골목을 손가락으로 가리켰다. 나는 유쾌하게 북적대는 군중 사이를 헤치고 그의 뒤를 바짝 따라갔다. 길이 양지였다가 그늘이 되었을 때였다. 서로 밀쳐 대는 군중 한복판에서 걸음을 멈추더니 삼촌이 내게 몸을 돌렸다.

"크리스토퍼, 지금 우리가 있는 곳이 어딘지 알겠니? 짐작할 수 있겠어?"

나는 주위를 둘러보았다. 그리고는 채소 가게 주위로 몰려드는 사람들 머리 위에 있는 석조 아치를 가리키며 대답했다. "네. 저기로 가면 주장 거리가 나와요."

"그래. 넌 여기가 어딘지 정확히 알고 있구나." 그러면서 삼촌은 좀 이상하게 소리 내어 웃었다. "넌 이 근방 지리를 잘 아는구나."

나는 고개를 끄덕이고 기다렸다. 뱃속 깊은 곳에서, 뭔가 아주 무서운 일이 벌어질 것 같은 느낌이 솟아올랐다. 그때 필립 삼촌은 뭔가 다른 말을 하려던 참이었던 것 같다. 어쩌면 그의 계획은 전혀 다른 것이었을 수도 있다. 하지만 사방에서 밀쳐 대는 사람들 한가운데 서 있던 그 순간 삼촌은 내 얼굴에서, 이제 진실을 알아차렸다는 표정을 보아 낸 것 같다. 그의 얼굴에 무섭도록 혼란스러운 표정이 얼핏 스치나 했는데, 다음 순간 삼촌이 소음 속에서 겨우 알아들을 만한 소리로 말했다.

"훌륭한 아이로구나."

그는 다시 내 어깨를 잡고는 주위를 두리번거렸다. 다음 순간 그는 내가 이미 예상한 모종의 결심을 한 것처럼 보였다.

"훌륭한 아이야!" 삼촌은 이번에는 조금 더 큰 소리로 말했는데, 감정에 복받쳐 목소리가 떨려 나왔다. 그러고는 이렇게 덧붙였다. "난 너를 다치게 하고 싶지 않구나. 알겠니? 너를 다치게 하고 싶지 않다고."

그 말과 함께 삼촌은 몸을 빙글 돌리더니 군중 속으로 사라져 버렸다. 나는 내키지 않는 마음으로 그 뒤를 따라갔다. 잠시 후 사람들 사이에서 빠르게 걷고 있는 삼촌의 하얀 재킷이 시야에 들어왔다. 다음 순간 아치 아래를 지난 삼촌의 모습은 내 시야에서 사라져 버리고 말았다.

그다음 얼마 동안 나는 방금 일어난 일을 되도록 논리적으로 분석하지 않으려 애쓰면서 군중 속에 그대로 서 있었다. 그런 다음 불쑥 몸을 움직여 우리가 방금 지나왔던 방향, 우리가 마차에서 내렸던 곳을 향해 걸음을 옮기기 시작했다. 나는 예의고 뭐고 생각지 않고 군중을 뚫고 나아갔는데, 힘껏 떠밀기도 하고 틈새를 비집고 들어가기도 하는 나를 보고 사람들은 웃음을 터뜨리거나 성난 목소리로 고함을 질렀다. 마차가 있던 곳에 도착한 나는 당연한 일이지만 마차가 오래전에 가 버렸다는 것을 알았다. 나는 몇 초 동안 혼란스러운 마음으로 거리 한복판에 서서 머릿속에 집까지 돌아가는 길을 그려 보려 애썼다. 그런 다음 있는 힘껏 달리기 시작했다.

나는 주장 거리를 달려가 원난 거리의 고르지 않은 단단한 돌길을 가로지른 다음 더 많은 군중 사이를 뚫고 난징 거리를 따라갔다. 이윽고 버블링웰 거리에 이르렀을 때는 숨이 차서 헐떡거렸으나 이제 비교적 사람들이 덜 붐비는 길고 곧은 길 하나만 남겨 두고 있다는 사실에 기운을 냈다.

어쩌면 내가 내 두려움이 극히 사적인 것임을 의식했기 때문일지 모르고, 혹은 어쩌면 내 안에서 본격적인 태도 변화가 이미 일어났기 때문일지도 모르겠다. 어쨌든 나는 지나가는 어른에게 도움을 청하거나 지나가는 마차나 자동차를 불러 세우려는 생각은 단 한 번도 하지 않았다. 나는 그 긴 길을 빠르게 달려가기 시작했다. 이내 애처로울 정도로 숨을 헐떡거리기 시작했고 내 걸음걸이가 다른 사람 눈에 우스꽝스러워 보이리라는 사실을 알고 있었으며, 더위와 피로 때문에 그저 걷는 속도밖에 못 내긴 했지만, 단 한 번도 걸음을 멈추지는 않았던 것 같다. 이윽고 미국 영사의 저택을, 그 다음으로 로버트슨네 집을 지났다. 이어 버블링웰 거리를 벗어나 우리 집이 있는 길로 접어들었고, 두 번째 모퉁이를 돌자 우리 집 대문이 시야에 들어왔다.

대문을 들어서자마자 나는, 그럴 만한 표시가 전혀 없었음에도 불구하고 내가 너무 늦었음을, 그 일이 이미 오래전에 끝났음을 감지했다. 현관문에는 빗장이 걸려 있었다. 뒷문으로 달려가 문을 열었다. 나는 집 안으로 뛰어들면서 무슨 이유에서인지 어머니가 아니라 메이 리를 불렀는데, 아마 그 단계에서조차 어머니를 소리쳐 불렀을 때 벌어질 일을 인정하고 싶지 않았기 때문이었던 것 같다.

집 안에는 아무도 없는 것 같았다. 내가 당황한 채 현관 홀에 서 있는데 이윽고 킥킥거리며 웃는 소리가 들려왔다. 소리는 도서실 쪽에서 나고 있었다. 몸을 돌려 그쪽으로 가 보니 반쯤 열린 문 사이로 내 책상 앞에 앉은 메이 리가 보였다. 그녀는 허리를 곧게 세우고 앉아 있었는데 문간에 나타난 나를 보더니 마치 저 혼자 무슨 장난인가 하다가 터져 나오는 웃음을 억누르는 것처럼 다시 한 번 킥킥거리는 소리를 내며 웃었다. 그때서야 나는 메이 리가 울고 있었다는 것을 알았다. 그리고 집으로 달려오는 그 고통스러운 시간 동안 내가 어머니가 사라졌다는 사실을 내가 이미 알고 있었다는 것을 깨달았다. 그러자 메이 리를 향한 싸늘한 분노가 치밀어 올랐다.

오랜 세월 동안 내 두려움과 존경의 대상이었던 그녀가 사실은 속 빈 강정에 불과했다는 사실을 그때 나는 깨달았다. 내 주위에서 펼쳐진 이 당혹스러운 세상을 통제할 능력이라고는 전혀 없는 인물, 내 앞에서 폼을 잡아 온 가련하고 조그만 여인, 거대한 세력들이 부딪치고 싸우는 그 시기에 아무 일도 해내지 못하는 존재라는 것을. 나는 문간에 서서 그녀를 극도로 경멸 어린 눈으로 노려보았다.

이제 밤이 깊었다. 마지막 문장을 쓴 뒤 꽤 많은 시간이 흘렀는데도 나는 여전히 책상 앞에 앉아 있다. 이 기억을 떠올리고 또 떠올리며 곱씹고 있었던 것 같다. 그중 몇 가지는 오랫동안 잊고 지내던 것들이다. 그러나 이런 것들과 동시에, 언젠가 상하이로 돌아가는 일, 그리고 아키라와 내가 그곳에서 함께 하게 될 그 모든 일에 대한 생각도 하고 있었다. 물론 그 도시는 그 사이에 엄청나게 달라졌을 것이다. 하지만 나를 데리고 돌아다니며 그 도시에서 자신이 잘 아는 구역에 대해 엄청난 지식을 뽐내는 일은 아키라가 그 무엇보다도 좋아할 일이 아닌가. 그는 우리가 어디에 가서 먹고 마시고 산책해야 하는지 정확히 알고 있을 것이다. 힘든 하루를 보낸 뒤에 찾아가야 할 최적의 장소, 자리에 앉아 밤늦도록 대화를 나눌 곳, 마지막 만남 이후 우리에게 일어났던 그 모든 이야기를 주고받을 그런 장소 말이다.

이제 그만 자러 가야겠다. 아침에 해야 할 일이 많은 데다 세라와 함께 버스의 2층에 앉아 런던을 돌아다니느라 허비한 오늘 오후의 시간도 벌충해야 한다.

1937년 4월 12일
런던

10

어제, 어린 제니퍼가 기븐스와 함께 쇼핑을 갔다 돌아왔을 무렵 내 서재는 이미 어둑해져 있었다. 이모가 돌아가신 후 물려받은 유산으로 구입한 이 높고 좁은 주택은, 그런대로 유명하긴 하지만 근처의 다른 광장들에 비해 볕이 별로 잘 들지 않는 광장을 내려다보는 위치에 있다. 나는 서재 창문으로 광장 아래쪽을 지켜보았다. 기븐스가 요금을 내려고 지갑 안을 뒤적이는 동안 제니퍼는 택시와 철책 사이를 오가며 철책에 쇼핑백을 늘어놓았다. 마침내 집 안에 들어선 두 사람이 다투는 소리가 들렸다. 그렇지만 나는 아래로 내려가지 않기로 마음먹고는 층계참에서 큰 소리로 인사를 했다. 말다툼의 원인은 별 게 아니라 어떤 물건을 사고 안 사고 하는 문제였으므로, 아침에 받은 편지와 그 편지를 읽고 얻은 결론으로 여전히 흥분한 상태였던 나는 한껏 들뜬 기분을 망치고 싶지 않았던 것이다.

내가 아래층에 내려왔을 때 두 사람의 말다툼은 오래전에 끝난 모양이었다. 제니퍼는 눈가리개를 하고 두 손을 앞으로 뻗은 채 거실을 이리저리 돌아다니고 있었다.

"안녕, 제니." 나는 그녀의 행동이 평소와 다르다는 것을 눈치채지 못한 척하며 말했다. "새 학기에 필요한 건 모두 구했니?"

그녀가 위태위태한 걸음으로 진열장에 부딪칠 듯 다가갔지만, 나는 조심하라고 소리치고 싶은 유혹을 억눌렀다. 그녀는 두 손으로 더듬어 때맞추어 걸음을 멈추고는 킥킥거리며 웃었다.

"이런, 크리스토퍼 삼촌! 어째서 제게 주의를 안 주신 거예요?"

"주의를 줘? 뭐 때문에?"

"전 지금 앞을 못 보잖아요! 모르시겠어요? 앞을 보지 못한다고요! 보세요!"

"아, 그래. 지금 네가 그렇구나."

나는 그녀가 가구를 더듬으며 돌아다니도록 내버려 둔 채 부엌으로 갔다. 기븐스가 쇼핑백에서 꺼낸 물건들을 식탁 위에 늘어놓고 있었다. 그녀는 내게 정중하게 인사를 했으나, 내가 점심에 먹다 남긴 음식이 식탁 끝에 그대로 놓여 있다는 것을 환기시키는 것을 잊지 않았다. 지난 주 우리 집 하녀 폴리가 떠난 뒤 기븐스는 자신이 설혹 임시로라도 이런 집안일을 떠맡아야 한다는 그 어떤 암시에도 민감하게 반응했다.

"기븐스 씨, 당신과 의논할 게 있어요." 내가 그녀에게 말했다. 그러고는 어깨 너머를 살피면서 목소리를 낮추었다. "제니퍼와 관련된 중요한 문제예요."

"얼마든지 말씀하세요, 뱅크스 씨."

"온실로 가는 게 좋을 것 같군요. 조금 전에도 말했듯이 좀 중요한 문제라서 말입니다."

그러나 바로 그 순간 거실에서 뭔가 부딪치는 요란한 소리가 났다. 기븐스가 내 곁을 스치듯 달려가더니 문간에서 외쳤다.

"제니퍼, 그만해! 내가 이럴 거라고 했지!"

"하지만 전 앞이 보이질 않는걸요." 제니퍼가 대답하는 소리가 들렸다. "저도 어쩔 수 없다고요."

조금 전에 내가 한 말이 떠오른 듯 기븐스는 잠깐 망설이는 듯했다. 이윽고 그녀는 다시 돌아와 나지막이 말했다. "죄송해요, 뱅크스씨. 말씀하시던 중이었죠?"

"기븐스 씨, 아무래도 오늘 밤 제니퍼가 잠자리에 들고 난 다음에 얘기하는 게 조금 더 편하겠어요."

"알겠어요. 그럼 그때 뵙기로 하죠."

기븐스는 내가 어떤 의논을 하려는 것인지 예상했을지 모르지만 그때는 그런 내색을 하지 않았다. 그녀는 속을 알 수 없는 그녀 특유의 미소를 지어 보이고는 자기 학생이 있는 거실로 향했다.

내가 처음 제니퍼에 관한 이야기를 들은 지 이제 거의 삼 년이 되어 간다. 당시 나는 한동안 보지 못했던 오랜 학교 친구인 오스본의 저녁 만찬에 초대를 받았다. 당시 오스본은 글로스터 거리에 살았는데, 나는 그날 밤 처음으로 나중에 그의 아내가 된 젊은 여자를 만났다. 그날 저녁 손님 중에는 유명한 자선가의 미망인인 비턴 여사가 있었다. 내게는 손님 모두가 낯설었기 때문에 ──그들은 그날 저녁 주로 내가 전혀 모르는 사람들에 대해 농담을 주고받으며 시간을 보냈다── 비턴 여사와 상당히 많은 대화를 나누게 된 것 같다. 혹시 내가 그녀에게 부담을 주는 것이 아닌가 싶을 정도로. 아무튼 수프가 나온 직후 그녀는 내게, 고아 복지에 관련된 자선 활동의 회계를 맡은 후 우연히 알게 된 딱한 경우에 대해 이야기하기 시작했다. 이 년 전 콘월에서 한 부부가 보트 사고로 익사한 사건이 있었는데, 이제 열 살이 된 그들의 외동딸이 현재 할머니와 함께 캐나다에 살고 있다. 그런데 이 노부인의 건강이 좋지 않아서 외출도 거의 하지 않고 방문객도 거의 없다는 것이다.

"지난 달 토론토에 갔을 때 저는 그분들을 직접 찾아가 봐야겠다고 마음먹었죠. 그 가엾은 아이는 아주 힘들게 지내면서 영국을 몹시 그리워하고 있더군요. 그 노부인은, 어린 여자애는 말할 것도 없고 당신 자신조차 거의 돌보지 못하는 형편이었죠."

"그래서 부인이 속한 자선 기관에서 그 아이를 도와주실 건가요?"

"저는 그 아이를 위해 최선을 다할 거예요. 하지만 아시다시피 저희가 맡은 일이 너무나 많답니다. 그리고 엄밀하게 말해서 그 아이는 우선순위에 들지 않아요. 어쨌든 그 아이에게는 거주할 집도 있고 그 애 부모가 유산을 꽤 넉넉히 남겨 놓았으니 말이에요. 이런 일에서 중요한 건 지나치게 개인적인 감정을 품어서는 안 된다는 거예요. 하지만 그 가엾은 소녀를 보면 누구라도 감정이 흔들리지 않을 수 없을 거예요. 그 애는 그토록 불운한 환경에 처했는데도 유별나리만큼 생기발랄하답니다."

식사를 하는 동안 그녀가 제니퍼에 대해 몇 가지 사항을 더 이야기해 주었을 것이다. 내가 말을 거의 하지 않은 채 정중하게 그녀의 말을 듣고 있었던 기억이 난다. 내가 비턴 여사를 한옆으로 데려간 것은 훨씬 후, 그러니까 초대객들이 자리를 뜨려고 홀에 나와 있고 오스본이 우리 모두에게 조금 더 있다 가라고 청하던 무렵이었다.

내가 말했다. "제 말을 부적절하다고 여기지 않으셨으면 좋겠습니다만, 부인께서 아까 말씀하셨던 그 소녀 말입니다. 제니퍼라는 아이요. 제가 뭔가 도울 일이 있었으면 합니다. 비턴 여사님, 사실 저는 기꺼이 그 애를 양녀로 삼을 생각까지도 하고 있답니다."

그 말에 의심쩍은 표정을 지으며 움찔하는 반응을 보인 그녀에게 내가 원망하는 마음을 가져서는 안 될지도 모르겠다. 어쨌든 적어도 내 눈에는 부인의 반응이 그렇게 보였다. 이윽고 그녀가 말했다.

"정말이지 친절한 말씀이세요, 뱅크스 씨. 괜찮으시다면 그 문제에 대해 나중에 선생님께 연락을 드리도록 하겠어요."

"전 진담으로 드린 말씀입니다, 비턴 여사님. 최근에 유산을 상속받아서 그 애를 양육할 여력도 충분하답니다."

"그 점은 의심치 않아요, 뱅크스 씨. 음, 나중에 이 문제를 조금 더 이야기하기로 해요." 그 말과 함께 그녀는 몸을 돌리고 다른 손님들과 한바탕 작별 인사를 나누었다.

비턴 여사는 사실 그로부터 일주일이 채 지나지 않았을 무렵 내게 연락을 해 왔다. 그동안 내 평판에 대해 알아보았을 수 있고, 혹은 그저 이 문제에 대해 곰곰이 생각할 시간이 필요했을 수도 있지만, 어쨌든 그녀의 태도는 완전히 달라져 있었다. 카페 로열에서 점심 식사를 하고 그 이후 몇 차례 만나는 동안 그녀는 더할 나위 없이 진심 어린 태도로 나를 대해 주었다. 그리하여 제니퍼는 절차를 밟아, 오스본의 아파트에서 만찬이 열린 지 꼭 사 개월 만에 새로 구입한 내 집에 도착했다.

헌터라는 이름의 캐나다인 간호사가 제니퍼를 데려왔는데, 그 간호사는 일주일 후 소녀의 뺨에 기분 좋게 입맞춤을 하면서 할머니에게 꼭 편지 쓰라는 충고를 남기고 출국했다. 제니퍼는 내가 제안한 침실 세 개 가운데 하나를 선택하는 문제를 신중히 고려한 끝에 제일 작은 방을 쓰겠다고 했는데, 그 이유는 그 방의 한쪽 벽을 따라 달아 놓은 나무 선반이 자신의 '수집품'을 놓기에 완벽할 것 같아서라고 했다. 얼마 지나지 않아서 나는 이 수집품이, 신중하게 선별해서 모은 조개껍질, 호두, 마른 잎사귀, 조약돌처럼 오랜 세월에 걸쳐 모은 몇 가지 물건들임을 알게 되었다. 그 애는 그 물건들을 선반을 따라 조심스럽게 늘어놓고는 어느 날 나를 불러 보여 주었다.

"하나하나 이름을 붙여 주었어요. 저도 그런 일이 바보 같은 짓이라는 건 알고 있지만 너무나 사랑하는 것들이어서 그렇게 한 거예요. 크리스토퍼 삼촌, 언젠가 제가 그렇게 바쁘지 않은 날 이것들 하나하나에 대해 얽힌 이야기를 모두 다 말씀드릴게요. 폴리 아줌마에게 이 방을 청소할 때면 특별히 조심해 달라고 말씀 좀 해 주세요." 그 애가 설명했다.

내가 유모를 면담할 때 비턴 여사가 거들어 주러 왔지만, 결국 이 문제에서 가장 결정적인 영향력을 발휘한 것은 옆방에서 면담 내용을 엿듣고 있던 제니퍼 자신이었다. 매 후보자가 방을 나서면 그 애는 방으로 들어와 안 되겠노라고 평결을 내렸다. "정말이지 끔찍해요." 어떤 여자에 대해서는 이렇게 선고했다. "그녀가 마지막으로 맡았던 사람이 폐렴으로 죽어 간다는 얘기는 허튼소리예요. 분명 독을 먹였을 거예요." 또 다른 사람에 대해서는 이렇게 말했다. "그녀를 뽑으면 안 돼요. 너무나 소심해요."

기븐스를 면담하면서 나는 그녀가 둔하고 좀 냉담하다는 인상을 받았지만, 제니퍼는 어떤 이유에서인지 즉석에서 그녀가 좋겠다고 승인했다. 그리고 그 뒤로 이 년 반 동안 기브스가 제니퍼의 믿음이 옳았음을 충분히 입증했다고 말할 수밖에 없다.

내가 제니퍼를 소개하면 소개받은 사람들은 거의 모두 그 애가 그 같은 비극을 겪은 아이 치고는 무척 침착하다고 말했다. 실제로 그 애는 놀라울 정도로 안정된 태도를 취했으며, 특히 그 애 또래의 다른 여자애들이라면 눈물을 흘릴 만큼 좌절스러운 일도 가볍게 받아넘길 줄 알았다. 그 좋은 사례가 자신의 여행 가방과 관련한 사건에서 그 애가 보인 반응이었다.

이곳에 도착하고 나서 몇 주에 걸쳐 그 애는, 캐나다에서 배편으로 도착 예정인 자신의 트렁크에 대해 거듭 언급했다. 예를 들어 한번은 나에게 그 트렁크 안에 들어 있다는, 누군가가 만들어 준 나무 회전목마 모형에 대해 자세하게 묘사했던 것이 기억난다. 또 한번은 그녀와 기브스가 셀프리지 백화점[12]에서 사 온 어떤 옷이 멋지다고 칭찬하는 내 말에 엄숙한 얼굴로 나를 보면서 이렇게 말했다. "이 옷에 완벽히 어울리는 헤어밴드가 있어요. 지금 오고 있는 여행 가방 안에 들어 있지요."

그런데 어느 날 운송회사로부터 해상에서 여행 가방을 분실한 사실을 사과하며 보상하겠다는 내용이 담긴 편지가 도착했다.

"그러면 선생님과 제가 돈을 펑펑 써서 물건을 왕창 사들여야겠는걸요."

이삼 일 후에도 그 애가 여전히 여행 가방이 분실된 것을 슬퍼하는 기미가 없었으므로 나는 그 애와 이야기를 해 봐야겠다고 마음

---

12) 영국의 고급 백화점 체인.

먹었다. 어느 날 아침 아침 식사 후 정원에 있는 그 애를 보고 나는 밖으로 나갔다.

상쾌하고 맑은 아침이었다. 우리 집 정원은 도시의 기준으로 보더라도 큰 편이 아니지만—이웃집들은 대부분 아래가 내려다보이는 녹색 직사각형 모양을 하고 있다—배치가 잘되어 있고, 무엇보다 성당 같은 곳에서나 느낄 수 있는 고즈넉함이 있었다. 내가 잔디밭에 들어갔을 때 제니퍼는 손에 장난감 말을 들고 마치 그 말을 산울타리와 덤불 꼭대기를 따라 산책시키기라도 하는 것처럼 정원 안을 돌아다니고 있었다. 그러다가 이슬 때문에 장난감이 상할 것이 염려스러워서 그 애한테 그 점을 지적하려고 했던 기억이 난다. 하지만 그 애에게 다가가면서 나는 그저 이렇게 말했을 뿐이다.

"네 물건들은 정말 운이 나빴다. 너는 그 사실을 아주 잘 받아들이고 있지만 몹시 충격을 받았을 테지."

"아……." 그 애가 무심한 손길로 장난감 말을 계속 움직이면서 말했다. "조금 짜증 나는 일이긴 했어요. 하지만 보상금으로 언제든 더 많은 물건을 살 수 있는걸요. 선생님이 화요일에 쇼핑을 가도 좋다고 했어요."

"그렇더라도 말이다. 내 눈에는 네가 아주 용감해 보인다. 하지만 애써 괜찮은 척할 필요는 없단다. 내 말이 무슨 뜻인지 알지 모르지만 말이야. 감정을 조금쯤 풀어 놓고 싶다면 그렇게 하는 것이 좋아. 난 아무에게도 말하지 않을 테니까. 기븐스 씨도 분명 그럴 거다."

"괜찮아요. 전 크게 속상하지 않아요. 어쨌든 그것들은 그저 물건들에 불과하잖아요. 어머니나 아버지를 여읜 사람은 물건들 때문에 그렇게까지 애통해 할 수가 없어요, 안 그런가요?" 그 말을 하면서 그 애는 짤막하게 웃어 보였다.

내가 기억하는 한 이것이 그 애가 자기 부모님에 대해 언급한 드문 경우였다. 나 역시 웃으며 말했다. "그렇겠구나." 그러고는 다시 집 쪽을 향해 걸음을 옮기다가 다시 그 애 쪽으로 몸을 돌린 다음 이렇게 말했다.

"그런데 제니, 네 말이 사실인지 모르겠구나. 사람들에게 그렇게 말하면 모두들 네가 정말 그렇게 생각하고 있는 줄 알 거야. 하지만 난 사실은 그렇지 않다는 걸 안다. 내가 상하이에서 올 때 내 여행 가방에 넣어 온 물건들은 내게 아주 커다란 의미가 있었거든. 지금도 그렇고 말이야."

"저에게 그 물건들을 보여 주시겠어요?"

"그것들을 보여 달라고? 대부분은 네게 아무 의미도 없을 텐데."

"하지만 전 중국 물건이 좋아요. 한번 보고 싶어요."

"사실 대부분은 중국 물건이 아니야. 아무튼 지금 내가 말하려는 건 내게는 내 여행 가방이 특별했다는 거야. 내가 그 가방을 잃었다면 몹시 마음 아팠을 거다."

그 애는 어깨를 으쓱해 보이고는 장난감 말을 뺨에 갖다 댔다. "처음엔 마음이 아팠어요. 하지만 이제는 그렇지 않아요. 앞을 보고 살아야 하니까요."

"그래. 누가 그런 말을 했는지 모르지만, 어떤 면에서는 옳은 말이지. 시간이 지나면 괜찮아질 거야. 지금 당장은 그 여행 가방 일은 잊어버리렴. 하지만 이것만은 기억해 두거라……."

"그게 뭔데요?"

"별거 아니다. 뭐든 말하고 싶은 게 있거나 마음을 어지럽히는 게 있다면 언제든 내게 의논해 달라는 거야."

"알겠어요."

집을 향해 올라가다 뒤를 돌아보자 그 애는 다시 장난감 말로 공중에 아치를 그리고 있었다.

내가 제니퍼에게 한 이런 약속은 그저 지나가는 가벼운 생각에서 나온 것이 아니었다. 당시 나는 그 약속을 충실히 지킬 생각이었고, 그 이후 시간이 흐르면서 제니퍼에 대한 호감은 점차 커져만 갔다. 그런데 오늘 나는 얼마나 오랫동안이 될지 알지 못한 채 그 애 곁을 떠날 계획을 세우고 있다. 물론 나에 대한 그녀의 의존도를 내가 과장하고 있는지도 모른다. 게다가 일이 잘 풀리면 나는 다음번 방학이 시작되기 전에 런던으로 돌아올 테고, 그 애는 내가 이곳을 비웠다는 사실조차 크게 의식하지 못할 것이다. 그렇긴 하지만 지금 나로서는, 간밤에 그 애가 내게 정색한 어조로 얼마나 오랫동안 집을 비우게 되느냐고 물어 왔을 때 대답했듯이 어쩌면 훨씬 더 오랫동안 떠나 있게 될지도 모른다는 사실을 시인하지 않을 수 없다. 내게 있어서 그 애가 일보다 우선순위라는 사실을 부인하게 만든 것은 바로 이 불확정성으로, 제니퍼는 분명 지체 없이 나름대로 결론을 낼 것이다. 그 애가 겉으로는 아무리 씩씩한 표정을 짓고 있다 해도 이런 내 결심을 배신으로 받아들이리라는 것을 나는 알고 있다.

사태가 이렇게 된 과정을 설명하기는 쉽지 않다. 내가 말할 수 있는 것은, 이따금 누군가 나를 내색은 하지 않지만 못마땅하게 여기고 있다는 막연한 느낌이 들기 시작한 것은 오래전, 그러니까 제니퍼가 오기 훨씬 전부터였다는 것이다. 기묘하게도 그런 순간은 내가 성취한 일을 가장 좋게 평가해 줄 것으로 기대하는 사람들과 함께 있을 때 찾아왔다. 만찬 자리에서 어떤 정치가나 경찰관, 심지어 고객과 대화를 나누며 자발적인 감사의 표시를 기대했던 자리에서 예의를 가장한 냉담함, 유쾌한 농담 한가운데 끼어드는 퉁명스러운 말 한마디, 냉랭한 악수를 갑자기 맞닥뜨리고는 소스라치듯 놀라지 않을 수 없었다. 처음에는 이런 일이 있을 때마다, 혹시 내가 무심코 어느 특정한 개인의 기분을 상하게 한 일이 있는지 기억을 뒤졌지만, 마침내 이런 반응은 나에 대한 사람들의 일반적인 인식 쪽에 가깝다는 결론을 내릴 수밖에 없었다.

내가 지금 여기에서 말하는 것은 그 성격이 너무 모호해서 선명한 예증이 될 만한 사례가 쉽사리 떠오르지 않는다. 그러나 지난가을 서머싯의 코링 마을 외곽의 어둑한 도로에서 엑서터의 경감과 나눈 기묘한 대화가 그 한 가지 보기가 될 것 같다.

그 사건은 내가 조사한 것 가운데 가장 좌절감을 안겨 주는 것이었다. 내가 그 마을에 도착한 것은, 그 도로에서 아이들의 시신이 발견된 후 나흘이나 지나서였고, 끊임없이 내리는 비 때문에 시신이 발견된 도랑은 흙탕물로 가득 찬 개울로 바뀌어 있어서 의미 있는 증거를 수집하는 일이 간단치 않았다. 그럼에도 불구하고 경감의 발소리가 들릴 그 무렵 나는 그 사건에 대해 비교적 확실한 관점을 구축한 상태였다.

"정말 충격적인 사건이군요." 경감이 다가왔을 때 내가 말했다.

"속이 메스꺼울 정도입니다, 뱅크스 씨." 경감이 말했다. "정말 넌더리가 납니다."

그때까지 나는 쭈그리고 앉아 산울타리를 조사하고 있었다. 이윽고 내가 허리를 펴고 일어서자 우리 두 사람은 줄기차게 내리는 빗속에 서로 마주보고 선 자세가 되었다. 경감이 다시 말했다.

"이런 때면 정말 목수가 되었더라면 좋았을 텐데 하고 생각한답니다. 저의 부친은 제가 목수가 되기를 바라셨죠. 진심입니다, 선생님. 오늘 같은 이런 사건을 겪으면 진심으로 목수가 될걸 하는 마음이 된답니다."

"상당히 불쾌한 사건이죠. 그 점은 저도 동감입니다. 하지만 그렇다고 해서 외면할 수는 없는 노릇이죠. 우리는 정의가 승리하도록 해야 합니다."

경감이 절망적인 얼굴로 고개를 젓고는 말했다. "제가 이렇게 온 것은 선생께 이 사건의 진상을 파악했는지 여쭤 보기 위해섭니다. 왜냐하면⋯⋯." 그는 머리 위에서 빗물을 떨어뜨리고 있는 나무를 올려다보더니 다시 힘겹게 말을 이었다. "아시다시피 제 조사 결과 모종의 결론에 이르렀기 때문입니다. 정말이지 도달하고 싶지 않은 그런 결론 말이죠."

나는 무거운 표정으로 그를 바라보며 고개를 끄덕였다. "경감님 결론이 맞는 것 같습니다." 내가 엄숙한 어조로 말했다. "나흘 전 이 사건이 상상할 수 있는 한도 내에서 가장 끔찍한 범죄처럼 보였습니다. 그런데 지금 보니 진실은 그보다도 훨씬 더 무서운 것 같군요."

"어떻게 그럴 수 있을까요?" 경감의 얼굴은 핼쑥해져 있었다. "어떻게 이런 일이 가능하죠? 오랜 세월 온갖 일을 겪었지만 저로서는 도저히 이런 일을 이해할 수가⋯⋯." 그는 입을 다물고는 내 얼굴을 외면했다.

"유감스럽게도 달리 가능성은 없어 보입니다." 내가 조용한 어조로 말했다. "정말이지 충격적입니다. 암흑의 심연이라도 들여다보고 있는 기분입니다."

"지나가던 어떤 미치광이가 저지른 것이라면, 그런 종류의 범죄라면 차라리 이해할 수 있었을 겁니다. 하지만 이건……. 저는 아직도 믿고 싶지 않군요."

"그래도 그 사실을 믿으셔야 할 것 같군요. 우리는 사실을 받아들여야 합니다. 그것이 사건의 진상이니까 말입니다."

"그렇다고 확신하시는 겁니까?"

"확신합니다."

그는 저 멀리 시골집들이 줄지어 늘어선 인접한 들판 저편을 멍하니 바라보고 있었다.

"이런 일은 종종 사람을 몹시 낙담하게 만들죠. 충분히 이해할 수 있습니다. 그러나 이렇게 말씀드려도 좋을지 모르지만, 경감께서 부친의 충고를 따르지 않은 것은 잘하신 일 같군요. 경감만큼 역량을 갖추신 분도 드무니까요. 그리고 악과 싸워야 할 의무가 있는 우리는…… 어떻게 표현하면 좋을까요? 나무 블라인드의 가로대를 연결해 놓은 실 같은 존재지요. 우리가 튼튼하지 못하면 모든 것이 흩어지고 말 겁니다. 경감께서 맡으신 일을 수행하는 일은 아주 중요하답니다."

경감은 조금 더 침묵을 지켰다. 이윽고 그가 입을 열었을 때 나는 그의 어조에서 느껴지는 신랄함에 깜짝 놀랐다.

"난 그저 평범한 사람에 불과해요, 선생. 그러니 계속 이곳에 있으면서 할 수 있는 일을 할 겁니다. 여기 남아서 그 뱀 같은 작자와 최선을 다해 싸울 겁니다. 하지만 그놈은 머리가 여러 개 달린 괴물이에요. 머리 하나를 자르면 그 자리에 머리가 세 개 더 생겨날 겁니다. 내겐 그렇게 보인답니다, 선생. 사태는 점점 나빠지고 있어요. 매일매일 악화되고 있죠. 여기서 벌어진 일, 이 가엾은 아이들……." 주위를 둘러보는 그의 얼굴에 성난 표정이 떠올랐다. "난 보잘것없는 인간일 뿐입니다. 만약 내가 조금 더 나은 인간이었다면……." 이 대목에서 그는 의문의 여지없이 비난이 서린 눈으로 내 눈을 똑바로 쳐다보았다. "내가 조금 더 나은 인간이었다면, 확실한 것은, 선생, 더 이상 망설이지 않으리라는 겁니다. 곧장 그 심장을 파헤칠 겁니다."

"심장이요?"

"그 뱀 같은 자의 심장 말입니다. 그걸 파고들 거예요. 그자의 수많은 머리통과 씨름하느라 시간을 허비하는 대신 말이죠. 오늘 당장 그 뱀 같은 작자의 심장이 있는 곳을 파고들어 그놈을 완전히 죽여 버릴 겁니다. 그러니까 그자가…… 그자가 더 이상……."

그는 적당한 표현을 찾지 못한 듯 말을 잇지 못하고 그 자리에 선 채 나를 노려보았다. 거기에 내가 뭐라고 대답했는지는 기억나지 않는다. 아마 이런 말을 중얼거렸을 것이다.

"그럴 수만 있다면 얼마나 좋을까요." 그런 다음 나는 고개를 돌렸다.

또 지난여름의 사건도 있었다. 나는 그때 H. L. 모티머의 강연을 듣기 위해 왕립 지리학회를 방문한 참이었다. 백 명가량의 청중은 대개 사회 각계각층에서 특별히 초청된 인사들이었는데, 그중에서도 자유당 소속 상원의원 한 사람과 저명한 옥스퍼드 대학 역사학자가 눈에 띄었다. 모티머 교수는 한 시간 남짓 강연을 했는데, 그 사이 강연장은 점차 숨 막힐 듯 후텁지근해졌다. 「나치주의는 기독교 정신에 위협이 되는가?」라는 제목의 그의 논문은 사실 보통선거권이 국제 사건에서 영국의 주도권을 크게 약화시켰다는 내용을 담은 논박문이었다. 이윽고 질의 시간이 되자 강연장 도처에서 활기찬 논쟁이 시작되었는데, 그것은 모티머 교수의 사상에 대해서가 아니라 당시 라인란트로 진격 중인 독일군에 관련된 것이었다. 독일의 행동을 눈감아 주자는 쪽과 비난하는 쪽 모두에서 격한 목소리가 쏟아져 나왔으나, 몇 주에 걸친 고된 업무로 지칠 대로 지친 나는 그런 논쟁을 귀담아 들을 여력이 없었다.

이윽고 우리는 복도로 나와 간식이 마련된 옆방으로 몰려 들어갔다. 그 방은 그리 넓지 않아서 내가 들어섰을 무렵 — 그렇다고 내가 맨 끝으로 들어간 축이 아닌데도 — 사람들로 가득 차 움직이기가 불편할 정도였다. 앞치마를 두른 몸집이 큰 여자들이 셰리주가 담긴 쟁반을 든 채 군중 속을 성큼성큼 헤집고 다니는 가운데 새처럼 여위고 머리가 희끗희끗한 교수들이 예의상의 거리를 유지하기 위해 고개를 살짝 뒤로 젖힌 채 짝을 지어 대화를 나누던 광경이 그날 저녁 내게 남은 인상이다. 그런 환경에서 도저히 견디기가 힘들어 출구 쪽으로 향하던 내 어깨를 누군가 건드렸다. 몸을 돌려 보니 최근 한 사건에서 내게 매우 소중한 도움을 준 적 있는 성직자 무얼리 참사회원이 내게 미소를 짓고 있었다. 나는 걸음을 멈추고 인사를 하는 수밖에 다른 도리가 없었다.

"정말이지 멋진 저녁이었어요. 덕분에 저는 생각할 거리가 많아졌답니다." 그가 말했다.

"그렇습니다. 꽤 재미있었어요."

"뱅크스 씨, 저쪽에서 당신이 오시는 걸 보고 뭔가 말씀하시기를 기대했다고 말씀드리지 않을 수 없네요."

"오늘 저녁은 좀 피곤해서요. 게다가 이 문제에 대해서는 강연장에 있던 사람들 모두가 저보다 훨씬 많이 알고 있는 것 같더군요."

"오, 말도 안 되는 소립니다." 그가 소리 내 웃으면서 내 가슴팍을 가볍게 쳤다. 그러면서 몸을 내 쪽으로 조금 더 기울였는데, 그 순간 그의 뒤쪽에 있던 누군가가 그를 밀쳤던 모양이다. 그래서 그의 얼굴이 내 얼굴에 아주 가까워지고 말았다. 그가 다시 말했다. "솔직히 말씀드려서 저는 당신이 의견을 표하지 않았다는 사실에 조금 놀랐답니다. 유럽의 위기에 대한 이 모든 논쟁에 말입니다. 방금 피곤하다고 하셨지만 그건 아마 예의상 하신 말씀이실 테죠. 그럼에도 선생께서 이 문제를 이런 식으로 흘러가게 내버려 두다니 정말 뜻밖이군요."

"내버려 둔다고요?"

"용서하십시오. 제가 드리려는 말씀은 오늘 밤 이 자리에 모인 이 신사 분들은 아주 당연하게 유럽이 현재의 대혼란의 진원지라고 여긴다는 겁니다. 하지만 뱅크스 씨, 선생은 그렇지 않지요. 당연한 말이지만 선생은 진실을 알고 계시니까요. 우리가 현재 처한 위기의 진정한 진원지는 저 멀리에 있다는 것을 말입니다."

나는 그를 유심히 바라본 다음 이렇게 말했다. "죄송합니다만 지금 무슨 말씀을 하고 계신지 도통 모르겠군요."

"오, 이런, 이런." 그가 잘 알지 않느냐는 의미의 미소를 지어 보였다. "누구보다도 선생께서 잘 알고 계시잖습니까."

"어째서 제가 이런 문제에 특별한 지식을 갖고 있다고 생각하시는지 도무지 알 수 없습니다. 오랜 세월 동안 제가 많은 범죄를 수사한 것은 사실입니다. 어쩌면 어떤 악의 형태가 전반적으로 어떤 식으로 드러나는지 나름대로 견해를 갖고 있다고 할 수 있습니다. 하지만 세력 균형이 유지되는 방식이라든지, 유럽 내에서 여러 야망들이 폭력적으로 부딪치는 것을 막을 방법에 대한 대단한 이론 같은 것을 갖고 있지는 않습니다."

"아무 이론도 갖고 계시지 않다고요? 그럴 수도 있죠." 무얼리 참사회원은 여전히 미소를 거두지 않았다. "하지만 사실 선생께서는 현재의 모든 걱정거리의 근원이라고 할 만한 것과 특별한 관계가 있잖습니까. 자, 너무 그러지 마시죠, 친애하는 선생! 선생은 제가 지금 무슨 말을 하는지 정확히 아실 겁니다! 폭풍의 눈이 유럽이 아니라 극동에 있다는 사실을요. 정확히 말하자면 상하이에 있다는 걸 말입니다."

"상하이라……." 내가 어설픈 어조로 대답했다. "그래요, 저도…… 그 도시에 뭔가 문제가 있다고 생각합니다만."

"문제가 있고말고요. 예전에는 그저 국지적인 문제였던 것이 방치되어 곪아 터진 겁니다. 그 독이 오랜 세월에 걸쳐 세상에 퍼져 나가다가 급기야 우리 문명에까지 들어온 거죠. 하지만 선생께 굳이 이런 사실을 상기시켜 드릴 필요는 없을 것 같군요."

나는 짜증스러운 기색을 더는 감추려 하지 않고 말했다. "제가 오랫동안 범죄와 악이 횡행하는 곳이면 어디서든 그것이 퍼지지 않도록 막기 위해 애써 왔다는 사실을 당신도 알게 되실 겁니다. 당연한 말이지만 저는 제 활동 범위에 국한된 지역에서만 그럴 수 있었을 뿐입니다. 저 먼 곳에서 벌어지는 일들에 대해서까지 저에게 기대하셔서는……."

"오, 정말 왜 이러십니까!"

나는 자칫하면 인내심을 잃을 뻔했으나 바로 그 순간 또 다른 성직자가 군중을 비집고 나타나 그와 인사를 나누었다. 무얼리 참사회원은 그를 나에게 소개시켰다. 나는 재빨리 그 기회를 잡아 그 자리를 빠져나왔다.

그렇게까지 명백하지는 않더라도, 일정한 기간에 걸쳐 꾸준히 나를 어느 한 방향으로 몰아붙인 이런 일들이 여러 차례 있었다. 물론 그중에는 드레이코츠의 결혼식 때 세라 헤밍스와의 만남도 있었다.

11

벌써 일 년도 더 된 일이다. 교회 뒤편에 앉아 있던 나는 ─ 아직 신부가 입장하려면 몇 분 정도 여유가 있었다 ─ 본당 회중석 반대편에서 세실 메더스트 경과 함께 들어서는 세라를 보았다. 세실 경은 지난 번 메레디스 재단에서 그를 위해 열어 준 연회석상에서 보았을 때보다 눈에 띄게 늙은 것처럼 보이지는 않았지만, 세라와의 결혼으로 몰라보리만큼 젊어졌다는 보도는 좀 과장된 듯했다. 그렇지만 아는 사람들에게 즐거운 듯 손을 흔들어 보이는 그는 아주 행복해 보였다.

내가 세라와 이야기를 나눈 것은 예식이 끝난 다음이었다. 한담을 나누는 하객들 사이를 지나 교회 마당을 어슬렁거리다가 걸음을 멈추고 화단의 아름다움에 감탄하고 있을 때였다. 갑자기 그녀가 내 옆에 와 있었다.

"크리스토퍼, 사실 내가 쓴 이 모자를 칭찬하지 않은 사람은 당신뿐이에요. 실리아 매시선이 나를 위해 만들어 준 모자거든요."

“아주 근사해 보입니다. 정말 멋지군요. 잘 지내셨습니까?”

우리로서는 꽤 오랜만에 나누는 대화였다. 우리는 하객들 언저리를 천천히 돌면서 예의 바르게 잡담을 나누었던 것 같다. 얼마 후 다시 걸음을 멈췄을 때 내가 물었다.

“세실 경 건강은 좋으신가요? 아주 원기왕성해 보이던데요.”

“오, 그분 컨디션은 아주 좋아요. 그런데 크리스토퍼, 말 좀 해 보세요. 내가 그분과 결혼한 게 사람들을 기겁하게 만들 일인가요?”

“기겁하게 만든다고요? 천만에요. 왜 그러겠습니까?”

“그분 나이가 꽤 많으니까요. 물론 우리에게 대놓고 그렇게 말할 사람은 없을 거예요. 하지만 당신은 말해 주겠죠. 사람들이 기겁했나요?”

“제가 아는 한 모두 기뻐했답니다. 물론 놀라기는 했어요. 너무 갑작스러운 일이라서 말이죠. 하지만 기겁하진 않았어요. 모두들 기뻐했답니다.”

“그렇다면 그건 제가 두려워하던 사실을 입증해 줄 뿐이군요. 사람들은 저를 노처녀로 생각했던 게 분명해요. 그래서 기겁하지 않은 거죠. 몇 년 전이었다면 모두들 기겁했을 게 분명한데 말이에요.”

“정말이지…….”

세라는 거북해 하는 나를 보고 웃으면서 내 팔을 가볍게 어루만졌다. “크리스토퍼, 당신은 정말 다정한 분이로군요. 걱정 말아요. 그런 건 전혀 걱정할 일이 아니에요.” 그런 다음 이어서 이렇게 말했다. “그나저나 한번 저희 집에 방문해 주세요. 세실은 그 연회석상에서 당신 만난 일을 기억하고 있어요. 당신을 다시 만나면 반가워할 거예요.”

"기꺼이 그러죠."

"아, 하지만 이미 좀 너무 늦었는지도 몰라요. 알다시피 우리는 여행을 떠난답니다. 팔 일 동안 배를 타고 극동 지방으로 갈 거예요."

"그렇군요. 오랫동안 체류하실 예정인가요?"

"몇 달이 걸릴지도 몰라요. 아니면 몇 년이든지. 그래도 우리가 돌아오면 한번 찾아와 주세요."

나는 이 소식에 얼마간 할 말을 잃었던 것 같다. 그러나 그 순간 잔디밭을 가로질러 오는 신랑 신부의 모습이 보였다. 세라가 말했다.

"두 사람 정말 보기 좋지 않아요? 잘 어울리기도 하고 말이에요." 그녀는 잠시 꿈이라도 꾸는 것 같은 눈길로 그들을 응시했다. 이윽고 그녀가 말했다. "내가 저 두 사람에게 장차 뭘 하고 싶은지 물었어요. 그랬더니 앨리슨 말이 도싯 지방에 작은 집 한 채가 있는데, 오랫동안 그곳에 틀어박혀 나오지 않았으면 좋겠다는군요. 아이가 생기고 머리가 하얗게 세고 주름이 지도록 말이죠. 정말 굉장한 생각 같지 않아요? 두 사람이 정말 그렇게 되기를 진심으로 바라요. 그리고 정말 멋져요. 그들이 그렇게 우연히 만난 것 말이에요."

그녀는 홀리기라도 한 듯 계속해서 두 사람을 바라보았다. 나는 이윽고 몽상에서 깬 그녀와 몇 분 정도 서로 아는 친구들의 소식을 주고받았던 것 같다. 그런 다음 다른 사람들이 우리의 대화에 끼어들었고, 얼마 후 나는 그곳을 떠났다.

그날 늦게 나는 사우스다운스가 내려다보이는 별장식 호텔의 연회장에서 세라와 다시 한 번 마주쳤다. 오후가 끝나 가던 참이었고 해가 하늘에 낮게 걸려 있었다. 그때쯤에는 나도 술을 꽤 많이 마신 상태였다. 옷매무새가 흐트러진 채 여기저기 소파에 흩어져 있거나 불안정한 자세로 벽감에 기대 있는 하객 무리를 지나 바람 부는 테라스로 나온 나는 그곳 난간에 기대어 마당을 내다보고 있는 세라를 보았다. 내가 그녀가 있는 곳으로 걸음을 옮기고 있는데 등 뒤에서 누군가의 목소리가 들리더니, 뚱뚱하고 얼굴이 불그스레한 남자가 테라스를 가로질러 빠른 걸음으로 나를 쫓아왔다. 남자는 내 팔을 붙잡은 채 잠시 그 자리에 서서 숨을 고르면서 심각한 표정으로 내 얼굴을 빤히 쳐다보았다. 이윽고 그가 입을 열었다.

"저기 말이오, 난 줄곧 지켜보고 있었소. 무슨 일이 있는지 보았다오. 전에도 저들을 보았소. 창피한 일이오. 신랑의 형으로서 선생께도 사과의 말씀을 드리고 싶소. 저 술 취한 멍청이들은 내가 모르는 사람들이오. 미안하오, 친구. 몹시 언짢았을 거요."

"그런 걱정은 하지 마십시오." 내가 웃으며 말했다. "조금도 기분이 상하지 않았으니까요. 저분들은 그저 조금 술에 취해서 즐기고 있을 뿐인걸요."

"정말 미개한 행동이지요. 선생도 저 사람들처럼 하객인데 말이오. 예의 바르게 행동할 수 없다면 돌아가야죠."

"제 생각엔 선생께서 저들을 좀 오해하신 것 같군요. 무슨 악의가 있어서 그러는 게 아닐 겁니다. 어쨌든 전 조금도 기분이 상하지 않았어요. 사람은 때때로 여흥도 즐길 줄 알아야 하는 법이니까요."

"하지만 저들은 오후 내내 저랬다오. 나는 저 사람들을 아침부터, 교회에서부터 보았소. 이건 내 동생 결혼식이오. 나는 저런 식의 행동은 참아 주지 않을 거요. 사실 지금 당장 이 모든 일을 바로잡을 생각이오. 그러니 나와 함께 가십시다, 선생. 저들이 여전히 선생을 놀려 대는지 알아봅시다."

"아닙니다. 자, 선생은 이해하지 못하시는군요. 굳이 말하자면 저 역시 저 사람들처럼 이런 여흥을 즐기고 있었답니다."

"하지만 난 못 참겠소! 요즘은 이런 일이 너무 많이 자행되고 있소. 그런 짓을 하고도 아무 제재도 받지 않은 경우가 점점 늘어나고 있소. 하지만 오늘은 다릅니다. 내 동생의 결혼식에서는 어림도 없는 일이오. 자, 나와 함께 갑시다."

내 팔을 잡아당기는 그의 얼굴은 온통 땀에 젖어 있었다. 내가 그 다음에 어떻게 하려고 했는지 이제 잘 모르겠다. 그런데 그 순간 세라가 한 손에 칵테일 잔을 들고 천천히 다가오더니 얼굴이 불그레한 남자에게 말했다.

"오, 로더릭, 당신 크게 착각하신 거예요. 저 사람들은 크리스토퍼 친구의 친구 분들이에요. 게다가 크리스토퍼는 당신의 보호가 전혀 필요 없는 사람이고요."

얼굴이 붉은 남자는 우리 두 사람의 얼굴을 번갈아 쳐다보았다. 이윽고 그가 세라에게 물었다. "그게 정말이오? 난 오늘 하루 종일 사태가 어떻게 되어 가는지 봤소. 이 양반이 저 사람들 근처에 갈 때마다 저들이……."

"당신은 걱정이 너무 많아요, 로더릭. 저들은 크리스토퍼의 친구의 친구 분들이라니까요. 만약 저분이 저들을 조금이라도 못마땅하게 여긴다면 금방 알 수 있을 거예요. 크리스토퍼는 혼자서도 저들을 혼내 주고도 남을 사람이니까요. 사실 여기 크리스토퍼가 눈만 한 번 찡긋해도 저들은 꼼짝도 못하고 그가 원하는 거라면 뭐든지 하려 들 거예요. 그러니 가 보세요, 로더릭. 어서 가서 좀 즐기시라고요."

얼굴이 붉은 남자는 새롭게 존경이 담긴 눈으로 나를 바라보더니 이윽고 혼란스러운 태도로 악수를 청했다. "전 제이미의 형입니다." 내가 손을 잡자 그가 말했다. "이렇게 뵙게 되어서 반가웠습니다. 뭐든 해 드릴 일이 있으면 저를 찾으시기만 하면 됩니다. 뭔가 오해가 있었다면 죄송합니다. 자, 그럼 즐거운 시간 보내세요."

우리는 비틀거리는 걸음으로 방 안으로 걸어가는 그를 지켜보았다. 이윽고 세라가 말했다.

"자, 크리스토퍼. 이리 와서 저와 얘기 좀 해요."

그녀는 잔에 담긴 술을 한 모금 마시고는 천천히 앞서 걸었다. 나는 그녀를 따라 테라스를 가로질렀다. 우리는 난간에 서서 마당을 내려다보았다.

"조금 전의 일 고마웠어요." 이윽고 내가 그렇게 말했다.

"아, 그것도 예식의 한 부분인걸요. 그런데 크리스토퍼, 오늘 오후 지금까지 뭘 하셨나요?"

"뭐 별로 한 일이 없습니다. 사실은 생각을 좀 하고 있었죠. 몇 년 전, 세실 경을 위한 만찬이 열린 밤 생각을 했지요. 그날 밤 당신이 그를 만났을 때 언젠가 이렇게 되리라는 걸 짐작이라도 했을까……."

"오, 크리스토퍼." 그녀가 내 말허리를 잘랐다. 나는 그녀가 꽤 취한 상태라는 것을 깨달았다. "말씀드리죠. 제대로 말씀드릴 수 있어요. 그날 밤 세실을 만났을 때 난 그가 아주 매력적이라고 생각했어요. 하지만 사실 그 이상으로 생각했던 건 아니에요. 그 이상으로 생각한 것은 훨씬 뒤인 일 년 후, 아니 그보다 더 나중인 것 같아요. 아, 그래요. 당신께는 말씀드리죠. 가까운 친구니까 말이에요. 그날 밤 만찬석상에서 사람들이 무솔리니 얘기를 하고 있었어요. 그 가운데 몇몇이, 이제 그 일은 더 이상 장난이 아니라고, 또다시 전쟁이 터질 수 있고, 이번 전쟁은 지난번 전쟁보다 훨씬 더 지독할 거라고들 했어요. 그때 누군가가 세실의 이름을 입에 올렸어요. 지금 같은 시기일수록 그 같은 인물이 필요하다면서 말이에요. 그러면서 세실이 은퇴해서는 안 되었다고, 그는 아직 원기왕성하다고 했지요. 그러자 누군가가, 그는 그 막중한 임무를 감당할 만한 인물이라고 하더군요. 그 말에 또 다른 누군가가 그렇지 않다고, 그건 그에 대한 정당한 평가가 아니라고, 그는 늙었다, 가까운 동료들도 더는 요직에 남아 있지 않다, 심지어 이제는 아내조차 없는 사람이라고 했어요. 제가 그런 생각을 한 것은 바로 그 순간이었어요. 전 생각했어요. 그렇게 엄청난 업적을 쌓은 대단한 인물도 누군가를, 흐름을 바꿔 줄 누군가를 필요로 한다고요. 만년에 이른 그를 도와 줄 사람, 마지막 도약에 필요한 힘을 불러일으키게 해 줄 누군가를 말이에요."

그녀가 잠시 입을 다물었으므로 내가 말했다. "세실 경 역시 그런 식으로 생각했던 모양이군요."

"저는 진정으로 원하기만 하면 상대에게 설득력을 발휘할 수 있어요, 크리스토퍼. 게다가 그는 그날 밤 연회에서 처음 본 순간 저와 사랑에 빠졌다고 하더군요."

"정말 멋진 일이네요."

우리의 발아래, 조금 떨어진 잔디밭 저편 연못가에서 하객 몇몇이 장난을 치고 있었다. 목 뒤로 뻣뻣한 깃이 삐져나온 남자가 오리들을 향해 돌진하는 광경이 보였다. 이윽고 내가 말했다.

"세실 경이 마지막 도약을 한다는 그 일 말입니다. 그분 최고의 업적이 될 일이요. 당신이 그분을 위해 하려고 마음먹은 일이 정확히 뭔가요? 혹시 그 일 때문에 몇 달 동안 여행하시는 건가요?"

세라는 숨을 한 차례 깊게 들이마셨다. 그녀의 시선은 진지하고 차분했다. "크리스토퍼. 당신은 분명 그 답을 알고 계실 거예요."

"제가 답을 안다는 뜻은……."

"오, 이런. 우리는 당연히 상하이로 갈 거예요."

그 말을 들었을 때 내가 느낀 감정을 묘사하기는 어렵다. 아마 놀라움이 어느 정도는 들어 있었을 것이다. 그러나 무엇보다도 안도감 같은 것을 느꼈던 게 기억난다. 오래전 채링워스 클럽에서 처음 그녀를 보았을 때 들었던 이상한 감정, 요컨대 나의 일부가 바로 그 순간을 기다려온 것 같은 느낌 말이다. 그리고 어떤 의미에서는 내가 그동안 세라와 맺었던 우정이 바로 이 시점을 향해 움직여 온 것 같은, 그리하여 이제 마침내 그 시점에 도달한 것 같은 느낌이 들었다. 그다음 우리가 계속 주고받은 몇 마디 말은 마치 이미 어디에선가 여러 번 예행연습이라도 한 것처럼 이상하리만큼 익숙한 인상을 주었다.

"세실은 그곳을 아주 잘 알고 있어요." 그녀가 말했다. "그이는 자신이 거기서 문제를 해결하는 데 도움을 줄 수 있으리라고 믿고 꼭 가야겠다고 느끼고 있어요. 그래서 우리는 떠날 거예요. 다음 주에 말이에요. 사실 벌써 짐을 꾸리고 있답니다."

"그럼 세실 경, 아니 두 분 모두 상하이에서의 임무를 멋지게 해내시기를 빕니다. 그 일이 기대되시나요? 그런 것처럼 보입니다만."

"물론이에요. 당연히 기대하고 있어요. 오랫동안 이런 일을 하게 되기를 기다렸으니까요. 이제 런던에는 싫증도 났고 말이에요. 이 모든 일도 그렇고…….” 그러면서 그녀는 호텔 쪽을 손짓해 보였다. “난 더 이상 젊지 않은 나이가 되었어요. 그래서 때로는 영영 기회가 오지 않을 거라고 생각이 들기도 했고요. 하지만 이제 우린 상하이로 가요. 그런데 크리스토퍼, 뭐가 문제인가요?”

“당신한테는 좀 나약한 소리처럼 들릴지 모르지만, 그래도 말해 보죠. 알다시피 저는 늘 상하이로 갈 생각을 하고 있었죠. 그곳 문제를 해결하려고 말이에요. 그것이 언제나 저의 의중에 있었답니다.”

잠시 동안 그녀는 일몰 광경을 물끄러미 바라보기만 했다. 이윽고 그녀가 고개를 돌리고 내게 미소를 지어 보였다. 슬픔에 가득 찬 동시에 힐난하는 듯한 미소처럼 여겨졌다. 그녀는 손을 내밀어 내 뺨을 가볍게 어루만지고는 다시 석양 쪽으로 고개를 돌렸다.

“세실은 아마도 상하이의 일을 금방 해결할 거예요. 아니 어쩌면 그러지 못할지도 모르죠. 어쨌든 우리는 한동안 그곳에 있게 될 거예요. 그러니 크리스토퍼, 방금 당신이 한 말이 사실이라면 우리가 그곳에서 당신을 보게 될 가능성이 꽤 높겠네요, 안 그래요?”

“그렇습니다, 정말 그래요.” 내가 대답했다.

세라 헤밍스가 배를 타고 떠나기 전 내가 그녀를 다시 만날 일은 없었다. 그녀가 오랜 세월 출발을 미뤄 온 나를 힐난할 이유가 충분한 만큼, 내가 이번에도 그 계획을 행동으로 옮기지 않으면 그녀가 얼마나 더 실망할 것인가? 왜냐하면 세실 경이 상하이에서 그동안 몇 개월에 걸쳐 중재에 나선 일이 무엇이든 간에, 그 해결이 요원한 것이 분명하기 때문이다. 세계의 긴장은 줄곧 상승하고 있고, 식견 있는 이들은 우리의 문명을 불붙은 성냥이 떨어진 건초 더미에 견

주고 있다. 그러는 동안에도 나는 여전히 번민에 싸인 채 여기 런던에 남아 있다. 그러나 어제 온 편지로, 퍼즐의 마지막 조각들이 맞추어진 셈이다. 이토록 오랜 세월 후 마침내 그때가, 내가 직접 그곳으로, 상하이로 가야 할 때가 온 것이다. 그 예의 바른 서부 지방의 형사가 표현한 대로 '뱀을 처단할' 때가.

그러나 그 일에는 어느 정도 대가가 따를 것이다. 제니퍼는 어제처럼 오늘 아침 일찍 쇼핑에 나섰는데, 그 애의 말에 의하면 신학기에 꼭 필요한 몇 가지 물품을 구입하기 위해서였다. 집을 나서는 그 애는 몹시 들뜨고 즐거운 모습이었다. 그 애는 내 계획에 대해, 혹은 간밤에 미스 기븐스와 내가 의논했던 일에 대해 아직 아무것도 몰랐다.

나는 기븐스를 거실로 오도록 청했다. 내가 앉으라고 세 번이나 권하고 나서야 그녀는 자리에 앉았다. 어쩌면 내가 무슨 말을 하려는지 어렴풋이 눈치채고, 나와 함께 자리에 앉으면 공모자 취급을 받을 거라고 여겼는지도 모른다. 나는 최선을 다해 상황을 그녀에게 설명하고, 이 일이 엄청나게 중요하다는 것, 또 이것이 아주 오랜 세월 동안 내가 연루되어 온 일임을 납득시키려 애썼다. 그녀는 무표정하게 듣고 있다가 내가 말을 멈추자 짤막하게 "얼마나 오랫동안 떠나 계실 건가요?" 하고 물었다. 나는 그녀에게, 이런 종류의 일에 시간이 정확히 얼마나 걸릴지 계산하기 어려운 이유를 길게 설명했던 것 같다. 마지막에 몇 가지 질문으로 내 말을 도중에서 끊은 쪽은 그녀였던 것 같다. 그런 다음 우리는 다시 몇 분간 내 여행으로 제기될 여러 실제적인 문제점들에 대해 이야기했다. 완전히 지칠 정도로 이런 문제들에 대해 의논한 다음 그녀가 일어서서 자리를 뜨려고 할 때 나는 그녀에게 이렇게 말했다.

"기븐스 씨, 단기적인 시각으로 보면 당신이 아무리 최선을 다하더라도 내가 이곳에 없는 것이 제니퍼를 힘들게 하리라는 건 잘 알아요. 하지만 조금 더 길게 내다보면, 내가 방금 당신에게 설명한 이 일을 내가 처리할 수 있으면 제니와 나 자신 모두에게 최선의 이익이 되리라는 사실을 염두에 두었으면 해요. 요컨대 내가 나의 가장 중대한 의무를 수행하라는 부름을 받고도 그것을 외면한다면 제니퍼가 나를 사랑하고 존중할 수 있겠어요? 지금 당장 그 애는 내게 다른 것을 원할지 몰라도 결국 나이가 조금 더 들면 나를 경멸하게 될 거예요. 그러면 우리 둘 다에게 무슨 이익이 되겠어요?"

기븐스는 차분한 눈길로 나를 빤히 쳐다보더니 말했다. "일리 있는 말씀이네요, 뱅크스 씨." 그런 다음 다시 덧붙여 말했다. "그래도 그 애는 선생님을 그리워할 거예요. 뱅크스 씨."

"그래요, 맞아요. 그럴 거예요. 하지만 기븐스 씨, 이해 못 하시겠어요?" 그 시점에서 어쩌면 내 언성이 올라갔을지도 모른다. "사태가 얼마나 긴급하게 돌아가고 있는지 모르겠어요? 온 세상이 혼란의 소용돌이에 휘말리고 있잖아요? 난 가야 해요!"

"물론 알아요, 뱅크스 씨."

"미안해요. 사과드리죠. 아무래도 오늘 밤 내가 지나치게 긴장하고 있는 모양입니다. 요컨대 대단한 하루였거든요."

"그 애한테 제가 말해 주길 원하시나요?" 기븐스가 물었다.

나는 이 문제를 생각해 본 다음 고개를 저었다. "아뇨, 그 애한테는 내가 말하죠. 적당한 때 말하겠어요. 그때까지는 아무 말씀도 하시지 않았으면 고맙겠군요."

간밤 생각으로는 오늘 때를 봐서 제니퍼에게 이야기할 생각이었다. 그러나 조금 더 생각해 보니 약간 시기상조라는 느낌이 든다. 게다가 그렇게 한다면 이제 곧 시작할 학기를 맞아 들떠 있는 그 애의 기분을 쓸데없이 망쳐 놓기 십상일 것이다. 지금 당장은 그 문제를 그대로 내버려 두는 편이 더 나을 것 같다. 그랬다가 일단 일정이 최종적으로 결정되면 학교로 찾아가서 그 애를 만날 수 있을 것이다. 제니퍼는 유난히 생기발랄한 아이인 만큼, 내가 떠난다는 이유만으로 그 애가 망연자실할 것이라고 여길 이유가 어디 있겠는가.

하지만 이제 나는 어쩔 수 없이 이 년 전 처음으로 세인트마거릿 학교로 그 애를 방문했던 그 겨울날을 떠올리지 않을 수 없다. 당시 거기서 멀지 않은 곳에서 한창 수사 중이었던 나는, 그 학교에 들어간 지 얼마 안 되는 그 애가 잘 적응하고 있는지 확인할 겸 만나 보기로 마음먹었던 것이다.

그 학교는 몇만 평에 달하는 토지에 자리 잡은 거대한 장원 저택을 교사(校舍)로 사용했다. 저택 뒤편으로는 잔디가 깔린 경사면이 호수까지 이어졌다. 나는 그 학교를 네 차례 찾아갔는데, 그때마다 그곳이 안개에 싸여 있었던 것은 아마도 그 호수 때문일 것이다. 거위들이 자유롭게 돌아다니는가 하면, 무뚝뚝한 정원사들이 늪지 같은 땅을 손보고 있었다. 그곳 분위기는 전반적으로 엄격했는데, 내가 만나 본 여교사들은 그에 비하면 한결 온화한 얼굴을 하고 있었다. 내가 방문했던 그날 너팅인가 하는 상냥한 오십 대 여교사가 냉기가 감도는 복도로 나를 안내했다. 그렇게 안내를 해 주던 그녀가 어느 벽감 옆에서 걸음을 멈추더니 목소리를 낮추어 내게 말했다.

"뱅크스 씨, 모든 점을 고려해 봤을 때 그 애는 기대만큼 잘 적응하고 있습니다. 어쨌든 다른 아이들이 그 애를 아직 신입생으로 보고 있는 처음 한동안은 어느 정도 어려움을 겪게 마련입니다. 그리고 한두 학생이 좀 심하게 굴 수도 있답니다. 하지만 다음 학기가 되면 이런 일은 모두 지나갈 게 분명해요."

제니퍼는 오크 패널로 벽을 댄 큰 방에서 나를 기다리고 있었는데, 그곳 벽난로에서는 장작 하나가 연기를 내며 타오르고 있었다. 여교사가 우리 둘만 남겨 두고 가자 벽난로 앞에 서 있던 제니퍼는 내게 수줍은 미소를 지어 보였다.

"여기는 실내가 그리 따뜻하지 않구나." 내가 손을 비비며 불가로 다가가면서 말했다.

"기숙사 방이 얼마나 추운지 모르실 거예요. 침대 시트에 고드름이 달린다니까요!" 그 애가 킥킥대며 웃었다.

나는 불가에 놓인 의자에 앉았지만 그 애는 선 채로 있었다. 나는 그 애가 이렇게 달라진 환경에서 나를 보면 어색해 하지 않을까 하고 걱정했는데, 그 애는 이내 거리낌 없이 배드민턴 수업에 대해, 좋아하는 여학생들에 대해, "오직 스튜, 스튜, 스튜만 나오는" 학교 음식에 대해 이야기를 늘어놓기 시작했다.

"이런 데서는 종종 어려움을 겪는단다." 어느 시점에서 내가 그렇게 말했다. "새로 들어오게 되면 말이다. 아이들이 혹시…… 떼지어 너를 괴롭히거나 하는 건 아니냐?"

"오, 아녜요. 가끔 좀 놀리긴 하지만 나쁜 의도에서 그러는 건 아니에요. 이곳 아이들은 모두 착해요."

그렇게 이십 분 정도 대화를 나누었을 때 나는 자리에서 일어나 그녀에게, 서류 가방에 넣어 온 판지 상자를 건넸다.

"어머나, 이게 뭐죠?" 그녀가 들뜬 목소리로 외쳤다.

"제니, 이건…… 선물 같은 건 아니란다."

그녀는 내 목소리에서 경고의 기미를 포착했는지 갑자기 조심스러운 눈으로 손에 든 상자를 바라보았다. "그러면 뭐예요?"

"열어 보거라. 네 눈으로 직접 보렴."

나는 구두 상자 크기 정도 되는 상자 뚜껑을 열고 그 속을 들여다보는 그 애를 지켜보았다. 조금 전부터 짓고 있던 신중한 표정에는 전혀 변화가 없었다. 이윽고 그녀가 손을 뻗어 뭔가를 만졌다.

"아무래도 내가 찾을 수 있는 것은 이게 전부인 것 같구나." 내가 부드러운 어조로 말했다. "내가 알아낸 바에 의하면 네 여행 가방은 바다에서 없어진 게 아니라 런던 창고에서 다른 여행 가방 네 개와 함께 도둑맞았단다. 내가 힘닿는 대로 해 보았지만 도둑들은 쉽게 팔 수 없는 물건은 없애 버린 것 같다. 옷가지 같은 것은 흔적도 찾을 수가 없었다. 그저 얼마 안 되는 이것들만 찾아냈단다."

그 애는 팔찌 하나를 꺼내더니 흠집이라도 조사하는 것처럼 조심스럽게 살펴보았다. 그런 다음 팔찌를 집어넣고 이번에는 조그만 은방울 한 쌍을 꺼내 같은 방식으로 살펴보았다. 그러더니 상자 뚜껑을 닫고 나를 바라보았다.

"정말 친절한 일을 해 주셨어요, 크리스토퍼 삼촌." 그 애가 나지막한 어조로 말했다. "이것 때문에 몹시 바쁘셨겠네요."

"그렇게 어려운 일은 아니었다. 더 찾아내지 못해서 미안하구나."

"정말이지 제게 친절한 일을 해 주신 거예요."

"이제 다시 지리 수업을 받도록 너를 교실로 돌려보내는 게 좋겠다. 아무래도 내가 적당한 시간에 온 게 아닌 것 같구나."

그 애는 움직이지 않은 채 아무 말 없이 그 자리에 그대로 서서 손에 든 상자를 빤히 쳐다보았다. 이윽고 그 애가 이렇게 말했다.

"학교에 있으면 이따금 내 삶에 무슨 일이 일어났는지 잊어버리곤 해요. 물론 이따금이지만 말이에요. 다른 아이들처럼 방학 때까지 남은 날을 헤아리고 방학이 되면 엄마 아빠를 다시 볼 생각을 하죠."

이런 상황에서까지 그 애가 자기 부모를 언급하는 소리를 들으니 놀라웠다. 나는 그 애가 무슨 말인가 조금 더 하기를 기다렸으나 그 애는 아무 말도 하지 않고, 마치 방금 내게 질문을 하기라도 한 사람처럼 그저 나를 빤히 바라보았다. 그래서 결국 내 쪽에서 입을 열었다.

"그 일이 종종 아주 어렵다는 건 나도 알고 있어. 주변 세상이 온통 무너지기라도 한 것 같을 거야. 하지만 이 말만은 해 주고 싶구나, 제니. 너는 흩어진 조각들을 다시 맞추는 놀라운 일을 하고 있어. 정말이란다. 전과 똑같지는 않겠지만 네게는 지금 그 일을 계속해서 너 자신을 위한 행복한 미래를 만들 능력이 있어. 그리고 난 언제나 여기서 너를 도울 거야. 네가 그걸 알아 주었으면 좋겠구나."

"고마워요. 그리고 이것들도 고맙습니다."

내가 기억하는 한 그날 우리의 만남은 그렇게 끝났다. 우리는 비교적 따스했던 불가를 떠나 외풍이 심한 방을 가로질러 복도로 나왔다. 그곳에서 나는 교실로 돌아가는 그 애를 지켜보았다.

이 년 전 그 겨울날 오후 내가 그 애한테 그런 말을 한 것에 무슨 충분한 근거가 있는 것은 아니었다. 내가 다음에 작별 인사를 하러 세인트마거릿 학교를 찾아가면 우리는 십중팔구 바람이 새어 들어오는 그 방, 전과 똑같은 그 벽난로 앞에서 다시 만나게 될 것이다.

그 경우 내가 그 말을 꺼내기는 더욱 힘들 것이다. 제니퍼가 그곳에서 지난번에 우리가 마지막으로 만났을 때 일을 기억하지 못할 리가 없으니까 말이다. 하지만 그 애는 똑똑한 아이이고, 그 말을 들으며 그 애가 어떤 감정을 갖든 간에 결국은 내가 그 애에게 말한 내용을 이해하게 될 것이다. 그 애가, 간밤에 그 애의 보모가 한 것보다 훨씬 더 빨리 사태를 파악할 수도 있다. 그래서 그 애가 조금 더 나이가 들었을 때, 이 일이 영광스러운 기억이 되었을 때, 내가 마땅히 해야 할 바를 하기 위해 떨치고 일어난 사실에 진심으로 기뻐할 것이다.

x 4 x

1937년 9월 20일
상하이, 캐세이 호텔

12

아랍권 국가를 여행한 사람들은 종종, 그곳 주민들이 대화를 나누다 말고 당황스러울 정도로 얼굴을 가까이 들이밀곤 한다는 말을 했다. 이것은 물론 우리와는 다른 지역적 습관에 불과하며 조금이라도 열린 마음을 가진 방문자라면 오래지 않아 대수롭지 않게 여길 것이다. 문득 내가 상하이에 온 이후 삼 주 동안 줄곧 내게 짜증을 일으키는 일의 근원, 즉 이곳 사람들이 기회만 되면 시야를 가로막으려고 결심이라도 한 것처럼 보이는 일 역시 그것과 비슷한 맥락에서 보아야 하는 것은 아닐까 하는 생각이 들었다. 어떤 방에 들어가거나 차에서 내리기가 무섭게 주변을 살펴보는 기본적인 일조차 할 수 없을 만큼 누군가가 싱글 웃으며 시야를 가로막고 나서는 것이다. 그렇게 기분을 언짢게 만드는 당사자가 바로 자신을 초대한 사람이나 자신의 안내자일 경우도 흔하다. 또한 무슨 착오가 생겨서 아무도 얼굴을 들이밀지 않는 경우가 생긴다 해도, 그런 흠을 벌충하기 위해 기회를 엿보는 구경꾼들이 얼마든지 있다. 내가 확인한 바에 의하면, 이곳 공동체를 구성한 영국인, 중국인, 프랑스인, 미국인, 일본인, 러시아인 역시 똑같은 열의로 이런 관행에 동참한다. 따라서 이곳 상하이 공동 조계에서는 이런 관습이 모든 종족과 계급을 초월하여 굳어졌으리라는 결론을 내릴 수밖에 없다.

이 지역적 특이성을 파악하고, 이곳에 도착하고 나서 한동안 나를 압도한 혼란의 근원이 그것임을 알아차리기까지는 족히 며칠이 걸렸다. 지금은, 비록 여전히 그런 일로 짜증이 나기는 해도 그것에 지나치게 신경을 쓰지 않는다. 그런 데다가 첫번째 관행과 상보적인 관계에 있으며 삶을 조금 편하게 만들어 주는 두 번째 관행을 발견했다. 요컨대, 여기서는 그렇게 앞을 막아서는 사람을 놀랄 만큼 거칠게 밀치는 것이 당연할 정도로 허용되는 것 같다. 아직까지는 나 자신이 직접 그런 권리를 누릴 엄두를 내지 못하지만, 나는 이미 사교 모임에 참석한 품위 있는 숙녀들이 그런 상대를 단호하게 밀어붙이고도 투덜거리는 소리 하나 듣지 않는 경우를 수없이 목격했다.

이곳에서 맞은 두번째 밤 팰리스 호텔의 꼭대기 층에 마련된 무도장에 들어갔을 때 나는 아직 이 기묘한 관습을 전혀 파악하지 못한 상태였다. 그 결과, 과도하게 들이대는 사람들을 국제 조계의 특징이라고 판단함으로써 생긴 좌절감 탓에 그날 저녁 시간을 망치고 말았다. 내가 승강기에서 나와 무도장까지 깔린 벨벳 카펫 ─ 그 카펫을 따라 중국인 도어맨들이 일렬로 도열해 있었다 ─ 에 힐끗 눈길을 던진 순간, 그날 저녁 나를 초대한 사람들 가운데 한 사람인 영국 영사관의 맥도널드 씨가 큰 몸집으로 나를 막아섰다. 그와 함께 입구를 향해 걸어가면서 나는 우리가 지나갈 때마다 도어맨 한 사람 한 사람이 흰 장갑을 낀 양손을 들어 올리며 절하는 멋진 광경을 눈여겨보았다. 그러나 내가 세 번째 도어맨 앞을 지나가려는 순간──그들은 모두 여섯인가 일곱 명쯤이었다──이번에는 상하이 시의회에서 나온 또 다른 초대자가 종종걸음으로 다가오더니 승강기를 타고 올라오는 동안 하던 이야기를 잇는 바람에 도어맨의 인사 장면을 보지 못했다. 얼마 지나지 않아 나는, 두 초대자의 표현에 의하면 '이 도시에서 가장 세련된 카바레[13]이자 상하이 엘리트들의 집회장'인 무도장에 들어섰고, 표류하듯 돌아다니는 사람들 한복판에 있게 되었다. 정교한 샹들리에가 달린 높다란 천장으로 무도장이 어마어마하게 넓다는 걸 짐작할 수 있었지만 한동안은 그 사실을 눈으로 확인할 방도가 없었다. 초대자들을 따라 사람들을 헤치고 걷던 나는 그 방의 한쪽 벽면을 따라 난 커다란 창들을 보았다. 마침 창을 통해 석양빛이 들어오고 있었다. 또 나는 방 한쪽 끝에 마련된 무대도 볼 수 있었다. 무대 위에서는 하얀 턱시도를 입은 악사 몇 사람이 잡담을 나누고 있었다. 그들은 다른 사람들처럼 뭔가를 기다리는 듯이 보였는데, 어쩌면 그저 어둠이 내리기를 기다리고 있었는지도 모른다. 사람들이 서로 밀치며 뚜렷한 목적 없이 서로의 주변을 맴도는 전체적인 분위기는 어딘가 안정감이 없어 보였다.

나는 초대자들을 시야에서 놓쳤다고 생각했다. 하지만 다음 순간 맥도널드 씨가 내게 손짓하고 있는 것이 보였다. 우리는 마침내 빳빳하게 풀을 먹인 흰 식탁보가 깔린 작은 테이블에 앉을 수 있었다. 내 동반자들은 그곳까지 다른 사람들을 밀치고 온 것이다. 보다 낮은 그 유리한 위치에 앉자 사실상 텅 빈 채 그대로 드러난 널찍한

---

13) 무대에서 춤을 추거나 쇼를 즐기며 식사할 수 있는 식당.

플로어와 — 아마 카바레를 위한 자리일 것이다 — 광택을 낸 좁은 띠 모양의 그 방 측면에 거의 모든 이가 모인 광경이 눈에 들어왔다. 우리가 앉은 테이블 좌우로 다른 테이블들이 길게 배치되어 있었다. 나는 그 줄이 얼마나 긴지 보려고 했으나 역시 실패하고 말았다. 우리 옆에 놓인 테이블에는 서로 밀쳐 대는 군중 때문인 듯 아무도 선뜻 앉으려 하지 않았다. 실제로 얼마 지나지 않아 우리가 앉은 테이블은 사방에서 밀려드는 상하이 상류층 인사들의 파도로 휩쓸린 작은 배라도 된 것 같았다. 게다가 내가 도착했다는 사실에 사람들이 주목하기 시작한 듯했다. 주위에서 내가 도착했다는 중얼거림이 들리더니 점점 더 많은 사람들이 고개를 돌려 우리 쪽을 바라보았다.

이 모든 소란에도 불구하고, 초대자들과 내가 팰리스 호텔까지 타고 온 차 안에서 시작했던 대화를, 그것이 아예 불가능하게 되기 전까지 계속하려고 애썼던 일이 생각난다. 어느 순간 내가 맥도널드에게 이렇게 말했던 게 기억난다.

"그렇게 제안해 주시니 정말 고맙습니다. 하지만 솔직히 말하자면, 저 혼자서 하던 조사를 계속 진행했으면 합니다. 그게 제게 익숙한 작업 방식이니까요."

"그렇게 하십시오, 친구." 맥도널드가 말했다. "다만 내가 이런 제안을 했다는 사실을 기억해 두십시오. 내가 말하는 이 친구들 중에는 이 도시에 대해 훤한 친구들이 있답니다. 그리고 그중 솜씨가 좋은 사람들은 런던 경찰국 형사들만큼이나 실력이 좋지요. 그들이 선생, 그리고 우리 모두의 소중한 시간을 벌어 줄 수 있을 거라는 사실만 기억해 주십시오."

"하지만 제 말도 상기해 주시기 바랍니다, 맥도널드 씨. 저는 영국을 출발하기 전 이 사건에 대해 분명한 관점을 세웠습니다. 다시 말해서 제가 이곳에 도착한 것은 출발이 아니라 여러 해에 걸친 작업의 정점인 셈입니다."

"달리 말하면……." 하고 갑자기 그레이슨이 끼어들었다. "선생은 이 사건을 완전히 매듭짓기 위해 우리에게 오신 거라는 말씀이로군요. 정말 대단합니다! 굉장한 소식이에요!"

맥도널드는 시의회 의원 쪽으로 경멸 어린 눈길을 던지고는 마치 방금 그 사람이 아무 말도 하지 않은 듯이 자신이 하던 말을 이어 갔다.

"조금이라도 선생의 능력을 의심한다는 의미에서 드린 말씀이 아닙니다. 요컨대 선생의 기록이 모든 걸 말해 주니 말입니다. 그저 인력 면에서 약간의 지원을 해 줄 수 있다는 겁니다. 물론 그들은 선생의 지시를 엄격히 따를 겁니다. 다만, 알다시피 일을 좀 빨리 하고 싶은 거죠. 이제 막 도착했으니 지금 우리가 처한 상황이 얼마나 절박한지 파악이 안 될 수도 있습니다. 여기서는 모든 것이 상당히 느긋하게 진행되는 듯이 보이지요. 하지만 우리에게 시간이 그리 많이 남지 않은 것 같아서 걱정입니다."

"사태가 절박하다는 건 저도 충분히 알고 있습니다, 맥도널드 씨. 하지만 다시 말씀드리는데, 비교적 단시간 안에 사태가 만족스럽게 마무리되리라고 믿을 만한 충분한 이유가 있습니다. 제가 아무 방해도 받지 않고 수사를 하도록 해 주신다면 말입니다."

"정말 굉장한 소식입니다!" 그레이슨이 그렇게 외치자, 다시 한 번 맥도널드는 그를 냉랭한 시선으로 쏘아보았다.

그날 맥도널드와 함께 있는 시간 대부분 나는 영사관의 의전 담당에 불과한 그의 허세에 점점 짜증이 났다. 그의 됨됨이가 드러난 것은 내 계획에 관한 과도한 호기심이나 내게 어떻게 해서든 '조력자들'을 붙여 주려는 열의 때문만은 아니었다. 자신이 고위급 정보 요원임을 그대로 드러내는 나른하고 점잖은 태도를 동원해 풍기는 그의 갈고 닦은 이중적 분위기 때문이었다. 그날 저녁 이윽고 나는 그의 가식에 장단을 맞추기가 그만 지겨워졌음에 분명하다. 왜냐하면 그 사실이 그와 나 사이에 이미 오래전에 승인되기라도 한 것처럼 이렇게 요청했던 것이다.

"인력의 도움을 받는 문제 말씀인데요, 맥도널드 씨." 내가 그에게 말했다. "선생이 해 주실 만한 일 가운데 저에게 막대한 도움이 될 만한 일이 있습니다."

"말씀해 보십시오, 친구."

"앞서도 말씀드렸다시피 저는 이곳 경찰이 '노란 뱀 살인 사건'이라고 부르는 것에 대해 특별한 관심을 갖고 있습니다."

"아, 그렇습니까?" 맥도널드의 얼굴에서 경계의 빛이 떠오르는 것을 나는 볼 수 있었다. 반면 그레이슨은 내가 무슨 말을 하는지 모르겠다는 듯 우리 두 사람의 얼굴을 번갈아 쳐다보았다.

"사실⋯⋯." 나는 맥도널드의 얼굴을 주의 깊게 살피면서 말을 이었다. "제가 이곳에 오기로 마음먹은 것은 이 이른바 노란 뱀 살인에 대한 충분한 증거를 확보했기 때문입니다."

"알겠습니다. 선생은 그 노란 뱀 문제에 관심이 있으시군요." 맥도널드는 태연한 눈길로 방 안을 둘러보았다. "끔찍한 사건이죠. 하지만 조금 더 크게 본다면 그렇게까지 중요한 문제는 아닙니다."

"그 반대입니다. 저는 그 일이 사건과 밀접하게 관련되어 있다고 봅니다."

"정말 죄송합니다만." 그레이슨이 마침내 끼어들었다. "그 노란 뱀 살인이란 게 뭡니까? 전 한 번도 들어 본 적이 없는데요."

"공산주의자들의 보복 행위를 그렇게 부른답니다." 맥도널드가 그에게 말했다. "홍군이 자신들을 밀고한 동료의 친척을 죽이는 거지요." 그가 이번에는 나를 보고 말했다. "이런 일은 종종 일어납니다. 홍군은 이런 문제에는 잔인하기 그지없죠. 하지만 그건 중국인들 사이의 문제입니다. 현재 장제스 군이 홍군보다 우세하고 일본군을 고려하든 않든 그 우세를 유지할 전망입니다. 우리는 알다시피 그들보다 우위를 차지하려 애쓰고 있고요. 선생이 그런 문제에 그렇게 관심이 있으시다니 놀랍군요."

"하지만 이 특수한 보복 행위, 그러니까 노란 뱀 살인을 그들은 오랫동안 자행해 왔지요. 최근 사 년 사이에 단속적으로요. 그동안 모두 열세 명이 피살됐고 말입니다."

"그 세부 사항은 선생이 저보다 더 잘 알고 계실 겁니다. 하지만 제가 듣기로는 보복 행위가 길게 끄는 이유는 홍군도 배신자가 누군지 알지 못하기 때문이라더군요. 그래서 엉뚱한 사람들을 처형하는 것으로 시작하는 겁니다. 정의에 대한 볼셰비키식 관점과 좀 비슷하다고 할 수 있지요. 이 노란 뱀이 누구인지에 대한 그들의 생각이 달라질 때마다, 나가서 또 다른 가족을 처단하는 겁니다."

"그런데 맥도널드 씨, 그 밀고자라는 사람과 얘기를 좀 해 볼 수 있다면 큰 도움이 되겠는데요. '노란 뱀'으로 불리는 사람 말입니다."

맥도널드는 어깨를 으쓱해 보였다. "그건 모두 중국인들 사이에서 벌어지는 일입니다, 선생. 우리 중에 이 노란 뱀이 누군지 아는 사람은 아무도 없어요. 제 생각에는 앞으로 더 많은 죄 없는 사람들이 노란 뱀의 친척이라고 오인받기 전에 중국 정부가 그의 신분을 밝히는 편이 나을 것 같습니다. 하지만 솔직하게 말씀드리자면, 선생, 그건 모두 중국인 사이의 문제랍니다. 그냥 내버려 두는 편이 최선이지요."

"제가 그 밀고자와 이야기를 나누는 건 중요한 일입니다."

"음, 그 문제에 대해 그렇게 확신하신다면 제가 몇 사람과 말을 해 보겠습니다. 하지만 성과에 대해서는 약속드릴 수 없어요. 이 친구는 현 정부에 꽤 유용한 존재인 것 같습니다. 제 상상으로는 장제스의 부하들이 이 친구를 줄곧 비호해 주고 있는 것 같습니다."

그즈음 나는 더 많은 사람들이 사방에서 몰려와 그저 나를 직접 보는 데서 그치지 않고 우리가 나누는 대화까지 엿들으려 든다는 사실을 의식했다. 이런 상황에서 맥도널드가 솔직한 이야기를 하리라고는 기대할 수 없었기에 나는 그 문제는 얼마간 내버려 두기로 했다. 사실 그때 나는 자리에서 일어나 바람을 쐬고 싶은 강한 충동을 느끼던 차였다. 하지만 내가 일어서기도 전에 그레이슨이 환한 미소를 지으며 몸을 내 쪽으로 기울이고 말했다.

"뱅크스 씨, 지금이 이런 말씀을 드리기에 적당한 때가 아닐지 모릅니다만, 잠깐 드릴 말씀이 있습니다. 알다시피 저는 의식을 준비하는 기분 좋은 임무를 맡았지요. 환영식 말입니다."

"그레이슨 씨, 전 무례하게 보이고 싶지는 않습니다만, 맥도널드 씨가 조금 전에 말했듯이 시간이 좀 촉박합니다. 게다가 후한 환대를 받은 것으로 이미 충분히 환영을 받은 것 같은 기분입니다만······."

"아니, 그게 아닙니다, 선생." 그레이슨이 불안한 얼굴로 웃어 보였다. "제가 말씀드린 것은 다른 환영식입니다. 오랜 세월 감금되었다가 돌아오시는 선생의 부모님을 환영하는 의식 말입니다."

이 말에 나는 깜짝 놀라 한순간 그를 빤히 바라보기만 했던 것 같다. 그는 다시 한 번 신경이 곤두선 얼굴로 웃어 보이고는 말했다.

"물론, 좀 앞선 감은 있지요. 선생은 우선 일을 하셔야 할 테니까요. 물론 저도 모험을 하고 싶지는 않습니다. 하지만 준비는 해 놓아야 한답니다. 선생께서 사건을 해결했다고 공표하는 순간 사람들은 우리 시의회가 걸맞은 행사를 열기를 기대할 겁니다. 사람들은 아주 특별한 행사를, 그것도 즉각 열기를 원할 겁니다. 그러나 선생도 알다시피 그런 규모의 행사를 준비한다는 것은 결코 간단한 일이 아닙니다. 따라서 선생에게 아주 기본적인 몇 가지를 선택해 놓게 하면 어떨까 생각했답니다. 먼저 드릴 질문은, 행사장으로 제시필드 공원을 선택해도 괜찮을는지요? 아시겠지만 그 행사에는 꽤 넓은 공간이 필요······."

그레이슨의 이야기가 이어지는 동안 나는, 군중의 왁자지껄한 소음 너머 어딘가 먼 곳에서 아득한 대포 소리가 들려오고 있다는 것을 점점 알아차렸다. 그러더니 갑자기 방을 뒤흔드는 요란한 굉음으로 그레이슨의 말이 중단되었다. 나는 놀라 고개를 들었다. 하지만 주위 사람들은 모두 손에 여전히 칵테일 잔을 든 채 미소를 짓거나 심지어 웃기까지 했다. 잠시 후 마치 밖에서 크리켓 경기가 재개되기라도 한 것처럼 사람들이 창가 쪽으로 다가갔다. 나는 그 기회를 잡아 테이블을 뜨기로 마음먹고 자리에서 일어나 움직이는 군중에 합류했다. 앞에 사람이 너무 많아서 아무것도 보이지 않았다. 사람들을 밀치고 앞으로 나가려던 나는, 머리카락이 하얗게 센 어떤 숙녀가 내게 말을 걸고 있다는 사실을 알았다.

"뱅크스 씨."하고 그녀가 말했다. "마침내 선생님께서 저희와 함께 계시게 되어서 우리 모두 얼마나 안도했는지 아시나요? 물론 그런 내색은 하지 않았지만 우리 모두 몹시 걱정하고 있었거든요."그러면서 그녀는 대포 소리가 나는 쪽을 가리켜 보였다. "제 남편 말에 따르면, 일본군이 감히 국제 조계를 공격하지는 못할 거라더군요. 하지만 남편에게서 그 말을 하루에도 스무 번씩 들으니까 오히려 걱정이 된답니다. 정말이지 뱅크스 씨, 선생님께서 곧 도착하실 거라는 소식은 우리가 이곳에서 몇 달 만에 처음 듣는 희소식이었지요. 일본군에 대한 제 남편의 주문(呪文)도 며칠간 뚝 그쳤다니까요. 어머나!"

또 한 차례 천둥 같은 요란한 폭발음이 방을 흔들자 몇몇이 비꼬기라도 하듯 환성을 질렀다. 그때 내 앞으로 좁은 길이 뚫린 것이 보였다. 몇 군데 프렌치 윈도[14]가 열리자 사람들이 발코니로 몰려나갔던 것이다.

"걱정 마십시오, 뱅크스 씨."한 청년이 내 팔꿈치를 잡으며 말했다. "어떤 포탄도 이곳까지는 오지 못할 테니까요. 피의 월요일 이후 양측은 극도로 조심하고 있답니다."

"그런데 저 소리는 어디서 나는 겁니까?"내가 청년에게 물었다.

"항구에 정박한 일본 전함에서 나는 소립니다. 사실 포탄은 우리

---

14) 발코니로 이어지는 곳에 만든 여닫이 창문.

머리 위를 넘어 작은 만 저편에 떨어진답니다. 날이 저물면 정말 장관이지요. 별을 쏘는 광경을 보는 것과 좀 비슷하다고나 할까요."

"그러다 포탄이 도중에 떨어지기라도 하면?"

나와 대화 중이던 청년뿐 아니라 내 주위에 있던 다른 몇 사람도 그 말에 웃음을 터뜨렸다. 내가 머릿속에서 하던 생각을 그만 입 밖에 낸 것이다. 그러자 또 다른 누군가가 말했다.

"포격의 정확성에 대해서는 일본군을 믿어야 할 겁니다. 어쨌든 그들이 조준을 엉성하게 했다가는, 그중 하나가 자기들 진지에 떨어질 테니까요."

"뱅크스 씨, 이걸 좀 써 보시겠어요?"

누군가가 작은 쌍안경을 내밀었다. 나는 무슨 신호라도 받은 것처럼 그 쌍안경을 받아들었다. 내 앞에 있던 군중이 옆으로 비켜서자 나는 사실상 열려 있는 프렌치 윈도 쪽으로 떠밀리다시피 다가갔다.

나는 작은 발코니로 나섰다. 부드러운 산들바람이 불고 하늘은 진한 분홍색을 띠었다. 내가 있는 곳은 상당히 높은 곳으로, 옆으로 늘어선 빌딩 저편으로 운하를 볼 수 있었다. 운하 너머에는 낡은 집들과 잡석이 무더기 지어 있었고, 그곳에서 한 줄기 회색 기둥이 밤하늘로 솟아오르고 있었다.

나는 쌍안경을 눈에 가져다 댔지만 초점이 전혀 맞지 않아 아무것도 보이지 않았다. 휠을 조절하자 운하가 눈에 들어왔는데, 바로 옆에서 전투가 벌어지고 있는데도 다양한 선박이 평소와 다름없이 운행을 계속하는 것을 보고 내심 좀 놀랐다. 나는 사공 한 사람만 탄 바지선 모양의 배 한 척을 골라 살펴보기 시작했다. 그 배에는 나무 상자와 꾸러미가 높게 쌓여 있어서 바로 내 눈 아래쪽 운하에 걸쳐진 야트막한 다리 아래를 통과하지 못할 것처럼 보였다. 내가 바라보는 동안 그 배는 빠르게 다리로 다가왔고, 나는 적어도 꼭대기에 얹힌 나무 상자 한두 개는 물속에 떨어질 것이라고 확신했다. 이후 몇 초 동안 나는 전투에 대해서는 까맣게 잊은 채 쌍안경으로 그 배를 지켜보았다. 나는 흥미를 가지고 그 사공을 주목했다. 그 역시 나와 마찬가지로 자신의 배에 실린 화물이 어떻게 될 것인가에만 신경을 쓸 뿐 자기 오른쪽 약 50미터도 채 떨어지지 않은 곳에서 벌어진 전투 따위에는 아랑곳하지 않았다. 이윽고 그 배는 다리 밑으로 사라졌다. 다음 순간 그 배가 다리 반대편으로 위태롭게 쌓인 짐 꾸러미 하나 손상되지 않은 채 우아한 자태로 미끄러지듯 빠져나오는 것을 보고 나는 안도의 숨을 내쉬며 쌍안경을 내렸다.

내가 운하를 보는 사이에 엄청난 군중이 등 뒤로 모여들었다는 사실을 나는 그제야 깨달았다. 나는 곁에 있는 사람에게 쌍안경을 건넨 후 특별히 누구에게랄 것 없이 이렇게 말했다. "저런 것이 전쟁이로군요. 아주 흥미로워요. 사상자도 꽤 많이 날 테지요?"

이 말을 신호로 대화의 물꼬가 트였다. 누군가가 말했다. "저쪽 차페이에는 사망자가 많을 겁니다. 하지만 일본군은 며칠 더 저렇게 볶아 댈 테고 그런 다음에는 다시 조용해지겠지요."

"꼭 그렇다고도 할 수 없어요." 누군가 다른 사람이 말했다. "국민당 군은 지금까지 사람들을 놀라게 만들었고, 앞으로도 그럴 겁니다. 그들은 분명 앞으로도 한동안 우위를 유지할 겁니다."

다음 순간 내 주위에 있던 사람들이 일제히 입씨름을 시작하기라도 한 것 같았다. 며칠이든 몇 주든 거기에 무슨 차이가 있겠는가?

조만간 중국인들이 어차피 항복할 거라면 차라리 지금 하는 게 낫지 않을까? 그 말에 대해 다시 몇 사람이, 결론이 그렇게 뻔하지는 않을 것이라고 반박했다. 국면이 하루가 다르게 변하고 있고, 서로서로 영향을 주는 요인들이 많다는 것이다.

"게다가, 이제 뱅크스 씨까지 오시지 않았나요?" 누군가 큰 소리로 말했다.

그저 강한 인상을 주기 위해 나온 것이 분명한 이 질문은 그럼에도 불구하고 기묘한 기운을 자아내 사람들의 입을 다물게 만들었다. 모두의 시선이 다시 한 번 내게로 쏠렸다. 실제로 발코니 주변에 있는 사람들뿐 아니라 무도장 전체가 숨을 죽이고 내 반응을 기다리고 있는 것 같았다. 문득 이것이, 어쩌면 내가 이 방에 발을 들여놓은 순간부터 요청받아 온 듯한 발표를 할 좋은 기회라는 생각이 들었다. 나는 목을 가다듬고 큰 소리로 말했다.

"신사 숙녀 여러분. 이곳 상황이 점차 어려워지고 있다는 걸 저도 잘 알겠습니다. 그리고 이런 시기에 헛된 기대감을 불러일으킬 마음은 없습니다. 그러나 아주 가까운 시일 안에 이 사건을 기분 좋게 마무리 지을 수 있으리라는 낙관적인 생각이 없었다면 지금 이 자리에 오지 않았을 것입니다. 신사 숙녀 여러분, 제 생각을 솔직히 말씀드리자면 낙관 '그 이상'이라고 할 수 있습니다. 다음 주말 정도까지만 견뎌 주시기 바랍니다. 그다음에 우리가 뭘 해냈는지 보기로 합시다."

내가 이 말을 마치는 순간 무도장 안에 있던 재즈 오케스트라가 갑자기 연주를 시작했다. 그것이 단순한 우연의 일치였는지는 지금도 모르겠다. 하지만 어쨌든 그 덕분에 내 연설은 그런 대로 멋지게 마무리된 셈이다. 나는 관심의 초점이 내게서 옮겨 가는 것을 느낄 수 있었으며 사람들이 방 안으로 돌아가기 시작하는 것을 보았다. 나 역시 무도장 안으로 돌아갔다. 조금 전 앉아 있던 테이블을 다시 찾으려던 나는 일단의 무희들이 이미 무도장을 차지해 버렸다는 사실을 알고 한순간 어찌해야 좋을지 알지 못했다.

무희는 대략 스무 명쯤 되었는데 대부분은 '유라시아 혼혈'로서 '새'라는 주제에 어울리는, 노출이 심한 차림을 하고 있었다. 무희들이 플로어 쇼를 벌이자 실내에 있던 사람들은 운하 저편에서 벌어지는 전투에 흥미를 잃은 듯이 보였지만, 흥겨운 음악 뒤편으로 폭발음은 여전히 뚜렷이 들려왔다. 마치 그들에게는 하나의 여흥이 끝나고 새로운 여흥이 시작되기라도 한 것 같았다. 문득 그런 그들에 대한 혐오감이 엄습했는데, 그런 느낌이 상하이에 도착한 이후 처음도 아니었다. 그것은 단지 그들이 암울하게도 지난 몇 년 동안 이 사건에 제대로 도전해 보지 못했다는 것, 여러 문제들이 현재와 같은 섬뜩한 수준에 이르도록 방치했다는 사실 때문만은 아니었다. 내가 이곳에 도착한 이후 내심 충격을 받은 것은 이곳에 사는 모든 이들이 자신들이 저지른 치명적인 잘못을 인정하려 들지 않는다는 사실 때문이었다. 이곳에 도착해 이 주 동안 지위가 높든 낮든 이들 시민들과 나눈 교제를 통틀어 정직한 태도로 수치심을 느끼는 경우를 단 한 번도 보지 못했다. 다시 말해서 문명 세계 전체를 집어삼키려 위협하는 큰 소용돌이의 중심부인 이곳에서 사람들이 딱하게도 공모해서 책임을 회피하고 있는 것이다. 내가 그렇게 자주 목격한 젠체하는 변명으로 책임 회피 그 자체에만 골몰해 사태를 엉망으로 만들어 왔다. 그리고 지금 그런 그들, 이른바 상하이의 엘리트들이 여기에 모여, 운하 저편의 중국인 이웃들이 겪는 고초를 경멸 어린 어조로 논하고 있는 것이다.

내가 역겨움을 드러내지 않으려 애쓰며 카바레를 구경하는 대열 뒤편으로 걸음을 옮기는데, 누군가 내 팔을 잡아당겼다. 몸을 돌려 보니 세라가 서 있었다.

"크리스토퍼, 난 저녁 내내 당신에게 가려고 했어요. 고국에서 온 옛 친구에게 인사할 시간조차 없으세요? 보세요, 저쪽에 세실이 있어요. 그이가 당신한테 손을 흔들고 있잖아요."

군중 속에서 세실 경을 알아보기까지는 얼마간 시간이 걸렸다. 방 맨 안쪽 구석에 놓인 테이블에 혼자 앉아 있던 그가 정말 내게 손을 흔들고 있었다. 나도 그쪽으로 손을 흔들어 주고는 세라를 바라보았다.

그것은 내가 도착한 후 우리의 첫 만남이었다. 그날 저녁 내가 그녀에게서 받은 인상은 그녀가 아주 좋아 보인다는 것이었다. 상하이의 햇살이 그녀가 평소에 갖고 있던 창백한 안색을 벗어 버리는 데 어느 정도 도움을 준 듯했다. 또한, 몇 마디 인사말을 주고받을 때에도 그녀의 태도는 여전히 쾌활하고 자신감에 차 있었다. 내가 어떻게 그렇게까지 잘못 판단할 수 있었는지를 알아보려고 그 첫 번째 만남을 곱씹어 생각하게 된 것은 간밤의 사건을 겪고 난 지금에 와서의 일이다. 특히 세실 경을 입에 올릴 때마다 그녀의 미소에 과장하는 기색이 있었다고 떠올리는 것도 그저 지금 생각해 보니 그런 것뿐인 것 같다. 그때 비록 우리는 의례적인 인사말만 주고받았지만 간밤의 사건 후 그날 밤 그녀가 말했던 한마디가 온종일 내 머릿속을 떠나지 않았다. 그 구절은 그 당시에도 좀 당혹스럽게 느껴지기는 했다.

그때 나는 그녀와 세실 경이 이곳에서의 한 해를 잘 보냈는지 물었다. 그녀는 내게, 비록 세실 경이 원하던 만큼 사태의 진전을 보지는 못했지만 그럼에도 이곳 공동체 인사들로부터 감사받을 만한 일을 많이 했다는 말로 나를 안심시켜 주던 참이었다. 그 순간 내가 별생각 없이 이렇게 물었다.

"그럼 두 분은 지금 당장 상하이를 떠날 계획이 없으시군요?"

그 말에 세라는 웃음을 터뜨리고 세실 경이 앉아 있는 구석 쪽으로 다시 한 번 시선을 주더니 이렇게 대답했다. "없어요. 지금은 상당히 자리를 잡은 상태랍니다. 이 대도시는 꽤나 안락해요. 어디를 가든 서두를 필요도 없고요. 누군가 구해 주러 오기 전까지는 말이에요."

그녀는 구조에 관한 마지막 한마디를 포함해서 이 모든 말을 무슨 농담이라도 하듯 말했으며, 나는 그녀가 한 말의 의미를 정확히 파악하지 못한 채 그녀와 보조를 맞추기 위해 짤막하게 웃음으로 대응했다. 그러고 나서 우리가 영국에 있는 우리 두 사람의 친구들에 대해 이야기하고 있는데 그레이슨이 오는 바람에 복잡할 것도 없어 보이는 우리의 대화는 사실상 그대로 끝나고 말았던 것 같다.

앞에서도 말했듯이, 내가 이삼 주 동안에 걸쳐 세라와 여러 차례 가졌던 만남을 되짚어 보게 된 것은 간밤의 일이 있고 난 지금에 와서다. 그런데 쾌활하게 대답하던 중 살짝 덧붙이기라도 한 것 같은 그녀의 그 한마디에 자꾸만 생각이 미친다.

13

나는 어제 오후 시간 대부분을 시신 세 구가 발견된 어둡고 삐걱거리는 보트 창고에서 보냈다. 방해받지 않고 조사하고 싶은 내 소망을 경찰이 존중해 주어서, 나는 시간의 흐름을 완전히 잊은 채 밖에서 해가 지는 것도 알지 못했다. 내가 부두를 가로질러 난징 거리로 들어설 무렵에는 가로등이 밝게 켜지고 포장도로는 저녁 인파로 붐비고 있었다. 기력이 꺾이는 긴 하루를 보내고 나서 긴장을 풀고 싶어져서 나는 난징 거리와 장시 거리 모퉁이에 있는 조그만 클럽으로 향했다. 이곳에 도착하고 나서 얼마 지나지 않아 며칠간 사람들이 나를 데려가곤 했던 곳이었다. 그곳에 특별한 점은 별로 없었다. 그저 대부분의 밤 시간에 프랑스인 피아노 연주자 혼자서 비제나 거슈윈의 울적한 곡을 연주하는 조용한 지하실일 뿐이었다. 그러나 내게 필요한 것은 그 정도면 충분해서 나는 최근 몇 주 동안 여러 차례 그곳에 들렀다. 간밤에 나는 그곳 직업 댄서들이 음악에 맞춰 손님들과 춤을 추는 동안, 구석 테이블에서 프랑스 요리를 좀 먹으며 보트 창고에서 발견한 사실들을 메모하면서 한 시간쯤 보냈다.

나는 거리로 나가 호텔로 돌아갈 생각으로 뒤편 층계를 올랐다. 거기에서 나는 러시아인 도어맨과 대화를 나누게 되었다. 무슨 백작이라는 그는 혁명 전에 여자 가정교사에게서 배운 영어를 유창하게 했다. 그 뒤로 나는 그 클럽에 갈 때마다 그와 몇 마디 주고받는 것이 습관처럼 되었으며 간밤에도 그랬다. 우리가 무슨 이야기를 하던 중인지는 기억나지 않으나 그 도어맨은 세실 경과 메더스트 부인이 그날 저녁 이른 시간에 그곳에 들렀다고 말했다.

"이제 밤이 되었으니 집에 갔겠군요." 내가 말했다.

백작은 잠시 생각해 보더니 이렇게 말했다. "'행운관'에 갔어요. 맞아요, 거기 가는 중이라고 세실 경께서 말씀하신 것 같아요."

나는 그곳이 무엇 하는 곳인지 알지 못했는데, 백작은 내가 청하지 않았는데도 방향을 일러 주었다. 그리 멀지 않은 곳이었으므로 나는 그쪽으로 걸어갔다.

그의 설명은 상당히 정확했지만, 아직 난징 거리의 골목길에 익숙지 않았던 나는 그만 길을 잃고 말았다. 나는 그 일에 크게 개의치 않았다. 도시의 이 구역 분위기는 밤이 되어도 그다지 위협적이지 않아서 이상한 걸인 하나가 말을 걸기도 하고 한번은 술 취한 선원과 부딪치기도 했으나 비교적 평온한 기분으로 밤 시간을 즐기는 인파에 섞여 걸을 수 있었다. 보트 창고에서 울적한 작업을 한 끝이어서 즐길 거리를 찾아다니는 온갖 인종과 계층의 인파 속에 있다는 사실이, 그리고 불빛이 밝은 문 앞을 지날 때면 실려 오는 음식 냄새와 독특한 향이 오히려 위안이 되었다.

나는 최근에 점점 자주 그랬듯이 간밤에도 주위를 둘러보며 혹시라도 아키라를 보게 될까 하는 희망에서 지나치는 군중의 얼굴을 훑어보았다. 사실, 상하이에 도착한 직후 두 번째인가 세 번째 밤에 이곳에서 옛 친구를 보았다고 거의 확신했다. 자던 매시선 사의 케직 씨와 다른 몇몇 유력 인사들이 내게 '밤 생활의 묘미'를 보여 주겠다고 작정한 밤이었다. 당시 나는 아직 조금 혼란스러운 상태여서 댄스 바와 클럽을 순례하는 일이 성가시기만 했다. 그때 우리는 프랑스 구역의 유흥가에 있었는데——나를 초대한 사람들이 그런 훨씬 선정적인 곳을 보여 주고는 내가 놀라는 걸 즐겼다는 것을 이제는 알겠다——우리가 어떤 클럽에서 막 나섰을 때 군중 속에서 아키라의 얼굴을 보았던 것이다.

아키라는 멋진 양복 차림을 하고 시내로 놀러 나온 것이 분명해 보이는 일본인 남자들 무리 속에 섞여 있었다. 물론 너무도 순식간에 얼핏 본 것이어서——사실상 문간에 걸린 등을 배경으로 한 실루엣이나 다름없었다——그가 정말 아키라였는지 확신할 수는 없었다. 아마 그런 이유나, 어쩌면 다른 어떤 이유에서 나는 옛 친구의 주의를 끌기 위한 행동을 하지 않았다. 이해하기 어려울지도 모르겠지만, 내가 말할 수 있는 것은 실제로 그랬다는 것뿐이다. 나는 그때 이런 기회가 앞으로 많이 있을 것이라고 여겼던 것 같다. 어쩌면 우리들이 서로 동행이 있을 때 이런 식으로 우연히 만나는 일이 부적절하다고, 심지어는 내가 그토록 오랜 세월 고대해 왔던 재회에 어울리지 않는 일이라고 여겼던 것 같다. 어쨌든 나는 그 순간을 그냥 보내 버리고 케직 씨와 다른 사람들 뒤를 따라 대기 중인 리무진으로 갔다.

하지만 최근 몇 주 동안 나는 그날 밤 내가 가만히 있었던 것을 후회할 충분한 이유를 발견했다. 아주 바쁠 때조차도 한편으로 일을 하면서 끊임없이 거리나 호텔 로비의 군중 속을 탐색했지만, 그를 다시 보지 못했던 것이다. 나는 그를 적극적으로 찾아볼 수도 있다는 사실을 알지만, 사실 지금은 사건이 무엇보다 우선일 수밖에 없다. 그리고 상하이가 그렇게까지 넓지는 않으니까 우리는 조만간 우연히 맞닥뜨리게 되리라고 확신한다.

지금은 다시 간밤의 사건으로 돌아가기로 하자. 문지기가 일러준 방향대로 가자 마침내 여러 개의 골목이 교차하는 광장 비슷한 곳에 이르렀는데 그곳에는 사람들이 훨씬 더 북적댔다. 물건 파는 사람들, 구걸하는 사람들, 그런가 하면 그저 서서 잡담을 나누며 구경하는 사람들도 있었다. 대담하게도 키 작은 인력거꾼 하나가 인력거를 끌고 군중 속에 뛰어들었다가 오도 가도 못한 채 서 있었는데, 지나가면서 보니 구경꾼 한 사람과 격한 어조로 말다툼을 하고 있었다. 그 안쪽 구석으로 '행운관'이 보이고 이내 진홍색 플러시 천이 깔린 좁다란 층계가 나왔다.

내가 처음 들어선 방은 보통 호텔 방 정도의 크기였는데 십여 명의 중국인이 게임 테이블을 에워싸고 있었다. 세실 경이 있느냐고 문자 직원 두 사람이 재빨리 의논을 하더니 그중 하나가 내게 따라오라는 손짓을 했다.

나는 또 다른 층계 위로 올라 어둑한 복도를 지난 다음 한 무리의 프랑스인들이 카드 게임을 하는, 담배 연기가 자욱한 방으로 안내받았다. 내가 고개를 젓자 남자는 어깨를 으쓱해 보이더니 다시 손짓을 했다. 이런 식으로 얼마 지나지 않아 나는 그 건물이 어느 정도 규모가 되는 도박장일 거라는 가정을 할 수 있었다. 그곳은 좀 작은 듯싶은 여러 개의 방으로 구성되어 있고 각각의 방마다 이런저런 게임이 진행되고 있었다. 이윽고 나는, 내가 세라나 세실 경의 이름을 되풀이할 때마다 안다는 듯이 고개를 끄덕이고는 번번이 경계하는 낯선 사람들의 눈길만 쏟아지는 연기가 자욱한 방으로 나를 안내하는 안내원의 태도에 점점 짜증이 나기 시작했다. 어쨌든 그 건물을 보면 볼수록 세실 경이 세라를 데려옴 직한 곳 같지 않았다. 그런데 내가 찾는 것을 포기하고 문을 나서는데, 테이블에 앉아 룰렛을 바라보는 세실 경의 모습이 눈에 들어왔다.

그 방에는 스무 명쯤 되는 사람들이 있었고 대부분은 남자였다. 다른 방들처럼 담배 연기가 자욱하지는 않았으나 훨씬 더웠다. 세실 경은 완전히 게임에 몰입해서 내게 손을 흔들어 보이는 둥 마는 둥 하고 다시 룰렛 바퀴에 시선을 고정시켰다.

방 가장자리에는 붉은 천을 씌운 낡은 안락의자가 몇 개 놓여 있었다. 의자 하나에는 양복 차림의 중국인 노인이 땀에 흠뻑 젖은 채 코를 골며 자고 있었다. 그것 말고 유일하게 사람이 앉아 있는 또 다른 의자는 게임 테이블에서 가장 멀리 떨어진 그늘진 구석에 놓인 것이었다. 세라는 거기 앉아 손바닥 안쪽에 머리를 기대고 눈을 반쯤 감은 자세로 쉬고 있었다.

내가 곁에 앉자 그녀가 화들짝 놀랐다. "아니, 크리스토퍼. 여기서 뭘 하는 거예요?"

"그저 지나던 길이었습니다. 미안합니다. 놀라게 할 생각은 없었는데요."

"그저 지나던 길이라고요? 여기를요? 믿지 못할 얘기로군요. 우리 뒤를 쫓아온 거로군요."

우리는 테이블에서 게임하는 사람들을 방해하지 않기 위해 목소리를 낮춰 이야기를 했다. 건물 어디에선가 트럼펫 연습하는 소리가 희미하게 들려왔다.

"아무래도 실토해야겠군요." 내가 말했다. "우연히 두 분이 이곳에 오셨다는 얘기를 듣게 됐답니다. 그리고 마침 지나가는 길이기도 하고……."

"오, 크리스토퍼. 당신, 외로우셨군요."

"뭐 그런 건 아닙니다. 하지만 좀 울적한 하루를 보내기는 했지요. 그래서 기분을 좀 풀고 싶었습니다. 그게 다예요. 하지만 두 분이 이런 곳에 계신 줄 알았더라면 오기를 망설였으리라는 건 인정해야겠군요."

"그렇게 비판적으로 말씀하실 건 없어요. 세실과 나, 우리는 하층민의 삶을 경험 중이랍니다. 재미도 있고 말이에요. 이것도 결국 상하이의 일부니까요. 자, 이제 당신이 보낸 울적한 하루 얘기를 들려주세요. 좀 의기소침해 보이는군요. 사건의 돌파구를 아직 찾지 못하셔서 그런 모양이군요."

"돌파구는 찾지 못했지만 그렇다고 의기소침한 것은 아닙니다. 사태가 구체적인 모양새를 갖추기 시작했으니까요."

이어 내가 부패한 시체가 발견된 썩어 가는 보트에서 엉금엉금 기어 다니며 보낸 두 시간에 대해 설명하기 시작하자 그녀가 얼굴을 찡그리더니 내 말을 막았다.

"너무 무서운 얘기예요. 오늘 테니스 클럽에서 들었는데, 그 시체들의 사지가 모두 절단되어 있었다면서요. 그게 사실인가요?"

"유감스럽지만 그렇습니다."

그녀가 다시 한 번 얼굴을 찌푸렸다. "말할 수 없이 무서운 일이에요. 하지만 이 사람들은 중국인 노동자들이죠, 그런가요? 그렇다면 그들이…… 당신의 부모님과 관계가 있을 리는 없을 텐데요."

"사실 저는 이 범죄가 제 부모님 사건과 아주 중요한 관련이 있다고 여기고 있습니다."

"정말이에요? 테니스 클럽에서는 이 살인이 모두 '노란 쥐 사건'의 일부라고들 하던데요. 희생자들이 노란 쥐와 아주 가까운 사이였다면서 말이에요."

"노란 뱀입니다."

"뭐라고 하셨죠?"

"공산당 밀고자 말이죠. 노란 뱀이라고 하죠."

"아, 그렇군요. 어쨌든 너무나 무시무시한 얘기예요. 이런 시기에 자기네들끼리 몹쓸 짓을 하다니 대체 중국인들은 뭘 하는 걸까요? 홍군과 정부가 최소한 잠시 동안만이라도 연합 전선을 구축할 가능성이 있다고 보세요?"

"공산당과 국민당 사이의 앙금은 뿌리 깊은 것 같더군요."

"세실도 그렇게 말하더군요. 오, 저 사람 좀 보세요. 어떻게 저런 자세로 게임을 할 수 있죠?" 그녀의 시선을 따라가던 내 눈에, 우리에게 등을 돌린 채 한쪽으로 구부정하게 앉은 세실 경이 보였다. 그 때문에 그의 체중은 테이블에 실린 상태였다. 그는 언제라도 의자에서 미끄러져 나동그라질 것처럼 보였다.

세라가 좀 거북한 눈길로 나를 쳐다보았다. 그러더니 자리에서 일어나 그에게 가서 손을 어깨에 얹고는 그의 귀에 나지막이 무슨 말인가를 속삭였다. 세실 경이 정신을 차리고 주위를 둘러보았다.

이 시점에서 내가 한순간 두 사람에게서 시선을 돌리고 있었을 가능성이 있다. 왜냐하면 그다음에 정확히 어떤 일이 일어났는지 확실히 모르기 때문이다. 나는 세라가 얻어맞기라도 한 듯 뒤로 비틀거리며 한순간 균형을 잃을 것처럼 보였으나 곧 자세를 바로잡는 것을 보았다. 내가 그의 등 쪽을 유심히 바라보는 동안 세실 경은 다시 앉은 자세를 바로하고는 게임에 몰두했기 때문에 나로서는 그가 세라를 밀쳐서 비틀거리게 만들었는지 어떤지 알 수 없었다.

세라는 내가 자신을 바라보고 있다는 것을 알고는 미소를 지어 보이며 내 쪽으로 돌아와 다시 내 옆의 의자에 앉았다.

"그이는 지쳤어요. 정말 원기왕성한 사람이지만 그의 나이에는 조금 더 쉴 필요가 있다니까요."

"두 분은 이곳에 자주 오십니까?"

그녀가 고개를 끄덕였다. "이곳과 아주 비슷한 다른 몇 군데도 가고요. 세실은 크고 화려한 곳은 별로 좋아하지 않는답니다. 그런 데서는 우승자가 나올 수 있으리라고 생각지 않거든요."

"당신은 언제나 이렇게 남편의 원정 길에 함께 다니나요?"

"누군가 그를 돌볼 사람이 있어야 하니까요. 아시다시피 저이는 젊지 않잖아요. 오, 저는 괜찮아요. 오히려 활기차서 좋거든요. 바로 이런 것이 이 도시의 진면목이 아니겠어요."

게임 테이블에 있던 사람들이 일제히 한숨을 내쉬더니 게임하던 사람들이 잡담을 나누기 시작했다. 나는 자리에서 일어서려고 하는 세실 경의 모습을 보았는데, 그제야 나는 그가 얼마나 취했는지를 깨달았다. 그는 일어나려다가 다시 의자에 털썩 주저앉았으나 두 번째 시도에서 가까스로 일어나는 데 성공하더니 불안정한 걸음으로 우리 쪽으로 걸어왔다. 나는 악수를 할 생각으로 일어섰지만 그는 무엇보다 균형을 잡기 위해서인 듯 내 어깨를 손으로 짚으며 이렇게 말했다.

"어이, 친구. 이렇게 자네를 다시 보다니 반갑군."

"오늘밤 운이 좀 따랐습니까, 세실 경?"

"운? 오, 아냐, 아닐세. 오늘 밤은 엉망이었네. 일주일 내내 엉망이었어. 불운의 연속이었다네. 하지만 아무도 알 수 없지. 난 다시 운을 타게 될 걸세, 하하하! 잿더미에서 솟아오를 거란 말일세."

세라 역시 자리에서 일어나 그를 부축할 셈으로 손을 내밀었으나 그는 그녀 쪽을 보지도 않고 손길을 뿌리치고는 다시 내게 말했다.

"이보게, 칵테일 한잔 생각 있나? 아래층에 술집이 있네."

"매우 친절하신 말씀입니다. 하지만 저는 이제 호텔로 돌아가야겠습니다. 내일도 또 힘든 하루가 될 테니까요."

"열심히 일하는 모습을 보니 보기가 좋군. 나 역시 직접 사태를 바로잡아 볼 생각으로 이 도시에 왔네. 하지만 자네도 알다시피……" 그러면서 그는 겨우 3, 4센티미터밖에 되지 않을 만큼 얼굴을 내게 바싹 들이밀었다. "내가 접근하기엔 너무 깊숙이 숨겨진 일일세, 친구. 지금까지 그랬지."

"세실, 여보, 이제 집에 가요."

"집이라고? 호텔의 그 쥐구멍 같은 곳을 집이라고 하는 거요? 당신은 나보다 유리한 점이 있지. 원래 방랑기가 있으니까. 그래서 당신은 개의치 않는 거요."

"어서 가요, 여보. 전 피곤해요."

"당신이 피곤하다. 내 귀여운 방랑자께서 피곤하시다는 거로군.

뱅크스, 자네, 밖에 차를 가져왔나?"

"차는 가져오지 않았습니다만, 원하신다면 택시를 잡아 보죠."

"택시라고? 여기가 런던의 피커딜리쯤 되는 줄 아나? 밖에 나가서 택시를 부르기만 하면 된다고 생각하나? 이 중국 놈들은 순식간에 안면을 바꾼단 말일세."

"세실, 여보, 자리에 앉아 계세요. 그동안 크리스토퍼가 보리스를 데려올 거예요." 그런 다음 그녀는 내게 말했다. "우리 운전기사가 멀지 않은 곳에 있을 거예요. 부탁 좀 드려도 괜찮겠어요? 가엾은 세실, 이이는 오늘 밤 상태가 좀 좋지 않네요."

나는 애써 환한 표정을 지어 보이고는, 돌아가는 길을 애써 기억해 그 건물을 나왔다. 바깥 광장은 아까와 마찬가지로 사람들로 북적댔으나 조금 더 가자 인력거와 자동차가 줄지어 대기하고 있는 거리가 나왔다. 그쪽으로 간 나는 한동안 자동차마다 다니며 다양한 국적의 운전기사들에게 세실 경의 이름을 댔는데 마침내 대답하는 사람을 찾았다.

내가 도박장으로 돌아와 보니 세라와 세실 경은 이미 밖에 나와 있었다. 그녀는 양손으로 그를 부축하고 있었지만 키가 크고 구부정한 그는 언제라도 그녀를 완전히 찌부러뜨릴 것처럼 보였다. 빠른 걸음으로 그쪽으로 걸어가는 내 귀에 그의 말소리가 들렸다.

"거기서 그들이 싫어하는 건 당신이오. 나 혼자서 이곳을 드나들었을 때는 언제나 왕족처럼 대해 주었단 말이오. 그래, 왕족처럼 대했지. 그들은 당신 같은 부류의 여자들을 좋아하지 않아. 그들이 원하는 건 진짜 귀부인이거나 창녀란 말이오. 당신은 어느 쪽도 아니잖아. 당신도 알다시피 그들은 당신을 조금도 좋아하지 않소. 당신이 쫓아다니겠다고 고집 피우기 전까지는 한 번도 말썽이 없었단 말이오."

"자, 어서 가요, 여보. 크리스토퍼가 왔군요. 잘하셨어요, 크리스토퍼. 봐요, 여보. 저분이 우리를 위해 보리스를 찾아 주었네요."

메트로폴 호텔까지 그렇게 먼 거리는 아니었으나 보행자와 인력거 사이를 뚫고 가느라 자동차는 기어가다시피 앞으로 나아갔다. 그곳까지 가는 동안 세라는 세실 경의 팔과 어깨를 잡고 있었는데, 그는 잠들었다 깨기를 반복했다. 정신이 들 때마다 그는 세라를 뿌리치려 했으나 그녀는 웃으면서 흔들리는 차 안에서 움직이지 않도록 계속 그를 붙잡고 있었다.

우리는 메트로폴 호텔의 회전문을 지나 들어갔다. 승강기에 탈 때 나는 그를 부축했으며, 그사이에 세라는 로비에 있던 호텔 직원들과 쾌활한 어조로 인사말을 주고받았다. 이윽고 메더스트 부부의 스위트룸에 이르러 나는 세실 경을 안락의자에 앉힐 수 있었다.

나는 그가 선잠에 든 줄 알았으나 갑자기 정신을 차리더니 나에게, 무슨 내용인지 도무지 감도 잡을 수 없는 의미 없는 질문들을 던지기 시작했다. 세라가 욕실에서 플란넬로 된 수건을 가져와 그의 이마를 닦아 주는 사이에 그가 다시 말했다.

"뱅크스, 솔직히 말해 보게. 여기 있는 이 촌뜨기 여편네 말이야. 자네도 알다시피 그녀는 나보다 한참 젊지. 뭐 그렇다고 아주 팔팔한 것도 아니지만 말이야, 하하하! 그래도 나에 비하면 한참 젊다네. 솔직히 말해 보게, 친구, 오늘 밤과 같은 곳, 자네가 우리 두 사람을 발견한 그런 장소에서 낯선 사람이 우리 둘이 함께 있는 것을 본다고 해 보세……. 자, 솔직히 말해 보자구! 내가 묻는 건, 사람들이 내 아내를 매춘부라고 여기지 않겠나?"

내가 본 바에 따르면 세라의 표정은 바뀌지 않았다. 다만 그렇게 해서라도 기분을 바꿔 보기를 바란다는 듯이 남편을 보살피는 손길이 조금 빨라진 것 같았다. 세실 경은 파리라도 피하는 것처럼 짜증스럽게 고개를 젓더니 다시 말했다.

"자, 여보게, 어서 솔직히 말해 보라고."

"여보, 당신 지금 사람을 불편하게 만들고 있어요." 세라가 조용한 목소리로 말했다.

"내가 한 가지 비밀을 말해 주지, 친구. 비밀을 말해 주겠네. 난 그 일을 오히려 즐긴다네. 사람들이 내 아내를 매춘부로 오해하는 일을 좋아한단 말일세. 내가 오늘 밤 간 것과 같은 그런 곳에 드나드는 이유가 그걸세. 이제 그만! 날 좀 가만히 내버려 두란 말이오!" 그는 세라를 옆으로 밀치고는 하던 말을 계속했다. "내가 그런 곳에 가는 또 다른 이유는 물론, 자네라면 분명 짐작하겠지만 얼마간 돈을 빚졌기 때문일세. 빚이 좀 늘었거든. 하지만 물론 그 돈을 되찾지는 못할 걸세."

"여보, 크리스토퍼는 지금껏 우리에게 아주 친절하게 해 주었어요. 그런 분을 지루하게 만들면 안 되잖아요."

"이 매춘부가 지금 뭐라는 거지? 방금 그녀가 한 말 들었나, 친구? 그러지 말게. 그녀 말을 듣지 말란 말일세. 창녀 같은 여자의 말에 귀를 기울일 것 없단 말이야. 그런 여자들은 결국 사람을 타락시키게 마련이지. 전시에는 더더욱 그래. 전시에는 창녀의 말을 들어선 안 된다네."

그는 부축도 받지 않고 자리에서 일어나서는 잠깐 방 한복판에

선 채 우리 앞에서 비틀거렸다. 느슨해진 옷깃이 목 밖으로 삐져나와 있었다. 그러더니 침실로 들어가 문을 닫아 버렸다.

세라가 내게 미소를 지어 보이고는 그 뒤를 따라 들어갔다. 그 미소만 아니었더라면, 아니 그보다도 그 미소 이면에서 내가 간파한 호소 같은 것을 느끼지 못했다면 나는 그 시점에 그곳을 나왔을 것이다. 그러나 나는 그대로 남아서 멍한 기분으로 입구 근처 받침대에 놓인 중국 자기를 들여다보았다. 한동안 세실 경이 무슨 말인가 외치는 소리가 나더니 이윽고 조용해졌다.

오 분쯤 지나서 침실에서 나온 세라는 내가 아직 그곳에 있는 것을 보고 놀란 표정을 지었다.

"남편 분은 괜찮으신가요?" 내가 물었다.

"이제 잠들었어요. 괜찮아질 거예요. 불편하게 해 드려서 죄송해요, 크리스토퍼. 오늘 저녁 우리를 보러 왔을 때 보려던 용무도 보지 못했겠군요. 그걸 별충할 약속을 따로 잡기로 해요. 어딘가에서 우리가 저녁 식사를 대접할게요. 애스터 하우스의 음식은 아직 괜찮답니다."

그녀는 나를 방 밖으로 안내했다. 내가 문가에서 몸을 돌리고 말했다.

"이런 일 말입니다. 자주 일어나는 편인가요?"

그녀는 한숨을 지었다. "꽤 자주요. 하지만 제가 그 일로 속상해하리라고 생각하시면 안 돼요. 가끔 걱정이 되긴 하지만 말이죠. 그이의 심장 때문에요. 그래서 제가 늘 그이와 함께 다니는 거예요."

"당신은 남편 분을 잘 돌보고 계신 겁니다."

"당신이 잘못된 인상을 갖지 않았으면 해요. 세실은 괜찮은 사람이에요. 조만간 당신을 저녁 식사에 초대할게요. 당신이 바쁘지 않을 때 말이죠. 하지만 늘 바쁘신 것 같더군요."

"세실 경은 저녁나절을 이런 식으로 보내나요?"

"대개는 그래요. 가끔은 낮에도 그러고요."

"제가 해 드릴 만한 일은 없을까요?"

"당신이 해 주실 수 있는 일이요?" 그녀가 작게 소리 내어 웃었다. "크리스토퍼, 전 괜찮아요. 제발 세실에 대해 안 좋은 인상을 갖지 말아 주세요. 그이는 정말이지…… 전 그이를 몹시 사랑한답니다."

"그렇다면 이만 작별 인사를 드려야겠군요."

그녀가 내 쪽으로 한 발 다가서더니 멍하니 한 손을 내밀었다. 나는 나도 모르게 그 손을 잡았지만 그다음에 어떻게 해야 좋을지 알 수 없어 손등에 입을 맞추었다. 그러고는 다시 한 번 웅얼대는 소리로 작별 인사를 한 다음 복도로 나섰다.

"제 걱정은 마세요, 크리스토퍼." 그녀가 문가에서 속삭였다. "전 정말 괜찮으니까요."

그것이 간밤에 그녀가 내게 한 말들이었다. 그러나 오늘 이 일과 특별히 관련된 것으로 내 머릿속에 떠오르는 것은, 앞서 삼 주 전 팰리스 호텔 무도장에서 처음 만났을 때 그녀가 했던 말이다. "어디를 가든 서두를 필요도 없고요. 누군가 구해 주러 오기 전까지는 말이에요." 그날 밤 그녀는 대체 무슨 뜻에서 내게 그런 말을 했을까? 앞에서도 말했듯이 처음 그 말을 들었을 때도 나는 어리둥절했는데, 바로 그 순간 그레이슨이 나를 찾아 군중 속에서 나타나지만 않았다면 십중팔구 그녀에게 그 의미를 물어보았을 것이다.

X 5 X

1937년 9월 29일
상하이, 캐세이 호텔

14

나는 오늘 오전 영국 영사관에서 있었던 맥도널드와의 만남에서 영리하게 처신하지 못했다. 오늘 밤 그 일을 돌아보니 좌절감만 생긴다. 실상은 그는 준비가 철저했고 나는 그렇지 못했다. 여러 차례 나는 그가 나를 엉뚱한 결론으로 유도하도록 허용했고, 그가 처음부터 양보하기로 마음먹고 있었던 문제들에 대해 입씨름을 하느라 내 에너지를 낭비했다. 소득이라면 사 주 전 팰리스 호텔의 무도장에서 만나 그에게 처음으로 '노란 뱀'과의 면담을 언급한 그날 밤보다 그를 더 잘 알게 되었다는 것 정도다. 그때 나는 맥도널드가 생각지도 못한 문제를 제기해, 적어도 그로 하여금 그가 이곳 상하이에서 맡고 있는 진짜 역할에 대해 여러 가지 표현으로 털어놓게 만들었다. 그러나 오늘 아침에는 자신이 단지 의전을 담당한 직원에 불과한 척하는 그의 가식에 대해 아무 조치도 취하지 못했다.

내가 아무래도 그를 과소평가했던 것 같다. 내가 요구했던 것을 준비하는 데 그가 능장 피운다고 나무라면 될 거라고 생각했다. 일단 내가 짜증스러워하면 그가 손쉽게 나를 이기리라는 사실을 알고 나에게 덫을 놓았다는 것을 이제야 알았다. 내가 그런 식으로 짜증을 표시한 건 어리석은 짓이었다. 하지만 최근 며칠간 이어진 고된 작업으로 나는 지쳐 있었다. 그리고 물론, 맥도널드의 사무실로 가다가 뜻밖에 시의회 의원인 그레이슨과 만났던 사정도 있었다. 사실 오늘 아침, 그 뒤에 있었던 맥도널드와 토의하는 동안 다른 곳에 정신이 팔릴 정도로 내가 평정을 잃었던 이유는 무엇보다 그 일 때문이었다.

내가 영사관 건물 2층의 조그만 라운지에서 몇 분간 기다린 참이었다. 이윽고 비서가 와서 맥도널드가 나를 만날 준비가 되었다고 해서 대리석이 깔린 층계참을 가로질러 승강기 문 앞에 섰을 때였다. 빠른 걸음으로 층계를 내려오던 그레이슨이 나를 불렀다.

"안녕하세요, 뱅크스 씨! 이런, 죄송합니다. 아무래도 지금은 별로 적절한 때가 아닌 거 같네요."

"안녕하십니까, 그레이슨 씨. 사실 그리 좋은 때가 아닙니다. 우리 친구인 맥도널드 씨를 만나러 가는 중이거든요."

"오, 그렇다면 붙잡지 않겠습니다. 제가 이곳에 왔는데 마침 선생께서도 여기 계시다는 얘기를 들어서 뵈러 온 것뿐입니다." 그의 기운찬 웃음소리가 건물 안에 울려 퍼졌다.

"다시 뵙게 되어서 반갑습니다만, 그레이슨 씨, 지금 전……."

"선생을 붙잡아 둘 생각은 추호도 없습니다. 하지만 최근 선생이 어디 계시는지 찾기가 좀 어려워서 말씀이죠."

"그레이슨 씨, 간략하게 말씀해 주실 수 있다면 좋겠습니다."

"그럼요, 아주 짧게 말씀드리죠. 좀 비약일지도 모르겠습니다만,

이런 문제에서는 차후 계획이란 것이 충분히 필요한 법이니까요. 이런 중대한 일에서 만사가 제대로 준비되지 않으면, 나아가 좀 조잡하거나 아마추어 같은 냄새를 풍긴다면…….”

“그레이슨 씨…….”

“정말 죄송합니다. 전 그저 환영식과 관련하여 선생께서 몇 가지 세부 사항을 염두에 두어 주셨으면 하는 것뿐입니다. 저희는 이제 제시필드 공원을 행사장으로 정했습니다. 거기에 무대와 마이크 설비를 갖춘 큰 천막을 설치할 겁니다……. 죄송합니다만 이제 본론을 말씀드리겠습니다. 뱅크스 씨, 저는 이 행사에서 선생께서 맡아 주실 역할에 대해 의논을 좀 하고 싶습니다. 저희는 행사를 간단하게 해야 한다고 생각합니다. 저는, 선생께서 이 사건을 해결하신 방식에 관해서 몇 마디 말씀을 해 주시면 어떨까 생각해 보았습니다. 어떤 중요한 단서가 결국 선생을 선생의 부모님께 인도했는지 하는 그런 것 말입니다. 그저 한두 마디에 불과해도 대중은 무척 기뻐할 겁니다. 그러고 나서 선생의 연설 말미에 그분들이 무대에 오르실 수도 있지 않겠는가 하고 생각했답니다.”

“그분들이라니 누구 말씀입니까, 그레이슨 씨?”

“선생의 부모님이지요. 두 분이 연단에 올라 손을 흔들고 환호에 답한 다음 내려가시면 어떨까 합니다. 하지만 물론 이것은 그저 한 가지 아이디어에 지나지 않습니다. 선생께서 다른 훌륭한 제안을 해 주시리라 믿고 있습니다만…….”

문득 짜증이 치밀었다. “아니, 아닙니다, 그레이슨 씨. 아주 근사할 것 같군요. 하지만 하실 말씀이 그게 전부라면 정말 저는 이제…….”

“딱 한 가지 더 드릴 말씀이 있습니다, 선생님. 별것 아니긴 하지만 제대로만 한다면 상당히 인상적인 효과를 줄 겁니다. 선생의 부모님께서 연단에 올라오셨을 때 취주 악단이 연주를 하는 게 좋을 듯합니다. 「희망과 영광의 땅」[15] 같은 곡을 연주하는 거죠. 제 동료 가운데는 이런 생각을 탐탁하게 여기지 않는 이들도 있습니다만 제 생각에는…….”

“그레이슨 씨, 정말 놀라운 아이디어입니다. 게다가 이 사건을 해결하는 저의 능력을 그토록 믿어 주신다니 더할 나위 없는 영광입니다. 하지만 맥도널드 씨께서 지금 저를 기다리고 있어서요.”

“물론입니다. 이렇게 대화할 짬을 내 주셔서 얼마나 고마운지요.”

나는 승강기 단추를 눌렀다. 내가 승강기를 기다리는 동안에도 그레이슨은 계속 곁에서 어물쩍대고 있었다. 이윽고 내가 승강기 문 쪽으로 몸을 돌렸을 때 그가 말했다.

“제가 궁금한 일이 딱 한 가지 더 있습니다, 뱅크스 씨. 행사가 열리는 당일 부모님께서 어디에 묵으실지 혹시 알고 계시는지요? 아시다시피 군중들 때문에 성가신 일 없이 그분들을 공원까지 모셔왔다가 모시고 가야 하니까 말이죠.”

내가 그 말에 뭐라고 대답했는지는 기억나지 않는다. 아마 그 순간 승강기 문이 열려서 대강 얼버무리고 그에게서 벗어났기 때문일 것이다. 하지만 맥도널드와 만나는 동안 내내 내 머릿속을 떠나지 않았던 것, 앞에서도 말했던 것처럼 당면 문제에 대해 특히 명확하게 생각하지 못하게 한 것은 바로 이 마지막 질문이었다. 그리고 하루 일을 모두 마친 이 밤 그 질문이 다시금 내 머릿속에 떠오른다.

---

15) 영국 국가(國歌).

사실 내 부모님이 어디에서 체류할 것인가 하는 문제를 내가 전혀 염두에 두지 않은 것은 아니다. 다만, 내게는 복잡하기 이를 데 없는 사건이 아직 해결되지 않았는데 그런 문제에 대해 생각하는 일이 언제나 시기상조로, 심지어는 '신의 뜻을 거역하는 짓'처럼 여겨졌다. 지난 몇 주 사이에 내가 그 문제에 대해 제대로 생각했던 유일한 때는 예전 학교시절 동창인 앤터니 모건을 만난 날 저녁뿐인 것 같다.

내가 여기 온 지 그리 오래되지 않은 때, 아마도 세 번째인가 네 번째 날 밤의 일이었을 것이다. 나는 모건이 상하이에 산다는 사실을 얼마 전부터 알고 있었으나 세인트던스턴 학교에 다닐 때 죽 같은 반이기는 했어도 특별히 가까웠던 사이가 아니어서 특별히 그를 만날 생각은 없었다. 그러다 세 번째 날 아침 그에게서 전화가 걸려 왔다. 그가 내가 연락하지 않은 사실을 언짢게 여기는 기색이 역력했던 까닭에, 결국 나도 모르게 그날 저녁 프랑스 구역에 있는 한 호텔에서 그를 만나기로 했다.

호텔 라운지의 흐릿한 불빛 아래에서 기다리는 그를 발견한 것은 날이 꽤 어두워졌을 무렵이었다. 학창 시절 이후로 그를 본 적이 없었던 나는 초췌한 안색에 몸집이 거대한 그를 보고 깜짝 놀랐다. 그러나 따뜻한 인사말을 주고받는 동안 나는 되도록이면 내 목소리에 그런 기색을 담지 않으려고 했다.

그가 내 등을 두드리며 말했다. "신기하게도, 그렇게 시간이 많이 흐른 것 같지 않군. 또 어떤 면에서는 꽤 오랜 시간이 흐른 것 같기도 하고 말일세."

"정말 그렇군."

그가 말을 이었다. "그런데 최근에 덴마크 친구 에머릭에게서 편지 한 통을 받았지 뭔가. 그 친구 기억하나? 덴마크 친구 에머릭 말일세! 그 친구 소식을 오랫동안 소식을 듣지 못했지! 지금은 빈에 사는 모양이더군. 에머릭 말이야. 자네 그 친구 기억하나?"

"물론 기억하고말고." 나는 그렇게 대답하기는 했지만 그런 아이가 있었다는 희미한 기억만 났을 뿐이다. "에머릭, 좋은 친구지."

모건은 그다음 반 시간가량 거의 쉬지 않고 떠들어 댔다. 그는 옥스퍼드 대학교를 졸업한 후 곧장 홍콩에 왔다가 십일 년 전 자딘 매시선 사에 자리를 구한 후 상하이로 이주했다고 했다. 그러다가 어느 시점에선가 갑자기 말을 뚝 끊더니 이렇게 말했다.

"이 모든 말썽이 시작되고 나서 내가 운전기사들 때문에 얼마나 곤란을 겪었는지 말해도 믿지 못할 걸세. 일본 놈들이 포격을 한 첫날 내 담당 운전기사가 죽었다네. 그래서 다른 기사를 구했는데 그놈이 알고 보니 강도나 다름없는 놈이었지. 자기 패거리의 일거리를 처리하기 바빠서 내가 어딘가 좀 가려고 해도 도무지 찾을 수 없었네. 한번은 아메리칸 클럽에서 나를 태웠는데 셔츠가 온통 피투성이였지 뭔가. 그자의 피가 아니라는 건 금방 알아냈지. 그런데도 사과 한마디 하지 않았다네. 전형적인 중국 놈이지. 그때 내 인내심이 바닥나고 말았네. 그러고도 기사 두 명을 더 거쳤는데 도무지 운전도 할 줄 모르는 작자들이었어. 그중 하나는 가엾은 인력거꾼을 치어 중상을 입혔지. 지금 데리고 있는 기사도 별로야. 그저 그자가 우리를 목적지에 무사히 데려다 주기만 기도하자고."

나는 그가 한 마지막 말이 무슨 의미인지 알 수 없었다. 내 기억으로는 우리가 그날 밤 함께 어디로 가기로 한 적이 없었기 때문이다. 그러나 굳이 그 말에 의문을 제기할 기분은 들지 않았다. 그때 그가 재빨리 호텔을 곤혹스럽게 만든 물자 부족 문제로 화제를 바꾸었다. 그는 우리가 앉아 있는 이 라운지가 원래는 이렇게까지 어둡지 않았다면서, 전쟁 때문에 차페이의 공장들이 전구 공급을 끊어서 그 호텔의 다른 곳에서도 손님들은 어둠 속을 더듬고 다녀야 할 지경이라고 했다. 그는 또한, 그 방 한쪽 구석에 있는 댄스 밴드 단원 가운데 최소한 세 명이 악기를 연주하지 않고 있다는 사실도 지적했다.

"그건 그들이 실제로는 연주자가 아니라 포터이기 때문이지. 진짜 연주자들은 상하이에서 내뺐거나 전투 중에 죽었다네. 그래도 저 친구들 꽤 그럴싸하게 흉내 내고 있잖은가?"

그가 지적하고 나서야 나는 그들이 사실 몹시 어설프게 연주자 흉내를 내고 있다는 사실을 알 수 있었다. 한 사람은 그 일에 싫증이 난 나머지 활을 바이올린에 대고 있지도 않았으며, 다른 한 사람은 손을 움직이는 것은 까맣게 잊은 채 그저 클라리넷을 들고 입을 벌린 채 주위의 진짜 연주자들이 연주하는 광경을 멍하니 바라보며 서 있었다. 내가 그 호텔에 대한 모건의 정통한 지식을 칭찬해 주고 나서야 비로소 그는 내게 자신이 그곳에서 지낸 지 한 달이 넘었노라고, 홍큐[16]에 있는 자신의 아파트는 전투가 벌어지는 곳과 "너무 가까워서 도무지 마음을 놓을 수가 없다."라고 했다. 내가 그에게 상황에 밀려 그렇게 집을 나와야 하다니 안됐다고 하자 그의 안색이

---

16) 옛 상하이 국제 조계 북동쪽에 위치한 지역.

돌연 바뀌었는데, 그제야 내가 학교 시절에 알던 불행하고 외로워 보이는 소년을 연상케 하는 울적한 표정이 그의 얼굴에 떠올랐다.

"어차피 그리 대단한 집도 아니었다네." 그가 자신의 칵테일 잔을 들여다보면서 말했다. "나 혼자 살고, 하인 몇몇이 드나드는 곳이었지. 사실 초라하기 짝이 없는 곳이야. 어떤 의미에서 전쟁은 그저 핑계였을지도 몰라. 집을 떠날 좋은 구실을 찾은 셈이지. 정말 형편없는 집이라니까. 가구는 모두 중국제라네. 어느 곳 하나 편히 앉아 있을 데도 없고 말일세. 예전에 새를 한 마리 키웠지만 죽고 말았지. 내겐 여기가 훨씬 낫다네. 내가 들락거리는 유흥가와도 훨씬 가깝고." 그러면서 그는 시계를 보더니 잔에 남은 술을 따라 마시고 말했다. "자, 그들을 기다리지 않게 하는 게 좋겠어. 밖에 차가 와 있군."

모건의 태도에는 무심한 듯 하지만 서두르는 기미가 있어서 이의를 제기하기 어려웠다. 게다가 그때 나는 아직 이 도시에 온 지 얼마 안 되는 때여서 나를 초대한 다양한 인물들 앞에서 이런저런 역할을 하기 위해 끌려 다니는 습관이 들어 있었다. 그 결과 나는 모건을 따라 호텔을 나섰고 얼마 지나지 않아 그의 차 뒷좌석에 나란히 앉아 생기에 넘치는 프랑스 구역의 밤거리를 지나가게 되었다.

차에 오르자마자 운전기사는 다가오는 전차와 하마터면 충돌할 뻔했다. 나는 모건이 또다시 운전기사 문제를 들먹거리리라고 생각했다. 그러나 그는 생각에 잠긴 듯 말없이 차창 너머 네온사인과 중국 깃발 들을 내다보기만 했다. 한번은 내가 그에게 지금 우리가 가는 곳에 대한 정보를 캐 볼 참으로 이렇게 물었다. "우리가 시간에 맞춰 도착하지 못할 것 같나?" 그러자 그는 그저 시계를 힐끗 쳐다보고는 심란한 어조로 이렇게 대답했다. "지금까지 자네를 기다렸으니 몇 분 더 기다린다고 해서 크게 개의치 않을 걸세." 그런 다음 다시 덧붙였다. "내가 이러는 게 자네에겐 분명 꽤나 이상하게 여겨질 걸세."

그 후 우리는 한동안 대화를 거의 나누지 않은 채 달리는 차 안에 앉아 있었다. 한번은 양옆 인도에 행인들이 북적대는 옆길에 들어섰다. 램프 불빛 아래 의자에 앉거나 그냥 쭈그리고 앉은 사람들, 땅바닥에 몸을 웅크린 채 잠든 사람들, 서로 밀쳐 대는 사람들이 보였다. 길 가운데로 겨우 차량 한 대가 지날 공간밖에 없었다. 사람들의 연령층은 다양해서 엄마 품에 잠든 갓난아기까지 있었으며, 저마다 누더기 꾸러미라든가 새장, 물건을 높다랗게 쌓아 올린 외바퀴 수레에 이르기까지 주위에 온통 자신의 소지품을 늘어놓고 있었다. 그때쯤에는 이미 그런 광경에 익숙해져 있었음에도 그날 밤 나는 차창 밖을 내다보며 당혹스러운 느낌을 받았다. 대부분은 중국인이었지만 그 거리 끝에 이르자 유럽인, 내 짐작에 러시아인처럼 보이는 아이들 무리도 여럿 눈에 띄었다.

"운하 북쪽에서 온 난민들이지." 모건이 담담한 어조로 말하고는 고개를 돌렸다. 그 자신도 난민이었음에도 그는 자신과 같은 신세인 이 가엾은 무리들에게 특별히 감정이입을 하지 않는 것 같았다. 심지어 한번은 우리가 잠자는 사람을 차로 친 것 같아서 놀란 눈으로 뒤를 돌아봤을 때도 내 친구는 그저 웅얼대는 어조로 이렇게 말했을 뿐이다. "걱정 말게. 낡아 빠진 보따리였을 걸세."

그런 다음 다시 몇 분간 침묵을 지키던 그가 웃음을 터뜨리는 바람에 나는 화들짝 놀랐다. "학창 시절이라. 그 모든 것이 다시 떠오르는군. 그렇게 나쁘지는 않았던 것 같네."

그를 힐끔 쳐다본 나는 그의 눈가에 고인 눈물을 보았다. 그가 다시 말했다.

"그때 우린 힘을 모았어야 했네. 가련한 외톨이 두 명이었으니까 말일세. 그게 우리가 해야 했던 일이었어. 자네와 나, 우리 두 사람은 힘을 합쳤어야 했다고. 어째서 그러지 않았는지 모르겠네. 그랬다면 그렇게까지 외톨이라는 느낌을 받지 않았을 텐데 말이야."

내가 놀라서 그에게로 고개를 돌렸다. 그러나 수시로 바뀌는 불빛에 비친 그의 얼굴은 그의 마음이 어딘가 먼 곳에 가 있음을 말해 주었다.

아까도 말했던 것처럼 나는 학창 시절 앤터니 모건이 '가련한 외톨이' 같은 존재였다는 사실 정도는 기억하고 있었다. 그것은 그가 특별히 다른 아이들로부터 괴롭힘이나 놀림을 받았기 때문이 아니었다. 오히려, 내가 기억하는 한 처음부터 그런 역할 속에 스스로를 던져 넣은 것은 모건 자신이었다. 언제나 주된 무리에서 몇 미터 뒤쳐져 혼자 걸었던 것도 그랬고, 화창한 여름날 놀이에 끼지 않고 방 안에 혼자 남아 공책을 낙서로 채우곤 했던 것도 그랬다. 나는 이 모든 일을 선명하게 기억한다. 사실, 그날 밤 어둑한 호텔 라운지에서 그를 보자마자 미술실과 회랑 사이의 안뜰을 가로지르는 동안 우리들로부터 뒤떨어져서 부루퉁한 얼굴로 걸어오는 외로운 그의 이미지가 떠올랐던 것이다. 그러나 나 역시 '가련한 외톨이'였으며, 자신과 짝을 이룰 수도 있는 존재였다는 그의 단정은 너무나 놀라운 것이어서 그것이 모건 쪽의 자기기만에 불과하다는 사실을 깨닫기까지는 어느 정도 시간이 걸렸다. 그것은 불행했던 시절을 조금 더 바람직한 것으로 만들기 위해 얼마든지 꾸며 냈을 법한 기억이었다. 앞서 말한 것처럼 이런 생각이 내 머릿속에 즉각 떠오른 것은 아니다. 지금 와서 생각해 보니 어쩌면 내 반응이 좀 무딘 것처럼 보였을지도 모르겠다. 내 기억에 그때 나는 이런 식으로 대답했던 것 같다.

"자네 나를 다른 사람과 혼동한 모양이군, 친구. 나는 늘 어울리는 쪽이었으니까. 혹시 비글스워스하고 혼동한 건 아닐까? 에이드리언 비글스워스 말일세. 그 친구는 좀 외톨이였지."

"비글스워스라고?" 모건은 잠시 내 말을 생각해 보더니 고개를 저었다. "그 친구 기억나네. 체격이 좀 크고 귀가 튀어나왔잖은가? 그 비글스워스 말일세. 이런, 아닐세, 난 그 친구하고 혼동한 게 아니야."

"어쨌든 나는 그렇지 않았네, 친구."

"이상하군." 그는 다시 고개를 젓더니 차창 쪽으로 고개를 돌렸다.

나 역시 고개를 돌렸으며 그다음 한동안 밤거리를 내다보기만 했다. 차가 다시 번잡한 유흥가 쪽을 지나고 있었으므로 나는 혹시 아키라를 발견할 수 있을까 해서 군중의 얼굴을 살펴보았다. 이어 차는 울타리와 수목이 우거진 주택 지구로 들어섰고, 얼마 지나지 않아 운전기사가 커다란 저택 마당에 차를 세웠다.

모건이 서둘러 차에서 내렸다. 나 역시 차에서 나와 ─ 운전기사는 문을 열어 줄 생각 같은 건 하지 않았다. ─ 모건을 따라 주택 측면으로 난 자갈길을 걸어갔다. 나는 뭔가 대단한 응접이라도 받게 될 줄 알았지만, 우리를 기다리던 것은 그런 일이 아니었다. 집 안은 대부분 어두웠고 우리가 타고 온 차를 제외하면 뜰에 세워진 차는 하나뿐이었다.

그 집의 구조에 익숙한 듯 보이는 모건이 키 큰 관목 옆에 난 옆문으로 나를 인도했다. 그는 초인종도 누르지 않고 그 문을 열더니 나를 집 안으로 안내했다.

우리가 들어선 곳은 촛불이 밝혀진 널찍한 현관이었다. 눈앞을 자세히 살펴보니 케케묵은 두루마리와 거대한 도자기 화병, 옻칠한 서랍장 따위를 알아볼 수 있었다. 방 안에서 나는 냄새 —— 향내와 대변 냄새가 섞인 듯한 냄새 —— 가 이상하리만큼 마음을 가라앉혀 주었다.

하인도 집주인도 모습을 나타내지 않았다. 내 친구는 한마디 말도 하지 않은 채 계속 내 곁에 서 있었다. 얼마간 시간이 지나자 그가 내게 그곳에 대해 무슨 말인가 하기를 기다리고 있는 것이라는 생각이 떠올랐다. 그래서 내가 이렇게 말했다.

"나는 중국 미술품에 대해 아는 것이 거의 없다네. 하지만 그런 내 눈으로 보기에도 우리 주위에는 꽤나 고급스러운 물건들이 있는 것 같군."

그러자 모건이 놀란 눈으로 나를 쳐다보았다. 그는 어깨를 으쓱해 보이고는 이렇게 대답했다. "자네 말이 맞을지도 모르지. 자, 안으로 들어가세."

그는 집 안 깊숙이 길을 안내했다. 우리는 몇 발짝 어둠 속으로 들어섰는데, 다음 순간 만다린어로 말하는 소리가 들리고 주렴이 늘어진 문간에서 흘러나오는 불빛이 보였다. 주렴을 지나고 다시 휘장을 지나자 촛불과 등잔불이 켜진 널찍하고 따뜻한 방이 나왔다.

내가 지금 그날 밤의 나머지 일을 얼마나 기억하고 있을까? 내 머릿속에서 이미 기억이 흐릿해지기 시작했으나 할 수 있는 한 선명하게 그날 밤 일을 재구성해 보겠다. 그 방에 들어섰을 때 내 머릿속에 떠오른 첫 번째 생각은 한 가족의 모임을 방해했다는 것이었다. 음식이 차려진 커다란 식탁과 그 주위에 둘러앉은 여덟아홉 명가량 되는 사람들이 얼핏 보였다. 모두 중국인이었으며, 그 가운데 가장 젊은 이십 대의 두 사람은 양복 차림이었으나 나머지는 전통 복장 차림이었다. 식탁 한쪽 끝에 앉은 노부인은 하인의 도움을 받아 식사를 하고 있었다. 동양인 치고는 놀랄 만큼 키가 크고 어깨가 넓은 노신사 — 나는 그가 그 집의 가장이라고 생각했다 — 가 우리가 들어서는 것을 보고 자리에서 일어났고, 그 자리에 있던 다른 남자들도 그의 예를 따랐다. 그러나 이 단계에서 그 사람들에 대한 내 인상은 흐릿한 채로 남아 있었다. 그것은 삽시간에 그 방 자체가 내 주의를 끌었기 때문이다.

높은 천장은 대들보가 받치고 있었다. 식사하는 사람들 너머, 뒤편 오른쪽에는 일종의 실내 발코니 같은 것이 있었는데, 그 난간에는 지등(紙燈) 걸이가 달려 있었다. 내 시선을 잡아끈 것은 그 방의 이 부분이었으며, 식탁 너머 그쪽을 응시하느라 집주인의 환영 인사도 거의 듣지 못했다. 지금 내가 서 있는 그 방의 뒤쪽 절반 전체가 실제로 우리가 예전에 살던 상하이 저택의 현관이라는 사실을 그제야 깨달았기 때문이다.

오랜 세월에 걸쳐 광범위한 개조 작업이 이루어진 것이 분명했다. 예를 들어 나는 모건과 내가 방금 들어온 그 공간이 예전 우리 집의 현관과 어떻게 연관이 되는지 전혀 알 수 없었다. 그러나 방 뒤편에 있는 그 실내 발코니는 옛 집의 휘어 돌아가는 커다란 층계 꼭대기에 있던 발코니임에 분명했다.

나는 얼빠진 듯 앞으로 나아가 꽤 오랫동안 그 자리에 서서 발코니를 바라보며 눈짐작으로 예전에 쓰던 층계 모양을 더듬었던 것 같다. 그러자 예전의 기억이 되살아났다. 휘어 돌아가는 층계를 있는 힘을 다해 달려 내려오다가 밑에서 두세 단쯤에서 두 팔을 파닥이며 뛰어올라 조금 떨어진 곳에 놓여 있던 소파에 깊숙이 뛰어내려 앉곤 했던 저 어린 시절의 기억이. 아버지는 그런 광경을 볼 때면 웃음을 터뜨렸지만, 어머니와 메이 리는 못마땅하게 여겼다. 실제로, 어째서 이런 일이 잘못인지 제대로 설명할 수 없었던 어머니는 언제나 내가 계속 그런 습관을 버리지 않으면 소파를 치워 버리겠다고 협박했다. 그러다 여덟 살쯤 되었을 때 몇 달 만에 처음으로 이 묘기를 감행한 나는 소파가 더이상 내 체중을 감당하지 못한다는 사실을 알게 되었다. 소파 틀 한쪽 끝이 완전히 주저앉으면서 몸이 바닥으로 굴러 떨어져 심한 충격을 받았다. 다음 순간 나는 어머니가 내 뒤로 층계를 내려오고 있었다는 사실을 기억하고는 호된 질책을 받을 각오를 단단히 했다. 하지만 어머니는 내 위로 몸을 굽히고 큰 소리로 웃음을 터뜨렸다. "네 얼굴 좀 보거라, 퍼핀!" 그녀가 외쳤다. "네 얼굴 좀 봐야 해!"

그때까지 나는 전혀 통증을 느끼지 못했다. 아마도 야단맞을까 두려웠기 때문이었을 것이다. 하지만 어머니가 계속 웃어 대자, 그제야 발목에 지독한 아픔을 느꼈다. 어머니는 웃음을 그치고 조심스럽게 나를 일으켜 세웠다. 그런 다음 한 팔을 내 어깨에 두른 채 홀 안을 천천히 돌았던 기억이 난다. "자, 이제 좀 괜찮니? 이렇게 걸으면 아픈 게 사라진단다. 보렴, 별일 아니잖니."

나는 그 일로 꾸중을 듣지 않았고 며칠 후에 보니 소파는 수리되어 있었다. 그 후에도 나는 이따금씩 두세 단쯤에서 펄쩍 뛰긴 했어도 두 번 다시 소파로 내려앉지는 않았다.

나는 소파가 놓여 있던 정확한 자리를 가늠해 보려 애쓰며 방 안을 몇 걸음 걸었다. 그러는 동안 나도 모르게 소파의 실제 모양을 희미하게나마 되살릴 수 있었고, 그 보드라운 천의 감촉만큼은 생생하게 떠올릴 수 있었다.

이윽고 나는 그 방에 있던 다른 사람들에 대해 생각이 미쳤다. 모두들 부드러운 미소를 지으며 나를 지켜보고 있었다. 모건과 중국인 노신사는 나지막한 어조로 뭔가를 의논하고 있었다. 내가 돌아서는 것을 본 모건이 한 발짝 앞으로 나서면서 목청을 가다듬고 소개를 하기 시작했다.

그는 그 가족과 친분이 두터운 듯, 그들의 이름을 줄줄이 외었다. 자기 이름이 불리자 각각은 가볍게 목례를 하고 양손을 마주한 채 미소를 지어 보였다. 모건이 극도의 존칭을 써 가며 소개한 식탁 끝의 노부인만이 아무 감정이 섞이지 않은 눈으로 나를 빤히 바라보았다. 그들 일가가 린이라는 성을 가졌다는 것 말고는 아무것도 알지 못하고, 구성원의 이름은 이제 전혀 기억나지 않는다. 이 시점부터 대화의 주도권을 잡은 사람은 체구가 큰 린 씨 자신이었다.

"선생님, 다시 이곳에 돌아오셔서 마음이 푸근해지셨을 겁니다." 그가 억양이 살짝 들어간 영어로 말했다.

"그렇습니다." 내가 가볍게 웃으며 말했다. "정말 그래요. 그리고 좀 이상한 기분도 드는군요."

"하지만 그건 자연스러운 감정입니다." 린 씨가 말했다. "자, 마음을 편히 하십시오. 모건 씨 말이 두 분은 이미 식사를 하셨다더군요. 하지만 아시다시피 선생이 드실 음식을 마련해 놓았습니다. 중국 음식을 좋아하실지 몰라서 이웃의 영국인 요리사를 잠시 데려왔지요."

"뱅크스 씨는 시장하지 않으실 것 같은데요."

이 말을 한 것은 양복 차림을 한 청년 중 하나였다. 청년이 이번에는 내 쪽을 보고 말을 이었다. "저희 할아버지께서 좀 구식이십니다. 손님이 호의를 받지 않으면 몹시 언짢아하신답니다." 그러면서 청년은 노인 쪽을 보며 활짝 웃어 보였다. "그러니 할아버님께서 들볶도록 놔두지 마세요, 뱅크스 씨."

"내 손자는 나를 구식 중국인이라고 여기는 모양입니다." 린 씨가 내 쪽으로 다가서며 말했는데, 그의 얼굴에서는 미소가 떠나지 않았다. "하지만 사실 저는 상하이에서 태어나 자랐지요. 이곳 국제 조계에서 말입니다. 제 부모님은 서태후의 압제를 피해 달아나 이곳 외국인 구역으로 피신하셨어요. 그 덕분에 저는 뼛속까지 상하이 사람으로 자랐습니다. 여기 있는 제 손자는 중국 다른 지역의 삶이 어떤 것인지 전혀 알지 못합니다. 이 아이는 나를 구식으로 취급하죠! 이 아이 말을 듣지 마세요, 선생. 이 집 안에서는 의례 따위는 걱정하지 않으셔도 좋습니다. 식사를 원치 않으시면 편하신 대로 하십시오. 제가 선생을 들볶을 일은 없을 테니까요."

"여러분 모두 정말 친절하시군요." 나는 얼마간 멍한 상태에서 말했다. 실제로 나는 계속 그 건물이 어떻게 개조되었는지를 알아보려 애쓰고 있었다.

그때 갑자기 노부인이 만다린어로 무슨 말인가를 했다. 조금 전 내게 말을 걸었던 청년이 이렇게 말했다.

"할머니 말씀이, 선생님께서 다시는 오지 않으실 줄 알았다고 하는군요. 오랜 세월 기다리셨다면서요. 하지만 이제 선생님을 뵙고 여기 계신 걸 보니 정말 기쁘다고 하십니다."

청년이 통역을 채 끝내기도 전에 노부인이 다시 말했다. 이번에는 그녀가 말을 마쳤는데도 청년은 잠시 동안 입을 다물고 있었다. 그는 무슨 지시라도 바라는 것처럼 자신의 할아버지를 바라보더니 이윽고 마음을 굳힌 모양이었다.

"제 할머님을 너그러이 이해해 주셨으면 합니다. 가끔씩 좀 이상한 행동을 하시니까요."

아마 영어를 알아들은 모양인지 노부인이 어서 통역을 하라는 성마른 몸짓을 해 보였다. 이윽고 청년이 한숨을 짓더니 이렇게 말했다.

"할머니 말씀이 오늘 밤 선생님께서 오시기까지 선생님께 화가 나 있었다고 하십니다. 다시 말해서 선생님께서 우리 집을 빼앗을 거라는 데 화가 나신 겁니다."

나는 몹시 당황한 얼굴로 청년을 바라보았으나 그때 노부인이 다시 말을 했다.

손자가 통역했다. "할머니 말씀이, 오랫동안 할머님은 선생님이 돌아오시지 않기를 바라셨답니다. 할머님은 이 집이 이제 우리 집안 소유라고 여기시니까요. 하지만 오늘 밤 이렇게 선생님을 직접 대하고 선생님의 눈에 떠오른 감정을 본 할머님은 이해할 수 있다고 하십니다. 할머님은 이제 계약이 온당하다는 사실을 마음으로 느끼신다고 합니다."

"계약이라니요? 하지만……."

나는 입안에서 말을 삼켰다. 무슨 영문인지 알 수 없었지만 청년이 자기 할머니의 말을 통역하는 동안 비로소 어렴풋하게나마 내가 그 옛 집에 최종적으로 돌아올 경우에 관한 계약이 있다는 기억이 떠오르기 시작했다. 그러나 조금 전에도 말했듯이 내 기억은 희미하기 짝이 없는 것이었으며, 그 문제에 대한 논의를 시작한다면 나로서는 당황할 수밖에 없으리라는 사실을 감지했다. 아무튼 바로 그 순간 린 씨가 입을 열었다.

"아무래도 우리 모두 뱅크스 씨에게 예의가 없는 것 같군요. 지금 우리는 저분에게 줄곧 말을 시키고 있어요. 정작 뱅크스 씨는 이 집을 한 번 더 둘러보고 싶으실 텐데 말입니다." 그러고는 정중한 미소를 지은 얼굴로 나를 보고 말했다. "저를 따라오시지요, 선생. 모두와 얘기할 기회는 나중에 드리겠습니다. 이쪽으로 오세요. 집을 보여 드릴 테니까요."

15

이후 몇 분 동안 나는 린 씨를 따라 집 안 전체를 둘러보았다. 나이가 지긋함에도 집주인에게선 노쇠의 기미가 거의 느껴지지 않았다. 좀 느리기는 해도 숨을 고르기 위해 멈추는 법도 없이 그 큰 체구를 안정된 걸음으로 옮겨 놓았다. 나는 노인의 긴 검은색 옷과 바스락거리는 슬리퍼 소리를 따라 좁은 층계를 오르내렸고 등잔불 하나만 켜진 뒤편 복도를 지났다. 그는 가구 한 점 없고 거미줄이 쳐진 공간을 통과해서 곡주가 담긴 나무 상자가 단정하게 쌓인 곳을 지나 나를 안내했다. 그곳을 제외하면 집 안은 화려했는데, 아름다운 칸막이 휘장과 벽걸이 장식이 있고 벽감마다 도자기가 진열되었다. 노인은 이따금씩 문을 열고 뒤로 물러나 내가 지나도록 해 주었다. 나는 여러 방을 들어가 보았지만, 적어도 한동안은 눈에 익은 점을 보지 못했다.

이윽고 어느 방문을 열고 안에 들어간 순간 나는 뭔가가 머릿속에서 끄집어져 나오는 느낌이 들었다. 몇 초가 더 흐르고 난 뒤에야 나는 그 방이 예전 '도서실'이라는 것을 깨닫고 흥분했다. 그곳은 엄청나게 바뀌어 있었다. 천장은 더 높아졌고 한쪽 벽을 터서 L자 모양의 공간이 나 있었으며 예전에 식당으로 통하는 여닫이문이 있던 자리에는 이제 칸막이가 설치되어 그쪽으로 더 많은 곡주 상자가 쌓여 있었다. 하지만 그곳은 의심의 여지없이 내가 어렸을 때 숙제를 하던 바로 그 방이었다.

나는 나도 모르게 방 한가운데로 걸어가 주변을 둘러보았다. 시간이 얼마 흐르고 나서야 린 씨가 나를 바라보고 있다는 사실을 의식하고 그에게 겸연쩍은 미소를 지어 보였다. 그러자 그가 말했다.

"확실히 꽤 달라졌을 테지요. 그 점에 대해서는 사과의 말씀을 드립니다. 그렇지만 우리가 이 집에 산 십팔 년이라는 세월 동안 저의 식솔과 사업에 꼭 필요한 만큼만 바꾸었다는 점을 이해해 주셨으면 합니다. 제가 알기로는 저희보다 앞서 이곳에 거주했던 이들과 그에 앞서 살았던 이들 역시 적지 않게 개조했습니다. 정말 유감스러운 일입니다만, 선생, 아무도 예견하지 못했습니다. 언젠가 선생이나 선생의 부모님께서……."

그는 말꼬리를 흐렸는데, 그것은 아마도 내가 자신의 말을 귀담아듣고 있지 않다고 여겼기 때문이거나, 대부분의 중국인들이 그렇듯이 그 역시 사죄를 거북하게 여겼기 때문이었을 것이다. 나는 조금 더 주위를 둘러보고 나서 그에게 물었다.

"그러면 이 집은 이제 더 이상 모건브룩 앤드 바이어트 사 소유가 아닌가요?"

그는 놀란 표정을 짓더니 웃음을 터뜨렸다. "선생, 제가 이 집의 주인이랍니다."

나는 내가 그를 모욕했다는 사실을 깨닫고 서둘러 말했다. "아, 물론 그러실 테죠. 죄송합니다."

"걱정하실 것 없습니다, 선생." 노인의 얼굴에 곧 온화한 미소가 되돌아왔다. "터무니없는 질문은 아니었으니까요. 어쨌든 선생과 선생의 부모님께서 이곳에 사셨다는 것만큼은 분명합니다. 하지만 그것도 오래전 일이지요. 선생, 그동안 상하이가 얼마나 변했는지 염두에 두시기 바랍니다. 모든 것이, 모든 것이 다 바뀌고 또 바뀌었습니다. 모든 것이⋯⋯." 그는 한숨을 짓고는 우리 주위를 가리켰다. "그것에 비교하자면 이건 작은 변화라 할 수 있지요. 이 도시의 이 지역은 제가 한때 아주 잘 알던 곳이었습니다. 매일같이 가는 곳이었으니까요. 그런데 이제는 어디서 길을 돌아야 하는지도 모르겠습니다. 끊임없이 변화하고 있으니까요. 그리고 이제는 일본인들이 이곳을 바꾸고 싶어 합니다. 아마 가장 끔찍한 변화가 생길 겁니다. 하지만 비관만 하면서 살 수는 없는 노릇이죠."

우리 두 사람은 한동안 아무 말 없이 그곳에 서서 주위를 둘러보았다. 이윽고 노인이 조용한 어조로 이렇게 말했다.

"제 가족은 물론 이 집을 떠나면 슬퍼할 겁니다. 제 아버님이 이곳에서 세상을 뜨셨죠. 두 손자가 태어난 곳이기도 하고요. 하지만 제 집사람이 앞서 한 말은—제 아내의 솔직한 말을 용서해 주셨으면 합니다—바로 우리 모두의 심정을 대변하는 말이기도 합니다. 우리는 이 집을 선생과 선생 부모님께 돌려드리게 된 것을 크나큰 영광과 명예로 여길 것입니다. 자, 선생, 괜찮으시다면 계속 둘러보실까요."

그로부터 얼마 지나지 않아 우리는 양탄자가 깔린 층계를 올라—그 층계는 분명 내가 살던 때는 없었다—화려한 가구가 놓인 침실로 들어섰다. 사방이 천으로 덮여 있었고 여기저기 놓인 등잔이 붉은 빛을 뿌리고 있었다.

"제 집사람이 쓰는 방입니다." 린 씨가 말했다.

그곳이 성소라는 것, 노부인이 필시 하루의 대부분을 보내는 아늑한 내실이라는 것은 금방 알 수 있었다. 따스한 등잔 불빛 속에 서로 다른 몇 가지 게임이 진행 중인 듯 보이는 카드 테이블 하나와, 한쪽에 작은 금술이 달린 서랍이 붙은 책상 하나, 베일 같은 휘장이 층층이 쳐진 커다란 기둥 침대를 알아볼 수 있었다. 그 밖에 갖가지 섬세한 장식물들과 무엇에 쓰는 것인지 짐작도 가지 않는 몇 가지 오락용품이 내 시선을 사로잡았다.

"부인께서 이 방을 좋아하는 게 분명하군요." 이윽고 내가 말했다. "그분의 세계가 여기 다 모여 있으니 말입니다."

"이 방이 집사람에게 딱 맞는답니다. 하지만 그렇다고 해서 염려하실 것은 없습니다, 선생. 집사람이 똑같이 좋아할 만한 다른 방을 구해 주면 되니까요."

그는 나를 안심시켜 주기 위해 그렇게 말했으나 그의 음성에는 어딘가 모르게 풀이 죽은 기색이 깃들어 있었다. 그 방 안쪽으로 조금 더 들어서서 화장대에 다가간 노인은 그곳에 놓인 조그만 물건에 마음을 빼앗긴 듯이 보였다. 브로치 같았다. 시간이 얼마 지나 노인이 조용한 어조로 말했다.

"젊을 때 제 아내는 아주 아름다웠지요. 세상에서 가장 아름다운 꽃 같았답니다, 선생. 상상도 하지 못하실 만큼 말입니다. 이런 점에서 보면 제 마음은 서양인과 비슷한 면이 있는 듯합니다. 나는 다른 어떤 여자를 아내로 원한 적이 없었습니다. 아내 한 사람이면 족했지요. 물론 다른 여자들도 아내로 두기는 했습니다. 평생을 이 외국인 구역에서 살았다고 해도 저는 어쨌든 중국인이니까요. 다른 아내를 두어야 한다는 의무감이 있었거든요. 하지만 내가 진정으로 염려하는 사람은 그녀뿐입니다. 이제 다른 여자들은 모두 가 버리고 그녀만 남은 셈이죠. 떠난 여자들이 그립기는 하지만 저는 지금 몹시 기쁩니다. 이렇게 나이가 들어서 다시 우리 단둘이 남게 된 사실이 진정으로 기쁘답니다." 그는 한순간 내 존재를 잊은 듯이 보였다. 이윽고 그가 내게 고개를 돌리더니 이렇게 말했다. "이 방 말씀입니다. 선생께서 이 방을 어떤 용도로 사용하실지 궁금하군요. 무례한 질문을 드려서 죄송합니다. 하지만 혹시 이 방을 부인을 위해 쓰실 생각인지요? 물론 저는 대부분의 외국인들이 아무리 부유해도 남편과 아내가 같은 방을 쓴다는 사실을 알고 있습니다. 그렇다면 이 방을 선생과 선생의 부인이 쓰실 건지 궁금하군요. 제 호기심이 당치 않은 것이라는 건 잘 압니다. 하지만 이 방은 제게 아주 특별하답니다. 선생께서도 이 방을 특별한 용도로 써 주셨으면 좋겠네요."

"그렇군요……." 나는 다시 한 번 신중한 눈으로 방 안을 둘러보고는 말했다. "제 아내의 방이 되지는 않을 것 같습니다. 제 아내는 알다시피, 솔직히 말씀드리면……." 아내 이야기가 나온 순간 나는 마음속에 세라의 모습이 떠올랐음을 깨달았다. 나는 당혹감을 감추기 위해 재빨리 말을 이었다. "제 말씀은요, 선생님, 전 아직 결혼하지 않았습니다. 제게는 아내가 없습니다. 이 방은 제 어머니가 쓰시기에 알맞을 듯하군요."

"아, 그러시군요. 그런 고초를 겪으신 후라면 이 방이 더할 나위 없이 알맞으실 겁니다. 그러면 선생의 부친은요? 선생의 부친께서는 서양식으로 모친과 이 방을 함께 쓰시게 될까요? 제발 저의 주제넘은 질문을 용서해 주시기 바랍니다."

"결코 주제넘은 질문이 아닙니다, 린 선생님. 어쨌든 저를 이 집에 들어오게 해 주신 호의를 베풀어 주셨으니까요. 선생님께서는 이런 질문을 하실 충분한 자격이 있습니다. 다만 저로서는 이 일이 좀 갑작스러워서 아직 계획을 세울 만한 시간이 없었다는 것이……."

나는 침묵 속으로 빠져 들어가 방을 물끄러미 바라보았다. 잠시 후 그에게 말했다. "린 선생님, 이런 말씀을 드리면 언짢아 하실지도 모르겠습니다. 하지만 제가 생각했던 것 이상으로 솔직하고 관대하신 분이니까 솔직히 말씀드려도 좋겠지요. 선생께서는 조금 전에 거주자가 바뀔 때마다 집을 개조할 수밖에 없다고 하셨습니다. 이 집에 있는 방들이 선생님께 소중했던 것처럼 제 가족도 일단 다시 이곳에 살게 되면 나름대로 개조를 해야 할 것 같군요. 이 방 역시 알아보시지 못할 만큼 달라질 겁니다."

린 씨는 눈을 감았다. 무거운 침묵이 흘렀다. 나는 그가 화를 낼지도 모른다고 생각하고 그에게 그렇게 솔직하게 털어놓은 사실을 한순간 후회했다. 하지만 그 순간 그가 다시 눈을 뜨더니 온화한 눈길로 나를 바라보았다.

"물론 그건 지극히 자연스러운 일이지요. 선생께서는 이 집을 선생이 어렸을 때 살았던 모습으로 복구하시고 싶으실 겁니다. 더할 나위 없이 자연스러운 일이죠. 선생, 저는 충분히 이해합니다."

나는 그 말을 잠시 생각해 본 다음 이렇게 대답했다. "린 선생님, 사실 예전과 똑같은 모습으로 돌아가지는 않을 겁니다. 우선 제 기억에 부적당하다고 생각한 것들이 꽤 많이 있었답니다. 예를 들어서 제 어머니께서는 자신만의 서재가 없으셨어요. 사회 운동을 하시는 분이어서 침실에 있는 작은 덮개식 책상만으로는 충분치 않았는데도요. 제 아버지 역시 목공을 할 만한 조그만 작업실을 갖고 싶어 하셨어요. 제 말은 이 집을 굳이 예전과 똑같이 복구할 필요는 없다는 겁니다."

"그야말로 현명한 생각입니다, 뱅크스 씨. 그리고 아직 부인을 두지 않으셨다 해도 조만간 부인과 자녀에게 필요한 것을 고려해야 할 때가 올 것입니다."

"충분히 있을 수 있는 말씀입니다. 서양의 관습에도 불구하고, 유감스럽게도 지금 당장 제 경우 아내라는 이 문제는 좀……." 몹시 혼란스러워진 나는 거기에서 입을 다물었다. 그러나 노인은 사려 깊게 고개를 끄덕이며 이렇게 말했다.

"물론 마음과 관련된 문제가 간단할 리는 없지요." 그러더니 이렇게 물었다. "선생께서는 자녀를 두기를 원하십니까? 그렇다면 자녀를 몇이나 두고 싶으신지요?"

"사실 제게는 이미 아이가 하나 있답니다. 어린 여자애지요. 하지만 제 친딸은 아닙니다. 고아인 그 애를 제가 보살피고 있는 거니까요. 저는 그 애를 딸이라고 여기고 있습니다만."

나는 한동안 제니퍼 일을 생각하지 않고 있었는데, 이렇게 예기치 못한 순간 그 애를 언급하자 강한 감정이 마음속에서 치밀어 올랐다. 그 애의 모습이 눈앞을 스쳐 갔다. 나는 학교에 있는 그 애를 생각하면서 그날 그 애가 무엇을 하며 보냈을지 궁금했다.

나는 그런 감정을 감추려고 고개를 돌렸던 것 같다. 아무튼 내가 다시 그를 쳐다보자 린 씨가 다시 고개를 끄덕이며 말했다.

"우리 중국인은 그런 방식에 꽤나 익숙하답니다. 혈연은 중요하지만 가족 역시 마찬가지로 중요합니다. 제 부친은 고아 소녀를 입양해서 저의 친남매나 다름없이 함께 키우셨어요. 저는 그녀의 출신을 알면서도 그녀를 친남매로 여겼지요. 그녀가 콜레라에 걸려 죽었을 때 저는 아직 어렸지만 친남매가 죽은 것만큼이나 슬펐답니다."

"이런 말씀을 드려도 좋을지 모르겠습니다만, 린 선생님, 이렇게 말씀을 나누게 되어서 정말 기쁩니다. 이렇게 말하자마자 이해해 주는 사람을 만나는 일은 드무니까요."

그는 손끝을 앞으로 모으면서 가볍게 절을 해 보였다. "저만큼 오래 살아오면서 혼란스러운 세월을 겪고 나면 온갖 기쁨과 슬픔에 대해 알게 된답니다. 선생의 양녀가 이곳에서 즐겁게 지내기를 빕니다. 그 애한테 어느 방을 주실 건지요. 제 이런 질문을 용서하세요! 선생도 말씀하셨다시피 이곳을 개조할 거라고 하셨으니 말입니다."

"사실 앞서 본 방들 가운데 하나가 제니퍼에게 꼭 맞을 것 같더군요. 벽에 조그만 나무 선반이 있는 방 말입니다."

"그 애가 선반을 좋아하나 보죠?"

"그렇습니다. 거기에 놓을 자기 물건들이 있어서죠. 그리고 사실 이 집에 묵게 할 만한 사람이 한 사람 더 있답니다. 그녀는 공식적으로는 하녀 신분이지만 우리 가족에게는 언제나 그 이상이었지요. 그녀의 이름은 메이 리라고 합니다."

"그녀가 선생의 '아마'였나 보군요?"

나는 고개를 끄덕였다. "그녀는 이제 나이가 꽤 들어서 일을 쉬고 싶어할 겁니다. 아이들은 꽤나 다루기 힘드니까요. 그녀가 늙으면 우리와 함께 이곳에서 지내도록 하자는 것이 제가 늘 갖고 있던 생각이었습니다."

"정말 친절하신 분이군요. 외국인들은 보통 부담이 커지면 '아마'를 쫓아낸다는 말은 많이 들었습니다만. 이런 여자들은 거리에서 걸인으로 생을 마감하는 일이 흔하지요."

그 말에 내가 소리 내어 웃었다. "메이 리에게 그런 일이 일어난다는 것은 상상도 할 수 없습니다. 사실 그런 생각만으로도 웃음이 나올 정도지요. 어쨌든 말씀드렸듯이 그녀는 이곳에서 우리와 함께 살 겁니다. 제 일이 마무리되는 대로 그녀를 찾는 데 전념할 겁니다. 그렇게 어려운 일이라고는 생각하지 않습니다."

"그런데 선생께서는 그녀에게 하인 구역에 있는 방을 주실 건가요, 아니면 가족과 함께 묵도록 하실 건가요?"

"물론 가족과 함께 있도록 할 겁니다. 제 부모님은 그 점을 달가워하시지 않을지도 모릅니다. 하지만 사실 이제는 제가 가장이니까요."

린 씨가 미소를 지었다. "선생네 관습에 따르면 그렇겠군요. 우리 중국인들의 경우에는, 제게는 다행스럽게도 연장자가 집안을 다스리도록 되어 있지요. 노망이 심해지기 전까지는 말입니다."

노인은 혼자 웃으면서 문 쪽으로 몸을 돌렸다. 그 뒤를 따라 나서려던 바로 그 순간 갑자기 아주 생생하게 또 하나의 기억이 내게 떠올랐다. 그 이후로도 그 생각을 계속해 보았는데, 그것이 다른 것보다 더 특별히 기억에 남아 있는 이유는 알 수 없다. 내가 여섯 살 아니면 일곱 살이었을 때의 일이다. 어머니와 내가 잔디밭을 끝에서 끝까지 달려가고 있었다. 정확히 어디였는지는 모르겠다. 그저 지금 짐작하기에 제시필드 같은 공원이었던 것 같다. 우리가 달리는 잔디밭 옆으로 담쟁이 같은 덩굴식물로 덮인 격자 울타리가 있었던 것이 기억 나는 것을 보면 말이다. 따뜻했으나 특별히 화창한 날은 아니었다. 나는 충동적으로 어머니에게 우리 앞 그리 멀지 않은 곳에 있는 표지판까지 경주를 하자고 했다. 어머니 앞에서 내 달리기 능력을 자랑하기 위해서였다. 나는 내가 어머니를 앞지르리라고, 그래서 결국 어머니는 여느 때처럼 기쁨과 놀라움이 섞인 어조로 내가 이제 어른처럼 잘 뛴다고 감탄할 거라고, 틀림없이 그럴 거라고 여겼다. 그런데 곤혹스럽게도 내가 전력을 다해 달렸는데도 어머니는 내내 뒤처지지 않고 나와 함께 달리며 줄곧 웃음을 터뜨렸다. 그때 우리 둘 중에 누가 정말 '이겼는지'는 기억에 없지만, 어머니에게 화가 나면서 그 일에 대해 심각할 정도로 불공평한 느낌이 들었다는 사실은 지금도 기억난다. 그날 밤 아늑한 피난처 같은 느낌이 드는 린 부인의 침실에 서자 머릿속에 바로 그 일이 떠올랐다. 아니 실제로 내가 떠올린 것은, 그 일 자체보다도 그 기억의 단편들, 이를테면 있는 힘을 다해 바람 속을 달리던 내 모습, 내 곁에서 웃던 어머니의 존재감, 어머니가 입은 스커트가 바스락거리는 소리, 그리고 점점 커져 가던 좌절감 같은 것이었는지도 모른다.

"선생님." 내가 집주인에게 말했다. "이런 걸 여쭤 봐도 좋을지 모르겠군요. 선생님께서는 평생을 이곳 국제 조계에서 살아오셨다고 하셨죠. 그러면 그 사이에 저의 어머니를 만난 적이 있으신지 궁금합니다."

"그분을 직접 뵙는 행운은 누리지 못했습니다." 린 씨가 대답했다. "하지만 물론 그분이 누구인지는 알았죠. 그분의 대단한 캠페인에 대해서도 말입니다. 점잖은 모든 사람들이 그렇듯이 저도 선생의 모친께 탄복했어요. 저는 그분이 훌륭한 부인이시라고 확신합니다. 그리고 매우 아름다운 분이라는 말도 들었지요."

"그 말이 맞을 겁니다. 정작 자식은 자기 어머니가 아름다운지 아닌지를 생각하지 않으니까요."

"오, 소문에는 그분이 상하이에서 가장 아름다운 영국 여인이라고 하더군요."

"과거에는 그러셨을지도 모르죠. 하지만 당연한 일이지만 이제는 나이가 많이 드셨을 겁니다."

"어떤 종류의 아름다움은 사라지지 않는 법입니다. 제 집사람은……." 그러면서 그는 그 방을 가리켜 보였다. "제가 그녀와 결혼했던 날과 마찬가지로 여전히 아름다우니까요."

그 말을 들은 순간 나는 문득 내가 침입자가 된 기분이 들었다. 이번에는 내가 앞서 그 방을 나섰다.

그날 저녁 그 집을 방문했던 일에 대해 그 이상 기억나는 것이 없다. 아마 한 시간쯤 더 그 집에 머물며 식탁 주위에 앉은 가족과 이야기를 나누고 식사를 했을 것이다. 어쨌든 나는 더할 나위 없이 좋은 기분으로 린 가족과 헤어졌다. 하지만 돌아오는 길에 모건과의 사이가 그만 틀어지고 말았다.

그것은 아마 내 불찰이었을 것이다. 그때쯤 나는 지치고 무척 긴장해 있었다. 우리는 한동안 말없이 밤길을 달리는 차 속에 앉아 있었는데, 그러다가 문득 내 앞에 놓인 엄청난 과제에 생각이 미치기 시작했다. 그때 내가 모건에게 불쑥 이렇게 말했던 기억이 남아 있는 것으로 보아서 그런 것 같다.

"자네는 이곳에 몇 년째 있었잖은가. 혹시 쿵 경감이라는 사람을 만나 본 적 있나?"

"쿵 경감? 경찰 같은 부류인가?"

"내가 어려서 여기 살 때 쿵 경감은 전설적인 존재였지. 사실 그는 내 부모님 사건을 처음으로 맡았던 담당 형사였다네."

놀랍게도 내 곁에 있던 모건이 큰 소리로 웃어 댔다. 이윽고 그가 말했다.

"쿵? 그 쿵 노인을 말하는 건가? 그래, 그 사람일 테지. 예전에 경감이었으니까. 그렇다면 그 시절에 그 양반이 아무것도 해결하지 못했다고 해도 이상할 게 없군."

그의 말투에 당황한 나는 좀 차가운 어조로 대답했다. "그 시절에 쿵 경감은 중국 전체까지는 아닐지 몰라도 상하이에서 가장 존경받는 형사였네."

"뭐 지금도 나름대로 유명하기는 하다네. 쿵 노인으로 말일세. 맙소사."

"적어도 그가 아직 이 도시에 있다는 소식을 들으니 반갑군. 어디 가면 그를 만날 수 있을지 혹시 아나?"

"가장 간단한 방법은 그저 아무 날이나 어두워지고 나서 프렌치타운을 돌아다니는 것일세. 그러면 곧 그 노인과 마주치게 되네. 대개의 경우 인도 위에 엎어져 있을 테지만. 혹시 싸구려 술집에라도 들어갈 수 있었다면 후미진 구석에서 코를 골고 자고 있을 걸세."

"자네 말은 쿵 경감이 주정뱅이가 됐다는 건가?"

"술. 아편. 중국인들이 좋아하는 것에 중독된 거지. 하지만 그 양반은 인물이긴 해. 잘나가던 때의 이야기를 들려주고 사람들로부터 푼돈을 우려내니까 말이야."

"내 생각에 자네가 말하는 사람은 다른 사람인 것 같군, 친구."

"그렇지 않을 걸세. 쿵 노인이 맞아. 결국 그 양반이 진짜 경찰이긴 했군. 난 그가 그 얘기를 모두 꾸며 낸 거라고 생각했다니까. 그가 하는 이야기 대부분은 정말 터무니없거든. 그런데 무슨 일 때문에 그러나?"

"모건, 자네는 사람을 혼동하는 게 문제야. 처음에는 나와 비글스워스를 혼동했지. 이젠 쿵 경감과 어떤 쓸모없는 부랑자를 혼동하고 있군. 여기 나와 있어서 자네 머리가 좀 어떻게 된 모양이네."

"이보게, 자네나 입 다물지그래. 자네가 사람들에게 그에 대해 물으면 백이면 백 내가 지금 자네한테 말한 것처럼 답할 거야. 오히려 난 자네 말이 좀 기분 나쁘군. 내 머리엔 아무 이상이 없단 말일세."

그가 캐세이 호텔 앞에서 나를 내려 주었을 무렵쯤에는 어느 정도 감정이 회복되긴 했지만 확실히 냉담한 기분으로 헤어졌으며 그 후 나는 두 번 다시 모건을 만나지 않았다. 쿵 경감에 관해서는, 처음에는 지체 없이 그를 찾아볼 생각이었지만, 어떤 이유에서인지—어쩌면 모건의 말이 맞을지 모른다는 두려움 때문일지 몰랐다—나는 그 일을 우선순위에 놓지 않았다. 적어도 경찰 기록을 조사하다가 다시 경감의 이름이 극적으로 발견하게 된 어제까지는 그랬다.

오늘 아침 내가 무슨 말 끝에 맥도널드에게 쿵 경감의 이름을 말했을 때 그가 보인 반응은 그날 밤 모건이 보인 반응과 비슷했다. 어쩌면 이것 역시 내가 영사관 뜰이 내려다보이는 그 환기되지 않는 비좁은 사무실에서 대면할 때 맥도널드에게 짜증이 난 또 다른 이유일지도 모른다. 그렇더라도 조금만 더 노력했더라면 나는 그 일을 훨씬 더 잘해낼 수 있었을 것이라는 것도 안다. 오늘 오전에 내가 범한 기본적인 실수는 그가 나를 자극해 울화통을 터뜨리도록 방치했다는 것이다. 대화의 어느 시점에서 나는 실제로 그에게 소리를 질렀다.

"맥도널드 씨, 당신이 고집스럽게 내 '권한'이라고 주장하는 것에 사태를 내맡기는 것만으로는 충분치 않아요! 내겐 그런 '권한' 같은 건 없단 말입니다! 나는 그저 평범한 사람에 불과하고 나로 하여금 내 일을 하게 해 주는 기본적인 도움만 주어진다면 목표를 달성할 수 있을 뿐입니다. 선생한테 무슨 대단한 요구를 한 것이 아니잖습니까. 사실 거의 아무 요구도 하지 않았고요! 내가 요청한 것에 대해서는 선생한테 명확하게 설명했습니다. 이 공산당 밀고자와 면담을 하고 싶은 거요. 그저 그와 이야기하는 것, 짤막한 면담이면 족해요. 나는 선생한테 명료한 말로 그것을 요청했습니다. 그런데 어째서 아직까지 그 일이 이뤄지지 않고 있는지 나로서는 이해하지 못하겠군요. 이유가 뭡니까, 선생? 대체 이유가 뭐예요? 무엇이 선생이 그 일을 하지 못하게 하는 겁니까?"

"이것 좀 보세요, 친구. 그런 일은 이곳 영사관에서 다룰 문제가 아닙니다. 원하신다면 경찰국장에게 선생을 찾아가라고 말해 놓지요. 그런데 유의할 일은 그 일이 하등 도움이 되지 않을 거라는 겁니다. 노란 뱀을 잡고 있는 건 그들이 아니니까……."

"노란 뱀을 보호하고 있는 게 중국 정부라는 사실은 나도 잘 알고 있어요. 그래서 경찰이 아니라 당신을 찾아온 겁니다. 이런 등급의 문제에서는 경찰과 얘기가 되지 않는다는 건 나도 잘 알아요."

"내가 할 수 있는 바를 알아보겠습니다, 선생. 다만 이해해 주셔야 할 점은 여기는 영국 식민지가 아니라는 겁니다. 중국인들에게 명령을 내릴 수는 없어요. 물론 적당한 부처에 있는 사람에게 이야기를 해 보겠어요. 하지만 빠른 시일 내에 성과가 있을 거라고는 기대하지 마세요. 장제스 정부는 전에도 밀고자를 손에 넣은 적이 있지만, 홍군의 조직망에 대해 이렇게 광범위한 지식을 가진 자는 지금까지 없었습니다. 장제스는 일본군과의 전투에서 적지 않게 지고 난 다음에야 이 노란 뱀에 대해 조치를 취하려고 할 겁니다. 장제스에게 있어서 진짜 적은 일본군이 아니라 홍군이니까 말이죠."

나는 소리 내 한숨을 쉬었다. "맥도널드 씨. 난 장제스나 그의 우선순위에는 관심 없어요. 나는 지금 당장 해결해야 할 사건이 있고, 선생이 이 밀고자와 나와의 면담을 확보하기 위해 가능한 한 모든 일을 해 주기를 바랄 뿐입니다. 그 일을 선생께 개인적으로 부탁하는 거고요. 만약 이 간단한 요구를 들어주지 못해서 내 모든 노력이 수포로 돌아가게 되면 나는 주저하지 않고 바로 선생 때문에 그 일이……."

"이런, 친구, 진정하세요! 이런 식으로 대화를 끌어갈 필요는 없잖습니까! 전혀 그럴 일이 아닙니다! 여기 있는 우리는 모두 친구입니다. 모두 선생이 성공하시기를 바라고 있어요. 제 말을 믿어 주세요. 우리는 정말 그걸 바라고 있으니까요. 내가 할 수 있는 모든 일을 하겠다고 말씀드렸잖습니까. 내가 몇 사람에게 얘기를 해 보죠. 그런 문제를 다루는 사람들 말입니다. 그들과 얘기해 보고 그들에게 선생이 그 문제에 얼마나 큰 관심을 갖고 있는지 알려 주지요. 하지만 이해해 주셔야 할 것은 우리가 중국인들과의 사이에서 할 수 있는 일은 그 정도가 최선이라는 겁니다." 그러더니 그는 상체를 앞으로 기울이며 비밀 이야기라도 하듯 은밀한 어조로 말했다. "프랑스 쪽에 타진해 보시지요. 그쪽에는 장제스와 줄이 닿는 자들이 많으니까요. 알다시피 비공식적으로 말입니다. 그런 종류의 일에 우리는 손대지 않습니다. 선생께 필요한 건 프랑스 쪽 도움인 것 같군요."

맥도널드의 말에 일리가 있는지도 모른다. 어쩌면 나는 프랑스 대사관을 통해 유익한 도움을 받을 수 있을지도 모른다. 하지만 솔직히 말해서 오늘 아침 이래로 나는 이 대안에 대해서는 별로 생각해보지 않았다. 내가 보기에는 분명 맥도널드가, 내가 아직 모르는 어떤 이유에서 발뺌을 하고 있는 것 같다. 일단 그가 내 요청을 들어주는 일이 얼마나 중요한지를 인식하면 필요한 조치를 취할 것이다. 유감스럽게도 내가 오늘 오전의 만남을 너무 어설프게 처리한 탓에 한 번 더 그와 논쟁을 벌여야 할 것 같다. 내가 특별히 고대하는 일은 아니지만, 적어도 다음번에는 내 방식이 이전과는 다를 테고 그도 나를 빈손으로 돌려보내기가 쉽지 않다는 사실을 알게 될 것이다.

1937년 10월 20일
상하이, 캐세이 호텔

16

나는 우리가 있는 곳이 항구에서 멀지 않은 프랑스 구역 어딘가라는 사실을 알았지만, 그밖의 방향 감각을 잃은 상태였다. 운전기사는 한동안, 행인들이 비키도록 연신 경적을 울리며 차가 다닐 수 없을 만큼 비좁은 골목길을 달렸다. 이윽고 나는 집 안으로 말을 끌고 들어온 것처럼 뭔가 이상하다는 기분이 들기 시작했다. 이윽고 운전기사는 차를 멈추고 내가 앉은 쪽 문을 열더니 '조춘관(早春館)'이라는 여관 입구를 가리켜 보였다.

체구가 홀쭉한 애꾸눈 중국인이 나를 안으로 안내했다. 지금 기억나는 것은 낮은 천장과 축축하고 짙은 색 목재, 그리고 흔히 나는 하수 냄새가 불러일으키는 전반적인 인상이다. 하지만 여관 자체는 깔끔했다. 안으로 들어가는 도중 우리는, 무릎 꿇은 자세로 마룻바닥을 공들여 문지르고 있는 노파 세 명을 피해 길을 돌아가기도 했다. 건물 뒤편 가까운 곳에 다다르자 문들이 길게 난 복도가 나왔다. 나는 그것을 보고 마굿간이나 심지어 감옥을 연상했지만, 알고 보니 이 조그만 방들은 여관 손님들이 투숙하는 곳이었다. 애꾸눈 사내는 그 가운데 있는 문 하나를 노크하고는 대답을 기다리지 않고 문을 열었다.

방은 비좁았다. 창은 나 있지 않았지만 격벽이 천장까지 닿아 있지 않고 맨 꼭대기 3센티미터 정도는 그물망이 쳐져 있어서 빛과 공기가 들어왔다. 그런데도 칸막이방 안은 숨 막힐 듯한 데다 어두웠다. 밖에는 오후의 햇살이 밝게 비치고 있었지만 그물망을 지난 햇살은 마룻바닥에 이상한 무늬만 남겨 놓았을 뿐이다. 침대에 누운 사람은 잠든 것처럼 보였으나 내가 침대와 벽 사이에 자리를 잡자 다리를 움직거렸다. 애꾸눈 사내가 무슨 말인가 중얼대고는 모습을 감추었다. 그는 나가면서 문을 닫았다.

한때 쿵 경감이었던 인물은 이제 뼈만 앙상한 모습이었다. 그의 얼굴과 목덜미의 피부는 쭈글쭈글하고 반점이 나 있었고 입은 아무렇게나 벌어져 있었으며 나무토막 같은 한쪽 맨다리가 조잡한 모포 밖으로 비어져 나와 있었다. 하지만 위에는 놀랄 만큼 하얀 내의를 입고 있었다. 그는 처음에는 일어나 앉으려는 시늉조차 하지 않았으며 내가 그곳에 있다는 사실도 그저 어렴풋이 감지한 것 같았다. 그렇지만 아편이나 술에 취한 것처럼 보이지는 않았는데, 이윽고 내가 내 신분과 그를 만나러 온 목적을 밝히는 중에 차츰 하는 말에 조리가 서면서 심지어 예의를 차리려는 기미까지 보였다.

"죄송합니다, 선생." 그의 영어는 꽤나 유창했다. "차를 준비하지 못했습니다." 그는 만다린어로 무슨 말인가를 중얼거리면서 모포 속에서 몸을 움직였다. 그러다가 다시 정신을 차린 듯 이렇게 말했다. "용서해 주세요. 몸이 좀 좋지 않답니다. 하지만 곧 건강을 회복

할 겁니다."

"진심으로 그러기를 바랍니다. 아무튼 선생은 상하이 경찰청에서 가장 유능한 형사 가운데 한 분이셨으니까 말입니다."

"정말 그렇게 생각하십니까? 그렇게 말씀해 주시니 고맙군요, 선생. 그래요, 아마 저도 한때는 쓸 만한 경찰이었을지 모르죠." 그러더니 갑자기 몸을 일으키고는 맨발을 조심스럽게 마룻바닥에 내려놓았다. 어쩌면 수치심 때문에, 어쩌면 추위 때문인 듯 그는 여전히 허리에 모포를 감은 채였다. "하지만 결국 이 도시는 사람을 짓밟고 만답니다." 그가 말을 이었다. "모두가 친구를 배신하지요. 어떤 사람을 믿었는데 알고 보니 악당에게 고용된 자였던 거죠. 이런 곳에서 형사가 어떻게 할 일을 제대로 할 수 있겠습니까? 어쩌면 선생께 드릴 담배 한 대가 있을지 모르겠군요. 담배 피우시겠습니까?"

"아뇨, 고맙지만 사양하겠습니다. 그런데 선생, 이 말씀만은 드려야겠군요. 어렸을 때 전 선생의 업적에 찬탄을 금치 못했답니다."

"선생이 어렸을 때요?"

"그렇습니다. 옆집 아이와 전……." 그러면서 나는 짤막하게 웃었다. "우리는 곧잘 선생 역할을 흉내 내며 놀곤 했지요……. 선생은 우리의 영웅이었으니까요."

"그런가요?" 노인이 고개를 젓더니 미소를 지었다. "정말 그런 모양이군요. 그렇다면 선생께 아무것도 대접할 것이 없어서 더욱 죄송하게 생각합니다. 차도 없고 담배도 없으니 말입니다."

"사실 선생은 저에게 그보다 훨씬 더 중요한 것을 주실 수 있습니다. 제가 오늘 선생을 찾아온 이유는 선생이 중요한 단서를 제공

할 수 있으리라고 생각했기 때문입니다. 1915년 봄 선생이 수사하던 사건이 있었습니다. 푸저우 거리의 우청루라는 식당에서 일어난 총격 사건이지요. 세 사람이 죽고 다친 사람이 몇 사람 더 있었습니다. 선생은 그때 용의자 두 사람을 체포했어요. 경찰 기록에는 '우청루 총격 사건'이라고 기록되어 있더군요. 꽤 오래전 일이라는 것은 압니다만 쿵 경감님, 혹시 그 사건이 기억나십니까?"

내 등 뒤로 두세 개쯤 떨어진 방에서 발작적인 기침 소리가 들렸다. 쿵 경감은 깊이 생각에 잠겼다가 이윽고 입을 열었다. "우청루 사건은 아주 잘 기억합니다. 꽤 만족할 만한 성과를 거둔 사건이었지요. 요즘도 이따금 이 침대에 누워서 그 사건에 대해 생각하곤 한답니다."

"그러면 선생이 나중에 그 총격 사건과는 무관하다고 판정이 났던 한 용의자를 심문했던 일도 기억하시겠군요. 기록에 따르면 그 남자의 이름은 장 웨이였습니다. 선생은 원래 우청루 사건과 관련해 그 사람을 심문했는데 그 사람은 전혀 관계없는 다른 일을 실토했죠."

노 형사의 육신은 여전히 뼈를 담은 채 후줄근하게 늘어진 자루나 다름없었으나 두 눈에는 이제 생기가 돌았다. "맞아요. 그자는 총격 사건과는 무관했어요. 하지만 겁에 질린 나머지 다른 얘기를 털어놓기 시작했죠. 모든 걸 다 실토했습니다. 제 기억에 그때 그자는 자신이 그 몇 해 전 납치단의 일원이었다고 자백했습니다."

"정확히 기억하시네요, 선생! 바로 기록에 적힌 내용이 그것입니다. 그런데 쿵 경감, 이 사실은 매우 중요합니다. 그 남자가 선생께 주소 몇 개를 말했어요. 납치단이 인질을 잡아 두고 있던 가옥의 주소 말입니다."

쿵 경감은 천장 가까이에 설치된 그물망 언저리에서 윙윙대는 파리들을 빤히 쳐다보았으나 이윽고 그의 눈은 천천히 내가 선 곳으로 돌아왔다. "그래요." 그가 조용한 어조로 말했다. "하지만 뱅크스 씨, 우리는 그 가옥을 모조리 철두철미 조사했습니다. 그 자가 말한 납치 사건은 오래전에 일어났던 것이었어요. 우리는 그 가옥들에서 의심이 갈 만한 점을 전혀 찾지 못했습니다."

"쿵 경감, 저도 선생이 선생에게 주어진 모든 의무를 철저히 이행했으리라는 것은 알고 있습니다. 하지만 선생은 그때 총격 사건을 수사하던 중이었어요. 그러니 이런 부수적인 사건에 총력을 기울일 수 없었다는 게 당연합니다. 그러니까 제 말은, 만약 권력을 가진 자들이 그 가옥 중 하나의 수색을 방해할 작정이었다면 선생도 고집을 부리지 못했을 거라는 겁니다."

노 형사는 다시 깊이 생각에 빠져들었다. 이윽고 그가 입을 열었다. "가옥 하나가 있었어요. 이제 기억이 납니다. 제 부하들이 보고서를 가져오게 되어 있었죠. 다른 가옥 일곱 채에 대해서는 보고서를 받았습니다. 당시 그 문제 때문에 신경을 썼던 기억이 납니다. 마지막 한 가옥의 경우에는 보고서가 없었어요. 부하들에게 어떤 일이 생겨서 그러지 못했던 겁니다. 그래요, 그래서 제가 의아하게 여겼던 일이 기억납니다. 형사의 후각이라고나 할까요. 선생은 무슨 말인지 아실 테죠."

"그 나머지 한 채 말입니다. 선생은 그 가옥에 대한 보고서를 나중에도 못 받으신 거로군요."

"그렇습니다, 선생. 하지만 선생도 말씀하셨다시피 그 문제가 최

우선순위가 아니었습니다. 알다시피 우청루 사건 자체가 워낙 커서 말입니다. 그 일로 엄청난 폭력 사태가 야기되었으니까요. 살인마들에 대한 추적이 몇 주 동안 계속되었죠."

"그리고 선생의 선배 두 사람은 그 사건을 해결하지 못했죠."

쿵 경감이 미소를 지었다. "아까도 말했다시피 그 사건은 제게 만족할 만한 성과로 남아 있습니다. 전 남들이 실패했던 일을 맡았죠. 온 도시가 그 문제로 떠들썩했답니다. 저는 며칠 만에 살인자들을 체포할 수 있었습니다."

"기록을 읽었습니다. 저로서도 정말이지 탄복해 마지않았지요."

그때 노인은 내 얼굴을 뚫어져라 응시했다. 이윽고 그가 천천히 말했다. "그 가옥이요. 제 부하들이 수색하지 못한 가옥 말입니다. 그 가옥이 혹시…… 선생 말씀은……."

"그래요. 저는 그곳에 지금 제 부모님이 잡혀 있다고 믿고 있습니다."

"그렇군요." 노인은 한동안 이 엄청난 충격을 삭이느라 침묵했다.

"선생이 소홀했던 일 같은 건 없습니다. 다시 말씀드리지만 저는 보고서를 읽고 선생의 활약에 탄복했답니다. 선생의 부하들이 그 집을 수색하지 못한 것은 상부 인사들이 방해했기 때문입니다. 이제 밝혀진 바에 따르면 그 사람들은 범죄 조직의 하수인이었으니까요."

기침 소리가 다시 시작되었다. 쿵 경감은 꽤 오래 침묵하더니 다시 나를 보고 느릿한 어조로 말했다. "선생은 저에게 물어볼 것이 있어서 온 거로군요. 제가 그 집을 찾는 데 도움이 될지 알아보려고요."

"유감스럽게도 문서가 뒤죽박죽되어 있어요. 이 도시에서 일이 돌아가는 상황은 부끄러울 정도더군요. 서류들이 엉뚱한 데 철해져 있기도 하고 아예 없어진 것들도 있습니다. 결국 여기 와서 선생을 만나는 편이 낫겠다고 판단했죠. 비록 있을 법하지는 않지만 혹시라 도 기억하고 계신가 해서 말입니다. 그 가옥에 대한 어떤 것, 무엇이 든 말입니다."

"그 집이라. 한번 기억을 되살려 보죠." 노인은 눈을 감고 정신을 집중했지만 얼마의 시간이 흐른 뒤 고개를 저었다. "우청루 총격 사 건은 이십 년도 더 된 일입니다. 죄송합니다. 이 가옥에 대한 건 아 무것도 기억에 남아 있지 않군요."

"뭐든 기억나는 것이 없는지 생각해 보세요, 선생. 어느 지구인지 는 생각납니까? 국제 조계에 있었다든지 하는 것 말입니다."

그는 다시 한동안 생각해 보더니 고개를 저었다. "오래전 일이라 서요. 그리고 머리도 정상적으로 돌아가지 않아요. 때로는 며칠 전 일도 기억 못 한답니다. 하지만 기억해 보도록 하겠습니다. 내일이 나 모레쯤 잠에서 깨면 뭔가 기억날 수도 있지요. 뱅크스 씨, 정말 죄송합니다. 하지만 지금으로선 전혀 기억나는 게 없군요."

내가 국제 공동 조계로 돌아왔을 무렵에는 땅거미가 내려와 있었 다. 내 방에서 한 시간가량 다시 한 번 내가 기록해 놓은 내용을 훑 어보면서 실망스러운 결과를 가져온 노 형사와의 만남을 애써 잊으 려고 했던 기억이 난다. 저녁 식사를 하러 내려가지도 않다가 8시가 넘어서야 그 화려한 식당에서 내가 늘 앉곤 하던 구석 테이블을 차 지하고 앉았다. 그날 저녁에는 별로 식욕이 없어서 주요리를 먹지 않기로 하고 다시 일을 하러 돌아가려는데, 웨이터가 다가와 세라의 메모를 전해 주었다.

지금 내 앞에 그 메모지가 있다. 윗쪽 귀퉁이가 뜯긴 백지에 서둘러 쓴 메모다. 그녀가 깊이 생각을 하고 메모를 작성한 것인지 의심스럽다. 그 내용은 지금 당장 호텔의 3층과 4층 사이의 층계참에서 만나자는 내용이다. 지금 메모지를 다시 들여다보니 그로부터 일주일 전 토니 케직 씨의 집에서 있었던 사소한 사건과 관련이 있다는 걸 분명히 알 수 있다. 다시 말해서 그때 우리 사이에 그런 일이 없었다면 세라는 아마 이 메모를 쓰지 않았을 것이다. 하지만 이상하게도, 웨이터가 그 메모를 내게 건넸을 당시 나는 그 사건과 연관해서 생각하지 못하고, 어째서 그녀가 이런 식으로 나를 호출하는지 영문을 모른 채 잠시 그대로 앉아 있었다.

여기서, 지금 이 시점에서 행운관에서 그녀를 만난 그날 밤 이후 그녀를 세 차례 더 만났다는 사실을 말해 두어야겠다. 그 가운데 두 번은 다른 사람들이 있는 곳에서 그저 잠깐 스치는 정도여서 대화도 거의 나누지 못했다. 자딘 매시선 사의 회장인 케직 씨네 집의 만찬에 참석했던 세번째 만남 역시 공공 장소여서 겨우 한두 마디를 주고받았을 뿐이지만, 나중에 생각해 보니 그곳에서의 만남을 중요한 전환점으로 볼 수 있을 것 같다.

그날 밤 나는 조금 늦게 도착했다. 내가 케직 씨의 거대한 온실에 들어섰을 때는 예순 명이 넘는 손님이 벌써 관엽식물 화분과 옆으로 뻗는 덩굴식물 화분 사이에 놓인 테이블 몇 군데에 자리를 잡고 있었다. 실내 한쪽 끝에 있는 세라가 눈에 띄었다. 세실 경은 참석하지 않은 모양이었다. 세라 역시 자신의 자리를 찾고 있는 중임을 알 수 있어서 굳이 그녀에게 다가가려 하지 않았다.

이런 행사에서는 후식이 나오자마자, 심지어 후식을 다 먹기도 전에 원래 앉았던 자리를 버리고 자유롭게 섞여 앉는 것이 상하이의 관습인 것 같다. 그때 나는 분명 마음속으로 그때가 오면 세라 쪽으로 가서 몇 마디 주고받을 생각을 하고 있었다. 그러나 정작 후식이 나왔을 때는 곁에 앉은 여자에게서 벗어날 수가 없었다. 그 여자가 내게 인도차이나의 정세에 대해 상세히 설명하고 싶어 했던 것이다. 그러다 가까스로 그녀에게서 벗어난 순간 이번에는 파티의 주최자가 자리에서 일어서더니 '여흥' 시간이 되었다고 선언했다. 그는 이어 첫 번째 참가자를 소개했다. 내 뒤편 테이블에 앉아 있던 가냘픈 몸매를 한 여자가 앞으로 나가더니 자작시가 분명한 여흥시를 낭송하기 시작했다.

그녀 다음으로는 한 남자가 나와 길버트와 설리번 쇼[17]에 나오는 노래 몇 소절을 반주 없이 불렀다. 짐작컨대 내 주위에 있던 손님 대부분이 여흥에 참여할 준비를 하고 온 것 같았다. 손님들이 하나씩, 때로는 둘씩 셋씩 짝지어 여흥을 즐기기 위해 나섰는데, 마드리갈[18]을 부르는가 하면 코미디 연기를 해 보이기도 했다. 여흥의 분위기는 시시했으며 음란하기까지 했다.

얼마 후에는 몸집이 크고 얼굴이 붉은 남자 — 나중에 안 사실인데, 그는 홍콩 상하이 은행의 은행장이었다 — 가 야회복 위에 튜닉 같은 것을 걸친 차림으로 두루마리에 적어 온 상하이 생활의 다양한 모습을 풍자한 모놀로그를 읽어 내려가기 시작했다. 개개인에 대

---

17) 19세기 후반 코믹 오페라 장르를 개척한 윌리엄 길버트와 아서 설리번의 뮤지컬 쇼.
18) 14세기 이탈리아에서 생겨난 가요 형식으로, 반주 없이 여러 명이 부른다.

한 이야기라든가 클럽의 화장실이라든가 최근의 토끼 사냥 놀이[19] 에서 벌어진 사건 등 거의 모든 언급이 내게는 별다른 느낌을 주지 않았으나 실내 곳곳은 삽시간에 웃음바다가 되었다. 그 시점에서 세라를 찾아 주위를 둘러보던 나는 한구석에서 한 무리의 여자들 가운데에서 마찬가지로 배를 잡고 웃고 있는 그녀를 보았다. 술을 꽤 마신 듯이 보이는 내 곁의 여자 역시 거의 꼴사납게 보일 만큼 큰 소리로 웃어 댔다.

얼굴이 붉은 남자의 그 여흥은 오 분 정도 계속되었으며 ─ 그 사이에 실내의 분위기는 한껏 고조되었는데 ─ 그다음에 그가 서너 줄 정도의 강타를 연속으로 날리자 실내는 말 그대로 아우성의 도가니로 바뀌었다. 그 시점쯤 나는 무심코 세라 쪽으로 다시 한 번 시선을 던졌다. 처음에는 조금 전과 다른 점이 없어 보였다. 세라는 함께 있던 무리와 함께 도저히 참을 수 없다는 듯 웃고 있었다. 내가 그녀를 몇 초쯤 더 주시했던 것은 아마도, 겨우 일 년 가까이 이곳에서 지낸 그녀가 그런 알쏭달쏭한 농담을 알아듣고 즐길 수 있을 정도로 상하이 사교계에 친숙하다는 사실이 좀 의외로 여겨졌기 때문일 것이다. 문득 그녀가 웃는 게 아니라는 사실을 깨달은 것은 그녀를 바라보며 이런 생각을 하고 있을 때였다. 그녀는 내가 처음에 짐작했던 대로 웃음 끝에 나온 눈물을 닦는 게 아니라 정말로 울고 있었던 것이다. 나는 도저히 내 눈을 믿지 못하고 한동안 그녀를 주시했다. 폭소가 계속되는 동안 나는 조용히 자리에서 일어나 군중 사이를 뚫고 걷기 시작했다. 그녀의 뒤에 선 나는 이제 확신하게 되

19) 한 사람이 종이 쪽지를 떨어뜨리고 도망가면 다음 사람들이 그걸 보고 쫓아가는 놀이.

었다. 온통 웃음의 도가니에 빠진 사람들 한복판에서 세라는 주체하지 못하고 울고 있었던 것이다.

내가 뒤쪽에서 다가가 손수건을 건네자 그녀는 흠칫 놀랐다. 그러다 고마움과 질문 같은 것이 한데 섞인 듯한 탐색하는 눈길로 나를 빤히 — 아마 사오 초쯤 되었을 것이다 — 올려다보았다. 나는 그녀의 표정을 조금 더 잘 보기 위해 고개를 숙였으나 다음 순간 그녀는 내 손수건을 받아 든 채 붉은 얼굴의 남자 쪽으로 고개를 돌렸다. 그리고 실내에 그다음 번 폭소가 터질 때 세라 역시, 여전히 손수건으로 눈가를 누른 채 인상 깊은 의지력을 동원해 소리 내 웃어 댔다.

내 존재 때문에 그녀에게 원치 않은 관심이 끌릴 거라는 점을 의식하고 나는 내 자리로 돌아왔다. 그리고는 그날 밤 현관 홀에서 다른 많은 손님들과 함께 그곳을 떠나면서 형식적인 작별 인사를 주고받은 것 말고는 다시 그녀 곁에 가지 않았다.

그러나 그 이후 며칠 동안 나는 어렴풋이나마 그때 있었던 일과 관련하여 그녀로부터 무슨 말인가를 듣게 되리라고 기대했던 것 같다. 하지만 캐세이 호텔 식당에서 메모지를 건네받았을 무렵에는, 진행하던 수사에 너무도 골몰한 나머지 이전 사건과 관련짓지 못한 채 그녀가 어째서 나를 보자고 한 것인지 의아해 하면서 화려한 호텔 층계를 올라갔다.

세라가 '층계참'이라고 묘사한 곳은 실제로는 안락의자 몇 개와 군데군데 테이블이 놓이고 종려나무 화분이 있는 널찍한 공간이었다. 특히 오전에는 큰 창들이 열려 있고 실링 팬이 돌아서 투숙객이 신문을 읽거나 커피를 마시기에 쾌적한 장소일 듯했다. 그러나 밤

이 되면 아마도 물자 부족 때문에 층계와, 아래쪽 해안도로에서 창을 통해 스며드는 불빛밖에 없는 그곳은 조금 황량해 보였다. 그날 저녁 그 장소에는 세라를 제외하고는 아무도 없었다. 나는 커다란 창유리를 배경으로 밤하늘을 내다보고 있는 그녀의 실루엣을 볼 수 있었다. 내가 다가가면서 의자에 부딪치며 낸 소리를 듣고 그녀가 고개를 돌렸다.

"달이 뜰 줄 알았어요." 그녀가 말했다. "하지만 달이 뜨지 않았네요. 오늘 밤에는 포탄도 쏘지 않는 모양이에요."

"그렇군요. 지난 며칠 밤은 조용했지요."

"세실 말이 양측 군사들이 이제는 지쳤을 거라고 하더군요."

"그 말이 맞을 겁니다."

"크리스토퍼, 이쪽으로 오세요. 괜찮아요. 당신한테 아무 짓 하지 않을 테니까요. 하지만 좀 작은 소리로 얘기해야 할 것 같아서요."

나는 그녀 곁까지 다가갔다. 아래쪽으로 해안 도로와 부두를 따라 나 있는 길에 줄지어 선 가로등이 내다보였다.

"모든 준비를 다 마쳤어요." 그녀가 나직하게 말했다. "쉽지는 않았지만 이제 모두 끝났어요."

"정확히 무엇을 하셨다는 건가요?"

"모든 것을 다요. 서류, 배, 모든 것 말이에요. 전 더 이상 이곳에 있을 수 없어요. 최선을 다하려고 했지만 이제는 너무 지쳤어요. 전 떠날 거예요."

"그렇군요. 그런데 세실은요. 그는 당신이 무슨 생각을 하는지 알고 있나요?"

"그이한테 놀라운 일은 아닐 거예요. 하지만 그래도 충격은 받을 테죠. 당신은 놀랐나요, 크리스토퍼?"

"아뇨, 사실 놀라지 않았습니다. 그동안 제가 본 바에 의하면 이런 일이 일어날 것 같았으니까요. 하지만 이런 과감한 행동을 취하시기 전에 확신을……?"

"오, 생각해 봐야 할 것은 모두 다 생각했어요. 좋을 게 전혀 없어요. 설혹 세실이 내일 기꺼이 영국으로 간다고 해도 말이에요. 게다가 그이는 여기서 꽤 많은 돈을 잃었어요. 그이는 그 돈을 되찾을 때까지는 돌아가지 않을 작정이고요."

"그렇다면 당신이 이곳을 떠나는 건 더 이상 희망이 없어서군요. 유감입니다."

"단지 그 때문에 여기서 떠나는 건 아니에요." 그녀는 웃다가 곧 조용해졌다. 얼마 후 그녀가 말을 이었다. "전 세실을 사랑하려고 애썼어요. 정말이지 무척 애를 썼죠. 그이는 나쁜 사람이 아니에요. 그이를 보는 당신의 눈을 보니 그이를 나쁜 사람이라고 생각하시는 것 같네요. 하지만 그이가 언제나 그랬던 건 아네요. 그리고 저는 그 원인 태반이 저와 관련된 것임을 알아요. 삶의 이 단계에서 그이에게 필요한 것은 편안한 휴식이에요. 그러다 저를 만났고 그이는 뭔가 일을 좀 더 해야겠다고 생각했어요. 그건 제 불찰이죠. 처음 여기 왔을 때 그이는 정말 열심히 노력했어요. 하지만 그이의 능력을 넘어서는 일이었죠. 그것 때문에 그이가 망가진 것 같아요. 어쩌면 제가 떠나고 나면 그이는 다시 한 번 스스로를 추스릴 수 있을지도 모르죠."

"어디로 가시려고요? 영국으로 돌아가실 겁니까?"

"지금은 귀국할 만한 돈이 없어요. 전 마카오로 갈 거예요. 그다음에는 어떻게 할지 알아봐야겠죠. 무슨 일이 일어날지 모르니까요. 사실 그 때문에 당신과 얘기하고 싶었던 거예요. 크리스토퍼, 솔직히 말해서 전 좀 무서워요. 혼자서 거기로 가고 싶지 않아요. 그래서 혹시 당신이 함께 가 주실지 모른다고 생각했어요."

"지금 저와 같이 마카오로 떠나자는 말씀인가요? 내일 당신과 함께요?"

"그래요. 내일 나와 같이 마카오에 가요. 그다음에 어디로 갈지는 그때 정하면 되죠. 당신이 원한다면 얼마간 남중국해 일대를 돌아다닐 수도 있어요. 아니면 남미로 가는 거예요. 야반도주하는 도둑들처럼 말이에요. 재미있을 것 같지 않아요?"

그녀의 말을 듣고 나는 깜짝 놀라야 마땅했다. 하지만 지금 그때 일을 기억해 보니 다른 어떤 감정보다도 안도감에 가까운 감정을 분명히 느꼈던 것 같다. 실제로 극히 짧은 순간 나는 오랫동안 어두운 방에 갇혀 있다 빛과 신선한 공기가 있는 밖으로 갑자기 나온 사람이 느낄 법한 현기증을 느꼈다. 그녀가 충동적으로 내뱉었을지도 모를 그 제안이 엄청난 권위를 갖고 있으며, 나로서는 감히 바랄 수 없었던 어떤 시혜라도 받은 것 같았다.

하지만 나는 그 감정에 완전히 사로잡히지는 않았다. 이내 내 안의 또 다른 나는 그녀가 나를 떠보는 것일 수도 있다는 생각에 경계심을 품었던 것 같다. 그러다 결국 이런 식으로 대답했다.

"여기서 하고 있는 제 일이 문제로군요. 저는 우선 여기에서 하던 일을 끝내야 합니다. 어쨌든 온 세상이 파국의 위기에 처해 있으니까요. 이 단계에서 제가 그들을 저버린다면 사람들이 어떻게 생각하겠습니까? 그 점에서 당신이라면 저를 어떻게 생각하겠습니까?"

"오, 크리스토퍼. 우리는 둘 다 서로에게 똑같이 나쁜 사람이군요. 우리는 그런 식으로 생각하는 일을 그만둬야 해요. 그러지 않으면 우리 둘 다에게 아무것도 남지 않게 될 테니까요. 그저 이 몇 해 동안 우리가 겪었던 일만 잔뜩 끌어안게 될 뿐이죠. 더 많은 외로움, 그리고 아직 충분히 하지 못했다고 혼잣말하는 것 외엔 우리의 삶에 아무것도 없는 나날이 계속될 거예요. 이제 그 모든 것으로부터 떠날 필요가 있어요. 당신 일 같은 건 이제 놓으세요, 크리스토퍼. 이미 삶을 충분히 일에 바쳤잖아요. 내일 떠나요. 단 하루도 더 낭비하지 말고요. 우리 두 사람에게 너무 늦기 전에 떠나요."

"정확히 무엇에 너무 늦는다는 겁니까?"

"그건…… 아, 나도 몰라요. 내가 아는 것이라고는 그동안 뭔가를 찾느라고 세월을 허비했다는 것뿐이에요. 내가 정말로, 진정으로 그것을 받을 만한 어떤 일을 할 경우 내가 받게 될 트로피 같은 것 말이에요. 하지만 이제 더는 그걸 원치 않아요. 이제는 다른 어떤 것, 따뜻하고 나를 보호해 주는 것, 내가 무엇을 하는지에 상관없이, 내가 어떤 사람이 되는 것과 무관하게 내가 의지할 수 있는 어떤 것을 원해요. 내일의 하늘처럼 언제나 그 자리에 있을 어떤 것을요. 지금 내가 원하는 건 그거예요. 그리고 당신이 원하는 것도 그것이라고 생각해요. 하지만 조만간 너무 늦게 될 거예요. 너무 고정되어서 변하지 못할 거예요. 지금 기회를 잡지 않으면 우리 둘 다에게 다음 기회는 영영 오지 않을지 몰라요. 크리스토퍼, 지금 그 가엾은 식물을 가지고 뭘 하고 계신 거예요?"

그제야 나는 내가 멍하니 우리 곁에 있던 야자수 잎을 뜯어서 양탄자 위에 떨어뜨리고 있다는 사실을 깨달았다.

"이런, 좀 파괴적인 행위군요." 나는 웃음소리를 낸 다음 이렇게 말했다. "방금 당신이 하신 말이 모두 맞다고 해도 제게는 쉬운 일이 아닙니다. 알다시피 제겐 제니퍼가 있으니까요."

그 말을 하는 순간 그 애와 내가 학교 뒤편에 마련된 조그맣고 쾌적한 거실에서 마지막으로 작별 인사를 하면서 대화를 나누었던 순간이 생생하게 떠올랐다. 온화한 영국 봄날 오후의 햇살이 오크목 패널 벽에 비치고 있었다. 내 말을 들으면서 그 애가 처음으로 짓던 표정이 문득 다시 기억났다. 그 애는 내가 한 말을 곱씹으면서 신중하게 고개를 끄덕이더니 전혀 뜻밖의 말을 했던 것이다.

"알다시피 제니퍼가 있지요." 나는 내가 공상의 세계로 빠져 들어갈 것 같아 또다시 그렇게 말했다. "지금도 그 애는 저를 기다리고 있어요."

"전 그 점도 생각해 보았어요. 그 모든 일을 아주 신중하게 생각했죠. 그 애와 저는 친구가 될 수 있을 거예요. 아니, 친구 이상의 관계도 가능해요. 우리 세 사람이 가족을 이룰 수도 있어요. 여느 다른 가족들처럼 말이죠. 저도 그 문제를 생각해 보았어요, 크리스토퍼. 우리 모두에게 멋진 일이 될 거예요. 우리 계획이 서는 대로 그 애한테 사람을 보내면 돼요. 우리가 유럽으로, 예를 들면 이탈리아 같은 곳으로 돌아갈 수도 있죠. 그러면 그 애는 그곳에서 우리와 합류할 수 있어요. 전 그 애한테 엄마 노릇을 할 수 있어요, 크리스토퍼. 정말 그럴 수 있다고 확신해요."

나는 한동안 잠자코 생각해 보고는 대답했다. "좋습니다."

"그게 무슨 뜻이에요, 크리스토퍼? 뭐가 좋다는 거예요?"

"제 말은 당신과 함께 가겠다는 겁니다. 당신과 함께 가겠어요.

당신 말대로 할 겁니다. 좋아요, 당신이 제니퍼와 우리, 모든 것에 대해 한 말이 맞을 거예요. 결국 모든 일이 다 잘 풀릴 겁니다."

그렇게 말하자마자 나는 나를 누르고 있던 엄청난 무게에서 풀려나는 느낌을 받았다. 그 느낌이 너무나 강해서 크게 한숨이 나올 정도였다. 그동안 세라는 한 발짝 다가서더니 잠깐 동안 내 얼굴을 뚫어져라 바라보았다. 심지어 나는 그녀가 내게 키스를 할 거라고 생각했다. 그러나 그녀는 마지막 순간에 마음을 다잡은 것 같았다. 그녀는 키스를 하는 대신 이렇게 말했다.

"그러면 제 말 잘 들으세요. 주의 깊게 들으셔야 해요. 우리는 이 일을 빈틈없이 해야 해요. 여행 가방은 딱 하나만 꾸리세요. 트렁크 같은 것을 보내지도 말고요. 마카오에 우리가 쓸 돈이 얼마간 있어요. 그곳에서 필요한 것을 사면 돼요. 제가 내일 오후 3시 반에 당신에게 사람을 보내겠어요. 운전기사 말이에요. 믿을 만한 사람을 보낼 테지만 그렇더라도 그 사람에게 불필요한 말은 하지 마세요. 그 사람이 당신을 제가 기다리는 곳으로 데려올 거예요. 크리스토퍼, 머리를 한 대 맞기라도 한 사람처럼 보이는군요. 설마 저를 실망시키지는 않겠죠?"

"아니, 아뇨. 준비가 될 겁니다. 내일 3시 반이라. 걱정 말아요. 저는…… 어디든, 당신이 가고 싶어 하는 곳이면 이 세상 어디든 당신을 따라가겠습니다."

어쩌면 그저 충동 때문이었을 수도 있고, 어쩌면 우리가 세실 경을 도박장에서 끌어낸 그날 밤 그녀와 헤어지던 순간이 기억났기 때문일지도 모른다. 어쨌든 나는 불쑥 앞으로 나서며 양손으로 그녀의 한 손을 잡고 입맞춤을 했다. 그런 다음 그녀의 손을 잡은 채 그

다음에 어찌해야 좋을지 몰라 고개를 들었던 것 같다. 어쩌면 어색해서 웃었는지도 모르겠다. 이윽고 그녀는 잡혔던 손을 살그머니 빼내더니 내 뺨을 어루만졌다.

"고마워요, 크리스토퍼." 그녀가 나직한 음성으로 말했다. "함께 가 주겠다고 해서 고마워요. 갑자기 모든 것이 너무나 다르게 느껴져요. 하지만 이제 그만 가시는 게 좋겠어요. 누가 우리를 보기 전에 말이에요. 자, 어서 가세요."

17

    나는 그날 밤 조금 걱정스러운 심정으로 잠자리에 들었지만, 다음 날 아침에 깼을 때는 평온한 마음이 되어 있었다. 마치 무거운 짐을 내려놓은 기분이었다. 옷을 입으면서 내가 처한 새로운 상황을 생각해 보니 오히려 흥분마저 느껴졌다.

    이제는 그날 아침 대부분이 흐릿한 기억으로 남아 있다. 지금 떠오르는 것은 내게 남은 시간 안에 그다음 며칠 동안 하려고 계획해 두었던 과제를 가능한 한 많이 끝내야 하며, 그러지 않는다면 양심적이지 않다는 생각에 사로잡혔다는 것이다. 나는 이런 생각이 얼마나 불합리한가에는 아랑곳하지 않고 아침 식사를 마친 후 서둘러 일에 착수해, 층계를 뛰어서 오르내리고, 운전기사들로 하여금 번잡한 시내를 빨리 뚫고 가자고 재촉했다. 그리고 이제 돌이켜 보면 터무니없게 느껴지긴 하지만, 그날 오후 2시가 좀 지나 점심 식사를 하기 위해 자리에 앉았을 때는 하려고 했던 일을 어느 정도 끝냈다는 사실에 뿌듯함을 느꼈다는 사실을 말해 두어야겠다.

그런 한편 동시에 그날 일을 돌아볼 때면 기이하게도 내가 한 행동과 나 자신이 분리되어 있었던 듯한 압도적인 느낌이 든다. 국제 조계 안을 바삐 뛰어다니며 그 도시의 많은 유력 인사들과 대화를 나누는 동안에도 정작 내 일부는 내 질문에 성심껏 대답하려 애쓰는 그들을, 딱하게도 어떻게든 나를 도와주려고 애쓰는 그들을 비웃었다. 솔직히 말해서 상하이에 있는 시간이 길어질수록 그 공동체의 이른바 지도자라는 사람들에 대한 경멸의 정도도 심해졌다. 거의 매일 조사를 하는 동안 오랜 세월 그들 사이에서 이어져 내려온 과오나 부패, 혹은 그보다 더 나쁜 것이 하나하나 드러났던 것이다. 이곳에 온 이후 나는 정직하게 부끄러움을 드러내거나 잘못을 솔직하게 시인하는 경우를 단 한 차례도 만나 보지 못했다. 책임을 맡은 자들의 발뺌이나 잔재주, 노골적인 거짓말만 아니었더라도 상황이 지금처럼 위험한 수준에까지 이르지는 않았을 것이다. 그날 오전 나는 상하이 클럽에서 이른바 '엘리트' 계급에 속하는 유명 인사 셋과 잠깐 만났다. 그들의 공허한 허세, 이 모든 안타까운 상황에서도 자신들의 잘못을 줄곧 부인하는 그들의 태도에 다시 맞닥뜨린 나는 이제 내 삶에서 이런 자들을 영영 만나지 않아도 된다는 생각에 흥분을 느끼기까지 했다. 실제로 이런 순간에는 내가 옳은 결정을 내렸다는 확신이 들었다. 요컨대 어떻게 그렇게 되었는지는 몰라도 이 위기를 타개하는 것이 나 한 사람에 달려 있다는 가정은 아무 근거도 없을 뿐 아니라 경멸해도 좋다고 확신할 수 있었다. 나는 내가 떠났다는 소식을 조만간 접하고 바로 그 얼굴들에서 나타날 경악의 표정을 머릿속에 그려 보았다. 격분과 낭패의 표정이 이어지리라. 이런 생각이 내게 꽤 만족감을 주었다는 사실을 시인한다.

점심을 먹는 동안 나는 나도 모르게 그 화창한 날 오후에 제니퍼의 학교에서 그 애와 마지막으로 만났던 일을 떠올렸다. 교장실에 놓인 안락의자에 어색하게 앉은 우리 두 사람, 오크목 벽에 얼룩진 햇살, 제니퍼의 등 뒤 창문으로 보이던 호수까지 내려가는 잔디밭 같은 것이 떠올랐다. 내가 왜 떠나야 하는지, 상하이에서 나를 기다리는 과제가 얼마나 중요한지 온힘을 다해 설명하는 동안 제니퍼는 말 없이 듣고 있었다. 나는 몇 번인가 그 애가 질문하기를, 또는 적어도 무슨 말인가 하기를 기대하며 말을 멈추었다. 그러나 그럴 때마다 그 애는 진지한 얼굴로 고개를 끄덕이고는 내가 말을 계속하기를 기다렸다. 결국 한 말을 또다시 되풀이하기 시작했음을 깨달은 나는 하던 말을 멈추고 그 애에게 이렇게 말했다.

"자, 제니. 무슨 말이든 해야 하지 않겠니?"

그때 내가 무슨 말을 듣기를 기대했는지 모르겠다. 그러나 그 애는 화난 기미가 전혀 없이 그저 한동안 물끄러미 나를 바라본 후 이렇게 대답했다.

"크리스토퍼 삼촌, 전 제가 그 무엇에도 뛰어나지 않는다는 걸 잘 알아요. 하지만 그건 제가 아직 어리기 때문이에요. 나중에 나이가 조금 더 들면 삼촌을 도와드릴 수 있을 거예요. 도와드리겠다고 약속할게요. 그러니 떠나 계신 동안 약속해 주세요. 제가 이곳 영국에 있다는 것, 그리고 삼촌이 돌아오시면 제가 도와드릴 거라는 사실을 잊지 않으시겠다고요."

그것은 내가 전혀 예상하지 못한 말이었다. 이곳에 와서도 그 애가 한 말을 이따금씩 곱씹어 보곤 했지만 그날 그 애가 무슨 의미로 그런 말을 했는지 여전히 잘 모르겠다. 그 애는 혹시 내가 방금 자기에게 했던 말에도 불구하고 상하이에서 내 임무가 성공할 수 없으리라는 걸 암시했던 것일까? 내가 결국 영국으로 돌아와야 하고 앞으로도 오랫동안 내 일을 계속하게 되리라는 의미였을까? 어쩌면 그 말은 단지 혼란에 빠진 아이가 자신의 분노를 감추려고 내뱉은 말에 지나지 않고, 그 말을 진지하게 받아들이는 게 무의미할지도 모른다. 그럼에도 나는 그날 오후 호텔 온실에서 점심 식사를 하면서 제니퍼와의 마지막 만남을 다시 한 번 곱씹어 보지 않을 수 없었다.

내가 커피를 다 마셔 갈 무렵 호텔 직원이 오더니 급한 전화가 왔다고 했다. 나는 온실 바로 바깥 층계참에 있는 전화 부스로 안내되었다. 교환원과 몇 마디 혼란스러운 대화를 마치자 왠지 귀에 익은 음성이 들려왔다.

"뱅크스 씨? 뱅크스 씨죠? 뱅크스 씨, 드디어 기억이 났습니다."

나는 한마디라도 했다가는 세라와의 계획이 위태로워질까 두려운 나머지 잠자코 있었다. 이윽고 목소리가 다시 들려왔다.

"뱅크스 씨? 제 말 듣고 계신가요? 중요한 게 생각났습니다. 우리가 수색하지 못했던 그 가옥에 관해서요."

그제야 나는 그것이 쿵 경감의 음성임을 깨달았다. 목이 쉰 데다 놀랄 만큼 젊게 들리긴 했어도 틀림없이 그의 목소리였다.

"경감님, 죄송합니다. 좀 뜻밖이어서요. 기억나신 내용을 말씀해 주세요."

"뱅크스 씨, 아편을 피우다 보면 종종 기억에 도움이 되곤 한답니다. 오랫동안 잊고 있었던 많은 일이 눈앞에 지나가죠. 그래서 마지막으로 딱 한 번 아편을 피우자고 생각했지요. 그랬더니 그 용의자가 했던 말이 기억났지 뭡니까. 우리가 수색하지 못했던 그 집 말입니다. 그 집은 예 천이라는 사람의 집 바로 맞은편에 있어요."

"예 천이라고요? 그 사람이 누굽니까?"

"그건 저도 몰라요. 가난한 사람들은 대부분 거리 주소를 쓰지 않습니다. 어떤 표지물을 써서 위치를 알려 주죠. 우리가 수색하지 못한 그 집 말입니다. 그 집이 예 천의 집 맞은편에 있는 겁니다."

"예 천이라. 그 이름이 확실합니까?"

"확실해요. 아주 선명하게 기억났으니까요."

"그 이름이 흔한가요? 상하이 주민 중에 그런 이름을 가진 사람이 얼마나 될까요?"

"다행스럽게도 그 용의자가 한 가지 더 세부 사항을 말해 주었지요. 그 예 천이라는 사람은 장님입니다. 선생이 찾는 그 집은 장님 예 천의 집 맞은편 집이에요. 물론 그 사람이 그사이에 이사를 갔거나 죽었을 수도 있지요. 하지만 우리가 수사하던 시기에 그 사람이 살던 곳을 알아낼 수는 있을 겁니다."

"물론 가능하지요, 경감님. 이런, 이거 유용한 정보로군요."

"저도 기쁩니다. 선생께서 그렇게 생각하실 줄 알았습니다."

"경감님, 뭐라고 감사해야 할지 모르겠군요."

문득 시간을 의식한 나는 전화를 끊고 점심 식사 자리로 돌아가는 대신 짐을 꾸리러 곧장 위층 내 방으로 올라갔다.

어떤 물건을 챙겨 가야 할지를 생각하자 이상하리만큼 비현실적인 느낌에 사로잡혔던 것이 기억난다. 그러다 한번은 침대에 주저앉아 창밖으로 내다보이는 하늘을 물끄러미 바라보았다. 정말 기묘한 기분이었다. 불과 하루 전까지만 해도 내가 방금 받은 그 정보는 내 삶의 핵심에 해당하는 것이었다. 그런데 머릿속으로 그 문제를 이리저리 생각해 보면서 나는 그것이 이미 과거의 시대에 속한 일, 원치 않는다면 기억할 필요도 없는 일이 되고 만 듯한 느낌을 받았다.

남은 시간 동안 내가 짐을 다 꾸릴 수 있었던 게 분명하다. 그래서 정확히 3시 반 방문에서 노크 소리가 났을 때 나는 이미 의자에 앉아 기다리고 있었다. 문을 열자 스무 살도 채 되어 보이지 않는 긴 옷차림을 한 중국인 청년이 손에 모자를 들고 서 있었다.

"선생님을 모셔 갈 운전기사입니다." 그가 작은 소리로 말했다. "여행 가방이 있으시면 제가 들어 드리겠습니다."

그 청년이 캐세이 호텔 앞에서 자동차 시동을 거는 동안 나는 오후의 햇살이 내리쪼이는 난징 거리의 북적대는 군중을 내다보면서, 아주 먼 곳에서 그들을 보고 있는 듯한 환각에 사로잡혔다. 그런 다음 나는 어려 보이지만 확실하고 유능해 보이는 운전기사의 손에 모든 걸 내맡기기로 하고 시트에 몸을 묻었다. 그 운전기사와 세라와 무슨 관계인지 묻고 싶은 충동이 문득 일었으나 다음 순간 불필요한 말을 하지 말라고 했던 그녀의 주의를 떠올렸다. 그래서 나는 침묵을 지켰다. 이내 내 생각은 마카오와, 오래전 대영 박물관에서 보았던 그곳의 사진들로 옮겨 갔다.

그로부터 십 분쯤 지났을까, 내가 갑자기 몸을 청년에게로 기울이며 물었다. "음, 별로 가능성이 없는 이야기일 테지만 혹시 예 천이라는 사람을 아는가?"

청년은 눈앞의 길에서 시선을 떼지 않았다. 내가 막 같은 질문을 반복하려는 순간, 그가 대답했다.

"장님 배우 예 천 말씀인가요?"

"그래. 그 사람이 장님인 것은 알지만 배우였는지는 몰랐는걸."

"그렇게 유명한 배우는 아니었죠. 예 천 말입니다. 그 사람은 아주 오래전, 제가 어렸을 때 배우였으니까요."

"그 말은…… 자네가 그 사람을 안다는 뜻인가?"

"아는 사이는 아닙니다. 하지만 누구인지는 알죠. 선생님은 예 천에게 관심이 있으신가요?"

"아니, 아닐세. 특별히 관심이 있어서 그러는 건 아닐세. 누군가 그 사람 얘기를 해서 물어본 것뿐이지. 별일 아니라네."

남은 길을 가는 동안 나는 청년에게 아무 말도 하지 않았다. 당혹스러울 정도로 비좁은 골목길을 연달아 지났기 때문에, 청년이 조용한 뒷길에서 차를 세웠을 때는 우리가 있는 곳이 어디인지 감도 잡히지 않았다.

청년이 내 쪽의 문을 열어 주면서 여행 가방을 건넸다.

"축음기가 놓여 있는 저 상점입니다." 청년이 상점을 손가락으로 가리켰다.

길 건너편에, 지저분한 창유리 안에 축음기 한 대가 전시된 조그만 상점이 있었다. 영어로 '축음기. 피아노롤[20]. 악보.'라고 적힌 표지판이 보였다. 주위를 둘러보니 그 거리에는 인력거 옆에 쭈그리고 앉아 장난을 치는 인력거꾼 두 명을 제외하면 청년과 나 둘뿐이었다. 여행 가방을 집어들고 막 길을 건너려다가 나는 뭔가에 홀린 듯 그에게 말했다.

"혹시 여기서 잠깐만 나를 기다려 줄 수 있겠나?"

---

20) 자동 피아노에 넣어 키의 움직임을 조정하는 데 쓰이는 종이 롤.

청년은 어리둥절한 표정이었다. "메더스트 부인께서 선생님을 이곳까지 모셔 오라는 말씀만 하셨는데요."

"그래, 그래. 하지만 지금은 내가 자네한테 부탁하는 걸세. 내가 혹시 자네에게 부탁할 일이 있을지 몰라서 그러니 조금만 여기서 기다려 주었으면 좋겠네. 물론 그럴 필요가 없을지도 모르네. 하지만 그저 만약의 경우 때문에 그러는 걸세. 자, 이걸 받게." 나는 재킷 주머니에 손을 넣어 지폐 몇 장을 꺼냈다. "이 정도면 자네가 기다리는 시간에 대한 값은 될 테니까."

청년의 얼굴은 성이 난 나머지 붉게 달아올랐다. 그는 마치 내가 뭔가 아주 언짢은 제안이라도 했다는 듯이 돈으로부터 몸을 돌렸다. 그는 부루퉁한 얼굴로 차 안에 오르더니 문을 소리 나게 닫았다.

나는 내가 뭔가 잘못 판단했다는 사실을 깨달았지만 그 시점에서는 그 문제에 신경을 쓸 겨를이 없었다. 게다가 성이 났는데도 그 청년은 시동을 걸지 않았다. 나는 지폐를 도로 재킷 속에 쑤셔 넣고는 다시 여행 가방을 집어 들고 길을 건넜다.

상점 안은 몹시 비좁았다. 오후의 햇살이 흘러들었으나 어떻게 된 일인지 햇살이 비추는 곳은 먼지가 자욱한 몇 군데뿐이었다. 한쪽에는 퇴색한 건반이 달린 업라이트 피아노 한 대가 놓여 있었고 레코드 몇 장이 재킷도 없이 악보대에 진열되었다. 레코드에는 먼지뿐 아니라 거미줄까지 끼어 있었다. 그 밖에는 극장의 막에서 잘라 낸 듯한 이상한 모양의 두꺼운 벨벳 천 조각들이 벽에 못질되어 있었고, 오페라 가수와 무희들 사진도 있었다. 나는 그곳에 세라가 있을 줄 알았지만 카운터 뒤편에 앉은, 껑충한 모습에 거칠한 검은 수염을 기른 유럽인 외에는 아무도 눈에 띄지 않았다.

"안녕하십니까." 그가 앞에 놓인 장부책에서 시선을 들더니 독일어 억양이 섞인 영어로 인사를 했다. 그러고는 내 위아래를 조심스레 살폈다. "영국인이신가요?"

"그렇습니다. 선생도 안녕하신지요."

"영국에서 나온 레코드도 몇 장 있지요. 미미 존슨의 「아이 온리 해브 아이즈 포 유」 레코드도 있습니다. 한번 들어 보시겠습니까?"

그의 조심스러운 어투로 보아 그 말이 합의된 암호의 첫 부분일지도 모른다는 짐작이 갔다. 하지만 세라가 내게 말해 준 암호문 같은 것을 떠올리기 위해 아무리 기억을 뒤져 봐도 기억나는 것이 없었다. 그래서 결국 나는 이렇게 대답했다.

"저는 이곳 상하이에서는 축음기를 갖고 있지 않답니다. 하지만 미미 존슨을 아주 좋아하죠. 사실 몇 해 전 그녀의 런던 리사이틀에 간 적도 있습니다."

"정말입니까? 미미 존슨이 맞단 말씀이죠."

내가 틀린 대답을 해서 그를 어리둥절하게 만든 것이 분명했다. 그래서 내가 다시 말했다. "이봐요, 내 이름은 뱅크스입니다. 크리스토퍼 뱅크스라고 합니다."

"뱅크스라……. 뱅크스 씨로군요." 남자는 별다른 감정이 들지 않은 어투로 내 이름을 발음해 보고는 이렇게 말했다. "선생께서 미미 존슨을 좋아하신다면 「아이 온리 해브 아이즈 포 유」를 들려 드리죠."

그가 카운터 아래로 몸을 숙이는 틈을 타 나는 상점 창유리를 통해 거리 쪽을 내다보았다. 인력거꾼 둘이 여전히 웃고 떠들고 있고, 청년이 아직 차 안에 그대로 있는 것을 보고 마음이 놓였다. 이윽고 내가 뭔가 커다란 오해가 생긴 것은 아닌지 의아해 하는 사이에 부드러우면서도 느른한 재즈 오케스트라 곡이 실내를 채웠다. 미미 존슨의 노래가 나오기 시작하자, 몇 년 전 그 노래가 런던 클럽들에서 크게 유행했던 때가 떠올랐다.

얼마 후 나는 키가 껑충한 남자가 어두운 색의 묵직한 휘장이 걸린 뒤편 벽의 한 곳을 가리키고 있음을 깨달았다. 이전까지 그곳에 출입구가 있다는 사실을 알아채지 못했던 내가 그 문을 밀자 내실이 나왔다.

밝은 색의 외투와 모자 차림을 한 세라가 나무 여행 가방을 깔고 앉아 있었다. 그녀가 손에 든 파이프에서는 담배가 타올랐는데, 벽장이나 다름없는 그 비좁은 방에는 이미 그녀가 내뿜은 담배 연기가 자욱했다. 주위는 온통 레코드와 악보 들이 마분지 상자와 차(茶) 상자에 종류별로 담긴 채 무더기로 쌓여 있었다. 창은 없었으나 뒷문이 하나 보였는데, 밖으로 통하는 그 문은 살짝 열려 있었다.

"자, 여기 제가 왔습니다." 내가 말했다. "당신 말대로 여행 가방 하나뿐입니다. 그런데 당신은 세 개나 꾸려 왔군요."

"이 가방에는 에설버트가 들었어요. 내 장난감 곰 말이에요. 그는 사실상 내가 어디를 가나 늘 내 곁에 있어 왔답니다. 좀 바보 같죠?"

"바보 같다고요? 천만에요."

"세실과 제가 처음 이곳에 왔을 때 실수로 에설버트를 다른 것들과 함께 넣었어요. 나중에 케이스를 열어 보니 팔이 그만 떨어져 나가고 없는 거예요. 그 팔은 한구석에 있는 슬리퍼 속에 끼어 있었지요. 그래서 이번에는 숄 몇 장 두고 갈 생각으로 가방 하나에 통째로 담았지요. 정말 바보 같은 짓이에요."

"아니, 그렇지 않아요. 충분히 이해합니다. 에설버트라면 그런 대우를 받아야죠."

그녀는 담배 파이프를 조심스레 내려놓더니 자리에서 일어났다. 그런 다음 우리는 키스를 했다. 아마도 꼭 영화 스크린에 나오는 연인들 같았을 것이다. 우리의 포옹이 어딘가 우아하지 않은 점만 제외한다면 내가 늘 상상했던 것과 거의 들어맞았다. 그래서 나는 한 차례 이상 내 자세를 바꿔 보려고 했지만, 오른발이 묵직한 상자에 걸려 있어서 필요한 만큼 몸을 돌렸다가는 균형을 잃을 것 같았다. 다음 순간 그녀가 숨을 깊이 몰아쉬며 한 발짝 뒤로 물러났는데, 그러는 동안에도 내 얼굴에서 시선을 떼지 않았다.

"준비는 다 된 겁니까?" 내가 그녀에게 물었다.

그녀는 바로 대답하지 않았다. 나는 그녀가 내게 다시 키스를 할 모양이라고 생각했다. 그러나 그녀는 그저 이렇게 말했을 뿐이었다. "모든 게 잘됐어요. 몇 분만 더 기다리면 돼요. 그런 다음 저기로 나갈 거예요." 그러면서 그녀는 뒷문을 가리켜보였다. "선창을 따라 걸어가면 조그만 배 한 척이 여기서 약 3킬로미터 떨어진 강 하류에 있는 증기선까지 우리를 데려다 줄 거예요. 그다음은 바로 마카오죠."

"세실은 이 일을 알고 있나요?"

"하루 종일 그이를 보지 못했어요. 그이는 아침 식사를 하자마자 늘 드나드는 장소 중 한 곳으로 가 버렸어요. 아직 그곳에 있을 거예요."

"정말 유감스러운 일입니다. 정말이지 누군가 그분에게 정신을 좀 차리도록 말해 줘야 할 텐데요."

"음, 이제 그건 더 이상 우리가 할 일은 아니죠."

"그런 것 같군요." 그러다 나는 불쑥 웃음을 터뜨렸다. "이제 선택하는 일 말고는 그 어떤 일도 우리가 책임질 게 없을 것 같군요."

"그래요. 크리스토퍼, 그런데 무슨 문제가 있나요?"

"아뇨. 아니에요. 다만…… 그냥 저는……."

내가 한 번 더 포옹할 생각으로 손을 뻗었지만 그녀가 한 손을 들어 올려 나를 막으면서 말했다.

"크리스토퍼, 우선 좀 자리에 앉으세요. 걱정 마세요, 나중에 어떤 것이든 전부 다 할 시간이 충분히 있을 테니까요."

"그래요, 맞아요. 미안합니다."

"일단 마카오에 가면 우리의 앞날에 대해 생각할 시간이 충분해요. 어느 곳에서 사는 것이 우리들에게 좋은지 생각할 시간이요. 제니퍼에게도 좋을 만한 그런 곳 말이에요. 침대에 지도를 펼쳐 놓고 방 밖으로 바다를 내다보면서 그 문제를 놓고 입씨름을 하게 될 거예요. 그래요, 틀림없이 우리는 앞으로 말다툼도 하게 될 거예요. 저는 그 말다툼조차 기대된답니다. 자리에 앉으시겠어요? 자, 여기 좀 앉으세요."

"제 말은……. 잠깐만요, 우리가 여기서 몇 분쯤 더 기다릴 거라면 잠깐 나가서 일 좀 보고 오겠어요."

"일을 보신다고요? 정확히 무슨 일을요?"

"그저…… 간단한 일입니다. 정말이지 오래 걸리지 않을 겁니다. 그저 몇 분이면 돼요. 알다시피 어떤 사람에게 뭔가 물어볼 게 있는 것뿐이에요."

"그게 누구예요? 크리스토퍼, 지금 이 시점에서는 누구와도 얘기해서는 안 될 것 같은데요."

"아니, 제 말은 그런 게 아니에요. 조심해야 한다는 건 나도 충분히 알아요. 아니, 걱정 말아요. 그저 그 청년 말이에요. 당신이 제게 보내서 이곳까지 태워 왔던 그 청년 말입니다. 그에게 가서 한 가지 물어보려는 것뿐이에요."

"하지만 그 청년은 지금쯤 가고 없을 텐데요."

"아니, 가지 않았어요. 아직 저기 있어요. 아무튼 곧 돌아올게요."

나는 서둘러 상점 뒤편 휘장을 지났다. 수염을 기르고 키가 껑충한 그 남자가 놀란 눈으로 나를 쳐다보았다.

"미미 존슨을 잘 감상하셨습니까?" 그가 물었다.

"그래요, 아주 좋았어요. 잠깐 나갔다 와야 해서요."

"사실 말인데, 선생, 저는 스위스인입니다. 귀국과 저의 조국 사이에는 임박한 전쟁 같은 건 없죠."

"아, 그래요. 다행이군요. 금방 돌아오겠어요."

나는 황급히 길을 건너 차가 있는 곳으로 향했다. 나를 본 청년이 차창을 내리고 정중하게 미소를 지어 보였다. 조금 전의 화는 가라앉은 것 같았다. 나는 그에게로 몸을 구부리고 작은 소리로 말했다.

"그런데 그 예 천이라는 사람 말일세. 어딜 가면 그 사람을 만날 수 있는지 혹시 아나?"

"예 천이요? 그 사람 집이 여기서 아주 가까워요."

"예 천. 장님 예 천 말일세."

"네. 그는 바로 저쪽에 살아요."

"그 사람 집이 저기라는 건가?"

"네, 선생님."

"이것 보게, 자네 내 말을 이해하지 못하는 것 같군. 자네 말은 장님 예천의 집이 바로 저쪽이라는 건가?"

"그렇습니다, 선생님. 걸어가실 수도 있는 거리지만 원하신다면 제가 차로 모셔다 드리죠."

"내 말 잘 듣게. 이건 아주 중요한 일일세. 예 천이 지금 그 집에 얼마 동안 살았는지 아는가?"

청년은 잠시 생각해 보더니 이렇게 대답했다. "늘 그곳에 살았습니다, 선생님. 제가 어렸을 때도 그곳에 살았어요."

"확실한가? 이건 아주 중요한 일이라네. 그 사람이 그 장님 예 천이고, 그 사람이 오래전부터 그곳에 살았다는 건가?"

"말씀드린 대로입니다, 선생님. 제가 꼬마였을 때도 그곳에 살았어요. 그 사람은 그곳에서 아주아주 오래 살고 있는 것 같아요."

나는 허리를 펴고 심호흡을 하면서 방금 내가 들은 사실이 지닌 의미를 생각해 보았다. 그런 다음 다시 허리를 숙이고 이렇게 말했다. "자네가 나를 그곳에 좀 데려다 줘야겠네. 차로 말일세. 이 일을 조심스럽게 해야 하네. 자네가 나를 그곳에 데려가되 좀 떨어진 곳에 차를 세우게. 예 천의 집 바로 맞은편에 있는 집이 잘 보이는 곳 말일세. 무슨 말인지 알겠나?"

내가 차에 타자 청년은 시동을 걸었다. 그는 차를 완전히 돌려 방향을 바꾼 다음 다른 좁은 길로 접어들었다. 그동안 내 머릿속에는 수많은 생각이 한꺼번에 소용돌이쳤다. 나는 청년에게 지금 우리가 하고 있는 이 일이 얼마나 중요한지 말하는 게 좋을지, 혹시 차 안에 총기가 있는지 물어볼 생각까지 했으나 결국 그런 질문은 청년을 겁먹게 만들 뿐이라는 결론을 내렸다.

모퉁이를 돌자 지금까지 온 길보다 더 좁은 골목길이 나왔다. 이어 차는 다시 한 번 모퉁이를 돈 다음 멈춰 섰다. 나는 한순간 목적지에 도착했다고 생각했으나 다음 순간 무엇 때문에 차가 멈추었는지를 알았다. 우리 앞에서 아이 한 무리가 당황한 물소를 잡으려 애쓰고 있었던 것이다. 아이들 사이에 언쟁이 오가고 있었는데, 내가 보고 있는 동안 그 가운데 한 아이가 막대기로 물소의 콧잔등을 후려쳤다. 나는 어린 시절 어머니로부터 수도 없이, 이런 동물들은 화가 난 황소만큼이나 위험하다고 경고받았던 일을 기억하고 경악했다. 하지만 물소는 아무 반응도 보이지 않았고, 아이들은 말다툼을 계속했다. 몇 차례 경적을 울려도 소용이 없자 청년은 한숨을 쉬더니 왔던 길로 차를 후진시키기 시작했다.

우리는 그 옆에 있는 다른 골목으로 들어섰다. 그런데 길을 바꾼 것 때문에 청년이 혼란스러운 것 같았다. 몇 번 더 길을 돌다가 이번에는 장애물이 없는데도 차를 세우더니 다시 후진을 했다. 그러다 한번은 조금 더 넓고 수레바퀴 자국이 난 진흙길로 나왔는데, 그 길 한쪽에는 초라한 판잣집들이 늘어서 있었다.

"좀 서둘러 주게. 시간이 없다네." 내가 말했다.

그 순간 엄청난 굉음이 우리가 가고 있던 길의 지면을 흔들었다. 청년은 여전히 안정되게 운전을 계속했지만 불안한 눈으로 먼 곳을 바라보았다.

"전투예요. 다시 전투가 시작됐어요."

"소리가 무서울 정도로 가깝군." 내가 대답했다.

이후 몇 분 동안 우리는 경적을 울려 아이와 개 들을 쫓으며 몇 번 더 좁은 길모퉁이와 판잣집을 돌았다. 다음 순간 차가 급정거를 했다. 청년의 격앙된 고함 소리가 들렸다. 그 너머로 나는 모래주머니와 철조망으로 만든 바리케이드로 앞길이 막힌 것을 보았다.

"온 길로 되돌아가야 해요. 다른 길은 없어요." 청년이 말했다.

"하지만 이것 보게, 이제 다 온 것 아닌가."

"거의 다 오기는 했어요. 하지만 길이 봉쇄되었으니 돌아가야 해요. 좀 참으세요, 선생님. 금방 도착할 테니까요."

그러나 청년의 태도에 분명한 변화가 보이기 시작했다. 지금까지 지녔던 자신감이 그에게서 사라지자 기껏해야 열다섯이나 열여섯 살밖에 되지 않는 어린애가 차를 몰고 있는 것 같았다. 우리는 한동안 금방이라도 하수구에 빠질 것 같은, 악취가 풍기는 골목길과 진흙탕을 지났다. 청년은 그때마다 아슬아슬하게 바퀴가 하수구에 빠지지 않게끔 차를 몰았다. 그러는 동안 줄곧 멀리서 포격 소리가 들려왔다. 집과 방공호 같은 안전한 곳으로 허둥지둥 대피 중인 사람들도 있었다. 하지만 아이들과 떠돌이 개들은 위험 따위는 안중에도 없이 사방을 돌아다니고 있었다. 차가 작은 공장 같은 곳의 안마당을 덜컹거리며 가로지를 때 내가 물었다.

"이보게, 차를 세우고 길을 물어보는 게 좋지 않을까?"

"참을성을 가지세요, 선생님."

"참을성을 가지라고? 지금 우리가 어디로 가는지 자네도 나만큼 모르고 있는 것 같은걸."

"다 왔어요, 선생님."

"말도 안 되는 소리. 어째서 금방 들통 날 이런 짓을 계속하는 건가? 자네 같은 중국인들은 늘 그러지. 자넨 길을 잃었으면서도 인정하려고 들지 않아. 우리는 지금…… 그저 끝도 없이 달리고 있는 것 같은데."

그는 아무 말도 하지 않은 채 양옆으로 공장 폐기물 더미가 높다랗게 싸인 가파른 진흙길을 따라 차를 몰았다. 다음 순간 이번에는 깜짝 놀랄 만큼 가까이에서 다시 한 번 쾅 하는 굉음이 들려오자 청년이 차의 속도를 늦추었다.

"선생님, 이젠 돌아가야 할 것 같아요."

"돌아가다니, 어디로 돌아간다는 건가?"

"전투가 벌어지는 곳이 너무 가까워요. 여기는 안전하지 않아요."

"전투가 가깝다니 무슨 뜻이지?" 다음 순간 머릿속에 퍼뜩 한 가지 생각이 떠올랐다. "혹시 여기가 차페이 근처인가?"

"선생님, 여기가 차페이예요. 아까부터 차페이였다고요."

"뭐라고? 자네 말은 우리가 외국인 구역을 벗어났다는 건가?"

"지금 우리는 차페이에 있는 겁니다."

"하지만…… 이런 맙소사! 여기가 지금 외국인 구역 밖이라는 건가? 차페이에 들어왔다고? 이것 보게. 바보 같으니라고. 자넨 바보 천치야! 자넨 그 집이 아주 가깝다고 했잖나. 이젠 길을 잃었지. 우리는 지금 어쩌면 위험할 정도로 전쟁터 가까이에 있는지도 몰라. 게다가 외국인 구역을 벗어나다니! 정말 이런 멍청이가 따로 없군. 왜인지 알겠나? 내가 말해 주지. 자네는 실제로 아는 것 이상으로 아는 체한 거야. 너무 자존심이 세서 자기가 부족하다는 사실을 인정하지 않지. 바로 그런 걸 멍청이라고 하는 거야. 진짜 바보 천치로군! 내 말 듣고 있나? 자넨 바보 천치, 등신이란 말일세!"

청년이 차를 세웠다. 그러더니 운전석 문을 열고는 뒤도 한번 돌아보지 않은 채 그대로 걸어가 버렸다.

내가 마음을 진정시키고 처한 상황을 가늠하기까지는 얼마간 시간이 걸렸다. 차는 거의 언덕 꼭대기까지 올라온 상태였다. 이제 자동차는 진흙길 위, 깨진 돌 부스러기, 구부러진 철사, 낡은 자전거 바퀴를 잘라 낸 것처럼 보이는 잔해물 더미 한가운데 서 있었다. 언덕 등성이까지 이어진 길을 따라 성큼성큼 걷고 있는 청년의 모습이 보였다.

나는 차에서 내려 그를 따라 달려갔다. 청년은 분명 내 발소리를 들었을 텐데도 발걸음을 더 빨리하지도, 그렇다고 뒤를 돌아보지도 않았다. 나는 그를 따라잡아 어깨를 잡고 그를 멈춰 세웠다.

"이보게, 미안하네." 내가 조금 숨찬 소리로 말했다. "내가 이렇게 사과하네. 내가 그렇게 화를 내서는 안 되었네. 정말 미안하네. 그 일에 대해서는 변명의 여지가 없네. 하지만 자네도 알다시피 자네는 이 모든 일이 무슨 의미를 가졌는지 모르고 있네. 자, 제발." 그러면서 나는 자동차 쪽을 가리켰다. "계속 가세."

청년은 내 얼굴을 보려고 하지 않았다. "이제 운전 안 할래요."

"이것 보게, 내가 미안하다고 했잖은가. 자, 부탁이니 분별 있게 행동하세."

"이제 차는 안 돼요. 여긴 너무 위험해요. 전쟁터가 아주 가까워져서요."

"하지만 내가 그 집에 가는 건 몹시 중요한 일일세. 정말 중대한 일이지. 그러니 솔직하게 말해 보게. 자네는 길을 잃었나, 아니면 그 집이 어디 있는지 정말 아는 건가?"

"전 알아요. 그 집이 어디 있는지 압니다. 하지만 이제 너무 위험해졌어요. 바로 옆에서 전쟁이 벌어지고 있다고요."

그의 말을 뒷받침하기라도 하듯 갑자기 사방에서 기관총 소리가 울려 퍼졌다. 비교적 먼 데서 나는 소리처럼 들렸지만, 소리 나는 방향을 알아낸다는 것은 불가능했다. 문득 언덕 위에 그대로 노출되어 있다는 사실을 느낀 우리 둘은 사방을 둘러보았다.

"좋은 생각이 났네." 나는 그렇게 말하면서 주머니에서 수첩과 연필을 꺼냈다. "더 이상 이 일에 관여하고 싶지 않다는 자네 마음은 알겠네. 그런 자네를 이해하네. 그리고 다시 한 번 조금 전에 무례하게 굴었던 일을 사과하네. 하지만 가기 전에 내게 두 가지만 해 주게나. 우선, 여기에 예 천의 집 주소 좀 적어 주게."

"주소는 없습니다, 선생님. 주소 같은 건 없어요."

"알겠네. 그러면 지도를 그려 주게. 방향을 알려 달라고. 뭐든 도움이 될 만한 걸 알려 주게. 제발 그렇게 해 주게. 그다음 나를 제일 가까운 경찰서까지만 태워 주게. 처음부터 그렇게 했어야 했어. 훈련되고 무장한 군인들이 필요할 테니까. 자, 부탁일세."

나는 그에게 수첩과 연필을 주었다. 그중 몇 장에는 그날 오전 중 한 조사에서 메모한 내용이 적혀 있었다. 청년은 조그만 수첩을 몇 페이지 넘겨 빈 곳을 펼쳤다. 그러고는 이렇게 말했다.

"영어는 아닙니다. 영어는 쓸 줄 모릅니다, 선생님."

"그러면 뭐든 쓸 줄 아는 것으로 써 주게. 지도도 그리고. 뭐든. 제발 서둘러 주게."

그는 이제 내가 자기에게 부탁하고 있는 일이 얼마나 중요한지를 이해한 것 같았다. 그는 잠시 동안 주의 깊게 생각하더니 빠르게 써 나가기 시작했다. 그가 한 페이지, 또 한 페이지를 채웠다. 그렇게 네다섯 페이지를 채우고 나자 그는 연필을 수첩 등에 끼운 다음 내게 건네주었다. 나는 그가 쓴 것을 보았으나 중국어를 이해할 수 없었다. 그래도 이렇게 말했다.

"고맙네. 정말 고맙네. 그럼 이제 부탁인데 나를 경찰서로 데려다주게. 그런 다음 자네는 집에 가도 좋네."

"경찰서는 이쪽입니다, 선생님." 청년이 자기가 가던 방향으로 몇 걸음 걸어갔다. 그러고는 언덕 꼭대기에 서서 경사면 아래쪽으로 200미터쯤 떨어진, 잿빛 건물들이 모여 있는 곳을 가리켰다.

"저기가 경찰서입니다."

"저기라니? 어느 건물 말인가?"

"저기요. 깃발이 꽂힌 건물이오."

"아, 그렇군. 저기가 경찰서인 게 분명한가?"

"분명합니다, 선생님. 저기가 경찰서예요."

그 지점에서 그곳은 분명히 경찰서처럼 보였다. 또한 그곳까지 차를 몰고 가는 일이 요령부득한 일이라는 것도 알 수 있었다. 차는 언덕 반대편에 있었으며, 우리가 지금 지나온 길은 차가 다닐 만큼 넓지 않았던 것이다. 언덕을 돌아서 길을 찾으려다가는 또다시 길을 잃을 수도 있었다. 나는 수첩을 다시 주머니에 집어넣은 후 그에게 지폐 몇 장을 줄까 생각하다가 아까 청년이 화를 낸 일이 기억났다. 그래서 그저 이렇게 말했다.

"고맙네. 큰 도움이 되었어. 여기서부터는 나 혼자 해 보겠네."

청년은 머리를 끄덕여 보이고는 ─ 그는 아직 내게 화가 나 있는 것 같았다 ─ 몸을 돌려 차가 있는 쪽을 향해 언덕을 내려가기 시작했다.

18

그 경찰서는 버려진 듯이 보였다. 비탈길을 내려오면서 나는 깨진 유리창과, 경첩에서 떨어진 채 매달려 있는 문짝을 볼 수 있었다. 하지만 깨진 유리 조각 사이를 골라 디뎌 가며 경찰서 접수 구역까지 들어간 나는 중국인 셋과 맞닥뜨렸다. 그중 두 명은 내게 소총을 겨누었고 나머지 한 명은 삽을 머리 위로 치켜들었다. 그 가운데 하나가—그는 중국군 군복 차림이었다—서툰 영어로 무슨 용무로 왔느냐고 물었다. 내가 신분을 밝히고 책임자와 이야기하고 싶다는 뜻을 겨우 전달하자 그들은 자기들끼리 의논하기 시작했다. 이윽고 삽을 든 남자가 뒷방으로 사라졌다. 그가 돌아오기를 기다리는 동안 나머지 두 사람은 내게 겨눈 총을 거두지 않았다. 그 틈을 타 주위를 둘러본 나는 그 경찰서에 경찰이 있을 가능성이 없다는 결론을 내렸다. 포스터와 공지문 몇 장이 벽에 붙어 있긴 했지만 그곳은 버려진 지 꽤 된 것 같았다. 한쪽 벽에는 끊어진 전선이 덜렁거리고 있었고 방 뒤편은 화재로 파손된 상태였다.

오 분쯤 지났을 때 삽을 든 남자가 돌아왔다. 그들은 상하이 사투리로 짐작되는 중국어로 다시 몇 차례의 대화를 주고받더니 마침내 군인이 내게 삽을 든 남자를 따라가라는 몸짓을 해 보였다.

　나는 그 남자를 따라 뒷방으로 들어갔다. 그곳 역시 무장한 사람들이 지키고 있었다. 그들은 우리가 지나가도록 길을 비켜 주었다. 우리는 이내 경찰서 지하실로 통하는 삐걱대는 계단을 내려갔다.

　그 지하 벙커까지 가는 길은 이제 기억에 흐릿하게 남아 있을 뿐이다. 몇 개의 방이 더 있었던 것 같다. 터널 같은 길을 지나고 야트막한 가로 들보를 피하느라 허리를 숙였던 기억도 난다. 이곳에도 보초들이 있었는데, 그들의 시커먼 형체가 나타날 때마다 나는 그들로 하여금 사이를 비집고 지나가도록 하기 위해 표면이 거친 벽에 몸을 바짝 붙여야 했다.

　마침내 나는 임시 군 작전 본부처럼 보이는 창문 하나 없는 방으로 안내받았다. 중앙 대들보에 매달린 전구 두 개가 방 안을 밝히고 있었다. 벽에는 벽돌이 그대로 노출되어 있었는데, 내 오른편에 있는 벽에는 한 사람이 기어서 드나들 만한 크기의 구멍이 있었다. 맞은편 구석에는 낡은 무전기 세트가 설치되어 있고 방 중앙에는 큼직한 사무용 책상 하나가 놓여 있었는데. 톱질로 두 동강 난 것을 밧줄과 못으로 대충 한데 붙여 놓은 것임을 한눈에 알아볼 수 있었다. 나무 상자 몇 개를 뒤집어 놓아 의자 대용으로 쓰고 있었으며 진짜 의자는 하나뿐이었는데 거기에는 의식을 잃은 듯 보이는 한 남자가 묶여 있었다. 남자는 일본 해군 군복을 입고 있었고 얼굴 한쪽은 멍투성이였다.

　그 밖에 그 방에 있는 사람은 중국군 장교 둘뿐으로, 둘 다 서서 책상에 펴 놓은 도표 위로 몸을 숙이고 있었다. 내가 들어가자 두 사람은 고개를 들었다. 그중 한 사람이 다가와 손을 내밀었다.

"저는 초우 중위라고 합니다. 이쪽은 마 대위님이시고요. 선생께서 이렇게 방문해 주시다니 저희로서는 영광입니다, 뱅크스 씨. 저희에게 정신적 지원을 해 주시려고 오셨습니까?"

"음, 사실요, 중위님, 특별한 요청이 있어서 왔습니다. 어쨌든 일단 제 임무가 완수되면 사기가 몹시 높아질 겁니다. 여러분뿐 아니라 다른 모든 분들의 사기가 말입니다. 하지만 지금 제게 약간의 조력이 필요한데, 그 때문에 찾아온 겁니다."

중위가 대위에게 무어라 말했지만, 대위는 영어를 알아듣지 못하는 것이 분명했다. 이윽고 두 사람이 동시에 나를 쳐다보았다. 그때 갑자기 의자에 묶인 채 의식이 없었던 일본군이 군복 앞자락에 대고 속의 것을 게워 냈다. 우리 모두 그쪽으로 고개를 돌려 그를 바라보았다. 잠시 후 다음 중위가 말했다.

"조력이 필요하다고 하셨죠, 뱅크스 씨? 정확히 어떤 조력 말씀인가요?"

"여기 어떤 집의 위치에 대한 설명이 있습니다. 저는 지체 없이 그 집에 가야 합니다. 이건 아주 긴급한 용무입니다. 그런데 이 설명서가 중국어로 쓰여 있어서 읽을 수가 없습니다. 설혹 읽을 수 있다고 해도 이 지역 지리에 밝은 안내원이 필요하고요."

"그러니까 안내원이 필요하신 거군요."

"또 있습니다, 중위님. 유능한 인원 네다섯 명 정도가 필요합니다. 더 많으면 좋겠지만요. 훈련받고 경험이 있는 사람들이어야 합니다. 상당히 미묘한 임무라서 말입니다."

중위는 짧게 웃고는 다시 진지한 표정을 지으며 말했다. "선생, 지금은 병력이 모자란 상황입니다. 이곳은 핵심 방어 기지죠. 그런데 이곳의 경비가 얼마나 허술한지 선생도 직접 보셨을 겁니다. 사실 선생이 여기 오는 길에 본 병사들은 부상자거나 병들었거나 경험 없는 자원병들이랍니다. 전투를 할 수 있는 병력은 모조리 전선에 투입되었지요."

"중위님의 상황이 힘들다는 건 충분히 알겠습니다. 하지만 저는 지금 일상적인 조사를 하려는 게 아닙니다. 제가 긴급한 용무로 이 집에 가야 한다고 말한 것은…… 그래요, 중위님, 굳이 비밀로 할 것도 없겠군요. 중위님과 여기 계신 마 대위님, 두 분에게 처음 드리는 말씀입니다. 제가 찾는 그 집은 여기서 아주 가까운 곳에 있으며, 바로 그곳에 다름 아닌 저의 부모님이 억류되어 있습니다. 그래요, 중위님! 제가 지금 말하는 것은 그야말로 오랜 세월 해결하려고 매달려 온 사건입니다. 바로 그 때문에 여러분이 정신없이 바쁜 이 같은 순간에도 제가 도움을 요청할 이유가 충분하다고 여기는 겁니다."

중위는 내 얼굴에서 시선을 떼지 않고 있었다. 대위가 만다린어로 그에게 무어라 물었으나 중위는 대답하지 않았다. 이윽고 중위가 내게 말했다.

"지금 저희는 임무를 마치고 귀환하는 병사들을 기다리고 있습니다. 모두 일곱 명이 나가 있지요. 모두 무사히 돌아올지 어떨지 모릅니다. 원래는 그들을 즉시 다른 곳에 투입할 예정이었습니다. 하지만 이제…… 이런 경우는 제가 개인적으로 결단을 내려야겠군요. 몇 명이 돌아오든 그 병사들을 투입해 선생을 따라가 임무를 수행하도록 하겠습니다."

나는 조바심을 내며 한숨을 내쉬었다. "고맙습니다, 중위님. 그런데 그들을 얼마나 기다려야 할까요? 혹시 저 밖에 있는 병사 몇 사람을 잠시만이라도 데려가면 안 될까요? 어쨌든 그 집은 여기서 아주 가까우니 말입니다. 게다가 저를 기다리는 사람이……." 문득 세라가 생각난 나는 낭패감에 사로잡혔다. 나는 한걸음 앞으로 내디디며 말했다. "그런데 중위님, 이곳 전화를 좀 써도 될까요? 저를 기다리는 사람에게 전할 말이 있어서요."

"여긴 전화가 없습니다, 뱅크스 씨. 무전기는 있지만 그건 본부와 다른 기지들하고만 연결됩니다."

"그렇다면 더더욱 지체 없이 이 문제를 해결해야 합니다! 지금 우리가 이렇게 이야기를 하고 있는 동안에도 한 숙녀가 저를 기다리고 있습니다! 혹시 제가 이 기지를 지키는 병사 서너 명을 데려갈 수……."

"뱅크스 씨, 진정하세요. 우리는 선생을 돕기 위해 최선을 다할 겁니다. 하지만 이미 말씀드렸다시피 밖에 있는 병사들은 이런 임무에 적합하지 않습니다. 오히려 그 일을 위태롭게 만들 겁니다. 선생이 이 사건을 해결하려고 여러 해 동안 기다려 왔다는 사실을 압니다. 이 중요한 시점에 선생이 조급하게 행동하지 않으셨으면 합니다."

중위의 말에 일리가 있었다. 나는 한숨을 쉬고는 뒤집어 놓은 차 상자에 걸터앉았다.

"병사들이 이제 얼마 안 있어 돌아올 겁니다." 중위가 말했다. "뱅크스 씨, 선생께서 갖고 계신 그 설명서를 좀 봐도 될까요?"

나는 잠깐 동안이라도 내 수첩을 손에서 놓고 싶지 않았다. 그러다 결국 그 집의 위치에 대한 설명이 쓰인 페이지를 펼쳐 그에게 건넸다. 그는 한동안 설명서를 살펴보고는 수첩을 돌려주었다.

"뱅크스 씨, 말씀드릴 게 있습니다. 그 집까지 가기가 쉽지 않겠네요."

"하지만 여기서 아주 가깝다고 하던데요."

"가까운 건 사실입니다. 그래도 쉽지 않을 겁니다. 뱅크스 씨, 사실 그 집은 지금쯤 일본군 전선 너머에 있을 수도 있습니다."

"일본군 전선이라고요? 전 일본인들과는 말이 통할 거라고 생각하는데요. 제가 그들과 싸우는 건 아니니까요."

"선생, 저를 따라오시죠. 병사들을 기다리는 동안 선생께 우리가 있는 정확한 위치를 보여 드리겠습니다."

그는 잠깐 동안 빠른 어조로 대위에게 무어라 말했다. 그런 다음 방 한구석에 있는 벽장 쪽으로 가더니 문을 열고 안으로 들어섰다. 내가 그 뒤를 따라가야 한다는 사실을 깨닫기까지는 시간이 좀 걸렸다. 어쨌든 나 역시 그를 따라 벽장 안으로 들어섰는데, 발을 들여놓고 보니 바로 내 얼굴 높이에 중위의 군화 뒤축이 보였다. 머리 위쪽 어둠 속에서 중위의 목소리가 들려왔다.

"저를 따라오세요, 뱅크스 씨. 계단은 모두 마흔여덟 개입니다. 최소한 다섯 단 정도는 저와 거리를 두시는 편이 좋습니다."

그의 발이 모습을 감추었다. 벽장 안으로 조금 더 들어서서 두 손을 뻗어 보니 바로 앞에 쇠로 만든 계단 같은 것이 만져졌다. 어둠에 잠긴 저 위쪽으로 하늘이 한 조각 내다보였다. 거기가 경찰서의 굴뚝이나 무슨 관측 탑 같은 곳의 바닥임을 짐작할 수 있었다.

나는 처음 몇 단을 서투르게 올랐다. 어둠 속에서 손을 놓칠까, 중위가 미끄러져 내 머리 위로 떨어질까 걱정되었던 것이다. 하지만 이윽고 머리 위의 하늘 조각이 점점 커지더니, 얼마 후 내 위에서 밖으로 기어나가는 중위의 모습이 보였다. 일 분쯤 후 나는 그와 합류했다.

우리는 사방 수 킬로미터에 걸쳐 빼꼭하게 들어찬 지붕들로 에워싸인 높고 평평한 지붕에 서 있었다. 동쪽으로 약 1킬로미터 떨어진 곳에서 시커먼 연기 한 줄기가 늦은 오후의 하늘로 피어오르고 있었다.

"이상하군요." 내가 주위를 둘러보며 말했다. "저 아래에 사는 사람들은 어떻게 돌아다닙니까? 길이 없는 것 같은데요."

"위에서 내려다봐서 그렇게 보이는 겁니다. 이걸로 보시면 될 겁니다."

그가 쌍안경을 내밀었다. 쌍안경을 눈에 대고 얼마간 시간을 들여 초점을 맞추자 시야가 선명해졌다. 나는 바로 몇 미터 앞의 굴뚝을 보고 있었다. 이윽고 나는 마침내 멀리서 솟아오르는 연기에 초점을 맞추는 데 성공했다. 중위의 목소리가 바로 옆에서 들려왔다.

"선생이 지금 보고 계신 곳은 '토끼 굴'입니다, 뱅크스 씨. 공장 노동자들이 저기 살지요. 선생이 어린 시절을 여기서 보냈더라도 저 토끼 굴에는 가보신 적이 없을 겁니다."

"토끼 굴이라고요? 그래요, 간 적이 없는 것 같군요."

"분명 간 적이 없을 겁니다. 선교사가 아니고는 외국인이 이런 곳을 보는 경우가 드물죠. 공산주의자들도 가 보지 않았을 겁니다. 저는 중국인입니다만, 저 역시 제 동료들 대부분과 마찬가지로 저런 곳 근처에도 가 보지 못했습니다. 우리가 마지막으로 일본군과 싸웠던 32년까지 저는 토끼 굴에 대해 거의 아무것도 몰랐습니다. 사람이 저런 곳에서도 살 수 있다는 사실이 도무지 믿기지 않죠. 흡사 개미굴 같지요. 저 가옥들은 원래 극빈층이 쓰도록 만들어진 겁니다. 조그만 방들이 있는 집들이 줄줄이 서로 꼬리를 문 형태로 늘어서 있지요. 그게 토끼 굴입니다. 잘 보시면 골목길이 보일 겁니다. 사람 하나가 겨우 지나다닐 수 있는 좁은 골목을 통해 사람들은 자기 집으로 들어갑니다. 저 가옥 뒤쪽에는 창문이 아예 없어요. 뒷방은 뒷집과 등을 맞댄 캄캄한 구멍인 셈이죠. 용서하세요, 제가 지금 이런 말씀을 드리는 것은 이제 곧 아시겠지만 그럴 만한 이유가 있어서입니다. 방들이 작게 만들어진 것은 가난한 사람들이 썼기 때문입니다. 이런 방 하나를 일고여덟 명이 같이 쓰던 때도 있었죠. 그러다 세월이 흐르면서 그 조그만 방에 다시 칸막이를 만들었죠. 다른 일가와 임대료를 나누어 내려고 말입니다. 그래도 집주인에게 낼 돈이 모자라면 그 방에 다시 칸막이를 만듭니다. 작고 캄캄한 벽장 같은 방을 다시 넷으로 나누어 놓은 것도 저는 보았습니다. 그 칸 하나하나에 일가족이 살고 있는 겁니다. 뱅크스 씨, 선생은 사람이 이런 곳에서 살 수 있다는 사실이 믿기지 않으시죠?"

"도저히 믿어지지 않는 이야기이긴 하지만 중위님이 직접 그런 상황을 보셨다니까……."

"뱅크스 씨, 일본군과의 전쟁이 끝나면 저는 공산주의에 투신할까 생각 중입니다. 입 밖에 내기 위험한 말이라고 생각하시나요? 장제스 휘하보다는 공산주의 편에서 싸우고 싶어 하는 장교가 꽤 있답니다."

나는 빽빽한 판자촌 지붕 위로 쌍안경을 옮겼다. 이제 보니 그중 상당수가 파손되어 있었다. 방금 중위가 말한 그 골목길도 가까스로 알아볼 수 있었다. 판잣집 사이를 누비며 좁다란 통로가 굽이굽이 나 있었다.

"하지만 저곳은 엄밀히 말해서 판자촌이 아닙니다." 중위의 목소리가 이어졌다. "세입자들이 세운 칸막이 벽 자체는 형편없이 약하지만 건물의 기본 구조, 즉 토끼 굴 자체는 벽돌로 건축되었습니다. 32년에 일본군이 공격했을 때 그것이 중요한 구실을 했지요. 지금도 역시 마찬가지고요."

"알 것 같군요. 병사들이 방어하는 견고한 토끼굴이라. 아무리 현대식 무기를 가졌더라도 일본군에게는 함락시키기가 쉬운 일이 아니겠군요."

"맞습니다. 일본군이 아무리 성능 좋은 무기를 갖고 있고 훈련이 잘되어 있다 해도 저기서는 무용지물이나 다름없습니다. 소총과 총검, 나이프, 권총, 삽, 식칼 수준으로 전투가 격하되니까요. 실제로 지난주에 일본군 전선이 물러났습니다. 저 연기가 보이십니까, 뱅크스 씨? 저 지점은 적군이 불과 지난주에 차지했던 곳이죠. 하지만 이제는 우리가 그들을 몰아냈어요."

"저곳에 아직 민간인이 살고 있습니까?"

"그렇답니다. 믿어지지 않겠지만 최전선에 가까운 곳에서도 토끼굴에는 여전히 사람이 살고 있어요. 그 때문에 일본군의 진격이 더 어려워지고 있죠. 아무 데나 닥치는 대로 포격을 할 수는 없으니까요. 그들도 서방 강대국들이 지켜보고 있다는 것을 잘 알고 있으므로, 민간인을 공격했다가 대가를 치르게 될까 겁내고 있답니다."

"귀국의 군대는 얼마 동안이나 저항을 계속할 수 있습니까?"

"그거야 누가 알겠습니까? 장제스가 증원군을 보내줄 수도 있습니다. 아니면 일본군이 이곳을 단념하고 부대를 이동시켜서 난징이나 충칭 쪽에 집중할지도 모르죠. 우리가 승리하지 못하리라고 아무도 단언할 수 없습니다. 하지만 최근 전투에서 우리는 호된 대가를 치렀습니다. 쌍안경을 왼쪽으로 옮겨 보세요, 뱅크스 씨. 도로가 보이십니까? 보이신다고요? 여기서는 그 도로를 '돼지 길'이라고 부릅니다. 대단해 보이지 않지만 그 길은 전투 결과를 좌우하는 중요한 길입니다. 보시다시피 토끼 굴 외곽을 따라 난 길은 그것 하나뿐입니다. 지금은 우리 군대가 일본군이 접근하지 못하도록 그 도로를 단단히 봉쇄하고 있습니다. 만약 일본군이 그 도로를 통해 내려오게 되면 토끼 굴 한쪽 측면이 완전히 뚫리는 셈입니다. 그렇게 되면 우리 쪽의 저항은 수포로 돌아갑니다. 그들이 우리를 측면에서 공격할 테니까요. 선생께서는 부모님이 억류되어 계신 집까지 선생을 수행할 인원을 요청하셨지요. 선생을 수행할 그 병사들은 원래 돼지 길 꼭대기에 설치된 바리케이드를 방어하도록 배치될 예정이었습니다. 지난 며칠 동안 그곳에서의 전투는 상당히 치열했지요. 물론 그 사이에 우리는 토끼 굴 전체를 가로지르는 우리 전선을 지켜 내야 합니다만."

"여기서 보기에는 저 아래에서 무슨 대단한 일이 벌어지고 있는 것처럼 보이지 않는군요."

"그럴 겁니다. 하지만 장담하건대 토끼 굴 안의 상황은 극도로 나쁩니다. 뱅크스 씨, 제가 이런 말씀을 드리는 것은 선생이 저 안으로 들어가셔야 하기 때문입니다."

한동안 나는 말없이 쌍안경을 들여다보기만 했다. 그런 다음 말했다. "중위님, 내 부모님이 억류되어 있는 그 집 말입니다. 여기서 그 집이 보입니까?"

그의 손이 내 어깨에 잠깐 닿았지만 나는 쌍안경에서 눈을 떼지 않았다.

"뱅크스 씨, 왼쪽에 서 있는 탑의 잔해물이 보이십니까? 이스터 섬의 거대 석상처럼 보이는 것 말입니다. 네, 네, 바로 그겁니다. 거기에서부터 오른쪽에 있는 저 크고 까만, 예전 직물 창고였던 건물의 잔해까지 선을 그으면, 오늘 오전 우리 병사들이 일본군을 물리친 전선이 됩니다. 선생의 부모님이 억류되어 있는 집은, 선생 왼쪽에 있는 저 높다란 굴뚝과 대강 같은 높이에서부터 밀집촌을 가로질러 수평선을 그어 보세요. 지금 우리가 서 있는 곳에서 조금 왼편까지 말입니다. 그래요, 거깁니다⋯⋯."

"처마가 하늘을 향해 활 모양으로 올라간 지붕 근처 말입니까⋯⋯."

"예, 그렇습니다. 물론 확신할 수는 없습니다. 그러나 선생께서 보여 주신 그 설명서에 의하면 그 집의 위치는 바로 거기입니다."

나는 쌍안경을 통해 독특한 모양을 한 지붕을 바라보았다. 나 때문에 중위가 근무에서 이탈했다는 사실을 의식하면서도 한동안 쌍안경에서 눈을 떼지 못하고 그곳을 응시했다. 얼마 후 먼저 입을 연 사람은 중위였다.

"저 집에 선생의 부모님이 계실지도 모른다고 생각하면 확실히 기분이 이상하겠군요."

"예, 그렇습니다. 정말 이상한 기분입니다."

"물론 저 집이 아닐지도 모릅니다. 그저 제가 짐작한 것뿐이니까요. 하지만 그 근처 어딘가일 겁니다. 제가 보여 드린 저 높은 굴뚝 말입니다, 뱅크스 씨. 이곳 사람들은 저것을 '동쪽 소각로'라고 부릅니다. 저쪽 굴뚝과 거의 일직선상에 놓여 있는 더 가까운 쪽 굴뚝은 '서쪽 소각로'인 셈이죠. 전쟁 전에 이곳 주민들은 쓰레기를 저 두 곳에 가져다 태웠습니다. 일단 토끼 굴에 들어가시면 저 소각로들을 지표로 삼는 게 좋습니다. 그러지 않으면 외부인은 방향을 잃기 쉬우니까요. 저쪽 멀리 있는 굴뚝을 다시 한 번 봐 두십시오. 선생이 찾는 그 집이 저 굴뚝에서 정남향으로 조금 떨어져 있다는 사실을 기억해 두십시오."

나는 마침내 쌍안경을 눈에서 떼어 냈다. "중위님, 제게 정말 친절히 대해 주셨습니다. 제가 얼마나 고마워하고 있는지 말로 다 표현하지 못할 정도입니다. 괜찮으시다면 제 부모님이 풀려난 일을 기리기 위해 제시필드 공원에서 거행될 환영식에서 중위님의 이름을 거론하도록 허락해 주셨으면 합니다."

"사실 제가 드린 도움은 별것 아닙니다. 뱅크스 씨, 게다가 선생께서는 선생의 과업이 반드시 완수되리라고 보셔서는 안 됩니다. 여기 서서 보면 저곳은 그리 멀지 않아 보입니다. 그러나 토끼 굴 안에서는 현재 엄청난 교전이 벌어지고 있습니다. 선생은 전투를 치르는 군인은 아니지만 그래도 이 집에서 저 집으로 옮겨 가는 일은 어려울 겁니다. 또한 저 두 소각로를 제외하면 명확한 지표라고 할 만한 게 거의 남아 있지 않습니다. 그다음 선생께서는 부모님을 안전하게 모시고 나와야 합니다. 다시 말해 선생께서는 지금 어려운 일을 치러 내야 하는 상황입니다. 하지만 뱅크스 씨, 우선은 다시 아래로 내려가 주십시오. 지금쯤 병사들이 귀대하여 내 명령을 기다리고 있을 겁니다. 또한 선생께서는 땅거미가 지기 전까지는 돌아오셔야 합니다. 낮에 토끼 굴을 돌아다니는 것도 끔찍한 일입니다만, 밤이 되면 최악의 악몽으로 바뀔 겁니다. 만약 그곳에 있는데 어둠이 내렸다면, 제 부하들과 함께 안전한 장소에서 아침이 되기까지 기다리시는 것이 좋습니다. 어제만 해도 어둠 속에서 방향을 잃고 제 부하 둘이 서로를 죽이는 사고가 있었답니다."

"중위님께서 말씀하신 모든 것을 깊이 명심하겠습니다. 자, 그러면 아래로 내려갑시다."

아래로 내려와 보니 마 대위가, 군복이 심하게 찢어진 병사와 이야기를 하고 있었다. 그 병사는 부상을 당한 것 같지는 않았지만 충격과 혼란에 빠져 있었다. 의자에 묶인 일본군 군인은 무슨 평화로운 낮잠이라도 즐기듯 코를 골며 자고 있었다. 하지만 나는 그가 자신의 옷 앞자락에 속의 것을 더 게워 낸 것을 보았다.

중위가 대위와 빠른 말로 무엇인가 의논하더니 찢어진 군복의 병사에게 질문을 했다. 그런 다음 내게 몸을 돌리고 말했다.

"나쁜 소식입니다. 나머지 병사들은 돌아오지 못했습니다. 두 명은 전사한 것이 분명합니다. 그 나머지 병사들은 덫에 걸린 모양인데, 탈출할 가능성은 아직 남아 있습니다. 비록 일시적이기는 해도, 적군이 진격해 선생의 부모님이 계신 그 집은 이제 적의 전선 너머에 있게 됐습니다."

"설혹 그렇다 해도 말입니다, 중위님, 저는 임무 수행을 미루지 않을 겁니다. 더 이상 지체하지 않고 지금 당장 말입니다. 중위님께서 약속한 병사들이 귀대하지 못했다면, 이게 무리한 부탁이라는 건 저도 잘 알고 있습니다만, 중위께서 직접 제 호위를 맡아 주실 수 없는지요. 솔직히 말씀드려서 지금 이 시점에서 저로서는 더 나은 적임자를 생각할 수 없군요."

중위는 무거운 표정으로 내 말을 생각해 보더니 이윽고 대답했다. "좋습니다, 뱅크스 씨. 선생이 원하시는 대로 해 드리죠. 하지만 서둘러야 합니다. 저는 원래 이 자리를 떠서는 안 됩니다. 자리를 오래 비울 경우 엄청난 결과를 감수해야 할 수도 있으니까요."

중위는 빠른 어조로 대위에게 일러둘 말을 전하고는 책상 서랍을 열고 주머니와 벨트 안에 몇 가지 물건을 집어넣기 시작했다.

"뱅크스 씨, 선생은 소총을 갖고 계시지 않는 편이 좋겠습니다. 그런데 권총은 갖고 계신가요? 없다고요? 그러면 이걸 받으세요. 독일제 권총인데 꽤 쓸 만합니다. 그 총을 잘 숨겨 두셔야 합니다. 혹시 적을 만나면 선생은 즉각 국외자라는 사실을 명백하게 밝히셔야 하고요. 자, 이제 저를 따라오세요."

중위는 책상에 기대 놓았던 소총을 들고 맞은편 벽에 뚫어 놓은 구멍 쪽으로 성큼성큼 걸어가더니 민첩한 동작으로 구멍 속을 기어 올라갔다. 나는 권총을 허리띠에 꽂았는데, 거기라면 재킷에 가려 권총이 보이지 않을 터였다. 그런 다음 서둘러 중위의 뒤를 따랐다.

19

그 원정의 초반이 비교적 편했다는 것은 나중에 든 생각일 뿐이다. 성큼성큼 앞서 걸어가는 중위의 뒤를 비틀거리는 걸음으로 따라가던 그때에는 전혀 그렇게 여겨지지 않았다. 바닥에 깨진 돌 조각이 깔려 있어서 내 발은 곧 욱신거리기 시작했고, 몸을 굽혀 벽마다 만들어 놓은 구멍을 통과하는 일은 몹시 힘들었다.

그런 구멍이 끝없이 나오는 듯했다. 지하 지휘 본부에 있던 구멍과 모두 어느 정도 비슷했다. 좀 작은 것도 있고 한 번에 두 사람이 비집고 지나갈 수 있을 만큼 큰 구멍도 있었는데, 모두 둥글고 테두리가 거칠어서 구멍 속으로 들어가려면 어느 정도 뜀뛰기를 해야 했다. 얼마 지나지 않아 나는 거의 기진맥진할 정도가 되었다. 이런 구멍 하나를 가까스로 기어오르자마자 그다음 번 벽의 구멍을 민첩하게 빠져나가는 중위의 모습이 보였던 것이다.

모든 벽이 성하게 남은 것은 아니었다. 이따금 서너 채의 집이 있던 자리에 남은 잔해를 이리저리 빠져나가고 나서야 벽이 나오기도 했다. 지붕들은 거의 모두 부서져 있었는데 아예 없어진 경우도 있어서 중위와 나는 하늘에서 쏟아지는 햇빛을 그대로 받았다. 그래도 여기저기 몹시 어두워서 자칫하면 발을 헛딛기 쉬웠다. 점차 그곳의 땅바닥에 익숙해질 때까지 나는 여러 차례 깔쭉깔쭉한 석판 사이에서 발이 미끄러지거나 발목까지 오는 돌 부스러기 위를 걷느라 통증을 느꼈다.

이런 상황에서 우리가 지금 지나가고 있는 그곳이 불과 몇 주 전까지만 해도 수백 명이 살던 집이었다는 사실을 떠올리기란 몹시 어려운 일이었다. 실제로 나는 우리가 지나는 곳이 과거 빈민굴이 아니라 이제는 폐허가 되었지만 수많은 방이 있던 대저택이라는 인상을 종종 받았다. 그렇더라도 때때로, 우리 발밑의 폐허 더미 속에 소중한 가보라든가 아이들의 장난감, 소박하지만 아낌을 받았던 집안 물건들이 있으리라는 생각이 들었고, 그럴 때면 이토록 많은 죄 없는 사람들을 이렇게 만든 자들을 향해 새롭게 분노가 치밀어 올랐다. 나는 또다시 국제 조계의 저 거만하기 짝이 없는 인간들을, 그들이 오랜 세월 동안 자신들의 책임을 모면하는 데 동원했을 그 모든 거짓말을 떠올렸고, 그럴 때마다 어찌나 강한 분노가 치밀어 올랐던지 하마터면 중위를 불러 세워 분통을 터뜨릴 뻔한 적이 한두 번이 아니었다.

한번은 중위 쪽에서 걸음을 멈췄다. 내가 다가오기를 기다려 그가 말했다.

"뱅크스 씨, 이걸 좀 잘 보세요." 그는 우리의 왼편으로 조금 떨어진 지점을 가리켰다. 보일러처럼 생긴 대형 구조물이 돌 부스러기에 덮인 채 얼마간 멀쩡하게 남아 있었다. "이게 서쪽 소각로입니다. 저 자리에서 위를 보면 아까 지붕에서 보았던 높은 굴뚝 두 개 가운데 가까운 쪽 굴뚝이 보일 겁니다. 동쪽 소각로도 이런 모양인 데, 그것이 우리의 다음번 지표가 될 겁니다. 거기에 도착하면 그 집 이 가까워졌다는 걸 알게 되겠죠."

나는 그 소각로를 주의 깊게 살펴보았다. 소각로의 어깨 위로 굵직한 굴뚝이 뻗어 있었는데, 몇 걸음 가까이 다가가 고개를 드니 하늘 높이 치솟은 거대한 굴뚝이 보였다. 내가 그 굴뚝을 빤히 올려다보고 있는데 중위의 목소리가 들렸다.

"뱅크스 씨, 계속 가야 합니다. 무엇보다도 해가 지기 전에 임무 를 완수해야 하니까요."

서쪽 소각로를 지난 지 몇 분쯤 뒤부터 중위의 태도가 눈에 띄게 조심스러워졌다. 걸음걸이가 신중해졌으며, 구멍이 나올 때마다 먼 저 소총을 겨눈 채 안을 살펴보면서 주의 깊게 귀를 기울인 다음에 야 구멍 속으로 들어갔다. 또, 언저리에 모래주머니 더미라든가 철 조망 뭉치가 남겨진 구멍들이 점점 더 많이 눈에 띄었다. 처음으로 기관총 소리를 들었을 때 나는 총탄 세례를 받는 줄 알고 그 자리에 얼어붙었다. 그러나 다음 순간 내 앞에서 계속 걸어가는 중위를 보고 깊이 숨을 들이쉰 다음 그의 뒤를 따라 걸음을 옮겨 놓았다.

그러다 어느 구멍으로 들어선 나는 다른 곳보다 훨씬 넓은 공간 과 맞닥뜨렸다. 사실 거의 탈진 상태였던 나는 한순간 내가 국제 조 계에서 초청받아 가 본 적 있는 저 웅장한 무도장 같은 곳이 폭격 맞은 자리에 들어섰다고 생각했다. 이윽고 나는 그곳이 예전에 방 여러 개가 있었던 자리임을 깨달았다. 칸막이벽이 거의 완전히 사라 져서 남아 있는 성한 벽이 25미터 저편에 있었던 것이다. 그곳에 일고여덟 명의 병사들이 얼굴을 벽돌에 붙인 채 늘어서 있었다. 처음에 나는 그들이 죄수인 줄 알았으나 곧 그들 하나하나가 자기 앞에 난 조그만 구멍 속에 소총 총열을 집어넣고 있는 것이 보였다. 돌무더기를 가로질러 이미 그쪽으로 간 중위가 삼각대에 설치된 기관총 뒤에 웅크리고 있는 남자와 이야기를 하고 있었다. 그 기관총은 그중 가장 큰 구멍 앞에 설치되어 있었다. 우리는 아마도 그 구멍을 통해 원정을 계속해야 할 터였다. 그곳으로 다가간 나는 구멍에 철조망을 쳐 놓은 것을 볼 수 있었다. 철조망 사이로는 총신을 움직일 공간밖에 없었다.

처음에 나는 중위가 그 남자에게 그 장애물을 치우라고 말하는 줄 알았으나, 다음 순간 그곳에 있는 사람들 모두가 얼마나 긴장해 있는지를 깨달았다. 기관총 사수는 중위의 이야기를 들으면서도 눈앞의 구멍에서 시선을 떼지 않았다. 벽을 따라 늘어선 다른 병사들도 저편에 있는 무엇인가에 주의를 집중한 채 그 자세 그대로 꼼짝도 하지 않았다.

그 장면이 함축하는 공포를 감지한 나는 조금 전 나왔던 구멍 속으로 되돌아가고 싶은 충동을 느꼈다. 그러나 다음 순간 내게 돌아오는 중위를 보고 차마 걸음을 떼지 못했다.

"문제가 생겼습니다." 그가 말했다. "한두 시간 전 일본군이 얼마간 진격했습니다. 지금은 우리가 그들을 다시 격퇴해서 전선은 다시 오늘 아침과 같은 상태가 되었습니다. 그런데 일본군 일부가 부대와 함께 퇴각하지 않고 우리 쪽 전선 뒤편에서 오도 가도 못하는 신세가 되었다고 합니다. 그들은 고립된 상태여서 몹시 위험합니다. 제 부하들은 그들이 지금 저 벽 맞은편에 있으리라고 판단했습니다."

"중위님, 지금 이 문제가 처리될 때까지 지체하자는 말씀은 아니시죠?"

"아무래도 좀 기다려야 할 것 같습니다."

"얼마 동안이나요?"

"그건 예측하기 어렵습니다. 이 적군 병사들은 덫에 걸린 셈이어서 결국 포로가 되거나 피살될 겁니다. 하지만 그러기 전까지는 그들이 무기를 갖고 있기 때문에 몹시 위험합니다."

"그 말은 우리가 몇 시간 정도 기다리게 될지도 모른다는 겁니까? 심지어는 며칠이 될 수도 있고요?"

"그렇습니다. 지금 이 시점에서 우리 둘이 임무를 계속 수행한다는 것은 매우 위험합니다."

"중위님, 그렇게 말씀하시다니 정말 놀랍군요. 나는 당신이 교육받은 사람으로서 현재 우리가 하려는 일이 얼마나 급박한지 충분히 알고 있는 줄 알았습니다. 우리가 적군을 우회할 다른 길이 분명 있을 겁니다."

"다른 길들도 있습니다. 그렇다 해도 우리가 임무를 계속할 경우 상당한 위험이 따른다는 사실은 달라지지 않습니다. 유감스럽지만 선생, 기다리는 것 외에 다른 수가 없습니다. 오래지 않아 상황이 해결될 가능성도 있으니까요. 잠깐 실례하겠습니다."

벽에 붙어 서 있던 병사 가운데 하나가 조금 전부터 다급한 신호를 보내고 있었다. 중위가 그에게 가기 위해 돌 부스러기를 가로지르기 시작했다. 그러나 바로 그 순간 기관총 사수가 귀가 멍멍해질 정도로 총알을 퍼부어 댔다. 그가 사격을 멈추자 벽 너머에서 길게 끄는 비명 소리가 터져 나왔다. 목청껏 내지르던 그 비명 소리가 점차 가늘어지더니 기묘하리만큼 이상할 정도로 높은 고음의 흘쩍임으로 바뀌었다. 그것은 정말이지 섬뜩한 소리였으므로, 나는 꼼짝도 하지 못한 채 그 소리에 귀를 기울였다. 총탄이 내 등 뒤 벽을 때리고 있다는 사실을 내가 깨달은 것은, 중위가 달려와 나를 무너진 건물 뒤로 끌어당겼을 때였다. 이제 옆 벽에 있던 병사들도 사격을 하고 있었고, 이어 기관총 사수가 다시 한 번 총탄 세례를 퍼부었다. 기관총의 막강한 위력이 다른 모든 소리를 잠재운 듯했다. 지독하게 긴 시간처럼 여겨진 한 동안이 지나자 귀에 들리는 소리는 벽 너머 부상병의 신음 소리뿐이었다. 그 고음의 흐느낌이 얼마간 계속되더니, 이윽고 그 부상병은 일본어로 무어라 거듭해 외쳐 대기 시작했다. 그 목소리는 이따금 악을 쓰는 듯한 비명 소리로까지 커졌다가는 다시 흐느낌으로 잦아들었다. 육신과 분리된 그 목소리가 폐허 주위에 울려 퍼져 듣는 이의 기운을 꺾어 놓았지만, 내 앞의 중국인 병사들은 꼼짝도 하지 않은 채 벽을 통해 보이는 것에만 신경을 집중하고 있었다. 갑자기 기관총 사수가 몸을 돌리더니 자기 옆의 땅바닥에 속의 것을 게워 내고는, 즉각 철조망이 설치된 자기 앞의 구멍으로 돌아갔다. 그것만 보고는 그가 그러는 이유가 불안감 때문인지, 죽어 가는 사람이 내는 신음 때문인지, 아니면 단순히 속이 좋지 않기 때문인지 알 수 없었다.

이윽고 여전히 자세는 거의 바뀌지 않았지만 병사들 모두 눈에 띄게 긴장을 푸는 듯이 보였다. 곁에서 중위의 말소리가 들려왔다.

"이제 아셨을 겁니다, 뱅크스 씨, 여기서 더 나아간다는 것이 쉬운 문제가 아니라는 걸 말입니다."

우리는 줄곧 쭈그리고 앉아 있었다. 나는 입고 있던 밝은 색 플란

넬 셔츠가 먼지와 검댕으로 거의 완전히 뒤덮인 것을 보았다. 나는 잠시 생각을 정리한 다음 입을 열었다.

"저도 위험하다는 건 인정합니다. 하지만 그럼에도 우리는 임무를 계속해야 합니다. 특히 이런 전투가 계속되고 있는 상황에서 제 부모님을 한시라도 더 그 집에 남겨 둘 수는 없습니다. 우리가 여기 병사들을 함께 데려가면 어떻겠습니까? 그러면 저 일본군 병사들이 공격하더라도 우리 쪽 병력이 더 우세할 테니 말입니다."

"이곳의 지휘관으로서 저는 그런 계획을 승인할 수 없습니다, 뱅크스 씨. 이 병사들이 자기 위치를 떠나면 지휘 본부는 적의 공격에 노출될 테니까요. 게다가 제 부하들의 생명을 불필요하게 위태롭게 할 수는 없습니다."

나는 분노에 찬 한숨을 내뱉었다. "애초에 말입니다, 중위님, 귀관의 부하들이 이 일본인들을 전선 후방에 있도록 한 것 자체가 어설펐다는 말씀을 드리지 않을 수 없군요. 만약 귀관의 부하들이 임무를 제대로 수행했다면 이런 일은 일어나지 않았을 겁니다."

"내 부하들은 놀랍도록 용감하게 싸워 왔습니다, 뱅크스 씨. 선생의 임무가 지금 상황에서 순탄치 않게 되었다고 해서 내 부하들의 잘못이라고는 할 수 없지요."

"그게 무슨 뜻입니까, 중위님? 지금 무슨 뜻으로 그런 말을 하는 겁니까?"

"진정하세요, 뱅크스 씨. 저는 다만 그것이 제 부하들의 잘못이 아니라는 점을 지적하는 것뿐입니다……."

"그러면 누구의 잘못이란 말입니까, 중위님? 지금 당신이 무슨 말을 하는지 알 것 같군요. 아, 그래요! 당신은 얼마 전부터 그렇게 생각하고 있었던 겁니다. 언제 그 말을 꺼내나 궁금하던 참이었어요."

"선생님, 저는 도무지 무슨 말씀인지……."

"저는 당신이 그동안 줄곧 무슨 생각을 했는지 아주 잘 알아요, 중위님! 당신의 눈을 보고 그걸 알았다고요. 당신은 이게 모두 내 잘못이라고 여기고 있어요. 이 모든 것, 이 모든 끔찍스러운 고통, 이곳의 파괴 행위까지 말입니다. 지금까지 우리가 그 모든 구멍을 넘어오는 동안 당신 얼굴에서 나는 당신이 그런 생각을 한다는 사실을 알 수 있었어요. 하지만 그건 당신이 뭘 모르기 때문이에요. 실제로 당신은 아무것도 모릅니다, 중위님, 이 문제에 대해서요. 당신은 전투에 대해서는 한두 가지 잘 알지 모르지만, 이런 종류의 복잡한 사건을 해결하는 것은 전혀 다른 문제라는 말을 하지 않을 수 없군요. 당신은 이 일이 어떤 것과 연관이 있는지 생각조차 못하는 게 분명해요. 이런 일은 시간이 걸린다고요, 중위님! 이런 사건은 아주 미묘하게 접근해야 합니다. 당신은 총검과 소총을 가지고 달려들면 된다고 생각하시는 거 아닙니까? 이 일은 지금까지 시간을 잡아먹었습니다. 그 사실은 나도 인정합니다. 하지만 그게 바로 이런 사건의 속성입니다. 내가 어째서 이런 말을 구구절절 늘어놓는지 모르겠군요. 일개 군인인 당신이 제가 한 말을 어떻게 이해하겠습니까?"

"뱅크스 씨, 우리가 다툴 필요는 없다고 봅니다. 저는 선생이 성공리에 임무를 완수하시기를 누구보다 진심으로 바랍니다. 다만 지금 가능한 일이……."

"무엇이 가능하고 무엇이 불가능하다는 식의 당신 생각에는 더 이상 관심 없습니다, 중위님. 이렇게 말해도 좋다면 말인데, 당신은 중국군의 귀감과는 거리가 머네요. 당신이 지금 자신의 약속을 번복하는 걸로 봐도 되겠습니까? 이 시점부터는 저를 수행할 생각이 없다는 의미로 해석해도 되겠습니까? 제게는 그런 것 같습니다. 저는 이 곤란한 임무를 저 혼자 수행해야 할 처지에 놓인 겁니다. 좋습니다, 그러면 그렇게 하죠! 저 혼자 단신으로 그 집으로 쳐들어갈 겁니다!"

"제 생각에는, 선생님, 아무래도 조금 진정하신 다음 말씀하시는 것이……."

"한 가지 더 말씀드릴 게 있습니다, 중위님! 이제 제가 제시필드 공원에서 당신 이름을 거론하지 않으리라고 생각하시는 게 좋을 겁니다. 설혹 거론한다 해도 전혀 칭찬의 의미가……."

"뱅크스 씨, 제발 제 말씀 좀 들어 보세요. 선생께서 이런 위험에도 불구하고 임무를 계속 수행하겠다면 저는 말릴 수가 없습니다. 하지만 혼자 가시는 편이 틀림없이 더 안전할 겁니다. 저와 함께 간다면 총탄 세례를 받을 위험을 감수하셔야 합니다. 반면 선생은 민간인 복장을 한 백인입니다. 선생이 아주 조심한다면, 그리고 어떤 편과 만나더라도 신분을 분명히 밝힌다면 아무 피해도 입지 않을 겁니다. 물론 저는 이곳 상황이 해결될 때까지 기다리실 것을 다시 한 번 권합니다. 하지만 저 자신도 늙으신 부모님이 있어서 선생의 다급한 감정을 충분히 이해합니다."

나는 자리에서 일어서서 옷에 묻은 먼지를 최대한 털어 냈다. 그러고는 차가운 어조로 말했다. "그러면 전 이제 제 길을 가겠습니다."

"정 그러시다면, 뱅크스 씨, 이걸 가져가세요." 중위가 작은 회중전등을 내밀었다. "제가 드릴 충고는 아까도 말씀드린 것처럼 어두워지면 목적지에 도착하지 못했더라도 걷기를 멈추고 기다리시라는 겁니다. 하지만 선생의 지금 태도로 보니 십중팔구 그대로 밀어붙이실 것 같군요. 그럴 경우에는 틀림없이 회중전등이 필요할 거예요. 건전지가 새것이 아니니까 꼭 필요한 경우에만 사용하세요."

나는 재킷 주머니에 회중전등을 집어넣고 마지못한 어조로 그에게 감사를 표했다. 사실 그렇게 감정을 폭발시킨 것을 벌써 후회하고 있었다. 죽어 가는 부상병은 이제 떠들기를 멈추고 다시 비명만 내지르고 있었다. 내가 소리가 나는 쪽으로 걷기 시작하는 것을 보고 중위가 말했다.

"그쪽으로 가시면 안 됩니다, 뱅크스 씨. 한동안 북쪽으로 가다가 나중에 원래 길로 돌아오도록 해 보세요. 이쪽 길로 가십시오, 선생."

그는 몇 분간 우리가 왔던 길과 직각을 이루는 길로 나를 안내했다. 그러자 구멍을 파 놓은 또 다른 벽이 나왔다.

"적어도 1킬로미터 정도는 이 길로 가시다가 다시 동쪽으로 방향을 돌리셔야 합니다. 그렇게 한다 해도 양쪽 중 어느 쪽 병사와도 만날 수 있습니다. 제가 말씀드린 것을 잊지 마세요. 권총은 잘 감추시고, 언제나 선생이 중립이라는 사실을 분명히 밝히세요. 이곳 주민을 만나면 동쪽 소각로로 가는 방향을 물어 보세요. 행운을 빕니다, 선생. 더 이상 선생을 돕지 못하게 되어서 유감입니다."

몇 분간 북쪽을 향해 걸은 후 나는 그곳 가옥들의 손상 정도가 훨씬 덜하다는 것을 알 수 있었다. 하지만 그렇다고 해서 내 여정이 조금이라도 더 수월해진 것은 아니었다. 지붕이 온전하다는 것은 내가 훨씬 컴컴한 가운데 길을 헤치고 나아가야 한다는 걸 의미했다. 해가 있는 동안은 회중전등을 쓰지 않기로 마음먹었던 것이다. 나는 대개 얼마간의 거리를 벽을 더듬어 가며 걷고 나서야 앞이 트인 곳으로 나설 수 있었다. 무슨 이유에서인지 그 일대에는 깨진 유리 조각이 더 많았고 또한 넓은 지역이 고인 물에 잠겨 있었다. 쥐 떼가 우르르 달아나는 소리도 빈번히 들렸고, 한번은 개의 시체를 밟기도 했다. 하지만 더 이상 전투 소리는 들리지 않았다.

내가 나도 모르게 연거푸 제니퍼에 대해, 우리가 작별했던 그 화창한 날 오후 교장실에 앉아 있던 그 애를, 그리고 특히 아주 진지한 어조로 나이가 조금 더 들면 '나를 돕겠다'는 그 기묘한 서약을 할 때의 그 애 얼굴을 떠올린 것은 이즈음이었다. 한번은 손으로 더듬어 길을 찾아가는데, 그 애가 자신이 한 약속을 지키려고 가엾게도 이 소름 끼치는 곳을 가로질러 나를 쫓아오기 위해 사투를 벌이는 모습이 터무니없게도 눈앞에 떠올랐다. 갑자기 감정에 복받친 나머지 내 눈에 눈물이 가득 고였다.

얼마 후 나는 다시 구멍 난 벽에 맞닥뜨렸다. 그 안으로 보이는 것은 칠흑 같은 어둠뿐이었지만, 거기서 나는 지독한 배설물 냄새를 맡을 수 있었다. 원래 계획대로라면 그 방을 가로질러야 한다는 사실을 알고 있었지만, 그 생각만으로도 견딜 수 없어서 계속 걸었다. 이런 상황에 맞지 않는 결백한 행동으로 나는 호된 대가를 치러야 했다. 한동안 트인 곳이 나오지 않았던 것이다. 게다가 원래 가려던 길에서 점점 더 멀어지고 있다는 느낌도 들었다.

사방이 완전히 어두워져서 내가 회중전등을 쓰기 시작하자 사람이 사는 듯한 징후를 점점 더 많이 볼 수 있었다. 거의 망가지지 않은 서랍장이라든가 사당, 심지어는 그곳에 사는 가족이 그날 집을 비운 것뿐이라는 인상을 주는, 가구 한 점 흐트러지지 않은 온전한 방을 만나기도 했다. 하지만 바로 다음에는 완전히 파손되었거나 물에 잠긴 방이 연달아 나왔다.

길 잃은 개들도 점점 더 많아졌다. 나는 그 앙상한 짐승들이 혹시라도 내게 덤벼들지 않을까 걱정했지만 내가 불빛을 비추면 그놈들은 몸을 움츠린 채 으르렁거리기만 했다. 한번은 뭔가를 사납게 물어뜯고 있는 개 세 마리와 맞닥뜨린 나는 놈들이 내게 달려들 거라고 예상하고 권총을 뽑아들었다. 그러나 그 개들은 내가 지나가는 것을 가만히 지켜보았다. 마치 인간이 할 수 있는 학살의 정도가 얼마나 끔찍한지를 이제 안다는 듯이.

이윽고 처음으로 한 가족과 마주쳤을 때 나는 그렇게까지 놀라지 않았다. 내 회중전등 불빛이 닿자 그들은 몸을 웅크린 채 어두운 구석으로 뒷걸음질했다. 아이 몇 명과 여자 셋, 그리고 노인 한 사람이었다. 그들 주위에는 살림살이와 보따리가 놓여 있었다. 그들은 무기가 될 만한 물건을 들어 올린 채 겁에 질린 눈으로 나를 빤히 바라보았다. 안심하라는 내 말에 무기를 든 손이 살짝 내려가는 것이 보였다. 나는 그들에게 혹시 그곳이 동쪽 소각로 근처인지 물어보았지만, 그들은 무슨 말인지 모르겠다는 눈빛으로 나를 바라볼 뿐이었다. 나는 그 옆의 가옥에서도 이런 식으로 네댓 가족과 마주쳤지만──시간이 흐를수록 벽에 난 구멍보다는 원래 난 문을 이용할 수 있게 되었다──그 이상의 반응을 얻어 내지는 못했다.

그러다가 나는 한결 널찍한 공간에 들어섰는데, 그 공간의 저쪽 끝에 등잔의 불그스레한 불빛이 비치고 있었다. 그곳 어둠 속에 꽤 많은 사람들이 서 있었다. 이번에도 역시 주로 여자와 아이, 그리고 노인이 몇 사람 섞여 있었다. 나는 늘 하듯이 안심하라는 말을 하기 시작하다가 뭔가 이상한 분위기를 감지하고는 하던 말을 멈추고 권총으로 손을 뻗었다.

등잔 불빛에 비친 사람들의 얼굴이 나를 향했다. 그러나 대부분 곧바로 다시 구석으로 눈길을 돌렸다. 거기에는 10여 명의 아이들이 땅바닥에 놓인 뭔가를 에워싸고 있었다. 몇몇 아이들은 막대기로 그 물체를 찔러 보고 있었다. 이윽고 나는 성인 대부분이 언제든 휘두를 수 있도록 삽이라든가 식칼 같은 무기가 될 만한 물건들을 들고 있다는 사실을 알아차렸다. 마치 내가 무슨 음울한 의식에 끼어든 기분이어서 처음에는 그대로 지나쳐 버릴까 하는 생각이 들었다. 어쩌면 무슨 소리를 들었을 수도 있고, 어쩌면 육감 같은 것이 작용했는지도 몰랐다. 어쨌든 다음 순간 나는 나도 모르게 권총을 뽑아 든 채 모인 아이들 쪽으로 다가갔다. 아이들은 자신들의 손에 들어온 것이 무엇인지 알리고 싶지 않은 눈치였지만 점차 길을 터 주었다. 다음 순간 나는 흐릿한 붉은 불빛 속에 꼼짝도 않은 채 모로 누워 있는 일본군 병사의 모습을 보았다. 그의 양손은 등 뒤로 묶여 있었고 두 발 역시 결박되어 있었다. 두 눈은 감고 있었는데, 군복 겨드랑이에서 땅바닥으로 끈끈하고 검은 액체가 흘러나오는 것이 보였다. 얼굴과 머리카락은 흙먼지에 덮이고 피로 얼룩져 있었다. 그럼에도 나는 그가 아키라라는 것을 어렵지 않게 알 수 있었다.

아이들이 다시 둥글게 모여들더니, 한 소년이 막대기로 아키라의 몸뚱이를 쿡쿡 찔렀다. 내가 권총을 휘두르며 아이들에게 물러서라고 명령하자, 아이들은 주의 깊게 지켜보는 눈길을 떼지 않은 채 조금 뒤로 물러섰다.

내가 그를 내려다보는 동안 아키라의 두 눈은 감긴 채였다. 그의 군복 등판이 찢겨 맨살이 드러난 것으로 보아 땅바닥에 질질 끌려왔음을 알 수 있었다. 겨드랑이 근처의 상처는 유산탄 때문인 듯했다. 머리 뒤쪽이 부어올랐고 베인 자국도 있었다. 하지만 그의 온몸이 검댕에 덮여 있는 데다 불빛이 너무 희미해서 상처가 얼마나 심각한 것인지 확인할 수가 없었다. 회중전등을 비추면 사방에 짙은 그림자가 지는 바람에 똑똑히 보기가 더 힘들었다.

내가 그를 한동안 살펴보고 있자 이윽고 그가 눈을 떴다.

"아키라!" 내가 얼굴을 가까이 가져다 대며 말했다. "나야. 크리스토퍼!"

불빛이 내 머리 뒤편에 있어서 그의 눈에는 내가 위협적인 실루엣으로밖에 보이지 않을 거라는 생각이 문득 들었다. 그래서 나는 그의 이름을 다시 부르면서 이번에는 회중전등으로 내 얼굴을 비추었다. 어쩌면 이런 행동 때문에 내가 더 무시무시한 유령처럼 보였을 수도 있었다. 아키라가 얼굴을 찡그리더니 나를 향해 경멸하듯 침을 뱉었던 것이다. 하지만 힘이 모자란 탓에 침은 그의 뺨을 타고 흘러내릴 뿐이었다.

"아키라! 나야! 이렇게 널 발견하다니 정말 행운이야. 이제 내가 널 도울 수 있어."

그는 나를 쳐다보더니 말했다. "나를 그냥 죽게 해 다오."

"넌 죽어 가고 있는 게 아냐, 올드 챕. 피를 좀 흘린 데다 얼마 전까지 호된 시련을 겪은 것뿐이야. 하지만 우리가 적절히 도와주면 괜찮아질 거야. 두고 봐."

"돼지. 돼지 새끼."

"돼지?"

"네놈이 돼지야." 그가 다시 내게 침을 뱉었다. 이번에도 그 침은 힘없이 그의 입가로 흘러내렸다.

"아키라. 너 내가 누군지 여전히 못 알아보는구나."

"나를 죽게 해 줘. 군인답게 죽겠어."

"아키라, 나야. 크리스토퍼."

"난 몰라. 넌 돼지야."

"자, 이제 이 밧줄을 풀어 줄게. 그럼 기분이 훨씬 나아질 거야. 그럼 정신을 곧 차릴 수 있을 거야."

나는 결박을 끊을 연장을 달라고 할 참으로 어깨 너머를 힐끔 돌아보았다. 그때 나는 그 방에 있는 사람들이 모두 내 뒤로 얼마 떨어지지 않은 곳에 모여 있는 것을 보았다. 그 가운데 상당수가 이런 저런 종류의 무기를 들고 있었다. 흡사 음산한 단체 사진을 찍기 위해 일부러 포즈를 잡은 것 같았다. 한순간 그들을 까맣게 잊고 있던 나는 깜짝 놀라 손으로 권총을 더듬어 잡았다. 그런데 바로 그 순간 아키라가 새로 기운 차린 어조로 말했다.

"네가 결박을 풀면, 난 네놈을 죽일 거야. 경고하는 거야. 알겠나, 영국 놈아?"

"지금 무슨 소리를 하는 거야? 이것 봐, 이 멍청아, 나야. 네 친구. 난 널 도우려는 거야."

"넌 돼지야. 줄을 풀면 널 죽이겠어."

"이것 봐, 그러면 여기 이 사람들이 곧바로 내가 아니라 널 죽일걸. 네 상처도 얼마 지나지 않아 감염될 거고. 내가 널 돕도록 해야 해."

그때 갑자기 중국 여자 둘이 고함을 질러 대기 시작했다. 하나는 내게 말하는 것 같았고, 그동안 또 다른 여자는 군중 뒤쪽에 대고 소리를 질러 댔다. 한순간 혼란이 벌어지는가 했더니, 이윽고 열 살쯤 되어 보이는 한 소년이 낫을 들고 나타났다. 아이가 불빛 속으로 들어왔을 때 나는 낫 끝에서 털가죽 같은 것이 대롱거리는 것을 보았다. 아마도 쥐의 살점 같았다. 아이는 그 제물을 떨어뜨리지 않으려고 조심스레 낫을 들고 있는 것 같았지만, 조금 전 나를 향해 소리를 지르던 여자가 낫을 움켜쥐는 바람에 거기 매달려 있던 것이 바닥에 떨어졌다.

"자, 보세요." 내가 일어서서 군중을 향해 외쳤다. "여러분은 실수한 겁니다. 이 사람은 좋은 사람이에요. 내 친구예요. 친구요."

조금 전의 여자가 다시 소리를 지르며 나보고 물러서라는 시늉을 해 보였다.

"이 사람은 적이 아닙니다. 친구예요. 그는 나를 도울 겁니다. 사건을 해결하도록 나를 도와줄 사람이라고요."

내가 권총을 들어 올리자 여자가 뒤로 물러섰다. 그러는 동안 나머지 사람들이 일제히 떠들어 대기 시작했고, 어린아이 하나가 울음을 터뜨렸다. 이윽고 한 노인이 어린 소녀의 손을 붙잡고 사람들을 밀치며 앞으로 나섰다.

"내가 영어를 할 줄 압니다." 노인이 말했다.

"오, 정말 다행이군요. 부디 여기 모여 있는 사람들에게 이 사람은 내 친구라고 전해 주세요. 이 사람이 나를 도와줄 거라고 말입니다."

"그자는 일본 군인이오. 그자가 윈 아주머니를 죽였소."

"이 사람이 그런 것이 아닙니다. 이 사람이 사적인 원한이 있어서 그런 게 아니라고요."

"그자는 사람을 죽이고 도둑질을 했소."

"이 사람이 그런 게 아닐 겁니다. 이 사람은 아키라예요. 여기 있는 바로 이 사람이 사람을 죽이거나 도둑질하는 걸 직접 본 사람이 있습니까? 자, 어서 사람들에게 물어보세요."

노인은 마지못한 태도로 몸을 돌리고 사람들에게 무어라 중얼거렸다. 그의 말에 더 심한 입씨름이 시작됐다. 이어 또 다른 무기, 곧 날을 날카롭게 간 삽이 사람들의 손에서 손으로 전달되어 앞에 있던 두 여자 가운데 한 사람의 손에 들어왔다.

"어떻습니까?" 내가 노인에게 물었다. "내 말이 맞습니까? 아키라가 사적으로 나쁜 짓을 저지르는 걸 본 사람은 아무도 없는 겁니다."

노인은 고개를 저었는데, 그것은 내 말에 동의하지 않는다는 뜻일 수도 있었고, 아니면 내 말을 이해하지 못했다는 의미일 수도 있었다. 내 뒤에서 아키라가 소리를 내는 바람에 나는 그쪽으로 고개를 돌렸다.

"자, 이제 알겠지? 내가 여길 지나게 되어서 얼마나 다행이야. 저들은 널 다른 사람과 혼동해서 죽이려 해. 맙소사, 너 아직도 내가 누군지 모르겠어? 아키라! 나야, 크리스토퍼!"

나는 군중에게서 시선을 돌리고 몸을 완전히 아키라에게 돌리고는 다시 한 번 회중전등으로 내 얼굴을 비춰 보였다. 이윽고 회중전등을 껐을 때 나는 그의 얼굴에서 처음으로 내가 누군지 알아보는 듯한 기미를 보았다.

"크리스토퍼," 하고 그가 그럴 리가 없다는 듯 중얼거렸다. "크리스토퍼."

"그래, 나야. 정말이야. 꽤 오랜 시간이 흘렀어. 하마터면 너무 늦을 뻔했어.”

“크리스토퍼. 내 친구.”

나는 몸을 일으키며 군중을 훑어보다가 식칼을 든 소년에게 다가오라고 손짓했다. 내가 아이에게서 식칼을 받아들자 낫을 든 여자가 위협적인 태세로 다가섰다. 하지만 나는 권총을 들어 올리며 가까이 오지 말라고 소리쳤다. 그런 다음 다시 아키라 옆에 무릎을 꿇은 자세로 앉아 그를 묶은 줄을 자르기 시작했다. 나는 아키라가 아까 ‘줄’이라고 말한 것이 그의 영어가 짧아서였으리라고 짐작했으나 지금 보니 그는 정말 낡은 끈 같은 것에 묶여 있었다. 칼날을 대자 끈은 쉽게 끊어졌다.

“저 사람들에게 말하세요.” 아키라의 두 손이 풀려나자 내가 노인에게 말했다. “저 사람들에게 이 사람은 내 친구라고 말하세요. 그리고 우리가 함께 이 사태를 해결할 거라고요. 그들이 큰 착각을 했다고요. 자, 어서 말하라니까요!”

내가 아키라의 두 발에 매달려 있는 동안 노인이 무어라 말하는 소리, 이어 군중 속에서 다시 격한 입씨름이 벌어지는 소리가 들려왔다. 이윽고 아키라가 조심스럽게 일어나 앉아서는 나를 바라보았다.

“내 친구 크리스토퍼. 그래, 우린 친구지.” 그가 말했다.

그 순간 나는 군중이 다가오는 것을 감지하고 튕겨지듯 자리에서 일어섰다. 아마도 친구에 대한 걱정 때문에 나는 불필요하게 거친 어조로 소리쳤다. “아무도 더 이상 가까이 접근하지 마시오! 그러면 발사하겠소. 정말이오!” 그러고는 노인에게 몸을 돌리고 외쳤다. “저 사람들에게 물러나라고 하시오! 자신들한테 뭐가 유리한지 안다면 물러나라고 하라고요!"

　노인이 뭐라고 통역했는지 나는 알지 못한다. 어쨌든 그 말이 군중에게 미친 여파는 혼란 그 자체—이제야 깨달은 사실이지만 나는 그때 군중의 적대감을 과대평가했다—였다. 그들 가운데 절반은 내가 자신들보고 우리 왼편에 있는 벽을 넘어가라고 했다고 여긴 듯했고, 그 나머지는 땅바닥에 앉으라고 명령했다고 여긴 모양이었다. 그들이 내 행동 때문에 공포에 질린 것만큼은 분명했다. 그들은 내 명령에 따르려고 너무도 서두른 나머지 서로 걸려 엎어지고 공포에 질려 비명을 질렀다.

　아키라는 그 기회를 포착해야 한다는 것을 깨달은 듯 자리에서 일어서려 애썼다. 내가 그의 팔을 잡아 일으켜 세웠다. 우리는 한동안 그렇게 불안정한 자세로 비틀거리며 서 있었다. 나는 다른 한 손을 쓰기 위해 권총을 혁대에 다시 꽂아야 했다. 그런 다음 우리는 함께 한두 발짝 떼어 놓았다. 그의 상처에서 지독한 냄새가 풍겼지만 나는 애써 그 생각을 머리에서 밀어내고는, 그중에서 내 말을 알아들을 사람이 몇이나 될지는 아랑곳하지 않은 채 어깨 너머로 고함을 쳤다.

　"이제 곧 알게 될 거요! 당신들이 착각을 했다는 걸 알게 될 거란 말이오!"

　"크리스토퍼." 아키라가 내 귓가에 속삭였다. "내 친구. 크리스토퍼."

　"이것 봐. 우리는 이 사람들로부터 벗어나야 해." 내가 그에게 나직이 말했다. "저쪽 구석에 있는 문 보이지. 저기까지 걸을 수 있겠어?"

내 어깨에 무겁게 몸을 기댄 채 아키라는 희뿌연 어둠 속을 바라보았다. "좋아. 가자."

두 다리는 다치지 않은 듯 그는 비교적 잘 걸었다. 하지만 예닐곱 발짝을 걷고 나자 그의 몸이 휘청하고 비틀거렸다. 한순간 우리는 둘이 한 덩어리가 되어 넘어지지 않기 위해 애썼다. 누군가 보았다면 우리가 서로 씨름이라도 하는 줄 알았으리라. 우리는 애써 자세를 바로잡고 다시 걷기 시작했다. 키 작은 소년이 달려와 우리에게 진흙 덩어리를 한 차례 던졌으나 즉각 누군가가 뒤에서 그 애를 끌어당겼다. 이윽고 아키라와 나는 문짝이 떨어져 나간 문간에 이르렀다. 우리는 비틀거리는 걸음으로 옆집으로 향했다.

20

우리가 두 개의 벽을 더 지나도록 아무도 쫓아오는 기미가 없자, 나는 마침내 옛 친구와의 재회에 처음으로 흥분 같은 감정에 휩싸였다. 함께 비틀거리며 걷는 동안 나는 나도 모르게 두어 차례 웃음을 터뜨렸고, 이윽고 아키라 역시 소리 내어 웃었다. 그러자 우리 사이에 흘러간 긴 세월이 걷히는 느낌이었다.

"얼마나 됐지, 아키라? 정말 오랜 세월이 흘렀네."

그는 내 옆에서 힘겹게 걸음을 옮기면서도 애써 대답했다. "오랜 세월이야. 맞아."

"그거 알아, 나 돌아갔었어. 예전에 살던 그 집에. 너희 집도 여전히 옆에 있을 거야."

"그래. 옆집이지."

"이런, 너도 거기 가 봤어? 하긴 당연히 그렇겠지. 넌 줄곧 여기 살았으니까. 그래서 네겐 그 일이 그렇게 특별하게 여겨지지 않을 거야."

"그래." 그가 애써서 다시 말했다. "오래전이야. 옆집이었지."

나는 걸음을 멈추고 그를 부서진 벽 위에 앉혔다. 그런 다음 너덜너덜해진 그의 군복 상의를 조심스럽게 벗기고 회중전등과 확대경을 동원해 그의 상처를 다시 한 번 살펴보았다. 그렇지만 여전히 그의 상처에 대해 자세한 것을 파악할 수 없었다. 나는 그의 겨드랑이의 부상에서 괴저가 시작되었을까봐 줄곧 걱정하고 있었지만, 문제의 악취가 옷에 묻은 얼룩에서 나는 것일지 모른다는 생각이 들었다. 어쩌면 그가 누워 있던 땅바닥에서 묻었을 수도 있었다. 반면 나는 아키라의 몸이 걱정스러울 정도로 뜨겁고 땀에 흠뻑 젖어 있다는 것을 알게 되었다.

나는 붕대 대용으로 쓰기 위해 내 재킷을 벗어 안감을 몇 군데 길게 찢어 냈다. 그런 다음 손수건으로 최대한 말끔하게 상처 주위를 닦아 냈다. 되도록 부드럽게 고름을 닦으려 했지만 그가 다급하게 숨을 들이마시는 것을 보고 내 손길에 그가 고통스러워 한다는 걸 알았다.

"미안해, 아키라. 좀 덜 서툴게 하도록 해 볼게."

"서툴다……." 그가 그 단어를 음미하듯 말했다. 그러더니 갑자기 소리 내어 웃으면서 말했다. "네가 날 도와주고 있구나. 고마워."

"당연히 널 돕고 있지. 곧 제대로 된 치료를 받을 수 있을 거야. 그러면 넌 금방 좋아질 거고. 하지만 그전에 네가 날 좀 도와줘야 해. 우리에겐 먼저 해야 할 아주 긴급한 일이 있어. 그 일이 왜 그렇게 긴급한지는 네가 누구보다 더 잘 이해할 거야. 아키라, 내가 마침내 위치를 알아냈어. 내 부모님이 억류되어 있는 집의 위치 말이야. 지금 우리가 있는 곳에서 아주 가까워. 올드 챕, 나는 그 집에 나 혼자 들어가야 한다고 생각했어. 나는 그렇게 했을 거야. 하지만 그럴 경우 정말이지 엄청난 모험이 되었을 테지. 거기에 있는 납치범의 수는 아무도 몰라. 원래는 중국군 병사의 도움을 받으려 했는데, 결과적으로 그 일이 불가능하게 됐어. 난 심지어 일본군의 도움을 받을 생각까지 했어. 하지만 이제 우리 둘이 함께 그 일을 하는 거야. 우리는 그 일을 확실하게 해낼 거야."

그러는 동안 나는 상처에 어느 정도 압박이 가해질 수 있도록 아키라의 상체와 목 주위에 임시로 붕대를 감아 주었다. 아키라는 주의 깊은 눈길로 나를 지켜보더니, 내가 말을 멈추자 미소를 짓고 말했다.

"그래. 널 도울게. 넌 나를 돕고. 좋은걸."

"그런데 아키라, 네게 고백할 게 있어. 난 길을 잃은 것 같아. 너와 마주치기 얼마 전까지는 제대로 가고 있었어. 그런데 이제는 어느 방향으로 가야 할지 전혀 모르겠어. 동쪽 소각로라고 불리는 걸찾아야 해. 굴뚝 달린 커다란 시설 말이야. 너 혹시 그 소각로 위치에 대해 아는 거 있어?"

아키라는 내게서 눈을 떼지 않고 있었다. 그의 가슴이 거칠게 오르내리는 게 보였다. 그런 그를 보자 문득 우리가 정원의 작은 언덕 위에 함께 앉아 숨을 고르던 시절이 떠올랐다.

"알아. 난 이곳을 알아."

"동쪽 소각로로 가는 길을 네가 안다고? 여기서 거기까지?"

그가 고개를 끄덕였다. "난 몇 주 동안 여기서 전투를 치렀어. 난 여길 잘 알아. 마치……." 그러더니 그가 갑자기 씩 웃었다. "고향 마을처럼 말이야."

나 역시 미소를 지었지만 그의 말에 어리둥절하지 않을 수 없었다. "고향 마을이라니?"

"고향 마을. 내가 태어난 곳."

"상하이 공동 조계 말이야?"

아키라는 잠시 가만히 있다가 말했다. "맞아. 그래. 공동 조계. 외국인 공동 거주지. 내 고향 마을."

"그래. 그곳은 내 고향이기도 해." 내가 말했다.

우리는 둘 다 웃기 시작했다. 우리는 그렇게 함께 감정을 가누지 못한 채 한동안 계속 킥킥거리며 소리 내 웃어 댔다. 이윽고 어느 정도 진정이 되었을 때 내가 말했다.

"좀 이상한 얘기 해 줄게, 아키라. 너한테는 이런 얘길 할 수 있지. 영국에서 살던 그 모든 세월 동안, 나는 그곳을 고향처럼 느낀 적이 한 번도 없었어. 상하이 공동 조계. 내 고향은 영원히 그곳이야."

"하지만 지금 공동 조계는……." 아키라가 고개를 저으며 말했다. "풍전등화의 운명에 놓여 있어. 내일 아니면 모레……." 그러면서 그는 작별이라는 뜻으로 허공에 한 손을 흔들어 보였다.

"네 말뜻 알아. 우리가 어렸을 때 그곳은 우리에게 아주 견고해 보였지. 하지만 지금은 네가 말한 대로야. 그곳이 우리 고향이야. 하나뿐인 우리의 고향."

나는 되도록 아프지 않게 하려고 아주 조심스럽게 그에게 군복을 다시 입히기 시작했다.

"좀 나은 것 같아, 아키라? 미안하지만 지금 당장은 더 이상 해 줄 게 없어. 조만간 제대로 된 치료를 받게 해 줄게. 하지만 지금 우리한텐 중요한 할 일이 있어. 어디로 가면 되는지 말해 줘."

우리는 느리게 나아갔다. 회중전등으로 앞을 줄곧 비추기가 쉬운 일이 아니었다. 우리는 종종 어둠 속에서 발을 헛디뎠는데, 그건 아키라에게 무척 고통스러운 일이었다. 실제로 걸어가는 동안 그는 여러 번 의식을 잃을 뻔했다. 내 어깨에 실린 그의 체중은 점점 더 무거워졌다. 나도 상처가 없지 않았다. 정말 짜증스럽게도 오른쪽 구두가 찢어지면서 발에 깊은 상처가 생겨서 한 걸음 한 걸음 딛을 때마다 타는 듯한 통증을 불러일으켰다. 때로는 너무 지친 나머지 열 걸음도 못 가서 멈춰야 했다. 그러나 그런 경우에도 우리는 주저앉아 쉬지 않기로 하고, 함께 비틀거리며 서서 숨을 헉 들이마시며 체중을 다시 분산시키곤 했다. 그런 식으로 하나의 고통에서 놓여나기 위해 다른 고통을 감내했다. 아키라의 상처에서 나는 고약한 냄새는 시간이 흐를수록 심해졌고, 우리 주위를 끊임없이 왔다 갔다 하는 쥐 떼 때문에 불안하긴 했지만, 그즈음 전투가 벌어지는 소리 같은 건 전혀 들려오지 않았다.

나는 숨을 고를 여유가 생길 때마다 유쾌한 이야기를 해서 우리의 기분을 북돋기 위해 최선을 다했다. 하지만 실제로는 이 재회에 관한 내 감정은 그런 순간에 복잡한 색조를 띠었다. 엄청난 과업을 수행할 수 있도록 운명이 때맞추어 우리를 만나게 해 준 데 대한 나의 벅찬 고마움에는 의심의 여지가 없었다. 그러나 한편으로는 그토록 오랫동안 생각해 왔던 우리의 재회가 이런 가혹한 상황 속에서 이루어진 사실이 슬펐다. 이런 재회는 분명 내가 늘 머릿속에서 생각하던 장면, 곧 우리 두 사람이 안락한 호텔 라운지라든가 혹은 아키라네 집 베란다에 앉아 고요한 정원을 내다보며 여러 시간에 걸쳐 대화를 나누며 추억에 잠기는 장면과는 거리가 멀었다.

아키라는 고통스러운 상황에도 불구하고 우리가 어디로 가야 하는지 줄곧 명확히 알았다. 그는 막다른 골목이 아닐까 걱정스러운 길로 자주 나를 이끌었는데, 가다 보면 통로라든가 공터가 나오곤 했다. 이따금 그곳 주민들과 맞닥뜨리기도 했다. 일부는 그저 어둠 속에 자리 잡은 형체에 불과했지만, 일부는 등잔이나 모닥불 주위에 모여 앉아 적대감이 서린 눈으로 아키라를 빤히 응시했다. 그래서 나는 우리가 또다시 공격을 받지 않을까 두려웠다. 그러나 대개 별다른 방해 없이 지나갔을 뿐만 아니라 한번은 노파를 설득해서 내 주머니에 남아 있던 마지막 지폐를 주고 마실 물을 얻기도 했다.

이윽고 지형이 눈에 띄게 달라졌다. 세간들이 모인 곳은 더 이상 나오지 않았고, 마주치는 사람이라고는 혼잣말을 중얼대거나 훌쩍이며 울고 있는 버림받은 눈빛의 외톨이들뿐이었다. 온전한 출입문도 남아 있지 않았고 대신 중위와 내가 처음 길을 떠나면서 지나왔던 것과 같은 구멍만 나왔다. 구멍이 나올 때마다 우리는 몹시 곤란을 겪었다. 내가 매 동작을 도와주어도 아키라로서는 무시무시한 고통을 겪지 않고는 구멍 속으로 기어오를 수가 없었던 것이다.

이미 오래전에 대화를 단념한 채 그저 끙 하는 소리만 내며 걷고 있을 때였다. 갑자기 아키라가 걸음을 멈추더니 고개를 들었다. 다음 순간 나 역시 누군가 명령을 내리는 소리를 들었다. 소리가 나는 곳이 얼마나 가까운지 정확히 알기는 어려웠지만, 두어 집 건너에서 나는 소리 같았다.

"일본어야?" 내가 작은 소리로 물었다.

아키라는 계속 귀를 기울이더니 고개를 저었다.

"국민당 군이야. 크리스토퍼, 지금 바로 옆이……."

"여기가 전선이란 거야?"

"그래, 전선. 전선에 아주 가까이 와 있어. 크리스토퍼. 여기는 아주 위험해."

"그 집까지 가려면 반드시 이 지역을 지나야 하는 거야?"

"꼭 지나야 해, 맞아."

갑자기 소총을 쏘는 소리가 나고, 이어서 조금 더 떨어진 곳에서 기관총이 응사하는 소리가 들렸다. 우리는 본능적으로 서로를 꽉 잡았으나 다음 순간 아키라가 몸을 떼더니 바닥에 주저앉았다.

"크리스토퍼." 그가 나직한 목소리로 말했다. "이제 좀 쉬자."

"하지만 우리는 그 집까지 가야 해."

"지금은 쉬자. 어둠 속에서 전투 지역으로 들어가는 건 위험하기 짝이 없어. 그러다간 죽을 거야. 내일 아침까지 기다려야 해."

나는 그 말에 일리가 있다고 생각했다. 게다가 어쨌든 우리는 둘 다 너무 지쳐서 더 이상 걸을 기력도 없었다. 나 역시 바닥에 주저앉아 회중전등 스위치를 껐다.

우리는 한동안 어둠 속에 앉아 있었다. 정적을 깨는 것은 우리의 숨소리뿐이었다. 얼마 후 갑자기 다시금 총격이 시작되어 일이 분 정도 격렬하게 지속되었다. 그러다 갑자기 총소리가 뚝 그치면서 다시 조용해지나 싶더니, 다음 순간 벽 저편에서 이상한 소리가 나기 시작했다. 그것은 황야에서 짐승이 우는 것 같은 길고도 가느다란 소리였는데, 목청껏 내지르는 비명 소리로 끝났다. 그다음 날카로운 비명 소리와 흐느껴 우는 소리가 이어지더니, 그 부상자가 실제 문장으로 무어라 외치기 시작했다. 그 소리는 내가 이전에 들었던 죽어 가는 일본군 병사가 내는 소리와 놀랍도록 흡사해서, 기진맥진한 상태에서도 나는 이 사람이 바로 그 군인임에 틀림없다고 추측했다.

아키라에게 이 군인이 유독 운이 없는 것 같다고 말하려는 순간 나는, 그가 일본어가 아니라 만다린어로 소리치고 있음을 깨달았다. 그 두 사람이 서로 다른 사람이라는 걸 깨닫자 나는 소름이 끼쳤다. 비명에서 간절한 애원으로 바뀌었다가 다시 비명으로 바뀌는 두 사람의 애처로운 흐느낌이 너무나 똑같아서, 이것이 우리들 각자가 죽음에 이르는 길이라는, 이 무시무시한 소리가 신생아의 울음소리처럼 누구나에게 해당되는 것이라는 생각마저 들었다.

얼마 후 나는, 군인들이 우리가 있는 방까지 들어온다면 지금 우리가 앉아 있는 곳에서는 우리의 모습이 완전히 노출되리라는 사실에 점점 더 신경이 쓰였다. 아키라에게 조금 더 몸을 숨길 수 있는 곳으로 옮기자고 말하려던 순간 나는 그가 잠이 들었다는 것을 알았다. 나는 다시 회중전등을 켜고 조심스럽게 주위를 비춰 보았다.

그 주위가 워낙 그렇기는 했어도 우리 주변은 특히 심하게 파손되어 있었다. 사방이 수류탄으로 파괴되고 도처에 총탄 구멍이 나 있었으며 벽돌과 목재는 박살이 나 있었다. 방 한복판 우리가 있는 곳에서 불과 몇 미터밖에 떨어지지 않은 곳에 물소의 시체가 옆으로 누워 있었는데, 흙과 파편 더미에 묻혀 있는 물소의 뿔 하나는 지붕 쪽을 향해 있었다. 나는 불빛을 비추어 우리가 있는 공간으로 전투원들이 들어올 가능성이 있는 지점을 확인해 두었다. 내가 발견한 가장 중요한 정보는 물소의 시체를 지나 방의 저편 끝에, 예전에 풍로나 벽로 구실을 했을 것 같은 벽돌로 된 조그만 벽감이 있다는 사실이었다. 그곳이 우리가 밤을 보내기에 가장 안전한 장소라는 생각이 들었다. 나는 아키라를 흔들어 깨운 다음 그의 한쪽 팔을 내 목에 두른 채 힘겹게 자리에서 일어섰다.

벽돌로 된 벽감에 도착하자 나는 깨진 돌 조각을 옆으로 밀치고 우리 두 사람이 누울 공간만큼 평평한 나무 널판 위를 치웠다. 그러고는 내 재킷을 깔고 그 위에, 성한 쪽 옆구리가 아래로 가게 해서 조심스럽게 아키라를 눕혔다. 그런 다음 나도 누워서 잠을 청했다.

그러나 탈진한 상태였음에도 나는, 죽어 가는 사내가 끝없이 내지르는 울부짖음과, 전투의 와중에 말려들지도 모른다는 두려움, 앞으로 해야 할 중요한 임무에 대한 생각들이 한데 합쳐져서 잠을 이루지 못했다. 아키라 역시 잠들지 못하고 있다는 것을 알 수 있었는데, 결국 그가 일어나 앉는 소리를 듣고 내가 물었다.

"상처는 좀 어때?"

"내 상처는 괜찮아. 문제없어."

"내가 한 번 더 살펴볼게……."

"아냐, 아냐. 괜찮아. 고마워. 넌 좋은 친구야."

우리는 10여 센티미터밖에 떨어져 있지 않았지만 서로의 얼굴을 전혀 볼 수 없었다. 한참 후 그의 말이 들렸다.

"크리스토퍼, 넌 일본어를 배워야 해."

"그래, 배워야 해."

"아니, 내 말은 지금 당장 말이야. 지금 당장 일본어를 배우자."

"글쎄, 솔직히 말해서 친구, 지금은 그러기에 좋은 때가……."

"아냐, 배워야 한다니까. 내가 잠든 사이에 일본군이 들어오면 네가 그들에게 말해야 해. 우리가 친구라고 말이야. 네가 그렇게 말하지 않으면 그들이 어둠 속에서 총을 쏠 거야."

"그렇군. 무슨 말인지 알겠어."

"그러니까 배워. 내가 잠들 경우에 대비해서 말이야. 아니면 내가 죽을 경우에 대비해서."

"이것 봐, 난 그런 말도 안 되는 소리는 듣고 싶지 않아. 넌 곧 천하장사처럼 건강해질 거야."

다시 한동안 말이 끊어졌는데, 문득 예전에 내가 비유법을 쓰면 아키라가 무슨 말인지 알아듣지 못했던 일이 기억났다. 그래서 나는 좀 천천히 말했다.

"넌 건강해질 거야. 내 말 알아들어, 아키라? 내가 그렇게 만들 거야. 넌 건강해질 거야."

"아주 친절한 말이야. 하지만 조심하는 게 상책이야. 넌 말을 배워야 해. 일본어 말이야. 일본군이 올 경우에 대비해서. 내가 단어를 가르쳐 줄게. 기억해 둬."

그가 일본어로 무슨 말인가를 하기 시작했지만 너무 길어서 내가 그의 말을 끊었다.

"아냐, 아냐. 그런 문장은 배울 수가 없어. 훨씬 짧아야 해. 우리가 적이 아니라는 사실만 확실히 할 수 있으면 돼."

그는 잠깐 생각하더니 조금 전에 했던 것보다 조금 짧은 구절을 말했다. 나는 그의 말을 따라했으나, 내 말을 듣자마자 그가 말했다.

"아냐, 크리스토퍼. 틀렸어."

몇 번 더 시도해 본 후 내가 말했다. "이것 봐, 소용없어. 그냥 한 단어만 알려 줘. '친구'라는 뜻의 단어 말이야. 오늘밤 그 이상은 배울 수 없을 것 같아."

"도모다치." 하고 그가 말했다. "도-모-다-치."

나는 그 단어를 몇 번 반복하면서 스스로 꽤 정확하게 발음했다고 생각했으나 그가 어둠 속에서 웃고 있다는 것을 깨달았다. 나 역시 나도 모르게 웃고 있었다. 이윽고 우리는 예전에 곧잘 그랬던 것처럼 둘이 함께 도저히 참지 못하고 웃기 시작했다. 우리는 꼬박 일 분 동안 그렇게 웃었으며 그런 다음 나는 갑자기 곯아떨어진 것 같다.

잠에서 깨 보니 이른 새벽빛이 방 안에 흘러들고 있었다. 마치 어둠을 한 겹 들어내기라도 한 것 같은 창백한 푸른빛이었다. 죽어 가던 남자는 이제 조용해졌고 어디에선가 새가 지저귀는 소리가 들려왔다. 이제 나는 그곳이 머리 위의 지붕이 대부분 사라지고 없는 곳이었음을 알 수 있었다. 그래서 어깨를 벽돌에 딱 붙인 자세로 누운 내 눈에 새벽하늘에 뜬 별이 보였다.

그때 무엇인가가 움직이는 것이 시야에 들어오는 바람에 나는 놀라 벌떡 일어나 앉았다. 다음 순간 물소 시체 주변을 돌아다니는 쥐 서너 마리가 보였다. 나는 한동안 그 쥐들을 물끄러미 바라보며 앉아 있었다. 그러고 난 다음에야, 무엇을 보게 될지 두려워하면서 아키라 쪽으로 고개를 돌려보았다. 그는 내 곁에 꼼짝도 않고 누워 있었다. 그의 안색은 몹시 창백했지만 숨소리가 고른 것을 보고 마음이 놓였다. 나는 확대경을 꺼내 그의 상처를 조심스레 살펴보았으나 그 행동이 그를 깨우는 결과가 되고 말았다.

"나야." 천천히 일어나 앉아 주위를 두리번거리는 그에게 내가 속삭였다. 그는 겁먹고 당황한 표정이었으나 곧 모든 일이 기억난 듯했으며, 그의 눈에 멍한 듯 강인해 보이는 빛이 어렸다.

"꿈꾸고 있었어?" 내가 물었다.

그가 고개를 끄덕였다. "응. 꿈꾸고 있었어."

"여기보다는 나은 곳에 있는 꿈이었기를 바라." 내가 웃으며 말했다.

"그래." 그가 한숨을 쉬었다. "어린 시절 꿈을 꾸었어."

우리는 한동안 말을 하지 않았다. 그러다 내가 말했다.

"분명 엄청난 충격이었겠다. 그런 꿈을 꾸다가 이런 곳에서 깨어났으니 말이야."

그는 돌 부스러기 밖으로 튀어나와 있는 물소의 머리를 빤히 응시했다.

"그래." 이윽고 그가 말했다. "어린 소년이었을 때 꿈을 꾸었어. 어머니와 아버지도 계셨지. 난 어린 소년이고."

"그런데 기억나, 아키라? 우리가 곧잘 하던 그 놀이들 말이야. 우리 정원의 그 작은 언덕에서 하던 놀이 말이야. 기억나, 아키라?"

"그래, 기억나."

"참 좋은 추억이야."

"그래, 아주 좋은 추억이지."

"눈부신 시절이었어. 물론 그때는 그것이 얼마나 눈부신 시절이었는지 몰랐지. 아마 아이들은 그걸 모를 거야."

"내게 아이가 있어." 아키라가 불쑥 말했다. "아들이야. 다섯 살이지."

"정말인가? 한번 만나고 싶군."

"사진을 잃어버렸어. 어제. 그 전날인가. 부상을 당하면서 사진을 잃어버렸어. 내 아들 사진을 말이야."

"이것 봐, 올드 챕, 낙담할 것 없어. 곧 자네 아들을 다시 보게 될 테니까."

그는 한동안 물소의 시체를 응시했다. 쥐 한 마리가 갑자기 움직이자 파리 떼가 일시에 날아올랐다가 다시 시체 위에 내려앉았다.

"내 아들은 일본에 있어."

"아, 네가 그 애를 일본에 보냈군? 의외인걸."

"내 아들이 일본에 있어. 내가 죽으면 그 애한테 꼭 말해 줘."

"네가 죽었다는 말을 하라고? 미안하지만 그건 못 해. 넌 죽지 않을 테니까. 어쨌든 아직은 안 죽는다고."

"그 애한테 말해 줘. 내가 조국을 위해 죽었다고. 엄마 말씀 잘 들으라고. 지켜 주라고. 그리고 좋은 세상을 만들라고." 적당한 영어 단어를 찾느라 애쓰는 한편 울지 않으려고 애쓰는 그의 목소리는 이제 거의 소곤거림에 가까웠다. "좋은 세상을 만들라고 말이야." 그가 벽을 매끄럽게 다듬는 미장이처럼 손으로 허공을 다듬듯 움직이면서 다시 한 번 그 말을 반복했다. 그러면서 눈으로 의아한 듯 자기 손이 움직이는 모습을 응시했다. "그래, 좋은 세상을 만들라고 해 줘."

"어렸을 때 우리는 좋은 세상에 살았어." 이번에는 내가 말했다. "그런데 이 아이들, 우리가 지금까지 우연히 마주친 이 아이들은 어떤가. 그들이 세상의 실제 모습이 얼마나 무시무시한 것인지를 그토록 일찍 알게 되다니 정말 끔찍해."

"내 아들은 다섯 살이야. 일본에 있어. 그 애는 아무것도 몰라. 그 애는 세상이 좋은 곳인 줄 알고 있어. 친절한 사람. 장난감. 엄마와 아빠가 있는 그런 곳 말이야."

"그건 우리도 마찬가지였을 거야. 하지만 모든 것이 그렇게 나빠지기만 하진 않을 거야." 나는 이제 내 친구를 위험한 의기소침 상태에 빠지지 않게 하려 애쓰고 있었다. "아무튼 우리가 어렸을 때는 사태가 나빠져도 바로잡을 능력이 없었지. 하지만 이제 어른이 됐으니 사태를 바로잡을 수 있어. 그게 중요해. 우리를 좀 봐, 아키라. 이 모든 일이 지나고 나면 우리는 결국 사태를 바로잡을 수 있을 거야. 떠올려 봐, 올드 챕. 우리가 했던 그 놀이들을 말이야. 우리가 수없이 했던 놀이들을 기억해 봐. 내 아버지를 찾는 형사 역할도 했었잖아. 이제 어른이 됐으니 우리는 결국 사태를 바로잡을 수 있을 거야."

아키라는 한동안 아무 대답도 하지 않았다. 이윽고 그가 말했다. "내 아들이 세상이 좋기만 한 것이 아니라는 걸 알게 됐을 때 나는……." 그는 고통 때문이거나 적절한 영어가 떠오르지 않아서거나 어느 쪽인지는 몰라도 말을 멈췄다. 그가 일본어로 무슨 말인가를 하다가 다시 영어로 말을 이었다. "나는 그 애와 함께 있고 싶어. 그 애를 돕고 싶어. 그 애가 세상의 실상을 알게 될 때 말이야."

"이것 봐, 넌 정말 바보 같아. 그건 지나치게 침울한 얘기잖아. 넌 아들을 다시 만나게 될 거야. 내가 그렇게 해 줄게. 그리고 우리가 어렸을 때 세상이 얼마나 좋아 보였는가 하는 얘기 말이야. 어떤 점에서는 말도 안 돼. 그저 어른들이 우리에게 그런 생각을 주입시킨 것뿐이야. 어린 시절을 지나치게 그리워해서는 안 돼."

"그……리워한다고……." 아키라는 마치 그것이 자신이 찾으려 애썼던 말이었던 것처럼 되뇌었다. 그런 다음 그는 일본어로 무슨 단어인가를 말했는데 아마 '그립다'의 일본어일 것이다. "그립다라. 그립다는 건 좋은 일이야. 아주 중요한 일이지."

"정말 그럴까, 친구?"

"중요한 일이야. 아주 중요해. 그리워한다는 것 말이야. 그리워하면 기억하게 되거든. 우리가 어른이 되면 세상이 지금보다 더 나아지리라는 걸 말이야. 우리는 그 기억을 가지고 좋은 세상이 다시 돌아오기를 바라는 거지. 아주 중요하지. 조금 전 나는 꿈을 꾸었어. 꿈속에서 나는 어린아이였어. 엄마 아빠가 내 곁에 계셨지. 우리 집 안에."

그는 입을 다물고는 돌 부스러기 저편을 멍하니 응시했다.

"아키라." 나는 이 대화를 계속할수록 내가 말로 표현하고 싶지 않은 모종의 위험이 커져 갈 뿐임을 감지하고 말했다. "이제 움직여야 해. 할 일이 많아."

그 말에 대답하기라도 하듯 기관총 소리가 터졌다. 지난밤에 들었던 것보다 멀리서 나는 소리였지만 우리는 둘 다 깜짝 놀랐다.

"아키라, 그 집이 여기서 멀어? 전투가 본격적으로 시작되기 전에 그 집을 찾아야 해. 여기서 얼마나 멀지?"

"멀지는 않아. 하지만 조심해서 가야 해. 중국군이 아주 가까이에 있어."

잠이 우리의 원기를 회복시켜 주기는커녕 오히려 기운을 더 빼앗아가기라도 한 것 같았다. 자리에서 일어서서 아키라가 체중을 나에게 싣는 순간 목과 어깨를 가로지르는 통증 때문에 신음 소리가 비어져 나왔다. 몸이 다시 익숙해지기 전까지 함께 걷는 일은 한동안 고통스러운 시련이나 다름없었다.

우리의 신체적 상태는 둘째 치더라도 그날 아침 우리가 가로지른 지역은 지금까지 온 길 중에서 가장 험난했다. 손상된 범위가 너무 넓어서 우리는 잔해 더미 사이에서 길을 찾을 수 없어 종종 걸음을 멈춰야 했다. 그리고 우리가 발을 내려놓는 바닥의 상황을 볼 수 있다는 것은 분명 도움이 되긴 했지만, 어젯밤 어둠에 가려졌던 그 모든 끔찍한 광경은 우리의 사기에 호된 대가를 치르게 했다. 온통 파괴된 땅바닥과 벽, 그리고 부서진 가구에 피가 튀어 생긴 자국 —— 때로는 새로 생긴 것이고 때로는 몇 주씩 묵은 것이었다 —— 이 보였던 것이다. 더 나빴던 것은 당혹스러울 만큼 일정한 간격을 두고 부패의 다양한 국면을 보여 주는 인간의 장기와 맞닥뜨리곤 했다는 사실 —— 우리의 코는 그쪽으로 시선이 닿기 훨씬 전에 그 존재를 경고하곤 했다 —— 이다. 잠시 걸음을 멈췄을 때 아키라에게 그것에 대해 언급하자 그는 그저 이렇게 대답했다.

"총검 때문이야. 군인들은 언제나 총검으로 상대의 배를 찌르지. 여기를 찌르면." 그러면서 그는 자신의 늑골을 가리켜 보였다. "총검이 뽑히지 않거든. 그래서 군인들은 언제나 배를 찌르라고 훈련받는 거야."

"적어도 시신은 보이지 않네. 그건 다행이군."

총소리가 간헐적으로 계속되었으며 그럴 때마다 나는 소리가 나는 곳으로 점점 다가가고 있다는 느낌을 받았다. 나는 그 사실이 걱정스러웠으나 아키라는 이제 우리가 갈 길에 대해 어느 때보다도 확신을 가진 듯했으며, 그가 내리는 결정에 내가 의문을 제기할 때마다 조바심치듯 고개를 저었다.

우리가 중국군 시체 두 구와 맞닥뜨린 것은 아침 햇살이 부서진 지붕 사이로 강하게 쏟아져 들어오고 있을 때였다. 우리가 시신을 제대로 살펴볼 수 있을 만큼 가깝게 지나가지는 않았지만 내 짐작에 그들은 불과 몇 시간 전에는 살아 있었던 것 같았다. 하나는 돌부스러기에 고개를 묻고 있었고, 다른 하나는 마치 우울한 생각에 잠기기라도 한 것처럼 무릎을 꿇고 이마를 벽에 기댄 채였다.

어느 순간 나는 우리가 십자포화 속으로 곧장 들어가게 되리라고 확신하고 아키라를 제지하며 말했다.

"이것 좀 봐. 무슨 생각으로 이러는 거야? 우리 지금 어디로 가는 거야?"

그는 아무 대답도 하지 않고 몸을 내게 기댄 채 고개를 숙이고 숨을 가다듬었다.

"너 정말 길을 알아? 아키라, 대답 좀 해봐! 여기가 어딘지 알고 있느냐고?"

그는 지친 듯 힘없이 고개를 들더니 내 어깨 너머를 가리켰다.

고개를 돌리자 — 그가 여전히 내게 몸을 기대고 있어서 내 동작은 느릴 수밖에 없었다 — 부서진 벽 사이로 불과 열댓 발짝도 떨어지지 않은 곳에 동쪽 소각로임이 분명한 건축물이 보였다.

나는 아무 말도 하지 않고 그쪽을 향해 걸음을 옮겼다. 그것과 쌍을 이루는 서쪽 소각로와 마찬가지로 동쪽 소각로 역시 맹렬한 전투의 와중에도 무사했다. 흙먼지에 덮여 있기는 했어도 실제로 정상적으로 작동될 것처럼 보였다. 나는 내게 기대고 있던 아키라의 몸을 바로 세워 놓고 — 그는 즉시 파편 더미에 주저앉았다 — 곧장 소각로 쪽으로 다가갔다. 지난번 본 것처럼 이곳 굴뚝 역시 구름을 찌를 듯이 솟아올라 있었다. 나는 아키라가 앉은 곳으로 돌아가 그의 성한 쪽 어깨를 조심스레 건드렸다.

"아키라, 조금 전에 그런 어조로 말해서 미안해. 내가 자네에게 얼마나 고마워하는지 알아주기 바라. 나 혼자였다면 절대로 이걸 찾아내지 못했을 거야. 아키라, 정말 고마워."

"좋아." 그의 호흡은 이제 조금 더 편해진 것 같았다. "네가 나를 돕고 나는 너를 돕는 거지. 좋아."

"하지만 아키라, 우리는 그 집에 아주 바싹 접근해야 해. 어디 보자. 저기를 따라서……." 그러면서 나는 그쪽 방향을 가리켜 보였다. "저쪽으로 골목이 나 있어. 저 골목으로 가야 할 것 같아."

아키라는 일어서는 게 내키지 않는 듯했지만 나는 그를 일으켜 세워 다시 걸음을 옮기기 시작했다. 나는 중위가 지붕 꼭대기에서 가리켰던 비좁은 골목길이 분명한 그 길을 따라가기 시작했다. 하지만 그 길에 들어서자마자 무너진 잔해 더미로 길이 완전히 막힌 것을 보았다. 우리는 벽을 통해 근처에 있는 집으로 들어간 다음, 돌 부스러기가 흩어진 방들을 조심스레 골라 디디며 그 길과 평행을 이룬다고 여겨지는 길로 접어들었다.

이제 나오는 집들은 파손 정도가 덜했으며 얼마 전까지 지나온 집들에 비해 살기가 쾌적했던 것이 분명했다. 의자, 화장대, 심지어 거울과 화병까지도 잔해 속에 온전히 남아 있었다. 나는 서둘러 걷고 싶었으나 아키라의 몸이 심하게 늘어져서 다시 걸음을 멈춰야 했다. 우리는 무너진 대들보에 걸터앉았다. 거기서 숨을 고르던 중, 내 시선이 우리 앞 돌 부스러기들 사이에 떨어져 있는, 손으로 쓴 문패에 가 닿았다.

문패는 나뭇결을 따라 깨끗이 쪼개진 상태였으나 두 조각이 그곳에 그대로 나란히 놓여 있었고, 한때 현관 출입구에 붙었던 격자 세공의 일부까지 볼 수 있었다. 우리가 이런 것을 본 것이 그때가 처음이 아니었지만, 어떤 본능에 이끌린 듯 유독 이 물건에 관심이 갔다. 나는 그쪽으로 가서 돌 부스러기 틈에서 나뭇조각 두 개를 뽑아

낸 다음 우리가 앉아 있던 자리로 가져왔다.

"아키라. 이 글자를 읽을 수 있겠어?" 그러면서 내가 두 조각을 한데 붙여 그의 앞에 내밀었다. 그는 잠시 거기에 쓰인 글자를 바라보더니 이렇게 말했다. "내 중국어 실력은 별로야. 이건 이름이야. 어떤 사람 이름."

"아키라, 내 말 잘 들어. 이 글자 좀 봐. 뭔가 분명 아는 게 있을 거야. 부디 한 번 읽어 봐 줘. 아주 중요한 일이야."

아키라는 계속해서 문패를 바라보더니 고개를 저었다.

"아키라. 혹시 이 글자를 예 천이라고 발음하나? 여기에 쓰인 글자가 예 천이라는 글자가 아니냐고?"

"예 천이라……." 아키라가 생각에 잠긴 눈길로 바라보았다. "예 천. 그래, 그럴 수도 있겠군. 여기 있는 이 글자는……. 그래, 그럴 수 있겠어. 이건 예 천이라는 글자야."

"그래? 분명해?"

"확실치는 않아. 하지만…… 그럴 수 있어. 그렇게 읽힐 가능성이 아주 높아. 그래." 그러면서 그가 고개를 끄덕였다. "예 천이라고 읽는 게 맞을 것 같아."

나는 문패 두 조각을 내려놓고 조심스럽게 돌무더기를 가로질러 그 집의 전면으로 향했다. 예전에 문이 있던 자리 대신 무너진 틈새가 나 있었다. 그 사이로 내다보니 바깥으로 통하는 좁다란 골목길이 보였다. 나는 그 집에서 정면으로 마주한 집을 건너다보았다. 주변 건물들은 심하게 부서져 있었으나 내가 바라보는 집 자체는 이상하리만큼 온전하게 남아 있었다. 그곳에는 파손 흔적이 거의 눈에 띄지 않았다. 창의 덧문, 조악하게 만든 여닫이 나무 격자 문, 심지어 문간 위쪽에 매달아 놓은 부적까지 파괴된 흔적 하나 없이 고스란히 남아 있었다. 우리가 그곳까지 오는 동안 겪은 그 모든 일을 생각하면 그 집은 마치 다른 문명 세계에서 온 허깨비 같았다. 나는 한동안 거기 서서 그 집을 물끄러미 바라다보았다. 그런 다음 아키라에게 손짓을 했다.

"이리 좀 와 봐." 내가 거의 속삭임에 가까운 작은 소리로 말했다. "저 집이 바로 그 집이야. 다른 집일 리가 없어."

아키라는 움직이지는 않았지만 깊이 한숨을 지었다. "크리스토퍼, 넌 내 친구야. 나도 기뻐."

"목소리 좀 낮춰. 아키라, 우린 결국 도착했어. 여기가 그 집이네. 확실해."

"크리스토퍼……." 그는 힘겹게 자리에서 일어나더니 느린 걸음으로 다가왔다. 그가 곁에 다가오자 나는 손으로 그 집을 가리켜 보였다. 골목에 쏟아지는 아침 햇살이 그 집의 앞쪽에 밝은 줄무늬를 그려놓았다.

"저기야, 아키라. 바로 저기라고."

그가 내 발치에 주저앉더니 다시금 한숨을 지었다. "크리스토퍼. 내 친구. 넌 아주 신중하게 생각해야 해. 오랜 세월이 흘렀어. 벌써 아주 오래전 일이야……."

"이상한 일이야. 이 전투의 와중에 어째서 저 집만 무사한 걸까? 내 부모님이 계시는 저 집 말이야."

이 말을 하던 나는 갑자기 격한 감정에 휩싸였다. 그러나 나는 마음을 진정시키고 말했다. "아키라, 우리 저 안으로 들어가야 해. 서로 팔을 끼고 들어가는 거야. 저 옛날, 링 텐의 방에 들어갈 때처럼 말이야. 그때 기억나, 아키라?"

"크리스토퍼, 내 소중한 친구. 너 아주 신중히 생각해야 해. 아주 오래전 일이야. 내 친구, 내 말 좀 들어 봐. 어쩌면 네 부모님은……벌써 꽤 오랜 세월이 흘렀으니까……."

"이제 함께 들어가는 거야. 할 일을 마치는 즉시 네게 제대로 된 치료를 받게 해 주겠다고 약속해. 어쩌면 저 집에 응급 치료약 같은 것이 있을지도 몰라. 적어도 깨끗한 물과 어쩌면 붕대가 있을 수도 있어. 우리 어머니가 네 상처를 봐 주실 거야. 붕대를 갈아 주실지도 몰라. 걱정 마. 넌 곧 괜찮아질 테니까."

"크리스토퍼. 아주 신중하게 생각해야 해. 너무 오랜 세월이 흘러서……."

그때 골목 건너편에서 문이 덜컹 하며 열리는 소리에 그는 입을 다물었다. 내가 권총을 잡으려는 순간 작은 중국 소녀가 나타났다.

여섯 살쯤 되어 보이는 아이였다. 조용한 표정에 예쁘장한 얼굴이었다. 머리카락은 조그만 다발로 묶은 상태였다. 소박한 웃옷과 통이 큰 바지는 그 애한테는 조금 커 보였다.

그 애는 햇살에 눈을 깜박이며 주위를 두리번거리다 우리 쪽을 바라보았다. 이내 우리를 발견한 그 애는 ── 우리 둘 다 움직이지 않고 있었다 ── 놀랄 만큼 두려움 없는 태도로 우리를 향해 걸어왔다. 그 애는 몇 미터 떨어진 골목 한가운데에서 걸음을 멈추더니 집 쪽을 가리키며 만다린어로 무어라 말했다.

"아키라, 저 아이가 지금 뭐라고 하는 거지?"

"나도 몰라. 우리에게 안으로 들어오라고 하는 것 같은데."

"저 아이가 이 일에 무슨 관련이 있을까? 저 아이가 납치범과 무슨 관련이라도 있는 것 같아? 뭐라고 하는 거지?"

"우리에게 자기를 도와달라고 하는 것 같아."

"저 아이한테 물러서라고 말해야 할 것 같아." 그러면서 나는 권총을 뽑아들었다. "납치범이 분명 저항할 테니까."

"맞아, 저 아이는 도와달라고 하고 있어. 개가 다쳤다고 하네. 개라고 말한 것 같아. 내 중국어 실력은 별로라서 말이야."

다음 순간 우리가 지켜보고 있는 사이에, 조심스럽게 묶은 소녀의 머리가 시작되는 곳 언저리에서 가느다란 피 한 줄기가 이마를 가로질러 뺨을 타고 흘러내렸다. 소녀는 아무것도 알아차리지 못한 듯 한 번 더 자기 집을 가리키며 우리에게 거듭 말했다.

아키라가 다시 입을 열었다. "그래, 저 아이는 개라고 말하고 있어. 개가 다쳤대."

"저 아이의 개 말이야? 다친 건 저 아이잖아. 그것도 꽤 심하게 다친 것 같은데."

나는 그 애의 상처를 살펴보려고 한 발짝 다가섰다. 그러나 아이는 내 동작을 승낙의 뜻으로 해석한 듯 몸을 돌리더니 가볍게 뛰듯이 골목을 가로질러 자기 집 쪽으로 갔다. 아이는 다시 문을 밀어 열고는 애원하는 눈길로 우리를 바라보더니 안으로 사라졌다.

나는 한동안 머뭇대며 그 자리에 서 있었다. 그러다 친구에게 한 손을 내밀었다.

"아키라. 이제 시작이야. 우리는 안으로 들어가야 해. 함께 들어가자."

21

골목길을 가로지르는 동안 나는 권총을 제대로 겨누려고 애썼다. 그러나 아키라의 한쪽 팔이 내 목을 감은 데다가 그의 몸을 거의 떠받치고 있는 상태여서, 비틀거리며 집 안에 들어서는 우리의 걸음걸이는 위압적인 것과는 거리가 멀었을 것 같다. 현관에 장식용 화병이 놓여 있다는 사실을 나는 어렴풋이 의식했다. 우리가 지나가는 순간 문틀에 매달렸던 장식물에서 조그맣게 벨 소리 같은 게 들렸던 것 같다. 다음 순간 소녀의 말소리를 들은 나는 주위를 둘러보았다.

집의 전면은 사실상 전혀 손상되지 않은 상태로 남은 반면에 그 방의 뒤쪽 절반은 송두리째 파손되었다. 이제 그때 일을 생각해 보니 포탄이 지붕을 뚫고 들어와 위층을 무너뜨리고 뒤에 인접한 다른 집과 함께 그 집의 뒤쪽을 파괴한 것이 아닌가 싶다. 그러나 당시 나는 무엇보다 부모님을 찾고 있었으므로 내 기억이 정확한지는 확실치 않다. 제일 먼저 아찔하게 머릿속을 스친 생각은 납치범들이 이미 달아났다는 것이었다. 다음 순간 시신들이 보이자 그것이 부모님 것일지 모른다는, 우리가 오는 것을 알고 납치범들이 부모님을 살해했을지도 모른다는 두려움에 사로잡혔다. 나는 그 방 여기저기에 너부러진 시신 세 구가 모두 중국인이라는 사실을 안 순간 꽤 안도감을 느꼈다는 걸 고백하지 않을 수 없다.

집 뒤쪽으로 벽 너머에 소녀의 어머니인 듯한 여자의 시신이 한 구 있었다. 폭발의 광풍에 그곳까지 날아가 떨어졌을 수도 있었다. 여자의 얼굴에는 놀란 표정이 떠올라 있었다. 한쪽 팔의 팔꿈치 아래가 떨어져 나간 뭉툭한 팔로 하늘을 가리킨 자세였는데, 어쩌면 그게 포탄이 날아온 방향인지도 몰랐다. 몇 미터 떨어진 잔해 더미에는 노파 하나가 입을 벌린 채 천장에 난 구멍을 바라보고 있었다. 노파의 얼굴 한쪽이 검게 타 버렸지만 피를 흘린 흔적이나 베인 상처 같은 것은 눈에 띄지 않았다. 마지막으로 우리가 선 자리에서 가장 가까운 곳에 우리를 인도한 소녀보다 조금 나이가 더 들어 보이는 소년의 시신이 너부러져 있었다. 처음에 그 모습은 무너진 선반에 가려 보이지 않았다. 소년의 한쪽 다리는 엉덩이 근처에서 떨어져 나갔으며 놀랄 만큼 긴 내장이 연에 달린 장식 꼬리처럼 깔개 위로 쏟아져 나와 있었다.

"개야." 옆에 있던 아키라가 말했다.

나는 그를 쳐다보다가 그가 바라보는 방향으로 시선을 돌렸다. 잔해 더미 한복판, 죽은 소년에게서 멀지 않은 곳에 소녀가 다친 채 옆으로 누운 개 옆에 무릎을 꿇고 앉아 부드러운 손길로 털을 쓸어 주고 있었다. 개의 꼬리가 그에 응답하듯 보일락 말락 움직였다. 우리가 지켜보며 서 있자 그 애가 고개를 들더니 무슨 말인가를 했는데, 그 애의 음성은 여전히 아주 침착하고 흔들림이 없었다.

"저 아이가 뭐라는 거지, 아키라?"

"우리에게 자기 개를 도와 달라고 하는 것 같아. 그래, 우리에게 도와 달라고 하는 거야." 그러더니 그가 갑자기 도저히 못 참겠다는 듯 킬킬거리기 시작했다.

어린 소녀가 다시 입을 열었다. 아이는 아키라를 미친 사람이라고 생각했는지 이번에는 나에게만 말했다. 그러더니 자기 얼굴을 개의 얼굴 가까이까지 낮춘 채 계속해서 손으로 개의 털을 부드럽게 쓸어 주었다.

내가 그 애 쪽으로 한 발짝 다가가려고 친구의 팔을 풀자 아키라는 부서진 가구 위로 무너지듯 주저앉았다. 나는 놀라서 그를 돌아보았으나 그는 줄곧 킬킬거렸다. 소녀는 애원하는 표정을 풀지 않았다. 나는 권총을 무언가 위에 내려놓고 소녀에게 가서 그 애의 어깨를 건드렸다.

"얘야, 이것들은 모두……." 그러면서 나는 사실 그 애가 전혀 개의치 않아 하는 듯이 보이는 시신들을 가리켰다. "지독히 운이 나빠서 일어난 일이란다. 하지만 넌 살았잖니. 그리고…… 훗날 네가 용기를 잃지 않았다는 사실을 자랑스러워하게 될 거다." 그러고 나서 짜증스러운 눈으로 아키라를 돌아보며 외쳤다. "아키라! 제발 그 소리 좀 그쳐! 웃을 게 뭐가 있다고 그래! 이 가엾은 소녀는……."

이제 그 애는 내 소맷자락을 잡고 있었다. 그 애는 조심스러운 어조로 느리게, 내 눈을 똑바로 보면서 다시 무어라 말했다.

내가 대답했다. "얘야, 넌 정말 용감한 아이로구나. 이런 짓을 저지른 게 누구든, 이런 끔찍한 짓을 한 자들이 누구든 정의의 심판을 피하지 못하게 하겠다고 맹세하마. 너는 내가 누군지 모르겠지만 마침 나는…… 네가 원하는 바로 그런 사람이란다. 그자들이 이런 짓을 저지르고도 무사히 빠져나가는 그런 일이 없게 하마. 걱정하지 마라. 나는…… 나는…….” 그러면서 나는 계속 웃옷을 더듬다가 마침내 확대경을 찾아서 그 애한테 보여 주었다. “자, 이게 보이니?”

나는 가는 길에 발에 걸린 새장을 차 내면서 그 애의 엄마 쪽으로 걸어갔다. 그런 다음 아마 몸에 익은 습관 때문에 확대경으로 그 애의 엄마를 살펴보았을 것이다. 잘려 나간 자리는 유난히 깨끗했다. 살에서 튀어나온 뼈는 눈이 부실 만큼 하얘서 누군가 윤이라도 낸 것처럼 보였다.

그때의 기억은 이제 그렇게까지 선명하지 않다. 그러나 내가 갑자기 몸을 일으켜 내 부모님을 찾기 시작한 것은 그 여인의 잘린 팔을 확대경으로 살펴보고 난 직후였던 것 같다. 그다음에 일어난 일에 대한 설명으로 내가 말할 수 있는 것은, 아키라는 여전히 주저앉은 자리에서 웃고 있었고 소녀는 계속 침착하고 안정된 어조로 애원을 하고 있었다는 것뿐이다. 다시 말해서 그때의 분위기는 긴장이 가득한 상태였는데, 그 사실이 어느 정도는 그 작은 집에 남아 있던 물건들을 뒤엎으며 돌아다녔던 내 태도에 대한 설명이 될 수 있을 것 같다.

뒤편에 포탄으로 완전히 파괴된 작은 방이 있었는데, 내가 부서진 마룻장을 들어내고 식탁 다리로 뒤집힌 벽장문을 부숴 열면서 수색을 시작한 것은 이곳에서부터였다. 그런 다음 나는 다시 큰방으로 돌아와, 걷어차거나 손을 써서 움직일 수 없는 것은 식탁 다리로 부숴 가면서 잔해 더미를 옆으로 밀쳐 냈다. 이윽고 나는 아키라가 킬킬거리기를 그치고 나를 따라와 내 어깨를 잡고 귓가에 무슨 말인가를 하고 있다는 것을 의식했다. 나는 그의 말을 무시한 채 수색을 계속했는데, 그러다가 얼떨결에 시신 한 구를 팽개치게 되었을 때도 하던 일을 멈추지 않았다. 아키라는 계속 내 어깨를 잡아당겼다. 얼마 후, 나를 도와줄 줄 알았던 그가 오히려 나를 방해하는 이유를 도무지 알 수 없었던 나머지 나는 그에게 고개를 돌리고는 버럭 소리를 질렀다.

"저리 가! 저리 가라고! 도와주지 않을 거면 그냥 저리 가 있어! 아까 그 방구석에 가서 계속 킬킬거리란 말이야!"

"군인들이야!" 아키라가 나무라듯 쉿 소리를 내며 말했다. "군인들이 오고 있어!"

"저리 가라니까! 내 어머니와 아버지는 대체 어디 계신 거지? 그분들은 여기 없어! 어디 있을까? 그분들이 어디 있을까?"

"군인들이야! 크리스토퍼, 그만둬, 진정하라고! 네가 진정하지 않으면 우린 죽을 거야! 크리스토퍼!"

그는 내 얼굴에 자기 얼굴을 바싹 갖다 댄 채 나를 흔들어 댔다. 그 순간 나는 정말 가까운 어딘가에서 사람들의 음성이 들리는 것을 깨달았다.

나는 아키라가 잡아끄는 대로 방 뒤편으로 향했다. 소녀는 이제 입을 다문 채 개의 머리를 부드럽게 얼러 주고 있을 뿐이었다. 개는 여전히 이따금씩 힘없이 꼬리를 흔들어 보였다.

"크리스토퍼." 아키라가 다급하게 속삭였다. "만약 중국군이라면 나는 숨어야 해." 그러면서 그는 방구석을 가리켰다. "중국군은 발견 못 할 거야. 하지만 저 군인들이 일본군이라면 넌 내가 가르쳐 준 그 단어를 말해야 해."

"나는 아무 말도 할 수 없어. 이것 봐, 올드 챕, 네가 나를 도와주지 않겠다면……."

"크리스토퍼! 군인들이 오고 있어!"

그는 비틀거리는 걸음으로 방을 가로지르더니 한쪽 구석에 비스듬히 난 벽장 속으로 사라졌다. 문짝이 부서져서 그의 정강이와 군화가 나무 널 사이로 뚜렷하게 보였다. 몸을 숨기려는 그 애처로운 시도를 본 나는 웃기 시작했으며, 그가 아직 눈에 띈다는 말을 해 주려는 순간 문간에 군인들이 나타났다.

맨처음 들어선 병사가 나를 향해 소총을 발사했지만 총알은 내 뒤편 벽을 맞혔다. 다음 순간 그는 내가 양손을 든 것과, 내가 외국의 민간인임을 알아보고 동료들에게 무슨 말인가 외쳤으며, 그들은 내 뒤로 몰려들었다. 그들은 일본군이었으며, 내 기억으로 그들 가운데 서너 명이 나를 놓고 의논을 시작했는데, 그러는 동안에도 내 내 소총으로 나를 겨누었다. 더 많은 군인이 들어와 집을 수색하기 시작했다. 아키라가 숨은 곳에서 일본어로 무슨 말을 외치는 소리가 들리자 군인들이 그가 있는 벽장으로 우르르 몰려갔고, 곧이어 아키라가 밖으로 나왔다. 내가 보기에 아키라는 일본군을 만난 것을 특별히 달갑게 여기는 것 같지 않았고, 그것은 일본군 쪽도 마찬가지인 것 같았다. 다른 군인들 몇몇은 소녀를 에워싸고 어떻게 할지 의논을 하고 있었다. 얼마 후 장교가 들어서자 군인들은 모두 차려 자세를 취했다. 방 안에 침묵이 흘렀다.

젊은 대위는 방 안을 둘러보았다. 그의 시선이 아이에게, 그다음에는 내게, 그런 다음에는 이제 병사 두 명의 부축을 받고 있는 아키라에게로 향했다. 아키라 자신은 참여하지 않은 일본어 대화가 오갔다. 그의 눈에는 두려움 섞인 체념의 표정이 떠올라 있었다. 한번은 그가 대위에게 무슨 말인가 하려 했으나 대위가 즉각 그의 말을 가로막았다. 또 한 차례 빠른 대화가 오간 다음 군인들이 아키라를 데리고 나갔다. 그의 얼굴에는 이제 두려움의 빛이 역력했지만 그는 저항하지 않았다.

"아키라!" 내가 그를 불렀다. "아키라, 저들이 널 어디로 데려가는 거지? 뭐가 잘못된 거야?"

아키라가 힐끗 돌아보더니 나에게 재빨리 애정에 넘치는 미소를 지어 보였다. 그런 다음 골목으로 나갔는데, 그를 따르는 병사들에 가려 그의 모습이 보이지 않았다.

젊은 대위는 아이를 바라보고 있었다. 그러더니 나를 보고 이렇게 말했다.

"당신은 영국인이오?"

"그래요."

"이런, 그런데 여기서 뭘 하고 있었소?"

나는 주위를 둘러보았다. "저는……. 부모님을 찾던 중이었어요. 제 이름은 뱅크스라고 합니다. 크리스토퍼 뱅크스. 저는 유명한 탐정입니다. 아마 귀관은……."

나는 말을 어떻게 이어야 좋을지 알 수 없었다. 게다가 조금 전부터 내 입에서 흐느낌이 새어 나오고 있고, 그 때문에 대위에게 딱한 인상을 주었으리라는 것을 깨달았다. 나는 눈물을 닦고 말을 이었다. "부모님을 찾으러 여기 온 겁니다. 하지만 그분들은 이제 여기 계시지 않는군요. 제가 너무 늦게 온 모양입니다."

대위는 집의 잔해와 시신들, 죽어 가는 개와 함께 있는 소녀를 한 번 더 둘러보았다. 그러더니 내게서 시선을 떼지 않은 채 가까이에 있던 병사에게 무슨 말인가를 했다. 이윽고 그가 내게 말했다. "선생, 저와 함께 가시죠."

그의 정중하면서도 단호한 손짓에 나는 앞서서 골목으로 나서지 않을 수 없었다. 그는 권총을 총집에 넣지 않았지만 그렇다고 권총으로 나를 겨누지도 않았다.

"이 아이 말입니다." 하고 내가 말했다. "이 아이를 안전한 곳으로 데려갈 겁니까?"

그는 말없이 나를 돌아보았다. 그러더니 이렇게 말했다. "자, 선생, 이제 갑시다."

전반적으로 볼 때 일본군은 나를 그런대로 잘 대해 주었다. 그들은 나를 예전에 소방서로 쓰던 지휘 본부 안의 조그만 뒷방으로 데려갔다. 나는 그곳에서 음식을 먹고 의사에게서 지금까지 알아차리지 못했던 몇 군데 상처를 치료받았다. 발에 붕대를 감았으며 붕대 감은 발에 맞는 커다란 군화도 받았다. 나를 맡은 병사들은 영어를 한마디도 하지 못했고, 내가 죄수인지 손님인지도 모르는 것 같았다. 하지만 나는 너무 지친 나머지 그런 것에 신경 쓸 겨를이 없었다. 나는 그들이 뒷방에 마련해 준 야전침대에 누워서 몇 시간 동안 잠들었다 깼다를 반복했다. 내 방문은 밖에서 잠겨 있진 않았다. 사실 옆방으로 통하는 문은 제대로 닫혀 있지도 않아서 잠에서 깰 때마다 일본어로 의논하거나 전화기에 대고 외치는 소리까지 들을 수 있었는데, 나에 관한 이야기인 듯했다. 지금 생각해 보니 그곳에 있는 동안 나는 내내 미열에 시달렸던 것 같다. 잠들었다 깰 때면 지난 몇 시간 전의 일뿐 아니라 몇 주 동안의 이런저런 일들이 머릿속에 떠오르곤 했다. 이윽고 혼란스러웠던 머릿속이 차츰 조금씩 맑아지기 시작해서 그날 오후 늦게 잠에서 깨고 하세가와 대령이 도착했을 무렵에는 그 사건과 관련하여 나를 괴롭히던 모든 일을 완전히 새로운 시선으로 볼 수 있게 되었다.

단정한 용모의 사십 대 남자인 하세가와 대령은 정중한 어조로 자신을 소개했다. "많이 나아지신 것을 보니 반갑습니다, 뱅크스 씨. 여기 있는 친구들이 선생을 잘 보살펴 준 모양이군요. 저는 선생을 영국 영사관까지 호위하라는 지시를 받고 왔습니다. 이제 출발해도 될까요?"

"사실은, 대령님." 나는 조심스럽게 자리에서 일어섰다. "저를 다른 곳으로 좀 데려다 주셨으면 좋겠는데요. 좀 급한 일이어서요. 정확한 주소는 모르지만 난징 거리에서 그리 멀지 않은 곳입니다. 어쩌면 대령도 아시는 곳일지 모릅니다. 축음기 레코드를 파는 상점입니다만."

"그렇게 간절하게 레코드를 사고 싶으신 건가요?"

나는 굳이 설명하고 싶지 않아서 그저 이렇게만 말했다. "되도록 빨리 그곳에 가는 일이 제게는 중요합니다."

"유감입니다만 선생, 저는 선생을 영국 영사관으로 모시고 가라는 지시를 받았습니다. 제가 그렇게 하지 않으면 꽤나 성가신 일이 생길 것 같군요."

나는 한숨을 쉬었다. "대령님 말씀이 맞겠네요. 어쨌든 지금 생각해 보니 아무래도 너무 늦은 것 같습니다."

대령은 자신의 손목시계를 보았다. "제가 보기에도 그렇습니다. 하지만 한 가지 제안을 하죠. 지금 바로 출발하면 가장 빠른 시간 안에 선생은 다시 음악을 들으시게 될 겁니다."

우리는 대령의 당번병이 운전하는 지붕 없는 군용차에 올랐다. 화창한 오후여서 차페이의 폐허에 햇살이 쏟아졌다. 우리는 천천히 나아갔는데, 파편은 대부분 도로 한옆으로 높다란 무더기를 이루며 치워져 있었지만 도로에 포탄 구멍이 나 있었기 때문이다. 이따금 파괴된 흔적이 거의 없는 거리를 지나기도 했지만, 모퉁이를 돌면 집 몇 채가 돌무더기로 변했거나 남은 전봇대가 엉킨 전선 사이에 이상한 각도로 서 있거나 했다. 한번은 이런 지역을 지나다가 평평한 폐허 저편 꽤 떨어진 거리의 소각로 두 곳에서 솟아오른 굴뚝을 보았다.

"영국은 경이로운 나라죠." 하세가와 대령이 말했다. "사람들이 침착하고 위엄이 있어요. 아름답고 푸른 들판도 있고 말입니다. 저는 여전히 그곳을 꿈에 그린답니다. 그리고 귀국의 문학도 대단하지요. 디킨스, 새커리 같은 작가들. 『폭풍의 언덕』 같은 걸작도 나왔지요. 저는 귀국의 디킨스를 특히 좋아한답니다."

"대령님, 화제를 바꿔서 미안합니다만, 어제 대령의 부하들이 저를 발견했을 때 함께 있던 사람이 있었습니다. 일본군 병사죠. 혹시 그 병사가 어떻게 됐는지 알고 계십니까?"

"그 병사가 어떻게 됐는지 저도 모릅니다."

"어디 가면 그를 다시 볼 수 있을까요?"

"그 병사와 다시 만나시고 싶다고요?" 대령은 정색을 하며 말했다. "뱅크스 씨, 그 병사의 일에 두 번 다시 관여하시지 말라고 충고

드리고 싶습니다.”

“대령님은 그 병사가 무슨 죄를 지었다고 보시는 겁니까?”

“죄라고요?” 그는 부드러운 미소를 지으며 지나치는 폐허를 바라보았다. “그 병사는 적군에게 정보를 넘긴 것이 거의 확실합니다. 그 병사는 포로로 잡혔다가 협상을 하고 풀려났을 가능성이 높습니다. 선생은 진술서에서 그 병사를 국민당 군의 전선 부근에서 발견했다고 하셨지요. 그것이야말로 비겁한 배신행위를 했다는 뜻입니다.”

그 말에 이의를 제기하려던 나는 대령과 입씨름을 벌이는 일이 아키라나 나에게 도움이 되지 않는다는 것을 깨달았다. 내가 한동안 입을 다물고 있자 대령이 말했다.

“지나치게 센치멘틀해지지 않는 게 현명합니다.”

이제까지는 꽤 유창하게 들렸던 그의 억양이 그 단어에서 더듬대면서, 센티멘털이 ‘센-치-멘-틀’이 되었다. 그 발음이 귀에 거슬린 나머지 나는 대답도 하지 않은 채 외면하고 말았다. 하지만 잠시 후 그가 동정하는 듯한 어조로 물었다.

“그 병사 말씀입니다만, 선생이 전에도 만난 적 있는 사람입니까?”

“그렇다고 생각했습니다. 그가 제 어린 시절 친구라고 말입니다. 하지만 이제는 그렇게 확신이 가지 않는군요. 많은 일이 제가 생각한 대로가 아니라는 걸 이제 겨우 깨닫고 있습니다.”

대령이 고개를 끄덕였다. “어린 시절은 지금 보면 아득히 먼 옛날처럼 여겨지기 마련입니다. 이 모든 것이……” 그러면서 대령이 차 밖을 가리켜 보였다. “너무나 고통스러운 일이지요. 일본에 궁녀이면서 시인인 사람이 있었는데, 오래전 어린 시절이 얼마나 슬픈가에 관한 시를 썼습니다. 그녀는 어린 시절이 우리가 자랐던 이국의 땅과 같은 것이라고 썼지요."

"글쎄요, 대령님, 제게는 어린 시절이 낯선 이국땅이라는 생각이 들지 않습니다. 많은 점에서 저는 지금까지 어린 시절 속에서 살아왔다고 할 수 있습니다. 지금에서야 막 어린 시절을 떠나는 여행을 시작했지요."

우리는 일본군 검문소를 통과해서 공동 조계의 북쪽 지역인 훙커우로 들어섰다. 그 지역에서도 전쟁을 준비하는 불안한 모습은 물론 전란의 흔적을 볼 수 있었다. 쌓아 올린 모래 자루와 병사를 가득 태운 트럭도 눈에 띄었다. 운하가 가까워졌을 때 대령이 말했다.

"뱅크스 씨, 선생처럼 저 역시 음악을 아주 좋아합니다. 베토벤, 멘델스존, 브람스를 특히 좋아하죠. 쇼팽도 그렇고요. 소나타 3번은 최고예요."

"대령님 같은 문화인이라면 이 모든 일이 유감스럽겠군요. 귀국이 중국을 침략해서 야기된 이 모든 살육 말입니다."

나는 그가 화를 낼 거라고 생각했으나 그는 그저 온화한 미소를 지으며 이렇게 대답했다.

"유감스러운 일이라는 말씀은 저도 동감입니다. 그러나 일본이 귀국처럼 위대한 국가가 되려면 필요한 일입니다, 뱅크스 씨. 예전에 영국이 그랬듯이 말입니다."

우리는 한동안 침묵을 지켰다. 이윽고 그가 말했다.

"어제 차페이에서 언짢은 광경을 목격하셨지요?"

"예, 당연히 그랬지요."

갑자기 그가 이상한 웃음소리를 내서 나는 깜짝 놀랐다. "뱅크스 씨, 선생은 언짢은 일이 아직 얼마나 더 남았는지 모르실 겁니다."

"귀국이 중국 침략을 계속한다면 분명히……."

"죄송합니다만, 선생." 그는 이제 생기가 도는 어조로 말했다. "저는 비단 중국을 얘기하는 게 아닙니다. 온 세상 말씀입니다, 뱅크스 씨. 조만간 온 세상이 전쟁에 참여하게 될 겁니다. 선생이 차페이에서 목격하신 것은 이제 곧 세상이 목격하게 될 일에 비하면 조그만 먼지 한 톨에 불과한 겁니다!" 그는 의기양양한 어조로 이렇게 말했지만, 곧 서글픈 얼굴로 고개를 저었다. "무서운 일입니다." 그가 나직하게 말했다. "무서운 일이 될 겁니다. 선생은 짐작도 못 하실 겁니다."

영국 대사관으로 돌아온 후 처음 몇 시간 동안의 일은 선명히 기억나지 않는다. 그러나 일본군 군용차에 실려 다소 초라한 행색으로 영국 영사관 마당에 도착한 나는 염려하던 공동체의 사기에 아무런 보탬도 되지 못했을 것임에 분명하다. 우리를 맞으러 뛰어나오던 영사관 직원들과, 내가 건물 안으로 인도를 받아 들어서자 층계를 황급히 내려오던 총영사의 표정이 어렴풋이 기억난다. 총영사가 나를 보고 처음 한 말이 무엇이었는지는 기억에 없지만, 내가 인사말도 채 꺼내기 전에 그에게 한 말은 기억하고 있다.

"조지 영사님, 맥도널드 씨를 바로 좀 만나게 해 주십시오."

"맥도널드? 존 맥도널드 말씀인가요? 어째서 그 사람과 얘기를 하시려는 거죠? 지금 선생께 필요한 것은 휴식입니다. 의사에게 진찰을 받게 해 드리겠어요."

"제가 좀 지쳐 보인다는 점은 인정합니다. 걱정 마십시오. 이제 곧 기운을 차릴 테니까요. 하지만 부탁입니다. 맥도널드 씨를 좀 만

나도록 해 주세요. 아주 중요한 일입니다."

영사관의 귀빈실로 안내를 받은 나는 많은 사람들이 노크를 해 대는데도 면도를 하고 뜨거운 물로 목욕을 했다. 나를 찾아온 사람 가운데는 뚱한 얼굴을 한 스코틀랜드인 의사도 있었는데, 그는 꼬박 반 시간 동안 나를 진찰하더니 내가 심각한 상해를 감추고 있다고 여기는 듯했다. 그밖에 다른 사람들도 찾아와 내 상태와 관련한 이 런저런 질문을 했다. 나는 성급한 태도로 최소한 세 사람을 맥도널 드에 관해 문의하도록 보냈다. 하지만 그가 어디 있는지 아직 확인 되지 않았다는 애매모호한 답변만 들었을 뿐이다. 그러다 저녁이 되 자 극도의 피로감 때문인지 아니면 의사가 먹인 약 때문인지 나는 깊은 잠에 빠지고 말았다.

내가 깨어난 것은 이튿날 아침이 환하게 밝았을 때였다. 나는 방 까지 가져다준 음식으로 아침 식사를 하고, 자는 동안 캐세이 호텔 에서 가져다놓은 새 옷으로 갈아입었다. 그러고 나자 한결 기운이 난 나는 즉각 나가서 직접 맥도널드를 찾아보기로 마음먹었다.

나는 맥도널드의 방으로 가는 길을 안다고 생각했으나 영사관 건 물 내부가 미로 같아서 만나는 사람마다 수없이 방향을 물어봐야 했다. 내가 그렇게 길을 제대로 찾지 못한 채 층계를 내려가고 있을 때 아래쪽 층계참에 서 있는 세실 메더스트 경의 모습이 눈에 들어 왔다.

아침 햇살이 높다란 창을 통해 들어와 그의 주위에 있는 회색 돌 바닥을 널찍하게 비추었다. 층계참에 다른 사람은 없었으며 세실 경 은 허리를 조금 수그린 자세로 양손을 등 뒤에 깍지 긴 채 영사관 마당을 내려다보고 있었다. 나는 층계 위로 도로 올라가고 싶은 충동을 느꼈으나 그곳은 건물 안에서도 조용한 곳이어서 내 발소리를 들은 그가 언제라도 고개를 들 가능성이 있었다. 그래서 나는 걸음을 계속해 계단을 내려갔다. 내가 다가가자 그는 내가 오는 것을 내내 알고 있었던 듯 몸을 돌렸다.

"어이, 친구. 자네가 돌아왔다는 소식은 들었네. 그런데 말이지, 자네가 사라졌을 때는 조금 당황했다네. 이제 몸은 좀 나아졌나?"

"네, 이제 괜찮습니다. 고맙습니다. 다만 이쪽 발이 좀 거북하군요. 신던 구두에 발이 들어가지 않을 것 같네요."

햇살이 비친 그의 얼굴은 늙고 지쳐 보였다. 그는 다시 창 쪽으로 돌아서서 밖을 내다보았다. 나도 그의 곁으로 가서 똑같이 밖을 내다보았다. 눈 아래에서 세 명의 시크 족[21] 경찰들이 분주한 걸음으로 잔디밭을 오가며 모래 주머니를 쌓고 있었다.

"그녀가 떠났다는 소식은 들었나?" 세실 경이 물었다.

"예."

"당연한 일이지만 똑같은 시기에 자네도 사라지자 나는 비약해서 결론을 내릴 수밖에 없었네. 다른 몇몇 사람도 그랬을 걸세. 그 때문에 오늘 아침 내가 이렇게 온 걸세. 자네에게 사과를 하려고 말이야. 하지만 자네가 자고 있다더군. 그래서 그저…… 여기서 기다리고 있었던 걸세."

"사과하실 필요 없습니다, 세실 경."

"아니, 그럴 필요가 있다네. 나는 그날 밤 여기저기 돌아다니며

---

21) 인도의 한 부족. 영국은 이들을 '최강의 전투 종족'으로 평하며 영국 병사로 대거 영입했다.

떠들어 댔던 것 같네. 알다시피 비약해서 결론을 내렸으니까. 물론 이제는 모두들 내가 웃음거리가 됐다는 사실을 알지만 말이야. 하지만 그렇더라도 찾아와서 해명하는 편이 낫겠다고 여겼네."

잔디밭 아래쪽에 중국인 노무자 한 사람이 더 많은 모래 주머니가 담긴 외바퀴 수레를 끌고 도착했다. 시크족 경찰들이 모래 주머니를 내리기 시작했다.

"그녀가 혹시 편지라도 남겼나요?" 내가 무관심한 어조를 꾸며 물어보았다.

"아니. 하지만 오늘 아침 전보 한 통을 받았네. 그녀는 지금 마카오에 있네. 안전하며 잘 있다고 하더군. 자기 혼자 있으며 조만간 편지를 쓰겠노라고 했네." 그러더니 그는 돌아서면서 내 팔꿈치를 잡았다. "뱅크스, 자네도 그녀를 그리워할 거라는 걸 나는 아네. 어떤 면에서는 그녀가 자네와 함께 가 버렸다면 차라리 더 나았을 것 같네. 그녀는…… 그녀는 자네를 꽤나 좋게 생각했으니까."

"그랬다면 엄청난 충격이었을 텐데요." 달리 할 말이 없었던 나는 그렇게 대답했다.

세실 경은 몸을 돌리고 한동안 경찰들을 멍하니 바라보고 있었다. 이윽고 그가 말했다. "솔직히 말해서 사실은 그렇지 않았네. 전혀 충격적이지 않았어." 그런 다음 이렇게 말을 이었다. "나는 늘 사랑을 찾아 떠나야 한다고 그녀에게 말했네. 알다시피 진정한 사랑 말일세. 그녀에게 그럴 만한 가치가 있다고 생각지 않나? 그녀는 그래서 떠난 거라네. 진정한 사랑을 찾아서 말이야. 아마 그녀는 사랑을 찾을 걸세. 저기, 남중국해에서 말일세. 누가 알겠나? 어느 항구나 호텔에서 어떤 여행자와 만나게 될지 누가 알겠냐고? 그녀가 낭만주의자라는 거 아나? 나는 그녀를 보내 줘야 했어." 이제 그의 눈에는 눈물이 그렁거렸다.

"이제 어떻게 하실 겁니까, 세실 경?" 내가 부드럽게 물어보았다.

"내가 뭘 할 거냐고? 그걸 누가 알겠나? 아마 귀국하겠지. 그게 내가 할 일일 것 같네. 귀국 말일세. 이곳에 있는 얼마간의 부채를 갚는 대로."

조금 전부터 등 뒤에서 계단을 내려오는 발소리가 들려왔는데, 그 소리가 점점 느려지다가 이윽고 멎었다. 우리 둘 다 그쪽으로 몸을 돌렸다. 발소리의 주인이 시의회 의원인 그레이슨이라는 것을 알고 나는 좀 실망했다.

"안녕하십니까, 뱅크스 씨. 안녕하십니까, 세실 경. 뱅크스 씨, 이렇게 무사히 돌아오셔서 우리 모두 기뻐하고 있답니다."

"고맙습니다, 그레이슨 씨." 그리고 그가 그곳 층계 아래에 서서 바보처럼 웃으며 무어라 말하려고 할 때 내가 다시 덧붙여 말했다. "제시필드 공원의 행사 준비는 만족스럽게 진행되고 있으리라 믿습니다만."

"아, 그럼요, 그럼요." 그러면서 그는 애매모호하게 웃었다. "하지만 뱅크스 씨, 이렇게 선생을 찾아온 것은 선생께서 맥도널드 씨와 이야기를 하고 싶어 하신다는 말을 들었기 때문입니다."

"그래요. 사실 전 이제 막 그 사람을 찾으러 나온 참입니다."

"아, 그분은 지금 방에 안 계실 겁니다. 저를 따라오시면 지금 그분께 모셔다 드리죠."

눈물을 보이지 않으려고 창 쪽으로 돌아서 있던 세실 경의 어깨를 가볍게 한 번 잡아 준 다음 나는 걸음을 서둘러 그레이슨의 뒤를 따랐다.

그는 나를 데리고 그 건물에서 사용되지 않는 구역을 지나갔다. 그러자 사무실들이 늘어선 복도가 나왔다. 누군가 전화하는 소리가 들려왔다. 그중 한 방에서 나온 남자가 그레이슨에게 고개를 끄덕여 보였다. 그레이슨이 다른 방의 문을 열고는 나에게 먼저 들어가라는 손짓을 했다.

나는 커다란 책상 하나가 자리를 거의 다 차지한, 작지만 설비가 잘 된 사무실로 들어섰다. 방 안에 아무도 없는 것을 보고 내가 문 가에서 걸음을 멈췄으나, 그레이슨은 어서 들어가라고 나를 팔꿈치로 찌르면서 문을 닫았다.

"그레이슨 씨, 제겐 이런 어리석은 장난을 할 시간이 없어요."

"죄송합니다. 저는 선생이 맥도널드 씨를 만나고 싶어 한다는 것을 알고 있습니다. 하지만 알다시피 맥도널드 씨의 전문 분야는 의전입니다. 그 사람은 자신의 일을 아주 잘 수행하고 있지만 사실 그 사람의 업무 영역은 거기까지입니다."

나는 짜증 섞인 한숨을 내쉬었으나, 미처 뭐라고 할 사이도 없이 그레이슨이 말을 이었다.

"아시다시피 선생이 맥도널드 씨를 만나고 싶다고 했을 때 저는 선생이 저를 만나고 싶은 거라고 생각했지요. 저야말로 선생이 대화해야 할 상대니까요."

다음 순간 나는 그레이슨에게서 이제까지와는 뭔가 다른 점을 알아차렸다. 알랑거리던 태도가 자취를 감추고 책상 너머에서 안정된 시선으로 그가 나를 주시하고 있었다. 내 얼굴에서 납득하는 기미를 알아본 그는 한 번 더 의자를 가리켜보였다.

"편히 앉으세요, 선생. 그리고 선생이 이곳에 오신 이후 선생을 쫓아다니며 성가시게 굴었던 점에 대해 사과드립니다. 하지만 저로서는 선생께서 다른 권력자들과 번거롭게 소동을 벌이지 않는지 확인해야 했답니다. 어디 봅시다, 선생이 '노란 뱀'과 만나고 싶어 하시는 건 알고 있습니다만."

"그래요, 그레이슨 씨. 선생께서 그런 일을 주선해 주실 수는 없으신지요."

"공교롭게도 선생이 떠나 계신 동안 마침내 전갈을 받았답니다. 모든 이해 당사자들이 이제 선생의 요청을 수락하기로 한 모양입니다." 그러더니 그는 상체를 앞으로 기울이며 말했다. "자, 뱅크스 씨. 그를 만날 준비가 되셨습니까?"

"그래요, 그레이슨 씨. 마침내 준비가 된 것 같습니다."

이렇게 해서 어젯밤 11시 직후 나는 차를 타고 중국 비밀경찰국에서 나온 두 명과 함께 프랑스 구역의 우아한 주택 지구를 지났다. 우리는 가로수가 늘어선 큰길을 따라 내려가 커다란 저택들을 지났는데, 저택들 일부는 높은 담장과 울타리 뒤에 완전히 가려서 보이지 않았다. 이윽고 차는, 긴 옷과 중국 전통모를 쓴 자들이 삼엄하게 경비를 선 문들을 지나 자갈이 깔린 마당에 멈추었다.

집 안에 들어서자 희미하게 전등이 켜 있고, 어둑한 구석마다 또 다른 경비원들이 몸을 감춘 채 서 있었다. 호위하는 사람들을 따라 중앙 계단을 올라가면서 보니 그 저택은 최근까지 부유한 유럽인 소유였는데, 이제는 어떤 이유에서인지 중국 당국의 손에 넘어간 것 같았다. 벽에는 서구 및 중국의 진귀한 작품 바로 옆에 조잡한 공지

문과 일정표가 붙어 있었다.

실내 장식으로 미루어 보니 내가 안내받은 2층의 그 방은 최근까지 당구대가 있던 곳이었다. 나는 기다리는 동안 방 안을 서성거렸다. 이십 분쯤 지나자 안뜰에 차 여러 대가 도착하는 소리가 들렸으나 창밖을 내다보니 그 창들은 저택 측면의 정원으로 나 있어서 정면은 전혀 보이지 않았다.

마침내 나를 데리러 사람이 온 것은 그로부터 다시 삼십 분쯤 지나서였다. 나는 호위를 받으며 다시 층계를 하나 더 올라간 다음 더 많은 경비원이 지키고 있는 복도를 지났다. 그곳에서 나를 호위하는 자들이 걸음을 멈추더니 그 가운데 한 명이 우리 앞 몇 미터쯤 떨어진 곳에 있는 문을 가리켰다. 그 마지막 여정은 나 혼자였다. 내가 들어선 곳은 커다란 서재처럼 보이는 방이었다. 발밑에는 두꺼운 양탄자가 깔려 있고 벽면 거의 전체가 책으로 덮여 있었다. 맨 안쪽, 무거운 휘장이 쳐진 퇴창 근처에 양쪽으로 의자가 하나씩 놓인 책상이 있었다. 책상에 놓인 독서 등이 따스한 불빛 웅덩이를 만들었으나, 방 안의 다른 곳은 어둡게 그늘져 있었다. 내가 주위를 둘러보며 서 있는 동안 책상 뒤편에서 누군가 일어서더니 조심스럽게 책상을 돌아와 방금 자신이 앉았던 의자를 가리켜 보였다.

"자리에 앉지 그러니, 퍼핀?" 필립 삼촌이 말했다. "기억나니? 너는 언제나 내 책상 앞 의자에 앉는 걸 좋아했잖아."

22

그를 보게 되리라는 예상을 하고 있지 않았더라면, 나는 틀림없이 필립 삼촌을 알아보지 못했을 것이다. 세월이 흐르는 동안 그는 체중이 불어서 뚱뚱하다고는 할 수 없어도 목이 굵어지고 볼이 늘어져 있었다. 머리숱도 줄고 하얗게 세어 있었다. 그러나 두 눈에는 여전히 내가 기억하는 유머와 침착함이 담겨 있었다.

나는 그를 향해 다가가면서 미소를 짓지도 않았고, 그가 권한 책상 앞 의자로 가지도 않았다. "여기 앉겠어요." 그 맞은편 의자 옆에서 걸음을 멈추고 내가 말했다.

필립 삼촌은 어깨를 으쓱해 보였다. "뭐, 어쨌든 내 책상도 아니니까. 사실 전에는 이 집에 와 본 적도 없다. 네가 아는 집이니?"

"저 역시 처음 오는 곳이에요. 자리에 앉을까요?"

자리에 앉자 책상 위 스탠드 불빛으로 우리는 처음으로 서로의 얼굴을 또렷하게 볼 수 있었다. 우리는 조심스럽게 상대방의 얼굴을 살펴보며 잠시 시간을 흘려보냈다.

"너는 그다지 변하지 않았구나, 퍼핀. 지금 네 모습에서 어렸을 때의 모습을 알아보기가 어렵지 않아." 그가 말했다.

"저를 그렇게 부르지 않았으면 좋겠군요."

"미안하다. 좀 무례한 느낌이 든다는 건 나도 인정한다. 그러니까 우리가 이렇게 만난 걸 보면, 결국 너는 나를 추적하는 데 성공한 셈이군. 지금까지 나는 계속 너를 만나기를 거부해 왔어. 하지만 결국 나 역시 너를 다시 보고 싶다는 생각이 들기 시작했어. 한두 가지 네게 해명할 것도 있는 것 같고. 그렇지만 네가 나를 어떻게 생각했는지는 잘 모르겠다. 친구가 아니면 적, 그런 걸 테지. 하지만 요즘에는 그 면에서 사람들 대부분을 어떻게 생각해야 좋을지 알 수가 없구나. 사람들이 내게 만약의 경우에 대비해서 이걸 갖고 있으라고 했다는 거 아니?" 그러면서 그는 조그만 은색 권총을 꺼내 불빛에 들어 보였다. "믿을 수 있겠니? 그들은 네가 나를 공격하려 들지도 모른다고 생각한 거야."

"어쨌든 권총을 갖고 오긴 하셨군요."

"이런, 하지만 난 어디를 가든 권총을 갖고 다닌단다. 요즘은 너무나 많은 사람이 나를 해치고 싶어 하니까. 정말이지 이건 너 때문에 갖고 온 게 아냐. 저 밖에 서 있는 자들 중 하나가 여기로 뛰어들어와 나를 찔러 죽이는 대가로 뇌물을 받았을지도 몰라. 누가 그걸 알겠니? 내게는 그게 살아가는 방식이 된 것 같다. 이 '노란 뱀'이니 하는 웃기는 얘기가 시작된 이후로 말이야."

"그래요, 당신은 배신을 밥 먹듯 하는 것 같더군요."

"그건 좀 가혹한 말이구나. 내가 생각하는 바로 그것을 지금 암시하는 거라면 말이다. 공산주의자들과 관련해서라면, 그래, 나는 배신자가 되었다. 그 경우에도 내 의도로 그렇게 된 건 결코 아니었어. 어느 날 장제스의 부하들이 나를 붙잡아 고문하겠다고 위협했지. 내가 그걸 그렇게 크게 생각하지 않았다는 것, 대수롭지 않게 생각했다는 건 인정한다. 하지만 결국 그들은 훨씬 더 영리한 짓을 했어. 그들은 나한테 속임수를 써서 나로 하여금 동지 하나를 배신하도록 만들었지. 그러자 알다시피 그것으로 끝이었지. 너도 보았겠지만 내 예전 동지들만큼 잔인하게 변절자를 처벌하는 사람들은 없으니까 말이다. 살기 위해서는 다른 수가 없었어. 나는 동지들로부터 나를 지키기 위해 장제스 정부에게 의지하지 않을 수 없었단다."

"제가 조사한 바에 따르면 당신 때문에 많은 사람들이 목숨을 잃었어요. 당신이 배신한 사람들만이 아니에요. 일 년 전에 당신은 공산주의자들로 하여금 '노란 뱀'이 다른 사람이라고 믿도록 방치했어요. 1차 보복의 와중에서 세 아이를 포함한 그 사람 가족 대부분이 살해됐어요."

"나는 내가 대단하다고는 생각지 않는다. 나는 겁쟁이고 오래전부터 그 사실을 알고 있었지. 그렇다고 해서 홍군의 잔인성에 대해 내게 책임을 물을 수는 없어. 그들은 어느 모로 보나 장제스만큼이나 흉악해. 내겐 그들에 대한 존중 같은 건 남아 있지 않아. 하지만 네가 나와 이런 얘기를 하려고 여기까지 오지는 않았을 텐데."

"그래요."

"그럼, 퍼핀. 이런, 미안하다. 크리스토퍼. 그럼 무슨 말을 해 줄까? 무슨 얘기부터 시작하면 되겠니?"

"제 부모님이요. 그분들이 지금 어디 계시죠?"

"네 아버지는 돌아가셨다. 벌써 오래전 일이지. 유감이다."

나는 그 말에 아무 대답도 하지 않고 그다음 말을 기다렸다. 이윽고 그가 말했다.

"그런데 크리스토퍼, 네 아버지에게 어떤 일이 일어났을 거라고 생각하니?"

"제가 무슨 생각을 하느냐는 당신과 상관이 없는 일이에요. 전 당신 얘기를 들으려고 온 거예요."

"좋아. 하지만 나는 네가 혼자 어떤 답을 찾아냈을지 궁금해. 어쨌든 너는 그런 방면에서는 명성이 상당하니까."

나는 그 말에 짜증이 났으나, 그가 자기 방식대로가 아니면 대화를 진척시키지 않을 거라는 생각이 들었다. 그래서 결국 말했다. "제 추측은 그 당시 아편 무역의 수익금과 관련하여 아버지께서 고용주들에 용감하게 맞섰다는 겁니다. 그럼으로써 아버지는 막대한 이익과 배치되는 존재가 되었고 그 결과 제거되신 것 같습니다."

필립 삼촌이 고개를 끄덕였다. "네가 그렇게 여겼을 거라고 짐작했다. 네 어머니와 나는 네가 어떻게 생각하도록 할 것인지 신중히 의논했어. 그리고 어느 정도는 네가 방금 말한 대로다. 결국 우리는 성공한 셈이지. 그런데 진실은 말이다, 퍼핀, 그보다 훨씬 진부하단다. 네 아버지는 어느 날 정부와 함께 달아났어. 그는 엘리자베스 콘월리스라는 여자와 일 년간 홍콩에서 함께 살았다. 하지만 너도 알다시피 홍콩은 몹시 답답한 데다 영국령이지. 그들은 추문의 주인공이 되었고 결국은 말라카인가 그 비슷한 곳으로 도망칠 수밖에 없었어. 그러다 네 아버지는 장티푸스에 걸려 싱가포르에서 돌아가셨단다. 너를 떠난 지 이 년째 되는 해에 말이다. 유감이구나, 얘야. 이 모든 얘기를 듣는 것은 힘든 일이지. 각오를 단단히 하렴. 오늘 밤이

가기 전에 네게 들려줄 이야기가 무척 많으니까."

"당신 말은 어머니도 그 사실을 알고 있었다는 겁니까? 줄곧?"

"그래, 처음에는 아니었지. 꼬박 한 달 정도는 몰랐어. 네 아버지가 자신의 자취를 상당히 잘 숨겨 놓았거든. 네 어머니가 사실을 알게 된 것은 네 아버지가 편지로 알려 주었기 때문이었다. 진실을 아는 사람은 네 어머니와 나뿐이었다."

"하지만 그 형사들은요? 대체 어떻게 형사들이 아버지가 한 일을 알아내지 못했던 거죠?"

"형사라고?" 필립 삼촌이 소리 내어 웃었다. "보수도 못 받고 과로에 시달리는 그 경찰들 말이냐? 그들은 난징 거리에서 코끼리가 없어졌다고 해도 못 찾았을 거다." 그러고도 내가 잠자코 있자 삼촌이 다시 말했다. "결국은 네 어머니도 네게 말해 줄 생각이었을 거야. 하지만 우리는 너를 보호해 주고 싶었지. 그래서 우리는 너로 하여금 네가 지금 알고 있는 것처럼 믿게 한 거야."

나는 책상 위 스탠드에 너무 바싹 붙어 앉은 것이 불편해지기 시작했으나 의자 등받이가 수직이어서 몸을 뒤로 젖혀 앉을 수가 없었다. 내가 계속 입을 다물고 있자 필립 삼촌이 말을 이었다.

"네 아버지 입장에서 말하게 해 주렴. 그건 그에게도 힘든 일이었을 거야. 그는 언제나 네 어머니를 사랑했지. 꽤 깊이 말이다. 나는 네 아버지가 마지막 순간까지 네 어머니를 사랑했다고 확신한다. 그런데 어떤 면에서는 말이다, 퍼핀, 그게 문제란다. 그는 네 어머니를 너무나 사랑해서 그녀를 이상화했어. 그리고 자신이 생각하는 그녀의 수준에 다가가기 위해 애썼지. 그게 그에게는 너무 힘들었어. 그는 노력했어. 아, 그래, 무진 애를 썼지. 그리고 그 때문에 거의 부서질 지경이었어. 네 아버지는 이렇게 말했을 수도 있어. '이것 봐, 나는 이 정도까지밖에 못해. 이게 전부야. 이게 나라고.' 하지만 네 아버지는 네 어머니를 숭배했어. 그녀에게 어울리는 존재가 되기를 절박하게 원했지. 그러다가 자신이 그런 존재가 못 된다는 걸 깨닫자 그냥 떠나 버린 거지. 자기가 어떤 사람이든 개의치 않는 누군가와 말이야. 내 생각에 네 아버지는 그저 쉬고 싶었던 것 같아. 오랜 세월 너무나 애를 써서 그저 좀 쉬고 싶었을 거야. 네 아버지를 너무 나쁘게 생각지 말거라, 퍼핀. 나는 네 아버지가 너나 네 어머니를 줄곧 사랑했다고 믿는다."

"그러면 어머니는요? 어머니는 어떻게 되신 겁니까?"

필립 삼촌은 팔꿈치를 괴고 몸을 앞으로 숙인 채 고개를 한쪽으로 살짝 기울였다. "네가 네 어머니에 대해 아는 것은 뭐지?"

그가 조금 전까지 그의 음성에 애써 담으려 했던 경쾌함이 완전히 사라져 버렸다. 이제 그는 자기혐오에 시달리는, 무언가에 홀린 노인처럼 보였다. 그는 고개를 기울이고 있었음에도 그 자세 그대로 나를 주의 깊게 응시하고 있었다. 책상 스탠드의 노란 불빛에 하얗게 센 그의 코털이 보였다. 아래층 어디에선가 축음기에서 중국 군악이 흘러나왔다.

"너를 괴롭히고 싶지 않다." 내가 아무 말도 하지 않자 그가 다시 말했다. "그 문제에 대해서는 꼭 필요한 것 이상으로 얘기하는 게 나 자신에게도 고통스럽구나. 자, 이제까지 넌 그것에 대해 얼마나 많이 알아냈니?"

"저는 최근까지 내 부모님이 차페이에 억류되어 계시다고 생각했어요. 이제 아셨겠지만, 그렇게 똑똑하질 못했던 거죠."

나는 그의 말을 기다렸다. 그는 한동안 그 이상한 자세 그대로 있다가 등을 뒤로 기대더니 말했다.

"너는 이 일을 기억하지 못할 거야. 하지만 네 아버지가 떠난 직후 나는 네 어머니를 만나러 네 집에 갔어. 그리고 바로 그날 또 다른 사람이 그곳에 왔어. 중국 신사였지."

"군벌인 왕 쿠 말이군요."

"이런, 그럼 넌 그렇게 잘못 짚은 건 아닌데."

"그 사람의 이름을 알아냈죠. 하지만 그 뒤로는 엉뚱한 실마리를 좇느라 바빴던 것 같아요."

삼촌은 한숨을 지으면서 귀를 쫑긋 세웠다. "들어 봐. 국민당 찬가란다. 저들이 나를 놀리려고 틀어 놓는 거야. 나를 어디로 데려가든 이런 식이지. 우연의 일치라고 보기에는 너무 자주 일어나는 일이야." 내가 아무 말도 하지 않자 그는 자리에서 일어나더니 어둠에 잠긴 묵직한 커튼을 향해 다가갔다.

이윽고 그가 말했다. "네 어머니는 우리 캠페인에 헌신적인 노력을 기울였어. 중국으로 들어오는 아편 무역을 막으려는 캠페인 말이다. 네 아버지 회사를 포함한 많은 유럽 회사가 인도산 아편을 중국으로 들여옴으로써 막대한 이익을 챙기는 동시에 수백만 중국인을 속절없이 중독자로 만들고 있었지. 그 당시 나는 그 캠페인의 핵심부에 속했어. 오랫동안 우리가 쓴 전략은 좀 순진했지. 우리는 이들 회사들이 스스로 부끄러움을 느끼고 아편에서 나오는 수익을 단념하게 만들 수 있으리라고 생각했어. 우리는 그들에게 서한을 보내 아편이 중국인들에게 야기한 파괴 행위의 증거를 제시했지. 그래, 네가 웃을지 몰라도 우리는 정말 순진하기 짝이 없었단다. 상대가 우리처럼 기독교인인 줄 알았거든. 결국 우리는 우리가 하는 캠페인이 전혀 성과가 없다는 사실을 알게 됐어. 우리는 그들이 아편으로 인한 수익에 몹시 집착할 뿐 아니라 실제로 중국인을 쓸모없는 국민으로 만들고 싶어 한다는 사실을 알게 됐지. 그들은 중국인들을 혼란에 빠뜨리고 아편 중독에 빠지게 해서 자체적인 통치가 불가능한 상황으로 만들고 싶어 했어. 그렇게 되면 중국을 사실상 식민지처럼 운영하면서도 통상적인 책무를 지지 않아도 되었으니까. 그래서 우리는 전략을 수정했어. 시간이 흐르면서 우리 전략은 꽤 정교해졌지. 지금도 마찬가지지만 그 시절 그들은 아편 선적물을 양쯔 강으로 운반했단다. 배들은 아편을 싣고 도둑들이 출몰하는 지방을 지나 상류로 올라가야 했지. 제대로 된 보호가 없다면, 그 선적물은 양쯔 강 협곡을 넘기 전에 대부분 약탈당할 형편이었어. 그래서 모건브룩 앤드 바이어트라든가 자딘 매시선 같은 회사들은 모두 아편이 지나가는 지역의 군벌들과 협상을 했어. 그 군벌들이란 사실 도둑을 미화한 존재에 불과했지만 그들이 가진 군대가 선적물이 무사히 통과하게 보호해 주었지. 여기에 우리의 새 전략이 개입한 거야. 우리는 더 이상 이들 회사에게 탄원하지 않았어. 그 대신 군사령관들에게 탄원했지. 그들의 민족적 자부심에 호소했던 거야. 우리는 아편 무역의 수익성이 이제 끝장났다는 것, 중국이 독자적인 운명을 결정하고 자치권을 획득하는 데 있어 가장 큰 장애물 하나를 뒤엎는 것이 바로 그들의 손에 달려 있다고 지적했어. 물론 그중에는 외국 회사에서 받는 보상금에 혈안이 된 자들도 있었지. 하지만 우리는 그중 일부로 하여금 마음을 바꾸도록 만드는 데 성공했어. 당시 왕 쿠는 이런 산적이나 다름없는 군벌들 가운데서 세력이 큰 축에

속했지. 그의 영역은 후난 북쪽 수백 제곱킬로미터에 걸쳐 있었어. 그는 아주 잔인한 작자였지만 공포와 존경의 대상이어서 무역회사들에게는 더할 나위 없이 소중한 존재였지. 그런데 이제 왕 쿠가 우리 운동의 대의에 공감하게 된 거야. 그는 상류 사회 생활을 좋아해서 이따금씩 상하이로 나오곤 했는데, 이때를 이용해서 우리가 그를 설복할 수 있었지. 퍼핀, 너 괜찮니?"

"네, 괜찮아요. 듣고 있습니다."

"이제 그만 가 보는 게 좋을지도 몰라, 퍼핀. 내가 이제부터 할 이야기를 굳이 들을 필요는 없어."

"말씀하세요. 듣고 있습니다."

"그래, 좋아. 네가 참을 수만 있다면 이 이야기를 들어 두는 게 좋을 것 같다. 왜냐하면…… 어쨌든 너는 네 어머니를 찾아야 하니까 말이다. 아직 어머니를 찾을 기회는 있어."

"어머니가 살아 계시다는 건가요?"

"그렇지 않다고 생각할 이유가 없단다."

"그러면 말씀하세요. 하던 말씀을 계속하세요."

삼촌은 책상 쪽으로 돌아오더니 다시 내 앞에 놓인 의자에 앉았다. "왕 쿠가 너희 집에 왔던 그날 말이다. 네가 그날을 기억하고 있다니 마침 잘됐구나. 그것이 중요한 날이라고 본 네 생각은 정확하다. 네 어머니가, 왕 쿠의 동기가 순수하지 않다는 사실을 알게 된 날이니까. 간단히 말해서 그는 자신이 아편 선적을 탈취할 계획을 갖고 있었어. 물론 그는 서너 개의 다른 집단을 거치도록 복잡한 준비를 해 두었지. 그야말로 중국인답게 말이야. 하지만 결국은, 그게 그거인 셈이야. 우리들 대부분은 이미 그 사실을 알았지만 네 어머니는 몰랐어. 우리가 그녀에게 이 일을 알리지 않은 것은, 아마 바보 같은 짓이었을 테지만, 그녀가 그런 일을 용납하지 않을 것임을 알고 있었기 때문이었지. 우리들 나머지는 물론 양심의 가책을 느끼기는 했지만 그래도 왕과 손잡고 일하기로 결정했어. 그래, 그는 무역 회사들이 아편을 팔던 바로 그 사람들에게 자신이 아편을 팔려고 했던 거야. 하지만 중요한 것은 수입을 중단시키는 것이었거든. 아편 무역 자체를 수익성 없는 사업으로 만드는 것이 목표였으니까. 그런데 불행하게도 왕 쿠가 너희 집에 간 그날 그가 무슨 말인가를 했는데, 네 어머니는 그제야 비로소 그와 우리의 관계의 실상을 깨달았던 거야. 내 짐작에 그녀는 바보가 된 기분이었을 거야. 어쩌면 그녀는 내내 그 사실을 의심했으나 조사하고 싶지 않았을지도 모르지. 그녀는 왕에게 화가 났던 것만큼이나 자기 자신과 내게 화가 났어. 어쨌든 그녀는 분통을 터뜨렸고 실제로 그를 때리기까지 했어. 아주 살짝이지만 어쨌든 그녀의 손이 그의 뺨을 건드렸지. 그리고 그의 면전에서 할 말을 모두 쏟아 냈어. 나는 그때 호된 대가를 치르게 되리라는 걸 알았지. 나는 곧바로 사태를 수습하려고 해 보았어. 그에게 네 아버지가 떠났다는 것, 그래서 네 어머니가 극도로 혼란스러운 상태라고 설명했어. 그가 떠날 때 이 모든 이야기를 그에게 해 주려고 애썼지. 그는 미소를 지으며 걱정할 것 없다고 했지만, 나는 걱정이 됐어. 당연히 걱정이 되었지. 나는 네 어머니가 한 짓이 그렇게 간단히 없었던 일이 될 수 없음을 알았어. 그저 우리 계획에 더 이상 끼지 않기로 한 것이 왕이 보인 반응의 전부였다면 나는 마음을 놓았을 거야. 그러나 그는 아편을 원했어. 벌써 꽤 많은 준비도 해 놓은 상태였고 말이야. 게다가 외국 여자에게 모욕을 당한 그는 사태를 바로잡고 싶어 했어."

그렇게 스탠드 불빛 속에서 삼촌 쪽으로 몸을 기울이고 있으려 니까 내 등 뒤의 어둠이 점점 더 커져서 이제 거대한 암흑의 공간이 그곳에서 입을 벌리고 있는 것 같은 이상한 느낌이 엄습해 왔다. 필 립 삼촌은 말을 끊고 손바닥으로 이마의 땀을 닦아 냈다. 그러더니 이제 다시 나를 뚫어져라 바라보면서 말을 이었다.

"나는 그날 메트로폴 호텔로 왕 쿠를 만나러 갔지. 나는 어김없이 닥쳐올 재앙을 어떻게든 막아 보려고 최선을 다했어. 하지만 소용 없었단다. 그날 오후 그가 내게 말한 것은, 네 어머니로 인해 분노했 다는 이야기가 전혀 아니었어. 그는 네 어머니의 '기(氣)'가 몹시 매 력적으로 느껴졌다고 했어. 바로 그 '기'라는 단어를 썼단다. 어찌 나 매력적이었던지 네 어머니를 후난으로 데려가 첩으로 삼고 싶다 는 거야. 그는 야생 암말을 길들이는 것처럼 네 어머니도 '길들이겠 다'고 했어. 이제는 너도 이해하겠지만, 퍼핀, 당시 상하이에서든 다 른 지역에서든 중국에서 왕 쿠 같은 사내가 그렇게 하겠다고 마음 먹으면 그를 제지할 수 있는 사람은 거의 없었단다. 넌 그걸 이해해 야 해. 경찰이나 다른 누구에게 네 어머니를 보호해 달라고 해 보았 자 소용없는 일이었을 거다. 그 경우 일의 진행을 조금 늦출 수 있 을지는 모르지만 그뿐이야. 그런 사내의 의지로부터 네 어머니를 보 호할 수 있는 사람은 아무도 없었어. 하지만 퍼핀, 내가 무엇보다 두 려워했던 것은 너 때문이었지. 나는 그자가 너를 어떻게 할 것인지 알 수 없었고 그것이 바로 내가 간청했던 일이었어. 결국 우리는 합 의를 보았지. 나는 네 어머니를 무방비 상태로 홀로 있도록 하고 그 사이에 그곳에서 너를 데리고 나오도록 사전 준비를 했단다. 그것이 내가 원하는 일 전부였지. 나는 그자가 너까지 데려가도록 하고 싶지 않았어. 네 어머니의 일은 피할 수 없는 일이었지. 하지만 너라면 간청해 볼 여지가 있었지. 그래서 내가 그렇게 했던 거야."

길고 무거운 침묵이 흘렀다. 이윽고 내가 입을 열었다.

"그런 편의를 봐 준 후 왕 쿠는 당신 계획에 계속 협력했겠군요?"

"그렇게 빈정거리지 말거라, 퍼핀."

"어쨌든 그자가 협력했죠?"

"실제로 그랬다. 네 어머니를 데려간 것으로 만족했지. 그는 우리가 바라는 대로 했고, 아마도 그자의 기여가 궁극적으로 이들 회사들이 아편 무역에서 손을 떼기로 결정하는 데 한몫을 했다고 본다."

"그러니까 제 어머니는 대의에 희생되셨다는 말이군요."

"이것 보렴, 퍼핀, 우리 가운데 선택권이 있었던 사람은 아무도 없었어. 그 사실을 이해해야만 해."

"당신은 그 이후 어머니를 만난 적 있습니까? 어머니가 그자에게 납치된 뒤에 말입니다."

나는 그가 머뭇대는 것을 보았다. 이윽고 삼촌이 대답했다.

"그래, 사실 만난 적 있어. 딱 한 번, 그 일이 있고 나서 칠 년이 지났을 때였지. 후난을 지나는 길이었는데 왕 쿠가 초대했어. 그리고 그곳, 그자의 요새에서 네 어머니를 마지막으로 보았다."

그의 음성은 이제 거의 속삭이는 어조가 되었다. 아래층에서 들려오던 축음기 소리가 더 이상 들리지 않아서 우리 사이에는 정적이 감돌았다.

"그래서…… 어머니는 어떠시던가요?"

"건강이 아주 좋았어. 그녀는 물론 여러 첩 가운데 하나가 되었지. 여러 가지 여건을 감안해 볼 때 그녀는 새로운 삶에 꽤 잘 적응했던 것 같다."

"어머니는 어떤 대우를 받고 계셨죠?"

필립 삼촌은 시선을 돌렸다. 이윽고 그가 조용한 어조로 말했다. "나와 만났을 때 그녀는 물론 네 소식부터 물었다. 나는 내가 아는 대로 소식을 전해 주었지. 네 어머니는 몹시 기뻐하더구나. 알다시피 그때 나와 만나기 전까지 그녀는 외부 세계와 완전히 단절된 상태로 살았거든. 칠 년 동안 그녀가 들은 것은 왕이 들려준 소식이 전부였어. 내 말은, 그녀는 금전적인 처리가 제대로 됐는지 확인할 수가 없었다는 거야. 그래서 나와 만났을 때 그녀는 그것에 대해 알고 싶어 했고 나는 그녀를 안심시켜 줄 수 있었지. 칠 년간의 고통스러운 의혹에 시달렸던 그녀는 마음의 평온을 찾은 거야. 그때 네 어머니가 얼마나 안도했는지 모른다. '내가 알고 싶었던 건 그거예요. 내가 알고 싶은 건 그것뿐이라고요.' 하고 말했단다."

그는 이제 아주 신중한 눈길로 나를 지켜보고 있었다. 얼마간 시간이 흐른 뒤 나는 그에게, 그가 기다리는 질문을 던졌다.

"필립 삼촌, 금전적인 처리라는 것이 뭐죠?"

그는 자신의 손등을 한참 동안 살펴보듯 내려다보았다. "네가 없었다면, 너에 대한 사랑이 아니었다면, 퍼핀, 네 어머니는 그 악당이 자기 몸에 손가락 하나 대기 전에 단 한순간도 주저하지 않고 자신의 목숨을 버렸을 거야. 어떻게든 방법을 찾아내서 그렇게 했을 거야. 하지만 너를 고려해야 했지. 그래서 결국 그녀는 자신에게 닥친 상황을 파악하고 협상을 한 거야. 그녀 자신이…… 순종하는 대가로 네가 재정적인 뒷받침을 받을 수 있도록 말이야. 그 많은 부분을 내가 직접 회사를 통해서 처리했단다. 바이어트 사의 직원은 이런 상황에 대해 전혀 알지 못했지. 그는 회사의 아편이 안전하게 통과하는 대가로 돈을 지불하는 거라고 생각했단다. 하하! 그자는 정말 멍청이였어!" 필립 삼촌은 고개를 저으며 미소를 지었다. 다음 순간 마치 이제 우리의 대화가 나아가게 될 방향을 따르기로 체념한 듯 그의 얼굴이 다시 어두워졌다.

"내가 받은 돈이⋯⋯." 내가 조용히 말했다. "내 유산이⋯⋯."

"영국에 있는 네 이모 말이다. 그녀는 부자가 아니었어. 오랜 세월 동안 실질적인 네 후원자는 왕 쿠였지."

"그러면 그동안 나는⋯⋯ 내가 먹고 살아온 게⋯⋯ 내가 먹고 살아온 게⋯⋯." 차마 말을 잇지 못한 나는 그만 입을 다물었다.

필립 삼촌이 고개를 끄덕였다. "네 학비. 런던에 있는 너의 집. 네가 지금 성취한 것 모두가 왕 쿠에게 빚진 거야. 아니, 네 어머니의 희생에 빚진 거지."

그는 다시 자리에서 일어섰는데, 나를 바라보는 그의 얼굴에는 거의 증오심이라고 할 만한 것이 어려 있었다. 하지만 다음 순간 그가 몸을 돌려 그늘진 곳으로 들어가는 바람에 그 표정을 더 이상 볼 수 없었다.

"내가 네 어머니를 만났을 때 말이다. 그 요새에서 그녀는 아편과 관련된 운동에 대해서는 완전히 흥미를 잃어버렸어. 그녀는 오직 너를 위해, 네 걱정만 하며 살았지. 그 무렵에는 아편 무역이 불법이 되었어. 하지만 그 소식조차 그녀에게는 더 이상 아무 의미도 없었지. 그 사실이 내게는 물론 뼈아프게 느껴졌단다. 오랜 세월 그 캠페인에 종사해 온 다른 사람들도 마찬가지였고. 우리는 마침내 목표를 달성했다고 여겼다. 아편 무역이 근절되었으니까. 그 근절의 실상을 확인하는 데는 일이 년밖에 걸리지 않았다. 아편 무역을 맡은 자가 바뀐 것뿐이었어. 이제는 장제스 정부가 그 일을 도맡았지. 그 어느 때보다도 많은 중독자가 나왔지만 이제 마약 밀매는 장제스 군에게 돈을 대 주는 결과가 됐어. 그의 권력을 위해서 말이다. 그때 나는 홍군에 가담했단다, 퍼핀. 나는 네 어머니가 우리 캠페인의 결과가 그렇다는 사실을 알면 경악할 거라고 생각했어. 하지만 그녀는 더는 그런 일에 신경 쓰지 않았단다. 그녀가 원했던 것은 오로지 네가 제대로 보살핌을 받는 것뿐이었어. 그녀는 네 소식만 듣고 싶어 했지. 그런데, 퍼핀." 그의 음성이 갑자기 이상하게 바뀌었다. "그때 내가 그녀를 만났을 때 그녀는 아주 좋아 보였단다. 하지만 나는 그곳에 있는 동안 그 집 안에 있던 다른 사람들에게 물어보았어. 알 만한 사람들에게 말이야. 나는 진실을 알고 싶었지. 네 어머니가 실제로 어떤 대접을 받고 있는지 알고 싶었단다. 왜냐하면…… 왜냐하면 언젠가는 이 순간이, 지금 우리가 하고 있는 이 만남이 이루어질 날이 올 것임을 알았거든. 그리고 나는 실상을 알아냈어. 그래, 모든 것을 다 알아냈단다."

"당신은 지금 고의적으로 나를 고문하려는 겁니까?"

"그저…… 침대에서 그에게 굴복하는 정도에 그치지 않았단다. 그자는 만찬 손님들 앞에서 자주 그녀에게 채찍질을 하곤 했어. 그자는 그걸 백인 여자 길들이기라고 불렀지. 그뿐만 아니라……."

나는 이미 귀를 막고 있었으나 더 이상 참지 못하고 소리쳤다. "그만해요! 어째서 나를 이렇게 고문하는 거죠?"

"어째서냐고?" 이제 그의 음성은 성난 기미를 띠었다. "어째서냐고? 그건 네가 진실을 알기를 바라기 때문이지! 이 모든 세월 동안 너는 나를 비열한 인간이라고 여겨 왔어. 아마 그 말이 맞을지도 모르지만, 그것이 세상이 너한테 하는 짓이야. 내가 진심에서 이런 짓을 할 생각은 아니었다. 나는 이 세상에 좋은 일을 할 생각이었어. 나 나름의 방식으로 한때 용기 있는 결정을 내린 적도 있지. 그런데 지금 내 꼴을 보거라. 너는 나를 경멸하고 있잖아. 너는 그동안 내내 나를 경멸해 왔어. 퍼핀, 내 아들처럼 여겨 왔던 바로 네가. 그리고 지금도 나를 경멸하고 있어. 하지만 이제 세상의 실상을 알겠니? 너로 하여금 영국에서 안락한 생활을 할 수 있도록 한 것이 무엇인지 알겠느냐고? 네가 어떻게 유명한 탐정이 될 수 있었을까? 탐정이라니! 그게 대체 무슨 소용이겠니? 도둑맞은 보석, 유산 때문에 피살된 귀족 나부랭이들. 너는 우리가 맞서 싸울 게 그것밖에 없다고 생각하는 거냐? 네 어머니는 네가 영원히 그 마술 같은 세상에서 살기를 바랐지. 하지만 그건 불가능한 일이야. 결국 그런 세상은 산산조각 나게 마련이다. 네게 있어서 그 세상이 그토록 오랫동안 남아 있었던 건 기적이야. 자, 퍼핀, 내가 너에게 기회를 주마. 자."

그는 다시 권총을 꺼내들었다. 그는 어두운 곳에서 내 쪽으로 나왔다. 내 자리에서 올려다보니 어렸을 때 그랬던 것만큼이나 거대한 모습을 하고 다가오고 있는 듯이 보였다. 그는 웃옷 앞자락을 젖히고는 권총을 심장 가까운 곳에 대고 눌렀다.

"자." 그가 텁텁한 입 냄새까지 맡을 수 있을 정도로 허리를 구부리며 내게 속삭였다. "자, 넌 나를 죽일 수 있어. 네가 늘 원했던 대로 말이야. 그 때문에 나는 이렇게 오랫동안 살아 있었어. 다른 어느 누구도 그런 특권을 가져서는 안 돼. 나는 바로 너를 위해서 내 목숨을 아껴 두었던 거야. 방아쇠를 당겨라. 자, 이것 봐, 내가 네게 달려든 것처럼 꾸밀 수 있어. 나는 총을 잡고 있고, 네 몸 위로 쓰러질 거야. 그들이 들어오면 네 몸 위에 엎어진 내 시신을 보게 되겠지. 정당방위처럼 보일 거다. 자, 내가 총을 잡고 있잖니. 넌 방아쇠를 당기기만 하면 돼, 퍼핀."

내 얼굴을 누르고 있는 그의 조끼가 가슴팍이 오르내림에 따라 위아래로 움직였다. 내가 혐오감을 느끼고 몸을 빼려 했으나, 삼촌은 자유로운 한 손으로 — 그 손은 형언할 수 없을 만큼 바싹 마른 느낌이었다 — 내 팔을 잡아 자기 쪽으로 끌어당겼다. 문득 내 손이 권총에 닿기만 하면 삼촌이 직접 방아쇠를 당길 거라는 생각이 들었다. 내가 있는 힘을 다해 몸을 뒤로 빼는 바람에 의자가 균형을 잃고 쓰러졌다. 나는 비틀거리면서 그에게서 떨어져 나왔다.

한순간 우리 두 사람은 죄라도 저지른 것처럼 문 쪽을 힐끗 바라보았다. 이 소동 때문에 경비원들이 뛰어들어 올 수도 있었던 것이다. 그러나 아무 일도 일어나지 않았다. 이윽고 필립 삼촌이 웃음을 터뜨리더니 의자를 바로 세워 조심스럽게 책상 앞에 갖다 놓았다. 그러고는 그 의자에 앉아 권총을 책상에 내려놓은 다음 얼마간 숨을 가다듬었다. 나는 책상으로부터 몇 발짝 더 떨어졌지만 그 동굴 같은 방에는 책상 외에는 아무것도 없었기 때문에 여전히 삼촌에게서 등을 돌린 채 걸음을 멈출 수밖에 없었다.

"그래, 좋아." 그는 몇 차례 더 심호흡을 했다. "그러면 이제 말해 주지. 네게 나의 가장 어두운 고백을 들려주마."

그러나 그 다음 일 분 동안 내 귀에 들리는 것이라고는 등 뒤에서 삼촌이 낸, 숨이 차서 헐떡이는 소리뿐이었다. 이윽고 그가 말했다.

"좋아, 네게 진실을 털어놓겠다. 그날 내가 왕 쿠에게 네 어머니를 납치하도록 허용한 이유에 대해서 말이다. 내가 아까 한 말은 사실이야. 나는 너를 보호해야만 했지. 그래, 그래, 내가 아까 한 말은 모두 어느 정도는 사실이란다. 하지만 내가 정말 그러려고 했다면, 내가 정말 네 어머니를 구하기로 마음먹었다면 어떻게든 그렇게 할 방도를 마련했을 거야. 이제 네게 하지 않은 말을 해 주마, 퍼핀. 오랜 세월 동안 나 자신에게조차 털어놓을 수 없었던 얘기를 말이다. 내가 왕이 네 어머니를 데려가도록 방조했던 것은 그녀가 그의 노예가 되었으면 하고 바라는 마음이 있었기 때문이다. 밤마다 노예처럼 당하는 일에 익숙해졌으면 했어. 나는 네 집에 머물기 시작한 첫날부터 줄곧 네 어머니에게 욕망을 느꼈다. 아, 그래, 나는 그녀를 원했어. 그래서 네 아버지가 그런 식으로 집을 나가 버리자 나는 마침내 기회가 왔다고, 내가 자연스럽게 네 아버지 자리를 이어받게 될 거라고 여겼지. 하지만…… 하지만 네 어머니는 한 번도 나를 그런 식으로 보지 않았어. 네 아버지가 집을 나간 후에야 나는 그 사실을 깨달았지. 그녀는 나를 점잖은 사람으로 존중했어……. 그래, 그래, 그건 불가능한 일이었지. 천년의 세월이 지나도 나는 그녀 앞에 나설 수 없었던 거야. 그런 식으로는 말이다. 그래서 나는 화가 났지. 몹시 화가 났단다. 그리고 왕 쿠와의 그 사건이 벌어지자 그 일이 나를 흥분시켰어. 내 말 듣고 있니, 퍼핀? 그 일이 나를 흥분시켰단 말이다! 그자가 그녀를 데려간 그날 한밤중에 그 일을 생각하자 흥분이 되었지. 그 모든 세월 동안 나는 왕을 통해 대리만족을 느끼며 살아왔다. 마치 내가 그녀를 정복하기라도 한 것 같았어. 그녀에게 일어난 일이 나를 위한 것이라고 상상하며 수없이 자위를 했지.

자, 이제 나를 죽여라! 어째서 나 같은 인간을 살려 두는 거냐? 이제 다 들었잖아! 어서, 쥐새끼를 쏘듯 나를 쏴 버리라니까!"

오랫동안 나는 그 방의 어두운 곳에서 그에게 등을 돌린 자세로 그의 숨소리를 들으며 서 있었다. 이윽고 나는 다시 그에게로 몸을 돌리고 비교적 차분한 목소리로 말했다.

"삼촌은 아까 어머니가 아직 살아 있을 것이라 했죠. 어머니는 아직 왕 쿠와 함께 있나요?"

"왕은 사 년 전에 죽었다. 장제스는 그의 군대를 해산시켜 버렸고. 지금 네 어머니가 어디 있는지는 나도 모른다, 퍼핀. 정말 몰라."

"그러면 제가 찾겠어요. 전 포기하지 않을 겁니다."

"그건 쉽지 않을 거야, 얘야. 지금 이 나라는 전란의 소용돌이에 휘말려 있어. 이제 전쟁이 온 나라를 집어삼킬 거야."

"그래요, 조만간 전쟁이 온 세상을 집어삼키겠죠. 하지만 그건 제 탓이 아니에요. 사실 이제 그건 더 이상 제 관심사가 아닙니다. 저는 다시 시작할 겁니다. 이번에는 어머니를 찾기 위해서 말이에요. 제가 어머니를 찾는 일에 도움이 될 만한 얘기가 또 있나요?"

"그런 건 없는 것 같다, 퍼핀. 네게 모두 얘기했어."

"그럼, 안녕히 계세요, 필립 삼촌. 당신의 청을 들어주지 못해 미안합니다."

"걱정 마라. '노란 뱀'이 죽고 싶다면 들어줄 사람은 널렸으니까." 그는 짧게 웃었다. 그러더니 지친 어조로 말했다. "잘 가라, 퍼핀. 네 어머니를 찾기를 바란다."

X 7 X

1958년 11월 14일
런던

23

여러 해 만에 처음으로 장기 여행을 떠났다. 홍콩에 도착한 후 이틀 동안 나는 상당히 피곤한 상태였다. 비행기 여행은 놀랄 만큼 빠르기는 하지만 갑갑한 데다 갈피를 잡을 수 없다. 요통이 다시 심해졌고, 두통은 체류 기간 내내 떠나지 않았다. 그 때문에 그 식민 도시에 대한 내 관점이 객관적일 수 없었음이 분명하다. 그곳으로 여행을 다녀와서 찬사를 늘어놓은 사람들이 있다. '진보적인 도시'라거나 '아주 아름다운 도시'라고들 한다. 그러나 그 주 대부분 홍콩의 하늘은 흐렸고 거리는 숨이 막힐 만큼 사람들로 북적댔다. 나는 그 도시 여기저기서, 상점 밖에 걸린 중국어 간판이라든가 시장에서 중국인들이 장사하는 모습에서 어렴풋이 상하이의 흔적을 알아보았던 것 같다. 그러나 이런 흔적은 대개의 경우 마음을 불편하게 했을 뿐이다. 그것은 마치 켄싱턴이나 베이스워터에서 열린 지루한 파티에서 한때 사랑했던 먼 사촌뻘 되는 여인과 우연히 맞닥뜨리기라도 한 것 같은 기분이어서, 그녀의 몸짓이나 얼굴 표정, 보일락 말락 어깨를 으쓱해 보이는 동작이 추억을 떠올리기는 해도 전체적으로는 예전의 소중했던 이미지를 어색하게, 심지어는 기괴할 정도로 패러디하고 마는 것과 흡사하다.

결국 나는 제니퍼와 함께 온 게 다행이라고 여기게 되었다. 처음에 그 애가 나와 함께 가겠다는 암시를 했을 때는 일부러 그 말을 못 들은 체했다. 불과 오 년 전인 최근까지도 그 애는, 내 삶에 과거의 일이나 극동 지방이 다시 개입될 때마다 내가 무슨 장애인이나 되듯이 보호하려는 경향을 보였기 때문이다. 나의 일부는 오랫동안 이 같은 과잉보호에 분개했던 것 같다. 그래서 우리가 함께 여행하는 데 내가 동의한 것은 그 애가 진정으로 얼마 동안 일상에서 벗어나고 싶어 하며, 그 애도 나름대로 걱정거리가 있고, 따라서 이런 여행이 그 애한테도 좋으리라는 생각이 들고 나서였다.

상하이까지 여정을 확대하자는 것은 제니퍼의 제안이었는데, 그 일이 불가능하지는 않았을 것 같다. 아직 외무국에 영향력이 있는 옛 지인들에게 이야기해서 별 어려움 없이 중국 본토에 들어갈 수도 있었을 것이다. 최근 그렇게 여행한 이들이 있다는 사실도 안다. 그렇지만 모든 면을 고려해 볼 때 지금의 상하이는 과거 그 도시의 유령이나 다름없다. 공산주의자들이 그곳을 물리적으로 파괴하려는 행동을 자제한 까닭에 예전의 공동 조계는 거의 온전히 남아 있다. 거리의 이름이 달라지기는 했어도 알아보는 데는 전혀 어려움이 없어서 과거의 상하이를 아는 사람이라면 누구나 길을 찾아다닐 수 있다고들 한다. 그러나 물론 그곳에 있던 외국인은 모조리 추방되었으며, 예전의 화려한 호텔과 나이트클럽 들은 이제 마오 정부의 관청 사무실로 쓰이고 있다. 다시 말해서 현재의 상하이는 홍콩이 그런 것처럼 옛 도시의 애처로운 패러디가 되어 있을 가능성이 높다.

애기가 나온 김에 말하자면, 중국에서는 공산주의 정권 아래에서 가난이, 그리고 어머니가 한때 그토록 격렬하게 맞서 싸웠던 아편 중독이 상당 부분 줄어들었다는 이야기를 들었다. 이러한 악이 얼마나 근본적으로 근절되었는지는 조금 더 두고 봐야겠지만 공산주의는 분명, 자선과 열렬한 사회운동이 몇십 년에 걸쳐서도 하지 못했던 일을 불과 몇 년 안에 달성할 수 있었던 것 같다. 우리가 홍콩에서 보낸 첫날 밤, 엑셀시어 호텔 방 안을 서성거리며 아픈 허리를 치료해 어떻게든 안정된 상태를 되찾으려 애쓰면서 나의 그런 판단을 어머니가 들었다면 어떤 생각을 하셨을까 궁금했던 것이 기억난다.

우리가 이곳에 온 지 세 번째 날이 될 때까지 나는 로즈데일 메너 요양원에 가는 것을 미루었다. 오래전부터 그곳에는 나 혼자 가기로 되어 있었으므로, 제니퍼는 그날 오전 내내 내 움직임 하나하나를 지켜보기는 했어도 점심 식사를 마치고 나자 별다른 소동을 벌이지 않고 나를 보내 주었다.

오후가 되자 다시 해가 나왔다. 택시를 타고 언덕길을 오르면서 보니 셔츠 차림의 정원사들이 잘 다듬어진 양쪽 잔디밭에 물을 주거나 잔디를 깎고 있었다. 이윽고 지면이 평평해지더니 크고 하얀 건물 앞에 택시가 섰다. 덧문 달린 창이 길게 나 있고 옆으로 부속 건물이 딸린, 영국 식민지풍의 건물이었다. 분명 한때는 바다와 섬의 서쪽 측면 대부분을 내려다보는 전망을 가진 호화로운 저택이었을 것이다. 산들바람 속에 서서 항구 저편을 바라보자, 멀리 언덕을 오르는 케이블카가 보였다. 건물 쪽으로 몸을 돌리자 낡은 외관이 눈에 들어왔다. 창문 선반과 문틀의 페인트칠이 눈에 띄게 금이 가거나 벗겨져 있었다.

건물 안 현관홀에서는 익힌 생선 냄새가 희미하게 났지만 실내는 먼지 한 점 보이지 않을 만큼 깨끗했다. 중국인 간호사가 소리가 울리는 복도를 따라 나를 벨린다 히니 수녀의 사무실로 안내했다. 사십 대 중반으로 보이는 히니 수녀는 진지한 얼굴에 조금 뚱한 표정이었다. 그곳, 그 답답하리만큼 작은 사무실에서 나는 그들이 '다이애나 로버츠'라는 여자가 공산화된 중국에서 오도 가도 못하게 된 외국인들과 일하는 연락 기관을 통해 그곳에 왔다는 사실을 알게되었다. 그녀를 넘겨줄 때 중국 당국이 알고 있는 것은, 그녀가 전쟁이 끝난 후 충칭의 정신병원에 수용되어 있었다는 사실뿐이었다.

"그녀가 전쟁 기간 대부분을 그곳에서 보냈을 수도 있습니다." 벨린다 자매가 말했다. "그런 시설이 어떤 종류의 곳인지는 전혀 알수 없습니다, 뱅크스 씨. 일단 그런 곳에 유폐되면 그 사람에 대한 소식을 두 번 다시 듣기 어려우니까요. 그녀는 그곳에서 나온 유일한 사람인데, 그럴 수 있었던 것은 그녀가 백인 여성이었기 때문이에요. 중국인들은 그녀를 어떻게 처리하면 좋을지 알 수 없었으니까요. 아무튼 그들은 모든 외국인을 중국에서 내보내고 싶어하지요. 그래서 결국 그녀는 이곳에 위탁되었고, 우리와 함께 지낸 지 이제거의 이 년이 됩니다. 처음 우리에게 왔을 때 그녀는 몹시 동요된상태였어요. 하지만 한두 달이 지나면서 평화와 질서, 기도 같은 로즈데일 매너의 통상적인 미덕이 효력을 보이기 시작했지요. 그 가엾은 여인이 이곳에 왔을 때의 모습은 이제 찾아보기 어렵답니다. 그녀는 꽤 진정되었어요. 선생님은 그분의 친척이시라고 했던가요?"

"그렇습니다. 분명히 그럴 겁니다." 내가 말했다. "이렇게 홍콩에

왔으니 한번 방문하는 것이 옳다고 생각했지요. 그것이 제가 할 수 있는 최소한의 일이니까요."

"어쨌든 친지나 가까운 친구, 영국과 이어지는 어떠한 고리라도 저희로서는 반갑습니다. 아무튼 방문객은 언제나 환영이랍니다."

"그분을 찾아오는 사람이 많은가요?"

"정기적인 방문객들이 있지요. 우리는 세인트조지프 칼리지 학생들과 결연을 맺고 있으니까요."

"그렇군요. 그분은 다른 입원자들과 잘 지내십니까?"

"아, 그럼요. 그분은 전혀 말썽을 일으키지 않는답니다. 다른 사람들도 좀 그랬으면 얼마나 좋을까요!"

벨린다 수녀는 다른 복도를 지나 볕이 잘 드는 커다란 방 — 한때는 식당이었을 것 같았다 — 으로 나를 안내했는데, 그곳에는 베이지색 겉옷을 입은 스무 명가량의 여성들이 의자에 앉아 있거나 발을 끌며 서성대고 있었다. 두 짝으로 된 유리문이 바깥을 향해 열려 있었고 창을 통해 흘러든 햇살이 쪽마루 위를 가로지르고 있었다. 새로 꽂은 꽃이 가득한 많은 화병이 아니었다면 그 방을 육아실로 착각했을지도 모른다. 벽면에는 밝은 수채화들이 핀으로 꽂혔으며 체커게임에 쓰는 말이나 카드, 종이와 크레용 따위가 놓인 조그만 테이블들이 여기저기 놓였다. 벨린다 수녀는 나를 입구에 세워 두고 업라이트 피아노 앞에 앉은 다른 수녀에게로 다가갔다. 많은 여자들이 하던 일을 멈추고 나를 빤히 바라보았다. 그런가 하면 수줍어하며 몸을 움츠리는 이들도 있었다. 그곳에 있는 이들 거의 모두가 서구인이었는데 유라시아인도 한두 명 보였다. 그때 내 뒤편으로 건물 안 어디에서 누군가가 큰 소리로 울부짖는 소리가 들렸는데, 이상하게도 그 소리는 여인들을 편하게 하는 효과를 발휘했다. 가까이에 있던, 머리카락이 억세 보이는 한 여자가 나를 보고 씩 웃으면서 말했다.

"걱정 말아요, 마사가 그러는 거니까. 아무래도 약효가 또 떨어진 모양이야."

그녀에게서 요크셔 지방의 억양을 알아들은 나는 어떤 운명의 물살이 그녀를 이곳까지 이끌고 왔는지 궁금해졌다. 그때 벨린다 수녀가 돌아왔다.

"다이애나는 바깥에 있나 봐요. 저를 따라오세요, 뱅크스 씨."

우리는 두 짝으로 된 유리문을 통해 잘 손질된 마당으로 나섰는데, 사방으로 기복이 심한 그곳 지면은 우리가 언덕 꼭대기 언저리에 있다는 사실을 상기시켜 주었다. 벨린다 수녀의 뒤를 따라 제라늄과 튤립이 핀 화단을 지나던 내 눈에, 말끔하게 손질된 산울타리 너머로 파노라마 같은 광경이 얼핏 보였다. 여기저기에 베이지색 겉옷을 입은 나이 든 여자들이 햇빛을 받으며 앉아 있거나 뜨개질을 하거나 잡담을 나누거나 아니면 아무에게도 해가 되지 않은 혼잣말을 중얼거리고 있었다. 어느 지점에서 벨린다 수녀가 걸음을 멈추고 주위를 둘러보더니 경사진 잔디밭을 내려가 담이 둘러쳐진 조그만 정원으로 나를 안내했다.

그곳에서 눈에 띄는 유일한 사람은 성근 풀밭 저편에서 볕을 쬐며 금속 세공 테이블에 앉아 카드놀이를 하는 노부인뿐이었다. 그녀는 게임에 몰두한 나머지 우리가 다가가도 고개를 들지 않았다. 벨린다 수녀가 그녀의 어깨를 살짝 건드리며 말했다.

"다이애나. 어떤 신사 분이 찾아오셨어요. 영국에서 오신 분이에요."

어머니는 우리 두 사람에게 미소를 지어 보이고는 다시 카드 쪽으로 고개를 돌렸다.

"다이애나가 우리의 말을 언제나 알아듣는 건 아니랍니다." 벨린다 수녀가 말했다. "그녀에게 무슨 일을 하게 하려면 그저 같은 말을 몇 번이고 반복하는 수밖에 없지요."

"이 분과 단둘이 이야기를 좀 나누었으면 합니다만."

벨린다 자매는 이 생각이 탐탁지 않은 듯 잠깐 동안 그래서는 안 될 이유를 생각해 내려 애쓰는 듯했다. 그러나 결국 이렇게 말했다. "그 편이 더 좋으시다면 그래도 괜찮을 것 같군요, 뱅크스 씨. 저는 휴게실에 가 있겠어요."

벨린다 수녀가 가고 나자 나는 카드를 돌리는 어머니의 모습을 조심스럽게 살펴보았다. 어머니의 체구는 내가 생각했던 것보다 작았으며 어깨가 몹시 굽어 있었다. 은발 머리는 단단히 쪽지어져 있었다. 내가 지켜보는 동안 어머니는 이따금 시선을 들고 내게 미소를 지어 보였으나, 벨린다 수녀가 그곳에 있을 때와는 달리 두려워하는 기색을 보였다. 얼굴에 주름은 그다지 많지 않았지만 눈 아래에 있는 두꺼운 주름이 어찌나 깊었는지 거의 칼로 벤 상처처럼 보였다. 목은, 무슨 부상을 입었는지 아니면 그날의 몸 상태 때문인지 몸속으로 깊이 파묻혀 카드를 살피려고 이쪽저쪽 고개를 돌릴 때면 어깨까지 따라 움직였다. 코끝에 작은 물방울이 대롱거리고 있어서 손수건을 꺼내 닦아 주려던 나는, 그렇게 하면 어머니께 과도한 불안감만 줄 것임을 깨달았다. 이윽고 내가 작은 소리로 말했다.

"아무 예고도 없이 나타나서 죄송합니다. 어머니께 충격이 될 수 있다는 걸 이제야 깨달았어요." 나는 그녀가 내 말을 듣고 있지 않다는 것을 깨닫고 말을 멈췄다. 내가 다시 말했다. "어머니, 저예요. 크리스토퍼예요."

어머니는 시선을 들고 조금 전처럼 미소를 지어 보이고는 다시 카드로 고개를 돌렸다. 나는 어머니가 솔리테르[22]를 하고 있는 줄 알았지만, 지켜보자니 자신이 만든 이상한 체계에 따라서 카드놀이를 하고 있었다. 한번은 산들바람이 불어 카드 몇 장이 테이블에서 날아갔지만 어머니는 개의치 않는 듯이 보였다. 내가 풀밭에서 카드를 집어다 주자 어머니는 미소를 지으며 이렇게 말했다.

"고마워요. 하지만 굳이 그러실 필요는 없어요. 나는 잔디밭에 카드가 많이 쌓일 때까지 그냥 내버려 두는 게 좋아요. 카드가 쌓이면 그때 가서 집어 오지요. 한 번에 모두요. 아무튼 카드가 언덕 아래까지 날아가지는 못할 테니까요. 안 그래요?"

그다음 얼마 동안 나는 계속 어머니를 지켜보았다. 잠시 후 어머니는 노래를 부르기 시작했다. 두 손으로는 연신 카드를 집었다 내려놓으면서 들릴락 말락 한 나직한 소리로 혼자 노래를 불렀다. 목소리에 너무 힘이 없어서 무슨 노래인지 알 수 없었지만 쉽고 아름다운 곡조였다. 그렇게 어머니를 지켜보며 노래를 듣는 사이에 추억의 단편 하나가 떠올랐다. 바람 부는 여름날, 우리 집 정원에서 어머니가 그네를 타면서 웃음을 터뜨리며 목청껏 노래하던 기억이었다. 나는 그런 어머니 앞에서 노래를 그만하라고 하면서 깡충깡충 뛰어다니고 있었다.

---

22) 혼자서 하는 카드놀이.

나는 손을 뻗어 어머니의 손을 살며시 건드렸다. 그러자 어머니는 손을 홱 빼고는 성난 눈으로 나를 노려보았다.

"손 치우세요, 선생님!" 어머니가 충격을 받은 듯한 어조로 나직이 말했다. "당장 그 손 치우라고요!"

"죄송합니다." 나는 어머니를 안심시키기 위해 뒤로 조금 더 물러났다. 어머니는 다시 카드로 고개를 돌렸고, 그다음에 시선을 들었을 때는 아무 일도 없었다는 듯 미소를 지어 보였다.

"어머니." 내가 천천히 말했다. "저예요. 제가 영국에서 왔어요. 이렇게 늦게 와서 정말 죄송해요. 제가 어머니를 실망시킨 것 같군요. 그것도 크게 말이에요. 저도 최선을 다했지만, 결국 제 능력에 미치지 못하는 일이었던 모양입니다. 정말이지 너무 늦었네요."

아마 내가 울기 시작했던 모양이다. 어머니가 고개를 들더니 나를 빤히 바라보다 이렇게 말했다.

"이가 아프세요, 선생님? 그러면 아그네스 자매님을 만나 보세요."

"아뇨, 괜찮습니다. 그런데 제 말을 알아들으셨어요? 저예요, 크리스토퍼."

어머니가 고개를 끄덕이며 말했다. "미뤄 봤자 소용없어요. 아그네스 자매님이 낫게 해 주실 거예요."

그때 한 가지 생각이 내 머릿속에 떠올랐다. "어머니, 퍼핀이에요. 제가 퍼핀이라고요."

"퍼핀." 어머니가 갑자기 동작을 멈추었다. "퍼핀이라고?"

한동안 어머니는 아무 말도 하지 않았으나 이제 표정이 완전히 달라져 있었다. 어머니는 다시 고개를 들었는데, 두 눈은 내 어깨 너머에 초점을 맞추고 있었으며, 부드러운 미소를 짓느라 얼굴에 주름이 잡혔다.

"퍼핀." 어머니는 혼잣말처럼 나직이 그 말을 되풀이했는데, 한순간 행복감에 빠진 듯이 보였다. 다음 순간 어머니가 고개를 저으며 말했다. "그 아이는 정말 걱정 덩어리예요."

"저를 용서해 주세요." 내가 말했다. "용서해 주세요. 어머니의 아들, 이 퍼핀을요. 그 애가 최선을 다했다고, 어머니를 찾기 위해 할 수 있는 모든 일을 다했다고 생각해 주세요. 비록 그 일에 성공하지 못했다 해도요. 그걸 아신다면…… 그러면 어머니도 그 아이를 용서해 주실 수 있지 않겠어요?"

어머니는 계속 내 어깨 너머를 응시했지만, 얼굴에는 이제 어리둥절한 표정이 떠올라 있었다.

"퍼핀을 용서하라고요? 퍼핀을 용서하라고 하셨나요? 왜죠?" 그러더니 다시 행복한 얼굴로 환하게 웃었다. "그 아이. 그 아이가 잘하고 있다고들 하더군요. 하지만 그건 알 수 없는 일이에요. 아, 그 아이가 얼마나 내게 걱정 덩어리인지 몰라요. 상상도 하지 못할 거예요."

"네게는 어리석은 일처럼 보일지도 모르겠다." 지난 달 그 여행에 대해 다시 한 번 이야기하던 중에 내가 제니퍼에게 말했다. "하지만 어머니의 그 말을 들은 다음에야 나는 깨달았지. 내 말은, 어머니가 나를 줄곧 사랑하셨다는 거야. 그 모든 일을 겪으면서도 말이야. 그녀가 원했던 것은 단 하나, 내가 좋은 삶을 누리는 거였어. 그나머지 모든 것, 내가 어머니를 찾으려 노력했든, 이 세상을 파멸로부터 구하려 노력했든 어느 쪽이든 어머니께는 아무 차이가 없었던 거야. 나에 대한 어머니의 감정은 언제나 그저 거기 있는 것으로 그 어떤 것에도 영향을 받지 않았어. 그건 그렇게까지 놀랄 일이 아닐지도 몰라. 하지만 나로서는 그 사실을 깨닫는 데 이렇게 오랜 세월이 걸렸어."

"그분이 정말 삼촌이 누구인지 전혀 알아보지 못하셨나요?" 하고 제니퍼가 물었다.

"알아보지 못하셨을 거라고 확신해. 하지만 어머니가 한 말은 진심이었고, 그 말을 하면서 자신이 무슨 말을 하고 계신지 분명 알고 계셨어. 어머니는 용서할 것이 아무것도 없다고 했고, 그런 것이 있을 수 있다는 암시에 정말 어리둥절해 하셨지. 내가 처음 그 이름을 말했을 때 네가 그분의 얼굴을 보았다면 너 역시 그 사실을 확신했을 거야. 어머니는 단 한 번도, 단 한순간도 나를 사랑하지 않은 적이 없었어."

"크리스토퍼 삼촌, 어째서 수녀들에게 삼촌의 진짜 신분을 밝히지 않으셨어요?"

"나도 확실히 모르겠구나. 그래, 좀 이상한 일이기는 하지만, 그냥 그랬을 뿐이야. 게다가 어머니를 그곳에서 모시고 나와야 할 이유를 찾을 수 없었단다. 어머니는 왠지 만족한 듯이 보였어. 꼭 행복했다는 말은 아니다. 하지만 고통의 순간이 지나간 것처럼 보였어. 어머니가 영국의 집으로 오신다 해도 그보다 더 잘 지내시지는 못했을 거야. 내 생각에 그것은 어머니가 어디에 묻히느냐 하는 문제 같기도 해. 어머니가 돌아가시고 난 다음 나는 어머니를 이곳에 매장하는 문제에 대해 생각해 보았다. 하지만 몇 번을 생각해도 역시 그러지 않는 편이 나을 듯해. 어머니는 평생을 동양에서 사셨어. 그곳에서 영면하시는 쪽을 더 좋아하실 것 같구나."

쌀쌀한 10월 아침이었고 제니퍼와 나는 글로스터셔의 구불구불한 길을 따라 걸어 내려갔다. 나는 전날 밤 그 애가 지금 살고 있는 하숙집에서 멀지 않은 여관에서 묵고, 아침 식사 직후 그녀를 방문한 참이었다. 나는 그녀가 최근에 얻은 하숙집이 누추한 것을 보고 서글픈 심경을 제대로 감추지 못했던 것 같다. 쌀쌀한 날씨에도 불구하고 그녀는 내게 인근 윈드러시 골짜기 너머 묘지에서 보이는 풍경을 보여 주겠다고 고집을 피웠던 것이다. 우리가 조금 더 내려가자 길 아래쪽에 농장으로 통하는 문이 보였다. 그러나 그곳에 채 닿기도 전에 그 애는 나를 산울타리 사이에 난 오솔길로 이끌었다.

"크리스토퍼 삼촌, 이리 와 보세요."

우리는 울창한 쐐기풀 사이를 골라 디뎌 가며 난간처럼 생긴 데까지 가서 그 옆에 섰다. 그러자 골짜기 측면을 덮으며 아래로 경사진 들판이 보였다.

"정말 멋진 풍경이구나." 내가 말했다.

"묘지에서 보면 더 멀리까지 보여요. 삼촌도 이곳으로 이사 오시고 싶은 생각은 없으세요? 이제 런던은 너무 복잡해졌잖아요."

"전 같지 않은 건 사실이지."

우리는 그 자리에 한동안 나란히 서서 풍경을 내려다보았다.

"미안하구나. 최근 이곳에 자주 오지 못해서 말이다. 벌써 몇 달은 지난 것 같구나. 내가 무엇을 하고 있었는지 이제는 생각도 안 난다."

"이런, 제 걱정은 너무 하지 않으셔도 돼요."

"하지만 걱정되는걸. 당연히 걱정되지."

"이제 모두 지난 일이에요. 작년에 있었던 그 모든 일 말이에요. 두 번 다시 그런 바보 같은 짓은 하지 않을 거예요. 그러겠다고 이미 약속했잖아요. 이번에는 그저 공교롭게 그렇게 된 거뿐이에요. 전 진심으로 그럴 생각이 없었거든요. 환기가 되도록 창문이 열렸는지 확인했거든요."

"너는 아직 젊어, 제니. 네 앞에는 많은 가능성이 남아 있어. 네가 그런 걸 염두에 두었다는 것만으로도 나는 기운이 빠지는구나."

"젊다고요? 서른한 살에, 아이도 없고, 결혼도 하지 않았어요. 아직 시간이 있다고 생각은 해요. 하지만 그 모든 일을 다시 한 번 겪을 마음이 들어야 할 거예요. 저는 이제 너무 지쳤어요. 때로는 혼자서 조용히 사는 삶에 안주하고 싶다는 생각을 해요. 어딘가 상점에서 일하고, 일주일에 한 번씩 영화를 보러 가고, 아무에게도 해를 입히지 않는 거죠. 그런 삶에는 잘못된 게 없잖아요."

"하지만 너는 그런 삶에 안주하지 못할 거야. 내가 아는 제니퍼답지 않은 소리구나."

그 애가 짤막하게 웃었다. "삼촌도 실상이 어떤지는 모르시잖아요. 이런 곳에서 로맨스를 찾으려는 내 또래 여자의 실상 말이에요. 하숙집 주인 여자들이 방을 나설 때마다 그 사람에 대해 속닥거리죠. 제가 정말 뭘 해야 할까요? 광고라도 할까요? 요즘 광고는 사람들을 떠들어 대게 만드니까요. 사람들에게서 제가 전혀 관심 없는 부분에 대해서 말이에요."

"하지만 너는 아주 매력적인 여자야, 제니. 내 말은 사람들이 너를 보면 너의 정신, 너의 친절함, 네 우아함을 알 거라는 얘기다. 네게 뭔가 일어나리라고 확신한다."

"사람들이 저의 정신을 본다고 생각하신다고요? 크리스토퍼 삼촌, 그건 삼촌이 저를 볼 때마다 여전히 삼촌이 예전에 알았던 어린 소녀를 보고 계시기 때문이에요."

나는 고개를 돌려 그녀를 살펴보았다. "하지만 아직 그 소녀가 그대로 남아 있는걸. 내 눈에 그게 보여. 아직 그게 그곳에, 저 아래에서 기다리고 있다는 걸 말이다. 세상은 네가 생각하는 것만큼 너를 바꿔 놓지 못했단다, 얘야. 그건 네게 충격 비슷한 것을 주었을 뿐이야. 그게 전부야. 그리고 말이 나온 김에 말인데, 이 세상에는 괜찮은 남자들이 몇 있단다. 너에게 알려 주마. 너는 단지 있는 힘을 다해 그 사람들을 피하지만 않으면 돼."

"좋아요, 크리스토퍼 삼촌. 다음에는 조금 더 잘해 볼게요. 다음이라는 것이 있다면요."

잠시 동안 우리는 계속 풍경을 바라보았다. 산들바람이 우리의 얼굴을 스쳤다. 이윽고 내가 말했다.

"너에게 더 많은 걸 해 주었어야 했어, 제니. 미안하구나."

"하지만 삼촌이 뭘 하실 수 있었겠어요? 제가 멍청하게 그런 생각을……."

"아니, 내 말은…… 그 전에 말이다. 네가 자랄 때. 그때 내가 조금 더 너와 함께 있어 줬어야 했어. 하지만 나는 세상 문제를 해결하느라고 너무 바빴지. 나는 그때 너를 위해 뭔가를 더 해야 했어. 그게 미안하구나. 언제나 그 말을 하고 싶었다."

"어떻게 사과를 하실 수가 있어요, 크리스토퍼 삼촌? 삼촌이 안 계셨다면 지금 제가 어떻게 되었겠어요? 저는 의지할 데가 아무 데도 없는 고아였는걸요. 다시는 사과 같은 건 하지 마세요. 저는 삼촌께 모든 것을 빚지고 있다고요."

나는 손을 뻗어 난간을 가로질러 걸려 있는 젖은 거미줄을 건드렸다. 그러자 거미줄이 끊어지더니 내 손가락에 붙은 채 흔들거렸다.

"저는 그 느낌이 너무 싫어요. 도저히 참을 수가 없어요!" 그 애가 소리를 질렀다.

"나는 언제나 이게 좋았는걸. 어렸을 때는 거미줄을 만지려고 장갑을 벗곤 했어."

"어떻게 그럴 수가 있죠?" 그 애가 큰 소리로 웃었다. 그러자 문득 나이 든 제니퍼의 모습이 보였다. "그런데 삼촌은요, 크리스토퍼 삼촌? 삼촌이 결혼하는 건 어때요? 그 문제에 대해 생각은 해 보셨나요?"

"이제 그러기에는 정말 너무 늦었다."

"오, 모르겠어요. 삼촌은 혼자서도 충분히 잘 살고 계시니까요. 하지만 그런 삶은 삼촌과 썩 어울리지 않아요. 정말 별로라고요. 그런 삶이 삼촌을 침울하게 만들어요. 그 점을 생각해 보셔야 해요. 삼촌은 늘 여자 친구 분들 얘기를 하시죠. 그중 누구 마음에 드시는 분 없어요?"

"그들은 나와 점심 식사는 함께할 거다. 하지만 그 이상은 아닐걸." 그러고 나서 나는 다시 이렇게 덧붙여 말했다. "한때 누군가가 있었어. 예전에 말이다. 하지만 그 일도 다른 모든 것과 같은 방식으로 사라지고 말았지." 나는 짤막하게 웃었다. "내 소명이라는 게 적지 않게 방해가 됐던 것 같구나. 전반적으로 말이야."

내가 그 애한테서 몸을 돌렸던 모양이다. 내가 어깨에 닿는 그 애의 손길을 느끼고 고개를 돌려보니 그 애가 내 얼굴을 지긋이 들여다보고 있었다.

"삼촌은 자신의 일에 대해 늘 그런 식으로 냉정하게 말씀하시면 안 돼요, 크리스토퍼 삼촌. 저는 언제나 삼촌께서 시도하시려고 했던 일에 감탄해 왔거든요."

"시도했다는 얘기는 맞다. 결국 성과는 별로 거두지 못했지만 말이다. 어쨌든 이제는 그것도 모두 지난 일이 됐어. 요즘 들어 내 주된 관심사는 이 류머티즘을 퇴치하는 거란다."

제니퍼가 갑자기 미소를 짓더니 내 겨드랑이에 자기 팔을 찔러 넣었다. "우리가 뭘 하게 될지 알아요. 저한테 계획이 있어요. 저는 결심했어요. 멋지고 점잖은 남자를 찾아 결혼해서, 아이를 셋, 아니 넷 낳을 거예요. 그리고 이 근방 어디에선가 살 거예요. 언제든 이 골짜기를 볼 수 있는 곳 말이에요. 그러면 삼촌은 런던의 그 답답한 아파트를 떠나 여기서 우리와 함께 살 수 있어요. 삼촌의 여자 친구들이 삼촌을 차지하지 않을 테니까 제가 낳을 아이들 모두에게 삼촌이 되실 수 있고요."

내가 그녀에게 마주 미소를 지어 보였다. "괜찮은 계획 같구나. 하지만 네 남편이 내가 그렇게 늘 자기 집에 있는 것을 좋게 볼지는 모르겠다."

"오, 그럼 삼촌이 지내실 만한 낡은 오두막을 한 채 마련하죠, 뭐."

"이제 좀 솔깃해지는구나. 너나 그 약속을 잘 지키렴. 그러면 나도 내 약속을 지킬 생각을 해 볼 테니까."

"지금 우리가 약속을 하는 거라면 삼촌은 조심하시는 게 좋을 거예요. 저는 꼭 그렇게 하고 말 테니까요. 그러면 삼촌은 이곳에 와서 삼촌의 오두막에서 꼭 사셔야 하는 거예요."

지난 한 달 동안, 가을철 관광객과 점심을 먹으러 나온 회사원들과 함께 켄싱턴 가든을 배회하거나 때로는 옛 친구를 만나 함께 점심이나 차를 들면서 런던의 잿빛 나날을 무심하게 보냈다. 그러면서 나는 이따금 나도 모르게 그날 아침 제니퍼와 나눈 대화를 되새겨 보곤 했다. 그 생각을 하면 기운이 났던 것은 부인할 수 없는 사실이다. 그 애가 이제 삶의 어두운 터널을 빠져나왔다고 여길 만한 충분한 이유가 있다. 터널의 끝에서 그 애를 기다리고 있는 것이 무엇인지는 두고 봐야 할 테지만, 그 애의 천성은 패배를 쉽게 용인하지 않을 것이다. 실제로 그날 아침 우리가 골짜기를 내려다보고 있을 때 그 애가 반쯤 농담 삼아 내게 윤곽을 그려 보였던 계획을 그 애가 실천에 옮기는 일은 단순한 가능성 이상이다. 그리고 만일 몇 해 안에 일들이 정말로 그 애가 원하는 대로 진행된다면 내가 그 애의 제안을 받아들여 그곳으로 가서 그 애와 함께 사는 일이 전혀 불가능하지도 않을 것이다. 물론 나는 그 애가 말한 오두막 얘기는 별로 믿지 않지만, 그리 멀지 않은 곳에 작은 집 한 채를 마련할 수는 있다. 나는 제니퍼에게 고마움을 느낀다. 우리는 본능적으로 서로의 관심사를 이해하며, 그 쌀쌀한 아침 우리가 주고받은 것 같은 대화야말로 오랜 세월에 걸쳐 내 위안의 원천이 될 것이다.

　하지만 역시, 전원의 삶은 내게 어쩌면 지나치게 조용할지도 모른다. 그리고 나는 최근의 런던에 차라리 애착을 갖게 되었다. 게다가 전쟁 전부터 내 이름을 기억하는 사람들이 내게 어떤 문제에 대해 조언을 구하러 지금도 이따금 찾아온다. 실제로 지난주만 해도 내가 오스본 부부와 함께 저녁 식사를 하러 나갔을 때 그 자리에서 어떤 숙녀 한 사람을 소개받게 되었는데, 그녀는 곧장 내 손을 잡더니 이렇게 소리쳤다. "선생님이 바로 그 크리스토퍼 뱅크스 씨라고요? 탐정이신 그분 말씀이신가요?"

알고 보니 그녀는 삶의 대부분을 싱가포르에서 지냈으며, 그곳에 있을 때 세라와 '아주 가까운 사이'였다고 한다. "그녀는 늘 선생님 얘기를 했답니다. 정말이지 잘 아는 분을 만난 것 같아요."

오스본 부부는 그밖에도 다른 몇 사람들을 초대했다. 하지만 식사를 하기 위해 자리에 앉을 때 조금 전의 그 숙녀가 내 곁에 앉는 바람에 어쩔 수 없이 우리의 대화는 세라에게로 되돌아갔다.

"선생님은 그녀와 가까운 친구였죠?" 어느 시점에선가 그녀가 물었다. "그녀는 늘 선생님에 대한 찬사를 아끼지 않았답니다."

"우리가 가까운 친구였던 건 맞습니다. 물론 그녀가 상하이를 떠난 뒤로는 소식이 끊겼지만 말입니다."

"그녀는 종종 선생님 얘기를 했어요. 그녀는 유명한 탐정에 대해 아는 이야기가 아주 많아서 브리지에 싫증이 난 우리들을 즐겁게 해 주었답니다. 그녀는 언제나 선생님을 높이 평가했지요."

"그녀가 저를 그렇게 잘 기억하고 있었다니 감동적입니다. 조금 전에도 말씀드렸던 것처럼 우리는 소식이 끊어진 상태였습니다만 전쟁이 끝나고 이 년쯤 지났을 때 그녀에게서 편지 한 통을 받았죠. 나는 그때까지 그녀가 전쟁 기간을 어떻게 보냈는지 몰랐답니다. 그녀는 수용소에 대해 가볍게 말했지만, 저는 그것이 그렇게 간단치 않았으리라고 생각합니다."

"그럼요, 절대로 간단한 일이 아니었을 거예요. 제 남편과 저도 자칫하면 같은 운명이 될 뻔했답니다. 우리는 가까스로 오스트레일리아로 빠져나올 수 있었어요. 그러나 세라와 드빌포르 씨는 언제나 운명을 지나치게 믿는 이들이었죠. 그들은 아무 계획 없이 무작정 밤을 즐기러 나가는 그런 커플이었어요. 그러다 우연히 아는 사람과 만나면 몹시 즐거워하고 말이에요. 그러는 것도 멋진 태도이긴 하지만 일본군이 코앞까지 다가왔을 때는 사정이 다르죠. 드빌포르 씨와도 안면이 있으셨나요?"

"백작님을 만나는 기쁨은 누린 적이 없군요. 그분이 세라가 죽고 나서 유럽으로 돌아왔다는 사실을 알고 있습니다만 서로 만난 적은 없답니다."

"아, 전 그녀가 선생님에 대해 너무 많이 얘기해서 선생님이 그 두 사람과 절친한 사이인 줄 알았답니다."

"그렇지 않습니다. 저는 세라의 삶 전반기에 잠깐 그녀를 알았을 뿐입니다. 부인께서도 어쩌면 이 질문에 대한 답변은 모르실 것 같지만, 혹시 그분들이 부인께 행복한 커플이라는 인상을 주었나요? 세라와 그 프랑스인 말입니다."

"행복한 커플이었냐고요?" 그녀는 잠깐 동안 생각에 잠겼다. "물론 그거야 아무도 확실히 알 수 없는 일이지만, 아주 솔직히 말씀드리자면 다르게 생각하기는 어려울 것 같군요. 두 사람은 전적으로 서로에게 헌신하는 듯이 보였으니까요. 그들은 돈이 많지 않아서 아마 그들이 원하는 만큼 태평하게 지내지는 못했을 거예요. 하지만 백작은 늘, 그래요, 정말 낭만적인 분처럼 보였답니다. 선생님은 웃으시네요, 뱅크스 씨, 하지만 그게 정확한 표현이에요. 그분은 세라가 죽자 완전히 폐인이 되다시피 했어요. 아시겠지만 수용소 생활 때문에 벌어진 일이죠. 다른 사람들 대부분이 그렇듯이 그녀도 두 번 다시 완전히 건강을 되찾지 못했어요. 정말이지 그녀가 그리워요. 아주 매력적인 친구였는데 말이에요."

지난주 이 만남이 있고 나서 나는 세라의 편지를 다시 꺼내 몇 차례 거듭 읽어 보았다. 오래전 상하이에서 헤어지고 난 후 유일하게 받은 편지였다. 날짜는 1947년 5월 18일로 되어 있었으며, 말라야의 어느 산간 피서지에서 쓴 것이었다. 아마도 나는 그녀의 친구와 대화를 나눈 후 조금 형식적인, 거의 온화하고 상냥하기까지 한 그 편지 문구에서 지금까지 감춰져 있던 새로운 면을 발견하게 되지 않을까 하는 희망을 품었던 것 같다. 그러나 실제로 그 편지는 여전히 그녀가 상하이를 떠난 이후 자신의 삶의 골자를 담은 것에 불과했다. 그녀는 마카오와 홍콩과 싱가포르를 '유쾌하다'거나 '화려하다'거나 '황홀하다'라는 식으로 표현했다. 그녀의 프랑스인 친구에 대해서도 몇 차례 언급하지만, 언제나 마치 그에 대해 알아야 할 것은 내가 이미 모두 알고 있다는 듯이 지나가는 말처럼 말할 뿐이다. 일본군 수용소 생활에 대한 가벼운 언급도 있는데, 그녀는 자신의 건강 문제를 '좀 재미없게 되었다'라고 썼다. 그녀는 예의 바른 어조로 내 안부를 물었으며 해방된 싱가포르에서 사는 게 '꽤 괜찮다'라고 말했다. 그것은 외국 땅에서 지내다가 어느 날 오후 어렴풋이 기억난 친구에게 충동적으로 써 보냄 직한 편지였다. 딱 한 번, 편지 말미에 우리가 한때 공유했던 친밀감을 암시하는 어조가 나올 뿐이다.

"친애하는 크리스토퍼, 이제 개의치 않고 말할게요. 그 당시 제가 우리 사이의 일이 그런 식으로 증발해 버린 것에 아무리 좋게 말해도 실망했다고 말이에요. 하지만 걱정 말아요. 당신에 대한 화는 이미 오래전에 풀렸으니까요. 운명의 여신이 최후에 제게 이처럼 자비로운 미소를 짓기로 한 마당에 어떻게 제가 화를 풀지 않을 수 있겠어요? 게다가 지금 저는, 그날 당신이 저와 함께 가지 않기로 한 것이 옳은 결정이라고 믿어요. 당신은 언제나 완수해야 할 임무가 있다고 느꼈죠. 그러니 그 일을 다하기 전까지는 누구든 어떤 것에든 마음을 줄 수 없었을 거예요. 다만, 이제는 당신도 일에서 풀려났기를, 당신 역시 제가 최근에 허락받은 것 같은 행복과 우정을 발견했기를 바랄 뿐이에요."

편지의 이 부분, 특히 맨 마지막 한 문장에서는 진실감이 느껴지지 않는다. 편지 전체를 관통하는 미묘한 어조, 그리고 사실상 그 시점에서 내게 편지를 쓰는 그 행동은 '행복과 우정'으로 가득한 날들과는 어울리지 않는 것 같다. 프랑스 백작과의 그 삶이 진실로 상하이 선창으로 발을 내디딘 그날 그녀가 꿈꾼 삶이었을까? 왠지 그럴 것 같지 않다. 그녀가 임무에 대해 말하면서 그것을 회피하려는 시도가 소용없는 것이라고 했을 때 나에 대해서만큼이나 자신에 대해 생각하고 있었으리라는 느낌이 든다. 이런 필생의 관심사에 속박당하지 않고 삶을 영위할 수 있는 사람들도 있을 것이다. 하지만 우리 같은 사람들의 운명은, 사라진 부모의 그림자를 오랜 세월 뒤쫓으면서 고아로서 세상과 대면하는 것이다. 우리로서는 그저 할 수 있는 한 최선을 다해서 그 임무를 완수하려는 것 외에 달리 길이 없다. 그러기 전까지는 마음의 평화를 누릴 수 없기 때문이다.

우쭐한 척하고 싶지는 않지만, 이곳 런던에서 하루하루를 무심하게 보내면서 나는 진정한 만족을 느끼게 된 것 같다. 나는 공원을 산책하고, 미술관에 들르는 것을 즐긴다. 최근 들어서는 자주 대영박물관 열람실에 들러 내 사건에 관한 기사가 실린 옛 신문을 들추면서 자그마한 자부심을 느끼기도 한다. 다시 말해서 이 도시는 어느새 내 고향이 되어서, 여생을 이곳에서 보내야 한다 해도 괜찮을 것 같다. 그럼에도 때때로 공허감 같은 것이 내 삶에 찾아든다. 제니퍼의 제안을 앞으로도 진지하게 생각해 봐야 할 것 같다.

고아로서 세상과 대면할 때

애거서 크리스티의 어느 소설에서 셰퍼드 박사는 이른 아침 왕진을 다녀온다. 집에 돌아온 그는 가을 아침의 한기에 대비해 입고 나갔던 외투와 챙 모자를 걸면서 현관에서 잠시 미적거린다. 그런 그에게 누이 캐롤라인은 부엌에서 쏘아붙인다. 그 시간이면 코트를 다섯 벌도 더 걸었겠다고. 박사가 그렇게 미적거린 것은 실은 마을의 소식통이자 오지랖의 대가인 누이에게 요란한 파장을 가져올 페러스 부인의 죽음을 알려 줘야 하기 때문이다. 가족은 그렇게 현관에 코트를 거는 시간에까지 관계한다. 그렇게 시작되는 그 소설에서 독자는 거의 마지막에 이를 때까지 그의 말에 귀를 기울이면서 그의 관점에서 사건을 본다. 크리스티는 그 책에 붙인 서문에서 독자의 눈을 가리고 그들의 관심을 다른 데로 유도하면서 즐거움을 누렸다는 사실, 자신이 특히 캐롤라인이라는 개성에 매료되었음을 숨기지 않는다.

집단보다는 개인에, 객관적 상황의 제시보다는 주체적 인식에 비중을 두는 일인칭 소설에서 화자는 혹시 주인공이 아닐지라도 그에 버금가는 지위를 누린다. 하물며 주인공을 겸하는 경우 그의 눈과 귀는 독자의 그것으로 바로 연결된다. 크리스티는 이런 트릭은 단 한 번밖에 쓸 수 없는 것이라고 썼지만, 하늘 아래 새것은 없고 계절은 반복되며 아침은 수없이 오지만 늘 새로운 것을.

사라진 혹은 때 이르게 잃은 부모의 그림자를 뒤쫓으면서 고아로서 세상과 대면하는 사람들의 이야기를 담은 이 소설에서 화자는 바로 그런 설득력 있는 어조로 자신의 삶을 우리에게 회고한다. 실제로 고아로서의 삶은 부모가 없는 동시에 부모를 더 극명히 의식한다. 책 속에서 주인공이 사라에게 부모를 여읜 지 얼마나 되었느냐고 묻자, 영원처럼 길게 느껴진다, 하지만 언제나 나와 함께 계신 것 같다고 대답한다.

1930년 크리스토퍼 뱅크스는 캠브리지 대학교를 졸업한 후 런던에 둥지를 틀고 사설탐정으로 경력을 쌓기 시작한다. 맡은 사건들을 성공적으로 해결하면서 그의 명성은 점차 런던 사교계 전체에 알려지기 시작한다. 그러던 어느 날 우연히 만난 챔벌레인 대령을 통해 그의 특이한 과거가 드러난다. 상하이 공동 조계에서 유년 시절을 보낸 그는 갑작스럽게 부모를 모두 잃고 낯선 신사인 대령의 도움으로 이모가 사는 영국으로 돌아와 성장했다. 이 실종의 배후에는 중국에 아편을 조달하던 영국 회사, 국민당과 공산당의 대결의 와중에 전쟁에 휘말린 20세기 초반의 중국 대륙, 민중의 처절한 가난과 끔찍한 전투가 있고, 보다 개인적으로는 이웃에 살던 소꿉친구 아키라와의 추억, 정의감과 기개를 지닌 아름다운 어머니, 유약하고 다정하며 생계를 위해 어쩔 수 없이 아편 수입 회사에서 일해야 했던 아버지, 그리고 가족처럼 친밀하고 미더운 필립 삼촌이 있다.

역시 고아로서 결혼을 통해 세상에 기여해야 한다는 독특한 강박 관념의 소유자 세라 헤밍스는 몇 번의 시행착오 끝에 아버지뻘 되는 세실 경과 결혼한다. 국제 연합의 창설에 일익을 담당했던 세실 경은 세계가 전쟁의 위협에 직면한 상황에서 타개책을 찾기 위해 갈등의 진원지인 상하이로 간다. 때를 같이해 크리스토퍼는 그동안 모아둔 자료를 바탕으로 마침내 부모의 실종 사건을 해결하기 위해 상하이로 가기로 결심한다. 크리스토퍼 자신처럼 사고로 하루아침에 부모를 잃은 제니퍼를 입양한 지 얼마 되지 않았지만, 부모님을 찾는 것은 그로서는 더 이상 미룰 수 없는 필생의 숙제였다.

1937년 상하이. 실종 사건의 열쇠를 쥔 중국 공산당의 이중 첩자 '노란 뱀'과의 만남은 성사될까? 크리스토퍼의 자료철 속에 있는 중국식 변발의 살찐 남자 왕 쿠는 이 실종 사건과 어떤 연관이 있을까? 도박판을 전전하는 세실 경에게 지친 세라의 도피 제안을 크리스토퍼는 받아들인다, 그의 오랜 수사가 완결되려는 시점에서. 그런 그가 어떻게, 어떤 상황에서 어린 시절의 친구 아키라와 조우하게 되는가. 거대 서사 속에서 개인의 삶은 또 얼마나 비루하고 평범한가. 그리고 일차적인 부모의 부재에 이어 후견인인 크리스토퍼의 부재까지 견뎌야 했던 제니퍼는 세상과의 대면에서 어떤 시행착오를 겪는가.

1958년 이제 일선에서 물러난 주인공이 담담한 어조로 지난 일을 이야기하는 이런 경우를 우리는 저자의 다른 소설에서 이미 만난 바 있다. 첫 작품 『창백한 언덕 풍경』에서 주인공 에츠코, 저자의 가장 잘 알려진 작품 『남아 있는 나날』에서 집사 스티븐스, SF소설의

새 지평을 열어 보여주는 『나를 보내지 마』의 케이시, 그리고 『부유하는 세상의 화가』의 오노 역시 바로 이런 어조로 우리에게 말한다. 이시구로의 주인공들은 이렇듯 회고담으로 작품을 끌고 나가면서 기억의 불완전성을 십분 활용한다.

작가 브라이언 피니는 이를 두고 기억의 불확실성을 오히려 활용하는 이런 독특한 방식을 통해 저자는 사실을 전달하는 것이 아니라 심리적 동의를 구하고 있음을 환기한다. 이시구로의 글쓰기의 특징이 기억이 사실을 감추는, 혹은 언어가 의미를 감추는 지점에 있다는 것이다. 실제로 이런 기억과 상상력과 꿈의 혼융을 통해 독자는 "사실주의가 단순화해 온 현실의 미궁" 속으로 발을 들여놓는다. 칼 융과 그의 연구자들이 말하는 의미 있는 우연이 화자의 기억 속에서 끊임없이 재생된다. 현실을 줄곧 '비유화'하는 이런 거의 원형적인 테크닉은 문학의 중심을 꿰뚫는 바, 저자는 『위로받지 못한 사람들』이라는 실험적인 문제작에서 이를 펼쳐 보인 바 있다.

탁월하게 명징한 산문을 구사한다는 찬사를 듣는 가즈오 이시구로는 1954년 일본 나가사키에서 태어나 5세 때 부모와 함께 영국에 정착한 일본계 영국 작가다. 그의 작품 『남아 있는 나날』(부커상 수상)은 대중적 성공과 평론가들의 찬사를 동시에 받는 작품으로 그를 일약 오늘날 세계 문학을 끌어갈 작가 중의 하나로 자리매김해 놓았다. 도리스 레싱은 이 작품을 두고 "아주 유쾌한 동시에 기억하는 한 가장 슬픈 작품"이라고 평한 바 있다. 앤터니 홉킨스와 엠마 톰슨의 연기 이상의 연기를 볼 수 있는 제임스 아이보리 감독 영화의 원작이기도 하다. 그밖에, 1982년에 나온 첫 작품 『창백한 언덕 풍경』(위니프레드 홀트비 기념상), 1986년 『부유하는 세상의 화가』

(휘트브레드 상, 이탈리아 스칸노 상 수상, 부커 상 후보), 1995년 『위로받지 못한 사람들』(첼튼햄 상 수상), 2005년 『나를 보내지 마』(전미 비평가협회상, 《타임》 선정 '2005년 최고의 소설', '현대 100대 영문소설'), 2009년 음악과 황혼에 대한 다섯 가지 이야기를 담은 단편집 『녹턴』이 있다.

2000년 출간된 저자의 다섯번째 작품으로 맨 부커 상 후보로 올랐던 이 소설에서 주목할 것은 요컨대 이런 식의 "말하는 방식(the way he tells it)"(클로이 디스키, 《가디언》)이다. 주인공 크리스토퍼는 『남아 있는 나날』의 스티븐스처럼 영국적 예절과 세심함이 깃든 슬쩍 초연한 어조로 20세기 전반부, 상하이에서 살다가 부모의 실종으로 영국으로 돌아오게 된 이야기를 풀어놓는다. 그의 기억을 뒷받침해 줄 증인은 거의 없다. 부모는 실종되었고, 소꿉친구 아키라는 연락이 끊겼으며, 아빠만큼 미더웠던 삼촌 역시 그를 붐비는 상하이 거리 한가운데 남겨두고 인파 속으로 사라져 버렸다. 그러므로 우리는 그의 어린 시절에 대해 오직 그의 이야기만을 듣는다. 열어 둔 마음으로 들어온 정보들은 그에게 유리하게 작용해, 우리는 한쪽 편의 말만 듣고 사태를 판단하는 일의 위험을 잘 알고 있음에도 마치 최면당한 듯 고개를 끄덕이며 책장을 넘긴다.

자기 부모의, 혹은 자기 과거의 미스터리를 해결한다면 세상의 악까지 제거할 수 있으리라는 그의 논리는 화자의 이야기 속에서뿐 아니라 화자를 대하는 사람들의 태도 속에서도 확인되는데, 바로 이 대목에서 독자는 이 작품이 동화에 가까운 것이거나 적어도 지향하는 바가 비슷하다는 점을 알게 된다. 실제로 이 소설은 영국과 중국 간의 아편 무역, 국민당과 공산당의 대립, 격동하는 20세기 전반의 중국을 배경으로 납치, 욕망, 성적 노예화, 전쟁과 살육이라는 규모가 크고 성인물에 걸맞는 소재를 다루고 있음에도, '로나와 나오미에게'라는 저자의 헌사가 환기시키듯 우리 안의 '어린이'에게 바쳐진 듯한 인상을 받는다. 재킷 주머니에서 구식 확대경을 꺼내는 탐정에게, 그가 그런 방식으로 몇 건의 범죄 사건을 탁월하게 해결했다 하더라도, 상하이 공동 조계의 책임자들이 미래를 기대할 수는 없는 것이다.

"히치콕의 「사이코」, 그 엔딩을 연상시키는 참혹한 작품. 분노, 회한, 슬픔 속에서도 이시구로의 주인공은 예의 바르고 공식적으로 기술한다. 그는 구체적 세부에도, 메타포에도 저항한다. 디킨스식 소설가들이 인물의 신발과 누군가가 입은 셔츠의 특별한 색과 식재료로 가득 찬 식료품실의 특별한 냄새를 묘사한다면"(필립 헨셔, 《가디언》), 이시구로는 "평이한 문장과 나직하고 운율 있는 해설을 통해, 읽는 이에게 정체성과 기억의 문제를 이중으로 환기시키며 그윽하고 짜릿한 경험을 선사한다. 그리하여 독자는 이 작품을 그가 풀 수 없었던 사건"이 아니라 "그가 풀어놓는 사건"(미치코 가쿠타니, 《뉴욕 타임스》)으로 받아들인다.

이 작품에서 이런 방식은 고아로서 세상과 대면하는 세 사람, 곧 크리스토퍼와 세라와 제니퍼라는 세 사람의 방식과 중층적으로 연결된다. 크리스토퍼는 부모의 부재라는 자신의 정체성이 자신의 삶을 어떻게 이끌어 갔는지를, 이시구로식 화법으로 이렇게 언급한다.

이런 필생의 관심사에 속박당하지 않고 삶을 영위할 수 있는 사람들도 있을 것이다. 하지만 우리 같은 사람들의 운명은, 사라진 부모의 그림자를 오랜 세월 동안 뒤쫓으면서 고아로서 세상과 대면하는 것이다. 우리로서는 그저 할 수 있는 한 최선을 다해서 그 임무를 완수하려는 것 외에 달리 길이 없다. 그러기 전까지는 마음의 평화를 누릴 수 없기 때문이다.

그가 세라에게 이끌리는 이유, 그리고 세라가 크리스토퍼를 의식하는 이유의 근저에는 서로가 같은 운명임을 알아보는 일종의 잠재의식이 자리 잡고 있다. 잃어버린 가족을 찾으려는 이런 시도는, 실종된 부모의 사건을 해결하려는 탐정으로서의 임무뿐 아니라 이 세상에서 다시 가족을 만들고자 하는 시도로 이어진다. 성인이 된 크리스토퍼가 사고로 부모를 잃은 소녀 제니퍼를 입양하는 일은 거의 필연적이다.

이 작품은 '고아로서의 운명'을 품은 이들의 이야기, 그리고 그들이 세상과 대면하는 방식을 먹먹하게 담은, 가즈오 이시구로의 작품 중에서 어쩌면 가장 사적인 소설이다. 실제로 주인공 크리스토퍼가 상하이를 떠난 나이는 이시구로가 나가사키를 떠난 나이와 비슷하다. 책을 덮으면서 어쩌면 고아가 된다는 것이 실제로 부모를 여의는 사실 여부와 상관없을지도 모른다고, 낙원을 잃은 이후 인간은 모두 고아일지도 모른다고 생각하게 한다. 이시구로가 어쩔 수 없이 '문학'적인 이유다.

2015년 3월
김남주

옮긴이 **김남주**

1960년 서울에서 태어나 이화여자대학교 불어불문학과를 졸업하고 주로 문학 작품을 번역하고 있다. 옮긴 책으로 가즈오 이시구로의 『창백한 언덕 풍경』, 『녹턴』, 『나를 보내지 마』, 『부유하는 세상의 화가』, 프랑수아즈 사강의 『브람스를 좋아하세요…』, 로맹 가리(에밀 아자르)의 『새들은 페루에 가서 죽다』, 『가면의 생』, 『여자의 빛』, 『솔로몬 왕의 고뇌』, 미셸 슈나이더의 『슈만, 내면의 풍경』, 야스미나 레자의 『행복해서 행복한 사람들』 등이 있으며, 지은 책으로 『나의 프랑스식 서재』가 있다.

우리가 고아였을 때

1판 1쇄 펴냄 2015년 3월 27일
1판 3쇄 펴냄 2017년 10월 16일

지은이 가즈오 이시구로
옮긴이 김남주
발행인 박근섭, 박상준
펴낸곳 (주)민음사
출판등록 1966. 5. 19. 16-490호
주소 (06027) 서울시 강남구 도산대로 1길 62(신사동) 강남출판문화센터 5층
대표전화 515-2000 | 팩시밀리 515-2007
홈페이지 www.minumsa.com
한국어판 ⓒ (주)민음사, 2015. Printed in Seoul, Korea
ISBN 978-89-374-3158-6 (03840)